Knaur

Von Denise Mina ist außerdem erschienen:

Schrei lauter, Maureen

Über die Autorin:

Denise Mina, geboren 1968, lehrte Kriminologie und Strafrecht an der Universität Glasgow und hat sich innerhalb ihres Fachgebietes auf den Umgang mit psychisch gestörten Frauen und Straftäterinnen spezialisiert. Für *Schrei lauter, Maureen*, ihren ersten Kriminalroman, erhielt sie 1999 den John Creasey Award der British Crime Writers' Association für das beste Debüt. Heute lebt sie als freie Schriftstellerin in Glasgow und gilt als »eine der aufregendsten britischen Autorinnen im Spannungsgenre seit Jahren« (Ian Rankin).

Denise Mina

Die zweite Tote

Roman

Aus dem Englischen von
Doris Styron

Knaur

Die englische Originalausgabe erschien 2000 unter dem Titel
»Exile« bei Bantam Press, London.

Besuchen Sie uns im Internet:
www.droemer-knaur.de

Deutsche Erstausgabe 2003

Umschlaggestaltung: ZERO Werbeagentur, München
Umschlagabbildung: Getty Images Germany
Satz: Ventura Publisher im Verlag
Druck und Bindung: Nørhaven Paperback A/S
Printed in Denmark
ISBN 3-426-62401-X

2 4 5 3 1

Für Stevie,
cara mia

Das Ende

Tritt drauf und schau, was passiert«, sagte er.

Sie spürte, wie ein Fuß sich in ihre Seite bohrte, wie eine Welle durchdrang ein dumpfer Stoß den lähmenden Schmerz.

»Sie ist tot«, sagte die Frau.

Aber das stimmte nicht, sie lebte noch und konnte sie hören. Der Boden unter ihr war warm und feucht. Ihre trockenen Augen waren weit aufgerissen, und sie konnte ein schmutziges Glas auf dem Boden neben der Fußleiste erkennen. Die Frau kauerte neben ihr. Sie packte ihr Handgelenk und zog an dem Armband.

»Lass das«, sagte er, aber sie beachtete ihn nicht und zerrte weiter daran. »Ich hab gesagt, lass das.«

Die Frau ließ den Arm fallen und ging einen Schritt zurück. Der Mann trat schlurfend mit seinen abgetragenen Turnschuhen und der grauen Hose in ihr Blickfeld. Sie sprachen über sie, darüber, wie sie sie loswerden könnten und dass sie Andys Transporter holen müssten. Der Schmerz nahm wieder zu, und sie zuckte zusammen, als er mit einem schrillen Tremolo ihre Wirbelsäule durchfuhr und weiß hinter ihren Augen loderte. Das gleißende Licht wurde immer heller, bis alles verschwand.

1
Post

Es waren fünf Grad minus draußen vor dem Schlafzimmerfenster, und Maureens Gesicht kribbelte vor Kälte. Sie wollte aufstehen, sich eine Zigarette und einen Kaffee holen. Sie wollte allein sein, aber sein Bein war fest gegen ihr eigenes gedrückt, und seine Hand lag unter ihrer Hüfte. Die feuchte Wärme ihrer eng aneinander geschmiegten Körper juckte und kitzelte sie. Vorsichtig löste sie sich von ihm, bemüht, ihn nicht aufzuwecken, doch er spürte, dass sie sich bewegte. Er schaute sie aus schlafverquollenen Augen an.

»Okay?«, murmelte er.

»Ja«, flüsterte Maureen.

Sie wartete, sah zu, wie der weiße Dunst ihres Atems über ihr aufstieg, und horchte auf den raschelnden Wind. Vik atmete leise pfeifend durch die Nase, und für Maureen begann der bittere Morgen.

Sie schaltete den Wasserkocher ein, zündete sich eine Zigarette an und schaute aus dem Küchenfenster. Januar ist das trostlose Herzstück des schottischen Winters. Schwarze Wolken hingen tief über der Stadt, regenschwanger und bedrohlich. Jeden Morgen kam es ihr jetzt in den Sinn, wenn sie die Augen aufschlug, war es ihr erster Gedanke. Nach fünfzehn Jahren, in denen sie kein Wort von ihm gehört hatten, war Michael, ihr Vater, wieder in Glasgow.

Erst später fanden sie heraus, dass ihre ältere Schwester Marie ihn nicht etwa zufällig in London getroffen hatte, sondern nach Michael gesucht, die Journalisten-Gewerkschaft eingeschaltet und Anzeigen in den *Evening Standard* gesetzt hatte. Schließlich spürte sie ihn in den Surrey Docks in einer Sozialwohnung auf, die mit leeren Bierdosen übersät war. Er war krank und hatte lange nicht mehr arbeiten können, also bezahlte ihm Una die Reise nach Hause. Maureen sagte ihnen, sie wolle ihn auf keinen Fall sehen, aber ihre Sorge war unbegründet. Liam berichtete, Michael erwähne sie nie, hätte nicht ein einziges Mal ihren Namen genannt und auch nicht reagiert, wenn andere über sie sprachen. Sogar ihrer Mutter, Winnie, fing es an, seltsam vorzukommen. Maureen konnte die Ungerechtigkeit kaum ertragen: Michael war in den Schoß der Familie zurückgekehrt, und sie selbst war die Ausgestoßene.

Als sie hörte, dass er wieder in der Stadt war, wurde augenblicklich alles anders. Es war nicht wie damals nach dem Nervenzusammenbruch. Es waren nicht die plötzlichen Erinnerungen, und sie wusste auch, dass es keine Depression, sondern eine grenzenlose, qualvolle Traurigkeit war, die jedes Bild vor ihren Augen trübte. Sie konnte nicht aufhören zu weinen, ihre Augen konnten die sinnlosen Tränen nicht aufhalten, die in den Abwasch, auf ihren Mantel und in den Einkaufswagen tropften. Selbst im Schlaf weinte sie. Wenn sie in Garnethill am Fenster stand und auf Glasgow hinuntersah, hatte sie das Gefühl, sie könnte mit ihren Tränen die ganze Stadt überfluten. Sie war außer sich vor Kummer; ihr war, als gehe ihr Leben im Nebenzimmer weiter – sie nahm Geräusche und Menschen wahr, gehörte aber selbst nicht mehr zu ihnen und hatte keinen Anteil an ihrem Leben.

Vik schnarchte einmal laut und war dann still. Er war der Einzige in ihrem Leben, der nicht aus der Vergangenheit stammte, aber für einen Neubeginn mit zaghaften Entdeckungen war die Zeit noch nicht reif. Maureen sah ihren Vater überall, sie trauerte um Douglas, und Leslie fehlte ihr sehr. Vik wusste fast nichts von ihr, weder über Douglas'

Ermordung in ihrem Wohnzimmer sechs Monate zuvor, noch über Michaels nächtliche Besuche in ihrem Zimmer, als sie ein kleines Mädchen war, und ebensowenig über die Spaltung ihrer Familie. Es war der schlimmste Moment, wenn sie einem neuen Freund von Michael erzählen musste. Sie merkte, dass es die Einstellung zu ihr veränderte, dass es die Männer verwirrte und dass sie sich fragten, in was sie da hineingeraten seien. Douglas war anders gewesen, weil er Therapeut war. Bei ihm musste sie keine beschwichtigenden Erklärungen für ihre Alpträume und irrationalen Ängste finden. Douglas war so lädiert und schwermütig wie sie selbst, Vik dagegen war ein großer, fröhlicher Junge.

Sie sah aus dem Fenster, nahm einen tiefen Zug aus ihrer Zigarette und hörte das schabende Geräusch von Papier an Metall und etwas auf den Teppich im Flur fallen. Sie erkannte das blaue Kuvert aus der Klinik sofort, Angus gab also nicht auf. Sie hob es auf und ging in die Küche zurück, setzte sich und zündete sich an der alten Zigarette eine neue an. Das Kuvert war aus billigem, dünnem Papier, aber Name und Adresse waren sorgfältig daraufgeschrieben. Sie beugte sich über die Schublade mit den Rechnungen, nahm einen Stoß blauer Kuverts heraus und legte sie alle fünfzehn in chronologischer Reihenfolge auf den Tisch. Die Handschrift veränderte sich langsam, wurde immer beherrschter. Sein Zustand besserte sich. Manche seiner Briefe enthielten Drohungen, zum größten Teil völlig unsinnig, aber Drohungen und Schwachsinn waren gleichmäßig verteilt, in wiederkehrenden und absehbaren Rhythmen. Sie wusste seit ihrem eigenen Klinikaufenthalt, wie sich spontan auftretender Wahnsinn äußerte – so jedenfalls nicht. Er war ein Vergewaltiger und Mörder, aber sie hatte keine Angst vor ihm, es ließ sie kalt. Er war in einer staatlichen Anstalt eingesperrt. Es war, als werde man von einem Backstein zu einem Tanzwettbewerb aufgefordert. Erschöpft legte sie den ungeöffneten Brief zu den alten und stopfte sie alle in die Schublade. Sie könnte ihn später lesen.

»Maureen?«, rief Vik schläfrig aus dem Schlafzimmer. »Maureen?«

Sie drückte die Zigarette aus und zwang ihre Stimme zu einem nervösen »Ja?«.

»Maureen, komm her.«

Sie stand auf und rief: »Warum?«

»Ich hab was für dich.« Vik grinste.

Sie strich sich das Haar aus dem Gesicht. »Was denn?«, fragte sie mit gespielter Fröhlichkeit. Wenn sie sich normal benahm, vielleicht würde sie sich dann auch normal fühlen.

2
Daniel

London ist ein grausamer Ort, und sie gehörte nicht hierher. Wäre Daniel nicht gewesen, hätte man sie vielleicht nie gefunden. Sie wäre einfach verschwunden, das verlorengegangene Mitglied einer zerbrochenen Familie, eine bald vergessene Gestalt aus der Kneipenszene.

Für Daniel war es ein schöner Morgen. Ein sonniger Januartag, an dem er unterwegs war zu seiner ersten Schicht als Barkeeper eines Privatclubs in Chelsea, in dem Fußballspieler und andere Berühmtheiten verkehrten. Es war nicht viel Verkehr, die Ampeln wurden zur rechten Zeit grün, und er konnte es kaum erwarten, zur Arbeit zu kommen. An der Kreuzung fuhr er langsamer und blinkte, da er rechts auf die breite Straße am Fluss einbiegen wollte. Er legte sich leicht in die Kurve, nutzte das Gewicht seines Körpers, um das Motorrad zu lenken, und glitt am Verkehrsstrom vorbei, der an der Ampel zum Stehen gekommen war. Er wollte sich gerade wieder aufrichten, als er einen silbernen Mini auf seiner Straßenseite auf sich zurasen sah, der so dicht an der hohen Bordsteinkante entlangschrammte, dass die Felgen rote Funken sprühten. Er hielt den Atem an, riss den Lenker nach links, schoss geradeaus über die Straße auf den Gehweg hinauf, wo sein Vorderrad mit 50 Stundenkilometern gegen die niedrige Ufermauer knallte. Das Hinterrad hob ab und schleuderte Daniel in hohem Bogen durch die Luft; im selben Moment raste der Mini hinter ihm vorbei. Daniel machte einen Salto die sieben Meter hohe Böschung zum Fluss hinunter und landete in einer Schlammpfütze am Ufer.

Es war gerade Flut, und zwischen all dem städtischen Müll in der Themse, auf dem er hätte landen können, fand er sich ausgerechnet auf einer matschverschmierten Matratze wieder.

Schnell untersuchte er seine Gliedmaßen auf ihre Beweglichkeit und stellte fest, dass alles in Ordnung war. Er dankte Gott, erinnerte sich daran, dass er nicht an Gott glaubte, und gab sich selbst das Verdienst für sein Glück. Von seiner Geschicklichkeit und seinen schnellen Reflexen beeindruckt, richtete er sich auf der Matratze auf. An seiner linken Hand klebte eine eklige Schmutzschicht. Er hatte den schleimigen Dreck in der gekrümmten Hand und drückte sie mit der Extrakraft, die ihm das Adrenalin gab, fest zu. Einige besorgte Passanten beugten sich über die steil abfallende Mauer und riefen aufgeregt zu ihm hinunter. Daniel winkte zurück. »Okay«, rief er. »Keine Sorge. Ist der andere in Ordnung?« Die Fußgänger schauten nach links und bestätigten es ihm. Daniel lächelte und blickte auf seine Füße hinunter. Er saß auf einer Leiche, und seine Ferse bohrte sich in ihren Oberschenkel.

Hastig stand er auf und schüttelte die Matratze, wobei ein Arm auf die matschige Uferböschung herabrutschte, an dem eine dicke Goldkette mit dem eingravierten Namen »Ann« war. Er stolperte rückwärts zum Fluss, den Blick unverwandt auf die Leiche gerichtet, und versuchte zu verstehen, was er da sah.

Erst jetzt konnte er sie richtig erkennen, den aufgedunsenen, blaurosa Bauch und statt des Gesichts einen hellen Fleck, von strähnigem grauem Haar umgeben, dem das aggressive Wasser alle Farbe genommen hatte. Aus ihrem Bauch war eine Hand voll schwabbelige Haut herausgerissen. Aus Daniel kam ein erstickter tierischer Schrei, er ruderte mit der linken Hand in der Luft herum und schleuderte das modernde Fleisch von sich. Niederkauernd spülte er die Hand im braunen Wasser ab und versuchte auch sein Entsetzen mit abzuwaschen. Keuchend wandte er sich um und zeigte auf das angefressene Etwas, das aus der Matratze hing.

Ein Mann rief ihm von der hohen Ufermauer aus zu: »Sind Sie verletzt?«

Daniel schaute nach oben. Seine Augen füllten sich mit Tränen. Der Kopf des Mannes verschwamm zu einem undeutlichen Tupfer über der Ufermauer. Daniel blickte wieder zu der Leiche hin und zuckte erneut verstört zurück.

Der hilfsbereite Mann rief ihm langsam und deutlich zu: »Können Sie mich hören? Ich bin Sanitäter.«

Daniel versuchte zu ihm hochzusehen, aber jedes Mal zog es seinen Blick wieder zu ihr zurück. Er bildete sich ein, sie hätte sich bewegt, und die Angst ließ seinen Atem stocken. Er fing an zu weinen und schaute nach oben. »Sind Sie von der Polizei?«, rief er mit einer Stimme, die er selbst kaum wiedererkannte.

»Nein«, schrie der Mann. »Ich bin Sanitäter. Brauchen Sie medizinische Hilfe?«

»Holen Sie die Polizei, verdammt noch mal!«, rief Daniel. Tränen stürzten jetzt aus seinen Augen, zugleich lief ihm der Nasenschleim in den Mund. Er schüttelte seine Hand in der Luft, seine Haut brannte vor Ekel. »Holen Sie doch die Polizei.«

3
Winnie

Ein rauer Wind blies schwarze Regenwolken nach Glasgow hinein. Müll wirbelte an dem Glasfenster vorbei, und die Verandatür schwankte sanft hin und her, als atme sie ein und aus. Die Studenten gingen mit gesenkten Köpfen zur Kunstakademie hinauf. Maureen wickelte sich den Schal um den Kopf und stellte ihren Kragen hoch, bevor sie die Tür aufmachte und sich hinauswagte. Der brutale Wind schüttelte sie und ließ sie leicht wanken, als sie sich umdrehte, um die Tür zu schließen. Sie machte sich hügelabwärts auf den Weg in die Stadt, hatte die Fäuste tief in die seidenen Taschen gesteckt und fühlte sich in ihrem feudalen Mantel sehr behaglich.

Sie hatte ihn bei einem vorweihnachtlichen Sonderverkauf erstanden. Schwarze reine Wolle mit grauer Seide gefüttert, lang, nach unten etwas weiter und mit einem festen aufrechten Kragen, der den Hals vor dem Wind schützte. Er war das luxuriöseste Kleidungsstück, das sie je besessen hatte. Selbst zum halben Preis hatte er mehr als drei Monatsraten für ihre Wohnung gekostet. Im Laden hatte sie gezögert, sagte sich dann aber, dass er drei Winter lang, vielleicht sogar vier halten würde, und außerdem machte es ihr Spaß, das Geld auszugeben. An dem Tag, an dem er von Angus ermordet worden war, hatte Douglas fünfzehntausend Pfund auf ihr Bankkonto eingezahlt. Es war ein unbeholfener Versuch, für seine Affäre mit ihr Buße zu tun, und es kompromittierte sie. Sie wusste, der Anstand hätte verlangt, es zurückzugeben, aber sie war von der langen Zahlenreihe auf ihren Bankauszügen so geblendet, dass sie es behielt und ihre Habgier mit ihrer ehrenamtlichen Arbeit im Frauenhaus rechtfertigte. Sie verschleuderte das Geld, ließ die Heizung die ganze Nacht an, rauchte teure Zigaretten, kaufte Unmengen an Kosmetika, Gesichtscremes für fünfzig Pfund und Shampoos, die angeblich eine neue Frau aus ihr machen würden. Sie versuchte das Geld loszuwerden, ohne den Mut zu haben, es auszugeben.

Als sie den oberen Teil des Hügels überquerte, ließ der beißende Wind ihre Augen brennen und tränen. Leslie würde heute ins Büro kommen, und Maureen fürchtete die Begegnung.

»Maureen?«

Jemand rief ihren Namen, die Stimme gedämpft durch den Wind. Sie drehte sich um. Eine Frau mit einem roten Kopftuch auf dem gesenkten Kopf näherte sich mit schnellen, vorsichtigen Schritten über den vereisten Boden. Sie blieb einen halben Meter vor Maureen stehen und schaute auf.

»Maureen, ich hab dich lieb.«

»Bitte«, sagte Maureen verblüfft und argwöhnisch, »lass mich in Ruhe.«

»Ich muss dich sprechen«, sagte Winnie.

»Mum, ich hab dich gebeten, wegzubleiben«, sagte Maureen hartnäckig. »Du sollst mich einfach in Ruhe lassen.«

Winnie griff nach ihr und umklammerte Maureens Unterarm. Sie war betrunken und hatte stundenlang, wenn nicht tagelang geweint. Ihre Augen waren rot, die Lider dicke, gerade Striche, da die Tränenkanäle angeschwollen waren. Eine Schar Fußgänger eilte vorbei, sie kamen mit unsicheren Schritten den steilen Hügel von der U-Bahn herauf.

»Ich hab dich lieb. Und sieh mal hier.« Winnie hielt ihr ein in Alufolie eingeschlagenes Päckchen hin und biss die Zähne zusammen, um ein Schluchzen zu unterdrücken. »Ich hab dir Roastbeef mitgebracht.« Winnie streckte ihr das Päck-

chen entgegen, aber Maureen nahm die Hände nicht aus den Taschen.
»Ich will kein Fleisch, Mum.«
»Nimm es«, sagte Winnie verzweifelt. »Bitte. Ich hab's extra für dich mitgebracht. Der Saft ist in die Handtasche gelaufen. Ich hab zu viel gemacht ...«
Eine Frau kam vorbei und glitt auf dem überfrorenen Boden leicht aus, schrie erschrocken auf und versuchte, sich an Winnies Arm festzuhalten. Als sie Winnie zur Seite zog, stieß sie an ihre Hand, so dass der silberne Packen auf den Gehweg fiel. Die billige Folie zerriss, die braunen Fleischscheiben fielen heraus, und wässriges Blut spritzte auf das weiße Eis.
»Oje«, kicherte die Frau und klopfte sich beim Aufstehen ängstlich und nervös an die Brust. »Das tut mir aber leid. Es ist so glatt heute früh.«
Winnie riss ihren Arm weg. »Sie sind schuld, dass mir das runtergefallen ist«, sagte sie, und die Frau nahm ihren Atem wahr, der um neun Uhr morgens schon nach Alkohol roch. Über Winnies Schulter schaute sie auf Mr. Paddas Lebensmittelladen mit seiner Alkoholkonzession, warf Winnie einen angeekelten Blick zu und richtete sich gerade auf. »Ich hab Sie nur aus Versehen angefasst«, sagte sie ungerührt.
»Verschwinden Sie«, sagte Winnie entrüstet.
»Tut mir leid«, wandte sich die Frau an Maureen. »Ich bin ausgerutscht ...«
»Ihre Lebensgeschichte wollten wir nicht hören«, rief Winnie plötzlich bissig.
Maureen konnte nicht anders, es war falsch, aber sie lächelte über Winnies unmögliches Verhalten und sah es ihr nach. Die vorwurfsvolle Frau machte sich auf dem vereisten Boden vorsichtig davon. Maureen nahm Winnies Arm und führte sie von dem geschäftigen Durchgang weg auf die Seite.

»Danke, Liebes«, sagte Winnie und legte ihre Finger auf Maureens Hand.
Maureen wäre am liebsten umgedreht und gegangen. Jedes Mal wenn sie Winnie vor dem großen Krach gesehen hatte, war sie von ihr gekränkt, erschreckt oder völlig durcheinandergebracht worden. Maureen wäre so gern einfach weggelaufen, aber als sie das schlecht aufgetragene Make-up ihrer Mutter, die glänzende Nase und die großen Fäustlinge sah, wurde ihr plötzlich bewusst, wie sehr sie ihr gefehlt hatte und dass sie die vielen Streitereien, die melodramatischen Szenen und diesen Geruch nach Wodka und Puder vermisst hatte. »Mum«, sagte sie, »ich bleib doch nicht weg, weil du mich nicht liebst.«
Winnie liefen Tränen übers Gesicht, und ihr Kinn begann zu zittern. »Warum denn dann?«, wollte sie wissen, und sie sah zu einem Arbeiter hinüber, der zum Zeitungskiosk unterwegs war.
»Du weißt doch, warum«, sagte Maureen.
Winnie wischte sich mit den Fäustlingen übers Gesicht, und ihre Tränen verschmierten das beigefarbene Wildleder. »Weißt du Bescheid über Una?«, fragte sie.
»Ich hab gehört, dass sie schwanger ist. Liam hat's mir gesagt.«
Winnie schniefte und rang die Hände. »Und was hast du an Weihnachten gemacht?«, fragte sie.
Maureen zuckte die Achseln. »War bei Freunden zum Essen«, sagte sie.
Sie hatte den Tag allein mit einer Packung Würstchen in Blätterteig von Marks & Spencer verbracht, die ihr überhaupt nicht geschmeckt hatten. Eine Stunde später hatte sie die Aufschrift auf der Packung gelesen und gesehen, dass sie sie hätte backen sollen. Abends war Liam vorbeigekommen, sie hatten sich das Spätprogramm im Fernsehen angeschaut

und geraucht. Er hatte sich geweigert, mit der Familie zu essen, weil Michael da sein würde. Liam sagte, George, ihr Stiefvater, hätte fast mit Michael Krach bekommen. George mochte ihn auch nicht, obwohl er doch sonst immer alle leiden konnte. George würde sogar den Beelzebub mögen, wenn er nur singen könnte und eine Runde ausgäbe, wenn er an der Reihe wäre.

»Es ist wegen deinem Vater, oder? Wir sehen ihn jetzt kaum«, sagte Winnie. »Er ist nicht besonders nett.«

Aber Maureen wollte nichts davon wissen. Sie wollte keine weitere Neuigkeit erfahren, aus der ihr Unterbewusstsein Alpträume machen würde. »Mum«, sagte sie und bemühte sich, bei der Sache zu bleiben, »es tut mir weh, dich zu sehen, verstehst du?«

Winnie presste ihr Taschentuch an den Mund. »Wie kann ich dir wehtun?«, sagte sie, und ihr Gesicht verzog sich. »Was hab ich dir denn getan?«

»Du weißt es ganz genau.«

»Nein«, weinte Winnie, »ich weiß es eben nicht genau.«

»Wie konntest du ihn nach dem, was er mir angetan hat, wieder in deine Wohnung lassen? Ich werde das nie begreifen. Ich weiß, dass du mir nicht glaubst, aber wenn du auch nur darüber nachdenken würdest ...«

Winnie holte tief und zitternd Atem, ihr Handgelenk fuhr herum, und sie schlug Maureen auf den Arm. »Ruf doch wenigstens an ...«

»Schlag mich nicht, verdammt noch mal, Mum!«, schrie Maureen. »Ich bin erwachsen. Das macht man nicht.«

Winnie fing an zu schluchzen, womit sie Maureen als eine Tochter hinstellte, die ihrer weinenden Mutter hässliche Dinge an den Kopf wirft. Maureen hatte sich geschworen, sich solchen Situationen nicht mehr auszusetzen, war dann aber wieder in die alten Fallen getappt, hatte erneut die Rolle

des Biests übernommen und dadurch ihren Selbsthass weiter gesteigert.
»Wir sehen ihn nicht mehr«, brachte Winnie zwischen krampfhaften Schluchzern heraus, »und Una ist wütend, und George spricht nicht mehr mit mir ... Du fehlst mir, Maureen. Ich will nicht, dass du nie wieder vorbeikommst.«
Maureen staunte über Winnies unverwüstliche Kraft. Wenn Winnie sich die Weltherrschaft in den Kopf gesetzt hätte, hätte sie auch das erreicht. Ungehindert von solchen Handicaps wie gute Manieren und Mitgefühl, hätte Winnie es geschafft, eine ganze Armee von Handelsvertretern so niederzuwalzen, dass sie sich zu wohltätigen Werken bereit erklärten.
»Mum«, sagte Maureen leise, »ich will dich eine Weile nicht sehen, und dabei bleibt es, ob es euch allen Spaß macht oder nicht.«
Winnie hatte die Lage erfasst. Sie sah auf, als Maureen sagte, es würde nur für eine Weile sein, und schaute dann wieder weg. Sie schnäuzte sich und sah Maureen mit zusammengekniffenen Augen an. »Du hast mir nicht zu sagen, was ich tun soll«, bestimmte sie, aber in den Mundwinkeln regte sich Hoffnung. »Du bist immer noch ein freches kleines Luder. Und ich hau dir eine runter, wenn ich will. Ich würde dich jederzeit unterkriegen.« Sie sah auf die verstreuten Fleischstücke hinunter, die von den vorübergehenden Schuhen zertreten wurden. »Bist du sicher, dass du nicht eine Scheibe willst?«
Maureen lächelte, aber ihre Augen wurden feucht, und sie musste tief durchatmen und angestrengt blinzeln, um nicht zu weinen. Es waren keine schlechten Neuigkeiten: Winnie und Michael stritten sich, es gab nichts, das ihn hielt, keinen Grund hier zu bleiben. Winnie zog einen ihrer Handschuhe aus und spielte mit ihrem Taschentuch, faltete es auseinander

und suchte einen trockene Stelle. Der Ehering, den George ihr geschenkt hatte, saß lose an ihrem Finger. Winnie nahm ab, ihre Haut war dünn, und auf einem Knöchel bildete sich ein blasser brauner Altersfleck. Maureen nahm plötzlich die Hand ihrer Mutter, hielt sie fest und wärmte sie. Der Wind blies ihr die eiskalten Tränen wie krabbelnde Insekten übers Gesicht. »Mum«, wisperte sie, »meine Mum.«
Sie standen nebeneinander, schauten mit zitterndem Kinn auf Winnies Hand hinunter und weinten aus Liebe zueinander und weil ihre Lage so sinnlos und traurig war.
»Ich ertrage das nicht«, flüsterte Maureen.
»Ich auch nicht«, sagte Winnie.
Aber sie meinte nur den Augenblick, und Maureen meinte ihr ganzes Leben. Winnie führte die Hand an Maureens Gesicht, fasste sie wie eine betrunkene heilige Veronika am nassen Ohr und ließ die Finger an ihrer Wange ruhen.
Maureen schniefte heftig und zog die kalte Luft tief ein, die sie ernüchterte. »Geht er also nach London zurück?«
»Ich glaube nicht«, sagte Winnie.
»Wer hält ihn denn hier?«
Winnie schnalzte mit der Zunge. »Niemand hält ihn hier«, sagte sie. »Er hat eine Wohnung, eine Sozialwohnung in Ruchill.« Sie deutete über Maureens Schulter auf den gezackten roten Backsteinturm des alten Ruchill Hospitals am Horizont.
Maureen konnte ihn von ihrem Schlafzimmerfenster aus sehen. Sie ließ Winnies Hand fallen. »Wieso hast du mir das gesagt, verdammt noch mal?«
Winnie zuckte gedankenlos die Schultern. »Dort wohnt er eben.«
»Ich will nichts von ihm wissen, und du kommst hierher und sagst mir, dass er in meiner Nähe wohnt?«
Winnie wusste, dass sie im Unrecht war. Sie zog ihren Faust-

handschuh wieder an und drückte ihr Gesicht an Maureens Wange. »Hast du schon mal daran gedacht«, sagte sie, »dass wir anderen ihn schließlich auch kennen?«

»Was?«

»Es geht nicht nur um dich«, rief Winnie. »Er ist auch ihr Vater. Glaubst du nicht, dass sie argwöhnisch sind? Glaubst du nicht, dass ich Zweifel habe?«

»Zweifel?«, schrie Maureen. »Du blöde Ziege! Meinst du, ich bin in eine Anstalt eingeliefert worden, weil ich an krankhaften Zweifeln gelitten habe?«

»Wirf mir das nicht vor.« Winnie hob eine Hand. »Dein Nervenzusammenbruch hatte nicht nur mit ihm zu tun. Du bist schon immer ein komisches kleines Mädchen gewesen. Du warst immer unglücklich.«

Sie hatten sich fünf Monate lang überhaupt nicht gesehen, und obwohl Maureen sich genau erinnerte, wie wütend ihre Mutter sie oft machte, hatte sie doch die scheinheilige Rücksichtslosigkeit vergessen, die völlige Missachtung ihrer Gefühle, das boshafte Wohlwollen und das blinde Leugnen all dessen, was Michael getan hatte.

»Überleg dir doch mal, Winnie«, sagte sie mit zusammengepressten Zähnen, ihre Stimme nur noch ein Flüstern, »denk mal darüber nach, was er mir angetan hat. Ohne ihn wäre ich nie so unglücklich geworden. Ohne ihn wäre ich nie in die Klinik gekommen. Nach meinem Abschluss hätte ich, verdammt noch mal, eine richtige Stelle annehmen können. Ich wäre vielleicht glücklich, vielleicht verheiratet. Ich hätte vielleicht sogar den Mut, auf eigene Kinder zu hoffen. Vielleicht könnte ich schlafen. Ich könnte vielleicht in den Drecksspiegel sehen, ohne am liebsten mein blödes Gesicht zu zerkratzen.« Sie hatte die Beherrschung verloren, schrie und weinte laut auf der Straße. Mit verstohlenen Blicken sahen die Kunststudenten, die mit ihren Zeitungen und

Lunchbroten aus Mr. Paddas Laden kamen, zu ihr hinüber. »Und wofür hat er all das geopfert? Um sich einen runterzuholen.«

Winnie hatte nie an den Missbrauch geglaubt und sich bisher nie gescheut, das auch offen zu sagen. Aber diesmal kräuselte sie die Lippen und legte schamhaft die Hände zusammen. »Ist das alles, was du sagen willst?«, fragte sie, knirschte mit den Zähnen und schaute in die Ferne.

Winnie versuchte zuzuhören. Sie versuchte es tatsächlich, und Maureen hatte noch nie erlebt, dass sie das tat. Weder in ihrer Kindheit noch als sie erwachsen waren, und nicht einmal, als Maureen in der Klinik war. »Mum, dieser Mann und die Erinnerungen und alles. Ich weiß, was er getan hat. Und er weiß auch, dass er es getan hat.«

Winnie sah sich nervös um. »Müssen wir das hier besprechen?«

»Fragt er manchmal nach mir?«

Winnie schluckte und schaute weg. Sie murmelte etwas in den Wind.

»Was?«, fragte Maureen.

»Nein«, sagte Winnie leise. »Er fragt nie nach dir. Nie. Es ist, als wärst du nie geboren worden.«

»Wie wahrscheinlich ist so etwas, Winnie? Wundert es dich nicht?«

Winnie fiel keine Antwort ein. Es musste sie sehr getroffen haben. Sie schaute verärgert über Maureens Schulter. »Ich hab das hier satt«, sagte sie.

»Warum hast du mir gesagt, dass er hier wohnt? Mein Gott, hab ich es nicht schon schwer genug?«

»Dafür kannst du mir nicht die Schuld geben …«

Aber Maureen wich auf die Straße aus. Sie beugte sich vor, damit Winnie alles verstand. »Bleib mir vom Leib«, sagte sie langsam und deutete auf die weiche Brust ihrer Mutter.

»Und hör auf, mich am Telefon zu belästigen, wenn du getrunken hast.«

»Wenn ich so eine schlechte Mutter bin«, rief Winnie ihr nach, »wieso hat dann keiner von den anderen einen Nervenzusammenbruch gehabt?«

In der strengen Kälte waren Maureens Ohren schon gefühllos geworden, bevor sie den Hügel zweihundert Meter weiter hinuntergegangen war. Sie bog um eine Ecke, und der Wind fiel über sie her und blies ihr die Wimpern auseinander. Vor der Ampel blieb sie stehen und starrte auf die ausgebesserten Stellen im Asphalt. Autos und Busse drängten sich aggressiv auf der Straße, rasten über die Kreuzung, um nicht warten zu müssen. Würde sie sich auf die Straße stürzen, wäre sie auf der Stelle tot, ein Sprung von anderthalb Metern in den ewigen Frieden, und sie müsste sich nicht mehr abmühen, nicht mehr gegen den Wind anschreien, keine Alpträume, kein Michael. Sie dachte an Pauline Doyle und beneidete sie.

Pauline hatte sich im Juni umgebracht. Sie war mit Maureen zusammen in der Anstalt gewesen. Zwei Wochen nach ihrer Entlassung fand ein Spaziergänger sie tot unter einem Baum. Maureen musste immerzu an sie denken. Ihre Gedanken kehrten immer wieder an diese Stelle zurück, sprangen von ihren Sorgen direkt zu dem schönen Bild von Pauline, die friedlich im Frühling im Gras lag und sich nicht um die Insekten kümmerte, die an ihren Beinen hochkrochen.

Sie schaute auf, denn sie spürte, dass sich etwas in ihrer Umgebung verändert hatte. Das grüne Ampelmännchen blinkte, und die anderen Fußgänger waren schon fast auf der Straßenseite gegenüber. Sie lief hinterher, umklammerte die Zigarettenpackung in ihrer Tasche und ließ sich von der Aussicht auf eine Zigarette antreiben, die sie gleich in der Arbeit rauchen würde.

4
Arbeit

Der Vormittag zog sich in die Länge wie die Beerdigungsfeier eines Fremden. Maureen erwischte sich dabei, wie sie jedes Detail ihres Gesprächs mit Winnie überdachte, nach Hinweisen auf Ereignisse in der Familie suchte und zu erraten versuchte, was Winnie wirklich meinte. Liam hatte ihr gesagt, Una sei schwanger, aber darüber machte sich Maureen keine Sorgen. Sie wusste, das Baby würde vor Michael sicher sein, denn Alistair, Unas Mann, war ein sehr besonnener Mensch und hatte Maureen die Sache mit dem Missbrauch immer geglaubt. Was sie aus der Fassung brachte, war Winnies Versuch, ihr zuzuhören. Douglas hatte immer gesagt, Maureen sei in bezug auf ihre Familie übertrieben wachsam, sie halte immer Ausschau nach Signalen, Zeichen und Hinweisen auf das, was als nächstes geschehen würde. Er sagte, dies sei ein gängiges Muster bei Kindern aus zerrütteten Elternhäusern.

An Douglas' Gesicht konnte sie sich nicht mehr richtig erinnern. Nur die Augen sah sie noch vor sich, wenn er lächelte und ihr zublinzelte, ein Bruchstück der Erinnerung, das in der Leere herumschwirrte wie ein einzelner Filmstreifen. Maureen schaute über den Schreibtisch zu Jan hinüber.

Jan war groß, blond und um die Taille herum pummelig. Sie hatte eine unerklärliche Neigung, Grün und Lila zu kombinieren und dann darüber zu kichern, als sei sie ein besonderes Original. Sie wohnte bei ihren Eltern im Süden der Stadt, nahm ihnen aber übel, dass sie in ihrem geheizten Haus wohnte und von ihren Lebensmitteln lebte. Die

Eltern waren kürzlich in Rente gegangen und schienen ihre Zeit damit zu verbringen, im Haus herumzusitzen und über Kleinigkeiten zu streiten. Jan versuchte Maureen immer wieder für ihre langweiligen Geschichten zu interessieren, indem sie ihr Fragen über ihre eigenen Eltern stellte. Hatten sie manchmal Krach, waren sie glücklich, wer brachte den Mülleimer raus? Maureen bastelte eine Geschichte zusammen über eine nette Familie mit zwei Kindern und einer ergebenen Mutter, die sehr fromm war. Ihr Vater hatte sie verlassen, als sie noch sehr klein waren. Sie erinnerte sich nicht an ihn, aber er war ein bärtiger Seemann gewesen, der sein Geld verspielte. Wenn sich Maureen ihren fiktiven Vater vorstellte, sah sie ihn immer mit einem gelben Südwester am Steuerrad eines Fischerboots vor sich und einer Spielzeugbrille mit Augen, die durch einen Federmechanismus nach vorn schnellten.

»Gehen wir eine rauchen?«, fragte Jan.

»Gleich«, sagte Maureen und starrte wieder auf das Kapitel über Wohnrecht im Gesetzbuch. Es ergab keinen Sinn. Durch eine der Regelungen schienen die gesetzlichen Bestimmungen sich selbst zu widersprechen. Sie war in solchen Dingen einfach hoffnungslos. Man hatte ihr die Stelle wegen Leslie und der Plakate gegeben, nicht weil sie bewiesen hatte, dass sie Wohngesetze analysieren oder Zusammenfassungen schreiben konnte. Die wenigen Berichte, die sie vorgelegt hatte, waren höflich zur Überarbeitung zurückgeschickt worden, und ihr war klar, dass das Komitee den enthusiastischen Glauben an sie zu verlieren begann.

Da man mit einer Kürzung der Mittel gerechnet hatte, war das Büro des Frauenhauses in die Stadtmitte von Glasgow verlegt worden, wo die Mieten am billigsten waren. Es war ein hässlicher grauer Raum ohne Fenster. Die Kürzungen waren wegen der Plakataktion zwar aufgeschoben worden,

aber das Zentrum blieb dort, und man sparte an allen Ecken und Enden und machte sich auf harte Zeiten gefasst.
Die Plakatkampagne war eine der wenigen uneigennützigen Aktionen, die Maureen mit Douglas' Geld unternommen hatte. Leslie hatte dem Komitee von dem Plan nichts mitgeteilt. In einer langen Nacht hatten sie die Stadt von Westen nach Osten mit Plakaten überzogen. Nicht viele Leute riefen bei dem für den Fonds zuständigen Gremium unter der angegebenen Telefonnummer an, um zu protestieren. Das Bild auf dem Plakat war ziemlich undefinierbar, und obwohl die meisten Leute nicht wussten, worum es ging, wurden die Kürzungen um sechs Monate verschoben. Nach der Entscheidung hatten alle im Büro über die Plakate gerätselt, und schließlich hatte Leslie ein Meeting einberufen und die Verantwortung übernommen. Sie teilte ihnen mit, dass ihre Freundin den Plan ausgedacht und selbst dafür bezahlt hatte und dass sie ehrenamtlich für sie arbeiten wolle, wenn sie einen Platz für sie finden könnten. Als sie sahen, dass Maureen einen Universitätsabschluss hatte, übertrugen sie ihr die Bearbeitung der Wohnungsangelegenheiten. Vor zwei Monaten war sie noch eine Heldin gewesen, und alle im Büro hatten mit ihr reden wollen. Der Schreibtisch, den sie sich mit Jan teilte, stand direkt an der Tür, und sie konnte damals kaum eine Stunde am Stück arbeiten, weil ständig Frauen zu einem Schwatz vorbeikamen. Jetzt hatte sie viel mehr Zeit.
Selbst wenn sie sich nur widerwillig auf den Weg zur Arbeit machte, brauchte sie von zu Hause nur zehn Minuten. Sie hasste das hässliche Büro, den endlosen Fluss gebrochener Frauen, die sie zurückweisen mussten, und die gelegentlichen Spannungen und Reibereien mit Leslie. Mindestens ein- oder zweimal pro Tag wollte Maureen am liebsten aufstehen und fortgehen, aber sie tat es nicht. Wenn sie aufgab, würde sie Leslie enttäuschen, und außerdem hatte ihre

Arbeit einen Sinn. Eine Weile könnte sie noch bleiben, bis das Geld alle war. So verbrachte sie ihre Tage in dem Bemühen, vor Jan nicht in Tränen auszubrechen, Leslie aus dem Weg zu gehen und inkompetente Berichte über Wohnrechtsvorschriften zu schreiben.

Jan stand auf und zog ihren Mantel an.

»Eine Benny Hedgehog?«, fragte sie und nahm ihre Zigarettenpackung vom Tisch.

»Nee«, antwortete Maureen und nahm eine von ihren eigenen. »Ich rauche lieber eine Silkie.«

Sie vergewisserten sich, dass sie Streichhölzer dabeihatten, und gingen auf die Straße hinunter.

Die Angestellten durften in dem grauen Großraumbüro nicht rauchen. Die Klimaanlage funktionierte nicht richtig, und das Komitee hatte deshalb beschlossen, dass nur die wartenden Besucherinnen rauchen dürften. Jan und Maureen verbrachten einen großen Teil des Tages auf der Straße und suchten nach Gesprächsstoff. In den Cliquen ausgesperrter Raucher herrscht meistens ein vertrauter, kameradschaftlicher Ton, wenn sie sich in den Zehn-Minuten-Pausen zusammenfinden. Im Büro verbrachte Maureen plötzlich sehr viel Zeit mit Jan und anderen Frauen, die sie nicht interessierten. Sie versuchte, an der Unterhaltung teilzunehmen, ohne zu weinen, und bemühte sich richtig zu reagieren, wenn Jan mit geflüsterten Vertraulichkeiten die Freundin mimte.

»Alles in Ordnung?«, fragte Jan, als sie die erste Treppe hinuntergingen. »Du siehst ’n bisschen blass aus heute.«

»Ich brauch ’ne Zigarette.«

»Ich glaube, du kriegst ’ne Grippe.« Jan senkte die Stimme. »Hast du von Ann gehört?«

»Ann?«, fragte Maureen.

»Ann Harris, erinnerst du dich? Sie ist mit einer Menge

Schnittwunden zu uns gekommen, hatte überall Blutergüsse, wollte aber nicht zur Unfallstation. Sie war in Leslies Unterkunft gezogen.«

Maureen konnte sich an Anns merkwürdigen Teint erinnern. Ihre rote Haut kontrastierte mit dem gelben Haar, und es sah immer so aus, als ärgere oder schäme sie sich oder als würde ihr gleich übel werden. Sie trug ein großes gelb-goldenes Armband mit eingraviertem Namenszug, das den Kontrast noch verstärkte, so als wolle sie den Makel verbrämen. Maureen hatte festgestellt, dass das Tragen großer Schmuckstücke eine Eigenheit der sehr Reichen und der ganz Armen war – bei beiden aus demselben Grund. Vor allem aber konnte sie sich an Ann erinnern, weil nur wenige Frauen so schlimm zusammengeschlagen zu ihnen kamen. Bei den meisten entstand der Entschluss wegzugehen erst im Laufe eines langen, allmählichen Prozesses der Erkenntnis.

Ann war schlimm zugerichtet und voller Angst in das Zentrum gekommen. Sie roch nach dem billigem Fusel eines langen Besäufnisses und wollte gleich fotografiert werden, noch bevor man ihr einen Unterkunftsplatz zugewiesen hatte. Man bot den Frauen immer diese Fotos an. Sie dienten als Beweismaterial für Verbote und Strafverfolgung. Gewöhnlich kümmerten sich die Frauen nicht um Beweise, sondern wollten einfach nur von zu Hause weg, um sich sicher zu fühlen, aber Ann wollte die Fotos. Sie sagte, sie wolle keine Strafverfolgung, wohl aber, dass für alle Fälle etwas für die Akten festgehalten werde. Sie saß auf einem der Plastikstühle neben Maureen und wartete auf die Befragung und wartete dann wieder, bis Katia die Kamera aufgestellt hatte. Sie saß da und starrte auf den Boden, nahm die Zigaretten, die Maureen ihr anbot, und rauchte vorsichtig, denn sie hatte einen Riss an der Unterlippe. Die Schwellung war daumendick wie ein Kollagenimplantat.

»Tja«, sagte Jan, »sie ist verschwunden.« Sie schien schockiert, als hätte das Ende der Geschichte sie sehr überrascht.
»Wahrscheinlich liegt sie irgendwo betrunken herum«, sagte Maureen.
»Nein«, sagte Jan, »sie hat ihr Schließfach leergemacht, und jetzt ist sie weg.«
»Na ja, dann ist sie eben gegangen«, sagte Maureen. »Was ist daran so erstaunlich? Viele Frauen verschwinden, ohne etwas zu sagen.«
Jan hatte die Geschichte von anderer Seite gehört, und dort war man sehr überrascht gewesen. Sie wusste nicht mehr, warum, aber sie erinnerte sich, dass es so war. Sie machte die Glastür auf, schlüpfte auf die Straße hinaus; sie musste wohl einen Teil der Geschichte vergessen haben.
Als Katia mit ihrem knallroten Haarschopf vor der Tür auftauchte, war Maureen versucht, umzudrehen und wieder hinaufzugehen.
»Oh, hi«, sagte Katia, als sie sich herauslehnte. »Wie geht's?«
Katia war sehr hübsch, hatte eine perfekte Figur und trug ihre rotgefärbten Haare zu Zöpfchen geflochten.
»Nicht schlecht«, sagte Jan und kauerte sich neben sie.
Der zurückgesetzte Eingang war im Winter die beste Stelle für Raucher. Aus einem Luftschacht kam warme Luft, vermischt mit dem köstlichen Geruch nach frischem Brot aus einer Bäckerei. Es gab nur Platz für zwei Personen, und Maureen musste auf der kalten, nassen Straße stehen und mit dem Gesicht ganz nah an die beiden herankommen, um sich an der windgeschützten Stelle ihre Zigarette anzünden zu können.
»Hi, Maureen«, sagte Katia. »Sprichst du nicht mit mir?«
Maureen verzog die Lippen zu einem Lächeln.
»Ich glaube, sie kriegt die Grippe«, sagte Jan wohlwollend. »Mein Vater hat sie auch schon.«

»Ja.« Katia lächelte etwas dümmlich und berührte Maureens Wange. »Du siehst sehr blass aus.«
Maureen zündete schnell ihre Zigarette an und hoffte insgeheim, Katias Hand dabei zu verbrennen, schluckte dann aber alle Bosheit hinunter.
»Arschkalt«, sagte Jan, nickte und stampfte mit den Füßen.
»Ja«, sagte Katia, zog die Pelzkapuze ihres Parkas hoch und beobachtete dabei Maureen, »eiskalt.«
Vor ihnen stieß ein Lastwagen mit lautem Hupen zurück, und Maureen nahm einen langen Zug aus ihrer Zigarette.
»Und wie geht's dem lieben Vikram?«, fragte Katia, als der Laster angehalten hatte.
»Gut«, sagte Maureen.
»Das ist schön«, war Katias bissige Antwort. Sie begriff, dass die Unterhaltung sich nicht weiterentwickeln würde, zog ein letztes Mal an der Zigarette und warf die Kippe auf die Straße. »Also, bis später.«
Weder Jan noch Maureen gaben ihr eine Antwort. Katia ging wieder hinein.
»Ich weiß auch nicht, warum«, sagte Jan und schien ein schlechtes Gewissen zu haben, »aber irgendwie mag ich sie nicht so recht.«
Maureen drückte sich neben sie in den gemütlichen Winkel des Torwegs. »Ich auch nicht.« Sie hegte eine bittere Abneigung gegen Katia, seit Viks Band im Nice and Sleazy gespielt hatte. Katia und Maureen waren einander im Büro begegnet, kannten sich damals aber überhaupt nicht. Vik hatte Maureen an den Tisch für die Freundinnen der Bandmitglieder gesetzt, und Katia hatte sie von der Bar aus erspäht. Geschmeidig glitt sie zwischen den Tischen hindurch, setzte sich neben Maureen und schrie gegen die Musik an, sie hätte nicht erwartet, sie hier zu sehen und ob ihr die Band gefiele? Ja, Maureen gefiel die Band. Katia kannte sie schon seit einer

Ewigkeit, hatte ihre Radiosendungen mitgekriegt und die ersten Bandfotos gemacht. Sie machte Anspielungen, erwähnte andere tolle Abende und ließ durchblicken, dass sie erst kürzlich mit Vik ausgegangen war und dass es sie überraschte, dass es Maureen gelungen war, ihn sich zu schnappen. Als Vik später dazukam, machte Katia eine große Szene, küsste ihn und hing an seinem Hals. Maureen saß am Tisch, zog ihren Mantel eng um sich und fühlte sich verletzt, weil sie wegen eines Freundes, den sie gerade mal anderthalb Minuten kannte, in eine demütigende Konkurrenzsituation gedrängt wurde.

»Du siehst aber tatsächlich blass aus, Maureen«, sagte Jan.

»Es geht mir gut, wirklich.«

»Vielleicht kriegst du die Grippe.«

»Ehrlich, Jan, mir geht's gut.«

»Dad ist halb tot von dieser Grippe«, sagte Jan. »Es ist ein schlimmes Virus.«

»Ja, ich brauche noch eine Zigarette. Hast du deine dabei?«

Jan hielt sie ihr hin und sah, wie Maureens Hand zitterte, als sie sie ansteckte.

»Ich glaube, du hast recht. Ich glaube, ich kriege die Grippe.«

»Vielleicht solltest du dir ein paar Tage freinehmen.«

Vom Hauseingang aus beobachtete Maureen die Fußgänger, die mit ihren Einkaufstüten auf dem Weg zur Arbeit an ihnen vorbeieilten. Jedes Gesicht konnte das von Michael sein. Sie wusste nicht, wie er jetzt aussah; sie erinnerte sich nur, dass er zweimal so groß wie die anderen Familienmitglieder war. Er wusste, wie sie aussah. Er hatte bestimmt ihr Abschlussfoto bei Winnie an der Wand gesehen. In Gedanken ging sie die Straßen in Ruchill durch und fragte sich, wo die Stadt ihn einquartiert haben mochte. Sie konnte den Turm von ihrem Schlafzimmerfenster aus sehen. Es war eine Klinik für Geschlechtskrankheiten, im Vorbau konnte man gebrauchte

Spritzen gegen sterile eintauschen. Maureen war einmal zu einem HIV-Test dort gewesen, besorgt, aber gesund, und die Schwester hatte ihr erzählt, dass das Krankenhaus so weitab auf einen Hügel über der Stadt gebaut worden war, weil es früher ein Fieberhospital gewesen war. Auf dem Höhepunkt einer Epidemie hatten die Stationen hundert Patienten beherbergt, sagte sie. Sie lagen in den Betten dicht nebeneinander und oft waren sie schon stundenlang tot, bevor man sie endlich hinaustragen konnte. Ruchill war eine heruntergekommene Gegend, die Häuser waren mit Brettern vernagelt, es gab keine Läden, nur ein berüchtigtes Pub aus Betonblocks, schwarz gestrichen und mit hohen, kleinen Fenstern. Es sah aus wie ein Unterstand für Maschinengewehrschützen, und sie dachte, dass Michael da möglicherweise ein und aus ging.

Maureen und Jan waren fertig mit ihren Zigaretten, standen aber noch in der Kälte, wärmten sich am Luftschacht der Bäckerei und sahen dem Verkehr zu.

»Das kann mir heute nichts mehr anhaben«, murmelte Maureen.

»Ich weiß, was du meinst«, sagte Jan.

Sie stiegen langsam die Treppe hinauf und zogen ihre Mäntel aus.

Es war Spätnachmittag, ein paar Minuten vor der Besprechung der Hausleiterinnen, als Leslie in ihren Lederklamotten mit dem Helm in der Hand durch die Doppeltür geschlendert kam. Leslies kurzes, ungewaschenes Haar stand ab wie bei einem vom Wind zerzausten Hamster. Ihre Haut war fahl, die großen runden Augen schwarz, und sie wurde immer für größer gehalten, als sie war. Sie betrat jeden Raum, als wolle sie dort Geld einfordern.

»Alles klar, Mauri?«, fragte sie und nickte, überrascht und offenbar erfreut sie zu sehen.

»Und bei dir, auch alles in Ordnung?«, sagte Maureen.
Leslie sah zu Jan hinüber, beugte sich über Maureens Schreibtisch und murmelte: »Was machst du später?«
»Nichts.«
»Kommst du mit etwas essen?«
»Mhm«, sagte Maureen und errötete vor Freude.
»Gehen wir doch ins Finneston«, sagte Leslie und richtete sich auf. »Ich hol dich ab, wenn ich fertig bin. Hast du das über Ann Harris gehört?«
»Ja, hab ich.«
Leslie wollte etwas sagen, bemerkte aber, dass Jan sie beobachtete, und hielt inne. »Ich komm dann bei dir vorbei«, sagte sie und ging zu ihrer Besprechung.
Jan saß mit einem gezwungenen Lächeln an ihrem Tisch, verärgert, dass Leslie sie übergangen hatte. Maureen hätte ihr erklären können, dass Leslie nicht absichtlich unfreundlich zu ihr war, sondern einfach allgemein unhöflich, aber dann wäre Jan vielleicht um den Schreibtisch herumgekommen und hätte einen Schwatz begonnen, deshalb ließ sie es lieber bleiben. Jan versuchte nett zu lächeln. »Leslie hat immer ein persönliches Interesse an Ann gehabt, oder?«
»Oh ja«, sagte Maureen und blätterte in ihren Unterlagen.
»Ich habe gehört, dass sie das Komitee bat, Ann ihrer Unterkunft zuzuteilen, stimmt das?«
Das Zentrum war pleite, und die Leiterinnen der einzelnen Frauenhäuser arbeiteten mit Budgets, die hauptsächlich aus frommen Wünschen bestanden. Niemand wünschte sich neue Bewohnerinnen. Jeder versuchte sie an die anderen loszuwerden.
»Keine Ahnung«, sagte Maureen ratlos. »Ich weiß nichts darüber.«
Sie ging hinunter auf die Toilette, um alleine zu rauchen und nachzudenken.

5
Ann

Ann war seit einem Monat nicht mehr gesehen worden. Fünf Tage nach Weihnachten hatte sie das Haus verlassen und war nicht zurückgekommen. Die anderen Frauen im Haus machten sich keine Gedanken darüber. Sie dachten, sie sei zu ihrem Mann zurückgekehrt. Die Kinder waren noch bei ihm, und es war für Ann bestimmt schwer, nicht bei ihnen zu sein, besonders über Weihnachten. Auch die Polizei machte sich keine Gedanken. Man glaubte ihrem Mann, dass er nichts von ihr gehört oder gesehen hatte. Aber Leslie machte sich Sorgen. Ann hatte einen Stoß Fotos dagelassen. Es waren Bilder aus ihrer Kindheit, Schnappschüsse von Geburtstagsfeiern und Hochzeitstagen. Ann als junges Mädchen in einer Fabrik mit ihren Kolleginnen. Ann auf einem Klinikbett, mit sanftem Lächeln auf das Neugeborene in ihren Armen hinabblickend, als läge dort die ganze Welt. Es war auch ein Polaroidbild von einem großen Mann dabei, der auf dem Pausenhof einer Schule stand. Er trug einen Kamelhaarmantel und eine Brille mit getönten Gläsern, stand grinsend da und hielt einen störrischen sechsjährigen Jungen an der Hand. Maureen kam zu einer Reihe verwackelter Bilder, die alle das gleiche Format hatten. Ann mit einer wunden Lippe und ein paar andere Frauen vor einem Weihnachtsbaum, hinter ihnen Leslie, die gerade die Arme hob und deren Pupillen im Blitzlicht rot wie die eines Dämons erschienen.

»Die sind an Weihnachten im Haus aufgenommen worden, oder?«, fragte Maureen.

»Ja«, sagte Leslie.
»Wie hast du es geschafft, dass die Frauen sich fotografieren ließen?«
»Ich hab sie einfach gefragt.« Leslie zuckte die Schultern. »Es war doch Weihnachten. Wir versuchen, es so normal wie möglich zu halten.«
Es war schon spät. Bei der Besprechung hatte man überzogen, und die Leiterinnen der anderen Häuser waren so schnell wie möglich in ihre warmen Wohnungen zu ihren hungrigen Kindern geeilt und ließen Maureen und Leslie allein im Büro zurück. Sie saßen auf der Kante von Maureens Schreibtisch und horchten auf den Wind, der durchs Treppenhaus pfiff, ließen die Asche ihrer verbotenen Zigaretten auf den Boden fallen und traten sie in den Teppich. Leslie war nach ihrem Meeting in einer anderen Stimmung, vernünftig und ernst, und sie sah Maureen nicht an.
»Die hätte sie nicht dagelassen«, sagte Leslie und nahm die Fotos von Maureen zurück. »Ich weiß, dass sie das nicht getan hätte.«
»Hast du sie recht gut gekannt?«, fragte Maureen und versuchte, ihr in die Augen zu sehen.
Leslie blies ihr eine Rauchwolke ins Gesicht. »Nein«, sagte sie und rieb sich das Auge mit dem Handballen. »Eigentlich nicht.«
»Aber wie weißt du dann, dass sie die Fotos nicht dagelassen hätte?«
Leslie ließ ihre Kippe in einen leeren Kaffeebecher fallen. »Ich weiß einfach, dass sie das nicht tun würde. Sie würde sie nur dalassen, wenn sie davon ausginge, dass sie zurückkommt.«
Aus der Tasse qualmte der Rauch wie aus einem Kochbecher im Labor eines verrückten Professors. »Vielleicht hat sie sie einfach vergessen«, sagte Maureen, griff in die Tasse und

drückte die Zigarette aus; klebrige, übel riechende Nikotinspuren blieben an ihren Fingern.
»Die Bilder von ihren Kindern würde sie nicht vergessen – sie hat andauernd von ihnen gesprochen.«
»Vielleicht wollte sie ein neues Leben anfangen«, sagte Maureen, »aber sie hat sich betrunken, ist einfach durchgedreht und abgehauen. Viele Leute tun so was. Es war Weihnachten, da geht es doch immer sehr emotional zu.«
Leslie schüttelte den Kopf. »Ich glaube, es hatte etwas mit der Karte zu tun, die sie bekommen hat. Sie kam am dreißigsten Dezember an und hat Ann ganz durcheinandergebracht. Eine Stunde später ging sie weg.«
»Bekommen die Frauen im Haus oft Post?«
»Manche bekommen Bewerbungsformulare für einen Arbeitsplatz und so, aber ihr Kuvert sah nicht amtlich aus.«
»Hast du die Karte gesehen?«
»Den Umschlag hab ich gesehen. Die meiste Post, die wir bekommen, sind Rechnungen und so was, alles geht an mich, und ich gebe es weiter. Sie hat mir nicht gesagt, was es war.«
»Woher weißt du denn, dass es eine Karte war?«
Leslie dachte nach. »Das Kuvert war quadratisch, steif und sah weihnachtlich aus. Es war rot.«
»Und gleich danach ist sie verschwunden?«
Leslie nickte. »Innerhalb von ein paar Stunden«, sagte sie steif. »Ich mache mir Sorgen um sie. Ich habe Angst, dass ihr etwas passiert ist.«
Maureen sah Leslie an. Sie hatte das deutliche Gefühl, angelogen zu werden, dass Leslie ihr etwas verschwieg und sie in eine Ecke drängte. »Na ja, andere Frauen haben doch auch das Haus verlassen, ohne etwas zu sagen, und du hast dir nicht so große Sorgen um sie gemacht.«
»Aber normalerweise kommt es nicht so plötzlich. Meistens

gibt es Anzeichen, wenn jemand weggehen will, sie machen Andeutungen oder ziehen sich zurück.« Leslie sprach wie bei einem Vortrag. »Gewöhnlich bleiben sie dann immer länger weg, hier und da mal eine Nacht, nehmen ein paar ihrer Sachen mit und kommen irgendwann einfach nicht wieder. Ann hat das nicht so gemacht. Sie war ganz plötzlich fort.« Leslie warf Maureen einen Blick aus dem Augenwinkel zu, um zu sehen, ob ihre Argumentation überzeugte, und tat dann wieder so, als schaue sie sich weiter intensiv die Fotos an.

»Aber Ann hat getrunken«, sagte Maureen, »und Alkoholikerinnen tun doch verrückte Sachen.«

»Woher weißt du, dass sie trank?«, fragte Leslie schnell.

Maureen zeigte auf eine Reihe Plastikstühle neben ihrem Tisch: »Weil sie neben mir saß. Eine Stunde war sie da, kam und ging, während man ihre Formulare ausfüllte und die Kamera aufgestellt wurde. Ich hab es gerochen.«

Leslie zuckte verärgert die Schultern. »Na und, was soll das heißen?«, sagte sie. »Wir beide trinken ja auch.«

»Aber Ann ist da schon in einer anderen Liga, oder?«, sagte Maureen und dachte, vielleicht gehöre Leslie ja doch dazu. Maureen wusste nicht genau, wie viel sie zur Zeit trank. »Hat Ann während ihrer Zeit in deinem Haus getrunken?«

»Manchmal.«

»Das ist gegen die Vorschriften, oder?«

Leslie sah sie an. »Im Haus selbst hat sie nie getrunken.« Sie klang, als müsse sie sich verteidigen. »Oft sagte sie, dass sie einkaufen ginge, und dann kam sie betrunken zurück.«

Maureen drückte ihre Zigarette im Becher aus, so dass ihre Finger noch schlimmer rochen. Sie hatte eigentlich keine Lust, in diesem öden Büro zu hocken und herumzurätseln, was Leslie wirklich vorhatte. Wenn Leslie ihr nicht mehr Vertrauen entgegenbrachte, dann sollte sie sich verdammt

noch mal jemanden suchen, dem sie trauen konnte, und sollte den mit der Sache langweilen.
»Ich hab gehört, du hättest darum gebeten, sie bei dir unterzubringen«, sagte Maureen.
»Nein, das hab ich nicht.«
»Ich hab es aber gehört. Und dabei dachte ich, dass dir das Geld ausginge.«
»Das ist vollkommener Blödsinn«, sagte Leslie gereizt und verärgert. »Ich hab mich nicht darum bemüht, dass sie bei mir einzog, ich hatte nur zufällig einen Platz frei.«
Maureen schaute sie an und pfiff leise durch die Zähne. »Leslie«, sagte sie, »kanntest du Ann schon vorher?«
»Nein.«
»Warum hast du dann so großes Interesse an ihr?«
Leslie hielt inne und nahm eine weitere Zigarette aus der Packung, aber Maureen wusste, dass sie keine Kettenraucherin war. Sie zündete sie nur an, um sich mit etwas zu beschäftigen und um Maureen nicht ansehen zu müssen.
»Ich kenne Ann nicht«, sagte Leslie langsam und bedächtig, »aber ich mach mir Sorgen um sie.« Sie presste die Zigarette zwischen die Lippen und hielt das Feuerzeug daran. Die orangefarbene Flamme hob die Konturen ihres Gesichts scharf hervor, und Maureen sah, wie kläglich Leslies Kinn zitterte. Was immer sie auch verbarg, es ließ sie bestimmt nicht ruhig schlafen.
Leslie blickte auf das Polaroidbild mit dem großen Mann und dem kleinen Jungen. Der Junge hatte Anns wuscheliges gelbes Haar und ihre rosa Haut. Aber er sah nicht glücklich aus, und Maureen konnte erkennen, dass er sich loszumachen versuchte. In der freien Hand hielt er eine selbstgebastelte Weihnachtskarte, mit glitzernden Farben und aufgeklebter Watte verziert. »Ist das Anns Kleiner?«, fragte sie leise.

»Ja«, sagte Leslie, und ihre Stimme war ein bisschen höher und versagte fast. »Sie hat noch drei andere, lauter Jungs.«
»Er sieht ihr ähnlich, nicht?«
Leslie nickte, räusperte sich und gewann ihre Fassung zurück. Maureen setzte sich wieder auf den Schreibtisch neben sie und tat, als sehe sie sich das Bild an, blieb aber dicht neben ihr, so dass ihre Hüften sich berührten. »Nachdem sie aus dem Büro wegging, habe ich sie nicht mehr gesehen«, sagte Maureen leise. »War ihre Lippe dann wieder heil?«
Leslie nickte. »Ja. Sie hat eine Narbe, aber die Schwellung ging ziemlich bald zurück.« Die Röte stieg ihr ins Gesicht. »Mauri, ich habe Angst, dass sie tot ist«, platzte sie heraus.
Maureen schaute sie an und hätte vor Überraschung fast gelacht. »Was bringt dich denn auf die Idee?«
»Das hier.« Leslie fuchtelte mit dem Foto in ihrer Hand. »Es sind Bilder von allen wichtigen Ereignissen in ihrem Leben. Sie hätte sie nicht hiergelassen. Ich glaube, jemand war hinter ihr her.«
»Na hör mal, Leslie, es ist ein Haus für misshandelte Frauen, da ist doch hinter allen jemand her.«
»Aber das ist etwas anderes.«
»Warum ist es anders?«
Das war jedoch genau die Frage, die Leslie nicht beantworten wollte. »Ich meine, wir sollten sie suchen«, sagte sie. »Mal sehen, was wir rausfinden können.«
»Wir wüssten doch gar nicht, wo wir anfangen sollen.«
»Letztes Mal haben wir es auch geschafft.«
»Ja«, sagte Maureen, »aber letztes Mal hast du nicht gelogen wie gedruckt.«
Sie saßen nebeneinander und sahen sich im Büro um, als hätte jemand auf einem der Schreibtische die Antwort liegen lassen. Maureen rieb sich das Auge. »Winnie hat mich heute Morgen aufgesucht«, sagte sie und fiel damit in ihre alte

Gewohnheit zurück, Leslie alles zu erzählen, was ihr gerade in den Sinn kam. »Michael hat eine Wohnung in Glasgow.« Sie wünschte, sie hätte es nicht gesagt. Unwillkürlich erzählte sie Leslie ihre intimsten Sorgen, auch wenn Leslie gar nicht bei der Sache war und ihr Maureens Probleme gleichgültig waren.
Leslie sah sie herausfordernd an. »Wenn er dich irgendwie belästigt«, sagte sie, »schlag ich ihm die Zähne ein.«
»Ja, ja«, sagte Maureen skeptisch. »Schon gut.«
Leslie hatte damals, als sie Angus verfolgten, alles verpatzt. Es war das einzige Mal gewesen, dass Maureen sie gebeten hatte einzugreifen, aber trotzdem redete Leslie noch immer in einer besonders harten Gangstersprache. Maureen vermutete längst, dass das Bedürfnis, sich so kaltblütig zu geben, die Reaktion auf eine tiefe Angst war, die sie verbittert hatte. Leslie arbeitete schon lange im Frauenhaus und musste sich von den Frauen distanzieren. Wenn sie nicht klarkam, dann wäre sie selbst eine Kandidatin, ein potenzielles Opfer, ebenso verletzlich wie alle anderen, und sie stünde selbst auf der Warteliste, um vergewaltigt, geschlagen und vom Schicksal verfolgt zu werden.
»Hast du Hunger?«, fragte Leslie und zog ihre Lederjacke über.
Maureen zuckte die Achseln. Sie hatte keine Lust, einen Abend mit dieser neuen, distanzierten Leslie zu verbringen, von der sie angelogen wurde. Sie fühlte sich wie ein Dummkopf und musste so tun, als mache es ihr nichts aus. Lieber wäre sie alleine, zu Hause mit einer Flasche Whisky und der unproblematischen Gesellschaft des Fernsehens.
»Und – kommst du mit, oder was?«
Müde nahm Maureen Mantel und Tasche und folgte Leslie nach unten.
Es war erst sieben, aber schon so dunkel, als sei es Mitter-

nacht. Ein dünner Nieselregen fiel, wurde von dem kräftigen Wind in alle Richtungen gewirbelt und haftete an allen Flächen. Leslies Motorrad war auf der anderen Straßenseite geparkt. Sie gab Maureen den zweiten Helm aus der Gepäckbox, und beim fünften Durchtreten lief der Motor endlich an. Maureen legte die Arme um Leslies Taille und ließ den Kopf auf ihre Schulter sinken.

Die Straße war glatt vom Regen, und Leslie fuhr zu schnell. Sie schlängelte sich zwischen Transportern und Autos durch und ließ den Motor aggressiv aufheulen, bevor sie hochschaltete. Am Fuß eines Hügels schlitterte sie in einer scharfen Kurve, plötzlich durchzuckte sie Angst, aber sie korrigierte sich und fand in letzter Minute das Gleichgewicht wieder. Maureen dachte, sie würden stürzen, vielleicht sogar umkommen, aber diese Möglichkeit erfüllte sie mit einer merkwürdigen Hochstimmung. Die Straße flog unter ihr hinweg, und sie ließ Leslie los, hielt sich an nichts mehr fest und fühlte, wie der Wind gegen sie blies und ihr fast das Gleichgewicht nahm. Sie schwankte auf dem Sitz wie ein Schilfrohr im Wind, als sie durch die nasse Stadt nach Westen fuhren.

6
Freundinnen für immer

Maureen war sich schon immer darüber klar, dass Leslie ein unverschämtes Miststück sein konnte, aber bis jetzt hatte sie sich nie gegen sie gewandt. Nie hätte sie es für möglich gehalten, dass sie sich wegen eines Mannes überwerfen könnten, denn sie gehörten nicht zu dieser Art Frauen. Sie standen über diesen Dingen, sie hatten eine gemeinsame heldenhafte Geschichte und waren viel zu eng befreundet. Maureen war der irrigen Meinung gewesen, dass Cammy wie die anderen nur eine vorübergehende Angelegenheit sein würde. Zweimal war sie mit ihnen ausgegangen, aber danach hatte sie immer das unangenehme Gefühl, dass man über sie gesprochen hatte, vielleicht nur Gutes, aber trotzdem.

Sie waren erst seit zwei Monaten zusammen, aber Leslie hatte sich verändert. Sie wollte mit niemand anderem mehr ihre Zeit verbringen als mit Cammy und beeilte sich immer, nach Hause zu kommen. Sie fing an, über Kinderkriegen zu reden und sich anders zu kleiden. Sie kaufte sich eine neue Lederhose für die Freizeit, was an sich schon kaum zu fassen war, und kombinierte sie dann mit gewagten, weit ausgeschnittenen Tops, die sie billig und zerbrechlich aussehen ließen.

Als sie das letzte Mal zusammen ausgehen wollten, hatte Leslie Maureen versetzt. Maureen wartete an der Bar, trank zuerst nur wenig und sah alle fünf Minuten, dann alle drei Minuten und schließlich jede verdammte einzelne, demütigende Minute auf die Uhr, bis ihr klar wurde, dass Leslie nicht kommen würde. Sie rief sie an. Leslie sagte, sie hätte es vergessen und es tue ihr leid. Maureen fragte, wie sie das habe vergessen können, wo sie doch diese Scheißverabredung erst am Abend zuvor getroffen hatten. Leslie flüsterte Cammy kichernd zu, er solle aufhören, und Maureen wurde rot, als sie hörte, wie die beiden miteinander beschäftigt waren und sie ausschlossen. Sie warf den Hörer auf die Gabel, stapfte zu ihrer Wohnung zurück und kam sich blöd vor.

Maureen und Leslie hatten sich durch ihre gemeinsame Angst vor dem Slosh, einem schottischen Tanz, kennengelernt. Es war eine schreckliche Hochzeit gewesen. Lisa und Kenny waren kaum zwanzig und erst seit sieben Monaten zusammen, in denen sie zuviel getrunken, gestritten und Sex in der Öffentlichkeit gehabt hatten. Das Essen schmeckte fade, die Braut war betrunken, und der Bräutigam machte während des Empfangs Grimassen für die Videokamera. Die allgemeine Meinung, dass die Heirat der beiden keine weise Entscheidung war, verlieh dem Empfang eine gewisse aufgekratzte Stimmung. Alle lachten zu laut, benahmen sich schon angeheitert, bevor sie es waren, und tanzten ausgelassen. Maureen und Leslie saßen allein und griesgrämig an zwei nebeneinander stehenden Tischen, während alle anderen derb herumtobten und einander schwankend und juchzend an den Kleidern zerrten. Leslie sah Maureen mit finsterem Blick an, schnorrte eine Zigarette von ihr und prophezeite, die Band werde gleich den Slosh spielen. Der Slosh ist ein geschmackloser Tanz, bei dem auf schottischen Hochzeiten alle Frauen hintereinander hertanzen, und es ist bei Strafe verboten, nicht daran teilzunehmen. Eine Weigerung bedeutet, dass man in einem strengen Ritual auf den Tanzboden geschleift wird.

»Lass uns hier verschwinden«, sagte Maureen, und sie zogen sich für den Rest des Abends an die Bar zurück.

Sie tranken Whisky und rauchten billige, trockene Zigarren, die sie dort kauften. Maureen hielt sie einfach nur für große Zigaretten und inhalierte kräftig. Am nächsten Tag konnte sie kaum sprechen, was aber auch vom Schreien kam; es war der anregendste Pubstreit gewesen, den sie je gehabt hatte. Leslie hielt Frauen und Männer von Geburt an für verschieden, während Maureen meinte, dass geschlechtsspezifisches Verhalten angelernt sei. Leslie fällte auf Grund magerster Beweise Pauschalurteile über das Wesen von Männern und Frauen. Alle Männer seien schlechte Autofahrer, arrogant und dickköpfig, alle Frauen dagegen gütig und hilfsbereit. Das klang nach schlimmster Frauenfeindlichkeit mit umgekehrten Vorzeichen. Maureen entgegnete, wenn Frauen ihr eigenes charakteristisches Wesen hätten, bedeutete das nicht nur gute, sondern auch schlechte Eigenschaften, beispielsweise keine Begabung zum Rechnen zu haben oder zu einfältig zu sein, um wählen zu gehen. Leslie hatte darauf keine Antwort, überging das aber dadurch, dass sie immer wieder dieselben Argumente in voller Lautstärke vorbrachte. Sie tauschten ihre Telefonnummern aus und blieben in Kontakt. Zusammen gingen sie zu Lisas Einladung aus Anlass ihrer Scheidung. Als Maureen ihren Abschluss an der Uni machte, waren sie schon so gut befreundet, dass sie Leslie neben Liam zu ihrer Examensfeier einlud.

Die Studenten der Kunstgeschichte stellten keinen repräsentativen Querschnitt der Gesellschaft dar. Das Institut war so etwas wie ein intellektuelles Pensionat für Töchter aus gutem Hause und bot ihnen die Basis für eine Karriere bei Auktionshäusern oder in anderen Positionen, die so schlecht bezahlt und so begehrt waren, dass nur sehr reiche Anwärterinnen überhaupt infrage kamen. Maureen war nicht auf eine Karriere aus, sondern nur von der Sache begeistert und sowieso überzeugt, sie würde nicht einmal 21 werden. Die meisten Mädchen waren aus London und Manchester, alle hatten langes Haar, das sich elegant zur Seite schütteln ließ, eine zeitlose Garderobe und Familienschmuck. Diese behüteten jungen Damen hatten etwas Angst vor Maureen, und sie genoss das. Es war wahrscheinlich die einzige soziale Gruppe in Glasgow, die sie für eine raue Einheimische hielt. Leslie, die tatsächlich eine raue Einheimische war, nahm Anstoß an der Examensfeier, versuchte alle ihre Kommilitoninnen zu beleidigen und machte sich besonders über Sarah Simmons lustig, die den Abend falsch eingeschätzt hatte und das Filigrandiadem ihrer verstorbenen Mutter trug. Die Mädchen stimmten Leslie in den meisten Punkten zu, nahmen ihr nichts übel und schlugen vor, den Rest des Abends in eine schicke Disko zu gehen, wo sie nach einer Clique scharfer Mediziner Ausschau halten wollten, die sich dort herumtrieben. Maureen, Liam und Leslie lehnten die Einladung ab. Leslie versuchte, ihnen ihr Vorhaben mies zu machen durch die Bemerkung, die Disko sei überall als ein »'n-Bier-für-'n-Quickie-Lokal« bekannt. Aber das fanden die Mädchen noch aufregender, und sie zogen ab, bevor der Kaffee kam.

Maureen hatte für ihr Examen nicht viel gelernt. Sie wusste, dass etwas mit ihr nicht stimmte. Die Erinnerungsschübe, die Orientierungslosigkeit und die nächtlichen Alpträume standen kurz vor einem Höhepunkt. Wenn sie in der Universitätsbibliothek im sechsten Stock saß, verbrachte sie ihre Zeit damit, Bücher und Artikel über Geisteskrankheiten zu lesen. Sie glaubte an eine beginnende Schizophrenie, erzählte aber niemandem, was mit ihr los war. Sie hatte Angst, dass man sie einsperren würde, dass Leslie verschwinden und es all die gemütlichen, normalen Abende nicht mehr geben würde. Erst nach fast einem Jahr, als Maureen ihren Nervenzusammenbruch hatte, kam Leslies wahre Natur zutage.

Nachdem Liam Maureen im Flurschrank in Garnethill gefunden hatte, sie in eine Decke gewickelt und ins Krankenhaus gebracht, ihr Trostworte zugeflüstert und sie mit Tränen benetzt hatte, war Leslie der erste Mensch, der sie besuchte, und sie kam auch weiterhin. Sie richtete ihre Schichten im Frauenhaus nach den Besuchszeiten, brachte ihr Zeitschriften und leckere Sachen zum Essen und verbrachte viel Zeit mit ihr. Aber selbst Leslie konnte die Träume, die Angst, den panischen Schrecken und das Schreien in der Nacht nicht verhindern. Winnie kam zu Besuch, sie schluchzte laut, wurde immer betrunkener und zog die mitleidigen Blicke der Patienten auf sich. Una besuchte sie und brachte Alistair mit. Sie lächelten nervös und gingen bald wieder. Marie, ihre älteste Schwester, konnte nicht aus London wegkommen. Zu viel Arbeit bei der Bank.

Maureen war bereits seit Wochen in der Anstalt, als Alistair kam und sie allein besuchte. Er brach das Versprechen, das er Una gegeben hatte, und erzählte den Ärzten, dass dies früher schon einmal vorgekommen war. Maureen war zehn, als die Familie sie im Schrank unter der Treppe eingeschlossen fand. Winnie hatte ihn mit dem Brecheisen aufgebrochen und sie vor den Augen von Marie und Una, die dabeistanden, an einem Bein herausgezogen. Maureen hatte eine lange Wunde im Gesicht, und als sie sie badeten, fanden sie getrocknetes Blut zwischen ihren Beinen. Niemand wusste, was geschehen war, aber Michael verließ Glasgow endgültig, nahm das Scheckbuch mit und meldete sich nie wieder bei ihnen. Winnie brauchte ihnen nicht zu sagen, dass es ein Geheimnis bleiben sollte. Die Kinder wussten das instinktiv. Niemand erwähnte den Vorfall wieder, bis Una Alistair ins Vertrauen zog und er seine Aufgabe darin sah, es Maureens Ärzten zu sagen. Plötzlich machte alles Sinn – Maureens Horror davor, dass sich jemand in ihr Zimmer stehlen könnte, wenn sie schlief, der Abscheu vor Alkoholgeruch in einem bestimmten Licht, die Träume von Fingern, die sie im Dunkeln betasteten. Er hatte Angst bekommen, als er das Blut sah. Sie erinnerte sich an die Faust an ihrer Schläfe, dass sie plötzlich nur noch Weiß gesehen hatte, sie wusste noch, dass sie hochgehoben und eingeschlossen worden war, und allein gelassen mit dem Blutgeruch hatte sie gehofft, dass sie sterben würde, bevor er wiederkam. Als der erste Schrecken des Krankenhauses und des Zusammenbruchs abebbte, verletzte es sie am meisten, dass Michael ihrer Erinnerung nach keinem unkontrollierbaren Drang gefolgt war. Der Missbrauch erschien halbherzig, so als hätte er nur mal eine neue Form der Zerstreuung ausprobiert.

Seitdem Alistair mit den Ärzten gesprochen hatte, war Maureen immer der Meinung gewesen, Michael habe sie mit einem spitzen Fingernagel verletzt und so die Blutung verursacht. Erst später, viel später, als sie Angus angriff und er sie angeschrien hatte, dachte sie an eine andere Möglichkeit. Angus sagte, Michael hätte sie vergewaltigt. Alle Träume und Zeichen deuteten darauf hin, und in ihrem Herzen wusste sie, dass es vielleicht stimmte. Es spielte keine Rolle, sagte sie sich, es hatte wehgetan, und sie hatte geblutet, und das war alles. Sie war noch ein Kind gewesen, und für Kinder ist Sex nichts, das sich auf die Penetration konzentriert. Das steht zwar für Priester, Rechtsanwälte und Gynäkologen im Mittelpunkt, aber nicht für Kinder. Die Möglichkeit, dass er sie vergewaltigt hatte, hätte also keinen Unterschied machen dürfen, tat es aber trotzdem, es war ein schrecklicher Unterschied. Durch diese Möglichkeit fühlte sie sich auf eine Weise geschändet, die sie nicht definieren konnte.

Winnie hatte im Krankenhaus deutlich gemacht, sie glaube nicht, dass Michael Maureen missbraucht habe, und Maureen wünschte sich sehr, dass sie recht hatte. Es war leichter zu glauben, dass sie selbst Unrecht hatte, wenn nur die Welt dabei intakt blieb. Sie glitt in die Dunkelheit zurück wie Sand in die untere Hälfte einer Sanduhr. Und die ganze Zeit über kam Leslie sie besuchen, unerbittlich wie ein Lavastrom. Sie ließ Maureen eine Liste von Gründen aufschreiben, die belegten, dass sie nicht alles erfunden hatte. Sie brachte ihr Ratgeber für die Opfer und Artikel über die Reaktionen der Familienangehörigen, wenn es herauskam. Sie sagte Maureen, sie sei nicht die Einzige, die es nicht glauben wolle: Niemand wolle es glauben, niemand wolle etwas von Missbrauch wissen.

Maureen war im Nachteil, weil Leslie sie damals auf ihrem absoluten Tiefpunkt erlebt hatte. Sie hatte gesehen, wie Leslie andere Patienten bedauerte, ihnen aus dem Weg ging, das Gesicht verzog, wenn Pauline ihnen in Shorts auf dem Gelände entgegenkam. Sie hatte Maureen kein einziges Mal so angesehen, aber mit Pauline Mitleid zu haben war ja auch nicht schwer. Pauline wurde mit zweiunddreißig Kilo eingeliefert, nahm weiterhin bis auf zwanzig Kilo ab und brachte es einfach nicht fertig, der Polizei zu sagen, was Vater und Bruder ihr angetan hatten. Sie glaubte, die Nachricht würde ihre Mutter umbringen. Als eine Frau, die mit ihrem Hund spazieren ging, sie in dem kläglichen Waldstück in der Nähe ihres Zuhauses fand, war sie erst zwei Wochen zuvor entlassen worden. Sie lag zusammengerollt unter einem Baum und hatte sich den Rock über das Gesicht gezogen. Man fand getrocknetes Sperma auf ihrem Rücken, und die Polizei ging von Mord aus, bis man zu Hause einen Brief voller vager, verzweifelter Klagen über unüberwindliche Schwierigkeiten entdeckte.

Leslie war mit der Begründung, sie würde ihren Mund nicht halten können, nicht zur Beerdigung gegangen, denn alle hatten sich vorgenommen, es ihrer Mutter nicht zu sagen. Das

war Paulines einziges Bestreben gewesen. Ihre Mutter weinte so heftig, dass ein Blutgefäß in ihrem Auge platzte. Der Vater stand neben ihr in der Kirchenbank und legte seine Hand auf ihre Schulter, als sie zu laut schluchzte. Die Brüder trugen billige Anzüge und beeilten sich, nach draußen zu kommen, um zu rauchen, dadurch verpassten sie es, sich an der Tür für die Kondolenzen aufzustellen. Niemand wusste bei der Beerdigung, welcher der Brüder sie vergewaltigt hatte. Pauline hatte es nie preisgegeben. Die Familie saß nach dem Gottesdienst zusammengeduckt im Pub, alle tranken schweigend ihren Whisky und rauchten. Liam bestand darauf, dem Vater ein Bier zu kaufen, und ließ zwei LSD-Tabletten hineinfallen. Monate danach hörten sie das Gerücht, dass der Vater vor Kummer verrückt geworden und selbst ins Krankenhaus eingeliefert worden sei.
Leslie fand Geschmack an dieser kleinen bösen Geste. Seit Maureen sie kannte, hatte sie immer begeistert von direkten Aktionen gesprochen, wie gern sie dies in die Luft jagen und jenen abstechen oder eine Revolution anführen würde. Aber nur ein einziges Mal hatten sie selbst etwas Derartiges in Angriff genommen, damals, als sie auf Angus Farrell trafen. Angus hatte Douglas und einen guten Mann, der Martin hieß, ermordet, aber sie konnten ihn nicht anzeigen. Er hatte die Morde begangen, um seine zahlreichen Vergewaltigungen von Patientinnen auf der Station des Northern Psychiatric Hospital zu vertuschen. Er wusste, dass keine der tief verstörten Frauen glaubhaft gegen ihn aussagen konnte. Maureen und Leslie nahmen seine Spur auf und lockten ihn in den kleinen Küstenort Millport auf der Isle of Cumbrae, aber Leslie bekam im letzten Moment kalte Füße. Sie beteuerte, dass sie sich nicht von der Stelle rühren könne, wenn sie etwas anderes tun müsse als bei Siobhain zu sitzen. Maureen hatte sich Angus dann alleine vorgenommen.

All dies hatten sie gemeinsam erlebt, sie wussten so viel voneinander, und Maureen war daher sicher, dass sie auch über Leslies schlechte Männerwahl hinwegkommen würden. Erst an Silvester wurde ihr klar, dass die Beziehung zu Cammy keine kurze Episode sein würde und dabei wirklich ihre Freundschaft vor die Hunde ging.

Das Millenniumssilvester erwies sich für Liam nicht gerade als ein Glückstag. Der Markt war absolut leergefegt und die Nachfrage nach Partydrogen außergewöhnlich hoch. Es schien, dass ganz Glasgow die zweitausend Jahre christlicher Botschaft damit feiern wollte, sich ordentlich zuzudröhnen. Liam hatte das Dealen einige Monate zuvor aufgegeben; er hatte noch jede Menge Kontakte, aber nicht mal er konnte etwas bekommen. Da er es nicht gewohnt war, ohne Drogenzusatz Alkohol zu trinken, war er um halb zehn schon völlig hinüber.

Liam hatte noch nie eine Party gegeben. Erst kürzlich hatte er zugegeben, dass ihm der Rest des Hauses zur Verfügung stand. Während seiner finsteren Zeit als Dealer hatte er das Erdgeschoss des dreistöckigen Stadthauses absichtlich so abgenutzt und schmutzig gelassen, wie es war, als er es kaufte. Er beließ die Trennwand am Fuß der Treppe, um seinen zahlreichen zwielichtigen Besuchern den Eindruck zu vermitteln, die oberen Stockwerke gehörten zu einer separaten Wohnung. Als wegen Douglas' Ermordung ermittelt wurde, hatte die Polizei seine Wohnung durchsucht und ihm einen Heidenschreck eingejagt. Sie brachten Hunde mit und rissen die Fußbodenbretter heraus. Er und seine Freundin mussten sich zur Durchsuchung ausziehen. Die Polizei befragte alle Nachbarn und informierte sie über den Grund ihrer Untersuchung. Jeden Schrank in der Wohnung räumten sie aus, jede Schachtel und jeden Behälter kippten sie um. Erst lange danach erzählte er Maureen, dass sie seine Schmuddelhefte unter den Handtüchern im Bad gefunden hatten. Sie waren nichts Besonderes, aber sie zeigten sie Maggie und verlangten von ihr, sie sich anzusehen. Er brauchte Maureen nicht zu erklären, warum ihm das so wehtat. Die Polizei hatte schließlich auch Maureens Wohnung durchsucht, ihre Vibratoren gefunden und sie ordentlich nebeneinander aufgereiht. Seitdem hatte sie sich nicht mehr sorglos amüsieren können.

Bald danach zog sich Liam aus der Szene zurück. Obwohl er einige Jahre zuvor ein Stipendium für ein Jurastudium angenommen und es dann aufgegeben hatte, war es ihm gelungen, noch einmal ein Studium aufzunehmen, diesmal Film. In der freien Zeit zwischen den Vorlesungen renovierte er das Haus. Es war wunderschön. Er hatte die zugenagelten Holzläden repariert, die Velourstapeten abgerissen und den Putz in einem gelben Pergamentton gestrichen. Die Teppichböden, von dreißig Jahren schlurfender Füße und endlosen Flecken verschmutzt, riss er heraus und ließ die Holzböden abschleifen und versiegeln. Bei einer Auktion kaufte er einen Posten viktorianischer Sessel, und die Millenniumsparty war die beste Gelegenheit für die Hauseinweihung. Um zehn nach elf kam Leslie mit Cammy.

Cammy hatte eigentlich die besten Voraussetzungen: Er war groß, schlank und blond, nur hatte die Natur ihm einen grausamen Streich gespielt – er war ein Idiot. Er stellte sich die kurzen Haare über der Stirn auf, trug ein Fußballhemd über geradegeschnittenen Jeans und hatte am Nacken ein immer wiederkehrendes Ekzem, das er dringend hätte ärztlich behandeln lassen sollen. Von dem grandiosen Ambiente eingeschüchtert, dachte er, Maureen und Liam seien hochgradig überprivilegierte Schmarotzer. Er fragte Liam, ob sein Daddy ihm das Haus hinterlassen hätte, und Liam, betrunken und ohne den anklagenden Tonfall zu bemerken, lachte lauthals und sagte, ja, das sei richtig, sein Daddy hätte es ihm geschenkt. Dann zog Leslie ihre Motorradjacke aus. Liam bemerkte, dass sie ihren Stil komplett verändert hatte, und fragte, warum sie sich wie eine gewerkschaftlich organisierte Hure anziehe. Diese Beleidigung ging in der Erinnerung an die Nacht unter, weil Liam sich noch größere Heldentaten leistete. Er verkrachte sich zwanzig Minuten vor dem Glockenschlag mit Maggie, sagte, sie sei zu gut für ihn, einfach zu gut, und er liebe sowieso immer noch Lynn. Lynn bekam das mit und war wütend, meinte, er stelle sie als ein berechnendes Biest hin, und versicherte Maggie, sie werde nie mehr mit ihm ausgehen. Maggie fühlte sich dadurch nicht getröstet, schloss sich in der einzigen funktionstüchtigen Toilette ein und verursachte damit fünfzehnminütiges Schlangestehen und eine zentimeterhohe Urinlache im Garten hinterm Haus. Die Hälfte der Gäste begrüßte das neue Jahr mit krampfhaft aneinandergepressten Beinen wartend vor der Toilette.

Leslie und Cammy verließen Liams Silvesterparty um eins, eine Geste wie der Schlag ins Gesicht mit einem Fehdehandschuh. Auf dem Weg nach draußen teilte Cammy Maureen noch mit, er wünschte, sie wären woanders hingegangen. Sie sagte, das wünschte sie sich auch.

Maureen wusste, dass sie etwas falsch gemacht haben musste, weil Leslie sie nicht grundlos wie ein Arschloch behandeln würde, aber sie konnte nicht einmal einen einzigen Arbeitstag klar überdenken und schon gar nicht die Bemerkungen der letzten sechs Monate. Sie hatte den Verdacht, dass sie Leslie mit ihrer Arbeit im Büro enttäuscht hatte und es ihr peinlich war. Ihre Freundschaft drohte daran zu zerbrechen, und Maureen war durch die Ereignisse der Vergangenheit zu sehr abgelenkt, um dem abhelfen zu können.

7
Driftwood

Sie waren am Stadtrand, dort, wo einmal eine der geschäftigsten britischen Hafenanlagen gewesen war. Die Gegend hatte ihre Dynamik verloren, die Häuser waren heruntergekommen, und die wenigen Geschäfte in den baufälligen Gebäuden wechselten ständig die Besitzer. Leslie stellte ihr Motorrad um die Ecke ab, damit man es vom Café aus nicht sehen konnte und sie trinken und danach fahren konnte, ohne angezeigt zu werden. Sie kickte den Ständer nach unten, bückte sich, um das Motorrad an einem Laternenpfahl anzuketten, und ließ Maureen auf dem Gehweg stehen.

Feine, durchdringende Regenschwaden waberten unruhig um die Straßenlaternen. Auf der anderen Seite der vielbefahrenen Straße stand eine Reihe Mietshäuser und an der Ecke ein Lebensmittelladen, der rund um die Uhr geöffnet hatte. Ein riesiger grauer Betonkomplex mit Wohnungen ragte über dem Flachdach des Ladens empor, in den kleinen quadratischen Fenstern hingen billige Vorhänge. Das Gebäude bestand aus einer Reihe versetzter Würfel, die durch Aufzugschächte miteinander verbunden waren, und wirkte wie eine futuristische Stadtmauer; auf ihre plebejischen Bewohner könnte man im Fall eines Angriffs verzichten. Die Mauer hielt den heftigen Südwind ab, und nur einzelne Böen hatten in den abgeschirmten Bereich Müll hineingetrieben, der nun dort umherwirbelte. An schönen Sommerabenden kam es vor, dass Plastiktüten stundenlang sechs Meter über den Wohnblocks schwebten, wenn sie von Aufwinden erwischt wurden. Maureen schlug

ihren Mantel ein paarmal auf und zu, um das Wasser etwas abzuschütteln.
»Ist das ein neuer Mantel?«, fragte Leslie.
Maureen nickte.
»Schön«, meinte Leslie. »Von Douglas' Geld?«
»Ja.« Maureen lächelte. »Vom Tellerwäscher zum Oberkellner.«
Leslie beachtete sie nicht und steckte die Helme in die Gepäckbox, schloss sie ab und führte Maureen um die Ecke. Sie machten die Tür auf, traten in das Driftwood und ließen die feuchte abendliche Dunkelheit hinter sich.
Das Driftwood sah wie ein Restaurant aus, von dem man sonst nur träumen kann, weil das ganze Arbeitslosengeld bei einem Essen draufginge. Ein winziger Raum mit großen Fenstern, die auf eine schmutzige Straße hinausgingen, und mit kleinen, wachstuchbedeckten Tischen, auf denen Kerzen in Perrierflaschen standen. Man servierte exzellentes Essen, das so gut wie nichts kostete, weil das Lokal exakt am falschen Ort lag. Maureen und Leslie waren die einzigen zahlenden Gäste. Ein Koch in T-Shirt und karierter Hose saß an einem Tisch neben der Bar, las eine Boulevardzeitung und aß einen Teller Suppe. Eine hübsche blonde Kellnerin tänzelte herbei und holte die Speisekarten hinter der Bar hervor. »Zwei Personen?«
»Ja, bitte«, sagte Maureen.
Sie gab ihnen einen Tisch am Fenster. Die Heizlüfter gaben sich alle Mühe, aber Maureen und Leslie mussten ihre Mäntel anbehalten. Die Kellnerin entschuldigte sich für die Kälte und versprach, es würde bald wärmer werden. »Wir haben eben erst aufgemacht«, erklärte sie und nahm die Getränkebestellung entgegen.
Maureen ließ den Blick über die geschmackvollen orangefarbenen Wände und die Tische mit Kerzenbeleuchtung

schweifen. Hinter der hell beleuchteten Bar tanzte die Bedienung herum und machte mit graziösen schnellen Bewegungen die Drinks fertig. »Wie hast du das Lokal gefunden?«, fragte Maureen.

»Ich komme manchmal mit Cammy her.« Leslie sah auf die Speisekarte. »Der Ziegenkäsesalat ist gut.«

»Dann nehm ich den«, sagte Maureen und schlug die Karte zu, ohne sie zu lesen. Sie wollte nichts essen, wollte sich nicht mit Leslie darüber streiten und konnte einen Käsesalat ebensogut stehen lassen wie sonst irgendetwas.

»Ich glaub, ich nehme ein Steak«, sagte Leslie. »Damit ich bei Kräften bleibe.«

Sie lächelte Maureen an, ein schwaches, schuldbewusstes Lächeln, und Maureen beschloss, ihr die Mühe zu ersparen, über Umwege das anzusteuern, was sie besprechen wollte.

»Warum sind wir in Wirklichkeit hier?«, fragte sie.

»Also.« Leslie blickte hoffnungsvoll zur Kellnerin hinüber, aber die Drinks waren noch nicht fertig. »Es ist nicht nur wegen dem Steak. Es ist wegen Ann. Pass auf, ihr Mann hat gesagt, er hätte sie nicht geschlagen, hätte ihr nicht geschrieben und sie nicht angerührt.«

»Leslie«, sagte Maureen müde, »was ist los mit Ann, verdammt noch mal? Sag es mir doch einfach.«

»Er hat gesagt, er hätte sie nicht geschlagen«, wiederholte Leslie bestimmt.

Sie saßen schweigend da, bis die Bedienung auf einem Tablett ihre Drinks brachte. »Whisky und Limette für Sie«, sagte sie und stellte das Glas vor Maureen hin, »und Wodka und Soda für Sie.«

Leslie nahm den Drink und bestellte das Essen. Maureen bemerkte, dass sie der Kellnerin in die Augen sah und natürlich und offen lächelte. Sie hatte sie schon lange nicht mehr so gesehen. Die Kellnerin schrieb die Bestellung auf,

ging weg und ließ sie allein mit dem Abgrund, der zwischen ihnen lag.
Maureen versuchte, das verdrießliche Schweigen zu unterbrechen und sagte: »Okay, ihr Typ sagt also, er hätte sie nicht geschlagen. Nehmen wir mal an, er sagt die Wahrheit. Könnte jemand anders sie geschlagen haben? Vielleicht ein Liebhaber?«
Leslie sah sie ungläubig an. »Ach, zum Teufel, Maureen. Die Männer geben doch nie zu, dass sie ihre Frauen verprügeln, aber das heißt doch nicht, dass sie es nicht tun.«
»Nein«, sagte Maureen gekränkt, »aber sie würde uns doch nicht so eine komplizierte Geschichte erzählen, oder? Sie würde einfach sagen, es war ihr Mann. Wenn sie einen Freund hat, ist sie jetzt vielleicht bei ihm. Warum hat sie die Kinder nicht mitgenommen, als sie wegging?«
»Na ja, ich weiß nicht«, sagte Leslie sarkastisch. »Vielleicht ist es schwerer, mit vier Kids abzuhauen als allein.«
Diese eine verächtliche Bemerkung reichte ihr. Maureen konnte in zwanzig Minuten zu Fuß zu Hause sein. »Wieso bist du so bissig zu mir?«, fragte sie.
Leslie gab keine Antwort.
»In letzter Zeit hast du verflixt miese Laune«, fuhr Maureen fort. »Du willst mich nicht sehen, nicht mit mir reden, nichts unternehmen.«
Leslie zündete eine Zigarette an und schaute aus dem Fenster, ihr Mund öffnete sich leicht, als wolle sie etwas sagen. Maureen nahm einen Schluck Whisky und setzte sich auf ihrem Stuhl zurück. Sie wartete, glaubte aber nur halb daran, dass sie eine Antwort bekommen würde. Leslie kratzte sich an der Nase und drehte sich nach der Kellnerin um.
»Ich meine, das mindeste, was wir tun können, wäre, ihren Mann zu fragen. Er wohnt in der großen Anlage«, sagte Leslie und sah großzügig über Maureens schlechte Laune hinweg.

»Ich würde selbst gehen, aber wenn er sich im Büro herumgetrieben hat, hat er mich vielleicht schon mal gesehen.«
Er hätte genauso leicht Maureen im Büro sehen können, aber darauf schien Leslie nicht gekommen zu sein.
»Wo wohnt er?«, fragte Maureen.
Leslie deutete über Maureens Schulter. »In der Straße da drüben.«
»Und du willst, dass ich hingehe?«
»Jetzt sind wir hier. Nur eins – geh nicht in die Wohnung. Wenn er dir gefährlich vorkommt, dann renn einfach weg so schnell du kannst.«
»Das gefällt mir nicht«, sagte Maureen.
Leslie verstand sie falsch und dachte, sie wolle ihr sagen, sie hätte Angst. Sie verabscheute es, wenn Maureen zugab, sich zu fürchten. Sie ließ Leslie im Stich und öffnete der Angst die Tür. »Es wird schon in Ordnung gehen.« Sie kicherte. »Er ist furchtbar schmächtig.«
»Auf dem Foto sieht er ziemlich bullig aus«, murmelte Maureen.
Leslie schaute sie an. »Welches Foto?«
»Das Bild.«
Leslie verstand immer noch nicht.
»Das Polaroidbild, das sie dagelassen hat«, sagte Maureen. »Das mit dem kleinen Jungen auf dem Schulhof.«
Leslie dachte nach. »Ach so«, sie lächelte spontan und ehrlich. »Das ist er nicht.«
Sie sahen sich an. Leslie wusste, wie der Mann aussah, aber sie hatte ihn nie kennengelernt. Sie hatte Ann einen Platz angeboten, als sie nur ein winziges Budget zur Verfügung hatte. Sie hatte es toleriert, dass Ann trank, wo sie doch andere wegen viel weniger hinauswarf, und sie wollte Maureen nicht sagen, warum. Maureen trank ihren Whisky aus. »Du belügst mich, Leslie«, sagte sie ganz ruhig, »ich

weiß genau, dass du mich belügst. Wenn ich deshalb eins in die Fresse kriege, werde ich dir das nie verzeihen.«

Leslie hätte ihr jetzt die Wahrheit sagen können, aber sie tat es nicht. »Er ist ganz dünn«, sagte sie und schaute auf den Tisch. »Wirklich dünn. Ich schwör's dir.«

Maureen nickte. »Noch irgendwas, was du mir vielleicht sagen möchtest?«

Leslie schüttelte den Kopf und schaute auf die Tischplatte.

»Na, dann gib mir diese blöde Adresse.«

»Du brauchst nicht jetzt zu gehen, dein Essen kommt gleich.«

»Ich will nichts, iss du es.«

Leslie zog einen Zettel mit der Adresse aus ihrer Tasche. Maureen schnappte ihn sich, stand auf und legte ihren feuchten Schal um.

»Wenn du zurückkommst, wirst du was Richtiges zu trinken brauchen.« Leslie lächelte zuversichtlich. »Ich warte im Grove auf dich. Ich halte dir was Gutes bereit. Ich fahr dich nach Haus.«

»Mach, was du willst«, sagte Maureen und ging.

8
John

Sie blieb am Rand des Gehwegs stehen und wartete auf eine Lücke im Verkehr. Dicke, eiskalte Regentropfen sickerten ihr durch das Haar auf die Kopfhaut, so dass es ihr kalt über den Rücken lief. In ihrer Tasche tastete sie nach ihrem Stahlkamm mit dem scharf geschliffenen Griff, den Leslie ihr zur Selbstverteidigung gegeben hatte. Sie packte ihn vorne, und die Zacken, die sich in ihre Handfläche pressten, beruhigten sie. Der scharfe Griff machte ein Loch in die Tasche ihres neuen Mantels, aber sie hatte den Kamm gern dabei.

Die Wohnanlage ragte hoch über der Straße auf. Helle Scheinwerfer strahlten von dem hohen Dach aus himmelwärts, warnten vorüberfliegende Hubschrauber und blendeten Fußgänger, die hinaufschauten. Maureen konnte sich nicht erinnern, jemals etwas über diese Anlage gehört zu haben. Über schlimme Wohngegenden hörte man ausführliche Mythen, Geschichten über Vergewaltigungen und Kreuzigungen, brutale Gangs und Gangsterfamilien und Nachbarn, die monatelang tot in ihrer Wohnung gelegen hatten. Gute Gegenden hatten, genauso wie gute Familien, keine Geschichte. Ein kicherndes Paar, etwa um die vierzig, blieb weiter vorn am Gehweg stehen. Die Frau trug ein dünnes Kleid und hatte die Jacke des Mannes um ihre Schultern gelegt, als seien sie im Juni etwas trinken gegangen und von einem Wetterwechsel überrascht worden. Der Verkehr ließ nach, und Maureen überquerte die Straße.

Zum Eingang der Wohnungen ging es auf der anderen Seite eines betonierten Hofs ein paar Stufen hinunter. Im Erdgeschoss war eine Reihe leerer, mit Brettern vernagelter Geschäfte. Nur ein Anwalt und ein Laden mit Tabakwaren zu Sonderpreisen machten überhaupt noch Geschäfte. Maureen überquerte vorsichtig die unebenen Steinplatten, umging tückische Pfützen und machte die Tür zu einem weiß gefliesten Treppenhaus auf. Der Knopf am Aufzug war mit einem Feuerzeug angekokelt worden. Sie drückte darauf, und hinter dem geschmolzenen rußigen Plastikklumpen ging irgendwo ein schwaches rotes Licht an.

Sie sah auf die Adresse auf dem Zettel. Leslie hatte »danke« darunter gekritzelt, als sei Maureen eine ehemalige Freundin, die ihr einen Gefallen tat, das Ganze eine traurige Erinnerung an die graue Vorzeit vor Cammy und der provozierenden Unbekümmertheit ihres Dekolletés. Der Aufzug kam, sie stieg ein und drückte auf den Knopf für den zweiten Stock. Als sich die Türen geschlossen hatten, umgab sie der Ammoniakgeruch getrockneten Urins. Jemand hatte den ehrgeizigen Versuch unternommen, in hohem Bogen einen mit Filzstift an die Wand geschmierten IRA-Slogan zu bepinkeln, ihn aber verfehlt. Mit einem feuchten Tuch hätte er ihn wohl abwischen können, aber er hatte wohl gerade keinen in der Hosentasche gehabt. Die Türen öffneten sich zum zweiten Stock, und sie ging schnell hinaus, um dem scharfen Geruch zu entkommen.

Eine grau betonierte offene Galerie erstreckte sich vor dem Aufzug, die auf die befahrene Straße hinausging. Zwischen der langen Reihe von Eingangstüren waren kleine Badezimmerfenster mit Milchglasscheiben. Eine oder zwei der Türen waren individuell angefertigt worden, gestrichen und mit besonders schönen Klingeln und Alarmsystemen versehen, um die Nachbarn wissen zu lassen, dass man Besitzer der Wohnung war. Nummer achtundzwanzig hatte keines dieser Merkmale. Die Tür war vor langer Zeit einmal mit dünner roter Farbe gestrichen worden. Die Zeit und die

Wettereinwirkung hatten sie ausgetrocknet, ihr den Glanz genommen und sie vom Holz abblättern lassen. Der Klingelknopf war aus der Wand gerissen, nur eine leere Fassung hing noch da.

Maureen klopfte leicht und schaute den Korridor entlang, um sich zu merken, wo der Ausgang zur Treppe war. Die Tür ging einen Spalt auf, und ein großer, dünner Mann blickte heraus. Unter den etwas zu weit aufgerissenen Augen hatte er dunkellila Ringe, was ihm das Aussehen einer erschrockenen Taube gab. Leslie hatte recht gehabt. Er war nicht der stämmige Mann vom Polaroidfoto, sondern nur das kraftlose Wrack eines Mannes. Blinzelnd spähte er über ihre Schulter, um zu sehen, ob sie allein war. »Ja?«, sagte er und strich sich vorsichtig die dünnen Haare aus dem Gesicht, offensichtlich war er auf Ärger gefasst.

Maureen lächelte. »Ist Ann da?«

»Sie wohnt nicht mehr hier.«

»Wissen Sie, wo ich sie erreichen kann?«

Aus dem Wohnungsinneren kam ein Geräusch, als sei etwas auf den harten Boden gefallen, und ein Kind fing an zu weinen. Der farblose Mann holte Luft, ging zurück in die Wohnung und ließ die Tür offen stehen. Das Wohnzimmer war leer, der schmutzige Holzfußboden hier und da mit ein paar Teppichresten bedeckt. Die Tapete war abgerissen, nur ein paar Papierfetzen hingen noch an dem grauen Gips, und statt einer Couch standen ein Kinderstuhl aus Plastik und ein abgenutzter brauner Sessel da. Die Wohnung war das Zeugnis langer Armut. Maureen dachte an Ann und fragte sich, wie viel verzweifelte Pläne hier gefasst und wieder verworfen worden waren, wie oft man über Geld gestritten und erwogen hatte, entfernte Verwandte und ehemalige Freunde anzupumpen. Eine blaue Sporttasche, die am anderen Ende des Zimmers lag, fiel ihr auf. Das grün-weiße, um den Griff gebundene Etikett schien ihr vertraut und irgendwie verdächtig. Neugierig gemacht trat Maureen in den Flur und zog die Wohnungstür hinter sich zu.

Der Mann beugte sich über zwei kleine Jungen, die Anns rote Haut und das damit kontrastierende gelbe, buschige Haar hatten. Sie waren Kleinkinder, viel jünger als der Junge auf dem Polaroid, und ganz dünn, ihre Rippen zeichneten sich unter der Haut ab, aller Babyspeck war durch die notdürftige Versorgung aufgezehrt. Als Maureen geklopft hatte, war der Mann gerade dabei gewesen, sie zum Schlafengehen umzuziehen. Sie standen dicht nebeneinander und kauten heftig an ihren Schnullern, der nervöse Blick ihrer kleinen Knopfaugen schweifte im Zimmer umher. Der ältere Bruder war höchstens drei und wusste, es würde Ärger geben. Ein rosa Schnabelbecher rollte auf dem Fußboden umher, die Dielen waren von dem verschütteten roten Saft bekleckert. Der Mann packte die Jungs, schlug ihnen auf die Waden und schrie im Takt zu den Schlägen: »Den – ganzen – Tag – schon – ärgert – ihr – mich.«

Die Kinder hoben die Gesichter zur Decke und fingen an zu brüllen, ihre Schnuller drohten aus den offenen Mündern zu fallen; Trost suchend hielten sie sich aneinander fest.

Maureen stand zögernd in der Tür. »Versorgen Sie die Kleinen allein?«, fragte sie.

Er drehte sich zu ihr um und rief erbost: »Ich mach es so gut ich kann. Ihre Scheißmutter ist schließlich nicht da, oder?«

»Wissen Sie, dass es hier in der Straße eine Kinderkrippe gibt?«

Der Mann schwieg. Er wusste nicht, warum sie ihm das sagte.

»Wenn Sie keine Arbeit haben«, sagte sie, »und sie allein versorgen müssen, hätten sie eine gute Chance, Plätze zu bekommen.«

Der Mann blickte argwöhnisch, offensichtlich waren gute Neuigkeiten etwas Ungewohntes für ihn.
»Dann hätten Sie auch mal Zeit für sich«, fügte sie hinzu und grübelte über die blaue Sporttasche nach, hütete sich aber, direkt dorthin zu sehen.
»Ja?«, sagte er, mit einem Blick auf die kleinen Kinder, die schon vergessen hatten, weshalb sie weinten, und anfingen, an einer Zeitung auf dem Fußboden zu zerren. »Wie heißt du?«
»Maureen. Und du?«
»Jimmy.«
Er versuchte zu lächeln, verzog die Lippen, aber er war zu müde, und es gelang nicht. Er hatte bedrohlich scharfe, nach innen stehende Zähne. Sie sahen wie die Zähne eines bösartigen kleinen Raubtiers aus, von der Natur dazu geschaffen, tiefer ins Fleisch einzudringen, wenn das Opfer sich wehrte.
»Ich dreh hier noch durch, verdammt noch mal.« Er hob einen alten Schlafanzug mit Ninja-Turtle-Aufdruck vom kalten Boden auf. »Was willst du denn von Ann?«
»Ich schulde ihr Geld«, sagte sie.
»Du willst mich wohl verscheißern?«, sagte er so, als täten das alle und als sei es ihm inzwischen egal.
»Nein.«
»Du schuldest *ihr* Geld?«
Maureen nickte unsicher. Jimmy kniete nieder und fing an, den kleineren Jungen in seinen Schlafanzug zu stecken. Der Junge kaute an seinem Schnuller und hielt sich am Pullover seines Vaters fest.
»Warum suchst du Ann wirklich?«, fragte er.
»Wieso glaubst du, dass ich lüge?«
Jimmy ließ seine kleinen scharfen Zähne wieder sehen. »Ann schuldet jedem in der Siedlung hier Geld. Wenn du mich

fragst, ist sie deshalb auch fort. Das Letzte, was ich gehört habe, war, dass sie bei den Leuten im Frauenhaus wohnt.«
»Im Frauenhaus?«
»Ja.« Er senkte die Stimme und flüsterte: »Sie hat ihnen erzählt, ich hätte sie geschlagen.«
Es tat weh, einen Mann zu sehen, der sich so hatte einschüchtern lassen.
»Hast du sie geschlagen?«, fragte sie.
»Nein«, rief er mit Nachdruck, und Maureen war froh. »Ich hab sie nie geschlagen. Und auch sonst niemanden.«
Maureen dachte daran, wie er die Kinder geschlagen hatte, erinnerte sich dann aber, dass Kinder nicht zählten. Sie lehnte an der Wand und spürte, wie der sandige Verputz an ihrer Schulter kratzte. Sie trat einen Schritt weg und stützte sich am Türrahmen ab. »Warum würde Ann sagen, dass du sie geschlagen hast, wenn du's nicht getan hast?«
Sie bemerkte, wie sie unwillkürlich ihren Akzent änderte, als sei Jimmy zu blöd, um sie zu verstehen, wenn sie wie immer sprach. Sie war auf sich selbst wütend.
»Ich weiß nicht«, sagte Jimmy und zwängte das Kind in eine zu enge Schlafanzughose. »Die Polizei hat gesagt, sie hätte Dresche bekommen. Vielleicht wollte sie sich verstecken.«
»Hast du ihr eine Weihnachtskarte geschickt?«
»Eine Karte?«
»Ja.«
Jimmy sah sie ratlos an, und Maureen vermutete, dass die Liste seiner Weihnachtspost nicht sehr lang war.
»Wieso fragst du mich all das Zeug? Wer bist du?«
Sollte er rabiat werden, wäre jetzt der Zeitpunkt gekommen. Maureen war froh, nah an der Wohnungstür zu stehen und einen Vorsprung von anderthalb Metern zu haben. In Gedanken probte sie die Flucht, Tür aufreißen, über die

Veranda zur Treppe laufen. »Ich arbeite für das Frauenhaus«, sagte sie leise.
Jimmy schaute sie an und nickte schwach. »Wir haben es nicht leicht gehabt«, sagte er, »aber Ann weiß ... ich kann nicht glauben, dass sie herumläuft und so über mich redet. Ich würde sie nie schlagen. Aber du wirst mir nicht glauben.« Er wandte sich ab, gab seinem Sohn einen leichten Klaps auf den Hosenboden, um ihm zu signalisieren, dass er fertig sei, und streckte dem älteren Jungen die Hand entgegen. Die Kinder tauschten den Platz auf dem Stück Teppich.
»Ich glaub dir, Jimmy«, sagte sie und meinte es ehrlich.
»Ha«, sagte er, als hätte er noch nie richtig gelacht. »Aber Tausende würden es nicht glauben, hm?«
Er schaute sie an und erwartete tatsächlich eine Antwort auf dieses unangebrachte Klischee. Maureen fiel keine Antwort ein, die nichtssagend genug war. »Wenn du Ann nicht geschlagen hast«, sagte sie, »kannst du dir vorstellen, wer es getan haben könnte?«
»Da gibt's schon ein paar zur Auswahl. Jeden Scheißabend der Woche kommen harte Männer an die Tür und suchen nach ihr. Ich darf ihre Schulden bezahlen, und sie treibt sich herum und hat die Schecks fürs Kindergeld dabei. Sie haben sogar die Kleinen auf dem Spielplatz terrorisiert«, sagte er und zerrte den abgetragenen Schlafanzug über den kleinen rosa Körper seines Sohnes. »Ich weiß auf jeden Fall, dass sie keinen einzigen blauen Fleck gehabt hat, als sie hier weggegangen ist.«
»Wann ist sie weggegangen?«
Jimmy überlegte. Er dachte lange nach, dann fiel ihm ein, dass einer der Jungen am fünfzehnten November Geburtstag hatte, und Ann war nicht da gewesen. Aber Jimmy hatte Geld für Geschenke gehabt und vermutete deshalb, dass er

die Kindergeldschecks in dieser Woche gehabt hatte. Ann war also um den zehnten oder elften November herum aus Finneston verschwunden.
»Das is schon 'ne ganze Weile her«, sagte Maureen. »Ist sie direkt zum Frauenhaus gegangen?«
»Ich weiß nicht, wohin sie gegangen ist.« Er zog verschlissene Sweatshirts über die Schlafanzüge der Jungen. Es musste nachts kalt sein in der Wohnung in diesem Betonbau. »Sie ist Anfang Dezember zu Alans Geburtstag wiedergekommen. Ich war einkaufen, und als ich zurückkam, war sie schon weg. Sie hat ihnen gesagt, sie hätte sie nicht besuchen können, weil sie die ganze Zeit nach London und zurück unterwegs gewesen wäre. Vielleicht hat sie gelogen, aber …« Er berührte den Kopf des kleineren Jungen. »Hier gibt's viele in der Nachbarschaft, die meinen, ich hätte Glück, dass sie nur mit Alkohol zu tun hat.«
Maureen sah sich in dem trostlosen Zimmer um, sah den verdreckten Boden ohne Teppich, die frierenden Kinder und den dünnen Mann, der sich über sie beugte. Jimmy hatte alles andere als Glück.
»Kann ich dir eine Tasse Tee machen, Jimmy?«
Es war schon lange her, dass jemand nett zu Jimmy gewesen war, und er wusste nicht, was es zu bedeuten hatte. Er schaute zu ihr hoch und versuchte zu erraten, was ihre Absicht war. »Es ist nichts zum Klauen da«, sagte er.
»Ich hab dir nur angeboten, eine Tasse Tee zu machen.«
Er musterte sie von oben bis unten, leckte den getrockneten Speichel aus seinen Mundwinkeln und unterdrückte ein anzügliches Lächeln. Er meinte, er gefalle ihr.
»Ja, Kleine, 'ne Tasse Tee. Ich leg die Jungs schlafen.« Er beeilte sich, die Kinder wegzubringen, setzte den kleineren Jungen auf seine Hüfte, nahm den anderen an der Hand und ging mit ihnen hinaus in den Flur. Von der Tür aus rief er ihr

zu: »Nimm keine Milch, ich brauch sie noch für die Kinder in der Nacht.«
Sie hörte, wie Jimmy die Kinder anhielt, die Treppe hinaufzugehen. Sie sah auf die zerbrochenen Spielsachen und die abgetragenen Kleider, die auf dem Boden verstreut lagen, und ging in die ärmliche Küche. Die Birne war kaputt. Von der Straße fiel ein matter orangefarbener Lichtschein auf die Arbeitsplatte. Es gab keinen Wasserkessel und keinen Herd, nur eine abgestoßene tragbare Kochplatte. Ihre Augen gewöhnten sich an das Dunkel, und sie fand einen kleinen abblätternden Emailtopf in der Spüle. Sie füllte ihn mit Wasser aus dem Hahn, während die Heizplatte in der Dunkelheit rot glühte.
Zurück im Wohnzimmer verschränkte sie die Arme. Es gab keinen Fernseher, keine Familienfotos oder Bücher, keine Nippes und keine Erinnerungsstücke, nichts, was nicht unbedingt nötig und gebraucht gekauft war. Nicht einmal ein Radio hatten sie. Neben dem Sessel lag ein Stoß kostenloser Stadtteilzeitungen. Jimmy hatte sie als Toilettenpapier in Streifen gerissen. Sie hörte durch die Decke, wie er den Kindern zuredete, ins Bett zu gehen. Da erinnerte sie sich plötzlich an die blaue Sporttasche mit dem verdächtigen Anhänger. Er war grün und weiß und um den Griff gewickelt. Sie betrachtete ihn näher. Es war ein British-Airways-Anhänger. Als Liam noch dealte, hingen solche Aufkleber immer an seinen Taschen. Sie schlich zu der Tasche hinüber. Sie war von London nach Glasgow unterwegs gewesen, und der Name »Harris« stand in kleiner Druckschrift darauf. Das angegebene Datum lag weniger als eine Woche zurück. Sie trat zurück, sah den Anhänger an und versuchte sich die rätselhafte Aufschrift zu erklären. Vielleicht hatte ihm jemand die Tasche überlassen, jemand mit seinem Namen, ein Verwandter, aber sie stand weit

geöffnet da, als wäre sie erst vor kurzem ausgepackt worden. Das Ganze machte keinen Sinn. Jimmy war mit einer teuren Luftlinie nach London geflogen, wo er doch zu arm war, um einen Teekessel zu kaufen.

Das Wasser kochte, aber sie konnte nur eine Tasse mit schwarzen Teerändern finden. Sie machte den Tee, brachte ihn ins Wohnzimmer, setzte sich in den Sessel und zündete sich eine Zigarette an. Es war feucht und kalt. Sie hörte, dass Jimmy die Treppe herunterkam, er ließ die unruhigen und rufenden Kinder hinter sich und antwortete auf ihre Bitten nur kurz mit »still jetzt«. Er kam ins Wohnzimmer geschlendert. Offensichtlich hatte er seine Haare nass gemacht und zurückgestrichen. Maureen stand auf und bot ihm eine Zigarette an. Er nahm sie und beugte sich vor, als sie ihm Feuer gab. »Setz du dich«, sagte sie.

Jimmy nahm die Tasse, trank und schaute zu ihr hoch, während er sich setzte.

»Jimmy, warum hat Ann so viele Schulden?«

»Hör mal«, lächelte er. »Reden wir doch nicht über sie.«

Jimmy wollte nicht über die Kinder oder Ann oder das Geld sprechen. Er wollte schnell und nebenbei jemanden vögeln, irgendeine, die willig war und ihm eine zehnminütige Pause zwischen seinen dauernden Sorgen verschaffen konnte. Er hielt ihr die Hand hin und entblößte seine scharfen Raubtierzähne. Maureen zog ihren Mantel zu. »Ich möchte aber über sie reden«, sagte sie leise. »Deshalb bin ich gekommen.«

Jimmy war seit langem an Enttäuschungen gewöhnt und ließ die ausgestreckte Hand fallen, die nun an der Seite des Sessels herunterbaumelte. »Sie hat sich Geld zum Trinken geliehen«, sagte er endlich. »Dann hat sie sich welches geliehen, um die Schulden zurückzuzahlen, und es wurde immer schlimmer. Ann ist keine schlechte Frau. Es ist der Alkohol.

Sie ist ganz anders, wenn sie nicht trinkt. Aber wenn sie trinkt, ist sie ein Miststück.«

»Du glaubst nicht, dass sie tot sein könnte, oder?«

»Ich weiß es. Sie hat am Donnerstag die Schecks fürs Kindergeld eingelöst.«

»In Glasgow?«

»Weiß ich nicht.« Jimmy schlürfte deprimiert seinen Tee. »Sie sagen einem das nicht bei der Post, nur dass sie eingelöst sind und dass ich das Geld nicht kriegen kann.«

»Meinst du, sie kommt zurück?«

Jimmy ließ den Kopf hängen. »Sie kommt nicht zurück.« Er nahm einen Schluck und machte eine Grimasse.

»Weißt du, wo sie ist?«

»Sie hat eine Schwester in London. Vielleicht weiß die es.«

»Könnte ich sie anrufen?«

»Weiß nicht, ob sie Telefon hat.«

»Wie heißt sie denn?«

»Moe Akitza.«

Maureen notierte den Namen der Schwester auf einer Quittung aus ihrer Tasche und zeigte Jimmy, wie sie ihn geschrieben hatte. »Ich glaube, das stimmt.« Er lächelte ihr zu. »Verrückter Name, was? Sie hat 'nen großen Neger geheiratet.« Sie wusste, wenn sie nachbohrte, würde er behaupten, gegen niemanden Vorurteile zu haben, außer gegen diese habgierigen Pakis natürlich. Und die Inder, diese Schnorrer. Und die arroganten Engländer. Und die irischen Saufköpfe. Und die verdächtigen Dunkelhäutigen. »Also, Jimmy, ich danke dir. Es war nett von dir, dass du mit mir gesprochen hast.«

»Ja«, sagte er. »Na ja, ich bin im Druck, das siehst du ja.«

Sie lächelten einander an, um die Zeit herumzubringen. Maureen machte dem ein Ende. »Du weißt also wirklich nicht, wo sie ist, was?«

Er schaute in den leeren Becher und schüttelte den Kopf.

»Fehlt sie dir?«, fragte sie.
Darüber brauchte Jimmy nicht nachzudenken. »Nein«, sagte er sehr bestimmt und sehr traurig.
Hinter ihr flog die Wohnungstür auf und ließ einen Schwall kalter Nachtluft ins Zimmer. Zwei kleine Jungen mit nassem Haar und schmutzigen Gesichtern kamen herein. Sie stützten die Arme auf ihre schmalen Hüften und marschierten großspurig daher wie Miniaturausgaben harter Männer. Ihre Kleidung war ärmlich, selbst für Kinder aus der Hochhaussiedlung. Alles hatte einen stumpfen Grauschimmer durch zu häufiges Waschen mit billigem Waschpulver angenommen. Jimmy wurde munter und lächelte, als er sie sah, und seine Söhne grinsten zurück. »Alles klar, Dad?«, sagte der ältere. »Wo ist unser Abendessen?«
Jimmy legte sanft die Hand auf den Hinterkopf des älteren Jungen und führte ihn in die dunkle Küche. Der jüngere blieb im Wohnzimmer und schaute zu Maureen auf. Es war der Junge vom Polaroidfoto, der die Hand des großen Mannes im Kamelhaarmantel hielt, aber aus der Nähe sah er anders aus. Er hatte einen spitzen Haaransatz, seine Wimpern waren dicht und lang.
Er sah ihren teuren Mantel. »Bist du 'ne Sozialarbeiterin?«, fragte er mit leisem Stimmchen.
»Nein, ich bin 'ne Freundin von deiner Mum.«
Er strahlte. »Mammy? Kommt Mammy heim?«
»Nein, John«, rief Jimmy. »Die Lady sucht sie nur.«
Maureen schaute in die Küche. Jimmy stand mit seinem Sohn in dem dunklen Raum und schmierte kümmerliche Margarine auf das billigste Weißbrot. Sie wandte der Küchentür den Rücken zu und hoffte, dass Jimmy sie nicht hören konnte. »John, hat in der Schule jemand in letzter Zeit ein Bild von dir zusammen mit einem Mann gemacht? Auf dem Schulhof, mit einem großen Mann mit kurzen Haaren?«

Der Junge nickte.
»Wer war der Mann?«
Der Junge leckte mit flinker Zunge die Rotze auf seiner Oberlippe ab. »Es war ein Bild für Mammy«, sagte er leise, als wolle auch er nicht, dass Jimmy ihn hörte.
»War deine Mum dabei?«
»Nee.«
»Wer hat das Bild geknipst?«
»'n anderer Mann.«
»Und hast du den Mann gekannt?«
»Nöö.«
»Hast du deine Mammy seit dem Geburtstag deines Bruders gesehen?«
»Nöö.«
»Danke, Kleiner«, sagte sie und merkte erst jetzt, wie schmächtig er war, wie dünn seine Haut, und dass es Viertel vor zehn und er erst sechs war und dass er gerade mit seinem Bruder vom Spielen auf der Straße nach Hause gekommen war. Sie hätte ihn am liebsten in ihren guten Mantel eingewickelt, um ihn zu wärmen, ihn mitgenommen, ihm gutes Essen gegeben, vorgelesen, ihm eine Chance im Leben gegeben. Sie hätte am liebsten geheult. Der kleine Junge spürte ihr Mitgefühl und wusste, dass er ihr wegen seines jetzigen Zustands und seiner Zukunft leid tat. Er runzelte die Stirn und sah zu Boden. Sie war sich selbst zuwider. »Du bist ein guter Junge«, sagte sie, stand auf, fuhr ihm über das Haar und kam sich dabei gönnerhaft und blöde vor. Sie räusperte sich und rief in die Küche. »Ich geh dann, Jimmy.«
Er drehte sich nicht um, als sie ging, und sagte nur: »Ja.«
»Ich komm vorbei, wenn ich sie finde.«
»Lieber nicht«, sagte Jimmy kurz, während er ein Brot zu einem Sandwich zusammenlegte. »Komm nicht.«

An der Rückseite der Aufzugtür wurde der Welt die eingeritzte Botschaft mitgeteilt, AMcG sei ein Arschloch. Maureen war froh, aus dem stinkenden Treppenhaus zu kommen, froh, Jimmy und seine unterernährten Kinder hinter sich zu lassen, und wollte vergessen, was sie gesehen hatte. Es war nicht leicht, solche Armut mit ansehen zu müssen, die in alles – bis in die sprachliche Ausdrucksweise – eindrang. Sie rief sich die Rechtfertigungen ins Gedächtnis, die einem helfen, an der Normalität festzuhalten: Vielleicht war Jimmy faul und verdiente es nicht anders. Vielleicht gefiel es ihm so, schließlich gab es viele Leute, die noch ärmer waren als er. Aber sie hatte achttausend Pfund auf ihrem Konto, und er hatte vier Kinder und keinen Teekessel, und ihr fiel kein einziger Grund ein, weshalb das in Ordnung war. Sie hatte das Gefühl, ihr Vater folge ihr über den Hof zur Straße, seine glasigen Augen schauten sie aus jeder dunklen Ecke an. Plötzlich spannte sie ihre Muskeln an und fing an zu laufen. Jimmy hatte recht. Wo immer Ann war, sie würde nicht hierher zurückkommen.

9
Krach am Abend

»Jimmy Harris könnte nicht mal auf ein Tamburin schlagen.« Maureen nahm einen großen Schluck Whisky mit Limette und spürte, wie sich die dünne Innenhaut an ihrer Oberlippe durch die scharfe Mischung zusammenzog. »Jemand anders muss sie zusammengeschlagen haben.«
Leslie saß ihr gegenüber und kratzte an dem Bild auf einem durchnässten Bierdeckel herum. Sie waren im Grove, einem kleinen Pub im Erdgeschoss eines Wohnblocks. Es war früher einmal eine Wohnung gewesen, was man an der Raumaufteilung noch erkennen konnte. Die Zwischenwände waren herausgenommen und durch vernietete Eisenpfeiler ersetzt worden. Das Licht war hell, und an jedem Ende des fünf Meter langen Tresens flimmerte ein großer Fernseher ohne Ton. Das Pub war der Treffpunkt einer Gruppe friedlicher Stammgäste, die im Raum umhergingen, redeten, lachten und mit einem Auge den Pferderennen zusahen, während sie mit ihren Freunden plauderten. Leslie hatte sich Maureens Worte im Driftwood im Kopf herumgehen lassen und hatte inzwischen miese Laune. Maureen dachte, dass Cammy zu Hause auf Leslie warte und sie sicher unbedingt bei ihm sein wolle, bevor das Geschwür an seinem Nacken aufging.
»Was hat er denn gesagt?«, fragte Leslie ungezwungen, als ob es sie nur am Rande interessiere, aber Maureen spürte, dass sie etwas herausfinden wollte, etwas, das zu geheim und wichtig war, um sie daran teilhaben zu lassen.
»Nicht viel.« Sie zuckte die Schultern. »Ann hat Schulden

bei irgendwelchen Kredithaien, und er meint, sie wird überhaupt nicht mehr zurückkommen. Sie hat das Scheckbuch für das Kindergeld mitgenommen, und die Schecks werden regelmäßig eingelöst.«

Leslie richtete sich auf. »Tatsächlich?«

»Ja.«

Leslie dachte darüber nach. »Heißt das, dass sie selbst sie einlöst?«

»Weiß nicht. Wann ist Ann im Frauenhaus aufgekreuzt?«

»Am neunten Dezember«, sagte Leslie, ohne überlegen zu müssen. »Warum?«

»Zwischen dem Zeitpunkt, als sie von Jimmy wegging, und ihrem Eintreffen bei uns liegt etwa ein Monat. Sieht so aus, als wäre sie da verschiedentlich in London gewesen.«

»Wer sagt das?«

»Er.«

»Hm.« Leslie war skeptisch. »Warum solltest du irgendetwas glauben, was der Dreckskerl sagt?«

»Hör zu«, sagte Maureen, »er ist nur ein armer Teufel, der keine Ahnung hat. Sie wird nicht dorthin zurückgehen, und geschlagen hat er sie auch nicht.«

»Das kannst du alles nach einer einzigen Begegnung sagen?«

Aber Leslie hatte die öde Wohnung nicht gesehen, hatte den Aufzug nicht gerochen, konnte sich nicht vorstellen, wie es für Jimmy war, morgens aufzustehen und sich durch den Tag zu kämpfen. Maureen zündete sich eine Zigarette an, das Bild von Jimmys gezackten Zähnen verfolgte sie immer noch. »Ich glaube, sie hatte einen Freund«, sagte sie, »und sie ist zu ihm zurückgegangen, und er schlägt sie. Sie ist wahrscheinlich auch jetzt dort, besäuft sich von dem Kindergeld, und der arme Kerl muss die Kinder mit schwammigem Brot und Margarine füttern.«

Leslie grinste höhnisch. »Warum meinst du, dass er die Wahrheit sagt?«

»Wenn er lügen würde, hätte er sich eine bessere Rolle ausgesucht.«

Leslie beobachtete Maureen, die sich deprimiert im Pub umsah, schnell trank, wie sie es zurzeit immer tat, und tief seufzte, als wolle sie weggehen und allein sein. Maureen hatte sich verändert. Leslie war klar, dass sie nervös war, weil ihr Vater wieder in Glasgow war, aber sie war so fahrig und launisch, und alles erschreckte sie. Sie hatten immer weniger Zeit miteinander verbracht, und Leslie erwartete nicht, dass sich dies ändern würde. Maureen mochte Cammy nicht, weil er nicht studiert und keinen Schliff hatte. Maureen und Leslie hätten sich jetzt, wo sie zusammenarbeiteten, eigentlich näher sein sollen, aber es war nicht so. Maureen wirkte die Hälfte der Zeit völlig durcheinander und die andere Hälfte langweilte sie sich. Sie hatte nicht einmal erwähnt, dass sie einen neuen Freund hatte – Leslie hatte es im Büro von Katia erfahren müssen. Leslie glaubte, dass sie einander zu nah gewesen waren, dass ihre Beziehung bei der Plakataktion und in Millport zu intensiv gewesen war, und sie hatte eine Seite von Maureen gesehen, die ihr Angst machte. Zwischen ihnen braute sich ein Streit zusammen, und sie wusste, es würde ein heftiger Streit werden. Sie zog an ihrer Zigarette und schaute auf. Maureen sah sich die Ergebnisse des Rennens an. Sie sah sich lieber ein Pferderennen an, als mit ihr zu reden.

»Was sollen wir jetzt tun?«, fragte Leslie.

Maureen nippte an ihrem Whisky und blickte wieder auf den Fernseher. »Willst du Ann finden?«, fragte sie.

»Ja«, sagte Leslie.

»Na, warum fragst du nicht in den Pubs in der Gegend des Frauenhauses? Dort hat man sie bestimmt gesehen.«

Leslie starrte sie an. Sie war mit Maureen nach Millport gefahren. Sie hatte einen ganzen Sommer in der Klinik verbracht, um ihr Gesellschaft zu leisten. Nachdem Douglas umgebracht worden war, hatte sie sie wochenlang herumgefahren, und jetzt weigerte sie sich, ihr zu helfen. »Dir ist es wirklich scheißegal, was mit Ann passiert ist, oder, Maureen?«

Maureen seufzte. »Lass gut sein, verdammt noch mal, Leslie. Sie ist abgehauen. Find dich doch damit ab. Sie ist abgehauen und hat die Kids und ihren armen braven Mann sitzen lassen, und der kann jetzt ihre Trinkschulden abbezahlen.«

»Ihren armen braven Mann? Das glaub ich nie im Leben.«

»Ich weiß, dass er sie nicht geschlagen hat.«

»Weil er dir ganz normal vorgekommen ist?«, rief Leslie und spielte ihre Berufserfahrung aus. Als grundlegender Glaubenssatz im Frauenhaus galt, dass jeder Mann fähig sei, eine Frau zu schlagen, und wenn Leslie es so hinstellte, als nehme Maureen Jimmy davon aus, weil er ganz normal aussah, dann erklärte sie sie damit zur Idiotin.

»Also gut, Leslie. Hör auf damit. Wir sind hier nicht beim Seminar über Glaubensfragen der Frauenhausbewegung.«

»Maureen, jede Woche werden zwei Frauen von ihren Partnern oder ihrem Ex ermordet.«

»Rutsch mir doch den Buckel runter«, rief Maureen und verlor die Fassung. »Das weiß ich alles. Aber ich bin sicher, dass er sie nicht geschlagen hat, weil er passiv ist und ausgenutzt wird, er hat vier Kinder unter zehn, und sie hat sich verpisst, und alles ist ihr scheißegal. Es ist ja auch möglich, dass ein Kredithai sie verprügelt hat, hast du daran schon mal gedacht? Vielleicht wollte sie deshalb die Fotos von sich machen lassen, damit sie sie zu ihrem Schutz nutzen könnte, wenn er wiederkäme.«

Maureen schrie sie in einem Pub voller Leute an. Leslie war ratlos. Sie konnte nicht noch einmal einem Streit einfach den Rücken kehren, denn damals in Millport hatte sie gekniffen, und Maureen würde nie wieder Achtung vor ihr haben, wenn sie sich wieder drückte. Sie beugte sich über den Tisch und sagte ruhig: »Willst du dich mit mir prügeln?«
Maureen schnaubte und schrie sie an: »Ob ich *was* will?«
»Lass uns rausgehen und es dort austragen, lass uns die Sache ein für alle Mal regeln.«
»Was hast du bloß, verdammt noch mal?«
»Ich schlag mich mit dir«, sagte Leslie ruhig. »Seit Millport stimmt's nicht mehr zwischen uns.«
»Nur schade, dass du damals nicht so geladen warst, was?«
Es war nicht richtig von Maureen, das zu sagen, aber jetzt war es zu spät. Das letzte bisschen Vorsicht war dahin, und jetzt legte sie los. »Seit du mit diesem Scheißkerl Cammy gehst, hast du dich total verändert.«
Leslie stand auf. »Wie hab ich mich verändert?«
Maureen stand ebenfalls auf, um mitzuhalten, donnerte ihr Glas auf den Tisch und stieß dabei den Aschenbecher zu Boden. »Du gibst dich so gekünstelt«, schrie sie. »Und du bist launisch.« Sie stieß mit einem Finger wütend auf Leslies Schulter. »Und warum läufst du herum, dass dir die Titten raushängen?«
»Ladies!« Der Barkeeper schoss durch den Raum und schrie noch lauter als die beiden. »Ladies, vertragt euch oder geht heim.«
Sie fuhren beide gleichzeitig herum und starrten ihn an, und er wusste, der Streit wäre hier nicht zu Ende. Er zeigte auf die Tür. »Gute Nacht, ihr beiden«, sagte er bestimmt.
Sie suchten ihre Jacken und Helme zusammen, stürmten in die Regennacht hinaus und blieben auf dem Gehweg stehen, während die Tür hinter ihnen zufiel. Sie hörten den einstim-

migen langen Buhruf der Bargäste, gefolgt von Lachen. Leslie rückte ganz nah an Maureens Gesicht: »Gib mir meinen Scheißhelm zurück.«
Ein Speichelspritzer landete in Maureens Auge. »Da, nimm ihn.« Maureen streckte ihr den Helm entgegen. »Dann nimm ihn doch, verdammt.«
Leslie schnappte ihn, ging um die Ecke und ließ Maureen allein im strömenden Regen stehen. Sie hätten fünf Minuten warten sollen. Dann hätten sie geweint und wären sich in den Armen gelegen. Sie wären mit einer Flasche Whisky nach Hause gegangen und hätten über alles geredet. Sie wartete auf dem Gehweg und hoffte, Leslie würde zurückkommen.
Hinter ihr ging die Tür des Pubs auf, und ein Paar trat heraus. Sie erkannten Maureen und grinsten, legten die Arme umeinander und stapften gegen den Wind davon. Die Tür fiel zu, schwang ein paarmal gegen den Türpfosten und stand dann still. Auf der Straße war es ruhig. Einen Block weiter wurde ein Motorrad angelassen und donnerte in westlicher Richtung davon. Leslie würde nicht zurückkommen. Maureen wartete. Leslie würde nicht zurückkommen. Sie ging im strömenden Regen nach Hause, zu müde und traurig, um denken zu können. Der Regen lief ihr übers Gesicht, rann durch die Haare, tropfte am Hals hinunter und durchtränkte den Kragen ihrer Bluse. Als ihr Jimmy wieder einfiel, war sie schon am Fuß des steilen Hügels vor ihrer Wohnung angekommen. Sie drehte um, ging dieselbe Straße zurück und hielt unterwegs an einem Bankautomaten an. Dort hob sie 250 Pfund ab, ging zu dem Wohnblock in Finneston und nahm den stinkigen Aufzug in den zweiten Stock. Auf Zehenspitzen schlich sie den Gang entlang, schob das Geld in Jimmys Briefkasten und rannte schnell zur Treppe zurück, bevor er herauskommen und sie sehen konnte.

Aus eigener Erfahrung wusste sie, dass nichts schmählicher demütigt als Mitleid – und Jimmy war schon weit genug unten.

Erst als sie wieder auf der Straße war, gestand sie sich selbst die Wahrheit ein: Dass sie zurückgekommen war, um Jimmy das Geld zu geben, war nur ein Vorwand gewesen. Sie wollte noch einmal an dem Pub vorbeigehen, um zu sehen, ob Leslie da war. Sie blieb stehen und blickte die Straße hinunter zum Grove, wieder hineinzugehen war ihr zu peinlich. Aber Leslie war nicht da. Und Leslie würde nicht wiederkommen.

10
Ein schlechter Tag

Michael fieberte, er kratzte an ihrem Schlafzimmerfenster, seine messerscharfen Fingernägel bohrten sich in die Glasscheibe. Sie schwitzte und war erschöpft, und sie wusste, dass sie dieses Geräusch nicht mehr ertragen konnte. Sie beugte sich vor, öffnete das Fenster, und ein Blutstrom ergoss sich in ihre Wohnung. Ein banges, schweres Klopfen weckte sie auf. Ihr erster Gedanke galt Leslie, sie war zurückgekommen, aber es war nicht ihr Klopfen, außerdem kam sie nie am Morgen. Sie setzte sich auf und sah auf die Uhr. Es war halb zehn, und der Turm der Fieberklinik von Ruchill lauerte hinter dem Vorhang am Schlafzimmerfenster.

Im Flur lag ein einsamer blauer Umschlag bedrohlich auf der Matte, und das rote Lämpchen des Anrufbeantworters blinkte. Sie zog ihren Mantel über T-Shirt und Unterhose, schubste den Brief mit dem Fuß unter das Telefontischchen und schaute durch den Spion hinaus. Detective Inspector Hugh McAskill wischte den Regen von seinem roten Haar und sah sie mit seinem langen, melancholischen, durch das gewölbte Glas verzerrten Gesicht an, seine blauen Augen waren wässrig und müde, die Wangen von der Kälte gerötet. Hinter ihm stand der schnurrbärtige Detective Inspector Inness, mit Schal und Handschuhen und dickem Anorak für das Wetter gerüstet. Es war kein guter Tag für so etwas. Sie fühlte sich dumm, von allen Freunden verlassen und krank. Sie konnte so tun, als sei sie nicht da, und hoffen, dass sie weggingen.

»Wir wissen, dass Sie da sind«, sagte McAskill leise. »Wir können Sie hören.«
Maureen hielt inne, ihre Hand lag auf dem Riegel, sie holte tief Luft und machte die Tür auf.
»Hugh.«
McAskill nickte traurig. »Können wir einen Moment reinkommen, Maureen?«
Sie öffnete die Tür, und die Polizeibeamten streiften sich auf der Matte ihre Schuhe ab, bevor sie den Flur betraten. Sie hatte die Heizung über Nacht angelassen, weil sie auf diese Weise etwas von Douglas' Geld loszuwerden hoffte, und die Wohnung war schön warm. Sie legten Schals und Handschuhe ab.
»Warum hat er euch diesmal geschickt?«, fragte sie.
Hugh hob die Augenbrauen und presste die Lippen zusammen. Chief Inspector Joe McEwan war fest entschlossen, sie wegen des Überfalls auf Angus in Millport zu überführen. Er hatte keine Beweise und konnte nicht belegen, dass sie oder Leslie zur Tatzeit auf der Isle of Cumbrae waren. Angus benahm sich wie ein Geistesgestörter und sagte ihnen nichts. Aber aus Prinzip ließ Joe sie zu jedem Detail, das sich ergab, befragen, nur um sie daran zu erinnern, dass sie sie noch im Visier hatten.
Hugh sagte: »Es hat sich bei der Ermittlung etwas Neues ergeben. Deshalb sind wir hier.«
»Wie geht es Ihnen heute, Miss O'Donnell?«, sagte Inness auf seine unsympathische Art. Er war ein übereifriger blöder Kerl mit einem Freddie-Mercury-Schnauzbart, und er hatte etwa so viel Geschick im Umgang mit Menschen wie ein läufiger Schoßhund.
»Hören Sie«, sagte Maureen, betete, dass sie nicht in Tränen ausbrach, und schaute beim Zuknöpfen ihres Mantels auf ihre Füße hinunter. »Sagen Sie mir einfach nur, warum Sie hier sind. Dann kriege ich Angst, und Sie können gehen.«

»Uns ist zu Ohren gekommen«, begann Inness, der sich für seine bescheidene Aufgabe zu begeistern anfing und wie ein Filmnazi mit seinen Handschuhen auf die flache Hand klatschte, »dass Sie Briefe von einem gewissen Patienten aus dem Krankenhaus erhalten. Wir sind hier, um sie abzuholen.«
Maureen verschränkte die Arme. Sie konnte ihnen die Briefe geben und sie damit machen lassen, was sie wollten. Aber die Briefe gaben Hinweise auf Millport. »Sagen Sie Joe McEwan, ich weiß, dass ich Ihre Fragen nicht zu beantworten brauche«, sagte sie.
»Aber warum in aller Welt sollten Sie sich denn weigern, uns zu antworten?«, sagte Inness und heuchelte Überraschung. »Könnte es sein, dass Sie etwas zu verbergen haben?«
McAskill wurde rot und schaute auf seine Schuhe hinunter.
»Ich würde doch davon ausgehen, dass Sie uns helfen wollen«, sagte Inness und verfolgte die Masche weiter, mit der er bereits gescheitert war.
Maureen sah Hugh an. »Ist sein Geschwätz nicht erbärmlich?«, sagte sie, konnte sich selbst damit aber auch nicht aufmuntern.
Hugh hob wieder die Augenbrauen. Bei diesen Besuchen war er immer recht einsilbig. Sie waren sich während der Ermittlungen zu Douglas' Ermordung etwas näher gekommen. Sie wusste, dass er klüger war als Inness und dass Joe McEwan ihm mehr Vertrauen entgegenbrachte, aber jedes Mal, wenn sie kamen, stand Hugh nur dabei und ließ Inness reden.
»Angus Farrell hat die Ärzte überzeugt, dass er verrückt ist«, sagte Inness und starrte dabei ins Wohnzimmer. Er sah alte Zeitungen, volle Aschenbecher und die niedrig stehende Sonne, die durch den weißen Schmutzbelag der Fensterscheiben drang wie durch einen Filter. Er betrachtete Mau-

reen mit ihren zerzausten Haaren, die unter dem Mantel halbnackt war. Sie spürte, wie sein Blick alles mit Missbilligung registrierte, und wusste, dass er Joe McEwan über jede Einzelheit Bericht erstatten würde.
»Vielleicht ist er wirklich verrückt«, sagte Maureen.
»Ja«, sagte Inness. »Mein Chef glaubt, dass Farrell genau weiß, was es bedeutet, als geisteskrank diagnostiziert zu werden. Er weiß, dass er eine kurze Strafe mit gelockertem Haftvollzug bekommen wird. Vielleicht wird er sich in zwei Jahren plötzlich auf wundersame Weise erholen und herauskommen. Meinen Sie, ein Psychologe würde so etwas wissen?«
Maureen zuckte die Achseln. »So gut kenne ich ihn nicht«, sagte sie.
»Aber er war doch Ihr Therapeut.«
»Nur kurz«, sagte sie. »Nur für kurze Zeit.«
»In der Klinik hat man uns gesagt, dass er Ihnen schreibt. Tut er das?«
»Nein«, sagte sie und dachte an den Brief unter dem Telefontisch.
»Die Schwestern schicken die Briefe an Sie ab«, sagte Inness mit Nachdruck, »Sie können also aufhören zu lügen. Ich frage Sie noch einmal. Schreibt er Ihnen?«
»Vielleicht stimmt die Adresse nicht. Haben Sie daran gedacht?«
»Bedroht er Sie?«
»Ich weiß nicht, wovon Sie reden«
Inness knirschte mit den Zähnen. »Sollte Farrell eine Strafe mit gelockertem Vollzug bekommen, wen, glauben Sie, wird er da wohl am dringendsten sehen wollen?«
Maureen wurde heiß und sie spürte ein nervöses Kribbeln am Hals. Hilfesuchend sah sie zu Hugh hinüber, aber er schaute weg und ließ sie alleine. Was immer sie sagte, würde

McEwan direkt gemeldet werden. Sie holte tief Luft. »Passen Sie auf, Inness«, sagte sie, »ich weiß, dass Joe Sie herschickt, weil er nichts gegen mich in der Hand hat. Er schickt Sie, weil Sie ein Idiot sind und mich mit Ihren blöden Fragen nerven sollen.« Sie spürte, dass Inness wütend wurde, über den Befehl und die Machtspielchen auf dem Revier nachdachte und sich fragte, ob sie recht hatte. Hugh biss sich auf die Unterlippe und starrte an die Decke. »Richten Sie ihm einfach aus, dass Sie keine so große Belästigung für mich sind, wie er meint, und dass ich keine Straftat zugeben werde, die ich nicht begangen habe, nur um Sie loszuwerden. Würden Sie ihm das von mir ausrichten?«

Gereizt fuhr sich Inness über den Schnauzbart. »Diese Wohnung ist total verdreckt«, sagte er sarkastisch. »Ist das eine Spezialität von Emanzen, nicht sauber zu machen?«

Maureen bemühte sich, die Fassung nicht zu verlieren. »Haben Sie den offiziellen Auftrag, mich zu verhöhnen?«, fragte sie, spürte, dass ihr die Panik wie ein Kloß in der Kehle saß, und hörte Michael am Glas kratzen. »Sagen Sie Joe, wir sind hier nicht in Chile. Er kann Sie nicht einfach herschicken, wann immer er Lust hat. Diese Versuche, mich auszuhorchen, sind unzulässig.«

»Wer hat Ihnen das gesagt?«

»Mein Bruder.«

Inness nahm sich ein paar Sekunden Zeit für eine witzige Antwort. »Wie geht's Ihrem Bruder? Verkauft er immer noch Drogen an Schulkinder?« Offensichtlich hatten die paar Sekunden nicht ausgereicht.

»Liam hat aufgehört«, sagte sie. »Sie wissen, dass er damit Schluss gemacht hat.«

»Ja, er studiert jetzt. Verkauft wohl Drogen an Studenten, was?«

Sie war wütend und schwitzte, der blaue Umschlag an ihrer

Ferse schien Hitze auszustrahlen, sie spürte Leslies Speicheltropfen an ihrem Auge und wusste, dass sie jeden Moment durchdrehen konnte. Vor Inness durfte sie aber auf keinen Fall weinen, er wäre begeistert und würde es Joe McEwan erzählen, sie durfte auf keinen Fall weinen. Sie drückte sich an ihm vorbei und riss die Wohnungstür auf. Überrascht versuchte Inness noch schnell etwas zu finden, das sie treffen würde. »Wie geht's Ihrer Freundin?«, fragte er. »Der Motorradfahrerin. Vielleicht will die mit uns reden?«

»Inness«, sie schlug ihm auf den Arm und hielt den Kopf gesenkt, damit er ihre Tränen nicht sah, »Sie sind erbärmlich. Sie sind scheißerbärmlich.« Sie schob ihn ins Treppenhaus hinaus und schrie: »Hauen Sie ab.«

Inness war bestürzt. O'Donnell hatte nie zuvor Gefühle gezeigt, aber jetzt weinte sie, schlug nach ihm, schubste ihn und schrie ihn an. Sie war wirklich sehr aufgewühlt. »Was machen Sie denn?«, sagte Inness, kicherte nervös und versuchte, ihre fuchtelnden Arme festzuhalten.

Maureen wusste nicht, was sie antworten sollte, also sagte sie die Wahrheit. »Sie machen mir Angst«, rief sie.

Inness blieb stehen. »Das wollte ich nicht«, sagte er einfältig. In einem Fernsehfilm hätten sie sich jetzt umarmt, er wäre wieder hineingegangen, und sie hätten offen über ihre Gefühle gesprochen. Ein zärtlicher Augenblick zwischen Fremden – und sie wären geläutert und gerührt über das gemeinsam erlebte Menschsein auseinandergegangen. Aber sie waren in Glasgow. »Scheißkerl«, schrie Maureen und schlug die Tür hinter ihm zu.

Sie drehte sich um und sah McAskill in der Wohnzimmertür stehen wie das fünfte Rad am Wagen. »Hugh«, sagte sie nach Luft ringend, »wie kannst du einfach so dabeistehen?«

»Maureen ...«

Sie riss die Tür wieder auf, McAskill ging an ihr vorbei, drehte sich um und murmelte: »Es ist mein Job.«
Kaum war er draußen, schlug sie die Tür zu, starrte sie weinend an und horchte auf die gedämpften Stimmen der Männer, deren Schritte auf der Treppe langsam verklangen, als sie im Erdgeschoss ankamen und die Tür zur Straße öffneten. Sie rannte ins Wohnzimmer, drückte sich flach an die Wand und spähte hinaus. Sie stiegen in einen Wagen. Sie sah zu, wie Inness das Fenster herunterkurbelte, eine Zigarette anzündete und den Rauch auf die Straße hinausblies. Dann fuhren sie davon.
Maureen zündete sich eine Zigarette an. Zurück im Flur bückte sie sich, zog unter dem Telefontisch das blaue Kuvert hervor und riss es auf. Angus schrieb ihr, er hoffe, dass das Bluten aufgehört habe und dass er sie gern selbst verletzen würde. Der Anrufbeantworter blinkte.
»Ich weiß, dass du da bist«, nuschelte Winnie. »Nimm ab, du Biest.«
»Ja, ich bin ein Biest«, murmelte sie, nahm einen tiefen Zug aus ihrer Zigarette und kostete den Gedanken an ihren baldigen Tod aus. »Ich bin ein Biest. Ich bin ein Biest.«
Es war neun Uhr fünfundvierzig morgens, und sie hatte Lust, sich zu betrinken und immer weiter zu trinken.

11
Nur ein kleiner Sprung

Maureen ging den regennassen Hügel hinunter. Autos fuhren munter durch tiefe Pfützen, die auf den Gehweg schwappten und die Fußgänger bespritzten. Sie sollte Angus' Briefe der Polizei übergeben, denn schließlich bedrohte er sie, aber wenn man sie jemals des Überfalls bezichtigte, wären diese Briefe Beweismaterial gegen sie. Sie wusste, dass er nicht krank war, aber auf Joes Skepsis würde sie sich nicht verlassen können, wenn er die Briefe sah. Sie würde die Bedeutungen und Symbole erklären müssen, und das hieß praktisch, die Geschichte in Millport zuzugeben und die Sache mit Michael zu erzählen. Sie stellte sich vor, wie die Beamten die Briefe fotokopieren, über die unsinnigen Symbole die Köpfe schütteln und Angus für seinen Ausgang am Wochenende einen Busfahrschein und einen Mantel in die Hand drücken würden.

Sie warf die Zigarette in den Rinnstein und öffnete die dicke Glastür. Die Treppe war schwarz vor Schmutz und Feuchtigkeit. Sie konnte die misshandelten Frauen, Katias Selbstzufriedenheit und Jans langweilige Geschichten fast riechen. Sie wollte nicht hier sein oder Leslie in die Arme laufen, aber sie konnte sich nirgendwo anders verstecken. Allenfalls konnte sie in der Wohnung herumsitzen, sich wegen der Briefe Sorgen machen und Winnie auf dem Anrufbeantworter zuhören; oder sie konnte einkaufen gehen, überall Michaels Gesicht vor sich sehen und mit schlechtem Gewissen Dinge kaufen, die sie nicht brauchte. Langsam, um den Moment hinauszuzögern, stieg sie die Treppe hinauf.

Die Teilzeitkräfte waren gerade bei der Übergabe, und das Büro war voller Leute. Drei niedergeschlagene Frauen saßen wartend auf den harten Stühlen an Maureens Schreibtisch. Es gelang ihr, den Mantel aufzuhängen, bevor Jan sie erblickte.

»Hi«, sagte Jan, stand extra auf und kam zu ihr herüber, »wie geht's dir?«

»Ach«, sagte Maureen und versuchte zu lächeln, »'ne Menge Arbeit.«

Sie setzte sich an ihren Schreibtisch, nahm irgendeine Akte aus der Schublade, um Jan abzuschütteln, und tat so, als vertiefe sie sich in die Lektüre. Jan nahm ihre Tasse. »Maureen, du siehst ja heute noch blasser aus als gestern«, sagte sie. »Kaffee?«

»Das wär lieb, danke, Jan.«

Jan fragte auch die wartenden Frauen, ob sie Kaffee wollten, aber sie lehnten ab, und Jan ging in die Teeküche. Maureen nahm ihre Zigaretten heraus, gab sie der ersten Frau, machte ihr ein Zeichen, sie weiterzugeben, und tat dann wieder so, als lese sie in der Akte. Sie sah nicht zu ihnen hin, weil sie sie nicht in Verlegenheit bringen wollte, falls sie knapp bei Kasse waren und sich bedienen mussten. Als ihre Packung zurückkam, fehlten sechs Zigaretten. Sie blickte das Trio an. Alle rauchten eifrig und schauten angestrengt zu Boden.

Sie nahm eine andere Akte aus der Schublade und versuchte, sich in einen Gesetzesparagraphen zu vertiefen. Sie musste nur den Tag hinter sich bringen und die Unterhaltung mit den anderen vermeiden. Fünfzehn Minuten lang starrte sie denselben Satz an und dachte über all die kleinen Streitfälle in der Welt nach und die Idioten, die sich mit ihren Freunden verkrachten und dachten, es sei wichtig, wo doch nichts von Bedeutung war. Jan kam um den Tisch herum und gab ihr die Tasse Kaffee, bevor sie ihre Zigarettenschachtel öffnete und sie der ersten der wartenden Frauen gab. »Die Polizei hat hier angerufen«, sagte sie, »und hat deine Freundin Leslie gesucht.«

»Wer?«

»Die Polizei. Jemand wollte sie sprechen.«

»Aber warum rufen die hier an? Sie arbeitet doch gar nicht hier.«

»Weiß ich nicht«, sagte Jan.

»Hat er seinen Namen genannt?«

Jan zuckte die Schultern. »Er sagte nur, er sei von der Polizei.«

»Und er hat ausdrücklich nach Leslie gefragt?«

»Weiß ich nicht«, sagte Jan, streckte die Hand aus und nahm ihre Zigaretten von der letzten Frau wieder in Empfang.

»Wer war am Apparat?«

»Katia.«

»Bis gleich«, sagte Maureen, aber Jan hörte nicht zu, denn sie starrte die zwei Zigaretten an, die einsam in ihrer Packung herumrollten.

Katia war nicht an ihrem Schreibtisch, sondern plauderte im Lager für Büromaterial mit Alice, die sich um die Koordination der Geldmittel kümmerte. Sie verabredeten gerade, am Wochenende in einen Nachtclub zu gehen. Katia war schon oft dort gewesen und kannte den Typ an der Tür. Sie sagte, sie könnte Alice und ihren Freund kostenlos mit hineinnehmen. Alice sah Maureen an der Tür stehen und trat zur Seite, um sie in die Unterhaltung mit einzubeziehen, aber Maureen schwieg, bis sie fertig waren, und sprach Katia an, als sie herauskam. »Kann ich mal kurz mit dir reden?«

»Klar«, sagte Katia. »Komm doch zu meinem Schreibtisch.«

Katia hatte einen günstigen Platz erwischt. Eine Zwischenwand trennte ihren Tisch in der Ecke vom Rest des hässlichen

Raums ab. Ihr Aktenschrank war mit Fotos geschmückt, auf denen sie toll aussah, sie stand mit attraktiven Freunden an diversen beeindruckenden Schauplätzen. »Was kann ich für dich tun?«, fragte sie und setzte sich im Stuhl zurecht, wobei ihr Wildlederminirock ihre perfekten Schenkel hinaufrutschte.

»Also«, sagte Maureen und strengte sich an, so zu klingen, als wolle sie nur beiläufig etwas fragen. »Ich habe gehört, jemand von der Polizei hätte angerufen und du hättest mit ihm gesprochen.«

»Ja«, sagte Katia.

»Ich hab gehört, man hätte Leslie verlangt.«

»Ach ja?«

»Es ist so, ich habe ...«, sie wusste nicht, wie sie sich ausdrücken sollte, ohne dass es sich nach Ärger anhörte, »... ein Polizist ist öfter bei mir vorbeigekommen.«

Katia richtete sich auf und sah sie an. Maureen erkannte ein Aufflackern von Eigennutz in ihren Augen, der sofort von zuckersüßem Mitgefühl erstickt wurde. »Gehst du mit dem Polizisten aus?«

Maureen fing an sich zu ärgern. »Nein, Katia, er belästigt mich.«

»Oh«, sagte sie. »hast du ihn angezeigt?«

»Ich will ihn nicht anzeigen. Ich will nur wissen, ob es derselbe Polizist war, der Leslie sprechen wollte. Hat er seinen Namen gesagt?«

»Na ja, es war eigentlich eine Frau, die angerufen hat. Inwiefern belästigt er dich?«

»Es ist nur ... eigentlich ist es egal.«

»Nein, bitte.« Katia wollte ihre Hand nehmen, und Maureen verbrannte sich fast an der süßlichen Fürsorge. »Möchtest du darüber reden? Es muss dich sehr mitnehmen.«

Plötzlich brach Maureen in lange laute Schluchzer aus, und

Katia verlor die Nerven, stand auf, warf dabei ihren Stuhl um, stieß an den Aktenschrank, von dem ein Stapel Fotos zu Boden flatterte.

»Hör zu«, sagte sie, während sie auf dem Boden herumkroch und die Fotos einsammelte, »soll ich ... soll ich gehen und jemand holen? Hier sind Taschentücher.« Sie gab Maureen eine Schachtel mit hübsch verzierten Tüchern, die sie noch heftiger weinen ließen.

»Willst du eine Tasse Tee? Soll ich Vikram anrufen?«

»Ach Gott, bloß nicht,« rief Maureen so ungestüm, dass ihre Nase zu laufen begann. Sie wollte, dass Katia wegging, einfach wegging, bis sie sich wieder gefasst hatte. »Nur Tee, heißen Tee.«

Katia flitzte davon und ließ Maureen hinter der Wand allein zurück. Irgendwie gelang es ihr, das Weinen zu unterdrücken, und sie wischte sich die Augen. Was immer der Grund für ihre Tränen war, es schien alles nur halb so schlimm, sobald Katia nicht mehr da war. Ein letztes prachtvolles Foto von Katia löste sich vom Klebstreifen und fiel vom Aktenschrank auf den Boden. In diesem Schrank waren die Beweisfotos der misshandelten Frauen. Maureen stand auf und machte leise eine Schublade auf. Anns Familienname war Harris, und sie fand die Akte in der obersten Schublade. Der braune Umschlag mit den Fotos war hart und dick. Sie stopfte ihn unter ihren Pullover, schob ihn seitlich unter den Bund ihrer Jeans und setzte sich, plötzlich erschrocken über diesen Schritt, wieder hin. Sie wusste nicht, ob sie es getan hatte, um Katia eins auszuwischen, für Leslie oder um bei der Arbeit endgültig die Kündigung zu erwirken.

Als Katia mit ihrem Tee mit Milch zurückkam, hatte Maureen aufgehört zu weinen und neben den Fotos auch den Großteil der Papiertücher mitgehen lassen.

»Besser?«, fragte Katia.

»Es tut mir leid«, sagte Maureen und tupfte sich mit dem vorletzten Tüchlein die Nase ab. »Ich hab nur, ich hab mich aufgeregt …«

»Wer ist der Polizist, der dich belästigt?«

»Ein Typ, den ich vor ein paar Monaten kennengelernt habe …«

»Ist er aus Glasgow?«

»Ja.«

»Na ja, dann hatte es nichts mit ihm zu tun. Der Anruf kam von der Metropolitan Police in London.«

Maureen stand auf. »Na gut«, sagte sie und verschränkte die Arme, um ihren Bauch zu verbergen. »Danke.«

»Ist schon in Ordnung. Überleg dir bitte, ob du ihn anzeigen willst, ja?«

»Ja, mach ich.«

»Wie geht's Vik?«

Maureen ging hinüber zur Trennwand, sie wollte weg, bevor Katia merkte, dass ein merkwürdiges Bündel unter ihrem Pullover steckte. »Gut«, sagte sie. »Es geht ihm gut.«

Katia trat vor sie hin. »Maureen, bist du mir böse?«

Maureen war etwas überrascht. »Was?«

»Bist du mir böse wegen Vik?«

Maureen sah sie verblüfft an. »Warum sollte ich?«

»Na ja«, Katia senkte den Kopf, »du weißt, dass wir miteinander ausgegangen sind?«

»Ja, das wusste ich.« Maureen spürte Eifersucht in sich aufsteigen.

»Ungefähr vor einem Monat.« Katia sah sie vielsagend an. Maureen traf sich seit einem Monat mit ihm, etwas über einen Monat, und Katia wusste das. Maureen hätte am liebsten gesagt, es sei ihr scheißegal und dass sie nicht einmal sicher sei, ob sie den Nachmittag überleben würde. »Ich muss jetzt gehen«, sagte sie.

Katia hielt ihr als eine Art Friedensangebot die Tasse hin. »Willst du nicht deinen Tee trinken?«
»Ich mag keine Milch«, sagte Maureen, verließ prompt das Büro und nahm auf dem Weg Mantel und Zigaretten mit, ließ aber die auf ihrem Schreibtisch verstreuten Akten liegen. Sie würde nie wieder hierher zurückkommen.
Der Regen fiel schräg, lief an den Sandsteingebäuden herunter, rann in kleinen munteren Bächen die Straße entlang und staute sich um die Gullys herum. Die Fußgänger zogen ihre Kapuzen hoch und rannten, um dem Unwetter zu entkommen, drängten sich in überdachten Eingängen, sahen aus Schaufenstern und warteten darauf, dass der Regen aufhörte. Maureen war von einer ungewohnt sanften Ruhe erfüllt. Sie hatte den Whisky, und ihre Entscheidung war gefallen. Nie wieder würde sie in das Büro zurückkehren.
In ihren Stiefeln schwappte es geräuschvoll. Nach vorne gebeugt stieg sie den steilen Hügel hinauf, starrte auf ihre Füße und beobachtete, wie der Regen durch die Schnürsenkellöcher quoll. Das Treppenhaus roch feucht und modrig. Heizungsluft kam unter den Türen der weiter unten gelegenen Wohnungen hervor, erwärmte die oberen Flure und ließ ihre Ohren kribbeln.
Der Anrufbeantworter hatte einiges zu erzählen: Er blinkte nervös und war voll von Winnies giftigen Botschaften. Maureen zog in der Küche ihre Stiefel aus und leerte sie vorsichtig in die Spüle, löste das gestohlene Kuvert mit den Beweisfotos von ihrem feuchten Bauch und legte es auf den Tisch. Sie trocknete ihre von der Nässe ganz runzligen weißen Füße mit einem Handtuch ab und rubbelte sie fest, um das Taubheitsgefühl loszuwerden. Die Whiskyflasche stand in ihrer Plastiktüte. Sie holte sie heraus, freute sich an dem knackenden Geräusch beim Abschrauben des Deckels und füllte ein Wasserglas. Das Glas war bis zum Rand gefüllt, und es

filterte das graue, vom Fenster kommende Licht und verwandelte es in Bernsteingelb. Aus dem Augenwinkel liebäugelte sie damit. Was immer in den nächsten paar Stunden passieren würde, sie konnte es mit all diesem Whisky abtöten, le petit mort auf Schottisch. Wenn sie sich nur immer mit dieser Vorfreude trösten könnte, die alle anderen Gedanken verdrängte. Sie trank, stürzte drei große Schlucke hinunter, bevor sie innehielt, um Luft zu holen. Sie zündete eine Zigarette an und tat einen Zug, sog den Rauch tief in die Lunge und trank dann wieder, diesmal etwas langsamer.

Der Anrufbeantworter blinzelte ihr zu. Sie ging in den Flur hinaus, drückte auf »play«, schloss die Augen und spürte, wie der Alkohol sich in ihr ausbreitete und alles weicher erscheinen ließ. Winnie weinte kläglich und erinnerte Maureen daran, dass sie ihr das Leben geschenkt hatte. »Ich denke an dich, du fehlst mir ... Ich hab dich lieb.« Schließlich legte sie auf. Gleich nach dem Piepston rief sie betrunken und zornig noch einmal an, um Maureen zu sagen, sie sei ein mieses Luder. Es piepste, und das Gerät spulte zurück. Jimmys Raubtierzähne kamen ihr in den Sinn. Sie trank und beobachtete den Anrufbeantworter, bis die Erinnerung an die große Flasche in der Küche sie wieder zu sich kommen ließ.

Tief unter dem Küchenfenster strömte der Verkehr langsam vorbei und drängte durch den engen Schlauch aus der Innenstadt. Sie schaute zur Nordseite hinüber und sah den Turm des Ruchill Fieberhospitals seine Zacken in den Himmel strecken. Er beobachtete sie, blickte direkt in ihre Wohnung hinein. Sie drückte die Flasche an sich wie eine neue allerbeste Freundin und nahm das Glas und die Zigaretten. Als sie am Anrufbeantworter im Flur vorbeikam, holte sie mit der freien Hand aus und schlug mit der Faust so fest gegen das Gerät, dass es geräuschvoll zu Boden krachte. Der Schlag hinterließ ein wohliges Kribbeln an den Knöcheln.

Es war dunkel im Wohnzimmer, dunkel genug, dass die Blutflecken auf dem Holzboden in den dichten Schatten verschwammen. Maureen saß reglos auf der Couch und dachte über den Traum nach, den sie letzte Nacht gehabt hatte. In der Wohnung war viel Blut geflossen. Die Flecken von Douglas' Ermordung waren noch auf den Dielen, dunkle Verfärbungen, die aussahen wie verkratzter Lack. Sie brachte es nicht fertig, Farbe darüber zu streichen. Es wäre, als wolle sie behaupten, er sei nie da gewesen. Douglas' Tod hatte sie tief getroffen. Die Wirkung eines gewalttätigen, unnatürlichen Todes ist anders als normale Trauer. Es gibt danach nicht das übliche Herrichten und Präparieren des Toten, den man wie zu einem Tanzabend und Diner festlich kleidet und dabei so tut, als sei all dies äußerst sinnvoll und Gott werde nun für den Toten sorgen. Stattdessen waren überall Blut, Exkremente und Gehirnmasse, ein zerschnittenes Gesicht, abgetrennte Gliedmaßen und die Erkenntnis, dass das Leben brutal und sinnlos ist und wir alle nur um Haaresbreite vom Tod entfernt sind.

Sie zündete sich noch eine Zigarette an, trank ihr Glas aus und beobachtete den nachlassenden Regen vor dem Fenster. Er hatte fast aufgehört. Sie füllte wieder ihr Glas, ging durch den Raum, öffnete den Fensterflügel so weit, dass er gegen die Wand stieß, und setzte sich auf das Fenstersims. Der Regen fiel sachte auf ihr Gesicht, und der Wind zerzauste ihr Haar. Die wenigen Leute unten auf der Straße beachteten sie nicht.

Sie hob ein Bein über das Sims und ließ es ins Leere baumeln, rauchte und horchte auf das Summen der Stadt. Sie konnte Ruchill von hier aus nicht sehen, und niemand konnte sie von dort sehen. Ihre Zigarettenasche flog in die Luft und zerstob im heftigen Wind. Sie schwang ihren nackten Fuß durch die Luft und schlug ihn gegen die Fassade. Ein kleiner

Sandsteinbrocken löste sich von der Wand, wirbelte durch die Luft und trudelte die fünf Stockwerke hinab bis zum Gehweg. Er zerbarst mit einem leichten Knall, das Geräusch verhallte in der engen Straße und wurde von den Wohnhäusern gegenüber zurückgeworfen. Das Telefon im Flur klingelte, und der misshandelte Anrufbeantworter schaltete sich ein. Winnie schluchzte und redete unsinniges Zeug: Ich hab dich lieb / du bist ein Miststück, komm mich besuchen / ich will dich nie wieder sehen.

Es fing erneut an zu regnen, die Tropfen spritzten auf ihr Bein und prasselten auf den Holzboden im Wohnzimmer. Sie kannte viele Leute, konnte sich aber nicht erinnern, irgendjemanden zu mögen. Sie schaute hinunter. Es wäre nur ein kleiner Sprung. Und Jimmy hatte nichts, sie hingegen besaß noch achttausend Pfund von Douglas' Geld. Sie könnte im Wohnzimmer eine Nachricht hinterlassen und festlegen, dass alles an Jimmy ginge, aber Winnie würde den Brief zerreißen. Die Banken waren noch geöffnet. Sie könnte alles abheben und durch den Schlitz an seiner Tür schieben. Aber es würde vielleicht nicht noch einmal so weit kommen – bis zu diesem Fenstersims. Sie warf ihre Zigarettenkippe aus dem Fenster und sah zu, wie sie in einer langsamen Spirale nach unten trudelte. Vom Whisky wurde ihr warm.

Es war schön hier draußen bei Wind und Regen, Maureen schloss die Augen. Sie sah Pauline Boyle in einem großen Stuhl sitzen, sie streckte Maureen die Arme entgegen und forderte sie auf, nicht immer alles bewältigen zu wollen; sanft sank Maureen ihr entgegen. Sie fiel nach vorn, glitt in die Leere hinaus und überließ ihren schlaffen Körper der Luft, aber dann verwandelte sich Pauline in Ann Harris, streckte die Hand aus und packte sie an den Haaren, und als sie grinste, platzte der Schorf an ihrer geschwollenen Lippe über der roten, offenen Wunde ab. Maureen setzte sich plötzlich auf, griff nach dem Fensterrahmen und schob sich mit einem Ruck ins Wohnzimmer zurück.

Sie landete auf dem Kreuz, stand schwankend auf, rieb sich ihr lädiertes Steißbein und stöhnte und keuchte vor Schmerz. Sie hielt inne und sah sich im Wohnzimmer um, kicherte nervös und fühlte sich, als hätten alle, die sie kannten, ihr gerade zugesehen. Sie wurde rot und verlegen, machte das Fenster fest zu und ging in den Flur, um Liam anzurufen.

12
Gar nicht erfreut

Arthur Williams konnte sie gut leiden. Nicht in dem einen Sinn, schließlich wusste er, dass sie verheiratet war und ein Kind hatte. Er fand sie einfach nett. Ausgeglichen. Sie machte nicht immerzu Witze darüber, dass er Schotte war, was für eine Beamtin der Metropolitan Police an ein Wunder grenzte, und er war froh, dass sie zusammen an diesem Fall mit der Matratze arbeiteten.

»Das ist eine gute Gelegenheit für Sie, Bunyan, Sie werden mit einem der Spitzenexperten zu tun haben. Er hat die beste Vernehmungsstrategie, die ich je erlebt habe.« Detective Superintendent Dakar konnte Williams' Arbeit allerdings nicht ohne einen Zusatz loben. »Obwohl er aus dem schottischen Lager ist.«

Williams lächelte, wie es ein netter Mensch eben tut, und trank seinen Tee. Er schaute Dakar an und hörte zu, wie er sich über die Arbeitsbelastung, den Bericht des Innenministeriums und die Aufklärungsraten ausließ. Dakar fühlte sich mit Bunyan nicht recht wohl, weil sie eine Frau war. Er konnte ihr nicht in die Augen sehen. Dachte dabei immer nur an ihre Titten, Williams war das klar. Jetzt halt einfach den Mund und geh, Dakar, sei still und geh. Verschwinde. Hau ab, skandierte Williams innerlich, bis Dakar aufstand.

»Na ja, ich überlasse Ihnen beiden die Sache. Dürfte ziemlich einfach sein; wir haben Verwandte, die sie identifizieren können, eine Schwester in Streatham und eine Familie oben im Norden. Vom Sonderdezernat in Schottland haben wir Hintergrundinformationen angefordert, und die Polizei vor

Ort kümmert sich auch darum. Da sollten Sie hinterher sein.« Er entfernte sich und zog dabei den Bauch ein, bis er aus Bunyans Blickfeld verschwand.
Bunyan sah Williams mit hochgezogenen Augenbrauen an. »Also zuerst Brixton?«, fragte sie.
»Ja, wir sollten ihre Schwester anrufen und sehen, ob sie zu Haus ist.«
»Hab ich schon gemacht, Sir«, sagte sie. »Mrs. Akitza ist da, und sie wird auch die nächsten zwei Stunden zu Hause bleiben. Sie erwartet uns.«
William nickte anerkennend. »Sehr gut«, sagte er und nahm seine Jacke. »Machen Sie nur so weiter, dann macht mir die Sache direkt Spaß.«
Sie brauchten für die acht Meilen nach Brixton eine halbe Stunde, mehrere Male konnte ihm Bunyan Abkürzungen zeigen. Sie sagte, sie hätte hier gewohnt, bis die Familie nach Kent zog, als sie zehn war. Als Williams sie auf dem Beifahrersitz sah, fiel ihm auf, wie klein sie eigentlich war. Er war es gewohnt, Hellian dort zu sehen, dessen lange Beine am Armaturenbrett klebten. Sie hätte dreimal reingepasst, so zierlich war sie. Geradezu winzig.
»Wie groß sind Sie denn?«, fragte er, als er in die kreisförmige Einfahrt von Dumbarton Court einbog.
»Groß genug.« Sie klang verärgert und warf ihre Kippe aus dem Fenster.
Williams lachte. »Sie müssen wohl 'ne Menge einstecken dafür, dass Sie so kurz geraten sind, was?«
»Ja, ich muss einstecken, weil ich ›kurz‹ bin. Und für den Rest auch.«
Williams parkte. »Ist bestimmt nicht leicht«, sagte er und zog die Handbremse an, ohne auf den Knopf zu drücken. Aus dem Augenwinkel sah er sie bei dem knackenden Geräusch zusammenzucken.

»Sie machen den Wagen kaputt, wenn Sie das tun, das wissen Sie doch. Das Zahnsegment nutzt sich ab und greift dann nicht mehr.« Sie bemerkte seinen Blick. »Ich komme aus einer Mechanikerfamilie.«
Williams beugte sich nach hinten, um seine Jacke vom Rücksitz zu nehmen. »Das trifft sich ja gut«, sagte er, »meine Handbremse geht nämlich immer kaputt.«
Bunyan lächelte, und er freute sich darüber. Er wünschte ihr Erfolg, und er wollte gut mit ihr klarkommen.
Moe Akitza öffnete die Tür und schaute heraus. Ihre Augen waren verquollen und ihr blondes Haar ungewaschen. Die Wohnung hinter ihr war dunkel, und als Williams und Bunyan eintraten, bemerkten sie, dass die Frau beim Gehen humpelte und außer Atem geriet. Bunyan stützte sie mit einem Arm und half ihr in einen Sessel im Wohnzimmer. Sie setzte sich Moe gegenüber, beugte sich über die Lehne und blickte sie mitfühlend und besorgt an. »Sind Sie krank, Mrs. Akitza?«
»Ja.« Moe Akitza griff sich an die Brust, riss die Augen weit auf und röchelte leicht.
Bunyan stand schnell auf. »Kann ich Ihnen etwas bringen?«, fragte sie. »Haben Sie irgendwo ein Medikament?«
Moe schüttelte den Kopf und kam wieder zu Atem, schlug sich auf die Brust und lehnte sich in ihrem Sessel zurück. Bunyan sah Williams an, und er bedeutete ihr, sich wieder zu setzen. Er wartete an der Tür, besah sich die Wohnung und beobachtete sie. »Wir werden nicht lange brauchen.« Bunyan sprach langsam und laut, als sei Mrs. Akitza taub. »Ich weiß, es muss schmerzlich für Sie sein, aber wir wollten Ihnen ein paar kurze Fragen über Ihre Schwester stellen. Geht das in Ordnung?«
Moe keuchte und schloss die Augen.
Bunyan nahm ihr Notizbuch und ihren Bleistift heraus.

»Also, zuerst, bevor wir anfangen, gibt es etwas, was Sie von uns wissen möchten?«
Moe richtete sich auf und zuckte von den Schmerzen in ihrer Brust zusammen. »Das Armband«, murmelte sie, »es hat meiner Mutter gehört.« Und damit ließ sie sich in den Sessel zurückfallen.
»Wenn die Sache aufgeklärt ist.« Bunyan nickte ihr fragend zu, um zu sehen, ob sie verstanden hatte. Moe erwiderte das Nicken. »Dann bekommen Sie es zurück.«
Erfreut über diese Auskunft lächelte Moe ein wenig in sich hinein. »Hah«, keuchte sie. »Ihr Mann. Hat sie geschlagen.«
»Stimmt«, sagte Bunyan. »Wir wissen das. Sie haben es in Ihrer Vermisstenanzeige angegeben. Ann versteckte sich vor ihm im Frauenhaus, oder?«
»Leslie«, sagte Moe mit großer Anstrengung, »hah, Finhah?«
»Leslie Findlay im Frauenhaus in Glasgow.« Bunyan nickte. »Das stimmt, wir haben Kontakt mit ihnen aufgenommen.«
»Hah, Fotos, hah, von Ann?«
Bunyan verstand nicht. »Haben Sie Fotos, die Sie uns zeigen wollen?«
Moe Akitza hob die Hand von der Armlehne, um auf ihren Schoß zu zeigen.
»Frauenhaus?«, sagte sie schließlich.
»Ach so«, sagte Bunyan und sah in ihren Notizen nach. »Die Fotos vom Frauenhaus?« Moe nickte. »Die sind wohl leider verlegt worden. Es muss Ihnen ja recht viel daran gelegen sein, dass Ihr Schwager wegen Misshandlung angeklagt wird?«
Moe schloss die Augen und nickte wieder.
»Na ja«, fuhr Bunyan fort, »dafür sind wir leider nicht zuständig. Die Körperverletzung ist in Schottland vorgefallen und muss von den Justizbehörden dort bearbeitet werden.«

Plötzlich war Moe Akitza dem Tod nicht mehr nahe und riss verärgert die Augen auf. Williams trat näher. »Sie haben ihr eigenes Rechtssystem da oben, Mrs. Akitza«, sagte er. »Es tut mir sehr leid. Da Ann verstorben ist, wird die Anklage wegen Körperverletzung wahrscheinlich fallengelassen. Außer es gab noch andere Zeugen?«
Moe Akitza schüttelte den Kopf. »Keine Anklage?«, sagte sie. »Man wird ihm nichts ... zur Last legen? Überhaupt nichts?«
»Also«, sagte Williams, »wenn die Körperverletzung für den Mord relevant ist, wird sie vielleicht als untergeordneter Umstand erwähnt, aber ich fürchte, ein englisches Gericht wird sich nicht damit befassen.«
Moe Akitza war nicht erfreut. Gar nicht erfreut.

13
Cowboyhut

Liam hatte sie seit dem Experimentieren mit Alkohol in Teenagertagen nicht mehr so betrunken gesehen. Sie saß auf dem Boden, mit halbgeschlossenen Augen gegen die Couch gelehnt, ihr Pullover war voller Asche, und am Ärmel hing etwas, das wie Käse aussah. Sie schwankte erheblich hin und her, obwohl sie von der Couch gestützt wurde. Zwar hatte sie auf seinem Anrufbeantworter von Mal zu Mal beschwipster geklungen, aber auf so etwas war er nicht vorbereitet.

Maureen hatte alles da, was sie brauchte, Zigaretten, Whisky, Wasser, Aschenbecher, aber ihr war schlecht. Sie hatte eine halbe Flasche Whisky intus, und zwar eine große. Irgendwann war ihr klar geworden, dass ihr übel werden würde, wenn sie nichts aß, und sie hatte wahrscheinlich im Kühlschrank Käse gefunden, ihn aber nicht recht vertragen. Und jetzt stand Liam vor ihr, der gute Liam, der eine ganze Meile von Hillhead gekommen war, um nach ihr zu sehen. Er war so lieb. Sie fing an zu weinen.

»Verdammte Scheiße«, sagte Liam und zog seine Jacke aus. »Wie ist es denn dazu gekommen?«

Sie wollte nicken, machte jedenfalls mit dem Kopf unregelmäßige kreisende Bewegungen, und Liam sah ihr eine Weile gebannt zu, fasziniert von ihrem Mangel an Koordination. »Mauri«, sagte er respektvoll, »du bist ja wirklich stockbesoffen.«

Sie wischte sich das Gesicht mit dem Ärmel ab und rieb sich dabei Cheddar ins Haar.

»Ich bin unglücklich«, sagte sie entrüstet.
»Na«, sagte Liam gelassen, »das ist ja was ganz Besonderes!« Er setzte sich in den Rosshaarsessel und sah zu, wie sie mit ungeschickten Fingern, die ihr nicht gehorchen wollten, eine Zigarette vom Boden aufzuheben versuchte. »Warum bist du denn so betrunken?«
Maureen gab die Bemühung um die Zigarette auf und zuckte die Schultern. »Das Leben ist eben Scheiße«, plapperte sie vor sich hin, betrunken und arglos. »Leslie ... hat mir ins Auge gespuckt.«
Liam stand auf. »Oh Gott, Maureen, es tut mir leid, ich halt das nicht aus.«
Er verließ das Zimmer, Maureen wartete und vergaß, dass er überhaupt da war, danach fiel es ihr wieder ein und dann vergaß sie es wieder. Dass er ins Wohnzimmer zurückkam, war eine herrliche Überraschung, und sie fing wieder an zu weinen. Liam gab ihr Kaffee zu trinken, und sie musste sich übergeben.

Er machte ihre Haare nass, hielt aber den Duschkopf so weit hinten, dass ihr das Wasser übers Kinn in die Nase lief. Sie war über die Badewanne gebeugt, versuchte sich aufrecht zu halten, aber ihre Beine machten nicht mit, und sie schwankte immer wieder nach vorn.
»Scheiße. Mir wird schlecht.« Ihre matte Stimme hallte von den hohen, weiß gefliesten Wänden im Badezimmer wider.
»Du bist überall vollgespuckt.«
»Das reicht jetzt.« Sie versuchte aufzustehen, aber Liam drückte ihre Schultern nach unten, und sie torkelte vor und zurück.
»Mauri, du hast erbrochenen Käse in den Haaren. Halt doch still, verflixt noch mal!«
Er verteilte Shampoo auf ihrem Haar, wusch es langsam aus

und wickelte ihr ein frisches Handtuch um den Kopf. Maureen richtete sich auf und stolperte, lehnte sich an die Wand und erprobte, wie sich ihr Kopf anfühlte. Das nasse Haar gab ihr trotz des Alkohols das Gefühl, fast nüchtern zu sein. »Oh, so ein Mist«, sagte sie.

Liam saß auf dem Rand der Badewanne und hielt sich für verantwortlich, weil er ihr den Kaffee gegeben hatte. »Fühlst du dich besser?«

Sie beklopfte ihren Handtuchturban. »Ja.«

Liam schien nicht sehr überzeugt.

»Echt«, sagte sie. »Wenn dir mal schlecht wird, tu ich das auch für dich.«

Sie gingen ins Wohnzimmer zurück, und Maureen rollte sich zu einem kleinen Knäuel auf der Couch zusammen. Überall auf dem Boden sah man die Spuren des nachmittäglichen Alkoholexzesses. Die Zigaretten aus ihrer Packung waren überall verstreut, und mehr als die Hälfte des Whiskys war ausgetrunken. Dem Ort des Gelages zugewandt lehnte ein Foto von Winnie am Sessel. Maureen sah zum Fenster und dachte an den kalten Wind zurück, der sie und ihren nackten, ins Leere baumelnden Fuß umfangen hatte. Liam wäre entsetzt, wenn er davon wüsste.

»Oh Gott«, sagte sie, hatte ein schlechtes Gewissen und versuchte an etwas anderes zu denken, »das war lieb von dir.«

»Größere Liebe hat kein Mensch«, sagte Liam und zündete einen Joint an.

»Ich bin nicht mal müde.«

»Es ist erst halb acht. Warum hast du dich so betrunken?«

Sie runzelte die Stirn und nahm langsam einen Schluck Wasser, um zu sehen, ob ihr wieder übel wurde. Ihre Glieder zitterten, aber ihr Magen war in Ordnung.

»Du betrinkst dich doch sonst immer nur mit Leslie«, sagte Liam. »Wo ist sie denn?«

Maureen gestand, was los war. »Wir haben uns verkracht. Es ist, seit sie mit diesem Cammy geht. Sie hat mich wie eine heiße Kartoffel fallen lassen, und ich hab's satt, gute Miene dazu zu machen.«

»Aber sie ist zum ersten Mal richtig verliebt. Sie verschwindet jetzt halt für drei Monate.«

Maureen sah ihn verwirrt an.

»Du weißt eben nicht, wie das ist«, sagte Liam, »weil Douglas verheiratet war. Wenn man sich verliebt, dann will man in den ersten drei Monaten immer zusammen sein, und wenn man dann drüber weg ist, fragt man sich, was los war, und sieht sich wieder nach seinen alten Freunden um. Das ist Leslie jetzt passiert. Ich wette, sie war noch nie richtig verliebt, oder?«

»Es ist mehr als das, Liam, sie ist verändert. Du hast doch gesehen, wie sie sich anzieht.«

Er lächelte nachsichtig. »Sie will ihm eben gefallen«, sagte er. »Er tut doch dasselbe für sie.«

»Du meinst, sie will, dass er so rumläuft?«

Liam zog die Stirn kraus, als er an die geradegeschnittenen Jeans und das Fußballhemd zurückdachte, die Cammy bei der Silvesterparty getragen hatte. »Wir wissen ja nicht, wie er sich anzog, bevor er sie kennenlernte«, sagte er. »Hätte ja auch 'ne Fliegerkombination sein können mit lauter Reißverschlüssen.«

»Und Plateausohlen«, sagte Maureen schwach.

»Mit Sporen.«

»Und einem Cowboyhut.«

»Vielleicht«, sagte Liam. »Verkrach dich jetzt nicht mit ihr – sonst verdirbst du ihr alles.«

Er nahm ein Buch und fing an, Zigarettenblättchen darauf zurechtzulegen. Er hatte einen großen Klumpen schwarzen Afghanen dabei. Die Stehlampe schien auf das Zellophan, er sah aus wie ein Eiswürfel. Sie deutete darauf. »Wo hast du das eigentlich her? Ich dachte, der Markt wäre trocken?«

»Glück gehabt.« Er lächelte seinen kunstvoll gefalteten Joint an. »Gibt es außer der Sache mit Leslie noch etwas?«

Maureen sank in sich zusammen. »Winnie hat mich aufgesucht. Sie fehlt mir. Ich weiß, dass ich immer schlecht über sie rede, aber trotzdem fehlt sie mir. Und sie sagte, George spreche nicht mehr mit ihr. Sie werden sich doch nicht trennen, oder? Dann würden wir ihn nie mehr zu Gesicht kriegen.«

»Nein, Schätzchen, sie trennen sich nicht. Er macht ihr nur klar, dass es nicht angehen kann, dass sie Michael ins Haus lässt.«

»George fehlt mir.«

»Du fehlst ihm auch.«

Liam lächelte ihr zu. Sie sprachen nie darüber, aber alle vier Kinder liebten ihren Stiefvater. George redete kaum mit ihnen und gab ihnen keine väterlichen Ratschläge. Er war nicht einmal viel zu Hause. Genau wie Winnie trank er, aber statt Streit anzufangen oder sie in imaginäre melodramatische Geschichten zu verwickeln, sang George gern und trug sentimentale Gedichte vor. Winnie stritt mit ihm, genau wie sie es mit Michael getan hatte, böse, laut und gnadenlos. George hörte ihr zu, bis es ihm zu viel wurde, dann ging er weg, um seine Freunde zu besuchen. Die Kinder hatten niemanden, der dem Wunschbild von guten Eltern näher gekommen wäre, als ihn.

»Sie hat mir gesagt, dass Michael in Glasgow wohnt.« Maureen sah zu Liam hinüber, aber er leckte den Saum einer Zigarette an und zog dann das Papier auf. »Und«, sagte sie, »stimmt das?«

»Er hat niemanden, mit dem er trinken kann«, sagte er verächtlich. »Er wird nicht lange bleiben.«

Maureen seufzte schwer und ließ den Kopf hängen. Es war ein langer Tag gewesen.

»Ich hab meine Arbeit hingeschmissen, ich kann sie einfach nicht mehr ausstehen. Leslie hat mir den beschissenen Job besorgt. Sie wird kein Wort mehr mit mir reden, wenn ich nicht zurückkomme.«

»Ach doch, das wird sie schon.«

Maureen beobachtete Liam, der sich reichlich mit Joints versorgte, er rollte einen nach dem anderen und rauchte dabei. Er tat ganz unbekümmert, aber in Wirklichkeit war es eine ernste Sache. Genauso ging es ihr beim Trinken. Äußerlich wirkte es beiläufig, dabei war sie äußerst darauf bedacht, genug zu trinken, um den Pegel zu halten.

»Sieh mal an, deine kleine Jointfabrik«, sagte sie schnippisch.

Er schaute auf, ihre Einmischung ärgerte ihn. »Und guck du dir mal deine schöne Kotzproduktion an«, sagte er und wandte sich wieder seiner Arbeit zu.

»Ich mach mir Sorgen wegen des Trinkens«, sagte Maureen. »Ich mach mir Sorgen, dass ich so werden könnte wie Winnie.«

»Ich mach mir auch Sorgen deswegen. Vor Weihnachten hatte ich große Angst. Alkoholismus soll erblich sein, deshalb hab ich mir gedacht, ich wisch dem Schicksal eins aus und nehme einfach Hunderte von Drogen.« Er kicherte und sah auf ihre Füße. Der Lachreiz ballte sich in ihm zusammen, und er prustete laut heraus und musste husten, als das Lachen sich bis in seine Lunge fortpflanzte. Er saß da und lachte und hustete wie ein übermütiger Schwindsüchtiger, und Maureen lächelte traurig und sah ihm zu. Liam war früher immer zornig gewesen. Seit er aufgehört hatte zu dealen, war er weich geworden, es war, als verwandle er sich wieder in den hoffnungsfrohen kleinen Burschen, der er als Kind ge-

wesen war. Wenn sie gestorben wäre, hätte sie das hier verpasst. Ein höfliches Klopfen an der Tür ließ Liam erstarren. Erschrocken setzte sich Maureen auf, und sie sahen einander bewegungslos an, damit man sie nicht hören konnte. Liam kicherte leise. »Warum sind wir ...?«, flüsterte er und hielt sich die Hand vors Gesicht, um ein schallendes Gelächter zu unterdrücken. »Wir haben doch kein Problem.«
Der Besucher klopfte noch einmal.
»Geh«, flüsterte Liam und machte ihr ein Zeichen, sie solle zur Tür gehen, während er den schwarzen Klumpen unter die Couch schob. »Los, sieh mal nach.«
»Wirf's aus dem Fenster, wenn's die Polizei ist«, zischte sie, zeigte auf die Stelle, wo er das Hasch hingeschubst hatte, und ging auf Zehenspitzen in den Flur. Sie spähte durch den Spion hinaus.
Vik stand auf dem Treppenabsatz, er hatte eine Flasche Wein und einen kleinen Blumenstrauß in der Hand, und sein nettes Gesicht strahlte hoffnungsfroh in der Erwartung, dass Maureen gleich an die Tür käme. Bosheit überkam sie, zugleich hatte sie ein schlechtes Gewissen und war wütend wegen Katia. Sie sollte die Tür aufmachen und ihn wegschicken, das wäre aufrichtig. Maureen und Liam hatten sich immer sehr ähnlich gesehen, sie hatten das gleiche kantige Kinn, die gleichen dunklen lockigen Haare und hellblauen Augen, aber Vik würde vielleicht nicht erkennen, dass sie verwandt waren. Er würde denken, dass sie einen anderen Mann bei sich hätte, und es ging ihr nicht gut genug, um ihm zu erklären, warum sie ihren Bruder einlassen konnte, ihn aber nicht. Sie legte die Stirn an die Tür, nur ein kleines Stück von Viks Schulter entfernt, und horchte, während er klopfte und ungeduldig von einem auf den anderen Fuß trat. Die Tür schien sich nach innen zu wölben, er lehnte sich dagegen und kratzte leise daran.

Sie hörte ihn die Flasche auf den Steinboden stellen und wand sich vor Scham, als er allein wegging und seine schweren Schritte auf den Steinstufen verhallten. Im heftigen Wind fiel die Haustür mit einem Schlag zu, und sie horchte eine Weile in die Stille hinein, bis sie sicher war. Dann öffnete sie die Tür. Vik hatte einen Zettel unter die Flasche und die Blumen gelegt. Seine Schrift war groß, rund und beschwingt. Hi! Er sei nur kurz vorbeigekommen, um sie zu besuchen! Sie solle ihn bald anrufen! Sie fing an ihn zu hassen.
Sie schlurfte voller Schuldgefühle mit der Flasche und den Blumen ins Zimmer zurück.
»Also nicht die Polizei?«, fragte Liam.
Sie ließ sich auf die Couch fallen. Die blassrosa Blüten der Rosen waren schon aufgeblüht und die Spitzen leicht braun.
»Sie sind schön«, sagte Liam.
»Ich bin ab und zu mit jemandem ausgegangen.«
»Muss ja gut laufen, wenn du ihm nicht einmal die Tür aufmachst.«
»Er ist nett.« Sie sprachen normalerweise nicht über solche Dinge, aber sie hatte niemanden, dem sie es sonst erzählen konnte. »Der Sex ist toll.«
»Ja, das is 'n Problem.« Liam schien es nichts auszumachen, darüber zu sprechen. »Maggie und ich hatten tollen Sex, aber für mein Teil war das auch alles. Man kann jahrelang so eine Beziehung haben und es immer bis zum nächsten Mal vögeln aufschieben.« Er sah sie an. »Du hast es richtig gemacht.«
Aber Maureen wusste, dass das nicht stimmte. Sie zog die Beine an den Oberkörper heran, als ein plötzlicher Regenguss gegen das Fenster klatschte. Sie schwieg, und als sie aufsah, betrachtete Liam sie mit geröteten Augen. Er lächelte so selbstzufrieden wie Yoda und wies mit dem Kopf zum Flur.
»Ruf doch Leslie an«, sagte er.

Maureens Magen verkrampfte sich, als sie den Namen hörte. »Du verstehst das nicht«, sagte sie. »Sie will nicht, dass ich sie anrufe. Sie belügt mich. Es ist, als würde sie mir nicht vertrauen.«
»Ruf sie an und frag sie, warum sie dich belügt.«
»Ich hab sie schon gefragt, sie sagt es mir nicht.«
»Mauri, Leslie muss dir nicht alles offenbaren, was in ihrem Kopf vor sich geht. Ruf sie trotzdem an.«
»Nein.«
»Ach, los, komm schon.«
»Nee, hör auf damit, Liam, du hast doch keine Ahnung.«
»Aber sie ist doch immer so 'ne gute Freundin gewesen. Es wird ihr nichts ausmachen, wenn du den Job aufgibst. Sag's ihr einfach. Sie steht doch zu dir.«
Liam hatte recht. Leslie hatte ihr im Krankenhaus beigestanden. Nach Douglas' Tod hatte Leslie ihr geholfen, war mit ihr hinter Angus hergewesen, obwohl sie furchtbare Angst hatte und am liebsten weggelaufen wäre. Hundertmal hatte sie Maureen aus der Klemme geholfen, und jetzt, wo es so weit war, revanchierte Maureen sich nicht. Sie war ein undankbares Miststück.
»Ach verdammt«, sie steckte den Kopf zwischen die Knie. »Ich mach's wieder falsch.«
Sie sah auf, wollte beruhigt werden, aber Liam nickte ihr nur zu. Sie rollte sich von der Couch herunter und marschierte in den Flur, schaltete das Licht an und wählte Leslies Nummer. Liam folgte ihr mit einem Aschenbecher, um seinen Joint weiterrauchen zu können. Am anderen Ende läutete das Telefon. Es klingelte achtmal. Maureen kannte Leslies kleine Wohnung in- und auswendig. Keine Ecke war acht Klingeltöne vom Telefon entfernt. Enttäuscht wollte sie auflegen, als Leslie abnahm. »Hallo?«
Maureen riss den Hörer ans Ohr zurück. »Leslie?«

»Ja?« Sie klang sehr ernst.
Maureen wusste nicht, was sie sagen sollte. »Leslie? Ist alles in Ordnung?«
Leslie hauchte einen langen Seufzer in den knackenden Hörer.
»Tut mir leid, dass ich angerufen habe«, sagte Maureen und machte sich auf eine Zurückweisung gefasst. Sie fühlte sich wie Vik auf der Treppe. Hilflos sah sie Liam an, der zwinkerte und ein fröhliches Okay-Zeichen mit dem Daumen machte. Er war völlig daneben, bekam überhaupt nichts mehr mit.
»Mauri, hör zu«, fing Leslie an. »Heute Abend ist ... Ann ist tot.«
Maureen stockte der Atem. »Ann ist was?«
»Sie ist tot«, sagte Leslie und bekam die Worte nur mühsam heraus.
Maureen war plötzlich klar, dass Leslie so komisch klang, weil sie geweint hatte. »Sie ist in London gefunden worden, im Fluss.«
Maureen dachte an Jimmys Anhänger von British Airways. Nicht Jimmy, er konnte es nicht sein. »Meinen sie, dass es ein Verbrechen war?«, fragte sie. Liam feixte und fiel gegen die Wand.
»Wer lacht da im Hintergrund?«, fragte Leslie misstrauisch.
»Liam«, sagte Maureen, kickte leicht gegen sein Schienbein und wandte sich ab. »Er hat was geraucht. Und ich hab 'n bisschen Schlagseite. Leslie, was ich gesagt habe, es tut mir leid, ich bin keine gute Freundin.«
»Ach, lass doch ... leg dich schlafen, Mauri ...«
»Es tut mir leid«, sagte Mauri.
»Wir sprechen ein andermal drüber.« Leslie schniefte.
»Was ist mit Ann passiert? Hat sie sich umgebracht?«
»Allerhand ist ihr passiert. Sie ist gequält und umgebracht,

in eine Matratze gesteckt und in den Fluss geschmissen worden.«

»Verdammte Scheiße«, sagte Maureen.

Sie schwiegen. Maureen versuchte klar zu denken und etwas Passendes zu sagen. »Waren es die Kredithaie aus Finneston?«, fragte sie.

»Ich glaube nicht, wirklich nicht.«

Wieder schwiegen sie.

»Leslie, in welcher Beziehung stehst du zu Ann?«

Leslie schniefte wieder. »Jimmy ist ...«, sie fing an zu weinen, »... er ist mein Cousin«, sagte sie, und Maureen war plötzlich einiges klar. Leslie hatte Ann einen Platz in ihrer Unterkunft angeboten, weil sie sich verantwortlich fühlte. Sie musste gewusst haben, dass es für Maureen ungefährlich wäre, zu Jimmy zu gehen und mit ihm zu reden, und nachdem sie seit Jahren mit den Vergehen von Männern zu tun hatte, schämte sie sich viel zu sehr zuzugeben, dass er zu ihrer Familie gehörte.

»Leslie, ich glaube nicht, dass er sie geschlagen hat.«

Leslie schluchzte in den Hörer. »Ich wollt es dir sagen«, keuchte sie und rang nach Luft, »ich will doch keinen Krach mit dir, Mauri ...«

Maureen unterbrach sie. »Leslie, du solltest jetzt nicht allein sein«, sagte sie. »Komm doch hier rüber. Wir haben genug Whisky, und Liam hat 'nen Brocken Hasch so groß wie sein Fuß.«

Leslie schnaufte heftig und lange. »Ich ... ich bin in 'ner halben Stunde da«, sagte sie und legte auf.

14
Der Turm

Leslie saß im Schneidersitz auf dem Boden, hielt ein Bündel der von Katia geklauten Taschentücher in der einen und ein Glas Whisky in der anderen Hand. Sie schnäuzte sich. »Hast du die Beweisfotos gesehen?«

Maureen schüttelte den Kopf.

»Mein Gott«, flüsterte Leslie, »sie haben ihr die Möse eingetreten.«

»Hey, hört mal zu.« Aufgeregt machte ihnen Liam ein Zeichen, still zu sein, schaute von der einen zur anderen und blinzelte wie ein Schwachsinniger mit seinen geröteten Augen. »Hört mal, 'ne tolle Idee. Wie wär's mit 'nem Curry? Wer ist dabei?«

»Ach Gott«, sagte Leslie. »Kannst du ihn dazu bringen, dass er die Klappe hält?«

Sie schalteten den Fernseher an, um ihn abzulenken, und Liam sah sich die *Newsnight* an, legte den Kopf schräg, mal nach links, dann nach rechts, in dem Versuch, die mächtigen und heftig aufeinander einredenden Männer interessanter zu machen.

»Wenn ich tagtäglich mit diesen Sachen zu tun habe«, fuhr Leslie fort, »suche ich immer nach dem Schuldigen, um zu verstehen, wie man es vermeiden kann, wie es verhindert werden kann, und immer wieder weist alles auf die Familie. Die Familie hätte irgendetwas unternehmen können, verflixt noch mal. Und dann ist es meine eigene Familie, und wir haben mit dem Typ nicht mal Kontakt gehabt. Isa würde umkommen, wenn sie wüsste, dass Ann ermordet worden ist.«

»Ihr zwei kennt noch einen, der umgebracht wurde?«, lächelte Liam, zog an seinem Joint und mischte sich in die Unterhaltung ein. Sie sahen ihn an. »Ich werd mich von euch fernhalten. Ihr bringt Unglück.«
Leslie schniefte und sah ihn stirnrunzelnd an. Maureen berührte sie am Arm. »Bist du wirklich sicher, dass es nicht die harten Typen aus der Siedlung waren?«
»Na hör mal, Mauri, London ist voller Leute aus Glasgow, die vor den Problemen hier weglaufen. Sie hatte ein paar Schulden, das ist alles.«
»Vielleicht war es mehr Geld, als wir denken.«
»Ja. Vielleicht. Vielleicht.« Leslie nahm einen großen Schluck Whisky und seufzte über den herben Trost, den er spendete. »Die Polizei wird Jimmy sehr hart anfassen. Ach Gott, es würde mich überraschen, wenn er das Verhör übersteht.«
»Warum?«, fragte Maureen.
»Du hast die Fotos nicht gesehen. Sie ist mordsmäßig zusammengeschlagen worden.« Leslie lehnte sich zurück.
Maureen saß still da, schämte sich und wusste nicht, ob sie es zugeben sollte. »Ich hab sie«, sagte sie plötzlich.
»Du hast was?«
»Ich hab die Bilder.«
»Wieso?«
»Hab sie geklaut«, murmelte sie.
Leslie richtete sich auf. »Um Jimmy zu schützen? Maureen, wenn er sie tatsächlich geschlagen hat, muss er eingesperrt werden.«
»Aber er hat sie nicht geschlagen. Ist man sicher, dass sie gestern ermordet worden ist?«
»Sie sagten, sie hätte schon eine Woche im Wasser gelegen.«
Maureen wollte Leslie nichts von dem Gepäckanhänger von British Airways sagen, der eine Woche alt war. Sie saßen

gemütlich in der schönen warmen Wohnung, tranken und rauchten zusammen, und sie wollte es ihr nicht sagen. »Er hat es nicht getan«, sagte sie und verfluchte sich dabei selbst. »Ich versprech, dass er es nicht getan hat.«
»Woher weißt du das?«
»Ich weiß es einfach«, sagte sie, »ich weiß, dass er es nicht war.«
»Du warst dir auch sicher, dass sie nicht tot ist. Hoffen ist nicht dasselbe wie wissen, Mauri.« Leslie stützte den Kopf in die Hände. »Oh Gott, wenn er ins Gefängnis muss, wird Isa versuchen, alle Kinder zu sich zu nehmen. Sie ist nicht gesund, es wird sie umbringen.«
»Kannst du sie nicht davon abhalten?«
Leslie schnalzte mit der Zunge und rollte mit ihren verweinten Augen. »Kannst du deine Mum von irgendetwas abhalten? Jedenfalls, Isa hat eine Schwäche für Jimmy. Sie wird ihn diesmal nicht im Stich lassen.«
»Leslie, ich bin heute aus dem Büro abgehauen. Ich will nicht wieder hingehen.« Sie sah den Verdruss in Leslies Gesicht und fügte hinzu: »Eine Weile jedenfalls. Bist du mir böse?«
»Nee, ich versteh es schon. Es ist nur ein Bürojob für dich. Ich hab ja wenigstens was Praktisches zu tun.« Sie legte ihre Hand auf Maureens Ellbogen und drückte ihn leicht, bevor sie ihn wieder losließ. »Hör zu, ich hab zwei Tage frei, sollen wir zusammen losziehen und uns nach Ann erkundigen? Mal sehen, was wir herausbekommen?«
»Okay.« Maureen lächelte.
»Und du kannst dir's noch mal überlegen mit dem Job«, sagte Leslie, »und dann entscheiden, was du machen willst.«
Maureen biss sich auf die Lippe und spielte mit einem Zipfel des Kissens.

Michael kratzte wieder am Schlafzimmerfenster. Sie wollte sich aufsetzen, damit sie ihn sehen könnte und vorbereitet wäre, aber er machte den Mund auf, atmete aus und sprühte Blutspritzer und kleine Stückchen Leber an die Scheibe.
Leslie kicherte im Schlaf. Maureen drehte den Kopf und sah sie an. Leslies Wange war unter dem Auge zu einer Falte zusammengedrückt, ihre langen dunklen Wimpern lagen auf dem Kissen. Maureen hatte sich am Abend zuvor geirrt, als sie glaubte, nüchtern zu sein. Ihr Rachen war wie eine offene Wunde, und ihr Hinterkopf pochte entsetzlich. Sie versuchte aufzustehen, aber ihr Kopf zerplatzte fast, und ihr Magen tat schrecklich weh. Der Schmerz drohte sich im ganzen Schädel auszubreiten und auf ihre Augen überzugreifen. Sie legte sich wieder hin und rollte sich seitlich aus dem Bett, drückte die Decke nach unten, damit die Wärme für Leslie drin blieb, und stand ganz langsam auf. Sie brauchte Nikotin, glaubte aber nicht, dass ihr Rachen eine Zigarette vertragen würde.
Mit der Post waren ein paar Rechnungen gekommen, sonst nichts. Sie ging in die Küche, schaltete den Teekessel ein und setzte sich an den Tisch. Draußen war es trocken und frisch. Grauer Raureif mischte sich mit dem schwarzen Schmutz am Fenster und umrahmte die Aussicht auf die Autobahn wie eine hässliche Weihnachtskarte. Sie sah auf den Ruchill-Turm, kratzte sich mit beiden Händen am Kopf und grub die Fingernägel tief in die Kopfhaut. Ihre Haare fühlten sich strähnig und schwer an. Sie stand auf, wandte den Blick vom Fenster ab und stolperte den Flur entlang zum Bad.
Auf dem Fensterbrett drängten sich Dosen mit teuren Kosmetika, Tütchen, Spatel und Wundercremes. Sie dachte an Jimmy, der zu arm war, um Toilettenpapier zu kaufen, und mit British Airways nach London geflogen war. Es ergab keinen Sinn. Es gab viele Fluggesellschaften, bei denen er

zum halben Preis hätte fliegen können. Wenn Leslie das wüsste, wäre sie von seiner Schuld überzeugt und würde darauf bestehen, die Bilder von Ann der Polizei zu übergeben. Und die würden ihn kreuzigen.

Sie wusch sich das Gesicht und fragte sich, ob Leslie recht haben könnte. Aber Jimmy war kein Mann, der seine aufmüpfige Frau umbrachte. Er war völlig hilflos. Als Maureen bei ihm war und er glaubte, sie belüge ihn, hatte er nicht einmal versucht, sich zu verteidigen. Das Einzige, was er wirklich vehement leugnete, war, seine Frau geschlagen zu haben. Maureen spielte die Möglichkeit durch, dass Jimmy in London war und Ann tötete, aber die Matratze sprach dagegen. Sie wies darauf hin, dass es eine Wohnung, ein Bett, eine Privatsphäre und einen Transporter gegeben hatte, mit dem Ann zum Fluss gebracht worden war. Jimmy hätte Leute in London kennen müssen. Maureen kratzte wieder ihr strähniges Haar und sah zur Badewanne hinüber. Eine kleine blaue Glasflasche lag auf der Seite, der Deckel war offen, und der letzte Rest des nach Lavendel duftenden, hydrolisierten Collagens lief auf die Keramikablage. Liam hatte ihre Haare mit einer extrastarken Pflegespülung gewaschen.

In der Küche machte sie sich einen Kaffee. Der Hospitalturm schien sie zu beobachten. Sie setzte sich, zündete sich eine Zigarette an und inhalierte tief. Es war, als atme sie Sand ein, und der Schmerz holte sie zurück in die Gegenwart. Sie hörte das Tapsen von Füßen im Schlafzimmer. Leslie kam in T-Shirt und Schlüpfer an die Küchentür. Ihr schwarzes Schamhaar schaute an den Rändern heraus. »Oh Mist, es ist frisch. Mach mir ’n Kaffee, Mauri, ja?« Sie drehte sich um, trottete über den Flur zum Klo und zog dabei den Schlüpfer aus der Pospalte.

Maureen stand auf und machte zwei Tassen. Sie würde Leslie nichts von dem Ticket nach London erzählen, sondern

zuerst Jimmy fragen. Sie wusste, dass er es nicht gewesen war, sie war aus tiefster Seele überzeugt.
Am anderen Ende des Flurs ging die Toilettenspülung, und Leslie kam zurück. »Mein Gott«, sagte sie, »du hast ja 'n Haufen Zeug da drin.« Sie flitzte ins Schlafzimmer und zog sich Pullover und Lederhose an, bevor sie an den Tisch kam, um ihren Kaffee zu trinken. Sie bemerkte, wie Maureen aus dem Fenster schaute, schnell wegsah und nervös an ihrer Zigarette zog. Leslie sah hinaus zu den drei Hochhäusern bei George's Cross und den schneebedeckten Hügeln dahinter. Dicke Wolken, gelbgrau wie Vanillepudding, glitten vorbei und ließen die Sonne hier und da durchblinzeln.
»Was ist da draußen?«, fragte sie und deutete auf den grauen Himmel.
»Ich hasse diesen Turm«, sagte Maureen, es war ihr peinlich, dass Leslie sie ertappt hatte. »Er bringt mich völlig durcheinander.«
Verdutzt blickte Leslie zu dem gezackten Ruchill-Turm, der über den Hügel emporragte. »Warum?«
Maureen zuckte die Schultern. »Er ist so hässlich.« Sie brachte es nicht fertig, zu ihm hinüberzusehen.
Leslie fragte sich, ob es daran lag, dass es ein Krankenhaus war – vielleicht fühlte sich Maureen an ihren eigenen Klinikaufenthalt erinnert. »Die Klinik ist jetzt geschlossen«, sagte Leslie. »Sie ist verkauft worden, um Wohnraum zu schaffen.«
Maureen schaute hinüber. »Was, das Grundstück ist verkauft worden?«
»Nein, die Gebäude stehen unter Denkmalschutz, sie müssen erhalten werden.«
»Sind da jetzt Wohnungen?« Maureen klang nach wie vor angespannt, obwohl Leslie sicher war, dass sie ihr geholfen hatte.

»Weiß ich nicht«, sagte sie, »aber es ist keine Klinik mehr.«
Maureen stand auf und nahm ihren Make-up-Beutel von der Arbeitsplatte. Sie verwendete einen Kosmetikspiegel, damit sie nicht ihr ganzes Gesicht zu sehen brauchte, und strich sich eine Creme auf die Nase. Leslie wusste, dass Maureen nicht gern an die Klinik zurückdachte.
»Sollen wir uns die Sache mit Ann anschauen?«, versuchte sie Maureen in die Gegenwart zurückzuholen. »Wir müssen uns damit abfinden, Jimmy ist der wahrscheinlichste Kandidat, oder?«
»Jimmy ist bis jetzt der einzige Kandidat«, sagte Maureen. »Er ist die einzige uns bekannte Person, die etwas mit Ann zu tun hat.«
Leslie sah in ihre Tasse. »Ehrlich gesagt, es ist keine große Überraschung, dass er gewalttätig geworden ist.«
Maureen nahm ihren Mascarastift und prüfte, ob es der wasserfeste war. »Ist er gewalttätig?«, fragte sie.
»Die Familie, aus der er stammt, ist sehr gewalttätig.«
»Aber Jimmy doch nicht?«
»Nein«, sagte Leslie, »aber es vererbt sich doch in Familien, oder nicht?«
»Na ja, es ist auch deine Familie, und du bist nicht gewalttätig.« Es klang vorwurfsvoll, obwohl sie es nicht so gemeint hatte.
Leslie widersprach nicht. »Wir hatten eigentlich mit diesem Zweig der Familie nichts zu tun. Ich habe Jimmy nicht mehr gesehen, seit ich klein war.«
Maureen steckte die Mascara-Bürste zurück in das Fläschchen und schraubte es zu. »Warum denn nicht?«, fragte sie. »Ihr anderen kommt doch sehr oft zusammen.«
»Ja«, sagte Leslie. »Du weißt, wie es geht, Familien werden durch die Frauen zusammengehalten. Wir sind die geborenen Diplomaten.«

Maureen lächelte. Leslie war die undiplomatischste Person, die sie je getroffen hatte. »Bist du eine dieser geborenen Diplomatinnen, Leslie?«
Leslie grinste sie freundschaftlich an. »Nein, ich bin entwicklungsgeschichtlich ein Rückschritt. Eine Warnung der Natur. Wie dem auch sei«, sagte sie jetzt wieder ernst, »Frauen sind diejenigen, die sich entschuldigen und in den Familien die Verhandlungen führen. Wir sind diejenigen, die Kontakte aufrechterhalten und füreinander sorgen. Jimmy hat nie jemanden angerufen oder sich um die Kinder von anderen gekümmert, niemanden je eingeladen, und so ist er uns einfach irgendwie, ich weiß auch nicht, abhanden gekommen.« Sie holte tief Luft und schaute aus dem Fenster, ihr Blick glitt über die Stadt. Plötzlich wirkte sie abgehärmt und alt. »Es wird Isa umbringen.«
»Die Sozialarbeiter werden nicht zulassen, dass Isa die Kinder nimmt, Leslie, sie kennt sie ja nicht einmal.«
»Es geht nicht nur darum, dass sie die Kinder nimmt ... Es ist eine lange Geschichte. Mauri, kommst du mit? Wenn du dabei bist, wird sie nicht weinen, und du kannst sie besser trösten als ich, ich kann das nicht so gut.«
Maureen zog den Reißverschluss ihres Kosmetikbeutels zu. »Also, gehen wir und besuchen deine Mutter.«

15
Isa

Leslie sah keine Möglichkeit, es zu umgehen. Ihre Mum hatte ein schwaches Herz, und Leslie wollte nicht, dass sie sich beunruhigte, aber wenn sie sie anlogen und Isa davon erfuhr, würde sie sich umso mehr sorgen. Leslie liebte ihre Mutter abgöttisch. Wenn sie von Isa sprach, kamen ihr vor Ehrfurcht und Trauer fast die Tränen, weil ihre Mutter ein zutiefst guter Mensch war. Sie war nicht nur nett, sondern eine Frau, die sich ihr ganzes Leben lang um andere gekümmert und gesorgt hatte. Isa war mehr als selbstlos, sie war fast unsichtbar, eine von dem Schlag Frauen, die nach einem arbeitsreichen und fürsorglichen Leben mittellos und schmerzgebeugt dastanden, Frauen, die ihr Leben damit zubrachten, auf den Augenblick zu warten, an dem die Arbeit getan wäre. Aber der kam nie. Immer gab es noch mehr Kartoffeln zu schälen, noch ein Kind zu waschen, noch einen Boden zu schrubben. Leslie sprach nicht darüber, aber es war ganz offensichtlich, dass Isa gegenüber Leslies pathologischer Aufsässigkeit ausnehmend sanftmütig war. Isa verlangte wenig für sich selbst: Glück und Wohlbehagen waren für sie etwas zu naschen, die Familie um sich zu haben und alte Lieder zu singen.

Es musste Leslie als Kind sehr getroffen haben zu sehen, dass ihre Mutter nie Ruhe hatte, nie etwas für sich einforderte und still alle Schicksalsschläge einsteckte. Ihr Vater war fast immer weg und eine Plage, wenn er da war, dazu gab es keine Alternative. Das Leben verlangte von Isa, so oder gar nichts zu sein, ein Schatten ihrer selbst zu werden, alles zu verleugnen, was sie sich je gewünscht hatte, und niemals von mehr zu träumen.

Leslies Verwandte wohnten alle in Drumchapel. Es war ein Haufen arbeitsamer Frauen und merkwürdig wilder Kinder. Der Tradition gemäß zeugten die Väter diese Kinder, blieben dann etwa zwei Jahre da, während der sie mit den Kleinen um die Aufmerksamkeit der Mutter rivalisierten, und machten sich dann voller Ärger über ihre Verantwortung davon. Sie drifteten hinaus in die flüchtige Welt verwaister Männer, standen an den Tresen und warfen das Kindergeld für Fast Food und Taxis hinaus, während die Frauen tapfer weiterkämpften. Isa hatte mit ihrem Lohn als Serviererin in der Schulkantine zwei Generationen aufgezogen. Sie war die Älteste von fünf Geschwistern, und nach dem Tod ihrer Mutter war sie dageblieben und hatte ihre Brüder und Schwestern aufgezogen. Sie wartete, bis die anderen ausgezogen waren, bevor sie selbst heiratete, und die ganze Arbeit begann noch einmal von vorn.

Sie war über fünfzig, sah aus wie achtzig, und ihr kleiner Körper sah aus wie ein Fass mit dünnen Beinchen. Das Fett, das sich um ihr Herz herum angesammelt hatte, machte sie zu einer Kandidatin für den schottischen Tod: Das Gesicht auf dem Boden, an ihrem eigenen Speichel erstickend, das Herz explodiert. Sie kleidete sich einfach, in Röcke und Blusen aus Nylon, und zu Hause trug sie immer eine geblümte Schürze, um ihre Kleider zu schonen. Ihre Wohnung war tadellos sauber, ordentlich und einfach eingerichtet. Der einzige Schmuck befand sich in einem Einbauschrank aus Teakholz im Wohnzimmer. Gerahmte Fotos der Familie auf Hochzeiten und Taufen, steif gekleidet, eine unechte Kristallvase und ein graues Porzellankaninchen auf einem Spitzendeckchen.

Isa setzte sich nicht an den Küchentisch. Sie konnte einfach

nicht verstehen, dass Leslie und Maureen nur gekommen waren, um mit ihr zu sprechen, und nicht, um herauszufinden, wie viele Schinkenbrötchen sie in einer Stunde essen konnten.
»Mum, verdammt noch mal, setz dich doch mal hin.«
Isa presste die Lippen zusammen, als Leslie fluchte. »Oh«, sagte sie zu Maureen, »ich hoffe, sie drückt sich nicht immer so aus?« Eine rhetorische Frage, denn Isa wusste genau, dass es so war. Sie stellte noch einen Teller mit selbstgebackenen Scones auf den Tisch und tippelte zur Anrichte zurück.
»Komm, Isa«, sagte Maureen möglichst unbefangen, damit sie nicht erschrak, »setz dich hin und rede mit uns.«
»Ich hol nur noch 'n bisschen Tee«, sagte Isa und füllte die Kanne aus rostfreiem Stahl auf.
Das Traurige an Isas beschämender Gastlichkeit war, dass nichts so richtig lecker schmeckte. Der Tee hatte zu lange gezogen, die Schinkenbrote waren fade und sogar die Kekse etwas langweilig. Es war, als hätte sie den Sinn ihres rastlosen Werkelns mit der Zeit vergessen. Leslie meinte, es liege an ihrer puritanischen Erziehung. Isa verbinde jegliche Art von Genuss mit schlimmer moralischer Gefährdung und glaube, ein schmackhaft belegtes Brötchen könne zu massiver sinnlicher Überstimulierung führen und den Betroffenen in die Arme von Buchmachern, Bäckern und Sklavenhändlern treiben. Isa stellte die Teekanne auf den Tisch und sah Maureen an. »Willst 'n bisschen Fisch in Milch?«
»Ach Mum!«, klagte Leslie.
»Nein«, verteidigte sich Isa verlegen. »Ich frage nur, weil Maureen 'n bisschen kränklich aussieht.«
Bei dem Gedanken an Fisch in Milch wurde Maureen entschieden übel. Sie konnten den ganzen Tag so weitermachen, Isa würde immer mehr Essen auftragen, bis der Ausziehtisch zusammenbrach. »Isa, bitte«, sagte Maureen,

»wir sind gekommen, um mit dir zu reden. Über Jimmy Harris.«

Isa drehte sich um und sah sie an. Ihr Gesichtsausdruck zeigte, dass sie auf das Schlimmste gefasst war, sie setzte sich und strich über einen Kratzer auf dem Tisch. »Was ist mit ihm?«, fragte sie.

Maureen war auf eine so ernste Reaktion nicht vorbereitet. »Er hat Ärger«, sagte sie leise.

»Was für Ärger?«

Maureen blickte Leslie an, aber Leslie bedeutete ihr weiterzumachen. »Kennst du seine Frau – Ann?«

Isa nickte.

»Also«, sagte Maureen vorsichtig, »leider ist sie tot.«

»Oh«, rief Isa aus, »aber sie ist doch noch zu jung zum Sterben.«

Maureen und Leslie sahen einander an, und Leslie holte tief Luft. »Sie ist ermordet worden, Mum.«

»Oh.« Isa legte die Hand vor den Mund und schloss die Augen. »Ach du lieber Gott.«

Maureen wusste nicht, ob sie weitersprechen sollte, aber Leslie nickte ermutigend. »Bevor sie starb, ist sie zu uns ins Frauenhaus gekommen. Sie hatte eine Menge Prellungen und hat gesagt, Jimmy hätte sie geschlagen …«

»Also das glaub ich einfach nicht«, sagte Isa unter Tränen.

Leslie nahm die Hand ihrer Mutter. »Mum, vielleicht hat er sie doch geschlagen.«

Aber Isa zog ihre Hand zurück und umklammerte die Teetasse. »Leslie«, sagte sie schockiert und erschüttert. »Ich habe James Harris als Kind gekannt, und ich sag dir eins: Er kann sie nicht geschlagen haben.«

Leslie deutete auf Maureen. »Sie sagt das auch.«

»Sie hat recht.« Isa wandte sich Maureen zu. »Woher weißt du das?«

Maureen war sich dabei nicht mehr so sicher. »Ich habe ihn besucht, und ich glaube einfach nicht, dass er der Typ dafür ist.«
»Besucht?«, sagte Isa zu Leslie.
Maureen schaute von der einen zur anderen. Sie wusste nicht, was sie noch sagen durfte und ob es zur Katastrophe käme, wenn es das Falsche war.
Leslie nahm die Sache in die Hand. »Also, jedenfalls ist sie umgebracht worden.«
»Er hat es nicht getan«, sagte Isa.
»Mum, woher willst du das wissen? Viele Männer, die ihre Frauen schlagen, sehen für Außenstehende so aus, als würde man ihnen was anhängen. Gerade du solltest das wissen.«
Isa tat einen tiefen, warnenden Atemzug und sah sie mit hochgezogenen Augenbrauen an. Leslie hatte genau das Falsche gesagt.
»Und dann ist da ja noch sein Daddy und alles«, fügte Leslie hinzu und machte damit alles noch schlimmer.
Isa richtete sich auf, bestürzt über das schamlose Benehmen ihrer Tochter. »Also«, sagte sie, »ich weiß nicht, was das mit …«
»Mum«, seufzte Leslie, »erzähl es Maureen.«
Isa war gekränkt. Sie wollte Maureen nicht beleidigen, aber Familiengeheimnisse waren Privatsache, und Leslie hatte sich über die Regeln hinweggesetzt, ohne auch nur zu fragen. Sie stand auf, und die Mädchen sahen sie an. »Ich setz den Kessel auf«, sagte sie unter Tränen.
»Mum, komm und setz dich hin.«
Isa füllte den Wasserkocher und steckte den Stecker rein. Sie fand nichts mehr zu tun, und so nahm sie einen feuchten Lappen vom Fenstersims und wischte damit über die makellos saubere Arbeitsfläche.
»Mum, bitte komm und setz dich hin.«

Aber Isa weinte leise vor sich hin. Leslie stand auf und ging zu ihrer Mutter, legte den Arm um sie, nahm ihr den Lappen aus der Hand und legte ihn weg. »Mum«, sagte sie leise, »warum schämst du dich immer noch wegen Billy? Er hatte nicht genug Anstand, sich für sich selbst zu schämen.« Isa schüttelte den Kopf. »Komm und setz dich hin.«
»Ich will nicht«, wisperte Isa.
»Mum, wenn wir keinen Plan entwickeln, kommt Jimmy ins Gefängnis, und seine vier Kleinen werden in Pflege gegeben.«
»Ich nehme sie zu mir«, sagte Isa zu laut.
»Du würdest sie doch nicht bekommen«, widersprach Leslie. »Es geht dir nicht so gut, und die Kinder kennen dich ja nicht einmal. Sie können zur Familie ihrer Mutter ziehen.«
»Ich nehm sie.«
»Mum, komm und setz dich und erzähl Maureen die Geschichte. Sie ist gut in solchen Sachen und wird versuchen, eine Lösung zu finden.«
»Isa«, rief Maureen vom Tisch her, »komm doch. Ich glaube auch nicht, dass es Jimmy war.«
Isa schnäuzte sich in ein Baumwolltaschentuch, das sie im Ärmel stecken hatte. »Warum glaubst du, dass er's nicht getan hat?«
»Er ist so sanft. Dagegen wirkst du wie Ian Paisley.«

Sie rauchten Leslies Zigaretten, saßen in vertrauter Runde um den Tisch, und Isa erzählte von Jimmys Vater und was er Schlimmes getan hatte. Manchmal zögerte sie etwas und musste sich anstrengen, um die Geheimnistuerei zu überwinden, an die sie sich ihr ganzes Leben gehalten hatte, und wenn sie ihre eigene Rolle erwähnte, spielte sie ihre Gutmütigkeit herunter.
Jimmys Vater, Billy, war Isas Cousin und ein Gangster der alten Schule. Es waren die fünfziger Jahre. Billy gab sich

nicht die Mühe, Banken zu überfallen oder so etwas, sondern er schikanierte die anderen Männer auf der Straße, verwickelte sie in Schlägereien und erwarb sich einen Ruf als knallharter Kerl in Carlton, dem wildesten Teil einer rauen Stadt. Er war damals mit allen Gangstern gut Freund, und Isa zählte eine Reihe bedrohlicher Namen auf, ein schauriger Nachklang aus der Vergangenheit. Billy sah unheimlich gut aus. Wenn er nicht so ein Schläger gewesen wäre, hätte er jedes Mädchen haben können. Aber mit siebzehn hatte er schon viele Narben, und die netten Mädchen hatten Angst vor ihm. Sie tanzten einmal mit ihm und verließen das Lokal, bevor er sie ein zweites Mal auffordern konnte. Isas Geschwister gingen ihm an den Tanzabenden aus dem Weg, sie schämten sich, dass er zu ihnen gehörte. Er heiratete Monica Beatty, als sie schwanger war – was damals als Schande galt, nicht wie heute. Monica sah aus wie ein Filmstar. Sie hatte platinblondes Haar und rote Lippen. Billy verdrosch sie in der Hochzeitsnacht zum ersten Mal, weil sie den Fotografen angelächelt hatte. Damals gab es keine Frauenhäuser. Die schwangere Monica musste die Wohnung verlassen, wenn Billy betrunken nach Hause kam. Sie watschelte die dunklen Straßen Bridgetons entlang, bis er eingeschlafen war und sie in das Haus zurückschleichen konnte. Keiner stellte Fragen. Wenn man einen Mann heiratete und er einen schlug, hatte man eben Pech gehabt. Isa sagte, dass damals zu einer bestimmten Zeit am Abend, etwa eine Stunde nachdem die Kneipen zumachten, auf den Straßen Glasgows nur Frauen und Kinder zu sehen waren.
Als Jimmy zur Welt kam, war gleich klar, dass Billy nicht der Vater war. Er glich ihm in nichts, weder dem Aussehen noch der Wesensart nach. Jimmy war ein sanfter Junge, immer ängstlich, es war kein Blutstropfen von Billy in ihm.
Billy ging zur See. Als er zum letzten Mal auf Urlaub nach

Hause kam, brachte er den kleinen Jimmy für zwei Tage zu Isa. Isa nahm das Kind, sie hatte keine Ahnung, ehrlich, sie hatte keine Ahnung. Jimmy war schon öfter bei ihr gewesen, wenn Monica ihn vorbeigebracht hatte. Manchmal war er mehrere Tage da, aber Isa war froh über seine Gesellschaft. Er war ein nettes kleines Kerlchen, lachte immer, und Isas Geschwister waren den ganzen Tag bei der Arbeit und abends beim Tanzen, und wenn sie das Kind hatte, war es, als sei sie eine richtige Mutter. Billy ließ das Kind also da und suchte nach seiner Frau. Er hatte gewisse Dinge über Monica gehört. Sie trieb sich mit einer Bande aus den Gorbals, einem gefährlichen Stadtteil Glasgows, herum, ließ das Kind allein zu Haus und ging mit anderen Männern. Er fand sie in einer üblen Spelunke am Hafen und holte sie heraus. Er brach ihr die Arme – Isa unterbrach sich und starrte auf die Tischplatte – dann stach er ihr ein Auge aus. Die Männer in der Kneipe hörten sie schreien. Als sie sahen, was er getan hatte, verprügelten sie ihn. Er erhängte sich in seiner Zelle bei der Marine. Monica starb ein paar Monate später, sie bekam eine Infektion – Isa deutete auf ihr Auge und krümmte sich. Schlimmes musste ihm auf den Schiffen zugestoßen sein, etwas Schreckliches, dass er so böse davon wurde.
»Vielleicht war er einfach so?«, meinte Leslie.
»*Er hat ihr ein Auge ausgestochen*«, sagte Isa.
»Mum, ich höre dauernd von solchen Sachen. Es gibt keine Schiffe mehr, auf die die Scheißkerle gehen könnten. Sie sind einfach so.«
»Uuuh.« Isa wandte sich ab, als hätte man sie geohrfeigt. Sie lächelte Maureen niedergeschlagen zu. »Ich hoffe, sie drückt sich nicht immer so aus.«
Maureen tätschelte ihre Hand. »Was wurde aus dem kleinen Jimmy, Isa?«
»Monicas Schwester ist gekommen«, sie senkte den Kopf,

»und hat ihn mitgenommen. Sie dachte, ich hätte gewusst, was Billy vorhatte, aber ich hatte keine Ahnung. Ich dachte doch nicht an so was, ich war ja selbst noch ein junges Mädchen. Aber er war mein Cousin und er war tot, und mir wurde die Schuld daran gegeben. Sie war nicht besonders nett zu mir.«

»Und hast du den kleinen Jimmy danach wiedergesehen?«, fragte Maureen.

»Lange Zeit habe ich ihn nicht mehr gesehen. Dann, ungefähr zehn Jahre später, hab ich ihn zufällig getroffen.« Sie errötete. »Er war schon groß, aber er erkannte mich, kam auf mich zugerannt und gab mir mitten auf der Straße vor allen Leuten einen Kuss. Ich habe mich so gefreut. Ich dachte, seine Tante hätte ihn gegen mich aufgehetzt, aber das muss man ihr lassen, das hatte sie nicht getan. Sie starb noch vor seiner Heirat. Wir haben immer mal wieder Verbindung gehabt, er ist zur Hochzeit unserer Maisie gekommen«, sie nickte Leslie zu, »und er hat seine junge Frau Ann mitgebracht. Es war nett, dass wir alle beisammen waren, aber dann habe ich ihn irgendwie aus den Augen verloren. Er würde doch seine Frau nicht schlagen …«

Isa verstummte, und Leslie rutschte näher an den Tisch heran. »Ich glaube, er hat's getan«, sagte sie mit Bestimmtheit.

»Unsinn«, sagte Isa kurz und bündig, und Leslie machte den Mund auf, um einen Streit vom Zaun zu brechen …

»Ich glaub nicht, dass er irgendjemanden schlagen würde«, unterbrach Maureen, »nicht mit dieser Familiengeschichte.«

»Es ist tatsächlich sogar wahrscheinlicher, dass er mit dieser Vergangenheit jemanden schlagen würde«, beharrte Leslie.

»Nein, das stimmt nicht«, sagte Isa.

»Nein«, sagte Maureen. »Wenn man so etwas erlebt hat,

kann man nicht lügen und so tun, als sei es ohne Bedeutung. Wenn man das erlebt hat, ist man sich dessen besonders bewusst und weiß, wozu es führen könnte.«

»Ich glaube trotzdem, dass er es war«, sagte Leslie störrisch.

Isa goss Maureen Tee nach. Sie versuchte ihr ein Schinkenbrötchen oder wenigstens einen Keks – nur einen kleinen – aufzudrängen. Maureen nahm aus Höflichkeit ein Stück Kuchen.

»Was meint ihr denn, was mit ihm geschehen wird?«, flüsterte Isa.

Leslie sah zu Maureen hinüber, aber die hatte den Mund voll. »Die Polizei wird ihn wegen Mordes anklagen, wenn sie die Fotos aus dem Frauenhaus sehen«, sagte Leslie.

»Was ist, wenn die Polizei die Fotos nicht zu Gesicht kriegt?«, sagte Maureen, den Mund voller Zuckermasse und Schokolade.

»Aber sie werden sie zu Gesicht kriegen«, sagte Leslie entschlossen.

»Könntet ihr sie verstecken?«, flüsterte Isa.

»Mutter«, sagte Leslie, »was meinst du damit?«

Isa legte still die Kekse auf dem Teller zurecht. »Ihr könntet sie vielleicht verlegen«, sagte sie leise.

»Mum, um Gottes willen ...«

»Ich hab sie geklaut«, sagte Maureen zu Isa. »Sie sind in meiner Tasche.«

»Oh«, strahlte Isa. »Das ist aber nicht richtig.«

»Ich bin ein böses Mädchen«, sagte Maureen. Isa drängte ihr noch einen Keks auf. »Ich glaube, Ann hatte einen Freund«, sagte Maureen und genoss Isas Anerkennung. »Er hat sie vielleicht geschlagen, sie ist ihm nach London gefolgt, und möglicherweise hat er sie dort umgebracht. Wir sollten nach einem Freund suchen.«

»Ja«, sagte Leslie und nickte Maureen zu, als gebe sie ihr das

Zeichen zum Einsatz. »Aber wir müssen warten und schauen, was die Polizei tut.«
Isa seufzte schwer. »Ich werde Jimmy besuchen gehen und die Kinder kennenlernen«, sagte sie. »Jedes Mal, wenn so etwas Schreckliches in der Familie passiert, komme ich an wie ein Todesengel.«
»Mum, wenn du nicht gewesen wärst, hätte Billy vielleicht den Kleinen auch noch umgebracht.«
Die Türglocke klingelte dreimal kurz hintereinander. Isa seufzte, stand auf, strich ihre Schürze glatt und presste die Lippen zusammen. »Ich wette, das ist diese verdammte Sheila McGregor«, sagte sie.
»Oooh«, sagte Maureen zu Leslie. »Ich hoffe, sie drückt sich nicht immer so aus.«
Isa kicherte und verschwand im Flur. Sie hörten die zittrigen Stimmen zweier älterer Damen, die sich begrüßten und gegenseitig zu Tee und Kuchen einluden.
»Das hast du toll gemacht«, sagte Leslie. »Sie wäre am Boden zerstört gewesen, wenn ich es ihr gesagt hätte.«
»Schon gut.« Maureen zeigte auf den Flur. »Wer ist das?«
»Eine hungrige Nachbarin. Sie riecht es von weitem, wenn die Keksdose aufgemacht wird.«
Mrs. McGregors Einkaufstüten türmten sich in der Tür. Mit einem Ächzen stellte sie sie in der Küche ab und richtete sich auf. Die Gläser ihrer Brille waren beschlagen, so dass sie kaum etwas sehen konnte. Sie hatte einen dicken grünen Tweedmantel an, war klein und hatte O-Beine. Isa kam in die Küche zurück und schaltete den Wasserkocher wieder an.
»Ach herrje«, sagte Mrs. McGregor und zog einen Stuhl heran, um sich zu setzen, »heute ist es aber scheußlich da draußen. Bist du das Leslie, Kindchen?«
Leslie schaute missmutiger denn je. »Ja, hallo, Mrs. McGregor. Wie geht's Ihnen denn?«

Mrs. McGregor nahm sich einen Butterkeks und blickte Maureen an. »Und wer ist das?«, fragte sie und musterte sie von oben bis unten. »Deine Lebensgefährtin, Leslie?«
»Hören Sie auf, so modern zu tun, Mrs. McGregor, sie ist meine Freundin.«
»Sehr gut«, sagte Mrs. McGregor und nahm von Isa eine halbe Tasse schwachen Tee entgegen, die sie bis zum Rand mit Milch auffüllte. »Deine Mutter sagte mir, ich solle nicht so lange bleiben, weil es in der Familie einen Todesfall gegeben hat.«
»Das stimmt«, sagte Leslie.
»Oh, na ja«, sagte Mrs. McGregor, und aus ihrem offenen Mund fielen wohl oder übel ein paar Kekskrümel auf den Mantel. »Und auch noch so kurz nach Weihnachten.« Sie zog die Nase kraus und sah Maureen an. »Das ist keine gute Zeit für Aufregungen.«
Sie mussten warten, bis Mrs. McGregor fort war, weil Leslie Isa nicht mit ihr allein lassen wollte. »Die McGregor piesackt sie«, sagte Leslie, als sie die Kette löste, mit der ihr Motorrad an einen Laternenpfahl angeschlossen war. »Sie wäre zum Abendessen geblieben, wenn wir sie nicht hinauskomplimentiert hätten.«
»Du bist ja ziemlich kurz angebunden ihr gegenüber«, sagte Maureen. »Wer ist sie denn?«
»Sie wird vom Unglück magisch angezogen, diese Frau«, sagte Leslie. »Jedes Mal, wenn es hier in der Siedlung ein Desaster gibt, taucht sie auf, um sich zu verköstigen.«
Maureen setzte ihren Helm auf, knöpfte den Mantel zu und beobachtete, wie Leslie den Motor mit dem Kickstarter anließ.
»Warum dachte sie, dass ich deine Liebhaberin bin?«
»Immer schon, seit ich klein war, sagt sie, ich sei eine Lesbierin. Und dann das Motorrad, du weißt schon.«

»Oh ja, das ist 'n sicheres Zeichen. Du solltest ihr erklären, dass die heterosexuelle Geschlechtervorstellung heutzutage weitgehend unglaubwürdig geworden ist.«
Leslie warf den Kopf zurück und begann mit weit aufgerissenem Mund lauthals zu lachen, so dass die schwarzen Plomben und Kaffeeverfärbungen zu sehen waren. Und Maureen wünschte sich, sie würde immer so weiterlachen, damit sie ihr dabei zusehen könnte.

16
Brötchen

Bis jetzt also noch nichts?«
»Nein, Sir. Bis jetzt gar nichts«, sagte Williams.
Dakar schüttelte den Kopf und stand auf. Er war sich bewusst, wie er aus Bunyans Perspektive aussehen musste, und zog den Bauch ein, bis er am Fenster war und ihr den Rücken zuwandte. »Es ist schließlich eine Matratze, guter Gott. Bei der Wasserschutzpolizei sagt man, ein so großer Gegenstand treibt nicht weit, sie muss also in der Nähe des Chelsea Wharf hineingeworfen worden sein. Sie sind nicht einmal sicher, ob sie von der anderen Flussseite hätte herübertreiben können, also ist sie wohl auf der gleichen Seite hineingelegt worden. Irgendjemand muss doch etwas gesehen haben.«
»Ich bin sicher, dass jemand etwas gesehen hat«, sagte Williams zwischen zwei Bissen von seinem Brötchen mit Hähnchenbrust, »aber entweder behalten sie es für sich oder sie fanden es nicht verdächtig.«
Bunyan lehnte sich nach vorn, ihre Taille drückte sich gegen den Schreibtisch, und der Blusenstoff spannte sich. Williams beobachtete, wie Dakar sich Mühe gab wegzusehen. »Wenn sie die Matratze um vier Uhr morgens reingeworfen haben«, sagte sie, »kann die Straße völlig leer gewesen sein. Vielleicht hat niemand etwas gesehen.«
»Möglich«, stimmte Dakar zu. »Durchaus möglich. Ihr Mann ist der einzige Anhaltspunkt, den wir haben, oder?«
Bunyan nickte. »Wir können ihm aber nicht nachweisen, dass er in London war, bevor wir mit ihm geredet haben.«
Williams ließ sich auf seinem Stuhl zurückfallen und dachte

an zu Hause. Sie würden nach Glasgow fahren und mit dem Ehemann reden müssen. Er war seit Jahren nicht mehr dort gewesen, seit dem Begräbnis seines Vaters.

»... Glasgow«, beendete Dakar seinen Satz und sah Williams erwartungsvoll an.

Auch Bunyan schaute ihn an. »Wir müssen nach Glasgow fahren«, sagte sie.

»Ach ja, richtig«, sagte Williams. »Natürlich.«

Dakar deutete mit seinem Finger auf ihn. »Ich werde mit unserem Verbindungsmann wegen einer Suchmeldung bei *Crimewatch* Kontakt aufnehmen. Sie hat vier Kinder, um Himmels willen. Jemand muss doch etwas gesehen haben.«

17
Das große Bild

Maureen hatte noch nie Beweisfotos gesehen. Die glänzenden Bilder waren auf dem Boden ausgebreitet, ein Flickenteppich von Körperteilen, die aus verschiedenen Perspektiven bei hartem weißem Licht aufgenommen worden waren. »Sind sie immer so?«, flüsterte sie ehrfürchtig.

»Nein.« Leslie setzte sich neben Maureen und ließ den Blick über das Meer von Fotos schweifen. »Gewöhnlich sind sie nicht so schlimm. Das sind die schlimmsten, die ich bis jetzt gesehen habe.«

Ann stand vor einer weißen Wand und hatte nichts an als ihre ausgewaschene Unterwäsche. Sie sah mit leerem, resigniertem Blick in die Kamera, ihr Mund stand offen, das Bild erinnerte an einen Steckbrief. Es gab Bilder von vorn, von der Seite und von hinten, auf denen sie ganz zu sehen war und die das Ausmaß ihrer Verletzungen festhielten. Dann wurden die Fotos detaillierter und zerlegten ihren Körper in kleinere, erträglichere Teilansichten. Sie hatte starkes Untergewicht; ihre Arme waren dünn wie Bleistifte, und ihr Beckenknochen stand am Rücken vor. Zwischen ihren knochigen Oberschenkeln war ein Spalt von einigen Zentimetern. Wie die Straßen auf einer Landkarte zogen sich silbrig glänzende, schwache Linien über ihren welken Bauch und die erschöpften Brüste. Jemand hatte sie übel zugerichtet.

Nach einem Schlag auf ihren Kiefer war ihre Lippe aufgeplatzt und grotesk angeschwollen. Schwarze und gelb verfärbte Blutergüsse bedeckten ihren Rücken und zogen sich über den Brustkorb bis unter ihren grauen Büstenhalter. Mit

einer eigenen Serie von Aufnahmen hatte man die Verletzung in der Leistengegend unter die Lupe genommen. Die Bilder konzentrierten sich auf den schmalen Mittelteil ihres Schlüpfers, ein weißer Fleck in einer großen Fläche schwarzer Haut bis zu den Knien hinunter.
»Siehst du das?« Leslie beugte sich vor und zeigte mit dem ausgestreckten kleinen Finger, als scheue sie vor der Berührung zurück, auf einen ovalen blauen Fleck an Anns Hals. »Das ist ein Abdruck von einem Schuh.«
»Mein Gott«, flüsterte Maureen, »sie muss gekämpft haben wie eine Furie.«
»Nein«, sagte Leslie, nahm eines der Fotos, auf dem sie ganz zu sehen war, und zeigte auf Anns Handrücken. »Guck mal das an. Auf ihren Händen und Armen ist kein einziger Fleck.«
Maureen verstand nicht gleich. »Was hat das zu bedeuten?«
»Wenn man geschlagen wird, macht man so.« Leslie legte die Hände schützend über ihren Kopf und zog die Schultern hoch. »Aber Ann hat das nicht gemacht. Siehst du den Fleck da?« Sie zog eine Linie um eine große diagonale Prellung auf Anns Brust. »Sie hat sich überhaupt nicht gewehrt. Wahrscheinlich war sie bewusstlos.«
»Vielleicht war sie betrunken«, sagte Maureen und zeigte auf Anns Beine. Über den dünnen Knochen ihres Schienbeins verliefen Schnitte und Blutergüsse verschiedenen Alters. Ann fiel oft hin. Diese Stürze passierten seit langer Zeit. Maureen sah Anns müde Augen an. »Sie sieht ja schon wie tot aus.«
Sie saßen einen Augenblick da und betrachteten die Bilder, finster, angeekelt und traurig. Maureen versuchte sich vorzustellen, wie groß die Wut sein musste, um so etwas mit einem schlaffen, wehrlosen Körper zu machen. Die Wolken vor dem Fenster teilten sich, und Leslies Wohnzimmer war

einen kurzen Moment von hellem, gelbem Sonnenschein erfüllt.
Es war eine kleine Wohnung in einem guten, nicht sehr hohen Wohnblock in Drumchapel. Leslie hatte Glück mit ihren Nachbarn. Es waren ältere Leute, man passte aufeinander auf und hielt das Treppenhaus sauber und ordentlich. Die Wohnungen waren klein und nett, mit niedrigen Decken und quadratischen Räumen, und an die Küche schloss sich nach hinten hinaus eine Veranda an. Leslies Lieblingsbeschäftigung war es, sich mit einem warmen Essen ins Freie zu setzen, das gebe ihr ein Gefühl von Luxus, sagte sie, und an milderen Abenden hatten sie früher oft zusammen dort gesessen, auf das leere Grundstück hinter dem Haus hinuntergesehen und zusammen zu Abend gegessen. Maureen nahm an, dass Cammy jetzt oft mit ihr dort saß – überall im Haus gab es Spuren seiner Gegenwart. Seine Jacke hing im Flur, sein Rasierschaum war im Bad, und nach den Tassen seines Fußballvereins in der Küche und dem schlechten Ölbild von Jock Stein zu urteilen, hatte er seine kostbarsten Schätze mitgebracht, damit er ihnen nahe sein konnte. Maureen sagte sich schuldbewusst, sie sollte Leslie beglückwünschen, schließlich war sie ihre Freundin, und die beiden schienen miteinander glücklich zu sein, die Wohnung machte einen behaglichen Eindruck. Sie schaute wieder auf Ann hinunter und setzte sich auf der Couch zurück, um von den Bildern Abstand zu gewinnen.
»Wusste Ann, dass du Jimmys Cousine bist?«, fragte sie.
»Nein«, sagte Leslie. »Ich hab den Namen nicht erkannt, aber als ich ihr Gesicht sah, wusste ich, wer sie war. Mum hat Fotos von der Hochzeit einer Cousine, die vor ein paar Jahren gefeiert wurde, und Ann und Jimmy waren dabei. Ich hab mich von ihnen ferngehalten.«
»Hast du dem Komitee gesagt, dass du sie kennst?«

»Nein, na ja, ich war nicht sicher, ob sie es war. Ich kann dir nicht sagen, wie froh ich war, als du mir sagtest, du könntest nicht glauben, dass er es getan hat.«
»Du hast dich aber nicht erfreut gezeigt.«
»Ich wollte, dass es wahr ist«, sagte Leslie. »Aber ich hatte das Gefühl, dass es nur eine billige Ausflucht war.«
»Jimmy sieht furchtbar verbraucht aus. Ann wirkt dagegen wie ein Gewichtheber.«
»Ja.« Leslie fuhr sich mit der Hand über das Gesicht und schaute auf die Bilder. »Aber wie fit muss man sein, um jemandem auf den Nacken zu treten, Mauri?« Sie fing an, die Bilder vom Boden aufzusammeln und zu einem ordentlichen Stoß zusammenzulegen.
Maureen dachte an die Jungs, die wie kleine, gestandene Männer zum Abendessen – Brot und Margarine – heimkamen. »Leslie, müssen wir die Fotos zurückbringen?«
Leslie dachte nach und fuhr mit den Fingern am Rand der Bilder entlang. »Willst du das Risiko eingehen, Mauri? Was, wenn er es doch getan hat?«
»Komm und lerne ihn kennen«, sagte Maureen.
»Das will ich nicht.«
»Irgendwann wirst du es doch müssen. Können wir die Fotos behalten, bis du ihn gesehen hast?«
»Ich will ihn nicht treffen.« Leslie sah hilflos aus. Sie sammelte die Bilder ein und schob sie auf dem Couchtisch zu einem Häufchen. »Warum hast du sie überhaupt?«
Maureen zog lange an ihrer Zigarette. »Ich hab sie einfach … ich weiß nicht, ich wollte sie sehen.«
»Ja.« Leslie klang, als könne sie das verstehen. »Ann war ein armer Teufel, was?«
Maureen wollte über etwas anderes sprechen. »Wenn sie einkaufen ging und dann betrunken zurückkam, muss sie doch in den Lokalen in der Nähe eingekehrt sein. Wir kön-

nen ihr Gesicht von dem großen Bild fotokopieren und in den Kneipen in der Umgebung des Frauenhauses nach ihr fragen. Wir könnten es heute Abend machen, wenn du Zeit hast.«

»Ja«, sagte Leslie lächelnd. »Ich habe Zeit.«

Maureen fand den Zettel mit dem Namen von Anns Schwester in ihrer Hosentasche. Sie wollte Leslie erzählen, dass Jimmy gesagt hatte, Mr. Akitza sei ein großer Neger, aber Leslie hasste Jimmy sowieso schon genug und hatte ihn noch nicht einmal kennengelernt. Sie gab Leslie den Namen und sagte, Moe wohne irgendwo in Streatham. Leslie rief die Auskunft an, wartete eine ganze Weile und fragte dann mehrmals: »Warum nicht?« Sie wurde wütend und legte auf. Man wollte ihr bei der Auskunft die Nummer nur geben, wenn sie die Postleitzahl kannte. Leslie sagte, sie wüsste nicht mal ihre eigene Scheißpostleitzahl, aber sie könnte die Nummer wahrscheinlich in der Mitchell Bibliothek bekommen.

Sie tranken ihren Kaffee im Wohnzimmer, und Leslie goss etwas Whisky dazu, um Maureen damit über ihren Kater hinwegzuhelfen und sich selbst etwas zu gönnen. Gemeinsam rätselten sie darüber, was wohl in dem Brief gestanden hatte, den Ann vor ihrem Auszug bekommen hatte.

Ann hatte eine Freundin im Frauenhaus, die Senga hieß. Sie war über Weihnachten da gewesen, und es war denkbar, dass Ann ihr gezeigt hatte, was in dem Kuvert war. Leslie sagte, sie könne vom Büro Sengas neue Adresse bekommen, und schlug vor, sie aufzusuchen und mit ihr zu reden. Je mehr Pläne sie gemeinsam entwarfen, desto aufgeregter wurden sie, es schien fast wie in alten Zeiten, aber Maureen wusste, dass es nicht das gleiche war. Die Spannung zwischen ihnen bestand immer noch und würde sich wahrscheinlich nie klären. Sie beobachtete Leslie, die ihre Zigarette ausdrückte, als wolle sie in dem blauen gläsernen

Aschenbecher ihre Zweifel zerreiben. Der Riss ließ sich nicht wieder kitten. Sie würden nie wieder das vollkommene Vertrauen zueinander haben. Maureens rebellische Augen füllten sich wieder mit Tränen, sie stand auf und entschuldigte sich damit, dass sie zur Toilette gehen müsse. Sie saß auf dem Rand der Badewanne und versuchte sich zusammenzureißen, atmete tief durch und machte sich heftige Vorwürfe.

»Mauri«, rief Leslie und kam den Flur entlang. Maureen dachte einen Augenblick, sie hätte ihre Tränen gesehen. »Was können wir tun, wenn wir etwas herausfinden?«

»Es der Polizei melden?«

»Du kannst doch nicht zur Polizei gehen, sie schikanieren dich ja immer noch wegen der Sache in Millport.«

»*Manche* Leute von der Polizei schikanieren mich deswegen«, sagte Maureen.

»Und die anderen, weswegen schikanieren die dich?«

Maureen setzte sich, nahm einen Schluck Kaffee mit Whisky und dachte nach. Dann nahm sie das Telefonbuch, suchte die Nummer der Polizeiwache in der Stuart Street heraus, wählte die Zentrale und ließ sich mit Hugh McAskill verbinden.

Hugh nahm ab, bevor es geklingelt hatte. »Hallo?«

»Oh, Hugh?«

»Ja, hier ist Hugh McAskill. Kann ich Ihnen helfen?«

»Hugh, hier ist Maureen O'Donnell.«

»Maureen«, sie hörte, dass er lächelte. »Ist alles in Ordnung?«

»Ja, mir geht es gut. Ich hab mich neulich 'n bisschen aufgeregt.« Sie war noch wütend auf ihn, wusste aber, dass sie im Unrecht war.

»Maureen, es tut mir leid wegen neulich ...«

»Ist schon gut.«

»... aber es ist mein Job. Zu Leuten zu gehen und sie wegen

ungelöster Fälle zu befragen, das ist meine Aufgabe. Ich kann mich nicht weigern, es zu tun, weil ich dich mag.«

»Ich weiß«, sagte sie. »Ich hatte 'n schlechten Tag.«

»Ja«, sagte er. Er schien sich im Raum umzusehen und sprach dann aus nächster Nähe in den Hörer. »Ist in Ordnung. Du bist nie vorbeigekommen.«

Maureen stellte sich vor, wie sie vor einem langen Tisch stand, hinter dem eine ganze Reihe zorniger Polizeibeamten in schmucken Uniformen saßen. Leslie beobachtete sie erwartungsvoll von der Couch aus. »Ich wollte ja«, sagte sie vage.

»Ich dachte, ich würde dich mal bei einem Treffen sehen.«

Hugh ging donnerstags zu den Treffen einer Selbsthilfegruppe für Inzestgeschädigte und hatte sich gegenüber Maureen geoutet, damit er sie dazu einladen konnte. Sie war einmal dort gewesen, aber nur lange genug geblieben, um eine Tasse Tee zu trinken und Hugh zu sehen. Ein Mann, der sie irritierte, war hereingekommen, und sie konnte es nicht über sich bringen zu bleiben. Sie fürchtete, sie müsse ihnen allen vielleicht einen Bericht über sich selbst und ihre Familie abgeben, und diese Vorstellung ertrug sie nicht.

»Ich hatte immer vor zu kommen … Hugh, ich rufe an, weil … wenn ich Informationen über ein Verbrechen hätte, könntest du sie entgegennehmen?«

»Wir sind immer auf der Suche nach Informationen«, sagte Hugh, ohne zu zögern. »Geht es um etwas, das in Glasgow passiert ist?«

»Nein, es war in London.«

»Das ist nicht unser Zuständigkeitsbereich, aber wir können es weitergeben. Hör mal, lass dich bloß nicht in irgendwas reinziehen.«

»Das tu ich nicht, Hugh.«

»Maureen, wegen dieses Überfalls in Millport – Joe wird

nicht lockerlassen. Er ist überzeugt, dass Farrell sich eine leichtere Strafe erschwindeln will.«

»Ich glaube, er hat recht.«

»Er ist fest entschlossen, dich dafür zu kriegen. Das Schlimmste, was du tun kannst, ist, dich jetzt in eine andere Sache verwickeln zu lassen.«

»Ich lass mich nicht verwickeln.«

»Hör zu«, Hugh senkte die Stimme noch weiter, »ich frage dich noch einmal: Schreibt dir Farrell?«

Maureen schaute Leslie an. »Nein.« Es war eine billige Lüge, und Hugh war ein netter Mensch, der sich sehr bemüht hatte, ihr zu helfen. Er verdiente etwas Besseres, und sie kam sich schäbig vor, dass sie ihn anlog.

»In der Klinik hat man das aber gesagt«, beharrte Hugh.

»Vielleicht schreibt er an die falsche Adresse.«

»Sie haben nachgesehen, er schreibt an deine Adresse.«

»Na ja, ich kriege keine Briefe, ich weiß nicht, was da los ist.«

Leslie beobachtete sie von der Couch und machte fragende Gesten.

»Also gut«, sagte Maureen knapp. »Hör zu, ich melde mich dann.«

»Werde ich bald von dir hören?«

»Ja klar, tschüs.« Sie legte auf. Leslie sah sie durchdringend an.

»Hat er dich nach den Briefen von Angus Farrell gefragt?«, sagte Leslie.

»Ja, die Schwestern haben ihnen gesagt, dass er mir schreibt.« Sie setzte sich neben Leslie auf die Couch. »Sie wollen die Briefe sehen, aber ich kann doch nicht … ach Gott, da kommt doch Millport vor und alles. Wenn sie mich jemals wegen des Überfalls anklagen, könnten sie die ganze Geschichte aus den Briefen erfahren.«

»Du glaubst doch nicht, dass er an Siobhain schreibt, oder? Er weiß jedenfalls, wo sie wohnt.«
»Ich weiß nicht«, sagte Maureen. »Ich habe sie vor Weihnachten das letzte Mal gesehen.«
»Wir sollten bei ihr vorbeischauen.«
Wie die meisten Frauen auf dieser Station war Siobhain auf brutale Weise von Angus vergewaltigt worden. Sie war die einzige überlebende Zeugin dessen, was er getan hatte, oder jedenfalls die einzige, die noch in ganzen Sätzen sprechen konnte, und wenn er hinter jemandem her wäre, dann wäre sie es.
»Seine Handschrift wird kleiner«, sagte Maureen leise. »Ich glaube, sein Zustand bessert sich.«
»Er ist aber immer noch gestört, oder?«, fragte Leslie.
»Die Briefe klingen gestört, aber es ist nicht echt. Ich weiß, dass er simuliert.«
»Woher weißt du das?«
Maureen schüttelte den Kopf. »Es ist zu schlüssig«, sagte sie. »Es ist nicht wahllos genug. Ich weiß nicht. Es ist schwer zu erklären. Joe McEwan glaubt, dass er blufft. Er sagt, Angus wird eine kurze Strafe kriegen und dann rauskommen. Du meinst doch nicht, dass er hinter mir her sein wird, oder?«
»Ich weiß nicht.«
Maureen hätte gar zu gern ein paar aufgebrachte und tröstende Worte gehört. »Du glaubst doch nicht, dass ich in Gefahr bin, oder?«, sagte sie, auf eine Reaktion hoffend.
»Ach Quatsch«, sagte Leslie, kicherte aber unsicher. »Überleg das doch mal rational. Wenn er dich erwischen wollte, warum würde er dann schreiben und dich vorwarnen? Das wäre doch nur ein Beweis gegen ihn, wenn er es tut.«
Maureen wollte, sie hätte recht, aber Angus war sehr schlau, wahrscheinlich schlauer als sie beide zusammen, und alles, was er tat, hatte einen Zweck.

Sie fuhren durch die Stadt zur Mitchell Bibliothek, ein imposantes viktorianisches Gebäude, das seinen riskanten Standort am Rand einer Autobahnunterführung behauptete. Das Haus war überraschend weiträumig und beherbergte eine große Bibliothek, ein Café und ein Theater. Ein übergewichtiger Pförtner saß am Tisch beim Eingang; schon das Stillsitzen war für ihn so anstrengend, dass er keuchte. Er schickte sie in den vierten Stock hinauf.

Das Business Information Center bestand aus einem ruhigen Raum, in dem drei schmuddelige Kunden in gleichen Abständen voneinander an einem langen Tisch saßen. Das Licht war weich und wohltuend, und der Mann hinter dem Schreibtisch lächelte freundlich, als sie auf ihn zugingen. »Ja, Ladies, kann ich Ihnen behilflich sein?«, sagte er, und seine glänzenden Augen waren voll Diensteifer.

»Wir müssten etwas fotokopieren, in Farbe, wenn es geht«, Maureen verbiss sich ein Lächeln, »und wir bräuchten die Telefonbücher von London.«

»Unser Fotokopierer ist da drüben«, er deutete zur hinteren Wand, »und es kostet fünfzig Pence pro Kopie. Also London, Norden oder Süden?«

Sie wussten es nicht.

»Ich habe hier einen Stadtplan«, sagte der nette Mann, holte ein kleines Plakat mit den Postbezirken von London heraus und hielt es hoch. »Bitte, nehmen Sie sich ruhig Zeit.«

Verwirrt von der Freundlichkeit des Mannes ging Leslie zum Fotokopieren nach hinten. Nach einer Weile fand Maureen den Stadtteil Streatham auf dem Plan, südlich des Flusses, direkt bei Brixton. Seine Arme mussten schon ganz steif sein.

»Im Süden«, sagte sie und nahm den Plan herunter, damit sie ihn sehen konnte. »Ich glaube, es ist im südlichen Teil.«

»Das ist ja hier wie ein Treffpunkt für Spinner«, sagte Leslie schonungslos, als sie schließlich sicher im Aufzug waren.
»Er wollte doch nur helfen«, sagte Maureen.
»Hast du die Nummer?«
»Ja. Akitza gibt es nur einmal im ganzen Buch. Ich hab auch im Norden nachgesehen, nur um sicherzugehen, da gab es ihn aber nur einmal, und das war irgendwo in Middlesex.«
Maureen schaute auf. Leslie hatte sich ihr zugewandt und stand steif da und schien zu zittern. »Es tut mir leid, dass ich Krach angefangen habe, Mauri«, sagte sie und sah aus, als werde sie gleich losheulen.
»Tut mir leid, dass ich so ein Biest war«, sagte Maureen. »Leslie, ich freu mich für dich wegen Cammy.«
Leslie schaute weg und atmete wieder normal. Sie schwieg einen Moment und sah auf ihre Füße hinunter. »Macht es dir etwas aus, das für Ann zu tun?«, fragte sie.
»Nein«, sagte Maureen, aber sie wussten beide, warum sie es tat, und beiden war klar, dass es nicht für Ann war.

18
Interessiert

Die niedrig stehende Wintersonne drang mit dünnen, scharfen Strahlen schräg durch das Gebäuderaster der Stadt und hinterließ unregelmäßige Raureifflecken und gefrorene Pfützen, wo die Schatten sich kreuzten. Die Fußgänger warfen fünf Meter lange Schatten, und die hohen viktorianischen Gebäude der Stadtmitte schienen in die Erde zu versinken. Leslie fuhr um die Ecke und bremste an der Ampel.

Maureen saß auf dem Soziussitz, ihr Mantel streifte die vorbeifahrenden Autos, und ihr Haar flatterte im Nacken. Sie dachte an gestern, an die vollkommene Ruhe auf dem Fenstersims und den Luftwirbel, der sie gelockt hatte. Sie lebte noch, ein neuer Tag, in Jimmys und Anns Probleme vertieft, und manchmal fühlte sie sich gar nicht schlecht. Sie schaute sich die Leute auf der Straße an, und ihr fiel auf, dass die Welt voller Menschen sein musste, die gestern Abend versucht hatten sich umzubringen, heute früh angeekelt und enttäuscht aufgewacht waren und zur Arbeit gehen und weiterleben mussten. Sie dachte an Pauline und begriff plötzlich, dass Selbstmord nie eine endgültige Erkenntnis war, sondern nur ein Impuls, ein Komma und kein Punkt. Wenn sie aus dem Fenster gesprungen wäre, wäre der Satz nie vollendet worden, wie bei Pauline: eine atemlose Stille über der Unendlichkeit, die sich nie auflösen würde.

Sie erinnerte sich an Winnies kleine Hand, und da ging es wieder los. Unter dem Helm weinte sie, sentimental wie eine frisch Geschiedene an Neujahr. Und dann sah sie in einem klaren, hellen Augenblick vor sich, wie es wäre, wenn sie sich in allem getäuscht hätte. Michael wäre ein verlorener, heimgekehrter Vater, gerade wegen seiner langen Abwesenheit umso willkommener. Una und Marie würden geduldig darauf warten, dass sie sich zu ihren Schwestern bekannte. Und Winnie, die gütige Mutter, kämpfte um die Liebe ihrer verstörten Tochter, obwohl sie hundertmal zurückgestoßen worden war. Aus der anderen Sicht war es einfach.

Das Motorrad hielt an einer Ampel auf der Woodlands Road, und Maureen schaute auf. Am Fenster eines leerstehenden Ladens klebten noch zwei Plakate ihrer Frauenhauskampagne. Maureen und Leslie stießen sich an und erinnerten sich, wie sie morgens um halb sieben nach einer langen Nacht mit leimverschmierten Händen den Frühwind aufkommen spürten und die ersten schläfrigen Schichtarbeiter an der Bushaltestelle warteten. Die Ampel wurde grün, und Leslie fuhr los.

Siobhains Treppenhaus roch nach Katzen, Bleichmittel und warmem Essen. Ein quäkender Fernseher in der gegenüberliegenden Wohnung hatte Dringendes zu melden und klang ausländisch. Leslie klopfte an, trat zurück und wartete. Die Tür ging einen Spalt auf, wurde aber von der Kette gehalten, und Siobhain sah durch einen fünf Zentimeter breiten Spalt zu ihnen heraus. Sie war schön. Ihre Haut war mondweiß, ihre Lippen lachsrot, in ihrem dicken schwarzen Haar schimmerten weiße Strähnen. »Ich sehe gerade fern«, sagte sie mit ihrem hinterwäldlerischen Highlands-Akzent.

»Können wir trotzdem reinkommen?«, fragte Maureen. »Wir sind extra hergekommen, um dich zu besuchen.«

»Aber jetzt kommt *Quincy*.«

Über den Flur kam das Geplauder aus dem gigantischen Gerät, Quincy gewann neue gute Freunde, deren sämtliche Probleme er löste, so dass er sie danach nie wieder zu sehen brauchte. Douglas hatte Siobhain vor seinem Tod ein Bündel Bargeld gegeben, und sie machte damit hin und wieder größere Anschaffungen. Der riesige Fernseher war Siobhains ein und alles. Sie sprach über ihn wie über ein neues Pferd, wie gut er funktionierte, wie schick er war, dass sie niemanden kannte, der so einen guten Apparat hatte. Wenn sie fernsahen, drehte sie sich gelegentlich zu Maureen um, lächelte und sagte: Hör dir den Klang an, sieh mal die Farbe, ist das nicht toll? Sie trat auch einem Videoclub bei und sah sich neuerdings jeden Abend kitschige Romanzen und schrottige Horrorfilme an. Als Maureen bei ihren zweiwöchentlichen Besuchen endgültig nichts mehr einfiel, worüber sie sprechen könnte, hatte sie Liams Filme erwähnt. Sie waren nicht sehr gut und hatten keinen Plot, aber sie dachte, es würde Siobhain gefallen, einen Film zu sehen und denjenigen kennenzulernen, der ihn gedreht hatte. Aber Siobhain verabscheute die Filme. Am Ende des zwanzigminütigen Videos wandte sich Siobhain zu Liam um, der auf dem beigefarbenen Sofa saß, und fragte ihn allen Ernstes, warum er sich damit überhaupt abgegeben hätte.

Leslie drängte sich jetzt vor Maureen. »Pass auf, Siobhain, wir sind nur da, um zu sehen, ob alles in Ordnung ist.«

Siobhain schürzte ihre hübschen Lippen. »Ihr solltet mich anrufen, bevor ihr herkommt«, sagte sie. »Das hier ist kein Café.«

»Wir haben versucht dich anzurufen«, log Leslie, »aber du hast ja dein Handy wieder abgestellt.«

Wie alle anderen Bewohner der Britischen Inseln, die diese Weihnachten ein bisschen Geld erübrigen konnten, hatte Siobhain das Bedürfnis gehabt, immerzu ein Telefon in der Tasche zu haben. Aber dann konnte sie den Krach nicht ausstehen, vergaß den Akku zu laden und ließ es in der Küchenschublade liegen, so dass sie es nicht hörte, falls es jemals klingelte.

»Ja, das stimmt.« Siobhain machte die Tür zu, nahm die Kette ab und ließ sie hinein, schloss sorgfältig die Tür hinter ihnen und legte die Kette wieder vor. Sie grinste verstohlen, als gehe sie insgeheim ohne Schlüpfer herum, und wies sie ins Wohnzimmer.

Siobhain machte sich nichts aus ihrem Aussehen. Sie trug, was gerade sauber war und ihr zufällig in die Hände fiel. Heute führte sie einen roten, taillierten Golfpullover und eine orangefarbene Jogginghose aus Nylon vor, die beim Gehen raschelte. Nach ihrer Entlassung aus der psychiatrischen Anstalt hatte sie ihr Bestes gegeben, um zuzunehmen. Einmal hatten sie sie beim Frühstück beobachtet, als sie einen halben Laib Brot mit Vollmilch verdrückte. Auch aus ihrer Umgebung machte sie sich nicht viel. Wohlmeinende Sozialarbeiter hatten ihre Wohnung hergerichtet, alle Räume in einem abwischbaren Beigeton gestrichen und mit beigefarbenem Teppichboden ausgelegt, und auch die Möbel waren zum größten Teil beige. Maureen glaubte sonst nicht so sehr an die Wirkung von Wohnungseinrichtungen auf die Psyche, aber Siobhains Wohnung ließ ihre Seele geradezu verdorren. Der einzige interessante Gegenstand war das Ölbild. Siobhain hatte mit Douglas' Geld ein Porträt nach einem Foto ihres verstorbenen Bruders malen lassen und es über das Gasöfchen im Kamin gehängt. Man sah ihm an, dass es nach einem Foto gemalt worden war, die spontanen Gesten des kleinen Jungen, ein ausgestreckter Finger, ein angedeutetes Zwinkern, bekamen plötzlich eine vage Bedeutung. Er stand da und lächelte traurig in die Kamera. Seine kleinen Knie unter der kurzen Hose waren rosa, und an seinen roten Gummistiefeln hing schwarze Erde.

Siobhain führte sie ins Wohnzimmer und ließ Leslie im Sessel und Maureen auf dem Zweisitzer an der Tür Platz nehmen, so dass sie selbst möglichst nahe am Fernseher sitzen und nichts von dem verpassen würde, was Quincy sagte. Leslie schlug die Beine übereinander und legte ihren ledernen Motorradstiefel auf die Armlehne. Siobhain deutete darauf. »Nimm deine Füße von den Möbeln«, befahl sie, »bitte.«

Leslie schnalzte mit der Zunge und nahm ihr Bein herunter. Sie saßen schweigend da und hörten zu, wie Quincy für seinen begriffsstutzigen Kumpel den Fall zusammenfasste. Siobhain beugte sich über die Seitenlehne der Couch und zog zwei Fotoalben mit blauem Plastikdeckel auf ihren Schoß. Sie saß da, hielt sie auf den Knien, fuhr gelegentlich mit der Hand darüber und lächelte vor sich hin, wenn Quincy einen Witz machte. Die Werbung fing an.

»Habt ihr etwas zu essen mitgebracht?«, fragte sie Maureen.

»Ich glaube, ich habe Kaugummi.« Maureen zog ein zerfleddertes Päckchen aus ihrer Gesäßtasche. Siobhain hielt die Hand hin, und Maureen drückte zwei glänzende viereckige Kaugummis aus der Verpackung. Leslie lehnte ab. Sie saßen da, kauten und betrachteten die Werbespots, bis Siobhain sich an Maureen wandte, ihr ein Album auf den Schoß legte und dann langsam aufstand, zu Leslie hinüberging und ihr das andere gab. »Schaut sie euch mal an«, sagte sie und setzte sich wieder.

Maureen öffnete die erste Seite. Unter dem Zellophan zog sich über die ganze Seite eine Collage aus schreienden chaotischen Farbklecksen. Die Bilder waren aus dünnem Zeitschriftenpapier ausgeschnitten. Es waren Fotos von Babys, Models und Personen des öffentlichen Lebens, Bilder von Zahnpastatuben, Ketchupflaschen und Häusern, neuen Autos und Preisen, die man gewinnen konnte. Jedes einzelne Bild war sorgfältig ausgeschnitten, keine Einzelheit unbedeutend genug, dass man sie vergessen durfte. Sie waren perfekt. Auf einer anderen Seite war eine weitere Farborgie im

Entstehen, eine weitere auf der nächsten und so weiter. Sie musste Stunden darauf verwendet haben. Siobhain war begeistert, dass sie so überrascht waren. »Seht ihr?«, sagte sie und lächelte.

»Was?«, fragte Leslie.

»Seht ihr meine Bilder?«, sagte Siobhain.

Maureen wusste, dass Siobhain wegen Depressionen behandelt wurde und ihre Medikamente pünktlich einnahm, aber ihr war nicht klar, was sie davon halten sollte. »Das sind deine Bilder?«, fragte sie.

»Ja«, sagte Siobhain. »Sie sind von mir und für mich. Gefallen sie euch?«

Maureen lächelte verlegen. »Ja, aber wofür sind sie?«

»Sie erzählen von meiner Familie«, sagte Siobhain, »über die Zeit, als ich jung war, und über die Märtyrer.«

Leslie zeigte auf das Foto eines Babys in einer Badewanne, dessen steif hochstehende Haare voller Seifenschaum wie ein spitzer Hut aussahen. »Geht's bei dem hier um Märtyrer?«

»Da geht's um meine Mutter, die in Sutherland Kinder gebadet hat.« Sie hielt inne.

»Solltest du dich damit beschäftigen, Siobhain?«, fragte Leslie, drehte die Seite um und starrte auf ein Foto aus einer Touristenbroschüre von Mallorca hinunter.

»Ja, ja, sie sind aus meinen Büchern«, sagte Siobhain und deutete mit einem Nicken auf einen wüsten Stoß bebilderter Zeitschriften hinter dem Fernseher. »Sie haben sie mir in der Tagesstätte gegeben. Ich kann damit machen, was ich will.« Sie zeigte auf das Bild, das Leslie gerade betrachtete. »Shangri-La.«

»Wie lange hast du für das alles gebraucht?«, fragte Maureen.

»Gestern den ganzen Abend und heute vormittag«, sagte sie

feierlich, als hätte sie ein vor langer Zeit gesetztes Ziel endlich erreicht. Sie zeigte auf Leslies Schoß. »Mach mal weiter, da, da, guck mal das hier an.«
Es war ein Bild von einem Auto. Maureen beobachtete Siobhain. Sie schien nicht labil oder sprunghaft, sondern in Hochstimmung, aber die Bilder waren bizarr. Vielleicht bekam sie Briefe von Angus und hatte eine höhere Dosis ihrer Medikamente genommen, weil die Briefe ihr zu schaffen machten; möglicherweise war das die Erklärung dafür, dass sie so aufgedreht war. Siobhain lächelte ihr zu, aber es war nicht das apathische Lächeln, das Maureen an ihr kannte, sondern ein breites, waches Grinsen. »Gefallen sie dir?«, fragte sie erwartungsvoll.
»Ehrlich gesagt, ich verstehe sie nicht«, antwortete Maureen.
Siobhain nickte. »Ach«, sagte sie leise, »ich weiß. Sie erzählen eine Geschichte, die du nicht kennst, über meine Heimat und meine Leute.«
Maureen war um eine Antwort verlegen. »Denkst du daran, nach Hause zurückzukehren?«, fragte sie.
»Nein. Mein Zuhause gibt es nicht mehr.« Sie klopfte auf das Album, das auf Maureens Knie lag. »Es ist jetzt hier drin.«
Leslie legte das Album auf den Boden und stand auf. »Ich muss aufs Klo«, sagte sie und ging in den dunklen Flur hinaus.
»Wenn man vergisst, wo man herkommt«, sagte Siobhain, als Leslie draußen war, »wenn man seine Leute vergisst, ist das eine Art Verrat, nicht wahr?«
Maureen räusperte sich. »Bekommst du viel Post, Siobhain?«
»Nein«, sagte sie und wandte sich wieder dem Album auf Maureens Schoß zu. »Wie gefällt dir das hier?«
»Schön«, sagte Maureen. »Und was hast du sonst noch getrieben? Bist du in die Tagesstätte gegangen?«

»Ja.«
Maureen kratzte sich am Arm. »Wie geht es Tanja?«, fragte sie.
»Gut.«
Maureen wusste nicht, wie sie ihr Fragen über Angus stellen sollte, ohne sie zu ängstigen.
»Verstehst du mich jetzt?«, fragte Siobhain.
»Ein bisschen. Bekommst du Post?«
»Nicht viel.« Siobhain kaute auf dem Kaugummi herum und schaute ungeduldig auf den Flur hinaus. »Was macht Leslie denn so lang? Ich hoffe, sie stöbert da drin nicht in meinen Sachen.«
»Du hast in letzter Zeit keinen Brief bekommen?«
Siobhain seufzte und sah Maureen abschätzig an. »Nein. Keine Post. Nein«, sagte sie boshaft. »Hör doch mal auf damit.«
»Bist du sicher?«
»Pass mal auf«, sagte Siobhain spöttisch und leise wie ein tyrannischer Babysitter, der eine spitze Bemerkung macht, sobald die Eltern aus dem Zimmer sind. »Ich bin nicht deine Patientin. Du kannst nicht urplötzlich in meine Wohnung kommen und mir endlos Fragen stellen.«
»Tut mir leid«, sagte Maureen und war den Tränen schon wieder nahe. »Ich ... es ist nur, ich versteh das mit den Bildern nicht.«
Siobhain sah wieder auf den Flur hinaus. »Ich weiß, dass du es nicht verstehst«, flüsterte sie. »Aber das heißt nicht, dass ich unrecht habe, oder?«
Maureen schaute sie an. Siobhains Gesicht hatte Farbe bekommen, die dicken Bäckchen waren rot. Sie fuhr sich übers Haar und steckte eine Strähne hinters Ohr. Sie schien so anders, sie hätte eine Bekannte von Maureen sein können oder eine Freundin, sie wirkte wie ein Mädchen ihres Alters

und aus ihrer Zeit. »Siobhain, ich hab dich noch nie so wie heute erlebt.«
»Es ist lange her, dass ich mich so gefühlt habe.«
»Wie denn?«
Siobhain klopfte auf das Album auf Maureens Schoß und sah ihr in die Augen. »Dass etwas mich interessiert.«
Sie hörten die Spülung am Ende des Flurs, die Toilettentür ging auf, und das Geräusch wurde lauter. Siobhain wartete, bis Leslie es sich im Sessel wieder gemütlich gemacht hatte, bevor sie ihnen sagte, es sei an der Zeit, dass sie gingen, weil jetzt ihre Lieblingsseifenoper käme.

Ein feuchter Film lag auf den Steinstufen und machte sie glitschig.
»Meinst du, wir sollten den Arzt anrufen?«, sagte Maureen, als sie in den blendenden Sonnenschein hinaustraten.
»Ich weiß nicht, sie ist ja die meiste Zeit ziemlich sonderbar.«
»Aber sie ist überdreht. Leute mit Depressionen sind nicht überdreht, außer etwas stimmt mit ihnen nicht.«
»Hast du sie nach den Briefen gefragt?«
»Er schreibt ihr nicht«, sagte Maureen.
»Er schreibt also nur an dich?«
»Ja.«
»Na ja, sie hat mehr gegen ihn in der Hand als du. Wenn es eine wirkliche Drohung wäre, würde er auch ihr schreiben.«
»Aber wenn es keine Drohung ist«, sagte Maureen, »was ist es dann?«

Auf der Duke Street war dichter Verkehr, sie war von schwerfälligen Bussen verstopft, die langsam und vorsichtig um die Fußgänger herumfuhren. Die hellen Sonnenstrahlen schienen direkt die belebte Straße hinunter, blendeten jeden, der in westlicher Richtung fuhr, und fielen auf die Rückspiegel der Fahrer, die nach Osten unterwegs waren. Leslie schlängelte sich durch den Verkehr, schnitt die Taxis und fuhr auf der Mittellinie, während sie den Kopf etwas gesenkt hielt, damit ihr Helm die Augen beschattete. Sie fuhren über eine Kreuzung, vorbei am Schlachthaus und der Brauerei in die Stadt. An der Ampel vor dem Model Lodging House Hotel, einer heruntergekommenen Unterkunft für Obdachlose im Schatten der Friedhofskirche, hielten sie an. Hinter einem Geländer am Gehsteigrand hockten Männer unbestimmten Alters mit schmutzigen Gesichtern auf den Stufen, tranken Dosenbier, rauchten selbstgedrehte Zigaretten und beobachteten die Straße.

Leslie stellte das Motorrad auf der dem Büro gegenüberliegenden Straßenseite ab und ließ Maureen dort zurück, während sie schnell hineinging. Katia und Jan standen im Eingang vor dem Luftschacht der Bäckerei, wärmten sich in dem warmen Luftzug die Köpfe und führten eines ihrer bemühten Gespräche. Sie hatten Maureen, die mit dem Helm auf dem Kopf auf dem Motorrad saß und ihnen den Rücken zuwandte, nicht gesehen. Vielleicht war sie doch krank, und alles war ihre Schuld, vielleicht war es ein Irrtum, zu denken, dass sie nicht mehr zu einem Psychiater zu gehen brauchte. Vielleicht hatte ihre Familie recht, und sie war tatsächlich gestört. Sie kokettierte mit dem Gedanken und kostete diese Vorstellung aus wie sonnengewärmten Sand, den man durch die Finger rieseln lässt. Aber es stimmte alles mit ihr. Er hatte es getan, und die Familie ergriff für ihn Partei, und die Welt war ein Ort dunkler Verzweiflung.

Leslie stand neben ihr und keuchte vor Aufregung. »Die Polizei hat mehrmals angerufen, aber sie waren noch nicht da, und Senga sagt, wir können sie morgen besuchen kommen.«

19
Auf der Veranda

Sie hatten noch ein paar Stunden Zeit, und Leslie hatte Hunger und wollte etwas zu Abend essen. Sie sagte, bei Fratelli bekomme man das einzige anständige Abendessen in Glasgow, und bestand darauf, nach Drumchapel zurückzufahren. Maureen wollte nicht in Leslies Wohnung zurück. Sie hatte den Verdacht, dass Cammy dort wohnte, und dachte, die Sache mit Fratelli sei vielleicht nur ein Vorwand für Leslie, um nach Hause zu fahren und ihn zu sehen. Den Imbiss hatte sie noch nie erwähnt. Aber Leslie bearbeitete sie so lange, bis sie zustimmte, und sie fuhren auf der Great Western Road in einen goldenen Sonnenuntergang hinein.

Vor dem Laden bildete sich schon die abendliche Warteschlange. Familienväter nahmen fünf Portionen Pommes auf dem Heimweg mit, und Singles wollten ein warmes Essen. Maureen war erleichtert, als Leslie nur für sie beide Fisch bestellte und nichts für Cammy. Dann nahm sie noch eine Flasche Bru und zwei Schokoriegel als Nachtisch mit. Maureen bestand darauf zu bezahlen.

»Sei doch nicht albern«, sagte Leslie. »Es war meine Idee.«

Aber Maureen drängte sich vor und legte einen Zehner hin.

Sie packten die dünne Plastiktüte in die Gepäckbox, und Leslie fuhr wie der Teufel den Hügel hinauf, damit sie zu Hause wären, bevor die Pommes matschig würden. Cammy war nicht da, und es war dunkel in der Wohnung, aber er hatte etwas auf einen Zettel in der Küche gekritzelt. Leslie las es, lachte nachsichtig in sich hinein und schaute zu Mau-

reen auf, als sei sie überrascht, sie zu sehen. »Er ist beim Fußball«, sagte sie.
»Lebt ihr beiden zusammen?«, fragte Maureen und nahm zwei verkratzte Essteller mit Barbiebildern aus dem Schrank.
»Sozusagen. Er wohnt bei seinen Eltern, aber er ist sehr oft hier.«
»Hast du ihm einen Wohnungsschlüssel gegeben?«
Leslie machte ein finsteres Gesicht. Sie hatte immer geschworen, sie würde nie einem Mann den Schlüssel zu ihrer Wohnung geben, weil sie im Frauenhaus erlebte, was den Frauen passierte. Es war immer das gleiche. Die Frauen lernten einen netten Mann kennen, verliebten sich in ihn, er schmeichelte sich nach und nach ein, bis er schließlich bei ihnen einzog. Sie gaben ihm aus Bequemlichkeit einen Schlüssel, und wenn er sie schlug, war die einzige praktische Lösung für die Frau, wegzulaufen und ihm die Wohnung zu überlassen.
»Nee«, sagte sie, packte das Essen aus und drapierte das Papier über den Rand des Tellers. »Mrs. Gallagher von gegenüber lässt ihn herein.« Sie wurde rot und holte zwei Barbiegläser aus dem Schrank, schraubte die Kappe der Ginger-Ale-Flasche auf und goss unter Maureens Blick bedachtsam zwei Gläser ein.
»Du hast ihm doch einen Schlüssel gegeben, oder?«
»Ja«, sagte Leslie und knallte die Flasche auf den Tisch. »Ich hab ihm einen gegeben. Zufrieden?«
Maureen grinste sie an. »Ich mach ja deine bescheuerten Vorschriften nicht, Leslie, du brauchst keine Wut auf mich zu kriegen.«
»Ach, und wieso machst du mich herunter?«
»Leslie«, sagte Maureen belustigt, »du machst dich doch selbst runter.«

Leslie schnaufte über ihrem Essen. »Ich weiß nicht. Da gibt man all die Jahre gute Ratschläge und dann, wenn es einem selbst passiert, ich weiß nicht, da habe ich gar keine Kontrolle mehr darüber.«
»Ja«, sagte Maureen und wickelte ihr Päckchen aus. »Ich weiß.«
Leslie sah aus dem Fenster und verschränkte die Arme. Sie wirkte erschüttert. »Manchmal«, ihre Stimme war leise geworden, und sie konnte sich kaum überwinden, es zu sagen, »manchmal mach ich ihm das Abendessen, wenn ich nach Hause komme.«
»Oh, oh«, sagte Maureen, »das ist ein sehr schlechtes Zeichen. In einem Monat bist du eine Leiche.«
»Es ist ein schlechtes Zeichen?«, fragte Leslie besorgt.
Maureen sah, dass sie es ernst meinte. »Du hast dich einfach in jemanden verknallt. Genieße es doch.«
»Aber ich bin mir selbst ganz fremd.«
»So ist es eben, wenn man verliebt ist. Man verliert die Kontrolle und wird sich selbst fremd. Es soll angeblich schön sein. Ist es schön?«
»Hast du dich bei Douglas so gefühlt?«
Maureen suchte die dunkelsten Pommes heraus, die vertrockneten, zweimal gebrutzelten, die nach Karamell schmeckten, und dachte darüber nach. Sie konnte sich an ihre Beziehung nicht mehr sehr gut erinnern, alle Zärtlichkeit und die schöne, frohe Zeit hatte sich in dem gewalttätigen Ende verloren, aber sie nahm an, dass sie sich so gefühlt hatte, und ihr Benehmen war wohl damals für Leslie genauso verwirrend gewesen. Douglas war verheiratet, älter und ein Verführer gewesen. Als sie darüber nachdachte, verstand sie, wie es Leslie geärgert haben musste, und das stimmte sie in bezug auf Cammy weicher, aber dann fiel ihr ein, dass Leslie Douglas nicht gemocht hatte und nie auch nur annähernd

nett zu ihm gewesen war. »Ich glaube schon«, sagte sie, nahm ihren Teller und das Glas und schnappte sich mit dem kleinen Finger die Ketchupflasche. »Mein Essen wird kalt.«
Draußen auf der Veranda stiegen sie über die vertrockneten Topfpflanzen und setzten sich auf die fleckigen Liegestühle, hielten ihre Teller auf den Knien und aßen mit den Fingern. Kleine duftende Dampfwölkchen stiegen auf, als sie den panierten Fisch in Angriff nahmen, und erfüllten die Luft mit verlockendem Essiggeruch.
Auf dem unbebauten Grundstück vor der Veranda versammelten sich die Kinder aus der Wohnsiedlung. Die älteren standen herum, redeten miteinander und sahen den jüngeren Geschwistern zu, die abwechselnd auf einem Mountainbike über und um die kleinen Buckel herumfuhren und durch die schlammigen Pfützen spritzten. Leslie hatte recht mit dem, was sie über das Essen bei Fratelli gesagt hatte. Der Fisch war frisch und fest, und die Pommes waren lecker.
»Gut, oder?«, fragte Leslie und biss herzhaft durch die knusprige Panade in den weichen, delikaten Fisch.
»Wunderbar«, sagte Maureen.
Das Licht fing an zu schwinden. Orangefarbene Streifen und dünne Wolken verteilten sich über den glänzenden gelben Himmel. Schwere schwarze Regenwolken zogen drohend am Horizont auf. Maureen lehnte sich zurück und seufzte. »Oje, ich weiß nicht, ob ich das schaffe.«
»Solltest du aber, sonst kriegst du deinen Schokoriegel nicht.«
Maureen schaute lächelnd über die erdigen Hügel in den weiten Himmel.
»Du hast den Käsesalat neulich auch stehen lassen«, sagte Leslie leise. »Isst du genug?«
Maureens Essgewohnheiten waren ein Gradmesser ihrer inneren Befindlichkeit. Wenn sie sich aufregte, konnte sie

nicht richtig schlucken, weil sich ihre Kehle zusammenzog. Nach ihrem Nervenzusammenbruch hatte sie vierzig Pfund abgenommen, und man musste sie in der Klinik mit Brei füttern. »Ich esse genug«, sagte sie.
»Aber wie fühlst du dich?«
Maureen nahm ihre Zigaretten heraus. »Traurig. Ich bin sehr traurig. Ich bin nicht wütend oder aufgebracht, nur sehr traurig.«
»Vielleicht trauerst du um Douglas.«
»Ich habe das Gefühl, ich trauere um alles.« Sie hielt Leslie ihre Schachtel hin. »Ich muss dauernd heulen, verdammt. Ich kann es nicht kontrollieren, und es passiert immer im dümmsten Moment, mitten in einem Streit oder in einem Laden oder so.«
Leslie nahm eine Zigarette, stellte ihren Teller auf den Boden und zog den Kragen ihrer Motorradjacke hoch, um sich warm zu halten. »Wenn es Trauer ist, ist es gut«, sagte sie.
»Warum?«
»Trauer ist heilsam und dauert nicht ewig.«
»Fühlt sich aber endlos an.«
Unten rannte ein Bengel über den Platz, sprang auf das Mountainbike und fuhr, so schnell er konnte, über die flachen Hügel davon. Die wütende Bande der Kleinen rannte hinter ihm her, sie schrien und riefen ihren Geschwistern zu, sie sollten ihn zurückholen. Die älteren Kinder standen tatenlos mit verschränkten Armen da.
»He«, sagte Maureen und setzte sich auf, »der kleine Scheißkerl hat gerade das Fahrrad geklaut.«
»Es ist sein Fahrrad«, sagte Leslie. »Er hat es zu Weihnachten bekommen. Die Bande schnappt es sich immer hinterm Haus. Er muss es sich abends zurückholen.«
Maureen lehnte sich zurück. »Hast du das Polaroidfoto von Ann dabei?«

»Ja«, sagte Leslie und zog es aus ihrer Innentasche.
Maureen betrachtete es im Licht des Küchenfensters. »Sieh mal«, sagte sie und zeigte auf die Hand des kleinen Jungen, »siehst du die Weihnachtskarte, die er da hat? Könnte es die Karte sein, die Ann per Post bekommen hat?«
»Weiß nicht, sie ist größer als der Umschlag.«
»Aber er ist ein kleines Kerlchen. Vielleicht sieht sie in seiner Hand größer aus?«
Leslie inspizierte das Foto mit zusammengekniffenen Augen und schnippte ihre Asche auf den Boden. »Sie ist trotzdem noch größer, und es ist Watte draufgeklebt. Anns Karte war glatt und dünn, nicht weich. Und sie war quadratisch.«
»Wie quadratisch?«
Sie erklärte, dass der Brief ungefähr so groß wie das Polaroid und auch etwa so schwer war, dann hielt sie inne und starrte es an.
»Hmm«, sagte Maureen. »Was kann es gewesen sein?«
Leslie lächelte schwach und schaute auf das Bild.
»Aber warum sollte ihr jemand ein Foto von einem Jungen schicken?«, sagte Maureen.
»Vielleicht war er ihr Liebling?«, schlug Leslie vor.
»Schließ die Augen und betaste es noch mal.«
Leslie tat es, und es fühlte sich durchaus an, als hätte es die richtige Größe. »Und ich hatte den Eindruck, dass etwas Glattes in dem Umschlag sei«, sagte sie. »Wie eine beschichtete Karte.«
»Es könnte also das hier gewesen sein?«
»Könnte sein.«
Maureen zeigte auf ihren Teller. »Aber jetzt hab ich genug gegessen, um die Schokolade zu kriegen, oder?«
Leslie sah sich den Teller genau an. »Na ja«, sagte sie zögernd, »in Ordnung«, und zog einen Riegel aus ihrer Tasche.

Sie saßen und kauten ihre klebrigen Schokoriegel, rauchten und beobachteten die schwarzen Gewitterwolken, die sich langsam am Himmel ausbreiteten und die untergehende Sonne verdeckten. Die Kinder unter ihnen zerstreuten sich langsam, und in der Ferne konnte man schon den Regen hören. Maureen dachte darüber nach, dass Liam gesagt hatte, sie solle Leslie die Beziehung mit Cammy nicht verderben.
»Bist du glücklich mit Cammy?«, fragte sie und schaute zum Horizont.
Leslie sah sie an. »Ja«, antwortete sie.
»Es tut mir leid, was ich im Grove zu dir gesagt habe«, fügte Maureen leise hinzu. »Ich bin zur Zeit ziemlich mit mir selbst beschäftigt. Aber ich will, dass du glücklich bist, Leslie, du bist der netteste Mensch, den ich kenne.« Die Worte waren kaum ausgesprochen, da begannen ihre Augen sich mit Tränen zu füllen. Sie schlug sich verärgert an die Stirn und schaute Leslie an. »Siehst du?«, sagte sie und zeigte auf ihre nassen Augen. »Es fängt schon wieder an.«
Aber auch Leslie weinte und betrachtete die schwere Regenwand, die sich über dem schmutzigen Hof ausbreitete. »Ich habe in Millport Angst bekommen«, sagte sie mit zitternder Stimme, »Mauri, ich hatte Angst und war von mir selbst enttäuscht, weil ich es nicht geschafft habe, weil ich es einfach nicht tun konnte.«
Maureen beugte sich hinüber, berührte Leslies Wange und wischte die kleinen dicken Tränen mit den Fingerspitzen weg. »Ach, Mädchen«, sagte sie leise, »ich glaube, Jimmy ist genauso. Ich glaube, er könnte das auch nicht.«
Sie saßen eine Weile beisammen und schnieften und dachten mit gesenkten Köpfen nach.
»Ich weiß, wie du dich damals gefühlt hast«, sagte Maureen leise. »Jetzt würde ich am liebsten zusammenpacken, mich verdrücken und nie wiederkommen.«

»Wirklich?« Leslie sah sie an. »Ich dachte immer, dass du überhaupt keine Angst kennst.«
Maureen schüttelte den Kopf. »Ich will einfach weg, weg von Winnie und Una. Nicht einmal in meiner Wohnung fühle ich mich mehr wohl.«
Leslie hatte sich nie vorgestellt, dass eine von ihnen wegziehen könnte. Sie hatte immer angenommen, dass sie zusammen sein würden, Kinder haben und sich als alleinerziehende Mütter irgendwie gemeinsam durchschlagen würden.
»Aber was würde es bringen, jetzt wegzulaufen?«, sagte sie.
»Ich weiß nicht, aber ich kann nicht immer gegen alle ankämpfen, oder? Das ist doch kein Leben.«
»Du kämpfst doch nicht immer gegen alle an.«
Maureen seufzte und hob ihren Kopf. »Aber es kommt mir so vor.«
»Du kannst nicht einfach aufgeben und weggehen. Du bist nicht der Typ, der einfach beschließt, sich einen Dreck aus allem zu machen, nur weil er woanders wohnt. Meinst du, dass dir die Sache in Millport zugesetzt hat?«
»Weiß nicht.« Maureen zuckte die Achseln. »Ich nehme schon an. Gewalt verdirbt.«
»Tut sie das?«
»Bestimmt. Man muss sein Einfühlungsvermögen unterdrücken, bevor man jemanden absichtlich verletzen kann, oder? Sonst würde man es selbst empfinden und könnte es nicht tun.«
Leslie dachte nach und zögerte, bevor sie antwortete. »Muss es einen verderben? Kann man das Einfühlungsvermögen nicht gezielt ablegen?«
Maureen lachte laut. »Und nur die Bösen angreifen?«
»Ja.«
»In der Theorie vielleicht. Aber aus der Nähe gesehen sind diese Unterscheidungen schwierig. Wenn man eine klare

theoretische Grundlage hat, um die Guten und die Bösen zu sortieren, dann ist es vielleicht einfach, aber aus der Nähe verwischen sich die Unterschiede doch, oder?« Sie seufzte und zog an der Zigarette. »Es verdirbt einen. Blut verlangt nach Blut.«

»Ja, aus der Nähe ist es schwierig«, sagte Leslie und schaute auf ihren Schoß. »Ich rede seit Jahren wie ein verrückter Gewalttäter, und dabei kann ich nicht einmal einem Kind einen Klaps auf die Hand geben. Ich sage den Frauen, sie sollen ihre Schlüssel nicht herausgeben, dann lerne ich jemanden kennen und keine zwei Monate später bitte ich ihn, meinen Schlüssel zu nehmen.«

Maureen wollte ihre Zweifel an Cammy vergessen, aber es gelang ihr nicht. »Ich bin nicht sehr begeistert von Cammy, aber ich glaube, er ist ungefährlich.«

Leslie beugte sich vor und sah sie eindringlich an; das warme Licht aus der Küche spiegelte sich auf ihrem Lederkragen. »Meinst du?«, sagte sie.

Maureen nickte.

»Woran merkst du das?«, fragte Leslie und wartete besorgt auf die Antwort.

Maureen starrte sie an. »Weißt du ehrlich nicht, ob er dich schlagen würde?«

»Nein. Ich kann die einen von den anderen nicht unterscheiden.«

»Wieso lässt du ihn dann in deine Wohnung, verdammt noch mal?«

Leslie schüttelte den Kopf und wandte den Blick ab. Es regnete heftig, tropfte auf die Veranda, und ihre Schuhspitzen wurden nass. Sie sahen die Regenböen über das Ödland fegen. Die wenigen Kinder, die noch da waren, duckten sich in den trockenen Eingängen und warteten darauf, dass es aufhörte.

Leslie stützte sich schwer auf ihre Knie, ließ den Kopf hängen und zog an ihrer Zigarette. »Kannst du dich erinnern, als sie den Yorkshire Ripper suchten?«, sagte sie. »Was es so schwierig machte, war die Tatsache, dass so viele Frauen ihre Partner in Verdacht hatten und sie anzeigten, und sie mussten gegen jeden einzelnen ermitteln. Ich fand es damals lächerlich.«

Maureen tätschelte ihre Hand. »Ich glaube nicht, dass Cammy der Yorkshire Ripper ist, Leslie.«

»Ich weiß. Aber man denkt, man kennt sich selbst, man hätte Prinzipien, und dann passieren solche Sachen, und man findet heraus, dass man überhaupt nicht die war, für die man sich gehalten hat.«

»Das heißt doch nur, dass man erwachsen wird.«

»Na ja, aber es ist unheimlich.« Leslie lehnte sich zurück und stieß eine graue Rauchwolke aus. »Mir gefällt das nicht.«

»Mir auch nicht.«

20
Malki, der Alkie

Dunkle Wolken rollten weiter aus dem Norden heran, und die Nacht senkte sich schnell herab. Der Gehweg glänzte schwarz unter dem Orange der Straßenlaternen. Leslie schob ihr Motorrad den kleinen Kiesweg an der Hauswand hinunter und schloss es mit der Kette am Geländer an, im Schatten, damit es von der Straße aus nicht gesehen werden konnte. Maureen ging inzwischen langsam auf die leere Straße hinaus. Der dichte Regen spritzte auf den Gehweg, und sie war froh, dass sie ihren langen Mantel anhatte. Sie blickte die Straße hinauf und hinunter und versuchte sich vorzustellen, wie Ann sich gefühlt haben mochte, als sie da stand, neu im Frauenhaus, ihr knochiger Körper grün und blau geschlagen, ohne ihre vier Kinder und auf der Suche nach etwas zu trinken.

Es war eine breite Straße, die Platz genug für zwei Fahrbahnen und die alten Bäume auf dem großzügigen Gehweg bot. Maureen zog ihren Kragen hoch und sah sich das alleinstehende viktorianische Haus vor sich an. Es war aus riesigen roten Sandsteinblöcken erbaut, drei Stockwerke hoch mit einem zusätzlichen bescheidenen Dachgeschoss für die Zimmer der Bediensteten. Die Häuser in der Nachbarschaft waren alle ähnlich beeindruckend und hatten kleine gekieste Einfahrten, die von niedrigen Mauern umgeben waren. Es war selbst für den oberflächlichsten Beobachter offensichtlich, dass man im Frauenhaus ärmer dran war als in den anderen Häusern. Es parkten keine Autos davor, der schmale Vorgarten war überwuchert, und im Haus brannte in jedem

Fenster Licht. Leslie trat aus dem Schatten hervor und kam über die Straße auf Maureen zu. Als plärrender Radiolärm aus dem Milchglasfenster des Badezimmers drang, schauten sie am Haus hoch und horchten. Der DJ lachte schallend und spielte einen hämmernden Diskorhythmus.

»Wir haben dieses Haus vor die Hunde gehen lassen, oder?«, sagte Leslie.

»Wir haben nichts kaputtgemacht, das sich nicht wieder richten ließe«, sagte Maureen und schaute die Straße hinunter. »Hat Ann diese Gegend gekannt, bevor sie hier einzog?«

»Nein«, sagte Leslie. »Wir mussten ihr sagen, wo die Bushaltestelle ist, um in die Stadt zu kommen.«

»Okay.« Maureen nickte. »Sie ist dann wahrscheinlich einfach der größten Straße gefolgt?«

Leslie zuckte die Schultern. Hundert Meter weiter glänzte eine gelb beleuchtete Kreuzung wie ein Juwel in der tintenschwarzen Finsternis. Sie gingen langsam darauf zu und kamen an großen Häusern mit teuren Autos vorbei. An einem Haus waren die Vorhänge offen, und man sah ein gepflegtes, ergrautes Paar auf einem gewaltigen weißen Ledersofa vor dem Fernseher sitzen. Die Tochter, ein schlanker Teenager, kam ins Zimmer und sprach mit ihnen. Sie schien wütend zu sein. Ihr blondes Haar reichte bis auf die Taille herab, es war so dicht, wellig und jung, dass es einen alten Mann zum Weinen hätte bringen können. Die Mutter sagte etwas, und die junge Blonde schlug sich gereizt mit der Faust auf den Schenkel und verließ aufgebracht den Raum. Sie sahen zufrieden aus und warm, und Maureen wünschte sich, sie wäre das Mädchen, geliebt und aus guten Verhältnissen, mit Eltern, die standfest genug waren, dass man sich an ihnen reiben konnte. »Schönes Leben«, sagte sie und wischte sich die Regentropfen von der Stirn.

»Ja«, sagte Leslie. »Das Mädchen lernt Auto fahren. Ich

sehe sie oft mit fünf Kilometern in der Stunde im Mercedes die Straße entlangfahren.«

»Sie lernt in einem Mercedes Auto fahren?«

Leslie nickte.

»Mein Gott.« Maureen warf einen neidischen, staunenden Blick auf die Wärme und den Überfluss zurück. »Schönes Leben.«

Autos und Lkws sausten über die helle Kreuzung. Sie blieben stehen und sahen sich um, und Leslie zeigte nach rechts. Sie gingen ein paar hundert Meter weiter und kamen zu den weißen Lichtern eines Lokals, die durch den Regen leuchteten. Es war ein alleinstehendes Haus, breiter und älter als das Frauenhaus, weiß gestrichen und mit einem beleuchteten Plastikschild in schreiendem Rot und Gold. Blumenkästen mit Plastikpflanzen standen auf den Fenstersimsen. Ein Jeep und ein Jaguar standen davor.

»Ausgeschlossen, dass sie hierhergekommen ist«, sagte Maureen. »Sie hätte es von der Kreuzung aus nicht gesehen, und es ist ein Brauereilokal, die sind immer teuer. Sie hätte nicht genug Geld gehabt, um sich 'ne Menge Drinks zu bestellen, und ich kann mir nicht vorstellen, dass jemand anders für sie bezahlt hat.«

»Ja«, sagte Leslie. »Obwohl es schon praktisch gewesen wäre.«

»Wenn du voll blauer Flecken wärst und Lust hättest auf 'n paar Bier, würdest du da reingehen?«

Leslie schaute die Fassade des Lokals an. »Nein«, sagte sie.

Sie kehrten zur Kreuzung zurück und gingen diesmal nach links. Weiter vorn konnte man gerade noch eine schäbige Schaufensterfront erkennen. Es war eine Kneipe, die sich Lismore nannte, schlecht beleuchtet, direkt an der Straße und ohne ein Schild über dem Gehweg.

»Da«, sagte Maureen und ging darauf zu.

Im Inneren war das Lismore ganz nett. Die schlurfenden Schritte der Gäste hatten in vielen Jahren die Versiegelung des Fußbodens abgetreten. Ein Streifen abgenutzten und spröde gewordenen Holzbodens führte um die Bar herum wie ein vorgezeichneter Weg in einem Kaufhaus. Auffallender war, dass es keine Musik gab. Das einzige Geräusch war das an- und abschwellende Gemurmel der Stimmen und das Klirren der Gläser, die hinter der Bar gespült wurden. An einem einzeln stehenden Tisch waren ein paar ältere Männer über ihre Biergläser gebeugt und redeten miteinander. Der Barkeeper lächelte automatisch, als sie hereinkamen, und stellte ein Glas ab, das er abtrocknete. »Guten Abend, Ladies. Was kann ich Ihnen bringen?«

»Zwei Whiskys bitte«, sagte Maureen und wischte die Regentropfen aus ihrem Haar.

Sie zogen zwei Barhocker heran, und während der Mann hinter dem Tresen ihnen mit dem Portionierer einschenkte, schauten sie sich im Raum um. Er stellte die Gläser hin, schob einen sauberen Bierdeckel unter jedes Glas und zog einen Aschenbecher herüber.

»Vielleicht könnten Sie uns helfen«, sagte Maureen, während sie das Geld für die Whiskys hinlegte. »Eine Freundin von uns ist verschwunden, und wir machen uns Sorgen um sie. Wir haben uns gefragt, ob Sie sie vielleicht gesehen haben.«

Der Barkeeper nahm das Geld und sah etwas unbehaglich drein. »Kommt drauf an«, sagte er.

Leslie nahm die Fotokopie aus ihrer Tasche. Sie hatte es nicht besonders gut hinbekommen. Auf dem Ganzbildfoto, das sie auf das Doppelte vergrößert hatte, war Ann von der Taille aufwärts zu sehen. Sie hatten die Kopie in der Mitte knicken müssen, damit ihr BH und die misshandelten Brüste nicht sichtbar waren, und die Farbeinstellung des Kopierers hatte auch nicht gestimmt. Anns Gesicht war grellorange, ihre Pupillen tiefschwarz. Es sah aus, als hätte ein Kind das Bild ausgemalt.

»Oh, Ann ist also verschwunden?« Der Barkeeper schwieg und sah sie streng an. »Ihr Mann hat Sie doch nicht geschickt, oder? Ich weiß nämlich, dass er sie geschlagen hat.«

»Nein«, sagte Leslie schnell. »Wir wollen nur sichergehen, dass sie nicht zu ihm zurückgekehrt ist.«

»Wir wollen sie eigentlich gar nicht finden«, fügte Maureen hinzu. »Wir wollen nur wissen, ob Sie sie gesehen haben.«

»Aha.« Er dachte darüber nach. »Also, nein, ich weiß nicht, wo sie ist. Eine Weile, zwei Wochen oder so, kam sie öfter her, sie hatte 'ne aufgeplatzte Lippe. Bei den Alten da drüben war sie sehr beliebt. Sie hat sich immer ihre Geschichten angehört und mit ihnen geflirtet und so. Ja, sie war sehr beliebt.«

»Seit wann kommt sie nicht mehr?«, fragte Maureen.

»Ungefähr seit einem Monat. Vor Silvester. Sie ist am ersten Weihnachtsfeiertag hier gewesen, aber ich hab sie weggeschickt. Sie hat die Leute angebettelt, nicht nur angepumpt, sondern richtig gebettelt, dass sie ihr einen Drink ausgäben.«

Leslie beugte sich energisch über den Tresen, eine Hand auf die Ecke gestützt. »Sie haben sie rausgeworfen?«

»Ja.« Er zeigte auf ein altmodisches schwarzweißes Emailschild an der Wand:

Keine Fußballfanartikel im Lokal.
Spucken verboten.
Hausieren verboten.

»Ich kann das hier drin nicht brauchen«, sagte er und kam mit seinem Lappen Leslies Arm immer näher, um sein Territorium zurückzuerobern.

Leslie rutschte zurück.
»Sie hat doch bestimmt nicht gestört?«, fragte Maureen.
»Sehen Sie die alten Dreckschweine da drüben?« Er zeigte auf seine einzigen Gäste. Die alten Männer hörten ihn, und ihr Gespräch verstummte. Der Barkeeper sprach extra laut. »Sie haben gefragt, was sie für ihr Geld bekommen würden. Alte Schweine, wollten es ausnutzen, dass das Mädchen eine Schwäche für den Alkohol hat.« Er senkte die Stimme. »Da sehen Sie mal wieder, wie die Rentner sind, sie riechen ein gutes Geschäft zehn Meter gegen den Wind«, murmelte er, als ob das Geschick alter Menschen für das Schnäppchenjagen eine allgemein bekannte Tatsache sei.
Maureen wandte sich wieder der Bar zu. »Sie hat Sie also belästigt?«
»Sie hat mich nicht belästigt, Mädchen, aber ich bin ein Wirt, kein Aasgeier, und wenn man den Alkohol so dringend braucht, dann kriegt man ihn hier nicht.«
»Wo würde man ihn denn kriegen?«, fragte Maureen.
»Im Clansman. Zwei Straßen weiter.« Er zeigte über ihre linke Schulter. »Ich hab gehört, dass sie öfter dort war. Es ist ein richtiges Loch.«
Maureen trank ihren Whisky aus. »Gut«, sagte sie. »Vielen Dank für Ihre Hilfe.«
»Keine Ursache, Ladies. Kommen Sie wieder.«
Der Wind hatte aufgefrischt, und Maureen musste sich beim Gehen ihr nasses Haar aus dem Gesicht streichen. Sie verließen die große Straße, folgten der Richtung, die der Barkeeper ihnen angegeben hatte, und kamen an immer schäbigeren Mietshäusern mit immer kleineren Fenstern vorbei. Die Gegend wurde immer schlechter, die Wohnblocks höher und vernachlässigter. In den Bombenlöchern aus dem Krieg standen Plattenbauten aus den fünfziger und sechziger Jahren. Drei Straßen weiter kamen sie zu einem trostlosen Block

mit ausgebrannten und vernagelten Wohnungen. An der Ecke war der Clansman. Ein stockbetrunkener Mann stand davor, hielt sich an einer Straßenlaterne fest und schwankte sachte hin und her, als seien seine Knie aus Gummi. Die Fenster mit den Milchglasscheiben waren hoch oben, eine alte Einrichtung der Pubs, die verhindern sollte, dass Frauen und Kinder hineinsehen konnten. Die Tür wurde von den Männern, die sich von innen dagegenlehnten, etwas offen gehalten, und der süße Alkoholgeruch drang wie ein lockendes Duftsignal auf die Straße. Leslie zog an der Tür, drückte sich durch die Menge am Eingang, und Maureen folgte ihr.

Die Bar war schmutzig, sah aber trotzdem für die Männer mit den leeren Blicken, die Wein tranken und Zigaretten aus Zehnerpacks rauchten, noch zu nobel aus. Der Teppich glänzte wie Linoleum. Der Schein der kerzenförmigen Wandlampen drang nur schwach durch den dichten Rauch, und überall standen leere Gläser herum. Die trinkenden Männer riefen und lachten durcheinander, einige waren die Unterhalter, andere die Zuhörer, eine Unterscheidung, die davon abhing, wer an diesem Abend gerade besser bei Kasse war. Hartgesottene Männer trafen auf Pseudogangster, und die weniger spektakulären Typen hofierten sie, kopierten ihre Sprache und klauten ihre Geschichten. Maureen konnte sich Ann in einer solchen Kneipe vorstellen. Sonst gab es keine Frauen im Lokal, und Ann dürfte keine Probleme gehabt haben, hoffnungsvolle Verehrer zu finden, die ihr Drinks kauften und abwarteten, was sie dafür bekämen. Maureen und Leslie drängten sich zur Bar durch.

»Hol du die Drinks, und ich frag inzwischen mal herum«, rief Maureen laut, um den Lärm zu übertönen.

»Mir gefällt es hier nicht«, sagte Leslie wütend, weil sie Angst hatte.

»Hey, ihr da.« Die Stimme war tief und heiser. »Ihr Frauen da.«
Sie schauten über die Schulter, konnten aber den Sprecher nicht entdecken, bis sich ein ganz kleiner Mann zwischen sie drängte. Er hatte einen großen Kopf mit fettigem schwarzem Haar, eine vorstehende Unterlippe, und er hielt die Schultern schief, denn sein Rückgrat war verkrümmt. Er hatte ein großes Glas Rotwein und grinste zu ihnen hoch. »Ich bin Malki«, rief er, starrte Leslies Lederkluft an und hielt ihr die Hand fast auf Gesichtshöhe entgegen. Aber Leslie betrachtete die Hand nur, ohne sie zu schütteln. Malki überspielte diese Brüskierung flott und grinste weiter. »Seid ihr vonne Polizei?«
Maureen beugte sich zu Leslies Ohr. »Leslie«, murmelte sie, »gehst du dich hinsetzen? Hier redet niemand mit uns.« Leslie nickte zögernd und ging von der Bar weg. Maureen wollte einen Doppelten bestellen. »Und hör auf, so böse zu gucken«, sagte sie. »Sonst denken sie, wir wollen Ärger machen.«
»Ich guck nicht böse«, gab Leslie schnippisch zurück. »Mein Gesicht ist eben so.«
»Und?« Malki starrte Leslies Rücken an. »Seid ihr vonne Polizei? Ich mag die Polizei, besonders die Frauen.« Er hustete und lachte und schaute von Maureen zu Leslie, die aber nicht reagierten. Es schien ihn nicht weiter zu stören, er hörte auf zu lachen und trank.
»Ich geh los«, sagte Leslie und zeigte auf einen leeren Tisch im hinteren Teil des Raums.
»Ja«, stimmte Maureen zu. »Geh nur.«
Leslie entfernte sich, und Maureen nahm wieder ihren Platz an der Bar ein. »He, Malki«, sagte sie, »kommst du oft hier rein?«
»Ja, wieso?«

»Wir suchen 'ne Frau, Ann heißt sie, hast du sie gesehen?«
Malkis Blick schweifte unruhig umher. »Nee«, sagte er und wandte sich zur Bar.
Maureen lehnte sich zu ihm hinüber und lächelte. »Woher weißt du denn, dass du sie nicht gesehen hast?«
Malki sah sich suchend nach jemandem an der Bar um.
»Kann ich dir 'n Drink spendieren?«, sagte sie und wedelte mit einem Zehnpfundschein unter seiner Nase herum.
Malki wurde etwas lockerer. »Ja«, sagte er und prostete ihr zu. »'n großen Roten.«
Sie beugte sich über die Bar, hielt ihren Zehnpfundschein hin und versuchte sich bemerkbar zu machen. Alle hatten am anderen Ende der Bar zu tun, stellten die Gläser hin, nahmen Geld an und warteten, dass sie an der Kasse an die Reihe kamen. Malki wurde so ungeduldig, seinen Wein spendiert zu bekommen, dass er auf die Fußleiste stieg. »Bedienung!«, schrie er lauter, als man in einem geschlossenen Raum rufen sollte. »Bedienung!«
Ein junger Barkeeper kam zu ihnen her, seine Augen mit den schweren, halbgeschlossenen Lidern blickten müde und mürrisch. Er hob fragend das Kinn in Malkis Richtung.
»Noch 'n Wein«, schrie Malki und zeigte auf Maureens Zehner. Der Barkeeper sah von dem Geld auf Maureen.
»Und zwei Whiskys«, rief Maureen.
Der Barkeeper zögerte, fragte sich, was sie wohl hier zu tun hatte. Dann beschloss er, es sei egal, und ging ihre Getränke holen. Malki gefiel es, an der Bar mit einer Frau und einem Zehner gesehen zu werden. Er lächelte ihr zu.
»Wie sieht's aus bei dir?«, fragte Maureen.
Malki runzelte die Stirn. »Ich revanchier mich dann«, sagte er nicht sehr überzeugend.
»Darum geht's mir nicht«, sagte Maureen. »Ich hab nur gedacht – wenn du gerade 'n bisschen knapp bist.«

Sie beugte sich zu ihm hinüber und brüllte ihm vertraulich ins Ohr, als sich hinter ihnen in der Menge eine Lücke auftat und ein Lichtstrahl auf Malkis Kopf fiel. Maureen sah in die flache Höhlung seines Ohrs und war plötzlich nur ein paar Zentimeter von einem Nest der größten, reifsten Mitesser entfernt, die sie je gesehen hatte. Vor Ekel schwindelte ihr, aber sie nahm sich zusammen und sah diesmal über seine Schulter: »Ich dachte, weil ich Information über meine Freundin will, käme dir vielleicht ein Fünfer oder so recht?«
Malki sah mit einem gierigen Leuchten in den Augen zu ihr auf, nahm sich aber dann zurück und schaute sich wieder in der Bar um. Der, nach dem er Ausschau hielt, war jedenfalls nicht da. Malki wandte sich wieder Maureen zu. »Setzen wir uns doch«, sagte er und zeigte auf den Barkeeper, der gerade mit ihren vollen Gläsern zurückkam.
Maureen zahlte, und sie trugen die schmuddeligen Gläser zu Leslie hinüber. Sie saß allein an einem Tisch auf einer leicht erhöhten Plattform, und blickte verdrießlich und abweisend vor sich hin, damit es ja keiner wagte, sie anzusprechen. Aber niemand hatte es versucht. Sie setzten sich und verteilten die Gläser auf dem schmutzigen Tisch. Maureen bot Malki eine Zigarette an, und er nahm sie. »Also, willste 'n Fünfer?«, fragte sie, als sie ihm Feuer gab.
»Nein«, sagte er. »Aber 'n Zehner.« Er grinste und kniff die Augen zusammen; es war weniger ein Lächeln als eine Maske.
Maureen zögerte und bemühte sich unentschlossen auszusehen, damit er den Preis nicht noch weiter hochschraubte. »Na ja, in Ordnung«, sagte sie endlich. »Aber du musst alles beantworten, okay?«
Malki sah auf sein volles Glas Wein. »Gib mir's jetzt«, sagte er.
Maureen schüttelte den Kopf. »Später«, sagte sie und

wünschte sich, irgendein anderer wäre auf sie zugekommen, nicht dieser kleine Dreckskerl.
»Jetzt.«
Sie lehnte sich zurück. »Dann vergiss es«, sagte sie.
Es dauerte keine dreißig Sekunden, da zog Malki schon an ihrem Ärmel.
»Also gut«, sagte er. »Später.«
Maureen nahm die gefaltete Fotokopie heraus und ließ sie unter dem Tisch auf Malkis Schoß gleiten. Er schaute sie an.
»Erkennst du sie?«
Malki nickte lebhaft, sah auf sein Glas und stellte es sich wieder gefüllt vor.
»Wann ist sie hier gewesen?«
»Vor 'n paar Wochen. Seitdem hab ich sie nicht mehr gesehen.«
»Wo ist sie hingegangen?«
»Keine Ahnung, sie kommt einfach nicht mehr her.«
»Hast du mit ihr gesprochen?«
»Hab's versucht«, lächelte Malki anzüglich. »Ich versuch's immer.«
»Mit wem hat sie sich denn abgegeben?«
Das war offenbar die Frage, vor der Malki Angst hatte. Er sah sich in der Bar um. »Mit allen, allen«, sagte er. »Wir sind hier alle Kumpels.«
»Mir kannst du's sagen«, meinte Maureen schmeichlerisch. »Sie ist doch eine Freundin von mir.«
Aber Malki machte nicht mit. Er trank von seinem Wein und zog nervös an der Zigarette, schaute nach links und korrigierte dann so plötzlich die Richtung, dass Maureen wusste, er hatte etwas gesehen. »Hat sie sich mit irgendjemand besonders eingelassen?«
Er verzerrte das Gesicht wieder zu einem Lächeln. »Seid ihr von der Polizei?«

»Nein«, sagte Maureen und beugte sich über den Tisch so nahe zu ihm hin, als seien nur sie beide da. »Sieh mal, Malki, ihr Mann hat sie verprügelt. Wir wollen nur sicher sein, dass sie nicht zu ihm zurückgegangen ist.«
Malki schüttelte immer noch lächelnd den großen Kopf. »Sie ist nicht bei ihrem Mann«, murmelte er.
»Ist sie mit einem anderen zusammen?«
Malki wollte schon antworten. Aber an der Schwelle der Indiskretion zögerte er, schwankte vor dem Abgrund, und als er hinuntersah, schwindelte ihm. Leslie beugte sich vor, um den Druck auf ihn zu erhöhen, stieß ihn aber damit auf sicheren Boden zurück. Er sah sie an. »Du hast 'n schönen großen Hintern«, sagte er laut.
Leslie hätte ihm am liebsten eine runtergehauen, und Malki war das klar. »Gib mir mein Geld«, sagte er.
Maureen war bestürzt. »Aber du hast mir keine Antwort gegeben.«
»Hab ich doch«, sagte Malki, bereit eine Szene zu machen, wenn er sein Geld nicht bekäme.
»Malki, machen wir's so«, improvisierte Maureen schnell. »Lass dein Glas hier. Geh aufs Klo und komm wieder, dann geb ich dir den Zehner, in Ordnung?«
Er schien verwirrt.
»Ich weiß, dass er hier ist«, sagte Maureen. »Ich weiß, dass du ihn gerade gesehen hast. Geh also zur Toilette, und wenn du an ihm vorbeikommst, kratz dich am Kopf, dann weiß ich's. So sagst du's mir nicht, und ich bezahl dich trotzdem, okay?«
Malki überlegte, er ließ nicht gern seinen Wein stehen, und noch weniger wollte er seinen Zehner aus den Augen lassen.
»Es ist die einzige Möglichkeit, dein Geld zu kriegen«, sagte sie.
Er zögerte und sah auf sein Glas. »Ich glaube, ich nehme

meinen Wein mit«, sagte er und stand auf. »Dann hab ich wenigstens etwas.«

»Mit einem Zehner kannst du dir zehn Gläser Wein kaufen, Malki. Dann machst du dir ’n schönen Abend, hm?«

Malki entfernte sich und tauchte in die Menge ein. Nach einem Drittel des Weges hob er die Hand und kratzte sich am Kopf. Er stand in einem Gewühl betrunkener Männer, es hätte jeder sein können, aber Maureen wusste sofort, wen er meinte. Er hatte zugenommen, sein Gesicht war aufgequollen und wässrig, vom Trinken gerötet, aber sie erkannte ihn. Er war einen Kopf größer als die Betrunkenen um ihn herum, trug eine unförmige Regenjacke und trank ein Glas Rotwein. Er sah sie an und erkannte sie auch. Dann streckte er eine Hand aus, schob die Männer vor sich zur Seite und bahnte sich einen Weg zu ihrem Tisch.

»Großer Gott«, sagte Maureen und sank am Tisch in sich zusammen, »Mark Doyle.«

»Was?«, fragte Leslie.

»Mark Doyle. Paulines Bruder«, flüsterte Maureen.

Leslie hatte sie nicht verstanden, aber er stand an ihrem Tisch, bevor Maureen seinen Namen wiederholen konnte.

»Wie geht’s dir?«, sagte Maureen.

»Was macht ihr denn hier drin?« Er sprach undeutlich und schleppend, wie ein knallharter Kerl, der daran gewöhnt ist, eins auf die Fresse zu kriegen. Er stand am Tisch und musterte sie beide.

»Wir suchen eine Freundin«, sagte Maureen.

Er hatte einen schlimmen Ausschlag, die Haut schälte sich und sah schmerzhaft trocken aus. Unter dem linken Auge sickerte aus einer offenen Stelle eine transparente Flüssigkeit, und unter seinem dicken Haar lösten sich kleine Schorfstückchen von der Kopfhaut ab.

»Wie heißt denn eure Freundin?«, fragte er.

»Ann«, sagte Leslie und richtete sich kampfbereit auf. »Sie heißt Ann.«
Mark Doyle glitt auf Malkis freien Stuhl, stellte sein Glas auf den Tisch und fasste nach unten an seinen Knöchel. Einen Augenblick dachte Maureen, in seinem Strumpf stecke ein Messer, und zuckte zusammen, bis sie merkte, dass er sich nur am Bein kratzte. Sie kramte ungeschickt eine Zigarette aus ihrer Packung und zündete sie an. Seine große Hand, von der sich die Haut ablöste, lag auf dem Tisch. Er kratzte noch ein bisschen und schaute dann neugierig und langsam blinzelnd auf, als sei er betrunken oder hätte Medikamente genommen.
»Ich kenn dich doch irgendwoher«, sagte er zu Maureen. »Woher kenn ich dich?«
»Ich glaube«, sagte Maureen starr vor Schreck, »ich kannte deine Schwester.«
»Pauline?«, fragte er nachdenklich. »Du hast Pauline gekannt?« Er starrte auf den Tisch, und Maureen beobachtete ihn. Schließlich sah er auf. »Hast du sie gut gekannt?« Er betrachtete Maureens Gesicht, weil er sehen wollte, was sie wusste.
Maureen inhalierte tief. Er sah sie immer noch an und erwartete eine Antwort auf seine unausgesprochene Frage, seine Augen waren müde und alt, hatten aber einen Ausdruck, als bedrohe er sie mit einem Messer. »Nein«, sagte sie, »nicht sehr gut. Ich war wegen meiner Freundin bei ihrem Begräbnis ...«
Er zitterte leicht, atmete dann tief ein, und sein zerknittertes Hemd glättete sich über der Brust.
»Kennst du Ann?«, wechselte sie schnell das Thema.
Er zuckte nachlässig die Schultern. Maureen nahm die Fotokopie heraus und legte sie vor ihm auf den schmutzigen Tisch. Anns schwarze Augen schauten zu ihm auf. »Sie war

hier, ja. Aber 'ne Weile schon nicht mehr. Hab sie in London gesehen.«

Leslie rutschte auf ihrem Stuhl nach vorn. »In London?«

Er wandte sich zu ihr um. »Ja, Schätzchen. In Brixton. In einer Kneipe, Coach and Horses heißt sie. 'ne Menge Leute aus Glasgow gehen da hin.«

»Wann ungefähr hast du sie gesehen?«, fragte Maureen.

»Vor 'nem Monat vielleicht.« Er schwieg und starrte auf seine Hände. »Sie war nicht in guter Gesellschaft. Das ist schlecht für 'ne Frau. Ich hab sie gewarnt.«

Er sah Maureen an, seine Augen waren hell und offen, er wollte ihr etwas sagen, aber sie verstand es nicht. Ihr wurde kalt bis in die Knochen. Als sie die Fotokopie mit zitternden Händen zusammenfaltete, stand Mark Doyle auf und zog seine Jacke zurecht. Sie hätte hier nicht friedlich mit ihm zusammensitzen dürfen. Aus Respekt für Pauline hätte sie ihn wenigstens beleidigen müssen.

»Wie geht's deinem Bruder?«, fragte sie.

Er war sprachlos. »Mein Bruder ist doch tot«, sagte er kurz und stapfte mit großen Schritten durch die rauchige Kneipe davon.

Maureen sah ihm nach. Er war groß mit breiten Schultern, ein mächtiger Mann, der nur den Schatten eines Gewissens hatte.

Malki kam zurück, sein leeres Glas in der Hand. Er machte keine Anstalten sich zu setzen, sondern stellte sich neben Maureens Ellbogen und versperrte die Sicht auf ihre Hände.

»Wen hast du gemeint?«, fragte Leslie, stützte sich auf den schmuddeligen Tisch und deutete auf ihn. »Der große Kerl, mit den schorfigen Händen?«

Malki nickte.

»Dank dir, Malki.« Maureen gab ihm unauffällig den Zehner.

Als das Geld in Malkis Hosentasche verschwunden war, hörten sie auf für ihn zu existieren. Er drehte sich um und ging wortlos davon.
»Komm, wir machen, dass wir hier fortkommen«, sagte Maureen.
Sie standen auf, die Menge teilte sich, und auf dem Weg nach draußen sahen Mark Doyles hungrige Augen ihnen nach und speicherten ihre Gesichter. Maureen ging so schnell, dass sie völlig außer Atem war, als sie beim Frauenhaus ankamen.

21
Herb Alpert

Leslie fuhr vorsichtig durch die glitzernde Stadt zu Maureens Wohnung. Maureen wollte nicht nach Hause, sie fühlte sich nicht wohl in ihrer Wohnung, aber sie konnte nicht endlos wegbleiben, und Mark Doyle hatte ihr einen furchtbaren Schreck eingejagt. Leslie hielt vor dem Haus an, und Maureen stieg ab, machte die Gepäckbox auf und legte den Helm hinein. »Also dann bis morgen früh«, sagte Leslie. »Wir gehen zu Senga, mal sehen, was sie sagt.«

»Können wir auch bei Jimmy vorbeischauen?«

»Wir werden sehen.«

Vik hatte schon über vierzig Minuten in seinem Auto gesessen, Glen Campbell gehört, geraucht und den Beschlag von den Fenstern gewischt. Er sah Maureen vom Motorrad absteigen und wartete, bis es weggefahren war, bevor er die Tür aufmachte. Er rief ihr zu und rannte ihr entgegen, als sie die Haustür öffnete. »Hi«, sagte er lächelnd und keuchte vor Anstrengung, weil er die hundert Meter mit der Lunge voller Rauch gerannt war. »Wie geht's denn so?«

»Nicht schlecht.« Sie nickte, aber ihr Hals war zittrig und kraftlos, und ihre Schultern schmerzten vor Anspannung.

»Du siehst nicht gut aus. Warst du krank?«

»Nein«, sagte Maureen und machte die Haustür auf. »Ich hab nur einen komischen Abend hinter mir.«

Sie ging hinein und nahm an, dass Vik nachkommen werde, aber er blieb stehen, seine schwarzen Haare glänzten im Nieselregen. »Kommst du nicht mit hoch?«

Er schüttelte unbestimmt den Kopf. »Soll ich?«

Sie zögerte, wusste nicht, was er von ihr wollte. »Na ja, doch.«
Vik zuckte die Schultern, seine schwarzen Wimpern klebten zusammen, und der Regen tropfte von seinem Kinn.
»Vik«, sagte sie, »warum bist du hergekommen, wenn du nicht mit hochkommen willst?«
Das Gel auf Viks Haaren löste sich im Regen auf und lief in kleinen weißen Rinnsalen über sein Kinn und den Hals hinunter. »Ich bin gekommen, um mit dir Schluss zu machen«, sagte er behutsam. Er war nicht zornig, und er meinte es auch nicht scherzhaft, sondern er verteidigte sich.
Maureen ließ die Tür zufallen. »Schluss machen?«
»Du rufst nicht zurück, und wenn ich an die Tür klopfe, stehst du dahinter und machst nicht auf.« Sie duckte sich. »Ja, ich hab dich gehört hinter der Tür. Ich hab gespürt, dass du mich siehst …«
»Vik, mir war gerade sehr schlecht geworden, und mein Bruder war da …«
»Warum kannst du mich deinem Bruder nicht vorstellen?«
»Ich wollte nicht …«
»Ist es, weil ich schwarz bin?«
Sie lächelte und sah zu ihm hoch, aber der Regen war zu dicht, und sein Gesicht war im Schatten. »Du müsstest Liam kennen, um zu wissen, wie lächerlich das ist.« Sie blinzelte und sah ihn an, aber er lächelte nicht.
»Maureen«, sagte er und vergrub die Hände tief in den Taschen, »du stellst mich nicht deinen Freunden oder deiner Familie vor, du lässt mich vor der Tür stehen. Du behandelst mich wie einen Depp.« Sie dachte an den vergangenen Monat und wusste, dass er recht hatte. Als Viks Cousin Shan sie einander in der Variety Bar vorgestellt hatte, konnte Maureen ihr Glück kaum fassen. Vik war groß und schlank, sein Haar so schwarz wie Guinness, seine Augen waren tief-

braun und schauten sie innig an. An diesem ersten Abend waren sie beschwipst, und als die Bar schloss, stolperten sie kichernd den Hügel zu ihrer Wohnung hinauf. Allein in dem stillen Wohnzimmer merkten sie, dass sie sich nichts zu sagen hatten. Vik war ein ruhiger Mensch, der nur sprach, wenn er etwas zu sagen hatte, und Maureen war zu betrunken, um sich zu unterhalten. Vom Alkoholnebel umgeben verwechselten sie die schwere Stille mit sexueller Erregung und fingen an sich zu küssen. Zwanzig Minuten später lagen sie schwitzend, nackt und keuchend auf dem Bett, hielten sich an den Händen und starrten, von der Überraschung ernüchtert, an die Decke. Während des ganzen Monats hatten sie sich kaum unterhalten, sie gingen mit ihren Freunden in Bars und hörten Musik oder blieben im Bett, aber sie erzählten sich nichts über ihre früheren Beziehungen oder andere wichtige Dinge. Die Freundschaft war tröstlich für Maureen, hatte jedoch keine große Bedeutung. Sie wollte sich entschuldigen, brachte aber nichts heraus.

»Na ja.« Vik machte ein paar Schritte von ihr weg. »Also dann – gute Nacht.« Er wandte sich um und ging zum Wagen.

»Vik, bitte.« Sie folgte ihm und geriet plötzlich in Panik. »In meinem Kopf ist alles furchtbar durcheinander, meistens bin ich überhaupt nicht richtig da, und Katia hat gesagt, sie sei mit dir ausgegangen …«

»Das war vor einer Ewigkeit.«

»Sie hat gesagt, es wäre vor einem Monat gewesen, als wir uns gerade kennengelernt hatten.« Sie schwieg und sah auf ihre Füße. »Für mich war das ein komisches Gefühl.«

»Katia war vor zwei Monaten«, sagte er beleidigt. »Und es dauerte nur drei Tage.« Seine Hand lag auf dem Griff an der Wagentür, er wollte gehen.

»Bitte.« Sie wandte den Blick ab, weil sie sein Gesicht nicht

sehen wollte, als sie sagte: »Komm doch rauf und trink die Flasche Wein mit mir, lass es mich wenigstens erklären. Ich will nicht, dass du mit schlechten Erinnerungen weggehst.«
Er zögerte, und sie sah, dass er mit dem Daumen auf den Knopf am Griff drückte. »Ich bin kein totaler Trottel, musst du wissen. Ich merke, was um mich vorgeht.«
»Ich weiß, ich weiß das.«
Er ließ die Wagentür los, richtete sich auf und sah auf sie hinunter. »Was soll das heißen, dein Kopf ist furchtbar durcheinander?«
Sie versuchte zu lächeln, aber es ging nicht, und sie ließ es sein.
»Woran denkst du?«, fragte er.
Sie blickte in die Richtung von Ruchill und musste an Blut denken, das ans Fenster spritzte, und Fingern, die an den Scheiben kratzten. »Manchmal«, sagte sie und unterbrach sich. »Vik, findest du, dass es im Leben gerecht zugeht?«
»Wovon redest du denn jetzt bloß?«
»Glaubst du, dass guten Menschen gute Dinge passieren? Glaubst du, dass du dein Leben verdienst oder so?«
Vik lächelte nervös. »Nein«, sagte er, »eigentlich nicht.«
»Manchmal denke ich einfach, all die Mühe und Plackerei ist sinnlos. Das Leben ist doch nur eine deprimierende Demütigung nach der anderen, warum soll man sich da anstrengen.« Sie sah ihn an. »Denkst du manchmal auch so?«
»Siehst du?« Er hatte seinen ausgestreckten Finger gehoben. »Genau deshalb meine ich, dass wir nicht mehr zusammen sein sollten.«
»Was?«
»Das hier. Du beschäftigst dich immer mit den großen Fragen, Maureen. Du redest immer nur über Politik und Wahrheit, Schönheit und Gerechtigkeit.« Er griff nach einer

großen Locke auf ihrer Wange und steckte sie hinter ihr Ohr. »Du bist erst vierundzwanzig, nimm's ein bisschen leichter, um Gottes willen. Du solltest ein Hobby haben oder so.«

»Na gut«, sagte sie empört, er hatte offensichtlich gar nicht zugehört. »Und was magst du – Trinken, in stinkigen kleinen Clubs Musik machen …«

»Und du, was magst du gern?«

Sie wollte etwas sagen, schloss aber den Mund wieder. Es war eine entlarvende Frage. Sie mochte Whisky. Und allein zu Hause sein. Und Gebratenes. Früher hatte sie Kunst gemocht.

»Siehst du? Du magst überhaupt nichts.« Ein dicker, milchig weißer Tropfen fiel von Viks Haar herunter und landete auf ihrer Stirn. Er roch gut, frisch, nach Orangen oder so ähnlich. Sie sah auf, seine dunklen Augen schauten lächelnd in die Ferne, von seinem Kinn tropfte es milchig weiß auf seine gute Lederjacke.

»Danke für die Blumen und den Wein.«

Auf seinem gutmütigen Gesicht erschien ein offenes Lächeln. »Ach, ist schon gut.«

»Kommst du mit hoch?«

Er sah zu Mr. Paddas dunklem Laden hinüber und überlegte. »Ja, okay.«

Vik schloss den Wagen ab, und sie stiegen die Treppe zum letzten Stock hoch, kicherten und stießen sich auf den obersten Stufen an, denn es war spät, und sie sollten leise sein. Maureen suchte den richtigen Schlüssel und wehrte Vik ab, als die Tür auf der anderen Seite des Treppenabsatzes aufging. Ihr Nachbar, Jim Maliano, stand mit seiner merkwürdigen Frisur in der Wohnungstür. Er trug einen majestätischen lila Morgenmantel und burgunderrote Pantoffeln mit aufgestickten Monogrammen. Maliano kämmte sein Haar immer über den Scheitel wie ein eitler Mann, der seine Glatze verbergen will, nur hatte er keine Glatze, und seine Frisur gab Maureen immer wieder Anlass zu Spekulationen. Er hatte offensichtlich schon im Bett gelegen, als er sie auf der Treppe hörte, und sein merkwürdig aufgebauschter Haarschopf war beim Liegen auseinandergefallen. Drei aufgebrachte Strähnen standen hoch und zitterten wie Zierfedern, als er sprach.

»Könnt ihr ein bisschen leiser sein?«, flüsterte er nachdrücklich. »Hier wohnen ältere Leute, kranke Leute.«

»Es tut mir leid, Jim«, sagte Maureen und unterdrückte ein Lachen.

Jim sah Vik an und erwartete wohl, dass er ihm vorgestellt wurde, aber Maureen war nicht in der Stimmung, ihm diesen Gefallen zu tun. »Dann gute Nacht, Jim.«

Jim sah sie noch einmal an und schloss langsam die Tür.

»Gute Nacht, Jim«, sagte Maureen zu seiner Tür.

Sie hörten ihn durch den Flur davonschlurfen.

Das Wohnzimmer war ein entsetzliches Chaos und roch nach Hasch und altem Zigarettenrauch. Vik öffnete die Flasche Wein, die er am Abend zuvor gebracht hatte, aber Maureen fühlte sich dem nicht gewachsen und machte sich eine Tasse Tee. Sie saßen im Wohnzimmer, und Vik nutzte die Offenheit zwischen ihnen, um ihre Plattensammlung durchzusehen, sich über die schlimmsten Alben lustig zu machen und zu den guten anerkennend zu nicken. Maureen hatte die männliche Begeisterung für Musik und Schallplatten nie nachvollziehen können. Liam hatte als Teenager auch eine Phase gehabt, in der er die unbekanntesten Tanzplatten sammelte, die er finden konnte, sie einmal anhörte und dann bei Partys damit angab. Sie mochte gute Musik, hörte sie dann immer wieder, bis der Reiz des Neuen verflogen war; sie kannte dabei gerade mal die Namen von drei Popstars.

Sie saß auf der Couch, sah zu, wie er die Singles durchging, und versuchte den Gedanken an Mark Doyle zu verdrängen, als sie ein erbsengroßes Stück Hasch auf dem Boden entdeckte.
»Wo hast du das bloß her?«, fragte Vik. »Ich krieg nirgendwo was her.«
»Mein Bruder hat's aus Versehen dagelassen. Soll ich 'nen kleinen Joint drehen?«
»Lieber nicht, er will's bestimmt zurückhaben. Das ist zur Zeit so viel wert wie Goldstaub.«
»Ach nee, er hat 'n großen Klumpen.«
Vik hätte von Maureens Bruder nicht mehr beeindruckt sein können, wenn er Howard Marks, der berühmte Exdealer, persönlich gewesen wäre. Er kauerte auf dem Boden und roch an dem Stückchen, um sicherzugehen, dass es kein Suppenwürfel war, und sie sah plötzlich Mark Doyle vor sich, der sich über dem Rücken der toten Pauline einen runterholte. Sie runzelte die Stirn, schloss die Augen und rieb sie, um davon loszukommen.
»Ja, mach nur«, sagte Vik und gab ihr das Stück Hasch und sein besonderes Feuerzeug. »Dreh einen.«
Viks Bandmitglieder hatten zusammengelegt und ihm zum Geburtstag ein flaches, ovales Chromfeuerzeug geschenkt. Es war schön und lag angenehm in der Hand, aber sie hatten es verdorben, indem sie »Let's get the rock out of here« eingravieren ließen, eine Anspielung auf eine schrottige Platte, die sie in Viks Sammlung gefunden hatten.
Die Heizung war den ganzen Tag aus gewesen, deshalb holte Maureen die Steppdecke aus dem Schlafzimmer, und sie setzten sich auf der Couch einander gegenüber. Die Beine ineinander verschlungen, hielten sie sich warm, rauchten den Goldstaub und hörten Herb Alpert and the Tijuana Brass. Sie sah Vik von dem Wein trinken und wünschte sich, er

würde weitermachen. Sie wusste, nach dem zweiten Glas hätte er zuviel getrunken, um noch Auto zu fahren, und müsste dableiben.

»Hast du wirklich gedacht, ich hätte dich mit Katia betrogen?«

»Sie hat gesagt, es wäre vor einem Monat gewesen.«

»Katia ist 'ne blöde Ziege. Sie wollte mit mir ausgehen, weil ich Asiate und in 'ner Band bin. Als ich mit ihr Schluss gemacht hatte, kam sie immer zu unseren Konzerten und belästigte mich.« Er reichte Maureen den Joint.

Sie nahm einen Zug, es kitzelte und kratzte im Hals, sie spürte das warme Gefühl im Bauch und danach wohlige Entspannung. »Ein bisschen musst du sie schon ermutigt haben«, sagte sie. »Schließlich bist du mit ihr ausgegangen.«

»Es war ja nur ein- oder zweimal. Ich war sauer, und ehrlich gesagt hab ich gedacht, wenn sie es so dringend will, dann kriegt sie's halt.«

Maureen gefiel diese Erklärung nicht, sie machte ihn unsympathisch und unbekümmert. Sie konnte sich nicht vorstellen, mit jemandem zu schlafen, nur weil er sie bedrängte.

»Das ist aber nicht sehr nett«, sagte sie.

»Maureen«, sagte er, »ich finde nicht, dass du mich für mein Benehmen kritisieren kannst.«

Sie versuchte zu lächeln, aber eigentlich bedauerte sie nicht, was sie gesagt hatte. Sie wollte Vik nicht. Als sie über die Couch zu ihm hinblickte und das Licht auf seine kantigen Backenknochen fiel, wusste sie, dass sie Douglas zurückhaben oder zu der Zeit von damals zurückkehren wollte; es sollte einfach nicht jetzt sein. Die Sehnsucht saß wie ein Kloß in ihrer Kehle, und sie musste husten, um sie zu lösen.

»Was du über das Leben gesagt hast, ob es gerecht ist, das ist eine interessante Frage«, sagte Vik.

»Kennst du nicht irgendeine östliche Weisheit, mit der du mir helfen kannst?«

»Frag mich nicht, Schatz, ich bin nur aus Wishaw.« Er trank seinen Wein. »Das Leben ist nicht gerecht.«

»Ich weiß«, sagte Maureen. »Aber wenn es nicht gerecht ist, was ist dann der Sinn? Was ist der Sinn, wenn man sich so anstrengt und dann von einem Bus überfahren wird oder an Krebs stirbt oder missratene Kinder hat? Warum soll man da gütig oder fromm sein, warum soll man helfen? Zum Beispiel bist du nett zu mir, aber ich bin nicht nett zu dir, welchen Sinn hat es, nett zu mir zu sein?« Sie inhalierte, hielt den Atem so lange an, wie sie konnte, und sog die gute Wirkung in sich auf.

»Ich bin nett zu dir, weil ich 'n lieber Kerl bin und weil mir dein Hintern gefällt.«

Maureen atmete lächelnd aus, und Vik kicherte. »Nee«, sagte er und griff nach dem Joint. »Was ist der Sinn des Lebens? Tja, kleine Maureen, Wahrheit, Schönheit und Gerechtigkeit – das ist es nicht, das steht fest. Der Sinn des Lebens«, er hielt den Joint hoch, als wolle er ihr zuprosten, »ist, mit seinen Freunden Spaß zu haben«, er hob eine Augenbraue, »und für seine Mum zu sorgen. Das muss ich sagen, sonst versohlt sie mich.«

Maureen dachte an Leslie, wie sie bei Isa gelacht hatte, so dass man die Plomben sah, und an Liam, der sich hustend und schnaubend auf dem Boden krümmte.

»Ich weiß, dass du Alpträume hast«, sagte Vik, nahm einen Zug und sah sie an. »Du weinst nachts. Was ist damit?«

Sie sah auf den schwarzen Himmel draußen vor dem Fenster und den weißen Glanz der Stadt, der vor dem Sims hing wie eine trübe Träne. »Als ich klein war«, sagte sie und bemerkte, dass sie leiser sprach, »hatte ich, hm, Probleme.«

»Shan hat gesagt, dass du in einer Anstalt gewesen bist.«

Er sah sie an, weder sein Gesichtsausdruck noch sein Blick hatten sich verändert, und er schien auch nicht verlegen. Er gab ihr den Joint zurück, immer der höfliche und zuvorkommende Mann.

»Ja, ich hatte da mal so 'n Nervenzusammenbruch. Mehr davon erzähl ich dir jetzt aber nicht«, sagte sie schnell. »Ich spreche nämlich nicht gern darüber.« Sie zog noch einmal und hielt die Luft an, und als sie ausatmete, trafen sich unwillkürlich ihre Blicke.

Unter der Steppdecke suchte seine freie Hand die ihre, und er fuhr zärtlich mit den Fingerspitzen über ihr Handgelenk. »Willst du nicht Spaß mit mir haben, Maureen?«, sagte er ruhig.

»Ich bin in letzter Zeit ein bisschen deprimiert«, sagte sie leise.

»Ich weiß«, sagte Vik. »Ich merk's dir an.« Seine Fingerspitzen berührten sanft und beruhigend ihre Haut.

Vik rutschte im Bett näher und nahm sie in die Arme, sie war noch schlaftrunken und schlapp und drückte ihr Gesicht an seine warme, haarige Brust. Es war Morgen, und sie hatte durchgeschlafen. Bis ihr Michael wieder einfiel, dauerte es ein paar Minuten. Sie wand sich aus seiner Umarmung, schlug die Decke zurück und setzte sich auf.

»Warum stehst du auf?«, fragte er mürrisch.

»Ich muss los.«

»Du musst immer morgens los. Warum können wir nicht noch ein bisschen liegen bleiben?«

Sie zog ihren Morgenmantel an und ging ins Bad, füllte das Waschbecken und dachte an die feuchte offene Stelle an Mark Doyles Wange und das Clansman-Pub. Sie rieb ihr Gesicht mit kaltem Wasser ab, stützte sich mit beiden Händen schwer auf das Waschbecken und ließ das Wasser vom

Gesicht ins Becken tropfen. Michael, über drei Meter groß, stand hinter ihr und hatte die Hand erhoben, um sie zu schlagen. Sie erstarrte einen Augenblick, tauchte dann das Gesicht ins kalte Wasser und bedeckte die Ohren mit den Händen. Als sie wieder auftauchte, um Luft zu holen, war er weg. Michael ging bestimmt in das Schützengraben-Pub in Ruchill. Wahrscheinlich war er dort Stammgast und kannte Mark Doyle, und sie hatten Ann getroffen und ihr wehgetan, und Pauline lag tot unter einem Baum in der warmen Sommersonne, und das Sperma trocknete auf ihrem Rücken. Sie wusste nicht, dass Vik hinter ihr stand, bis seine Hand sich um ihr Hinterteil legte.

»Verpiss dich!« Sie fuhr herum und stieß ihn grob mit dem Ellbogen in den Magen.

Vik taumelte rückwärts und hielt sich am Waschbecken fest, um nicht zu stürzen. Er setzte sich auf den Badewannenrand und hielt sich vor Schmerz stöhnend die Seite. »Du bescheuertes Miststück«, sagte er, humpelte aus dem Badezimmer in den Flur und stützte sich an der Wand ab.

Maureen setzte sich auf den Toilettendeckel. Sie konnte es ihm nicht erklären. Es würde Tage dauern, um es ihm klar zu machen. Sie sehnte sich nach einer Zigarette. Sie hielt aus, so lange sie konnte. Als sie endlich in den Flur hinausging, war Vik fertig angezogen und bereit zu gehen.

»Vikram ...«

»Lass mich in Frieden.«

Er stampfte ins Wohnzimmer und nahm seine Lederjacke von der Couch. Maureen lehnte im Türrahmen und war sich bewusst, dass sie zum ersten Mal wirklich nicht wollte, dass er ging. »Es tut mir so leid.«

Vik sah sie an, während er sich die Jacke überzog und seine zerdrückte Zigarettenschachtel einsteckte. »Ich hab mir noch nie so 'n Mist bieten lassen, von niemand«, sagte er

kopfschüttelnd, und seine schwarzen Haare fielen ihm über die Augen. »So kannst du einen doch nicht behandeln.«
»Ich hab 'n Schreck gekriegt ...«, sagte sie.
»*Du* hast 'n Schreck gekriegt?«
»Ich wusste nicht, dass du es warst ...«
»Maureen, wenn du so gestört bist, dass du nicht weißt, wer mit dir in der Wohnung ist, dann solltest du nicht mit mir zusammen sein. Bist du so gestört?«
Hinter seinem Kopf sah sie, wie sich der Fieberturm am Horizont bewegte, und sie zögerte. Vik starrte sie an. »So was will ich nicht«, sagte er. »Entweder sind wir anständig zueinander und haben Spaß, oder es ist vorbei. Es ist deine Entscheidung.«
»Das will ich ja auch«, sagte sie schwach.
Er rieb sich die Seite. »Aber du benimmst dich nicht so, als ob du das wolltest. Die Welt ist voller Männer, die glücklich sind, sich so 'n Mist von Frauen bieten zu lassen. Mit denen kannst du dich abgeben, aber lass mich in Ruhe.«
»So einfach ist es nicht.«
»Doch, das ist es, du hast dich entschieden. Aber ich bin nicht zufrieden, weniger zurückzubekommen, als ich reinstecke. Ich will mehr.« Er versuchte an ihr vorbei zur Tür zu gehen, aber sie verstellte ihm den Weg.
»Geh weg«, sagte er.
Sie blieb stehen. Vik schob sich an ihr vorbei, machte die Tür auf und ging ohne einen Blick zurück.

22
Ein Affe in der Disko

Sie waren mitten im East End von Glasgow, wo die Straßen einen weit verzweigten Raster mit Doppelhäusern aus grauem Beton bildeten. Jedes Haus hatte vier kleine Wohnungen und einen langen, öden Vorgarten. Die Häuser waren in den sechziger Jahren gebaut worden, um die Bewohner der aufgelösten Slums aufzunehmen. Alle paar Blocks kam eine breite Straße, um den Arbeitern die Fahrt in die Stadt zu erleichtern. Die wenigen Autos sahen jedoch so aus, als würden sie die acht Meilen kaum schaffen.

Vor dem Haus von Senga Brolly stand gar kein Wagen. Das schmale Geländer am Gartenende war von Rost angefressen, die steilen Stufen verwittert und halb zerfallen.

Sengas Nase war flachgedrückt und ihre Zähne von schwarzen Kariesrändern umrahmt wie ein Buntglasfenster mit Blei. Ihr Gesicht war zwanzig Jahre zu alt für ihre Frisur. Tiefschwarze Haare mit einem geraden Pony und einem Pferdeschwanz hoch auf dem Kopf hingen wie ein schwerer Vorhang von Haarspray verklebt über ihre lappigen Ohren. Sie war wortkarg, fast eine freiwillige Stumme. Statt zu sprechen, machte sie Zeichen und starrte dabei entschlossen auf den Boden, was immer sie sie auch fragten. Sie war mit Ann befreundet, oder? Nicken. Hatten sie viel miteinander gesprochen? Nicken. Wusste sie, wohin Ann gegangen war, nachdem sie das Frauenhaus verließ? Achselzucken. Hatte Ann ihr ein Kuvert gezeigt? Achselzucken. Sie zeigten ihr das Polaroidfoto: Kannte sie diesen Mann? Achselzucken. Zweimal dachte Maureen, sie hätte gesehen, dass ein verschlagenes Lächeln auf ihrem Gesicht erschien, aber Senga beherrschte sich.

Leslie stellte die Fragen, sie ließ Maureen, die über Vik nachdachte, in Ruhe. Sie wünschte sich einen netten Freund, Güte, Respekt und Anständigkeit. Sie wollte ihr Leben nicht mit Leuten zubringen, die zu ihr passten, sie wollte mit Menschen wie ihm zusammen sein. Ein letzter Funke von Ehrgefühl sagte ihr, dass sie ihn gehen lassen sollte, wenn ihr tatsächlich an seinem Glück gelegen war, aber das wollte sie nicht. Senga nickte wieder, jedoch selbst diese Reaktionen wurden immer schwächer. Aber sie hatte doch mit Ann gesprochen, oder? Nicken. Hatte Ann viel über ihre Kinder geredet? Achselzucken. Besonders über eines der Kinder? Achselzucken. Maureen entschuldigte sich, und Senga gelang es, ihr den Weg zur Toilette zu zeigen, ohne mehr als zwei Worte zu sagen. »Rechts«, murmelte sie und wies mit der Hand in die Richtung. »Links.«

Die Ausstattung des Badezimmers war in dunkelrotem Plastik gehalten, die Klobrille hatte Zahnpastaflecken, die sich nicht mehr entfernen ließen, und innen waren Flecken von einem scharfen Putzmittel. Maureen wusch sich die Hände und trocknete sie an einem kratzigen grauen Handtuch ab.

Als sie ins Wohnzimmer zurückkam, waren beide aufgestanden. Leslie umarmte Senga und zog sie an sich. Aber Senga stand seltsam steif da, wo Leslie doch so herzlich zu ihr war.

»Wir gehen dann«, sagte Leslie und ließ sie los. »Danke, Schätzchen.«

Senga lächelte schüchtern, hielt den Blick gesenkt und brachte sie zur Tür. Die Stufen zum Garten waren so morsch, dass sie an der Seite hinuntergehen mussten.

»Die kann aber auch den Mund nicht halten«, sagte Maureen, als sie den Gehweg erreichten. »Hast du etwas herausgekriegt?«

»Ja«, sagte Leslie. »Unter vier Augen ist sie ziemlich gesprächig.«
Maureen war skeptisch. »Wirklich?« Sie blickte den steilen Weg hinauf zu dem grauen Haus. Senga spähte halb hinter dem Vorhang verborgen aus dem Schatten hervor. Sie sah aus wie ein Totenkopf mit Perücke und hob die Hand. Maureen winkte zurück.
»Ja. Sie seien gut befreundet gewesen«, sagte Leslie, »aber Ann hat sich mit ihr verkracht und ist ein paar Tage später verschwunden. Sie sagte, sie hätten keinen Streit gehabt. Ann hätte nur eines Tages beim Zeitunglesen einen Typ auf einem Bild erkannt und gesagt, sie wisse, wer er sei. Senga sagte, sie kenne die Frau auf dem Bild, sie sei mit ihr zur Schule gegangen, und danach wäre Ann ganz komisch gewesen. Ich fragte sie nach der Karte, und sie sagte, jeder x-beliebige Mensch hätte sie schicken können. Sie meint, alle wüssten, wo die Frauenhäuser sind.«
Maureen setzte ihren Helm auf. »So 'n Quatsch.«
»Ich weiß«, sagte Leslie und schaute zu dem Haus zurück und winkte. »Keine Ahnung, warum sie so was sagt.«
»Wer war das Paar in der Zeitung?«
»Neil Hutton und seine Freundin. Sie behauptet, er sei als Dealer verknackt worden«, sagte Leslie und schnallte den Riemen an ihrem Helm fest, »und die Freundin sei bei der Verhandlung gewesen.«
»Wie sollte Ann einen Dealer kennenlernen? Sie hat doch keine Drogen genommen, oder?«
Leslie schaute unter ihrem Helm hervor, ein schmaler Streifen, hinter dem die Augen aufblitzten wie Maureens Erinnerung an Douglas. »Nein, sie hat getrunken. Sie könnte ihn von der Siedlung in Finneston her kennen. Jedenfalls, Senga sagt, die Frau arbeitet bei Fraser's in der Make-up-Abteilung.«

»Wir könnten Liam besuchen und ihn fragen«, sagte Maureen. »Er kennt den Typ, wenn er dealt.«
»Können wir zuerst zu der Frau gehen?«
»Heißt das, du fragst mich, ob ich eine siebzig Quadratmeter große Kosmetikabteilung besuchen möchte?«
»Genau.«
»Ich nehme die Einladung an.«

Das ganze Erdgeschoss des viktorianischen Kaufhauses war für Make-up und Parfüms reserviert. Misstrauische Frauen in weißen Mänteln standen an ihren Ladentischen Wache, plauderten miteinander, kontrollierten ihre Fingernägel und beachteten die hässlichen durchnässten Kundinnen nicht, die vorbeikamen und mit überraschten Ausrufen auf die Preisschilder reagierten. Das Geschäft war fünf Stockwerke hoch, mit verschiedenen Abteilungen entlang den Holzgalerien. Eine Glaskuppel ließ das natürliche Sonnenlicht hereinfallen, ein Vorteil, den spätere Designer und Architekten übersahen, denn sie hatten überall blendendes Neonlicht installieren lassen. Die Kosmetikabteilung im Erdgeschoss war ein riesiger Basar, der mit der Pracht billiger Parfümreklameschilder und riesiger, mit Airbrush verschönerter Teenagerfotos überladen war.
Sie hatten an mehreren Tischen nach Maxine gefragt, und Maureen bemerkte, dass die Frauen sie vorwarnten, ihr Blicke zuwarfen und auf Leslie und Maureen deuteten. Sie auszumachen war nicht schwer: Maureens Mantel sah teuer aus, aber sie trug abgewetzte Stiefel, und ihre lockigen Haare waren ohnehin nie zu bändigen. Leslies Lederkluft und ihr ungewaschenes Haar wären in einer Bikerbar schick gewesen, aber in die glitzernde Galleria passten sie so gut wie ein blauer Fußnagel zu eleganten Riemchensandaletten.
Maxines Gesichtszüge waren hart, sie hatte dünne Lippen

und ein energisches Kinn. Sie trug einen hellrosa Hosenanzug und stand hinter einem Tisch, auf dem sich schwarze und goldene Schachteln türmten. Vor den Regalen stand ein weißer Stuhl aus Kunstleder, an dem ein Aufsatz mit einer Auswahl von Proben angebracht war. Ihr Make-up war viel zu dick wenn auch gekonnt aufgetragen und ließ sie wie ein Unfallopfer aussehen, das seine Narben gut zu verbergen weiß. Ihr kurzes blondes Haar war am Hinterkopf gebauscht, und die in der Mitte geteilten Stirnfransen wurden von Gel und zwei glitzernden Clips, verzierten Heftklammern ähnlich, gehalten. Sie war geübt darin, sich zu verstellen, und schwebte heran, als ahne sie nicht, dass sie etwas von ihr wollten. »Guten Tag. Kann ich Ihnen helfen?«

»Ja«, sagte Leslie und trat in die Lücke, durch die man hinter den Ladentisch gehen konnte. »Wir sind hier, weil wir Ihnen ein paar Fragen stellen wollten. Ich glaube, Sie kennen eine Freundin von uns.«

Maxine schaute argwöhnisch. »Hört mal zu«, sagte sie halblaut, ihr Akzent rutschte auf der sozialen Leiter um zwei Etagen nach unten, und sie beobachtete den Ladenraum hinter ihnen, »ich bin hier bei der Arbeit, lasst mich in Ruhe, ja?«

»Gleich«, lächelte Leslie, überzeugt, dass sie die Oberhand hatte. »Unsere Freundin hieß Ann Harris. Vielleicht erkennen Sie sie.« Sie holte die Fotokopie aus ihrer Jacke und zeigte sie ihr.

Maxine sah in die Ferne und hielt nach jemandem Ausschau. Sie nahm sich Zeit, bevor sie einen Blick auf das Bild warf, etwas daran fiel ihr auf, und sie sah noch einmal hin. »Ach Gott«, sagte sie und starrte auf das Foto.

»Kennen Sie sie?«, fragte Maureen und drängte sich in die schmale Lücke, so dass sie jetzt vor Leslie stand.

»Was ist das an ihrer Lippe?« Maxine deutete auf das Bild und schüttelte sich. »Verdammt.«
»Woher kennen Sie sie?«, fragte Leslie.
Maxine riss sich los und sah Leslie zornig an. »Ich hab überhaupt nicht gesagt, dass ich sie kenne, oder?«
Aber Maxine kannte Ann. Sie blickte die beiden herausfordernd an, sollten sie ihr doch widersprechen. Maureen nahm das Polaroidfoto mit dem kleinen John und dem großen Mann im Kamelhaarmantel heraus. »Was ist mit dem Typ hier, kennen Sie den?«
Aber Maxine blickte über Maureens Schulter. »Da ist der Abteilungsleiter«, murmelte sie, »ich kann mich hier nicht einfach unterhalten, eine von euch beiden wird sich hinsetzen müssen.«
Leslie schubste Maureen auf den weißen Stuhl, und schon schaute sie in den Lichtstrahl einer Halogenleuchte, die an der Unterseite eines Regals angebracht war. Maxine kippte den Stuhl mit Hilfe einer Fußtaste nach hinten und behielt dabei den Abteilungsleiter im Auge, der durch die Abteilung schwänzelte. Sie steckte zwei Kosmetiktücher in Maureens Kragen, um den Mantel zu schützen, und fuhr dann mit den Händen über Maureens Gesicht. »Der Abteilungsleiter hier ist ein furchtbarer Kerl«, sagte sie, zog Linien über Maureens Augen und Lippen und machte Kreise auf ihren Wangen. »Ich kenne die Frau nicht, die ihr sucht.«
Maureen beschloss, sie nicht zu drängen. »Kennen Sie den Typ auf dem Polaroid?«, fragte sie und versuchte sich aufzusetzen.
Maxine presste irritiert ihre dünnen Lippen aufeinander. »Lehnen Sie sich zurück«, sagte sie.
Maureen folgte der Aufforderung, und Maxine zog eine weiße Flasche unter dem Ladentisch hervor. Sie rieb ölige Creme auf Maureens Stirn und Wangen und wischte sie mit

Kosmetiktüchern ab, während sie sich über Maureen beugte und hitzig murmelte: »Wenn ich hier Ärger kriege, ist die Stelle weg, klar?«

Maureen hatte Angst davor, wie nah Maxine ihren Augen war.

Ein pockennarbiger junger Mann in einem dunklen Anzug beugte sich über den Tisch. Er war etwa zwanzig, genauso alt wie Maxine. »Hallo, Ladies«, sagte er mit einem näselnden Edinburgher Akzent. »Lassen Sie eine Komplettbehandlung machen?«

»Ja«, sagte Leslie.

»Und macht es Spaß?«

»Ja«, sagte Maureen, »sehr.«

»Gutes Mädchen, Maxine, gut gemacht.«

Er richtete sich auf und schlenderte weiter, sah nach rechts und nach links und spielte mit dem dicken Schlüsselbund an seinem Gürtel.

»Was für 'n Arschloch«, sagte Leslie.

Maxine seufzte. »Ich könnte ihn umbringen lassen, wisst ihr.« Sie sagte es nebenbei, während sie die Creme von Maureens Hals wischte. Maureen und Leslie waren zu erschrocken, um sie zu fragen, was sie damit meinte.

»Wo lernt man so was?«, fragte Maureen und kniff unter dem grellen Licht angestrengt die Augen zu. »Du machst das sehr gut.«

»Man wird für eine Woche zu einem Kurs geschickt, und da lernt man alle Tricks.«

»Ist es eine gute Stelle?«

»Für mich schon«, sagte Maxine. »Ich bin wieder schwanger und kann eine Weile wegbleiben und dann wiederkommen. Es gibt immer solche Jobs, wenn man zuverlässig ist.«

»Oh«, sagte Leslie. »Du bist schwanger? Gratuliere.«

Aus irgendeinem Grund konnte Maxine Leslie nicht leiden und reagierte beleidigt auf die Gratulation. Sie hörte auf, Maureens Haut zu behandeln, und blickte Leslie ironisch an. Maureen sah unter dem Halogenlicht immer weniger, zwischen Maxines geblähten Nasenlöchern flimmerten blendend weiße Kleckse.

»Die Creme, die ich gerade aufgetragen habe«, sagte Maxine und wandte sich wieder an Maureen, »enthält eine besondere Substanz, die die Poren öffnet, so dass die Haut atmen kann.« Sie demonstrierte es, indem sie die Hände öffnete. »Und dann zieht sich die Haut zusammen«, sie bog die Finger nach innen, »um sich gegen die Luftverschmutzung zu schützen.«

»Fühlt sich toll an«, sagte Maureen, die zu jeder Frau nett gewesen wäre, die ihren Chef umbringen lassen konnte, nur weil er eine Nervensäge war.

»Sie ist ziemlich teuer«, warnte Maxine und hielt verschiedene Töpfchen mit Make-up an Maureens Gesicht, um den richtigen Farbton zu treffen.

»Wieviel denn?«, fragte Maureen, die eine Schwäche für kosmetische Produkte mit Wundereffekt hatte.

»Zweiunddreißig Pfund.«

»Also, ich bin dabei, lass mir eine draußen.«

»Okay«, sagte Maxine begeistert und verriet dadurch, dass sie Provision bekam. Sie drehte sich um und nahm ein Töpfchen aus dem Regal, und Leslie machte hinter ihrem Rücken ein erschrockenes Gesicht. Maxine steckte das Töpfchen in eine Tüte und ließ sie auf dem Tisch stehen, damit Maureen sich nicht traute, es sich anders zu überlegen. Sie glaubte, in Maureen eine einfältige, betuchte Kundin vor sich zu haben, und beschloss, mit dem Anpreisen der Produkte fortzufahren.

»Sie ist sooo cremig und wirkt von früh morgens bis spät in die Nacht, *ohne dass man sie noch einmal auftragen muss*. Das ist überhaupt das Erstaunliche an dieser Grundierung.«

Sie schmierte mit einem Schwämmchen dicke getönte Creme auf Maureens Gesicht und klopfte sie unter dem Kinn ein. »Wenn Frauen Make-up verwenden, ist ihr häufigster Fehler, dass sie am Hals keinen Übergang schaffen, dann sieht das Gesicht wie eine Maske aus.« Sie grinste. »Wir haben das alle schon gesehen.«
Maxine hatte ihren Freund, den Dealer, zum Gericht begleitet und konnte ihren Chef umbringen lassen, aber schließlich hatte jeder seine Prinzipien, und für das Verbrechen schlecht aufgetragenen Make-ups hatte sie keinerlei Verständnis. Maureen blinzelte und versuchte zu ihr hochzusehen. »Kennst du Senga, Maxine?«
»Ja, ich kenne eine Senga. Flache Nase?«
Maureen nickte.
»Ja«, sagte Maxine. »Arme kleine Senga, sie hat früher gar nicht schlecht ausgesehen. Sie war in der gleichen Schulklasse wie meine Schwester. Kommt manchmal her. Abscheulich, was er mit ihrem Gesicht gemacht hat.«
Leslie trat von einem Fuß auf den anderen. »Wer ist der Typ auf dem Polaroidbild?«, sagte sie. »Ist er Anns Freund?«
Maxine wandte ihre Aufmerksamkeit Maureens Augen zu. »Das kann euch jeder sagen, er heißt Frank Toner. Knallharter Typ. Lebt in London. Hast du schon Mascara drauf?«
»Ja.«
»Ich schmink's ab, und du kannst unseres probieren. Damit *biegen* sich die Wimpern tatsächlich. Du hast schöne blaue Augen, da nehm ich das«, sie hielt einen grellen, glitzernd blauen Lidschatten hoch, »damit die Farbe rauskommt und betont wird. Deine Augen sind wirklich das Beste, was du hast. Du solltest mehr aus ihnen machen.«
Leslie beugte sich nach vorne und tat so, als betrachte sie Maureens Gesicht. »War Toner Anns Freund?«, fragte sie noch einmal.

Maxine fing an, das klebrige schwarze Mascara aufzutragen, und Maureen hatte das Gefühl, als würden ihre Wimpern über ihren Kopf gezogen. Sie stieß einen leisen Schrei aus und blinzelte erschrocken.

»Man muss sich erst 'n bisschen dran gewöhnen«, empfahl Maxine. »Ich glaub nicht, dass er ihr Freund ist, nein. Aber andererseits«, sie hielt inne und sah in ihrer Lidschattenpalette nach, »vielleicht doch. Kann ich mir aber eigentlich nicht vorstellen.«

»Kommt er oft nach Glasgow?«

»Wie soll ich das wissen?«

»Also kommt er oder nicht?«

»Ich glaub nicht.«

Maxine zog Maureens Augenbrauen nach, trug den Lidschatten auf und verteilte ihn mit einem Pinsel auf der Haut. Die beiden steckten über Maureens Gesicht die Köpfe zusammen, drängten sich um sie herum, und sie sah überhaupt nichts mehr. Sie fand, sie war lange genug geduldig gewesen.

»Mit wem hat er Umgang?«

Maxine gefiel diese Frage überhaupt nicht. Sie ging zum Tisch hinüber und machte sich mit ihren Pinseln zu schaffen. Als sie zurückkam, schien sie verärgert.

»Maxine«, sagte Maureen, »Ann ist tot.«

»Ja, und ihr seid von der Polizei«, sagte Maxine.

»Nein.« Maureen wollte sich aufsetzen, aber Maxine schob sie mit einer festen Hand am Kinn zurück. »Wir arbeiten im Frauenhaus. Ann war eine Weile da. Sie sagte, sie sei von ihrem Mann geschlagen worden.«

Maxine räusperte sich. »Ihr arbeitet also für sie? Die Frauenhäuser?«

»Ja.« Maureen versuchte zu nicken, aber Maxine hielt ihr Kinn fest, als hätte sie den Kopf als Geisel genommen.

»Ihr beide?«

»Ja«, sagte Leslie.
»Mhm«, sagte Maureen und wünschte, Maxine würde sie loslassen.
»Gut«, sagte Maxine und gab Maureens Kinn frei. »Gute Arbeit. Werden gebraucht. Die Frauenhäuser.« Sie hielt inne, legte den Pinsel hin und nahm einen Stift. »Ihr Mann hat sie nicht geschlagen.«
»War es Toner?«
»Sozusagen.« Sie schwieg und presste die Zähne fest aufeinander. »Nein«, sagte sie. »Toner war es nicht und ihr Mann auch nicht.«
»Woher weißt du das?«, fragte Leslie.
»Man hört so manches.«
»Die Sache ist nur, die Polizei wird ihren Mann verhaften. Er sorgt allein für die vier Kinder, und sie müssen in Pflege, wenn er eingesperrt wird.«
Maxine zog mit einem trockenen Stift Maureens Lippen nach. »Es gibt Schlimmeres als in Pflege aufzuwachsen«, sagte sie ruhig, wurde plötzlich grob und gab Maureen einen Stoß. Dann legte sie den Konturenstift hin und nahm sich zusammen, ergriff einen Lippenstift und hielt ihn Maureen hin. »Ich nehme Peach Party wegen deines Teints«, sagte sie, fast drohend. »Es passt zu deinen blauen Augen und betont trotzdem den Mund.«
»Wir wollen dir nichts Böses«, sagte Leslie. »Es ist nur schlimm, wenn er ins Gefängnis kommt …«
Maxine starrte Leslie aus dem Augenwinkel so lange an, bis sie verstummte. Maureen hatte noch nie erlebt, dass jemand das fertigbrachte. Sie malte Maureens Lippen mit Peach Party aus und trat zurück, ohne ihr einen Spiegel vorzuhalten. »Willst du die Creme noch haben?«
»Ja«, sagte Maureen zaghaft. »Du sagst, du hörst so einiges, wissen die Leute, wo die Frauenhäuser sind?«

Maxine dachte nach. »Manche Leute schon.«
»Weißt du es?«
»Woher sollte ich es wissen?«
Es war so offensichtlich, dass sie die Adresse von Senga erfahren haben könnte, dass weder Leslie noch Maureen sich die Mühe machten, ihr zu widersprechen. Maxine betrachtete den Strichcode auf der Creme und runzelte schuldbewusst und verärgert die Stirn. Sie gab den Preis ein und nahm Maureens Kreditkarte. »Dieses Polaroidfoto«, sagte sie und starrte auf das Display der Kasse, während sie auf die Freigabe der Kreditkarte wartete. »Verbrennt es oder so. Zeigt es niemand.«
»Warum?«, fragte Maureen.
»Tut's einfach nicht.«

Ein Verkäufer der Obdachlosenzeitung *Big Issue* warf Maureen einen mitleidigen Blick zu, als sie aus der Tür traten.
»Wie seh ich aus?«, fragte Maureen.
»Wie ein wütender Affe, der in die Disko geht«, sagte Leslie. »Nein, mach's nicht ab, so wird Liam was zum Lachen haben.«

23
Perfekt

Kalter Regen rann an ihren Schultern herab und tropfte von ihren Haaren, und Liam sah vom oberen Fenster auf sie hinunter. Er tat so, als erkenne er sie nicht, wandte sich jemandem im Zimmer zu, um über seinen albernen Scherz zu lachen. Sie sahen ihn durch die Glastür die Treppe herunterkommen. Er öffnete und nahm seine Zigarette aus dem Mund. »Mein Gott«, sagte er und starrte Maureens Gesicht an. »Was ist mit dir passiert?«

»Sie ist in einen Kosmetikladen gefallen«, sagte Leslie.

Liam hängte ihre nassen Mäntel auf, wo sie auf den Boden tropften. Es war kalt im Flur. Er konnte es sich nicht leisten, eine Zentralheizung einbauen zu lassen, und nach der Entfernung der Trennwand am Fuß der Treppe war ein Schacht entstanden, durch den die Zugluft mitten ins Haus drang.

»Gut«, sagte er. »Geht rauf, da sind Handtücher und Pullover. Tee ist auch fertig. Mauri, hol zwei Tassen aus der Küche.«

»Soll ich auch Kekse mitbringen?«, fragte sie hoffnungsfroh.

Liam rollte mit den Augen. »Okay.«

Maureen ging in die Küche, und Leslie stieg hinter Liam die Treppe hinauf. Liam war der einzige Mann, den Maureen kannte, der gute Kekse im Haus hatte. Es waren köstliche Ingwerkekse mit Zuckerüberzug und Marmeladenfüllung, die unter einem deutschen Namen in Lowestoft hergestellt wurden. Und er war der einzige Mensch, den sie je kennengelernt hatte, bei dem sich solche Kekse hielten, bis sie zu alt wurden. Um dieser Verschwendung zuvorzukommen, machte sie es sich zur Aufgabe, die Packung zu leeren, wann immer sie bei ihm war.

Die Küche war klein und schmucklos, das klappernde Fenster ging auf einen langen, schmalen, stoppeligen Garten hinaus. Liam hatte an der Küche nichts gemacht, außer die Wände abzubeizen. Der Kühlschrank war sehr alt, und der Motor brummte so laut, dass der Boden vibrierte. Was immer man über Nacht auf der Arbeitsfläche oder dem Tisch stehen ließ, hüpfte und rutschte nach und nach bis an den Rand und fiel zu Boden. Maureen wusch sich das Gesicht an der Spüle und sah zu, wie das orangeweißliche Wasser einen Strudel bildete und in dem angeschlagenen Spülbecken verschwand. Sie wünschte, sie könnte heute Abend zu Vik gehen und es wäre alles zwischen ihnen in Ordnung und er hätte sie nicht gezwungen, sich ihrer Zukunft zu stellen. Sie tupfte ihr Gesicht trocken, nahm zwei Tassen und holte die Kekse aus dem Schrank, bevor sie nach oben ging.

Zu Liams Dealerzeiten war das vordere Zimmer sein Zufluchtsort gewesen. Es war hoch und hatte zwei bis zum Fußboden reichende Schiebefenster, einen Holzboden und hellblaue Wände. Damals war es sparsam möbliert, aber jetzt war es mit seinem Schreibtisch, einem Kleiderschrank, seinen zwei Lieblingsstühlen und der Corbusier-Liege vollgestopft. Im Zimmer war es kälter als draußen, und Liam hatte eine Kiste mit gebraucht gekauften Pullovern für alle, die sich hier im Winter aufhalten wollten. Liam und Leslie lachten laut, und eine vertraute Stimme rief noch lauter: »Und er hatte eine Planierraupe, auf die ein Bild von Tammy Wynette aufgemalt war.«

Maureen kam herein und sah, wer die Geschichte erzählte. Lynn saß in einem kleinen smaragdgrünen Sessel unter dem Fenster mit einem engen roten Wollpullover, den sie über ihre Kleider gezogen hatte. »Lynn!«

»Mauri.« Lynn lächelte, stand auf und kam mit einem lustigen Laufschritt durch den Raum gerannt, um ihr einen Kuss zu geben. »Wie geht's dir denn?«
»Nicht schlecht«, sagte Maureen und fing den braunen Pullover auf, den Liam ihr zuwarf. »Du bist doch nicht wieder mit diesem Schwafler zusammen, oder?«
»Na ja«, Lynn schloss die Augen halb und lächelte kokett in Liams Richtung, »vielleicht.« Sie schlenderte zu ihrem Sessel zurück und freute sich über Liams Blick, der auf ihrem hübschen zierlichen Körper ruhte.
Verlegen, Zeugen solch deutlicher Intimität zu sein, zog Maureen den Pullover über den Kopf, und Leslie beschäftigte sich damit, von der Kanne auf dem Boden zwei Tassen Tee einzuschenken. Sie saßen dicht nebeneinander in den Einbuchtungen der Corbusier-Liege und trockneten mit den Enden des gleichen Handtuchs ihre Haare.
»Was ist denn in dich gefahren?«, sagte Maureen und rubbelte ihr Haar mit dem Handtuch.
»Na ja, Mauri«, Lynn kauerte sich wieder in ihren Sessel, »ich bin ein altmodisches schottisches Mädchen, und ich glaube, Mitleid und Angst sind eine gesunde Basis für eine Beziehung.«
Sie grinste, und Liam schaute beleidigt wie eine Klosterfrau in Amsterdam. »Mach dich nicht lustig über unsere Liebe«, sagte er ernst, und Lynn gluckste in ihrer Ecke.
Lynn war das erste Mädchen, mit dem Liam ausgegangen war. Sie hatten sich bei der Weihnachtsdisko der Hillhead Gesamtschule kennengelernt, als sie vierzehn waren. Lynn kam aus einem verrufenen Teil Shettlestons, sie ging da nicht einmal zur Schule. Sie war nur gekommen, um ihre schielende Cousine Mary Ann McGuire davor zu bewahren, dass sie gepiesackt wurde. Lynn war auf ihren Doc Martens-Stiefeln mit acht Schnürsenkellöchern in die Halle geschwebt, ihre

glänzenden schwarzen Haare hingen bis zu den Schultern, die in einem grünen Minikleid aus Seide steckten. Voller Angst, dass jemand anderes sie sich schnappen könnte, rannte Liam hinüber und wusste dann nicht, was er sagen sollte. Er stand vor ihr, verblüfft von ihrer zarten Haut und den schwarzen Augen und schnappte nach Luft wie ein Fisch. Wäre sie irgendein anderes Mädchen gewesen, hätte sie vielleicht gelacht und sein Herz gebrochen, aber Lynn nahm Liams Hand, führte ihn auf den Tanzboden und hielt ihn leicht, während sie sich hin und her wiegten, zusammen, auseinander und wieder zusammen, beide von ihrem Gegenüber verzaubert. Kylie und Jason sangen »Especially For You«, und die gesamte Schar der Jungs verfluchte Liam O'Donnell für sein unverschämtes Glück. Mary Ann McGuire wurde nie wieder geärgert. Sie waren sechs Jahre zusammen, aber Lynn mochte es nicht, dass er dealte, und sie kam mit seinen Wutausbrüchen nicht zurecht. Sie sagte, sie sei jung, sie wolle Spaß haben und fernsehen, ohne dass ein Mann während der Nachrichten herumschrie. Es war zwei Jahre her, seit Lynn Schluss mit ihm gemacht hatte, und eineinhalb Jahre, seit Liam mit der armen, langweiligen Maggie ging, die einen perfekten Po und eine flüsternde Monroe-Stimme hatte, so dass alle Männer sie küssen und alle Frauen sie hätten ohrfeigen mögen.

»Was macht ihr beiden überhaupt hier?«, fragte Liam.

Maureen nahm so viele Kekse aus der Packung, wie sie halten konnte. »Wir müssen mit dir über jemanden reden«, sagte sie und steckte ein kleines Ingwerherz ganz in den Mund. »Kennst du einen Typ, der Neil Hutton heißt?«

Liam sah sie starr an. »Ich kenne ihn nicht, aber ich hab von ihm gehört. Warum sucht ihr ihn?«

»Wir suchen ihn nicht, es ist nur über ihn gesprochen worden, sonst nichts.«

»Ja, also, lasst verdammt noch mal die Finger von ihm, er ist verrückt. Sein Spitzname ist Bananas Hutton.«
Maureen legte die Hände um ihre heiße Tasse und trank Tee; die Wärme drang bis in die dünnen Knochen ihrer Hand. »Und er ist ein Dealer?«
Liam nickte zögernd. »Ja«, sagte er. »Draußen im East End. Warum?«
»Aha, im East End«, sagte Leslie und hielt die warme Tasse an ihre Wange. »Sie kennt ihn also nicht aus der Siedlung.«
»Warum?«, wiederholte Liam.
Leslie beschloss, es gehe am schnellsten, wenn sie Liams Unbehagen einfach die Wahrheit entgegensetzte, also erzählte sie kurz von Maxine und dem, was Senga ihnen gesagt hatte, und berichtete dann, dass Ann kurz danach verschwunden sei. Maureen fügte hinzu, dass Senga öfter bei Fraser's gewesen sei, und Leslie spielte verlegen am Ärmel ihres Pullovers herum.
»Das heißt aber nicht, dass Senga ihr gesagt hat, wo Ann war«, sagte sie.
»Na ja, wahrscheinlich hat sie es gesagt«, meinte Maureen. »Und deshalb hat sie auch behauptet, alle wüssten, wo die Frauenhäuser sind – damit sie besser dasteht. Aber was bedeutet es, dass Hutton wusste, wo sie war?«
»Hat sie ihm Geld für einen Deal geschuldet oder so?«, fragte Liam.
»Nein«, sagte Maureen, »sie hat getrunken, nicht Drogen genommen. Hätte Hutton sie dann selbst zusammengeschlagen?«
»Auf jeden Fall.« Er schürzte angeekelt die Lippen. »Hutton mag so was. Er mag es, wenn es brutal zugeht, besonders wenn er gewinnt.«
»Wie ist er sonst noch«, fragte sie, »außer dass er gestört ist?«

Liam dachte nach. »Er ist ehrgeizig und eigentlich kein richtiger Dealer. Er ist ein Gangster, der dealt.«
»Was ist der Unterschied?«
Liam ging langsam zu Lynns Sessel hinüber und schaute aus dem Fenster. »Also, ich erzähl euch eine Geschichte über Hutton. Als er vor zwei Jahren einem anderen Typ ins Gehege kam, hätte er fast einen ganzen Krieg in Gang gesetzt. Er hat das Haus des anderen abgefackelt, ist nicht mal reingegangen, um vorher den Vorrat herauszuholen. Es hat ihm nicht genügt, das Gebiet zu übernehmen, er hat den Typ vollkommen vernichtet, kaputtgemacht. Kein Dealer würde das machen, da steckt viel zuviel Wut drin, und es rentiert sich nicht. Versteht ihr, Hutton nimmt selbst keine Drogen und dealt auch nicht wegen Geld wie wir anderen. Er will viel mehr beweisen.« Liam strich mit dem Handrücken über Lynns Gesicht, nahm die Zigarette aus ihrem Mund, zog einmal daran und steckte sie ihr wieder zwischen die Lippen.
Diese Geste machte sogar Lynn verlegen. Sie beugte sich nach vorn, um sich von ihm zu entfernen, und schnippte die Asche in einen Aschenbecher. »Wenn Ann keine Drogen nahm«, sagte sie, »hatte sie vielleicht aus dem einen oder anderen Grund Angst vor ihm. Vielleicht war es eine persönliche Sache, oder könnte sie Kurierdienste für ihn gemacht haben?«
»Nee.« Maureen schüttelte den Kopf. »Sie hat vier Kinder und würde bestimmt nicht den Kurier machen. Sie hatte beträchtliches Untergewicht und sah nicht gut aus. In einem Flugzeug wäre sie ziemlich aufgefallen.«
»Nicht alle Kuriere fliegen«, sagte Liam. »Wenn es nach London und zurück ging, ist sie vielleicht mit dem Wagen gefahren.«
»Sie ist tatsächlich in London gefunden worden«, sagte

Maureen. »Sie hat eine Schwester in London, und in den Monaten vor Weihnachten ist sie öfter unten gewesen.«

»Sie konnte aber nicht Auto fahren«, sagte Leslie. »Hätte eine andere Person sie gefahren?«

»Warum einen Fahrer und einen Kurier bezahlen?«, sagte Liam.

»Und mit dem Zug?«, fragte Lynn.

»Also, zur Zeit auf keinen Fall«, sagte Liam. »Die Polizei hat alles bei der Bahn durchsucht, und im November und Dezember wurden alle Züge kontrolliert. Deswegen ist der Markt trocken. Niemand nimmt den Zug. Wie steht's mit dem Bus?«

»Ich glaube nicht, dass sie Kurier war«, sagte Leslie. »Nichts für ungut, Liam, aber sie war nicht die Art von Mensch.«

»Was? Kein schlechter Mensch wie ich?«

»Das hab ich nicht gemeint, aber sie hatte nichts mit Kriminellen zu tun, sie war nur Alkoholikerin.«

»Hat sie Kredithaien Geld geschuldet?«

Leslie antwortete nicht.

»Ja, das hat sie«, sagte Maureen. »Sie hat ihnen einen Haufen geschuldet.«

»Da haben wir's«, sagte Liam. »Fünfhundert Pfund hätten sie doch skrupellos genug gemacht, um die mit zwei Kurierfahrten abzubezahlen.«

»Aber das ist doch absurd«, sagte Maureen. »Warum sollte man einer nervösen, beschwipsten Hausfrau eine Ladung Drogen anvertrauen?«

»Hätte 'ne Probefahrt sein können«, sagte Liam, »um zu testen, ob es sicher ist. Die Drogenfahnder haben alle erwischt. Vielleicht ist sie eingesetzt worden, weil sie als Außenseiterin nichts über die anderen wusste, und es wäre nicht schlimm gewesen, wenn man sie geschnappt hätte.«

»Aber das Geld ist nicht abbezahlt«, sagte Leslie düster.

»Maureen hat gesagt, dass jeden Abend Kredithaie zu ihrer Wohnung kommen.«
Alle sahen Liam an, damit er diesen Widerspruch aufklärte. Er runzelte die Stirn. »Vielleicht hat sie verschiedenen Leuten etwas geschuldet.« Er sah Leslies betrübtes Gesicht und lächelte. »Aber warum streite ich mich mit euch? Ich hab einfach keine Ahnung.«
Lynn rutschte etwas nach vorn. »Würde eine Busfahrt nach London zu Ann passen?«
»Perfekt«, sagte Maureen und sah Leslie an.
»Perfekt«, erwiderte Leslie.
Liam und Lynn gingen hinunter, vorgeblich um noch Tee zu machen, offensichtlich aber um zu schmusen. Maureen kannte das nicht an ihnen, dass sie sich so demonstrativ verliebt zeigten. Vielleicht war es ihr eigener Liebeskummer, der sie so denken ließ, aber sie fand, diese Innigkeit hatte etwas Verzweifeltes, als wüssten die beiden, es konnte nicht andauern, und als bräuchten sie die Berührung, um sich zu versichern, dass es noch nicht vorbei war. Die gedämpfte Unterhaltung im Erdgeschoss brach langsam ab, und Leslie stand auf und ging ans Fenster. »Mein Gott«, murmelte sie, »es ist ein schönes Haus.«
»Er hat es toll renoviert, was?«
Leslie schaute aus dem Fenster und hielt die Hände auf dem Rücken. »Bist du soweit, wieder zur Arbeit zu gehen?«
Maureen wollte ihr eigentlich sagen, dass sie nicht wieder hingehen würde, aber sie hatten zwei so schöne Tage miteinander verlebt, und sie konnte im Moment keinen weiteren Streit vertragen. »Aber wir haben ja noch nicht einmal angefangen, Anns Geschichte herauszubekommen«, sagte sie. »Wir müssen nach London fahren.«
Leslie war sich nicht sicher. Sie sagte, sie könne jetzt, wo die Bewilligung der Mittel neu diskutiert würde, nicht den

Dienst schwänzen, und für Maureen allein sei es zu gefährlich. Aber Maureen wollte fahren, wollte fort aus Glasgow, fort von Ruchill und ihrem Schlafzimmerfenster, von Vik und dem Frauenhausbüro und Winnies Anrufen. Sie brachte eine gute Begründung vor: Sie könnte sich in dem Pub umsehen, das Mark Doyle erwähnt hatte, und die Schwester in Streatham besuchen. Maxine hatte gesagt, der Mann auf dem Polaroidbild wohne da unten, und sie könnte Anns Schwester fragen, ob sie ihn kannte. Es würde schon in Ordnung gehen, sagte sie, es wäre nicht gefährlich, sie könne bei einer alten Freundin aus Studienzeiten übernachten, und Ann sei ja aus Glasgow weggelaufen, also müsse die Gefahr hier sein. Es klang recht überzeugend.

Leslie kaute nachdenklich auf ihrer Wange herum. »Aber Ann ist in London ermordet worden«, sagte sie. »Genau dort ist es doch nicht sicher.«

»Ich will es tun, Leslie.«

»Für mich?«

»Für dich«, log sie. »Und für Jimmy.«

»Warum für ihn?«

»Er ist so arm dran, Leslie, außer uns wird sich niemand einen Dreck drum kümmern.«

Lynn und Liam kamen Hand in Hand die Treppe herauf und kicherten, als sie ins Zimmer traten.

»Ich fahre nach London«, sagte Maureen.

»Wenn es irgendwas mit Hutton zu tun hat, dann würde ich es lassen«, sagte Liam.

»Es hat nichts mit ihm zu tun«, sagte sie, obwohl sie nicht so sicher war, wie sie klang. »Ich will nur die Schwester der Frau besuchen. Sie ist mit Leslie verwandt.«

»Du könntest bei Marie übernachten«, sagte Liam bissig. Ihre älteste Schwester, Marie, würde weder Liam noch Maureen in ihrer Wohnung dulden. Neuerdings lebte Marie in sehr bescheidenen Verhältnissen. Sie war gleich nach Abschluss der Schule nach London gegangen, um von Winnie wegzukommen und sich dem Thatcher-Traum vom großen Erfolg zu verschreiben. Sie und ihr Mann Robert machten als Angestellte einer Handelsbank Geld wie Heu und hatten es fast zu einem Einfamilienhaus, einem Stadthaus in Holborn, gebracht, als sie beim Zusammenbruch der Lloyd's-Gruppe Pleite gingen und dadurch zu einer Mietwohnung und all den unwürdigen Umständen verdammt wurden, die sie ein Jahrzehnt lang dem Rest des Landes aufgezwungen hatten. Marie vermutete, ihre Geschwister würden beim Anblick der Wohnung Schadenfreude empfinden, und ehrlich gesagt, hatte sie recht. »Ich kenne andere Leute«, sagte Liam, »aber bei denen würde sie auch nicht übernachten wollen.«

»Drogenkollegen«, schimpfte Lynn.

»Ich rufe Sarah Simmons an«, sagte Maureen. »Ich werde bei ihr übernachten. Ich könnte heute Abend runterfahren und am Sonntag zurückkommen, es wird ein kleiner Urlaub.«

Maureen dachte an Sarah, und der Name und die Kälte im Zimmer erinnerten sie an eine Zeit vor einigen Jahren, an einen lange zurückliegenden Winter, als sie sich viel jünger fühlte und nie ohne das Buch von Vasari unterwegs war, als Otto Dix ihr Held war und die nächtlichen Alpträume und die bedrückenden Flashbacks noch ein schamhaft gehütetes Geheimnis waren, das sie einfach nicht abschütteln konnte. Sarah und Maureen hatten damals zusammen studiert. Sie interessierten sich für die gleichen Gebiete, tauschten Notizen aus und teilten sich die Aufgaben. Eine arbeitete sich in einen Teil des Themas ein, die andere widmete sich dem Rest, dann kombinierten sie ihre Ergebnisse. Sie hatten nicht viel gemeinsam, aber es war eine alte und erfolgreiche Beziehung, und Maureen war sicher, dass sie ein paar Tage bei ihr unterkommen konnte. Als Maureen noch nichts von dem Blut und dem Schrank wusste und Michael nur eine ferne Erinnerung war, war alles so viel klarer gewesen, hoffnungsvoll und von Klang erfüllt.

»Ich hasse London«, sagte Lynn. »Es ist so schmutzig.«

»Die Leute sind strohdumm«, sagte Liam, weil Lynn London nicht mochte. »Und sie hassen uns, sie hassen die Schotten. Die Glasgower ganz besonders.«

»Wie können sie das nur wagen«, sagte Leslie und lächelte Maureen zu. »Diese rassistischen Schweine.«

Leslie parkte vor Maureens Wohnung, und sie rannten hinauf, um Sarah Simmons' Telefonnummer zu suchen. Sie durchstöberten das Schlafzimmer nach ihrem Adressbuch, als Maureen sich umdrehte und sah, dass Leslie die gebrauchten Kondome auf dem Boden betrachtete. Maureen sagte nichts dazu, sie wollte nicht über Vik und ihr schlechtes Benehmen sprechen, aber sie empfand eine genüssliche, boshafte Freude, weil sie ihrerseits Dinge zurückhielt.

Sie fanden das Adressbuch, saßen auf der Couch im Wohnzimmer und gingen die losen Zettel durch, die Maureen in die Innenseite des Deckels gesteckt hatte. Das Bündel von Notizen war so dick, dass der Deckel des billigen Adressheftchens nicht zuging. Da waren Nummern aus dem Büro, geänderte Adressen, flüchtige Bekanntschaften, denen sie versprochen hatte, man werde sich nie aus den Augen verlieren, und ein paar geheimnisvolle Nummern ohne Namen oder Hinweise auf die Herkunft, die vor langer Zeit in ihrer eigenen Handschrift niedergeschrieben worden waren. Sie fanden eine Sara, aber es war eine Nummer in Glasgow, und Sarah hatte immer großen Wert auf das »h« in ihrem Namen gelegt. Endlich fand Maureen die Nummer als zweiten Eintrag unter S.

Sarah sagte, es wäre super, Maureen wiederzusehen, aber sie hätte bei der Arbeit sehr viel zu tun und an den Abenden einiges vor, sie würde also vielleicht nicht viel Zeit mit ihr verbringen können. Maureen versicherte ihr, sie wolle nur einen Platz zum Übernachten, und sagte, sie sei überrascht, dass Sarah immer noch die gleiche Nummer habe. Sarah meinte, sie werde wahrscheinlich bis zu ihrem Lebensende unter dieser Nummer zu erreichen sein. Es war das Haus der Familie, sagte sie und nahm an, Maureen würde verstehen, was das hieß, was sie aber nicht tat. Sie erklärte Maureen den Weg von King's Cross aus und verabschiedete sich bis zum nächsten Morgen.

Maureen schob die mysteriösen Zettelchen in den Umschlag des Adressbuchs zurück, als ihr im hellen Sonnenlicht etwas Blitzendes unter der Couch ins Auge fiel. Es war Viks kostbares Feuerzeug. Sie war sicher, dass er es nicht aus Versehen dagelassen hatte. Sie hob den ovalen Chromgegenstand auf, und Leslie beobachtete, wie sie den Staub abwischte. »Das ist schön«, sagte sie.

Maureen stand auf und steckte das Feuerzeug in die Tasche. »Ja«, sagte sie. »Das stimmt.«

24
Arthur Williams

Arthur Williams fuhr während der Rushhour durch die Außenbezirke von Glasgow. Die vierspurige Autobahn führte an dem rußgeschwärzten Gothic Albert Hospital vorbei in die Stadt hinunter. Sie waren seit sieben Stunden unterwegs und hatten sieben Stunden lang Phil Collins' Greatest Hits gehört, weil Bunyan sie mochte. Sie war begeistert von der Reise in den Norden, und es war ihr sehr recht, dass Williams darauf bestanden hatte, das Auto zu nehmen, weil es länger dauern würde als per Flugzeug. Bunyan würde Überstunden bezahlt bekommen, und Williams plante einen Tag vor Ort, höchstens anderthalb. Den Wagen würden sie brauchen, falls sie Harris verhafteten. Sie konnten ihn wegen der gesetzlichen Bestimmungen nicht auf einer schottischen Polizeiwache verhören und würden ihn deshalb nach Carlisle bringen müssen. Aber Harris gab als Verdächtiger nicht besonders viel her. Der Mann des Mordopfers Nummer 14/2000 war nicht vorbestraft, hatte keine Verbindung zu Kriminellen und wohnte auch nicht in einer verrufenen Wohnsiedlung.

Man hatte ihnen gesagt, sie sollten von der M8 die Ausfahrt sechzehn nehmen und zweimal rechts zur Stewart Street abbiegen. Eigentlich wollten sie vorher gar nicht die Stewart Street aufsuchen, alles, was sie über die örtlichen Verhältnisse wissen mussten, war ihnen bekannt, aber die Höflichkeit gebot dieses Treffen auf der Polizeiwache, und Williams wusste aus Erfahrung, dass sie vielleicht später weitere Auskünfte von dort brauchen würden.

»Ja«, sagte Bunyan. »Und noch mal rechts. Hier müsste es sein.«
Die Wache in der Stewart Street lag am Ende einer Sackgasse. Es war ein großes Gebäude mit einer Glasfront, zwei Minuten zu Fuß von der Stadtmitte. Dahinter fuhr lärmend der dichte Verkehr über die Autobahnüberführung. Sämtliche davor parkenden Wagen waren Polizeiautos, alle gut in Schuss, Reifen mit reichlich Profil, alle mit Steuermarken, manche mit schicken Extras.
Williams fuhr an den Gehweg heran und zog geräuschvoll die Handbremse an.
»Ach Gott«, seufzte Bunyan, »muss das sein?«
Williams lächelte. »Ihnen kann man's nie recht machen«, sagte er, und sie erwiderte sein Lächeln.
»So fährt man doch kein Auto«, sagte sie.
»Da haben Sie unrecht, DC Bunyan. So fahre *ich* Auto.«
Sie stiegen aus und zogen ihre zerknitterten Kleider zurecht. Es war ein trockener, kalter Abend. In der Ferne hörte man das Brummen und Pfeifen von Dudelsäcken.
»Hören Sie das?«, fragte Bunyan.
»Ja«, sagte Williams.
»Spielt man diese Musik im ganzen Land?«
»Nein«, sagte Williams langsam. »Jemand spielt ganz in der Nähe einen Dudelsack.«
Sie sagten dem jungen Beamten am Schreibtisch, dass sie DI Hugh McAskill treffen sollten. Er rief oben an und sagte: »Kommt gleich.«
»Draußen haben wir Dudelsackmusik gehört«, sagte Bunyan und stützte sich auf den Schreibtisch. »Spielen sie im ganzen Land diese Musik?«
Der Constable lächelte höflich. »Nein«, sagte er, und im Vergleich zu seinem trockenen, energischen Ton klang Bunyan wie eine sorglos drauflosplappernde Marktfrau. »Die

Dudelsackschule ist hier in der Nähe. Dort werden sehr gute Spieler ausgebildet.«
»Ich könnte einen guten Spieler nicht von einem schlechten unterscheiden«, sagte Bunyan zu Williams.
»Oh doch, das könnten Sie«, sagte der Constable, während er die Mitteilungen am schwarzen Brett ordnete. »Sie würden es schon merken, wenn Sie einen schlechten Spieler vor sich hätten. DI McAskill«, er schaute über ihre Schulter, »das sind DI Williams und DC Bunyan von der Met.«
Der hochgewachsene McAskill hatte ein trauriges Gesicht. »Hallo«, sagte er und drückte ihnen fest die Hand. »DI Hugh McAskill. Es tut mir sehr leid, aber im Moment können wir Sie gar nicht informieren. Bei uns steht gerade etwas an. Sie haben die schriftlichen Informationen?«
»Ja, sind wir zu spät dran?«, fragte Bunyan und steckte die Hände in die Taschen. »Das ist schade.«
Williams nahm die Sache in die Hand. »Wir kommen morgen früh vorbei«, sagte er. »Haben Sie da Zeit?«
»Ja«, sagte McAskill und sah ernst drein. »Kommen Sie gegen acht.«
Williams nickte. »Also, dann viel Erfolg.«
»Ja«, sagte McAskill, »bis morgen früh.« Und er wandte sich ab und ging durch eine Doppeltür.
»Das Schicksal wird uns alle ereilen«, plapperte Bunyan, als sie zum Wagen gingen. »Was für ein trübseliger Typ.«
»Seien Sie nicht albern«, sagte Williams ungeduldig, während er das Auto aufschloss. »Irgendwas ist passiert. Sonst wäre es Ihnen doch recht gewesen, es jetzt schnell zu erledigen.«
Er schlüpfte seitwärts auf den noch warmen Sitz, und Bunyan setzte sich neben ihn. »Woher wissen Sie das?«, fragte sie beleidigt, weil er sie albern genannt hatte.
Williams griff hinter sich nach dem Sicherheitsgurt und

spürte, wie sich bei der Bewegung etwas in seinem müden Rücken zu verzerren drohte. »Wenn ein Detective Inspector um sieben Uhr abends noch so viel tun hat, dass er eine kurze Besprechung verschieben und um acht Uhr morgens wieder da sein muss, kann der Grund nur sein, dass etwas passiert ist. Sonst wäre er doch zu Hause und würde fernsehen, oder? Deshalb hat der Bursche so grimmig ausgesehen, das hat er gemeint.«
»Ich verstehe«, sagte Bunyan. »Legen Sie Phil Collins wieder rein.«

In James Harris' Wohnzimmer regierte das Chaos. Er hatte vier Jungen unter zehn, und alle waren sehr aufgeregt darüber, dass zwei Besucher aus London kommen würden. Die zwei älteren sprangen auf dem einzigen Sessel herum und ritten abwechselnd auf der hohen Rückenlehne wie auf einem Pferd. Die beiden kleinen Jungen, fast noch Babys, saßen auf dem nackten Fußboden, spielten mit ihren Plastiktellern voller Gabelspaghetti und schmierten sie auf ihre Baumwollhosen und in ihre Haare. James Harris sah aus wie jemand, der gleich durchdreht.
»Hört – ihr – jetzt – endlich – auf?«, schrie er. Die Jungen auf dem Sessel senkten zwei Minuten lang die Stimme und machten dann weiter.
»Mr. Harris«, sagte Williams und war sich bewusst, wie weich seine Stimme im Vergleich klang, »können Sie die Jungen nicht nach oben schicken? Wir müssen Sie über Ihre Frau befragen.«
Harris' Reaktion war bizarr. Er riss die roten Augen so weit auf, wie es ging, und schüttelte den Kopf. »Nein«, murmelte er, aber die Jungen auf dem Sessel hatten es schon gehört.
»Mum?«, sagte der älteste und kletterte herunter, um sich zu ihnen an die Tür zu stellen.

»Kommt Mammy bald heim?«, fragte sein Bruder und kam auch herüber.
Die Kleinen hörten auf, sich gegenseitig Nudeln ins Gesicht zu schleudern und schauten auf. Williams konnte es kaum glauben. Der Scheißkerl hatte es ihnen nicht gesagt. Bunyan setzte an, aber Williams kam ihr zuvor. »Also«, sagte er langsam und mit großer Bestimmtheit, »ich hab gehört, dass ihr Buben ganz toll malen könnt.« Er machte sein Notizbuch auf und riss hinten zwei leere Seiten heraus. »Ich habe hier zwei Blätter Papier. Jeder bekommt eins.«
Williams hielt sie über die Köpfe der Jungen, und sie schauten zu ihnen hinauf. Je länger die Blätter unerreichbar waren, desto überzeugter waren sie, dass sie sich schon lange nicht mehr auf etwas so sehr gefreut hatten, wie dieses Papier bemalen zu dürfen.
»Jetzt muss aber noch eins passieren«, sagte er. »Zwei Jungen sollten ganz still und leise auf Zehenspitzen im Zimmer umhergehen und einen Stift suchen.«
Sie schlichen davon.
»Auf Zehenspitzen und leise«, befahl Williams laut.
Die Kleinen waren fasziniert. Ihr Essen war ihnen jetzt egal, sie wollten das tun, was die großen Jungen machten – langsam im Zimmer umhergehen und auf den Boden schauen. Der ältere Junge kam gerannt und schwang einen Kugelschreiber.
»Ich hab einen!«, schrie er.
»Ganz ruhig«, betonte Williams.
Der kleinere Junge kam und hielt einen lila Filzstift mit einer abgebrochenen Spitze umklammert. Williams legte das Papier vor sie auf den Boden. »Jetzt malt ihr mir mal beide ein Haus und Kinder, die spielen. Lasst euch Zeit. Jetzt könnt ihr anfangen.«
Die Jungen setzten sich auf den Boden und beugten sich

so begeistert über ihr Papier, als hätte ihnen nie zuvor jemand eine Aufgabe gestellt. Williams wandte sich wieder an Harris.
»Wie haben Sie das geschafft?«, sagte Harris und starrte die Jungen an. »Ich kann sie überhaupt nicht bändigen.«
»Mr. Harris«, sagte Williams und klang jetzt ernst, »wir müssen mit Ihnen reden, und es wäre besser, dabei unter uns zu sein. Sind die Jungen morgen in der Schule?«
»Ja.«
»Gut, wir kommen dann morgen und sprechen mit Ihnen.«
Sie drehten sich um und wollten gehen, aber Harris legte den Arm an die Tür und hielt sie zurück. »Wann, äh«, er leckte sich die Lippen, »wann kommen Sie denn?«
»Gegen zwei? Geht das?«
»Ja, zwei ist in Ordnung«, er nahm den Arm weg. »Bis dann.«
Williams trat auf den Hausflur, aber Bunyan zögerte. »Sollten wir nicht ...?« Sie deutete mit dem Daumen ins Zimmer.
»Was denn?«, fragte Williams ungeduldig.
»Die Kinder malen doch ein Bild für Sie«, sagte Bunyan.
Der älteste Junge stand auf, schwang sein Bild in der Luft umher und rief, er sei fertig. Fast kam es zum Streit, weil er bei dem Versuch, zur Tür zu gelangen und seine Zeichnung Bunyan zu geben, beinahe auf das Bild seines Bruders trat. Er hatte ein Haus mit einem Dach gemalt und einen Jungen, der im oberen Stock am Fenster stand und winkte.
»Das ist prima«, sagte Bunyan in dem sanften Singsang, dem sie sich bei ihrer dreijährigen Tochter bediente. »Er winkt uns von da oben, was?«
»Ja.«
Sein kleiner Bruder folgte ihm und gab ihr ein großes quadratisches lila Geschmier. »Ich hab meins angemalt«, sagte er.

»Das ist aber schön«, gurrte Bunyan. »Seht bloß mal das schöne Haus. Da würd ich gern wohnen.«

»Wir müssen gehen«, sagte Williams barsch.

Bunyan hatte keine Wahl als ihm zu folgen, sie winkte den beiden kleinen Jungen, die in ihren Schlafanzügen im zugigen Flur standen. Der Uringeruch im Aufzug war ekelhaft.

»Mein Gott«, sagte Bunyan und sah die Bilder an. »Die armen kleinen Kerlchen.«

»Warum sagt ein Mann seinen Kindern nicht, dass ihre Mutter tot ist?«

»Schuldgefühle«, sagte Bunyan, und Williams stimmte ihr zu. »Wo haben Sie gelernt, so mit Kindern umzugehen?«

»Ich war früher Lehrer«, sagte Williams, »bevor ich auf die Überholspur gewechselt bin.«

Bunyan fand es einleuchtend. Williams hörte anderen nie zu, und außerdem war er ein rechthaberischer Kerl.

25
Alan

Am Busbahnhof schöpfte der Wind neue Kraft und raste durch die Straßen hinunter, die am Warteplatz vor dem Fahrkartenschalter zusammenliefen. Der Bahnhof war ein massiver, von einer hohen Backsteinmauer umgebener Betonbau. Bis vor kurzem war es ein verlassener Winkel der Stadt gewesen. Die Wiederbebauung hatte erst ein paar Jahre zuvor begonnen, aber jetzt standen bereits ein großes Einkaufszentrum, ein Parkhaus und ein Konzertsaal. Auch hatte man den Busbahnhof aufgewertet. An jeder Haltestelle des Platzes waren Glaswände aufgestellt worden, die die Passagiere davor bewahren sollten, zwischen den Doppeldeckern herumzulaufen. Das Gebäude mit dem Kartenschalter war renoviert worden, und die Arbeiten hatten angeblich Millionen verschlungen, aber der Busbahnhof wirkte trotzdem noch trostlos. Die meisten Fahrgäste waren aus so ärmlichen Verhältnissen, dass sie auch Raucher waren, und die neue Wartehalle war Nichtraucherzone. Praktisch alle standen also draußen vor dem brandneuen Gebäude, das auf diese Weise für die Besuche wichtiger Leute sauber und neu blieb.

Um für den Bus nach London, der um halb elf Uhr abends ging, eine Rückfahrkarte zu kaufen, standen sie zwanzig Minuten in der langen gewundenen Schlange an. Der Zeitpunkt der Rückfahrt war nicht festgelegt. »Aber Sie können nicht einfach aufkreuzen, verstehen Sie?« Der Mann hinter dem Fenster sprach langsam, als sei er an den Umgang mit Kindern gewöhnt. Aus seiner Nase schauten ein paar dünne

Haare heraus, als hätte ein Insekt aus seinen Nasenlöchern kriechen wollen, dann aber ein Geräusch gehört, bei dem es erschrocken erstarrt war.

»Das ist mir klar«, sagte Maureen, »ich muss also reservieren.«

»Sie müssen reservieren, das stimmt, Sie müssen reservieren.« Er nahm ihr Geld und hielt ihr die Karte hin, zog sie aber wieder etwas zurück, als sie die Hand danach ausstreckte. »Hier ist die Nummer«, er zeigte auf eine rote Telefonnummer auf der Rückseite, »wenn Sie dann reservieren wollen.«

»Ich muss reservieren«, nickte Maureen.

»Du musst reservieren«, grinste Leslie.

»Genau«, sagte der Mann. »Sie müssen reservieren.«

Als sie das Gebäude verließen, sagte Leslie, es sei ihr nicht recht, dass Maureen so weit wegfahre, ohne dass sie sie erreichen könne. Es war Donnerstag, die Läden hatten länger geöffnet, und sie fand, Maureen sollte sich ein Handy kaufen, aber Maureen sagte, dazu würden sie keine zehn Pferde kriegen. So schlossen sie einen Kompromiss. Maureen erklärte sich bereit, einen Piepser zu kaufen, und sie versprach zurückzurufen, wenn Leslie mit ihr Kontakt aufnahm. Sie suchte den teuersten aus, aber der Verkäufer hörte nicht auf, sie mit Werbesprüchen zu bequatschen.

»Ich nehm ihn.«

»Man kann ihn für verschiedene Zwecke verwenden, und die Batterien sind inklusive.«

»Ich nehm ihn.«

»Man kann ihn auch anders einstellen, damit man bei wichtigen geschäftlichen Besprechungen nicht unterbrochen wird.«

»Ich nehm ihn.«

»Die Garantie von einem Jahr gilt für alle Teile und kostet fast …«

Leslie beugte sich über den Ladentisch. »Hey, Mr. Branson«, sagte sie laut, »stecken Sie ihn sonstwo hin und nehmen Sie Ihr Geld.«
Innerhalb von drei Minuten waren sie draußen und standen vor dem Geschäft in der windigen Sauchiehall Street. »Du bist 'ne freche Kanaille, Leslie.«
»Ich weiß.«
Maureen blieb stehen und sah sie an. »Wir sind fünf Minuten von der Wohnung weg, du kannst es nicht länger aufschieben.«
»Ich weiß.«

Jimmy machte beim vierten Klopfen die Tür weit auf. Seine Blässe und Erschöpfung fielen noch mehr auf, weil er feuchte Augen hatte und so verzagt und matt war. Er stand da und hatte Angst, den Kopf zu heben und zu sehen, wer da war, er ergab sich allem, was geschehen würde.
»Jimmy«, sagte Maureen, ging etwas in die Knie und beugte sich hinunter, damit er sie ansehen konnte, »ich bin's.«
Er schaute Leslie an. »Jimmy, das ist Leslie, deine Cousine. Isas Tochter. Sie wollen dir helfen.«
»Isa? Isa?« Jimmy wiederholte den Namen und erinnerte sich an die ungewohnte Güte, die schon so weit zurücklag.
»Ja«, sagte Leslie behutsam, »Isa ist meine Mutter.«
Jimmy ließ die Tür offen stehen und ging ins Wohnzimmer zurück. Es war noch früh, aber die Kinder waren schon im Bett. Kleine Kleidungsstücke und Schuhe lagen auf dem nackten Boden herum. Eine Flasche MadMan, ein billiges, süßes, leicht alkoholisches Getränk, das Jugendliche unter zwölf ansprechen sollte, stand neben dem Sessel. Die helle Glühbirne in der Fassung schmeichelte Jimmys Aussehen nicht gerade. Seine Haut war an den Schläfen und am Kiefer

grau, als fange er an von außen her abzusterben. Er setzte sich in seinen einzigen Sessel, nahm ein altes Foto von Ann von der Armlehne und hielt es vorsichtig an einer Ecke.

»Es tut mir leid, Jimmy«, sagte Maureen. »Hast du's den Kleinen schon gesagt?«

Jimmy schüttelte den Kopf.

»Hat dir die Polizei gesagt, was mit ihr passiert ist?«

»Sie ist tot«, seufzte er, als sei das schon alles.

Leslie blieb an die Wand gelehnt in der Nähe der Tür und zündete sich eine Zigarette an.

»Hat man dir gesagt, dass sie ermordet worden ist?«, fragte Maureen und kauerte sich neben dem Sessel hin. Sie wagte es nicht, laut zu sprechen, weil sie dachte, Jimmy könne vollends zusammenbrechen.

Er nickte, beugte sich langsam vor, hob die Flasche an den Mund, trank und schluckte heftig. Er zitterte. Die Ecke von Anns Foto bebte wie der Flügel eines Insekts. »Es ist das einzige Bild von ihr, das ich habe.« Er grinste Maureen an, seine spitzen gelben Zähne kamen zum Vorschein, und seine Augen füllten sich mit Tränen. Er bedeckte sein Gesicht mit seiner klauenartigen Hand und schluchzte leise, die Sehnen an seinem Hals spannten sich wie Zeltschnüre, und Speichelfäden hingen an seinem halboffenen Mund. Lange saß er bewegungslos da, und Maureen sah ihn an und dachte, wenn sie ein besserer Mensch wäre und ihn nicht so abstoßend fände, würde sie ihn in den Arm nehmen und streicheln. Sie zündete zwei Zigaretten an und steckte Jimmy eine davon zwischen die Finger seiner auf dem Sessel ruhenden Hand. Sie war schon halb heruntergebrannt, als sein Nacken sich neigte. Er schauderte, nahm die Hand vom tränennassen Gesicht, führte die Zigarette zum Mund und zog lange und tief daran. Die Asche fiel ihm auf die Knie, und während er den Rauch ausstieß, wischte er sie langsam auf den Boden.

»Zwei von der Polizei sind da gewesen«, sagte Jimmy. »Ich weiß nicht, was ich ihnen sagen soll.«

»Sag ihnen einfach die Wahrheit«, antwortete Maureen und überlegte, wie sich das für Leslie anhören mochte. Sie nahm das Polaroidbild aus ihrer Tasche und gab es ihm. »Weißt du, wer dieser Typ ist?«

Jimmy wischte sich die Tränen vom Gesicht und sah auf den kräftigen, brutalen Mann, der seinen Sohn bei der Hand hielt. »Nee. Der Kleine hat mir gesagt, dass du wegen einem Bild gefragt hast.«

»Dich selbst wollte ich nicht fragen. Ich dachte, vielleicht könnte er Anns Freund sein.«

»Ja«, sagte Jimmy, Anns mögliche Untreue war ihm offensichtlich völlig egal. Er zeigte auf den Mann im Bild. »Er hat dem Kleinen gesagt, er bräuchte ein Bild, um es an seine Mama zu schicken.« Als er Luft holte, bebte seine Brust. Er sah auf das Bild seiner toten Frau, und seine roten Augen waren wieder voll Tränen. Er lächelte, die Verzweiflung übermannte ihn aufs Neue.

»Jimmy«, beharrte sie, »warum sollte Ann ein Foto gerade von diesem Jungen wollen? Hat sie ihn besonders lieb gehabt?«

»Nee.«

Er stand langsam auf und hielt die Hand unter seine Zigarette, um die Asche aufzufangen. Aus der Küche holte er eine zerbrochene Untertasse als Aschenbecher. Maureen nahm sie ihm ab, drückte ihre Kippe aus und schob Viks Feuerzeug unter das Sesselbein, wo es nicht zu sehen war. »Hat der Junge dir gesagt, wann das Bild gemacht wurde?«, fragte sie.

Jimmy setzte sich wieder hin. »Es war ein Tag vor den Weihnachtsferien. Schau mal, man sieht die kleine Karte, die er für mich gemacht hat.« Er zeigte auf die rote Karte mit dem Wattebausch in der Hand des Kindes.

»Am letzten Schultag? Wann war das, am einundzwanzigsten Dezember?«

»Ja.«

»Jimmy, tust du mir einen Gefallen? Fragst du bitte morgen bei der Post, ob der Scheck aus dem Kindergeldbuch heute eingelöst worden ist? Könntest du das machen?«

»Ja.«

»Hier ist meine Piepsernummer.« Sie schrieb sie von der Bedienungsanleitung auf die Rückseite einer Busfahrkarte ab und gab sie ihm. »Kannst du mich anrufen und eine Nachricht hinterlassen, wenn sie dir Auskunft geben? Eine Frau wird dich fragen, welche Botschaft du hinterlassen willst, und du sagst es ihr, und dann erscheint es als Schrift hier drauf.« Sie zeigte ihm den Piepser und steckte das Polaroidfoto wieder in die Tasche.

Leslie trat näher und gab ihm eine Telefonnummer, die sie auf die Innenseite einer Zigarettenschachtel geschrieben hatte. »Das ist die Nummer meiner Mutter.« Sie reichte sie ihm, und Maureen fiel auf, dass sie ihm ihre eigene nicht gab.

»Isas kleines Mädchen, hm?«, sagte Jimmy.

»Ja.«

»Du bist ihr ganzer Stolz. Ich mag deine Mum. Isa. Sie ist nett. Ein guter Mensch.«

Jimmy sprach immer schneller, und seine Stimme wurde höher, er näherte sich einem neuerlichen Weinanfall. Dumpfe Geräusche auf der Holztreppe ließen sie alle aufhorchen. Jimmy fuhr sich über das Gesicht, wischte die Tränen ab und strich sich das dünne Haar aus der Stirn. Sein Ältester erschien an der Wohnzimmertür, er trug ein Sweatshirt über seinem durchlöcherten Schlafanzug. Die kleinen grauen Schulsocken waren auf seine Füße hinuntergerutscht. Leslie drückte sich an den Türrahmen, als hätte der schläfrige Junge sie erschreckt.

»Wer ist das, Dad?«, fragte der Junge, schaute aber Leslie oder Maureen nicht einmal an und wollte nur, dass sein Dad ihm sagte, alles sei in Ordnung.

Jimmy streckte die Arme aus. »Ist schon gut, Kleiner«, meinte er beruhigend, und der Junge rannte zu ihm hin, kletterte auf seine Knie und schlang die Arme um seinen Hals. Er war neun. Bei Maureens letztem Besuch hatte er sich wie ein richtiger kleiner Mann benommen, der zu alt war, um auf den Knien seines Vaters herumzuturnen. Er zog diese Schau für Maureen und Leslie ab, falls sie gekommen waren, um Jimmy etwas anzutun. Maureen konnte sich vorstellen, wie er oben gesessen und das Klopfen an der Tür gehört hatte, wie er zu verstehen versucht hatte, was gesprochen wurde, bis seine Anspannung und Beklemmung schließlich ihren Höhepunkt erreichten, er herunterkommen musste und sich wie ein Kind benahm, das halb so alt wie er war. Sie dachte an ihren Stiefvater George bei der Hochzeit ihrer Cousine Betsy. George war entsetzt gewesen, als er herausfand, dass noch niemals jemand mit Maureen auf seinen Füßen getanzt hatte. Er führte sie auf den Tanzboden, und sie stellte sich auf seine Füße, während er mit ihr durch den Raum tanzte. Er gab ihr das Gefühl, ein kleines Kind zu sein, verhätschelt und behütet, dabei war sie zwölf, wog fast vierzig Kilo, und im Rückblick war ihr klar, dass es für Georges Füße eine Tortur gewesen sein musste. Sie erinnerte sich, dass er bei jedem Schritt schwitzte und brummte. Er versuchte Michaels Versäumnisse gutzumachen, immer wollte er Michael wiedergutmachen. Jimmy Harris drückte seine Zigarette auf der Untertasse aus, zog die Beine des Jungen hoch und setzte ihn auf seinen Schoß. »Siehst du die Lady da?« Er deutete auf Leslie, die unsicher an der Tür stand. »Das ist deine Cousine, Leslie. Leslie, das ist Alan.«

»Hallo, Alan«, sagte Leslie abweisend.

»Hallo«, sagte Alan, vergaß so zu tun, als sei er schläfrig, und setzte sich kerzengerade auf. »Du bist schon mal da gewesen«, sagte er zu Maureen. Er hatte Jimmys Zähne. »Hast du Mum gefunden?«

Darauf wusste niemand eine Antwort.

»Noch nicht, Kleiner.«

»Aber wirst du sie noch finden?«

»Weiß nicht, Freundchen.«

Jimmy klopfte ihm auf den Rücken. »Komm jetzt, du solltest schon längst schlafen. Du kannst allein raufgehen.«

»Du sollst mich ins Bett bringen«, er hängte sich an Jimmys Arm.

»Komm, Alan, ich rede hier gerade mit den Leuten …«

»Jimmy«, sagte Maureen, »wir gehen jetzt sowieso.«

Der Junge lächelte.

»Nein«, sagte Jimmy. »Er ist alt genug …«

»Wir gehen«, sagte Maureen. »Bring ihn rauf.« Sie stand auf, und Leslie stürzte zur Tür, dringend darauf bedacht, von hier zu verschwinden. Maureen berührte die gelbblonden Haare des Jungen. »Tschüs, Alan, wir sehen uns noch.«

Alan sah sie nicht an. Vor lauter Angst, seinen Vater loslassen zu müssen, klammerte er sich an ihn. Er erlaubte Jimmy nicht einmal, sie an die Tür zu bringen.

»Bis bald, Jimmy«, sagte Maureen und schaute ins Wohnzimmer zurück, aber Jimmy war ganz damit beschäftigt, nicht über seinen Sohn zu fallen.

Sie machte leise die Tür zu und folgte Leslie zu den Aufzügen. Auf dem offenen Korridor war es windig, und hinter den Türen der Nachbarn plärrten die Fernseher. Der Uringestank im Aufzug hatte sich verflüchtigt und einen schwachen, scharfen Geruch hinterlassen. AMcC war immer noch ein Arschloch, aber inzwischen hatte sich Rory T dazugesellt.

»Oh Gott«, stöhnte Leslie, »wenn meine Mum sie sieht, wird sie sie mit Hackfleischbällchen vollstopfen. Was sollte denn all die Sorge um seinen Daddy?«

»Jeden Abend kommen die Gläubiger vorbei, und der kleine Junge hat Angst um ihn«, sagte Maureen und strengte sich an, sich etwas Positives einfallen zu lassen, damit Jimmy nicht als Jammerlappen dastand. »Sie sind sich sehr nah in der Familie.«

»Sie ist sehr verängstigt, diese Familie«, korrigierte sie Leslie. »Dieser Junge weiß, was mit seinem Dad passieren wird. Er weiß es besser als sein Dad selbst.«

»Gehst du mit den Bildern zur Polizei?«

»Weiß nicht«, sagte Leslie leise, biss sich auf die Unterlippe und rieb sich die Augen. »Aber beim ersten Anzeichen, dass er es getan haben könnte, gehe ich persönlich zur Kripo und übergebe sie.«

Maureen grinste ihr zu, als sich die Aufzugtüren zur leeren Halle öffneten. Leslie stapfte zur Tür, und Maureen folgte ihr in den dunklen, windigen Hof. Sie wartete, bis Leslie die Kette des Motorrads aufgeschlossen hatte. »Ach«, sagte sie theatralisch, »jetzt hab ich doch mein Feuerzeug vergessen. Ich bin gleich wieder da.«

Sie klopfte sehr leise, damit der Junge es nicht hörte. Jimmy schien erfreut, als er sie sah, und noch erfreuter, dass sie allein war. »Wieso bist du zurückgekommen?«, fragte er und machte die Tür weit auf.

Maureen schaute die Treppe hinauf und sah Alans zerzauste Haare über dem Geländer auf dem Treppenabsatz. Sie rief zu ihm hoch: »Ich bin's nur noch mal.«

Alan stand auf und sah sie an. Seine Augen waren verquollen und müde.

»Geh wieder ins Bett, Kleiner«, sagte sie leise. »Ist schon gut. Ich hab nur was vergessen.«

Jimmy schaute hinauf und war offensichtlich erstaunt, dass Alan dastand. »Los jetzt, ins Bett«, sagte er und hob drohend die Hand. »Geh jetzt.«
Alan stand auf, flitzte in sein Zimmer und schloss die Tür möglichst leise, weil er die anderen nicht aufwecken wollte.
Jimmy führte sie ins Wohnzimmer und schloss die Tür zum Flur, damit Alan sie nicht hören konnte. Maureen bückte sich und hob Viks Feuerzeug auf. »Jimmy, warum bist du letzte Woche nach London geflogen?« Er gab keine Antwort. Sie zeigte auf die Stelle an der Wand, an der die Tasche gestanden hatte. »Ich hab deine Tasche mit dem Gepäckanhänger gesehen.«
Jimmy holte unsicher Luft. »Weiß die Polizei das?«, flüsterte er.
»Keine Ahnung.«
Jimmy ließ sich auf seinen Sessel fallen, er sah schuldbewusst und gehetzt aus. Nervös lächelte er zu ihr hoch. »Ich dachte, ich könnte ja auch mal Glück haben.«
»Warum bist du dort gewesen?«
»Jemand hat mir ein Flugticket durch den Briefschlitz geworfen«, sagte er. »Es war spätabends. In einem Umschlag. Mit einem Brief. Darin stand, dass ich zu einem Anwaltsbüro in Brixton gehen sollte.«
»Warum bist du gegangen?«
Er sah sie verständnislos an. »Es war ein Brief von einem Anwalt«, sagte er, als hätte dieser die Autorität eines päpstlichen Edikts.
»Worum ging es darin?«
»Um Geld.«
»Welches Geld?«
»Von einem Testament. Jemand sei gestorben und hätte mir Geld vermacht. Wenn ich nicht hinginge, würde ich es nicht bekommen.«

»Wie im Kino?«, fragte Maureen traurig.
»Ja«, nickte er, »genauso.«
Maureen holte ihre Zigaretten heraus, gab ihm eine und zündete sie mit Viks Feuerzeug an. »Was ist passiert, als du zum Anwaltsbüro gegangen bist?«, fragte sie.
Jimmy zog die Untertasse hinter dem Sessel hervor. Er stieß den dünnen Rauch aus und hielt inne. »Ich bin hingegangen. Es war ein Anwaltsbüro, aber ein anderes, unter einem anderen Namen. Sie hießen früher so, aber jetzt hat es sich geändert. Sie hatten mir nicht geschrieben. Es gab kein Testament. Es muss wohl ein Witz gewesen sein.« Er lächelte nervös. »Aber ich dachte, na ja, wenigstens hab ich den Flug bekommen, verstehst du?«
»Hast du den Brief noch?«
»Den vom Anwalt?«
»Ja.«
»Ich glaub schon.« Er kramte in einem Stoß Rechnungen neben dem Sessel. »Ich hab ihn hier irgendwo.«
Er stand auf, hob das Kissen vom Sessel und fand einen Umschlag mit aufgedruckter Adresse und ohne Briefmarke. Im Briefkopf stand »McCallum and Headie«, in einer Schrift, über die jedes einfache Textverarbeitungsprogramm verfügt. Der Brief war in derselben Schrift wie der Briefkopf, auf einfachem Kopierpapier. Sie hatten ihn nicht einmal durch die Rechtschreibprüfung laufen lassen. Jimmy wurde gebeten, sich um zwei Uhr nachmittags am Donnerstag im Büro einzufinden, andernfalls würde er seinen Anspruch auf die Erbschaft verlieren. Er legte die Kissen zurecht und setzte sich auf seinen Sessel.
»Jimmy«, sagte Maureen, entsetzt über seine Naivität, »wieso bist du bloß hingegangen?«
»Ich dachte, jetzt hätte ich auch mal Glück.« Er deutete mit einer Kopfbewegung auf den Brief. »Aber du hättest es

gleich gewusst, oder?« Er sah sie an. Sie wollte nicht sagen, ja, so sei es, aber Jimmy wusste es ohnehin.

»An welchem Tag warst du dort?«

»Heute vor einer Woche.«

»Letzten Donnerstag?«

»Ja. Die Polizei hat gesagt, sie wäre ungefähr eine Woche unten im Fluss gewesen. Das heißt, ich bin dort gewesen, als es passiert ist, oder?«

»Wann hast du das Ticket bekommen?«

»Es wurde einen Abend vorher eingeworfen.«

Jimmy war nicht clever genug, einem Gletscher auszuweichen. Die Kinder wären vielleicht in Pflege sogar besser dran, aber Jimmy verdiente es, in seinem ganzen verdammten Leben wenigstens eine Chance zu bekommen, nur eine Chance. Sie sah den Brief noch einmal an. Liam hatte einen Anwalt. Wenn das Thema aufkam, log er oft, und er tat so, als wisse er überhaupt nichts über die Kanzlei, wenn sie in der Zeitung erwähnt wurde. Aber er sagte, aus dem Namen seines Anwalts könne man auf die intimsten Details im Leben eines Menschen schließen, wieviel er verdiente, ob er ehrlich oder korrupt sei, mit wem er verkehrte, wofür er sich interessierte. Sie notierte Namen und Adresse von dem Brief und steckte den Zettel ein. »Hat dich irgendjemand in London gesehen?«, fragte Maureen. »Könnte sich irgendjemand erinnern, dich dort gesehen zu haben?«

»Nein, ich war nur einen Tag dort. Andernfalls wäre es nicht gegangen, wegen der Kinder, verstehst du. Ich hab mich gefühlt wie ein richtiger Jetsetter – morgens runterfliegen und abends wieder zurück. Das Essen war auch gut. Ich hab meinen Nachtisch für die Babys aufgehoben.«

Sie dachte an die Matratze. »Kennst du niemanden in London, Jimmy?«

»Nein. Ich kenne Moe, aber nicht gut genug, dass ich sie

besuchen würde. Soll ich der Polizei einfach nichts davon erzählen?«

»Ich weiß nicht«, sagte Maureen. »Sag es ihnen nicht freiwillig, ja? Warte, bis sie dich fragen.«

»Okay«, sagte Jimmy und nickte mit großen Augen, als wäre ihm das eine Hilfe.

Maureen wünschte sich plötzlich dringend ein schönes großes Glas Whisky. »Du weißt, dass Anns Schwester in Streatham wohnt?«

Jimmy verstand nicht, was das damit zu tun hatte. »Das hab ich dir doch gesagt«, meinte er.

»Streatham ist ganz in der Nähe von Brixton. Ann wurde dort in einem Pub gesehen.«

»Oh«, sagte Jimmy, »das wusste ich nicht. Mir war klar, dass es in London ist. Aber das stimmt, ihr Mann ist ja ein Neger.«

»Schwarze leben überall in London, Jimmy. Nicht nur in Brixton.«

Jimmy merkte, dass sie ihn zurechtwies, und er wusste auch, dass er im Unrecht war. Sein Kinn sank noch weiter auf die Brust hinunter. Sie kam sich wie ein scheinheiliges Arschloch vor.

»Moe ist ... schon in Ordnung«, sagte er.

»Ja, bestimmt. Es ist aber doch ein Zufall, oder, der Anwalt und Ann in derselben Gegend? Hatte Ann eine enge Beziehung zu ihrer Schwester? Kann es sein, dass sie bei ihr übernachtet hat?«

»Oh ja, sie steckten immer zusammen. Du weißt ja, wie Schwestern so sind.«

Maureen wusste das nicht, zwar hatte sie zwei Schwestern, aber trotzdem wusste sie es nicht. Sie dachte an Leslie, die draußen wartete, und knöpfte ihren Mantel zu.

»Ich hab neulich abends auch Geld durch den Briefschlitz

bekommen«, sagte Jimmy schnell, »viel Geld. Ich weiß nicht, was ich davon halten soll.«
»Wieviel Geld?«
»Zweihundertundfünfzig Pfund. Was meinst du, was hat das zu bedeuten?«
»Was hast du mit dem Geld gemacht?«
»Ich hab's versteckt.«
Es war ihr peinlich, es zuzugeben. »Jimmy, ich hab dir das Geld gegeben. Du kannst es ausgeben, wofür du willst. Nur sag nichts darüber bei der Polizei. Okay?«
Jimmy sah stirnrunzelnd auf seine Zigarette.
»Sieh mal«, sagte sie, »Isa und Leslie werden sich um dich kümmern, sie werden herkommen, damit sie die Jungs kennenlernen, falls, weißt du, falls du weggehen musst. Ich fahre für ein paar Tage nach London, will mal sehen, ob ich rausfinden kann, was mit ihr passiert ist.«
Jimmy sah sie mit leerem Blick an. »Warum tust du das für mich?«
Aber sie tat es nicht für ihn.
»Und du hast das Geld in meinen Briefkasten geworfen«, sagte er. »Warum?«
Maureen wurde rot. Sie hatte es getan, weil er ihr leid tat, weil er der erbärmlichste, traurigste, abstoßendste Mensch war, den sie innerhalb und außerhalb von psychiatrischen Anstalten getroffen hatte. Und weil Michael, von Familie und Freunden umgeben, ein ehrwürdiges Alter erreichen, sie aber bald sterben würde, wenn das Leben noch grausamer mit Jimmy verführe. »Ich hab auch schon mal in der Klemme gesessen«, sagte sie.

Sie trank ihren Kaffee im Wohnzimmer und machte eine kurze Liste der Dinge, die sie in London brauchen würde. Angus' Briefe lagen auf dem Couchtisch verstreut. Sie hatte sie immer wieder gelesen und versucht, ihre Logik zu verstehen, aber dann war sie es leid und hatte jetzt nicht einmal mehr Lust, sie wegzuräumen. Sie stellte ihre Tasse darauf und ging an den Schrank im Flur, um ihre Tasche zu holen. Es war eine große, imprägnierte Fahrradtasche, schwarz mit einem roten Streifen in der Mitte. Sie hatte sie wegen des kleinen Fisch-Logos gekauft, das mit einem Silberfaden eingearbeitet war. Die Tasche hatte einen breiten Schultergurt, der über die Brust lief. Es war eigentlich eine Männertasche, nichts für eine Frau mit großen Brüsten, und der Gurt über ihrem Brustbein drückte eine Brust nach oben, die andere nach unten, aber die Tasche sah lässiger aus als ein Rucksack, und es passte mehr hinein. Maureen zog sie heraus, ging in die Hocke und betrachtete den Blutfleck auf dem Boden, in dem die zärtliche Erinnerung an Douglas und an vergangene Zeiten noch fortlebte. Sie stand auf und schaute durchs Küchenfenster in den Nieselregen zu den grauen Wolken und dem dunklen Schatten über Ruchill hinaus. Sie würde nicht mehr hierher zurückkommen, was immer auch passieren mochte. Sie würde nicht in eine Wohnung zurückkehren, in der sie Angst hatte, aus dem Fenster zu sehen.

Sie nahm die Tasche mit ins Schlafzimmer und fing an zu packen. Sie machte sich selbst etwas vor, schätzte ihren Aufenthalt auf drei bis sieben Tage und packte Hosen, Socken, Ersatzjeans und zwei Pullover ein. Im Bad nahm sie die Zahnbürste, Maxines teure Creme und die Reinigungstücher fürs Augen-Make-up mit. Dann ließ sie die Tasche auf den Fliesenboden fallen und setzte sich weinend auf den Rand der Badewanne. Es zog sie nach London, sie spürte das Verlangen nach der Anonymität der Großstadt ohne Ruchill, ohne ihre Familie, das Krankenhaus und ihre Vergangenheit. Sie hatte das Gefühl, sie werde nie mehr zurückkommen.

Während sie ein Bad einlaufen ließ, zog sie sich langsam aus, stieg ins heiße Wasser, zündete sich eine Zigarette an und zog das Nikotin ein. Die Papier sog die feuchte Luft auf, und die Zigarette ging aus. Maureen legte sie auf den Wannenrand, schaute auf ihren krebsroten Körper hinunter und weinte wieder, krümmte sich vor Elend und Kummer zusammen und wünschte, irgendjemand anderes zu sein, nur nicht sie selbst.

Draußen im Flur klingelte das Telefon, und Winnie sprach auf den Anrufbeantworter, sie klang nüchtern und bedrückt. »Maureen«, sagte sie, »hier ist deine Mutter.« Ihre Stimme hatte nichts von dem melodramatischen Ton, den Maureen von ihr gewöhnt war, nicht die impulsive Erregung und das rührselige Zittern. Es war neun Uhr an einem Mittwochabend, normalerweise war sie um diese Zeit betrunken. »Es tut mir leid, dass ich so oft anrufe. Aber ich hab dich lieb und ich will, dass du dich meldest. Bitte ruf mich an. Es ist dringend.«

Maureen wartete eine Weile, sie war froh, dass etwas passiert war und sie eine Aufgabe hatte. Sie wusch sich das Gesicht, schöpfte mit beiden Händen Wasser und klatschte es sich immer wieder auf die Haut, bis es ihr fast den Atem nahm. Dann wickelte sie die Kette mit dem Stöpsel um ihren großen Zeh, zog ihn heraus und stemmte sich aus dem Wasser hoch.

Sie saß schwitzend in ihr Handtuch gewickelt, als Liam abnahm.

»Nein, Mauri, es geht ihr gut.«

»Ich hab ihre Stimme kaum wiedererkannt.«

Liam lachte leise vor sich hin. »Sie ist nüchtern, deshalb.« Maureen hörte Lynn im Hintergrund rufen: »Hi, Mauri, sie ist seit drei Tagen nüchtern.«

»Drei Tage? Und nachts?«

»Ich meine drei volle Tage nüchtern.«
»Ach du lieber Himmel. Wie geht es ihr?«
»Na ja«, sagte Liam, »sie ist genauso wütend wie in ihren betrunkenen Zeiten, aber sie schläft weniger, und man kann sie besser verstehen.«
Maureen war plötzlich sehr froh, dass sie einen guten Grund hatte, keinen Kontakt mehr mit ihrer Mutter zu haben. Winnie hatte mehrmals versucht, das Trinken aufzugeben, und die Familie hatte dabei sehr traurige Zeiten erlebt. Maureen erinnerte sich, wie sie nach der Schule mit Winnie Karten gespielt, sie bis zum Abendessen beschäftigt und ihr geholfen hatte, eine weitere halbe Stunde des höllischen Tages herumzubringen. Winnie fing an zu zittern wie ein Fohlen, wenn der Alkohol sich aus ihrem Körper verflüchtigte. Ihr Blick wanderte immer wieder zur Uhr, und sie weinte, während die Minuten quälend langsam verrannen, und sie meinte, dauernde Beschwerden seien die Alternative. Sie hielt es nie länger als einen Tag aus, weil sie sie irgendwann einmal allein lassen mussten.
»Wie schafft sie es, nüchtern zu bleiben?«
»Sie ist zu den Anonymen Alkoholikern gegangen.«
»Mit dem Scheißkerl, Benny?«
»Nein«, sagte Liam. »Nicht mit ihm. Sie meint, es gebe so viele Gruppen in Glasgow, dass sie vielleicht nie auf ihn stoßen wird.«
Benny war mit Maureen und Liam zur Schule gegangen. Als er den Alkohol aufgegeben hatte, schlief er drei Monate auf dem Fußboden in Maureens Zimmer, aber in der Sache mit Douglas hatte er sie so schrecklich betrogen, dass Liam ihm den Kiefer brach. Das letzte Mal, dass sie ihn gesehen hatten, lag er im Krankenhaus, hatte den Arm im Gips, und sein Gesicht sah aus wie eine eingeweichte Pflaume. Dass Winnie nüchtern war und ein treuloser Freund aus Kinder-

tagen wieder auftauchen könnte, das waren zwei Ereignisse zuviel. Maureen schloss die Augen und nahm sich vor, sich nicht mit ihnen zu beschäftigen. Eine Weile jedenfalls nicht.

»Ich hab einen Piepser gekauft«, sagte sie und beglückwünschte sich zu ihrem sorglosen Ton. »Willst du die Nummer haben?«

»Oh ja«, sagte er und schrieb sie auf. »Du fährst dann also nach London, oder?«

»Ich fahre in einer Stunde, im Nachtbus.«

»Verdammt noch mal, den Scheißbus würd ich niemandem zuliebe nehmen«, sagte Liam und sprach über den Hörer hinweg laut genug, dass Lynn ihn hören konnte. »Sei vorsichtig da unten. Sag zu niemandem was von Hutton.«

Sie war angezogen und wollte gerade gehen, nahm dann aber den Hörer noch einmal ab und wählte Viks Nummer. »Nimm ab, Vik«, sagte sie. »Bitte nimm ab.«

Sie wartete einen Atemzug lang, und er nahm nicht ab, also sagte sie ihm, sie nehme heute abend den Nachtbus nach London, sie werde später anrufen, es täte ihr leid und noch einmal, es täte ihr wirklich leid. Bitte, er solle abnehmen. Sie hätte sein Feuerzeug. Bitte. Sie fühlte sich lächerlich und hässlich und schmutzig, als sei alles wahr, was Katia über sie dachte. Als sie auflegte, sah sie einen schwarzen Sprung im Schlafzimmerfenster, und draußen stand Michael. Er hob seinen rasiermesserscharfen Finger, bereit für den ersten Schnitt. Maureen stockte der Atem und wartete, bis das Schreckensbild verschwand.

Jimmy saß im Sessel, machte sich Sorgen darüber, was er der Polizei am nächsten Tag sagen sollte, und trank den letzten Rest des MadMan, als er das Geräusch im Flur hörte. »Du Racker.« Er stand auf und ging zur Tür. »Willst du wohl ins Bett gehen?«

Aber Alan war nicht im Flur. Jimmy sah die Treppe hinauf, auch da war er nicht. Er schaute zur Tür des Zimmers, in dem die Jungen schliefen, aber sie war zu, genauso wie vorhin, als er Maureen O'Donnell hinausbegleitet hatte. Er sah nach unten. Ein brauner Umschlag lag auf dem Boden, der durch den Briefkastenschlitz geschoben worden war. Jimmy nahm ihn, riss die Lasche auf, zog die Fotos heraus und sah sie an. Sie war schlimm zusammengeschlagen worden, das stimmte, aber die Verletzungen waren schon am Verheilen. Er sah, dass die Prellungen schon gelb und grün waren – nicht mehr schwarz. Sie trug einen Papierhut aus einem Weihnachtsknallbonbon, saß vor einem vollen Teller an einem Tisch und lächelte mit vier oder fünf anderen Frauen in die Kamera. Sie saß auf einer Couch neben einer Frau mit schlechten Zähnen und einer flachen Nase. Dann stand Ann mit vielen anderen Frauen neben einem Christbaum, und an der Wand hinter ihnen hing ein großes Schild mit der Aufschrift *Notausgang*. Anns letzte Weihnachten, der Weihnachtstag im Frauenhaus. Jimmy weinte, strich mit dem Finger über das geliebte Gesicht und dankte Maureen O'Donnell noch einmal für all ihre Güte.

26
Nachtbus

Leslie hakte Maureen unter und ging mit ihr zum Busbahnhof zurück. Auf dem Weg hügelabwärts war es kalt und neblig. Maureens Tasche schaukelte auf ihrem Rücken, als sie eilig die dichtbefahrene Straße überquerten. Die Fahrgäste des Nachtbusses hatten sich auf dem eiskalten Abfahrtsgelände versammelt. Sie rauchten heftig, um genug Nikotin für die siebenstündige Fahrt in sich aufzunehmen. Die meisten Reisenden fuhren nach London, um Arbeit zu suchen, etwas zu erledigen oder Verwandte zu besuchen, die weggezogen waren. Nur zwei wohlgenährte, gesunde Studenten waren da, die zwischendurch einen Abenteuertrip einlegen wollten. Auf ein unsichtbares Signal hin nahmen die Wartenden ihre Taschen und eilten auf die gläserne Trennwand zu. Maureen sah sich um, aber die Türen des Busses waren nicht geöffnet und das Licht nicht eingeschaltet. Die Leute stellten ihre Taschen wieder ab, zündeten sich eine allerletzte Zigarette an und verabschiedeten sich noch einmal.

Der Nachtbus nach London ist für die Glasgower ein rituelles Initiationserlebnis. Die meisten probieren es einmal, von der nur zwanzig Pfund teuren Fahrkarte, von bequemen Sitzen und dem Versprechen angelockt, wunderbar ausgeschlafen frühmorgens in London anzukommen. Nur wer arm oder völlig am Ende ist, tut es ein zweites Mal. Maureen hatte die Fahrt schon oft gemacht. Immer wieder vergaß sie, wie schlimm es war, bis sie am Bahnhof ankam. Aber die Erfahrung hatte sie auf ein paar gute Ideen gebracht. Auf dem

Oberdeck war es am angenehmsten, da weit weg vom Chemiegeruch der Toilette; außerdem war es dort gewöhnlich wärmer, und man konnte schlafen. Oben ließen sich zwar gern die Spinner nieder, aber es wurde langsamer voll, und man konnte deshalb leichter einen Doppelplatz ergattern. Das war dann der große Preis: Sie konnte sich ausstrecken und aus dem Bus steigen, ohne dass ihr alles wehtat.

Sie zog ihren Mantel aus, steckte ihn in eine Plastiktüte, zog einen weiten Pullover über und nahm eine Zeitung, eine Flasche Cola und die Tüte mit Schokoladenbonbons heraus, die Leslie mitgebracht hatte. Leslie zog den Ausschnitt an Maureens Pulli gerade und sah verärgert aus. »Ruf mich an. Und pass auf dich auf da unten, okay?«

»Ich werd schon klarkommen, Leslie, hör doch auf mit dem Getue.«

Sie standen dicht nebeneinander, rauchten und hielten nach dem Fahrer Ausschau. Ein schlaksiger Mann in einer blauen Nylonuniform schlenderte langsam mit gesenktem Kopf am Bus entlang und tat so, als bemerke er die vierzig Augenpaare nicht, die ihn hinter der Glaswand verfolgten wie aus einem Aquarium voll hungriger Piranhas. Er bückte sich, schloss das Gepäckfach auf, und die Meute schoss auf ihn zu, alle drängelten und stießen sich gegenseitig zur Seite, um unter den Ersten zu sein. Er kontrollierte Maureens Karte, nahm ihre Tasche und warf sie ins Gepäckfach.

»Also«, sagte Leslie. »Mach's gut.«

»Mach ich.«

Sie umarmten sich. Leslie trat auf den niedrigen Gehsteig vor der Glaswand zurück, während Maureen einstieg. Ein zweiter Fahrer stand bereit, um ihre Fahrkarte noch einmal zu kontrollieren. Er war klein, sein Gesicht faltig vom Rauchen und von vielen Besuchen im Solarium, er hatte kohlschwarze Haare, die im Afrolook vom Kopf abstanden, und blendend

weiße falsche Zähne. »Jetzt aber rein«, krächzte er mit näselnder, hoher Stimme.
Sie musste geduldig in der Schlange warten und auf jeder einzelnen Stufe stehen bleiben. Auf dem oberen Deck waren schon viele Leute, die sich auf den Sitzen einrichteten. Maureen erwischte eine Sitzbank in der vorletzten Reihe, setzte sich an den Gang und legte Zeitung, Süßigkeiten und Cola auf den Fensterplatz. Wie sie festgestellt hatte, war die beste Taktik, um einen Doppelplatz zu halten, unangenehmer und abweisender als alle anderen auszusehen. Sie tat so, als lese sie die Zeitung, legte die Ellbogen auf die Armlehnen und sah niemanden an, der die Treppe heraufkam. Die Menge vor dem Fenster wurde kleiner, die Passagiere kamen nach und nach in den Bus, der Mittelgang leerte sich, und bald hatten alle ihre Plätze eingenommen. Maureen dachte schon, sie hätte die Sitzbank tatsächlich für sich. Leslie stand auf dem Gehsteig, beobachtete sie und wirkte sehr klein und weit weg. Sie winkte, und Maureen winkte zurück.
Eine Gruppe aufgekratzter, betrunkener Männer erschien neben dem Bus, sie warfen dem Fahrer ihre Taschen zu und drängten durch die Tür. Schwerfällig stiegen sie die Stufen herauf, lachten, zogen und schubsten sich gegenseitig. Der erste Mann, der auf der Treppe oben ankam, entdeckte die leere letzte Reihe. »Seht mal, Jungs«, rief er, »ist ja spitze.« Sie stolperten in einer Wolke aus kaltem Rauch und Biergeruch den Gang entlang und setzten sich in die Reihe hinter Maureen, zogen ihre Jacken aus und beglückwünschten sich gegenseitig zu ihrer Lagerstätte. Sie hatten sich schon fast eingerichtet, als ein zerzauster kleiner Mann auf der Treppe auftauchte. Er war gut fünfzehn Jahre älter als die anderen und trug eine Brille mit dicken Gläsern und einen schmutzigen gelben Anorak, dessen Reißverschluss bis zum Hals hochgezogen war. Er sah sich um, entdeckte seine Kumpel in

der letzten Reihe und fluchte: »Habt ihr mir kein' Platz aufgehoben?«
Die Männer hinter Maureen stichelten, er solle sich nur setzen.
»Arschlöcher«, sagte er und bemerkte Maureens kostbaren freien Platz. Er stand neben ihr und wartete darauf, dass sie sich rührte. Maureen seufzte, stand auf, setzte sich ans Fenster und legte den Proviant auf ihren Schoß. Der Mann ließ sich auf den Sitz fallen, landete schwer und räusperte sich. »Alles klar, Schatz?«, fragte er mit Blick auf die Kopfstütze vor sich. Er wandte sich ihr zu, sah sie herausfordernd an und presste grimmig den Mund zusammen. Seine Brillengläser waren so dick, dass seine winzigen Augen dahinter zu blau-roten Krümeln verschwammen. »Sie reden nicht mit mir? Sind sich zu fein dazu, was?«
Ein Mann mit Glatze streckte sein Gesicht von hinten zwischen ihre Kopfstützen. »Jokey, halt die Klappe«, sagte er.
Jokey sah sich empört im Bus um. Er hustete und kratzte sich ungeniert im Schritt.
»Keine Sorge, Schätzchen«, sagte der Glatzköpfige zu Maureen, »er schläft gleich ein.«
Maureen stellte sich vor, wie Jokey die lange Nacht durchschnarchen und sabbern würde, und sie hatte nichts zum Trost außer einer Flasche Cola und einer Tüte Schokoladenbonbons. Leslie winkte noch einmal vom Gehsteig, und Maureen winkte zurück. Der Lautsprecher über der Treppe ertönte, und der Fahrer mit dem Afrolook sagte ihnen mit gelangweilter Stimme, dass sie in Glasgow seien und nach London führen. Offensichtlich machte er diesen Job schon lange, denn er sah alle Tricks voraus. »Während dieser Fahrt darf nicht *geraucht* werden«, sagte er. »Es darf kein *Alkohol getrunken* werden.« Die Typen in der letzten Reihe unterbrachen bei der Erwähnung von Alkohol seine Durchsage

mit Gejohle. »*Schlägereien* sind nicht erlaubt.« Sie schrien noch lauter. »Wir weisen unsere Fahrgäste darauf hin, dass sie während der *ganzen* Fahrt den Mittelgang weder mit den Beinen noch ihren Taschen blockieren dürfen.« Die Männer riefen hurra und pfiffen. »Wenn jemand diesen Vorschriften zuwiderhandelt«, fuhr der Fahrer fort, »wird er an der Autobahn abgesetzt und dort zurückgelassen.«
Die Männer johlten nicht mehr.
»Wir werden um drei Uhr dreißig an der Knutsford Raststätte anhalten, wo man eine Kleinigkeit zu sich nehmen kann. Wir verlassen die Raststätte um *drei Uhr fünfzig*. Fahrgäste, die dann nicht im Bus sind, bleiben zurück. Ein Mitarbeiter unseres Teams wird Ihnen bald Tee, Kaffee und Brote servieren. Wir wünschen Ihnen eine gute Fahrt mit Caledonia.«
Der Lautsprecher knackte und verstummte, und erschrockene Stille breitete sich im Oberdeck aus.
»Er ist 'n bisschen barsch, oder?«, flüsterte der Glatzköpfige.
Der Motor sprang stockend an und ließ Fenster und Sitze geräuschvoll vibrieren. Leslie winkte gewissenhaft vom Gehsteig, als der Bus zurückstieß und aus der Parkbucht auf die Straße hinausfuhr.
Maureen sah gelassen aus dem Fenster und kaute das erste Karamellbonbon der Nacht, als sie ihn sah. Vik kam mit großen Schritten die Straße entlang auf den Busbahnhof zugelaufen, seine Lederjacke flatterte, er sah auf die Uhr. Er war gekommen, um ihr eine gute Reise zu wünschen. Maureen stand auf, überwältigt, und ihre Tüte mit Bonbons fiel zu Boden. Sie schlug mit den Fäusten ans Fenster und rief: »Hey«, aber er sah sie nicht. Sie trommelte lauter, drehte sich nach ihm um und ließ ihn nicht aus den Augen, als der Bus schnell die Cathedral Street hinunterfuhr. Er war nur noch ein dünnes Lakritzstäbchen auf dem Gehweg, und der

Busbahnhof ein Lichtstreifen unter den tief herunterhängenden dunklen Wolken. Vik war gekommen. Zwischen den Kopfstützen kam wieder das Gesicht des Glatzköpfigen hervor. »Ich weiß«, sagte er und lächelte freundlich. »Ich kann die Pakis auch nich ab.«

»Er ist mein Freund«, sagte Maureen.

Durch seinen Fauxpas in Verlegenheit gebracht, setzte sich der Kahle wieder zurück und drückte die Brust heraus. »Na ja, auch gut«, sagte er zu seinen feixenden Kumpeln, »ich wollte ja nur nett sein.«

Die Straße war frei. Der Bus rumpelte durch Blackhill und an den Schornsteinen des Barlinnie Gefängnisses vorbei. Sie fuhren an den Wohnungen von Easterhouse vorüber, die von einem Feuer schwarz verkohlt und mit Kunststoffplatten vernagelt waren. Der Fahrer stellte die Beleuchtung im Bus auf Nachtlicht, damit die Fahrgäste schlafen konnten, und es wurde still im Bus, während die Lichter draußen vor den Fenstern vorbeiflitzten. In Crosshill, einem in sanfte Hügel eingebetteten Knotenpunkt von Fahrbahnen und Auffahrten, bogen sie nach Süden ab. Ein Kirchturm und Friedhof auf dem Gipfel bildeten einen scharfen Kontrast dunkler Konturen gegen die weiche, schneebedeckte Landschaft. Vik war gekommen.

Als es im Bus wärmer wurde, ging ein merkwürdiger Geruch von Jokey aus, eine Mischung aus ungewaschenem Haar und altem Käse. Er wehrte sich gegen den Schlaf, nickte ein und fuhr wieder hoch. Nach einer besonders drastischen Zuckung drehte er sich um und schrie die Männer in der Reihe hinter sich an: »Arschlöcher!« Der Mann mit der Glatze streckte seine Hand zwischen die Kopfstützen und klopfte Jokey auf die Schulter. »Immer mit der Ruhe, du Wüterich«, sagte er, und Jokey wurde schließlich vom Schlaf überwältigt und drückte seinen Ellbogen in Maureens weiche Taille.

Der Fahrer, der ihre Tasche ins Gepäckfach gestellt hatte, kam die rüttelnde Treppe herauf, bot Sandwichs an und nahm Bestellungen für Tee entgegen. Jemand auf dem Oberdeck fing an auf einem Game Boy zu spielen, Maureen hörte die piepsende hirnlose Melodie. Plötzlich merkte sie, dass die Töne aus ihrer Tasche kamen. Sie nahm den Piepser heraus, besorgt, Jokey könnte aufwachen.

Nachricht:
Hoffentlich geht
alles klar.
Mach's gut, Leslie.

Sie hatte die Hälfte der Bonbons gegessen und eine Stunde Zeitung gelesen, bevor der Mief, der von Jokey ausging, sie so störte, dass sie aufgab. Sie sah in die dunkle Landschaft hinaus. Der Bus kroch aus einem tiefen Tal langsam bergauf. Sie waren so hoch, dass Maureen kaum etwas sehen konnte, aber dann rüttelte der Wind an den Fenstern und zerstreute den Nebel. Ein alter Viehtreiberpfad, eine Wellenlinie am Fuß der Hügel parallel zum Bach, erschien unter ihnen. Am Eingang des Tals stand ein verlassenes Häuschen, Reminiszenz an eine wilde und einsame Zeit. Vik hatte Abschied nehmen wollen, aber sie war froh, dass er zu spät gekommen war. Sie hätte nicht gewusst, was sie ihm sagen sollte. Sie stand an einem Wendepunkt in ihrem Leben und wurde von all den großen Fragen bedrängt.

Sie lehnte den Kopf an die vibrierende Fensterscheibe und dachte daran, wie Ann sich von Fremden ablichten ließ – wie sie in ihrer Unterwäsche im kalten Büro stand, ihr müder, misshandelter Körper von dem Verlangen nach Alkohol geplagt, als dränge sich die Sucht durch ihre Haut nach außen.

Eine Durchsage und der kalte Luftschwall, der die Treppe heraufzog, weckte sie. Der Bus hatte auf einem Parkplatz angehalten. Die hellen Lichter einer Raststätte waren durch mehrere Reihen von Lastwagen verdeckt. Jokeys Freunde weckten ihn und forderten ihn auf mitzukommen. Während er schlief, hatte sich der Mief in seinem Anorak gesammelt, und beim Griff an die Rückenlehne entwich ein ganzer Schwall aus seinem Halsausschnitt. Maureen wartete, bis er die Treppe hinuntergestiegen war, bevor sie selbst aufstand, ihre steifen Beine streckte und die Zunge über die belegten Zähne gleiten ließ.

Die Kälte war nach der molligen Wärme auf dem Oberdeck ein Schock. Auf dem windigen Parkplatz zündete sie sich eine Zigarette an und folgte den anderen zur Raststätte. Die Männer von der letzten Reihe, ihnen auf den Fersen Jokey, strebten dem Restaurant zu, um etwas Warmes zu essen. Maureen ging zum Zeitungsstand, um irgendetwas zu kaufen. Die belegten Brote kosteten fünf Pfund, und von den Chips gab es nur lächerlich große Tüten, aber da sie mitten in der Nacht nun einmal in einem Laden war, meinte sie, etwas kaufen zu müssen. Schließlich nahm sie einen Stadtplan von London und ein Ringbuch für Notizen. Sie rauchte noch eine Zigarette, schlenderte über den windigen Parkplatz zum Bus zurück und hielt Ausschau nach dem netten Fahrer, der ihre Tasche im Gepäckfach verstaut hatte. Auf seinem Fahrersitz war er nicht, also ging sie um den Bus herum und fand ihn im dunklen Schatten beim Rauchen. Er nickte ihr kurz zu und wollte sie offensichtlich loswerden.

»Wie geht's?«, fragte sie lächelnd.

»Na ja«, sagte er, und seine Schuhspitze spielte weiter mit den Erdbrocken.

»Kann ich Ihnen ein Foto zeigen?«

Der Fahrer wurde neugierig. »Wozu?«

»Meine Freundin ist verschwunden, und ich glaube, sie hat diesen Bus genommen.«

»Ach«, er schien argwöhnisch, »da fahren 'ne Menge Leute mit, wissen Sie.«

Maureen nahm die Fotokopie von Anns Gesicht heraus und hielt sie dem Fahrer so hin, dass das Licht aus dem Führerhaus des Busses darauf fiel. Er sah sie einen Moment an.

»Blond, ihr Gesicht war rot«, sagte Maureen. »Und sie roch 'n bisschen nach Alkohol.«

Er betrachtete das Bild und war überrascht, dass er sich an sie erinnerte. »Ist ja erstaunlich«, sagte er. »Rauf und runter ist sie gefahren, kurz vor Weihnachten.«

»Rauf und runter?«

»Ich hab sie 'n paarmal gesehen. Ich weiß es noch, weil sie alle paar Tage rauf und runter gefahren ist und manchmal ihre Tasche bei sich behielt, eine große Tasche.« Er zeichnete mit der freien Hand ein Viereck in die Luft.

»Wann haben Sie sie zuletzt gesehen?«

»Das ist ein paar Monate her«, sagte er. »Anfang Dezember. Ich erinnere mich noch, weil sie beim Halt auf der Rückfahrt ausgestiegen und nicht zurückgekommen ist.«

»Sie ist an dieser Raststätte hier zurückgeblieben?«

»Ja, das heißt, auf der anderen Seite drüben.« Er zeigte auf einen überdachten Fußgängersteg, der über die Autobahn führte.

»Ist sie einfach nur zu spät gekommen?«

»Ich weiß nicht«, sagte er und wollte in Ruhe seine Zigarette rauchen.

Maureen war sich bewusst, dass ihr nicht mehr viel Zeit blieb, und sie fischte das Polaroidfoto aus ihrer Tasche. »Haben Sie sie irgendwann einmal mit diesem Typ gesehen?«

Der Fahrer zuckte die Achseln und sah ungeduldig auf das Bild. »Ich weiß es nicht, Schätzchen.«

»Hören Sie, vielen Dank«, sagte Maureen. »Danke.«
Sie entfernte sich, ließ ihn seine Pause genießen und stieg aufgeregt die Stufen hinauf. Liam hatte recht gehabt. Ann war mehrmals hin und her gefahren, vielleicht im Auftrag von Kredithaien oder Hutton. Aber wenn sie für Kredithaie unterwegs gewesen wäre, dann hätte sie nur in einer Richtung die Tasche dabeigehabt, nicht auf der Hin- und Rückfahrt. Sie streckte sich und genoss es, bis Jokey zurückkam, den ganzen Sitz für sich zu haben.
Der Motor lief leise an, sie wachte von der Erschütterung auf, öffnete die Augen und sah Jokey wie eine übel riechende Lawine im Anorak auf seinen Platz fallen. Sie fuhren aus der Raststätte hinaus, ließen die großen Lkws und die hellen Lichter hinter sich und glitten über die Auffahrt auf die ruhige Fahrbahn.

Es war fünf Uhr morgens, und das eintönige Grau wurde nur von den Rücklichtern überholender Autos unterbrochen. Die Landschaft war ganz flach. Sie waren mitten in einer Ebene, die sich so weit erstreckte, dass ihr Rand hinter dem Horizont verschwand. Bauernhäuser und winzige Weiler flogen vorüber. Sie kamen an einer Pferdekoppel mit einigen Hindernissen vorbei, und dann stiegen die Böschungen am Straßenrand plötzlich an. Sie fuhren an einem Dorf vorbei, dann durch eine Stadt und wieder übers Land. Die Städte fingen an ineinander überzugehen, sich zuerst an den äußeren, dünner bebauten Randbezirken zu berühren und sich dann immer näher zu kommen, bis Häuser über Häuser die flachen Hügel bedeckten.
Sie verließen die Autobahn, folgten der breiten Straße zur Stadt und passierten Swiss Cottage. Die Häuser machten kleinen Wohnblocks Platz, dann die kleinen Blocks den größeren, bis schließlich Hochhäuser und massige Bürogebäude

aus Glas und Stahl erschienen. Der schwerfällige Bus ratterte durch die dunkle Stadt, hielt an Ampeln und rumpelte über Kreuzungen. Sie fuhren in den Bahnhof von King's Cross ein und hielten bei den großen zugebauten Bogen von St. Pancras an. Der Fahrer mit der Afrofrisur verkündete über Lautsprecher, sie seien in London angekommen und sollten aussteigen – danke schön!

Der Bus leerte sich schnell. Während der andere Fahrer die Gepäckstücke herauszog und sie auf den Gehweg stellte, sammelte sich eine Menge Wartender neben dem Bus. Maureen zündete sich eine wohlverdiente Zigarette an und genoss die Schwere von Viks Chromfeuerzeug in ihrer Hand. Dann zog sie ihren Pullover aus und rollte ihn zusammen, holte ihren Mantel aus der Plastiktüte, schüttelte ihn aus und zog ihn über. Es schien nicht sehr kalt, ein bisschen frostig, aber nicht wirklich winterlich. Sie sah ihre Fahrradtasche auf dem Gehweg landen und stieg über zwei Koffer, um sie zu holen. Bevor sie den Fahrer noch einmal ansprach, wartete sie, bis alle anderen ihr Gepäck geholt hatten. »Sehen Sie, wegen dieser Frau ...«

Der Fahrer schaute auf. Seine Augen waren rotgerändert, er sah erschöpft aus. »Also«, sagte er, schlug die Tür des Gepäckfachs zu und schloss sie ab, »ich kann mich an diesen Typen nicht erinnern.«

»Sie sehen ziemlich erledigt aus«, sagte sie und bot ihm eine Zigarette an. Er nahm sie, und Maureen gab ihm Feuer. »Nein, ich wollte bloß wegen der Tasche fragen. Hat sie sie immer bei sich gehabt? Oder kann es sein, dass sie sie nur auf der Fahrt runter dabeihatte?«

Der erschöpfte Mann stieß Rauch aus. »Sie hat sie manchmal ins Gepäckfach stellen lassen.«

»War das auf der Rückfahrt oder auf dem Weg hinunter?«

Der Fahrer zog an der Zigarette und schaute auf die Glut,

runzelte die Stirn und versuchte sich zu erinnern. »Jetzt wo Sie das sagen, glaub ich, es war nur in einer Richtung«, er sah sie an, »aber ich kann mich nicht erinnern, in welcher.«

»Hatten Sie in Glasgow eine Tasche im Fach, die nicht abgeholt wurde«, fragte Maureen, »das letzte Mal, als sie an der Raststätte zurückgeblieben ist?«

Der Fahrer lächelte, sah auf seine Zigarette hinunter und nickte. »Auf dem Weg zurück«, sagte er. »Sie hat sie immer auf dem Rückweg auf dem Schoß gehabt.«

27
Gleichgültigkeit

Es war halb acht morgens, und die Straßen in King's Cross waren schon verstopft. Autos und Busse auf der Euston Road waren ineinander verkeilt, und Abgase hingen über den stillstehenden Fahrzeugen wie Rauch in einem Nachtclub. Der U-Bahn-Eingang auf der anderen Straßenseite schien die Fußgänger vom Bürgersteig in sich hineinzusaugen. Maureen wurde sich bewusst, dass sie zum ersten Mal seit Monaten nicht mit gesenktem Kopf ging, weil das Wetter so mild war und weil Michael nicht hier war und weil Vik gekommen war, um sie zu verabschieden.

Sie überquerte bei der Ampel die Straße und ging auf die U-Bahn zu. Am Fuß der Treppe stand ein schmutziger alter Mann mit einem Glasauge. Er lächelte glückselig dem grimmigen Strom schlechtgelaunter Menschen entgegen, genoss die warme Luft aus den Schächten und schälte mit einer Hand eine Orange, während sein anderer Arm mit einer runzligen, von einem Schlaganfall gelähmten Hand schlaff an der Seite hing. Die Pendler strömten geschäftig an ihm vorbei und wichen zur anderen Seite des Gangs aus, um ihn nicht ansehen zu müssen. Ihre Gleichgültigkeit machte ihn fast unsichtbar.

Unten war es drückend heiß. Als Maureen auf dem Bahngleis in Richtung Süden ankam, lief ihr der Schweiß am Rücken herab, die Feuchtigkeit zog in den Mantel und drohte ihn zu ruinieren. Ein leichter Luftzug wehte eine willkommene kühle Brise durch den Tunnel. Die Menschen drängten zum Zug, der von links in die Station hereinratterte.

Vor den sich öffnenden Türen bildeten die Fahrgäste Trauben, drückten von hinten nach und schoben sich in die Wagen, bevor die ankommenden Passagiere aussteigen konnten. Die Türen schlossen sich hinter Maureen, glitten an ihrer Tasche entlang, und der Zug fuhr mit einem Ruck an.
Im Inneren des Wagens standen die Pendler und Touristen eng aneinandergepresst und hielten tapfer an der Illusion fest, nichts miteinander zu tun zu haben. Die Stehenden sahen neidisch auf diejenigen, die Plätze hatten. Die Sitzenden schienen entspannt und froh, lasen in ihren Büchern oder starrten zufrieden auf den Hosenschlitz der Person, die vor ihnen stand. Ein norwegischer Tourist führte mit seinem Begleiter eine lautstarke Unterhaltung. Maureen dachte über Anns Transporte nach Glasgow nach und fragte sich, ob das etwas zu bedeuten hatte. Sie konnte sich nicht konzentrieren, ihre Augen brannten und waren müde, vor allem sehnte sie sich danach, sich zu waschen und zu schlafen. Ihr Mantel war viel zu dick, Schweiß drang in das wunderbare Seidenfutter, und sie verzerrte einen Rückenmuskel, als sie sich nach der Stange an der Decke streckte. Der Zug hielt, und eine neuer Schwall müder Pendler in ihren besten Büro-outfits stieg in den Wagen.
Sie erreichten Blackheath Station. Maureen hielt sich an Sarahs Wegbeschreibung, bog nach der Haltestelle rechts ab, folgte der steilen Straße einen Hügel hinauf und nahm dann die Abzweigung nach links. Blackheath war hübsch wie ein Postkartenmotiv. Die Geschäfte hatten große Rundbogenfenster, an denen unpassende rote Werbeplakate klebten. Sie kam an den Rand des großen Parks. Gediegene Kolonnaden hoher georgianischer Häuser gaben den Blick auf ein unbebautes Stück Land frei, das sich in der Mitte wie ein falscher Horizont zu einem kleinen Hügel erhob, als sei das Stück Grasland so unermesslich groß wie das Empire. Sarah Sim-

mons wohnte in Grote's Place – eine Straße von dem Park entfernt.

Maureen ging die Stufen zu Nummer drei hinauf, konnte aber keine Klingel finden. Sie hob den schweren Messingklopfer, hörte das Klappern von Pumps auf Stein, und die Tür ging auf. Sarah war für die Arbeit zurechtgemacht und trug eine weiße Bluse und einen dunkelblauen Rock mit passenden Strumpfhosen und Schuhen. Sie musterte Maureen, sah ihren teuren Mantel, die billigen Turnschuhe und die schwere Tasche. »Hallo, hallo, Maureen«, sagte Sarah und zog die Worte in die Länge, als habe sie nach der Begrüßung nichts mehr zu sagen. »Wie geht's dir?«

»Hi, Sarah, nicht schlecht«, sagte Maureen und lächelte. »Und dir?« Sie empfand wieder, genau wie in der Zeit ihres ganzen Studiums, wie hart ihr Akzent klang.

Sarah trat zur Seite und ließ sie eintreten. »Komm«, sagte sie lächelnd, »komm in meine bescheidene Hütte. Willkommen.«

Maureen trat in die Diele und schaute sich um. »Oh, Sarah«, sagte sie unwillkürlich.

»Nichts Besonderes«, sagte Sarah, vor beschämter Freude errötend. »Grannys altes Haus.«

Die Diele war über vier Meter hoch, schwarz-weiß gefliest, und auf der Textiltapete mit bourbonischen Lilien hingen blauschwarze Porträts bärtiger Männer in Marineuniformen. Rechts war eine hohe Holztreppe mit einer schwarzen Balustrade. Es war sehr still im Haus. Maureen deutete auf die Gemälde. »Wer sind denn diese tollen Männer?«, fragte sie.

»Verwandte«, sagte Sarah. »Tot. Die meisten an Syphilis gestorben. Pass auf, ich muss in einer halben Stunde zur Arbeit. Du könntest hierbleiben, aber ich habe keine Reserveschlüssel.« Sie sahen sich an. Sarah lächelte schwach und

senkte den Blick. »Ich kann dich im Auto in die Stadt mitnehmen, wenn du möchtest.«
Maureen nickte. Sarah vertraute ihr nicht. Sie wusste nur, dass sie und Maureen während des Studiums wenig gemeinsam hatten und dass Maureen seit damals wegen psychischer Probleme in Behandlung gewesen war. »Das geht in Ordnung«, antwortete sie direkt auf den versteckten Sinn hinter Sarahs Worten und ließ die Höflichkeit beiseite.
Sarah führte sie zur Hintertür und half ihr beim Ablegen des Mantels, den sie an einen Haken hängte. »Komm«, sagte sie und schob ihren Arm durch den von Maureen, »frühstücke doch kurz mit mir. Und erzähl mir alles, was du erlebt hast. Du musst einen Riesenhunger haben. Wie geht es deinem fabelhaften Bruder?«
Die beiden schlüpften vorübergehend in die Rolle von Freundinnen und gingen in die von einem großen Herd erwärmte Küche, wo Maureen ihren Tee trank und Sarah eine beschönigende Version der letzten vier Jahre vortrug. Sie war mit leichten Depressionen im Krankenhaus gewesen, Liams Geschäfte waren so gut gelaufen, dass er sein Studium finanzieren konnte, sie erzählte von ihrem Freund Douglas, der an einem Herzanfall gestorben war, und dass es ihrer Mutter nicht so schrecklich gut ging. Sarah war traurig, freute sich für sie und war wieder traurig, je nachdem, was die Geschichte verlangte. Sie trug am Tisch ihr Make-up auf, während Maureen ein lockeres Netz von Halbwahrheiten spann, dann kam Sarah an die Reihe.
Sie war am Ende des Studiums mit Hugo verlobt gewesen, aber aus ihrer Beziehung war einfach nichts geworden, sie passten nicht so gut zueinander, wie sie geglaubt hatten. Maureen hatte Hugo flüchtig kennengelernt, als er zum Abschlussball nach Glasgow gekommen war. Er hatte dicke Lippen, ein überzüchteter, jovialer Typ im Rugbyhemd. Er

schien kein Interesse an Sarah zu haben und schon gar nicht in sie verliebt zu sein, und Maureen war froh, dass sie ihn nicht geheiratet hatte. Jedenfalls hatte Sarah ihren Traumjob bei einem Auktionshaus bekommen, war vielbeschäftigt, machte Karriere und arbeitete an interessanten Aufgaben, alles war prima, und sie hatte ja auch das Haus, so dass sie sich um Geld keine Sorgen zu machen brauchte. Sie kannte alle in der Gegend hier und hatte dadurch gleich einen kompletten Freundeskreis um sich herum. Und die Leute hier waren *so* nett. Sie gingen immer zusammen aus. Sarahs Lügen waren so strahlend und fröhlich, dass sie Maureen leid tat. Sie war ein nettes Mädchen, und Maureen wünschte, etwas Schönes wäre ihr zuteil geworden, aber in dem alten Haus war es kalt, und Sarah wirkte verlassen und hilfsbedürftig.

»Also«, sagte Sarah, und beim letzten Schluck Tee blieb der größte Teil des Lippenstifts, den sie gerade aufgetragen hatte, am Tassenrand. »Gehen wir. Wohin musst du?«

Maureen sagte, sie müsse nach Brixton. Bei der Erwähnung dieses Stadtteils runzelte Sarah die Stirn. Sie müsse nicht in diese Richtung, aber es gebe von der Haltestelle unten am Hügel eine direkte Verbindung. Sie bestand darauf, Maureen zur Haltestelle zu fahren, die nur sechshundert Meter entfernt war. Maureen fragte sich, warum sie sie überhaupt eingeladen hatte, bei ihr zu übernachten. Sie hätte einfach nein sagen können.

»Sarah«, log Maureen, »du bist eine gute Freundin.«

Joe McEwan lehnte sich auf seinem Stuhl zurück und zündete sich die fünfte Zigarette dieses Morgens an. Er dachte wieder an sie. Je mehr er sich vornahm, nicht an sie zu denken, desto eher tat er es. Seine Mutter war vor anderthalb Monaten gestorben, und ihm war bewusst, wie schlecht er mit ihrem Tod fertig wurde; er verlor die Beherrschung, arbeitete zuviel, hatte wieder zu rauchen angefangen. Immer wenn er sich entspannte oder einmal nicht an seine Arbeit dachte, stellte sich Patsy ein, wartete auf ihn, ihre Hand, ihre Stimme, ihre Augen. Am Abend bevor der Anruf wegen Hutton kam, hatte er allein und melancholisch zu Hause gesessen und ihre Papiere durchgesehen. Dies war genau, was er brauchte: Eine große Ermittlung mit Verflechtungen in der ganzen Stadt.

Hutton war ermordet worden, weil er allein dealte. Er gehörte zur neuen Generation, die sich die Stufenleiter hinaufschob, eine der schlimmsten Nebenwirkungen der Operation *No-go*. Denn diese Operation war ein gemischter Erfolg. Die Preise und Profite stiegen und verwandelten niederträchtige Männer geradezu in Bestien. Das hieß mehr tote Junkies in den Toiletten der Einkaufszentren. Wenn neue Dealer auftauchten, um die alten zu ersetzen, verkauften sie den ersten paar Kunden praktisch reines Heroin, damit sich herumsprach, dass sie mit guter Ware dealten. Ein Tod durch Überdosis zog die Kunden an wie eine Werbekampagne. Aber die alten Kräfte kämpften noch um die Vorherrschaft, und Huttons Verletzungen waren so, dass sie als Warnung an andere aufstrebende Unternehmer verstanden werden mussten.

McEwan kannte Hutton. Er hatte ihn ein paar Jahre zuvor als Angeklagten vor Gericht gesehen, weil er seinen Nachbarn zusammengeschlagen hatte. Der Richter hatte ihn gefragt, warum er den Spitznamen Bananas trage, und Huttons stumpfer Junkieblick war im Raum herumgeirrt. »Ich mag Bananen«, sagte er, und die Zuhörer lachten. »Ich könnte den ganzen Tag nichts anderes essen.« Er versuchte danach, seine angebliche Vorliebe für Obst in jede Antwort einzuflechten, überstrapazierte damit den Witz, spielte sich vor dem Publikum auf, verstimmte den Richter und zog die Aufmerksamkeit des Gerichts auf seinen verwirrten Gemütszustand. Es war, als meine er, die Zuhörer hätten über sein Schicksal zu entscheiden.

Ein plötzliches Klopfen an der Tür kündigte Detective Inspector Inness' ersten Besuch des Tages an. Inness hatte in letzter Zeit den größten Teil von McEwans schlechter Laune abbekommen. McEwan wusste, dass das nicht richtig war und er sich diese Unbeherrschtheit nicht erlauben durfte, aber er fand Inness äußerst irritierend. Und je unverschämter McEwan war, desto unterwürfiger gab sich Inness.

»Sir«, sagte er und trat mit einem Stück Papier in der Hand ins Büro. Inness hatte immer ein Papier bei sich, als hätte seine Mama ihm die schriftliche Erlaubnis gegeben, zur Polizei zu gehen. Es war ein oft wiederholter Witz auf der Wache. Wenn er keinen Dienst hatte und kein Papier bei sich trug, hatte er immer eine Plastiktüte dabei. »Der DI und der DC von der Met sind unten. Möchten Sie noch, dass ich das in die Hand nehme?«

»Ja, ich setz mich dazu. Bringen Sie sie ins Besprechungszimmer zwei, bitte«, sagte McEwan und begann den Tag so, wie er jeden Tag begann – mit dem guten Vorsatz, nicht auf Inness herumzuhacken.

Inness führte sie herein, und DI Williams und DC Bunyan nahmen ohne Aufforderung am Tisch Platz. Williams war ein dicklicher Mann mit Glatze und kleiner Goldrandbrille. Bunyan war ein hübsches kleines Ding, zierlich und schlank mit kurzem blondem Haar und einem dezenten Hauch hellen Lippenstifts. Sie trugen schicke dunkle Jacken, er mit passender Hose, sie mit einem Rock, der gerade bis zum Knie reichte und den McEwan nicht unbedingt gutheißen konnte. Wären sie aus einem anderen Landesteil gekommen,

dann hätte er nicht an dem Gespräch teilgenommen, aber sie waren von der Met und sollten wissen, mit wem sie es in diesem Territorium zu tun hatten.
»Zunächst möchten wir Ihnen für Ihre Zusammenarbeit danken, Sir«, sagte Williams, und McEwan erkannte sofort den Akzent. »Das hat uns sehr geholfen.«
»Sind Sie aus dem Glasgower Süden?«, fragte McEwan.
»Ja«, sagte Williams und lächelte. »Mein Dad war Polizist. Govan, von zweiundsechzig bis neunundsiebzig.«
»Warum sind Sie in der Met?«
»Aus Aufmüpfigkeit«, sagte er, und McEwan lächelte. Die regionalen Polizeikräfte mochten die Met nicht. Man betrachtete sie als arrogant und lasch. Für Williams' Vater war das bestimmt ein großes Ärgernis gewesen.
»Waren Sie heute Nacht bei Ihrer Familie?«
»Nein, sie sind alle weggezogen. Wir haben in einer Pension in Battlefields übernachtet.«
»Das ist ziemlich weit.«
»Ja, aber vertraut.«
»Ja.« McEwan gab Inness ein Zeichen, dass er mit der Lagebesprechung beginnen solle.
Inness blätterte in den Notizen, die vor ihm lagen. »Über die Verstorbene ist nicht viel bekannt«, sagte er, »deshalb weiß ich nicht, ob wir Ihnen weiterhelfen können. Der Ehemann wurde befragt, nachdem sie als vermisst gemeldet wurde, und er behauptete, er hätte sie seit November nicht gesehen. In den Notizen steht, er sei ein ruhiger Mann, der sich sehr um ihre Sicherheit gesorgt habe. Die Gegend ist nicht schlimm – arm, aber nicht gefährlich.«
»Wer steht bis jetzt unter Verdacht?«, fragte McEwan.
Williams richtete sich auf, von dieser Einmischung etwas aufgeschreckt. »Na ja«, sagte er, »der Mann hat sie früher schon ziemlich schlimm verprügelt, aber wir haben keinen

Hinweis, dass er in London war, und wir haben noch keine Gelegenheit gehabt, ihn zu verhören.«

»Sind Sie nicht gestern Abend da gewesen?«

»Ja«, schaltete sich Bunyan ein, »aber wir konnten ihn nicht befragen, weil er den Kindern noch nichts gesagt hat.«

McEwan beachtete die Frau im kurzen Rock nicht, sondern sah weiter Williams an. »Er hat ihnen nicht gesagt, dass sie vermisst ist?«

»Er hat ihnen nicht gesagt, dass sie tot ist«, sagte Williams und zog die Augenbrauen hoch.

McEwan neigte den Kopf zur Seite und seufzte. »Wie viele Kinder?«, fragte er.

»Vier«, antwortete Williams.

McEwan sah auf die Notizen hinunter und schüttelte den Kopf. »Sie haben immer Kinder«, sagte er langsam. »All diese Katastrophenpaare haben Kinder.«

»Ja, Sir«, nickte Williams. »Sie haben immer Kinder.«

Williams sprach leise, respektvoll, aber bestimmt, und McEwan dachte, er könnte wahrscheinlich gut mit ihm zusammenzuarbeiten.

Inness blätterte in seinem Notizbuch und fing wieder an vorzulesen. »Sie haben vier Kinder, was Sie ja schon wissen, und offensichtlich sind Sie auch schon über das Frauenhaus informiert.«

»Ja«, sagte Bunyan, rutschte nach vorn und legte ihre Hände auf den Tisch. »Wir gehen später hin.«

Hugh McAskill klopfte an die angelehnte Tür und schaute herein. »Was gibt's?«, fragte McEwan.

»Sie haben Huttons Freundin unten, Sir.«

»Na ja«, sagte Williams und stand auf, »ich sehe schon, Sie haben allerhand zu tun, wir lassen Sie dann in Ruhe.«

»Gut«, sagte McEwan. »Dann geben Sie uns also Bescheid, wie es läuft. Wenn wir etwas tun können, meine ich.«

McAskill stand an der Tür, hielt sie für die Besucher auf und folgte ihnen dann, um sie hinunterzugeleiten. Inness blieb an der Tür stehen.

»Sie findet sich wohl ziemlich toll, was?«, sagte McEwan, gab Inness damit Gelegenheit zur Zustimmung und beruhigte dadurch sein eigenes Gewissen.

»Ja, Sir, das stimmt.«

28
Coldharbour Lane

Bis zur Ankunft in Brixton hatten sich die Reihen der Fahrgäste gelichtet. Maureen stieg aus, ging die Treppe hinunter und genoss die erfrischende kalte Luft auf der Straße. Alle in Brixton hatten sich für einen milden Frühlingstag gekleidet, nur Maureen war auf den Höhepunkt eines sibirischen Winters vorbereitet. Nachdem der Schweiß aus der U-Bahn getrocknet war, fühlte sie sich schmutzig und feucht. Sie hielt vor dem Schaufenster von Woolworth's an und nahm ihren Stadtplan heraus. Das Büro des Rechtsanwalts war gleich auf der anderen Seite der Einkaufsstraße, und Moe Akitza wohnte oben in Brixton Hill, ihre Wohnung war leicht zu Fuß erreichbar. Der Piepser in ihrer Tasche fing an zu summen, sie tastete danach und fand ihn auf dem Boden der Tasche unter einem Paar Hosen. Jimmy teilte ihr mit, das Kindergeld sei gestern abgeholt worden.

Sie wartete an der Ampel, ging zum Ritzy Kino hinüber und betrat die Coldharbour Lane. Die Straße zweigte von der Einkaufsstraße in einem 45-Grad-Winkel ab. Es gab hier viele Bistros und Weinbars, kleine Restaurants und geschmackvolle Textilgeschäfte. Aber an der Kreuzung Electric Avenue und Gemüsemarkt war die tapfer in Angriff genommene Verwandlung in eine neue Schicki-Micki-Gegend plötzlich erlahmt. Die Coldharbour Lane verkam zu einem klapprigen Ghetto. Ein großes, an einen Laternenpfahl gebundenes Schild mit einer polizeilichen Bekanntmachung verkündete, vor drei Tagen sei jemand um 2.09 Uhr auf der Straße erschossen worden und man bitte um Hinweise dazu.

Neben einem Geschäft, in dem es nichts als neongelbe Hähnchen zu kaufen gab, stand eine zerfallende viktorianische Kneipe mit einem abbröckelnden Säulenvorbau. Es war das Pub *Coach and Horses*, in dem Mark Doyle vor Weihnachten Ann gesehen hatte. Es hatte noch nicht geöffnet, aber dunkle Gestalten bewegten sich hinter den kleinen orangefarbenen Glasscheiben. Es sah schmutzig und heruntergekommen aus, und Maureen konnte sich Ann als Kundin gut vorstellen. Hinter der beschädigten Eisenbahnbrücke aus Backstein stand eine Reihe geschmackvoller viktorianischer Häuser, in denen Geschäfte untergebracht waren. An der Ecke war hinter einer Gruppe von Telefonhäuschen ein weiß gestrichenes Pub, das Angel hieß, und daneben ein hohes Bürofenster mit Vertikaljalousetten. McCallum and Arrowsmith, Rechtsanwälte. Maureen machte die Tür auf, bei ihrem Eintritt erklang eine helle Glocke, und sie blieb vor einem Tisch stehen und versuchte, die Aufmerksamkeit der Sekretärin auf sich zu ziehen.

»Da müssen Sie schon ’n bisschen Zeit mitbringen.«

Eine sehr kleine Frau in einer kurzen, weiten Jacke aus Webpelz saß auf einem der Plastikstühle vor dem Fenster. Sie hatte leicht gebräunte Haut, dünne braune Haare und vorstehende Facettenaugen wie ein Insekt. Sie lehnte mit dem Kopf an der Fensterscheibe, hatte die Augen halb geschlossen und sah aus wie ein kleiner, sehr schöner exotischer Frosch. »Sie lässt sich verdammt viel Zeit«, sagte sie mit dem gemäßigten Akzent der Glasgower besseren Gesellschaft.

Trotz ihrer Weltgewandtheit fand Maureen die Fremde etwas einschüchternd. Dabei sah sie gar nicht gefährlich aus. Ihr Haar hatte sie im Nacken zu einer losen Rolle frisiert, und ihre zierlichen Slipper sahen teuer aus.

»Das kann dauern«, sagte die Fremde.

»Da haben Sie recht«, sagte Maureen zurückhaltend.

Ohne sich aufzurichten öffnete die Froschfrau ein blutunterlaufenes Auge. »Glasgow?«
Maureen nickte schwach.
»Wo genau?«
»Garnethill.«
Die kleine Frau schloss ihr Auge und lächelte milde. »Ah, Garnethill«, sagte sie. »Ich hab an der Kunsthochschule studiert. Lange her.«
Maureen fragte sich, warum die Frau beim Rechtsanwalt war. Sie könnte eine Kriminelle sein, oder vielleicht wollte sie sich scheiden lassen. Irgendwie schien Scheidung die wahrscheinlichere Alternative. Allerdings wirkte sie recht zufrieden. Ein Telefon klingelte auf dem Schreibtisch, und ein Anrufbeantworter schaltete sich ein. Maureen erinnerte sich, warum sie hier war, und wandte sich wieder dem Tisch zu. Das Zimmer war schmal, zwei Schreibtische standen vor einer Tür, die zu den Büros der Rechtsanwälte führte. Die junge Sekretärin, eine Asiatin, war allein und tippte etwas, das sie mit Kopfhörern abhörte. Sie hatte eine Dauerwelle, die festen Locken mit Henna dunkelrot gefärbt. Von ihrem Platz konnte sie den Empfangsbereich schlecht einsehen, aber sie hatte Maureen bemerkt und schaute ein paarmal zu ihr hin, nickte und hob die Hand kurz von der Tastatur, um sie wissen zu lassen, dass sie sich gleich um sie kümmern werde. Maureen zog einen Kuli und den Block von der Raststätte aus ihrer Tasche, stand zum Notieren bereit vor dem Tisch und bemühte sich, gewichtig auszusehen.
»Warten Sie nur, bis Sie ihre Augen sehen«, flüsterte die Frau in der Pelzjacke.
Maureen war sich nicht einmal sicher, ob sie mit ihr sprach.
»Entschuldigung«, sagte sie, »warten Sie darauf, dass Sie an die Reihe kommen?«
»Warten Sie nur, bis Sie ihre Augen sehen.«

Von dem seltsamen Spruch verwirrt, lächelte Maureen. Obwohl sie die Augen geschlossen hielt, lächelte die kleine Frau ebenfalls, leckte sich die Lippen und lehnte den Kopf wieder an das Fenster.
Nach sechs langen Minuten, in denen Maureen immer heißer wurde, nahm die Sekretärin ihre Kopfhörer ab und schlenderte zum Tisch herüber. Sie trug farbige Kontaktlinsen, die so hellblau waren, dass ihre Pupillen aussahen, als ob sie strahlten und am Rand mit dem Weiß ihres Augapfels verschmolzen. Maureen hätte fast aufgeschrien, konnte sich aber noch bremsen. Sie sah zu der Froschfrau hinüber, die noch immer die Augen geschlossen hielt, aber Maureens heftiges Unbehagen spürte und vor sich hin grinste.
»Ihren Namen bitte«, sagte die Sekretärin in einem knappen, munteren Tonfall. »Wann und bei wem haben Sie einen Termin, bitteschön?« Die gefärbten Haare, die Dauerwelle und die Kontaktlinsen sollten wohl jede persönliche Eigenart verdecken, als wolle sie auf keinen Fall sie selbst sein.
»Ich habe keinen Termin«, sagte Maureen. »ich würde gern mit Ihnen sprechen.«
Die Sekretärin sah auf, und Maureen schrak wieder zusammen. »Ich wollte Ihnen ein paar Fragen stellen«, sagte Maureen und bemühte sich um einen respekteinflößenden Tonfall. »Es dauert nur fünf Minuten. Wäre das in Ordnung?«
»Sie verkaufen keine Büromaterialien, oder?«
»Nein.«
»Ich darf nämlich nichts bestellen.«
»Nein, nein, ich wollte Sie nur etwas fragen.«
»Welcher Art sind Ihre Fragen?«, sagte sie.
»Ich wollte Sie nach einem Mann fragen, der James Harris heißt.« Sie ließ das einen Moment im Raum stehen. »Er ist

gestern vor einer Woche in dieses Büro gekommen. Er glaubte irrigerweise, dass es eine andere Kanzlei sei.«
Die Sekretärin grinste. »Der kleine Schotte, der meinte, er sei wegen einer Testamentseröffnung hier? Wie im Kino?«
»Genau der«, sagte Maureen. »Er hat mit Ihnen gesprochen, nicht wahr?«
»Ja, das hat er. Er zeigte mir den Brief.« Sie lächelte. »Natürlich war alles gefälschter Blödsinn. Wir haben nur Strafverfahren, und außerdem war es nicht mal unser Name. Wir *waren* einmal McCallum and Headie, aber Mr. Headie ist vor drei Monaten gegangen.«
»Und Mr. Arrowsmith ist dazugestoßen?«
»Ja.«
»Mr. Headie ist gegangen, ja?«, Maureen schaute auf. Die Sekretärin schien verlegen, aber sie verriet nichts. »Ist er in den Ruhestand getreten?«
Die Sekretärin wusste nicht, was sie sagen sollte. »Sozusagen.«
»Gut«, sagte Maureen und schrieb »Scheiße« in ihr Notizbuch. »Sind Sie gut mit ihm ausgekommen?«
»Er war als Chef ein netter Mann …«
»Und wo ist er jetzt?«
Die Sekretärin zögerte und blickte zu der Froschfrau hinüber. »Er ist in Wandsworth, glaube ich«, murmelte sie.
»Könnten Sie mir die Nummer seines neuen Büros geben?«
Die Sekretärin kicherte und hielt ihr Klemmbrett hoch, um ihren Mund dahinter zu verbergen. Sie neigte sich zur Seite, um über Maureens Schulter sehen zu können, und die Froschfrau kicherte auch. »Ich habe die Nummer seines Büros nicht.«
»Na ja, dann danke ich Ihnen für Ihre Zeit«, sagte Maureen und schlug das Notizbuch zu. Ein Sonnenstrahl traf ihr Auge und ließ sie zusammenzucken. »Noch mal vielen Dank.«

Die Sonne auf der Straße war warm, und Maureen brauchte jetzt unbedingt etwas Süßes, um munter zu werden. Die Tür zum Angel-Pub stand weit offen, um die Morgenluft hineinzulassen.

Sie schaute hinein, ob geöffnet war. Es war leer, aber jemand stand hinter der Bar, las Zeitung und trank aus einem blauen Becher. »Haben Sie geöffnet?«, rief sie.

»Nee, ich warte auf den Bus.«

Das Lokal war bis auf halbe Wandhöhe mit dunklem Holz getäfelt und die Decke mit weißer Temperafarbe geschmackvoll gestrichen. Auf die Fensterscheiben geklebte Bildmotive dämpften das Licht. Die Person hinter der Bar war entweder eine maskuline Frau oder ein kleiner Mann mit zarter Haut. Aber kleine Hügelchen unter ihrem T-Shirt verrieten sie. Sie sah auf Maureens Füße, als sie zur Bar ging, und wartete, dass Maureen etwas sagte.

»Kann ich eine Limonade mit Eis haben, bitte?«

Die Frau klatschte ihre Zeitung auf den Tresen, schlenderte zu Maureen hinüber und goss ihr das Getränk aus einer großen Plastikflasche ein, auf der ein Preisetikett über 99 Pence klebte. »'n Pfund«, sagte sie und streckte die Hand nach dem Geld aus.

»Wo ist das Eis?«

»Kein Eis.«

»Sie verlangen ein Pfund für ein Glas, wenn die ganze Flasche weniger als ein Pfund kostet?«

»Das ist der Preis.«, sagte sie. »Soviel kostet's anderswo auch.«

Maureen gab ihr eine Münze. »Hier«, sagte sie. »Damit können Sie Ihre ganze Bar wieder auffüllen.«

Die Frau schraubte den Deckel wieder auf die Flasche und ging langsam zu ihrer Zeitung zurück. Maureen trank schweigend und dachte über das Gespräch mit der Sekretärin nach und was wohl an Mr. Headies neuem Büro so komisch war.

»Sind Sie eigentlich von der Heilsarmee?«, rief ihr die burschikose Frau zu.

»Warum?«, fragte Maureen.

Das Mannweib wies auf ihr Getränk. »Weil Sie in einem Pub Limonade trinken.«

»Ich dachte, die kommen gar nicht in Pubs, oder?«

»Doch, wenn sie Geld sammeln.«

Maureen lächelte, schaute auf ihr Glas und nahm noch einen Schluck. »Es ist schön hier drin.«

»Ja«, die Frau runzelte die Stirn, »meine Freundin hat es gerade renoviert. Sie hat einen guten Geschmack.«

»Ja«, nickte Maureen, »das stimmt wirklich.«

»Natürlich kann man sich die Kunden nicht aussuchen.«

»Derbe Gesellschaft, was?«

»Sehr derb. Wir hatten für den Mittagstisch auf Kundschaft aus den Büros gehofft, aber sie kommen nicht bis hier hinauf.«

»Wie ist denn das Coach and Horses?«

Die Frau fuchtelte mit der Hand vor ihrer Nase herum. »Wilde Kerle. Schotten und Iren hauptsächlich – und wie die drauf sind, wissen Sie ja, oder?« Die Frau schlenderte wieder zu ihr herüber. »Ich kenn doch euch Schotten, knickerige Pfennigfuchser, alle miteinander.« Sie holte die Flasche Limonade unter dem Tresen hervor und füllte Maureens Glas nach.

»Wofür war das denn?«, fragte Maureen.

»Ich will nicht, dass Sie hier Streit anfangen und meine anderen Kunden abschrecken«, sagte sie, unterdrückte ein Lächeln und wirkte zehn Jahre jünger.

In der Türöffnung erschien ein Schatten. Es war die kleine Froschfrau aus dem Anwaltsbüro. Sie kam an die Bar, setzte sich auf einen Platz ein Stück von Maureen entfernt und bestellte Mineralwasser. Sie bezahlte und nickte Maureen zu. »Das sind Augen, was?«, sagte sie.

Maureen nickte vorsichtig zurück. »Ja, unheimlich«, sagte sie und deutete mit dem Daumen auf das Büro. »Warten Sie auf Ihren Freund?«

Die Froschfrau biss sich auf die Zunge, lachte und senkte das Kinn auf die Brust. »Ja, sozusagen«, sagte sie. »Wieso haben Sie nach Mr. Headie gefragt?«

Maureen drehte sich zu ihr um. Sie dachte schnell nach und sagte: »Ich arbeite für ein Anwaltsbüro in Schottland. Ich soll hier unten etwas herausfinden.«

Die Frau setzte ihr Glas ab, neigte den Kopf nach hinten und sah Maureen von der Seite an. »Das ist Quatsch«, sagte sie. »Wenn Sie für eine Anwaltskanzlei arbeiten würden, wüsste man dort Bescheid über Mr. Headie und auch wo sein Büro ist, man hätte darüber in den Juristischen Mitteilungen gelesen.«

Maureen war sehr müde und fühlte sich schmutzig. »Mhm«, sagte sie, denn ihr fiel nichts Schlaues mehr ein. »Wissen Sie denn, wo sein Büro ist?«

Die Frau lächelte sarkastisch. »Sie wohnen nicht hier, oder?«

»Nein«, sagte Maureen, »ich bin erst heute früh runtergekommen.«

»Ja.« Die Frau nahm noch einen Schluck.

»Und Sie kennen sich wohl gut aus, oder?«

Die Frau lächelte ihr zu, hielt sich am Tresen fest und neigte sich zu ihr hinüber. Sie streckte ihr die Hand hin. »Kilty Goldfarb«, sagte sie.

Maureen stieß ein belustigtes Lachen aus. »Ach, hören Sie auf«, sagte sie. »So heißen Sie doch nicht wirklich.«

Kilty lachte auch, erfreut über Maureens Reaktion. »Doch«,

beharrte sie. »Meine Familie kam aus Polen, und meine Großmutter hat den Namen zu Ehren ihrer neuen Heimat erfunden.«

Maureen hörte auf zu lachen und murmelte eine Entschuldigung.

»Sie sind ganz schön keck«, lächelte Kilty. »Wer sind Sie denn überhaupt?«

»Maureen O'Donnell.«

»Das ist ja nicht gerade ein exotischer Name, was?«

»Schon, wenn man aus Swasiland kommt«, sagte Maureen.

Kilty trank ihr Glas aus. »Hungrig?«

»Ein bisschen.«

Kilty deutete die Straße hinunter. »Ich kenne ein kleines exotisches Lokal.«

Eine ganze Schar dürrer Jugendlicher, die unterschiedlich abgetragene braune Schuluniformen trugen, schwangen ihre Schultaschen über den Köpfen, traten sich gegenseitig und lachten. Williams drehte sich um und starrte sie an, aber Bunyan duckte sich. »Lassen Sie das«, sagte sie und wandte sich den grau gesprenkelten Türen des Aufzugs zu.

»Was soll ich lassen?«, sagte Williams laut.

»Lassen Sie es, sagen Sie nichts. Sehen Sie, hier ist schon der Aufzug.«

Die Stahltüren glitten auseinander, und sie stiegen ein.

»Ich hab ja nur zugesehen«, sagte Williams. Er stand an der Rückwand des Aufzugs, und Bunyan drückte auf den Knopf. »Sie haben doch keine Angst vor ihnen, oder?«

»Mich mit einer Bande Glasgower Jugendlicher herumzuschlagen ist nicht gerade meine Vorstellung von einer angenehmen Abwechslung, Sir.« Sie drehte sich um und sah ihn an. »Sind Sie sicher, dass er da sein wird?«

»Ja«, sagte Williams. »Er ist da. Er erwartet uns erst

um zwei. Aber jetzt ist er da und schickt die Kinder in die Schule.«

Sie gingen den zugigen Korridor entlang und klopften laut an James Harris' Tür. Der älteste Junge öffnete. Er war noch im Schlafanzug, sah mit einem breiten, fröhlichen Lächeln zu Williams auf und sagte mit morgendlich heiserer Stimme: »Hi.« Er hustete und klang wie jemand, der zwanzig Zigaretten am Tag raucht.

»Hallo«, flüsterte Bunyan in ihrem läppischen Kindertonfall. »Was machst du denn noch im Pyjama?«

Der Junge drehte sich um, rannte ins Wohnzimmer und rief seinen Vater. James Harris war schon draußen gewesen. Eine Einkaufstasche lehnte an der Wand neben der Küche, und er hatte noch die Jacke an. Er saß in seinem Sessel und machte die beiden Kleinsten zum Ausgehen fertig. Die Jungen hatten gleichfarbige Mützen und Regencapes an, papierdünn und dunkelgrün, eine Farbe, die nicht gerade zu Kindern passte. Harris schaute auf und sah die Polizeibeamten auf der Schwelle stehen. Er rollte mit den Augen und blinzelte bedächtig. Williams und Bunyan warteten, dass er etwas sagte. Sie warteten eine volle Minute.

»Ich dachte, Sie wollten um zwei kommen«, murmelte er und nahm einem der Kleinkinder die Mütze wieder vom Kopf.

»Warum sind die Jungs nicht in der Schule?«, fragte Bunyan.

»John ist schon weg«, sagte Harris ruhig und legte die kleine Wollmütze flach auf sein Knie. »Alan geht's nicht gut.«

»Ich habe Husten«, sagte Alan und schaute bewundernd zu Williams auf.

Williams beachtete ihn nicht. »Wir müssen mit Ihnen allein sprechen, Mr. Harris. Können Sie die Kinder eine Weile zum Spielen nach oben bringen?«

»Sie bleiben nicht dort«, sagte Harris und sah zu Boden.
Williams räusperte sich. »Dann werden wir hier mit Ihnen reden, vor den Kindern. Das ist Ihre Sache.«
Harris resignierte. »Alan«, sagte er, »bring die Kleinen nach oben.«
»Ach nee, ich bleib hier«, sagte Alan. Er schaute zu Bunyan hoch. »Ihr könnt vor mir reden. Und die Babys verstehen eh nichts.«
Harris seufzte, rieb sich die Augen und zog die dünne Haut seiner Lider hin und her. »Bring die Kleinen nach oben, Alan.«

Kilty Goldfarb nahm den Hamburger aus dem Styroporbehälter und entfernte das Papier.
»Ah, McFood«, sagte sie. »Erinnert mich an den guten McScotland.«
Maureen trank von ihrer Cola und knabberte ein paar salzige Pommes. »Bist du schon lange weg?«
»'n paar Jahre.« Kilty dachte nach. »Fünf, glaub ich. Gleich nach dem Examen bin ich runtergekommen, um einen Kurs in Sozialarbeit zu machen, und bin dann hängen geblieben.«
Sie biss in ihren Hamburger, hielt mürrisch inne, griff sich in den Mund und zog eine Scheibe Gewürzgurke heraus, als sei es ein Haar, und legte sie auf eine Serviette.
»Warum hast du Sozialarbeit studiert, wenn du doch an der Kunsthochschule warst?«
»Graphik erschien mir nicht so wichtig. Ich wollte die Welt retten.«
Maureen lehnte sich zurück. »Denkst du manchmal daran, nach Hause zurückzugehen?«
Kilty seufzte. »Andauernd. Es ist schwierig, hier unten eine Wohnung zu finden und Leute kennenzulernen, mit denen man etwas gemeinsam hat. Aber außer meinen Eltern sind

dort oben alle, die ich kannte, weggezogen. Ich hab dort eigentlich keine Freunde mehr.« Sie lächelte. »Die Auswanderer sind die besten Patrioten. Was treibst du sonst noch außer der erfundenen Arbeit bei den nicht existenten Anwälten?«

»Ich hab meinen Job gerade aufgegeben. Ich habe für die Frauenhäuser in Glasgow gearbeitet.«

»Ach ja?« Kilty nickte. »Warum hast du aufgehört?«

Maureen versuchte sich etwas auszudenken, gab dann aber auf. »Ich war eine Niete, und bald wäre man dahintergekommen. Außerdem hatte ich es satt. Nie kam irgendwas dabei raus, und dann der ganze Papierkram, all der Mist.«

»Nicht aufregend genug?«

Maureen nickte und nahm einen Schluck Cola.

»Ich weiß, was du meinst«, sagte Kilty. »Als ich angefangen hab, wollte ich in brennende Häuser rennen oder mit wilden Tieren kämpfen, statt möglichst effektiv Formulare auszufüllen. Es ist eine ziemliche Enttäuschung.« Sie aß den letzten Bissen ihres Hamburgers und wischte sich die Hände ab. »Hast du Zigaretten?«

Maureen holte ihre Packung heraus und legte sie auf den Tisch. Kilty nahm sich eine und sah auf die Spitze hinunter, während sie sie mit Viks Feuerzeug anzündete. Sie zog den Rauch ein, atmete aus und nahm sofort den nächsten Zug. Maureen sah ihr zu. »Du rauchst wohl nicht oft, oder?«

Kilty schüttelte ihren kleinen Kopf. Sie hielt inne und sah auf die Zigarette. »Ich wäre so gern eine richtig zynische Raucherin. Ich versuch's immer wieder, aber ich krieg's nicht hin.«

Maureen nahm ihr die Zigarette ab. »Gib sie mir, das schadet dir nur. Auf wen hast du beim Rechtsanwalt gewartet?«

»Auf einen Klienten, dem ich beistehen soll«, sagte Kilty, richtete sich auf und gab sich einen verantwortungsbewussten Anstrich. »Ein junger Typ. 'n bisschen Ärger.«

Maureen nickte. »Hör mal, als Sozialarbeiterin, weißt du da etwas über Sozialhilfe?«

Kilty sah sie vorsichtig und zurückhaltend an. »Warum?«

»Der Grund, warum ich wirklich hier bin«, fuhr Maureen fort, »ist nämlich, dass ich jemanden suche.«

Kiltys Blick ermutigte sie weiterzusprechen.

»Sie kam in Glasgow zu uns«, erzählte Maureen, »sie ist in einem furchtbaren Zustand ins Frauenhaus gekommen und dann verschwunden, aber sie ist hier unten gesehen worden.«

»Willst du dich vergewissern, dass sie nicht zu dem Mann zurückgegangen ist, der sie geschlagen hat?«

»Ja«, sagte Maureen, erleichtert, dass ihre Geschichte sich bewährte.

»Und«, sagte Kilty, »warum fragst du dann bei einem Rechtsanwalt nach neuen Partnern und Mr. Headie?«

Maureen hatte das ganz vergessen. »Oh, also, sie bekam einen Brief von einem Büro mit dem falschen Briefkopf ...«

Kilty unterbrach sie. »Aber wenn du sie suchst, wer ist dann der kleine Schotte?«

Maureen fiel keine weitere blöde Lüge ein, um die anderen dummen Lügen zu vertuschen. »Ich habe immer gehört, Leute von der Kunsthochschule seien Dummköpfe«, sagte sie.

Kilty zog abwechselnd die eine und dann die andere Augenbraue hoch und bewegte sie auf und ab.

»Ich kann dir ihre ganze Geschichte nicht erzählen.« Maureen sah auf die Augenbrauen und hoffte, Kilty würde es noch einmal tun. »Ich kann das jetzt nicht machen.«

Kilty sah unverhältnismäßig verärgert aus. »Ich sollte ge-

hen«, sagte sie, stand auf und nahm ihren Pelz und ihre Handtasche.
»Was hast du morgen vor?«
»Arbeit«, sagte Kilty.
»Und am Samstag?«
»Ich arbeite auch samstags.«
»Sollen wir uns zum Lunch treffen?«, sagte Maureen schnell, es war ihr offenbar sehr wichtig. »Ich kenne die Gegend überhaupt nicht, und irgendwo hier in der Nähe ist sie verschwunden.«
Kilty stand neben ihr und schien misstrauisch.
»Ich hab nur gedacht, du könntest vielleicht jemanden kennen«, sagte Maureen. »Ist schon gut.«
Kilty zog ihre Jacke an und kämpfte sich aus dem Tisch. Sie schlang den Riemen ihrer Tasche über den Kopf. »Hier, morgen um zwölf?«
»Ja.« Maureen strahlte. »Um zwölf.«
»Hört sich an, als würdest du ein dramatisches Geheimnis hüten.« Kilty ging an Maureen vorbei zu der schweren Glastür und zog sie mit aller Kraft auf. »Ich krieg's schon noch raus.« Sie trat auf die Straße hinaus.

Maureen suchte die Telefonnummer von Anns Schwester heraus und machte sich zu einer Telefonzelle auf. Pornografische Fotos hilfloser junger Frauen klebten im Inneren der Zelle. Auf den Visitenkarten stand, sie seien Schülerinnen, schlimme Mädchen, unanständig, gerade noch legal, französisch und schwedisch, jetzt anrufen.
»Hallo, Mrs. Akitza?«
»Ja?«
Maureen sagte, sie sei im Auftrag von Jimmy Harris' Familie in London und werde sich die nächsten paar Tage, vielleicht eine Woche lang, umsehen. Sie wolle in zehn Minuten zu ihr

kommen, kenne aber die Gegend und den Weg zu ihrer Wohnung nicht. Die Stimme am anderen Ende zögerte, beschrieb ihr aber dann den Weg von der U-Bahn-Station. Anns Schwester schien nicht sehr gespannt darauf, sie zu sehen. Sie legte auf, ohne sich von Maureen zu verabschieden.

29
Heiser

James Harris hatte zwanzig Minuten lang auf seine Füße hinuntergestarrt. Eine vorstehende blaue Vene pulsierte unter seinem Auge. Bunyan und Williams standen neben ihm, stellten ihm Fragen und warteten auf Antworten, die nicht kamen. Nur die vier Male, als Alan herunterkam und laut an die Wohnzimmertür schlug, bevor er hereinkam, erwachte Harris zum Leben. Die beiden ersten Male hatte Alan behauptet, etwas vergessen zu haben, und ging langsam mit einem zerbrochenen Spielzeug oder einem Kuli wieder hinauf. Dann kam er herunter, um Sachen für die Kleinen zu holen, eine Tasse mit Saft und ein Stück Brot. Beim Anblick des Jungen richtete sich Harris auf, erwachte förmlich und schimpfte mit seinem ältesten Sohn, weil er gekommen war, um ihn zu retten. Beim letzten Mal fing Alan in der Küche an zu weinen und wollte nicht sagen, warum. Er kroch auf den Schoß seines Vaters und weigerte sich wegzugehen. Williams ging mit Bunyan in den Flur. »Rufen Sie auf Ihrem Handy in Carlisle an«, murmelte er. »Sagen Sie ihnen, wir werden vielleicht ein Vernehmungszimmer brauchen. Und versuchen Sie den Notdienst des Jugendamts zu erreichen, und geben Sie wegen der Kinder Bescheid.«

Bunyan schaute ins Wohnzimmer zurück. »Warum sagt er nichts?«

»Ach Gott, ich weiß es nicht, aber offensichtlich hat er was zu sagen, oder?« Er ging ins Zimmer zurück. »Mr. Harris, wir werden das Jugendamt anrufen, damit jemand eine Weile bei den Jungen bleibt, und würden Sie gern zur Polizeiwache in Carlisle bringen und ein ordnungsgemäßes Verhör durchführen.«

Harris stand auf, so dass Alan von seinen Beinen hinunterglitt. »Nein«, sagte er schwach. »Nein. Bitte nicht.«

»Wir müssen mit Ihnen reden, und wir können nicht sprechen, wenn der Junge hier dauernd reinkommt.«

»Ich werde aussagen«, flüsterte Harris. »Ich werde reden. Isa bleibt bei ihnen. Versuchen Sie es mit Isa.« Er bückte sich und nahm das Kissen vom Sessel. Darunter, wo die Sprungfedern hätten sein sollen, lagen in einer flachen Kuhle Briefe und Zettel. Harris nahm ein paar Blätter heraus und fand eine auseinandergefaltete Zigarettenpackung, auf der mit Bleistift eine Nummer notiert war. »Hier«, sagte er. »Sie wird kommen.«

Bunyan ging schnell in den Flur und wählte auf ihrem Handy die Nummer, aber auf der anderen Seite klingelte es nur. Sie schaute auf. Williams und Harris sahen sie starr an.

»Gibt es nicht sonst jemanden?«, fragte sie. »Eine Nachbarin oder so?«

»Ist sie nicht da?«

»Sie meldet sich nicht.«

Alan stand auf dem Sessel und hob die Arme hoch. »Mrs. Lindsay ist eine Nachbarin«, sagte er ganz einfach. »Sie hat kleine Kinder, und ich kann ihr helfen. Und außerdem mag sie meine Bilder.« Er lächelte und sah Williams an.

»Gut«, sagte Williams zuversichtlich. »Wo genau wohnt sie denn?«

»Gleich nebenan«, sagte Alan und versuchte sich zwischen seinen Vater und den großen Polizisten zu drängen. »Ich geh und hol sie.«

»Vielleicht sollte das dein Daddy machen.«

Alle sahen Harris an. Er ging mit der Energie und dem Schwung eines müden achtzigjährigen Greises zur Tür.

»Ich komme mit«, sagte Williams, strengte sich an, harmlos zu klingen, damit der Junge sich nicht erschreckte, und fasste beim Vorbeigehen Harris am Arm.
Bunyan hörte sie auf dem Korridor zu einer Tür gehen, klopfen und warten. Auf der Straße unten rief jemand etwas, als ein Motor wütend aufheulte. Die Tür wurde aufgemacht, und man hörte eine schroffe weibliche Stimme. Alan lächelte Bunyan mit einer Reihe scharfer Zähne in seinem kleinen roten Gesicht an. »Ich bin krank.«
»Du hast Husten«, sagte Bunyan.
»Wie kann eine Lady ein Schuldenmann sein?«
»Meinst du, dass wir wegen der Schulden kommen?«
»Ja.« Er grinste, versuchte sich bei ihr einzuschmeicheln.
»Nee, nee«, sagte sie und merkte, wie ihr Tonfall sich veränderte. »Wir sind keine Schuldeneintreiber, wir sind von der Polizei.«
Schreck zeichnete sich auf Alans Gesicht ab, und sein Blick huschte zur Wohnungstür. »Was wollt ihr von ihm?«, sagte er schnell.
»Nur mit ihm reden.«
Der Junge schien panisch. Er blickte sich schnell im Zimmer um. Wäre Alan älter gewesen, hätte Bunyan vermutet, dass er sich nach einer Waffe umsah.
»Ihr werdet doch nicht ...« Alan schnappte nach Luft. »... ihr nehmt ihn doch nicht mit ins Gefängnis, oder?«
»Wir wollen nur mit ihm sprechen, hier in der Wohnung.«
Der kleine Junge runzelte die Stirn. »Was wird mit den Kleinen, wenn ihr ihn einsperrt?«, sagte er, und Bunyan wusste, was er sie in Wirklichkeit fragen wollte.
»Das geht schon in Ordnung mit euch«, sagte sie. »Wir unterhalten uns nur eine Weile mit ihm, sonst nichts. Wir brauchen nicht lange.«
Williams und Harris kamen wieder herein. Die pulsierende

Vene unter Harris' roten Augen war noch dicker geworden. Alan rannte hin und hielt sich am Oberschenkel von Harris fest. »Ich bleib da«, sagte er. »Ich bleib hier bei euch.«
»Du kannst nicht bleiben, Freundchen«, sagte Bunyan.
Alan lächelte voller Angst und Hoffnung zu Williams hoch. »Lasst mich bleiben. Ich will bei euch bleiben, ihr könnt mit mir reden, ich sag euch was, ich sag's euch.« Harris versuchte den Jungen von seinem Bein abzuschütteln, aber Alan klammerte sich fest an ihn. »Ich bleibe, Mrs. Lindsay hat sowieso bloß kleine Kinder gern. Sie mag mich nicht.«
Harris legte dem Jungen die Hand auf den Kopf und schubste ihn weg. »Geh rauf und zieh dich an«, sagte er.
Alan machte einen Schritt zurück, sah ihn an und murmelte eine Reihe halblauter Schimpfwörter. Er drehte sich um und krabbelte geräuschvoll auf allen vieren die Treppe hoch.
»Sie hätten den Kindern die Sache mit ihrer Mutter erzählen sollen«, sagte Williams. »Es macht alles sehr schwierig für uns.«
James Harris ließ sich gegen die Wand fallen, sein Mund stand offen.
»Warum haben Sie es nicht getan?«
Aber Harris starrte auf seine Füße hinunter. »Ich ... ich konnte einfach nicht«, sagte er.
Sie hörten den Jungen oben mit seinem kindlichen Bariton laut singen. Eine Tür wurde aufgestoßen, prallte von der Wand ab, und Alan kam mit dem kleinsten Kind die Treppe heruntergetrappelt. Er hielt den kleinen Mann unter den Achseln fest und ging mit gespreizten Beinen, damit er ihm nicht auf die Füße trat. Unten stellte er den kleinen Jungen ab, das Kind hielt sich an der Wand fest und wackelte ins Wohnzimmer.
»Noch einer«, rief Alan und rannte wieder hinauf.
Mit Tränen in den Augen setzte Harris dem Jungen die

kleine Mütze auf und küsste ihn, als werde er ihn nie wiedersehen.
Bunyan nahm Williams beiseite und deutete nach oben.
»Der Junge ist kurz davor auszurasten«, sagte sie ernst.
»Er macht sich nur Sorgen«, sagte Williams.
Wieder flog oben eine Tür auf, und Alan trällerte mit halb erstickter Stimme eine Arie. Dann erschien er mit offenen Schnürsenkeln auf der Treppe, zerrte mit einer Hand einen grauen Pullover über sein Unterhemd und hielt das Kind an der anderen Hand. Er sang, während der Kleine von Stufe zu Stufe ging. Ganz außer Atem erreichte er den Flur, keuchte und sah seinen Vater an. »Ich bleibe da«, sagte er.
»Du kannst nicht dableiben«, sagte Harris, beugte sich hinunter und nahm das kleinste Kind auf den Arm. Den anderen Jungen fasste er an der Hand. »Komm«, sagte er und versuchte Alan mit den Knien aus der Tür und in den Eingang der Nachbarin zu schieben.
Mrs. Lindsay rauchte und hielt die Tür auf. Sie war achtzehn Jahre alt, hatte selbst zwei kleine Kinder und eine Stimme wie Orson Welles. »Wann holn Sie sie wieder ab?«, fragte sie mit ihrer heiseren Stimme.
Sie sahen Williams an und erwarteten eine Antwort von ihm, aber er war nicht zum Trösten aufgelegt.
»Nicht sehr lang«, sagte Bunyan.
»Weil – ich muss nämlich später weggehen. Ich kann nicht länger als bis fünf auf sie aufpassen.«
»Bis dahin dürften wir fertig sein«, sagte Bunyan.
»Danke«, sagte Harris leise, und die Beamten führten ihn in die Wohnung.

30
Moe

Brixton Hill war eine breite Straße, auf der schnell gefahren wurde. Sie war von Wohnblocks gesäumt, die hinter Rasen- oder Kiesflächen so weit zurückgesetzt waren, dass sie wie drohende und hässliche Paläste aufragten. Weiter oben waren die Wohnanlagen nach rauen schottischen Städten wie Dumbarton, Renton und Steps benannt. Dumbarton Court war zur Zeit seines Baus wohl der Traum des Architekten gewesen. Es ähnelte einem gestrandeten Kreuzfahrtschiff im Jugendstil, mit weißen Balkonen, die über die ganze Länge liefen und deren an den Ecken abgerundeten Stahlgeländer die horizontalen Linien betonten. Vertrocknete Pflanzen, alte Möbelstücke und zerlumpte Wäsche auf den Leinen unterbrachen die geraden Linien der Veranden. Der weiße Anstrich war von der Sonne und den Abgasen fleckig und grau geworden und blätterte in dünnen Schichten ab.

Maureen bog von der Dumbarton Road ab, wie Mrs. Akitza es ihr empfohlen hatte, ging um den Block herum und suchte den Eingang. Die Rufe einer Horde Teenager erklangen im Hinterhof und wurden von den kreisförmig errichteten Betonbauten noch verstärkt. Ein schmales Treppenhaus aus weiß gestrichenem Beton und Glasziegeln führte zu den Wohnungen eins bis neunundzwanzig.

Aber die Treppe verriet alles. Ein Suppenlöffel war noch ganz heiß heruntergefallen und steckte jetzt im Plastikfußboden fest. Weiter vorn war ein Spritzer Erbrochenes unten an der Wand angetrocknet. Es war zu kalt, um auf den Stufen zu sitzen, und die Junkies hatten ihren Kram einfach da liegen lassen.

Sie klingelte, hörte hinter der Tür Schritte im Flur und spürte, dass jemand sie durch den Spion ansah. Die Tür ging auf, und eine dünne Frau, die auf die fünfzig zuging, schaute heraus. Moes kurzes Haar war dicht und so gelbblond wie das von Ann, aber das intensive Rot der Haut war durch Puder gemildert. Sie war eine hübsche Frau mit großen grünen Augen, ihre Augenbrauen waren mit einem braunen Stift nachgezogen. Sie trug einen einfachen, etwas ausgestellten braunen Rock und eine beigefarbene Seidenbluse, die sie in den Rock gesteckt hatte, um ihre schlanke Figur zu betonen.

»Hallo, Mrs. Akitza?«

»Hah, ja – Maureen?«

Moe wich in den Flur zurück und bewegte die Beine so steif, als wären ihre Hüftknochen am Becken festgewachsen. Sie keuchte, ihre kurzen flachen Atemzüge klangen wie ein Hah, so als mache sie andauernd kleine erstaunliche Entdeckungen. »Hah, danke, dass Sie angerufen haben, bevor Sie hergekommen sind«, sagte sie mit einer Mischung aus offenen Glasgower Vokalen und den abgehackten Konsonanten des Südens. »Sie haben mir Zeit gegeben, hah, ein bisschen aufzuräumen. Ich muss Sie bitten, nicht zu rauchen, hah, leider.« Sie zeigte auf ihre Brust. »Probleme, das Herz.«

»Machen Sie sich keine Umstände«, sagte Maureen, fragte sich aber, ob es tatsächlich nach Rauch roch, oder ob sie es sich nur einbildete. »Es ist nett, dass ich kommen durfte.«

»Gehen Sie durch ins vordere Zimmer«, sagte Moe und zuckte wegen eines Schmerzes im Arm zusammen, »und nehmen Sie Platz, hah. Möchten Sie eine Tasse Tee?«

»Das wäre lieb, danke«, sagte Maureen und ging durch die breite Tür ins vordere Zimmer. Sie wartete, bis Moe in die Küche gehumpelt war, bevor sie sich im Wohnzimmer umsah. Es war ein langes, niedriges Rechteck mit einem Fenster, das über die ganze Länge der Wand lief und mit einem horizontalen Gitter versehen war. Eine große, mit grünem Chenille bezogene Couchgarnitur füllte den Raum. Eine Vase mit verwelkten Tulpen stand auf der Fensterbank. Sie warfen die Blätter ab, und die schwarzen Staubgefäße lagen wie abgebrannte Streichhölzer auf Fensterbrett und Boden verstreut. Das Sonnenlicht fiel schräg ins Zimmer und erleuchtete die grauen Staubkörnchen, die träge in der Luft schwebten. Überall im Raum war Moes angegriffene Gesundheit gegenwärtig: eine Gehhilfe stand vor der Couch, und ein zusammengeklappter Rollstuhl lehnte an der Wand. Maureen wollte sich setzen, aber ein Stützstock stand am Sessel, dessen Griff aussah, als hätte ihn jemand mit klebrigen Fingern angefasst. Maureen trat einen Schritt zurück und sah einen schlecht unter den Sesselfransen versteckten Aschenbecher mit einer ausgedrückten Zigarette darin. Sie bückte sich und hielt die Hand über den Stummel. Er war noch warm. Sie richtete sich auf und lächelte.

Eine in die Wand eingelassene Klappe wurde hochgeschoben, und Moes Kopf erschien in der Durchreiche. Sie stellte ein Teetablett auf das Brett. »Ich reiche das, hah, durch, wenn es Ihnen nichts ausmacht …«

Maureen nahm das Tablett, wusste aber nicht, wo sie es abstellen sollte. Sie musste warten, bis Moe ins Wohnzimmer gehumpelt kam, sich mit beträchtlicher Anstrengung vorbeugte und ein Sitzpolster aus geprägtem Leder heranzog. Maureen setzte das Tablett ab und hörte, wie schwer Moe atmete. »Es geht Ihnen wohl nicht so gut, Moe?«, fragte sie.

Moe schlug sich mit der Hand auf die Brust. »Hah, Angina«, sagte sie. »Schrecklich, hah, beschwerlich.«

»Das stimmt«, sagte Maureen.

»Hah. Sie sagten, Sie kennen Jimmy Harris' Familie?«

»Ja, ich kenne seine Cousine und seine Tante.«
Ganz plötzlich legte Moe die Hand an die Rückenlehne des Sessels, umklammerte ihre linke Schulter und rang nach Atem. Maureen beobachtete sie ungerührt. Moe glaubte wohl, sie sei vom Sozialamt. Wenn sie gegenüber einer fremden Person diese Vorstellung gab, dann musste sie das Amt schon um eine ganz beträchtliche Summe beschummeln. Für Angina pectoris gab es achtzig bis neunzig Pfund pro Woche. Dazu kam noch die eingeschränkte Bewegungsfähigkeit, wenn sie behauptete, nicht gehen zu können, daher die steifen Hüften. Moes Anfall ging vorbei, und in der Hoffnung auf Maureens Mitgefühl klopfte sie sich wieder auf die Brust. Maureen hätte ihr am liebsten einen Klaps gegeben und sie zu einem Hula-Hoop-Wettbewerb herausgefordert. »Setzen Sie sich doch, ich mache das mit dem Tee«, sagte sie.
Moe ließ sich in den Sessel fallen und landete auf dem klebrigen Stützstock.
»Milch und Zucker?«, fragte Maureen.
»Mhm.« Moe sah zu und schien bekümmert.
Maureen tippte auf zwei Stück Zucker, rührte um und hielt ihr die Tasse hin. Moe umfasste die Sessellehne und zog sich nach vorn, um die Tasse zu nehmen. Hinter ihr fiel der Stock gegen die Kopfstütze, und der verdreckte Griff streifte die Lehne. Moe nahm die Tasse, lehnte sich wieder zurück und drückte so den Schmutz am Sessel fest.
»Es tut mir sehr leid wegen Ihrer Schwester, Mrs. Akitza.«
Moe nickte traurig. »Ja, hah, nennen Sie mich doch Moe«, sagte sie. »Weiß Jimmy, dass Sie hier sind?«
»Oh ja. Ich wollte Sie nach Ann fragen.«
»Ja«, schniefte Moe mit trockener Nase und sah auf ihren Schoß hinab. »Sie haben mich zur Horseferry Road gebracht, damit ich sie identifizieren konnte.«

»Das muss schrecklich gewesen sein«, sagte Maureen und dachte an Douglas.
Moe beugte sich vor und wollte einen Keks nehmen. Ihre ausgestreckten Finger griffen einen Meter am Teller vorbei. Maureen sah ihr einen Moment zu und wunderte sich, bevor sie den Teller nahm und ihr reichte. Moe nahm dankend einen Keks, lächelte aber vorwurfsvoll, verärgert über Maureens Zögern.
»Hat Ann Sie besucht, wenn sie nach London kam?«
Moe nickte. »Ja«, sagte sie und biss in den Keks. »Immer.«
»Ist sie beim letzten Mal auch gekommen?«
»Sie ist gekommen, um sich Geld zu borgen. Ich habe kein Geld. Ich kann wegen meines Zustands nicht arbeiten.«
»Wann ist Ann gekommen?«
»Silvester, hah, am Freitag.«
»Und sonst hat sie nichts gesagt, nur, ob sie Geld haben könnte?«
»Ja, sie hatte große Angst, hah«, sagte Moe ernst und langsam. »Jemand war hinter ihr her. Sie ist um ihr Leben gerannt.«
Maureen nickte.
»Na ja, jetzt ist sie tot«, sagte Moe und runzelte die Stirn, als hätte ihre Schwester den Bus verpasst. Sie nippte an ihrem Tee.
»Jimmy meinte, sie hätte panische Angst gehabt«, sagte Maureen.
Moe schauderte. »Oh ja, schrecklich, hah.«
»Er sagte, sie sei erschossen worden.«
»Nein.« Moe war sich ganz sicher und deutete auf ihren Hinterkopf. »Schädelbruch. Hah, ihre Füße waren schrecklich verbrannt, ihre Hände auch.«
Maureen beobachtete sie und erinnerte sich an den Vormittag, als sie selbst Douglas tot im Wohnzimmer gefunden

hatte. Es war sechs Monate her, und Maureen zitterte immer noch, wenn sie es vor sich sah. Moe hatte ihre Schwester vor weniger als einer Woche gesehen. Sie gab sich große Mühe, aber sie schien nicht sehr erschüttert.

»Oh, er hat mir gesagt, sie sei in den Kopf geschossen worden.«

»Hah, nein. Der Fluss hat ihr Gesicht kaputtgemacht, aber es war kein Schuss. Ich hab noch nie so was gesehen, hah. Sie hatten ihr in die Beine geschnitten.« Sie zog kurze Linien über ihre Kniekehlen. »Sie hatte das Armband noch an. Unsere Mutter hat es ihr als Familienerbstück gegeben. Ann hat ihren Namen getragen, verstehen Sie. Sie hat all das durchgemacht und, hah, hatte es immer noch an ... Sie hat sich nie davon getrennt. Hat es überall getragen.«

Sie zeigte auf ihr Handgelenk und fuhr mit den Fingern langsam über den flachen Knochen. Maureen nickte wieder, aber sie hatte schon eine recht klare Vorstellung von der Sache mit dem Armband.

»Das goldene?«

»Hah.«

Vor den schmutzigen Fensterscheiben heulte die Sirene eines Krankenwagens, der den Hügel hinunterfuhr. Moe nippte an ihrem Tee und sah Maureen an. Sie schwieg.

»Sie wissen, dass Ann im Frauenhaus war, bevor sie verschwand?«

»Hah.«

»Man wird bei der Polizei denken, dass Jimmy etwas mit dem Mord zu tun hatte ...«

»Netter Mann, hah, Jimmy«, unterbrach sie.

»Ja«, sagte Maureen. »Er ist wirklich ein netter Mann. Glauben Sie, dass er Ann geschlagen hat?«

Moe sah auf ihren Keks und zuckte die Achseln. »Hah, ich weiß nicht. Ann konnte schon schwierig sein, hah, oder?«

»Weil sie trank.«
Moe schluckte und sah in eine dunkle Ecke. »Der Alkohol hat Ann umgebracht, hah?«
Maureen nickte.
»Die Leute, mit denen sie Umgang hatte.« Moe sah traurig aus. »Sie war eine gute Frau. Sonst hätte sie sich nicht mit diesen Leuten abgegeben.«
»Die Polizei hat in Glasgow angerufen, um dem Frauenhaus mitzuteilen, dass Ann tot sei, und man hat eine ganz bestimmte Person verlangt. Wissen Sie vielleicht, wie man dort zu dem Namen gekommen ist?«
»Leslie Findlay vom Frauenhaus. Ann hat sie erwähnt, als sie hier war, und ich habe es an die Polizei weitergegeben.«
»Was meinen Sie, warum hat sie Ihnen den Namen gegeben?«
»Hah, falls irgendetwas vorkommen sollte, nehme ich an.«
»Das war ein Glücksfall, dass Sie den Namen so gut behalten haben«, sagte Maureen vorsichtig, »andernfalls hätte man bei der Polizei vielleicht nie erfahren, dass sie im Frauenhaus war.«
»Ja, stimmt. Das war Glück.«
Maureen zog das Polaroidfoto aus ihrer Tasche und gab es Moe. »Erkennen Sie diesen Mann?«
Moe sah das Bild genau an. »Nein.«
Maureen streckte die Hand aus, um das Bild wieder zu nehmen, aber Moe zögerte. »Kann ich es behalten?«, fragte sie.
»Warum wollen Sie es behalten, wenn Sie den Mann gar nicht kennen?«
»Einer von meinen Neffen ist drauf. Vielleicht sehe ich Anns Kinder nie wieder. Ich kann ja kaum das Haus verlassen. Mir geht es nicht gut.«
»Leider kann ich es nicht hergeben.« Maureen musste an dem Bild ziehen, um es wiederzubekommen. »Ich werde

Jimmy sagen, er soll Ihnen Schulfotos schicken. Haben Sie Anns Kindergeldschecks, Moe?«

Moe erschrak so sehr, dass sie fast das Tablett zu Boden stieß. »Nein, ich hab sie nicht, hah, hah, hah«, keuchte sie, und ihr Blick irrte im Zimmer umher.

Maureen beugte sich vor und tätschelte ihren Arm. »Na, beruhigen Sie sich, tut mir leid, war ja nur 'ne Frage.«

»Aber wieso fragen Sie mich das? Ich würde das nicht tun, es ist verboten.« Die Sonnenstrahlen krochen über den Rand des Fensterbretts und fielen auf Moes Stirn. Kleine Schweißperlen standen auf dem rosa Puder.

»Ich beunruhige Sie«, sagte Maureen. »Tut mir leid. Ich sehe ja, dass es Ihnen nicht gut geht. Ich hoffe, Sie haben hier unten gute Freunde und Nachbarn.«

Moe kräuselte empört die Lippen. »Alle hier sind Unmenschen«, sagte sie. »Verdammte Unmenschen. Niemand ist vor ihnen sicher. Neulich ist über Mittag eine Frau überfallen worden. Am helllichten Tag. Es sind Bestien.«

»Ach je. Aber Sie haben ja Ihren Mann.« Maureen sah sich im Zimmer um. Es gab keinerlei Anzeichen, die auf einen Mann hinwiesen, keine herumliegenden Schuhe, keine Jacketts, kein Extrasessel vor dem Fernseher mit einer Fernbedienung auf der Lehne.

»Ha«, sagte Moe selbstgefällig. »Hah, wir haben ja einander.«

Maureen beschloss, dass sie sich keine weiteren dieser leicht durchschaubaren Lügen mehr anhören könnte, ohne Moe zur Rede zu stellen. Sie gab ihr die Nummer ihres Piepsers und stand auf, um sich zu verabschieden.

»Es ist schön, Ihren Akzent zu hören«, sagte Moe, ließ die R-Laute rollen, sprach die Vokale ganz offen und trug dick auf. »Sie sind aus Glasgow.«

Maureen lächelte. »Ja.«

»Ich hab einen Londoner geheiratet. Er kann in Schottland nicht leben, wir könnten nicht mal zu einem längeren Besuch nach Hause kommen. Er ist schwarz, verstehen Sie.«
»Ja«, sagte Maureen, dachte an den Glatzköpfigen im Bus und schämte sich für die Menschen, zu denen sie gehörte. »Das tut mir leid. Sind Sie schon lange verheiratet?«
»Vierzehn Jahre. Die Schotten sind furchtbare Rassisten.«
»Tja,«, sagte Maureen, »da haben Sie bestimmt recht.«
Moe hievte sich aus dem Sessel hoch und führte sie durch den Flur zur Wohnungstür.
»Hah, Ann hat ein schlimmes Leben gehabt«, sagte sie traurig.
Maureen klopfte auf Moes Arm und bedankte sich dafür, dass sie sich die Zeit genommen hatte. Sie ging die Treppe hinunter und hörte Moes regelmäßiges Keuchen hinter sich. Seit vierzehn Jahren war Moe mit demselben Mann verheiratet und ging selten aus dem Haus, aber trotzdem hielt sie viel auf ihr Aussehen. Das war so wahrscheinlich wie Frieden in Afrika.
Maureen hätte alles gegeben für eine Gelegenheit, sich ein wenig hinzulegen. Sie ging den Hügel wieder hinunter, die Einkaufsstraße entlang und die Treppe zur Haltestelle der Hochbahn hinauf. Als der Dartford Express kam, fand sie einen Platz an der Tür. Sie saß in einem warmen Zug und wünschte sich, verdammt noch mal, rauchen zu können, ihre Knöchel brannten von dem heißen Lüfter unter dem Sitz, der kalte Wind vom offenen Fenster trieb ihr die Tränen in die brennenden Augen. Sie schloss sie für einen Augenblick. Es war schön hier zu sein, sich ganz auf Ann zu konzentrieren, weit weg von Michael und Ruchill, wo Winnie sie nicht finden und Vik keine Antwort von ihr verlangen konnte.
Von der Blackheath Station aus versuchte sie bei Leslie an-

zurufen, aber niemand nahm ab. Ohne sich bewusst dafür zu entscheiden, drückte sie spontan auf den Knopf für ein weiteres Gespräch und wählte Viks Nummer.

»Hallo?«, sagte Vik.

»Hallo, wie geht's?«, fragte Maureen, dabei schlug ihr das Herz bis zum Hals und ließ ihre Stimme zittern. »Ich dachte, ich ruf dich mal an, um zu sehen, wie's dir geht.«

»Mir geht's gut.«

»Ich hab, äh, dein Feuerzeug.« Sie wollte unbefangen klingen und mit rauchiger Stimme sprechen, aber es funktionierte nicht. Sie wirkte, als würde sie gleich anfangen zu weinen.

»Oh«, sagte Vik steif, »ich hab's wohl vergessen.«

»Ja, es lag unter der Couch.« Sie nickte am Telefon, und beide warteten darauf, dass der andere etwas sagte und alles zwischen ihnen wieder in Ordnung kommen würde.

»Hast du darüber nachgedacht, was ich gesagt habe?«, fragte er.

»Ja, Vik, das hab ich.« Sie verstummte wieder, krümmte sich mit dem Hörer in der Hand zusammen und wünschte, sie hätte nie angerufen.

»Warum rufst du mich an?«

Ihr Herz klopfte so laut, dass sie ihn kaum hören konnte. »Ich hab nachgedacht über das, was du gesagt hast, Vik, ich will das auch. Ich weiß nicht, ob ich es kann. Du fehlst mir hier.«

»Bist du in London?«

»Ja, ich bin hier, ja.« Sie hätte nicht anrufen sollen. Sie holte tief Luft und schloss die Augen. »Vik, ich will glücklich und zufrieden sein. Aber ich bin es nicht. Und ich weiß nicht, wie ich es ändern soll.«

»Ich verlange nicht, dass du für mich glücklich bist, Maureen, ich will nur nicht all den Mist abkriegen, wenn du nicht glücklich bist.«

»Wie geht's deinem Bauch?«
»Ist in Ordnung.«
Sie horchten eine Weile auf ihren Atem.
»Mein Geld ist gleich alle«, sagte sie, als die Piepszeichen anfingen.
»Rufst du mich wieder an?«
»Morgen?«
Und die Leitung brach ab.

31
Von A nach B

Schwarze Regenwolken zogen sich vor dem Fenster zusammen, und die Temperatur in der feuchten Wohnung war deutlich gefallen. Bunyan und Williams hatten ihre Mäntel zugeknöpft, und trotzdem war ihnen kalt. Bunyan fragte sich, wie die Familie bei solchen Temperaturen wohnen konnte. Williams war nahe daran, die Geduld mit Harris zu verlieren, hatte die Rolle des wissbegierigen Fremden abgelegt und sich zum brutalen Dreckskerl gewandelt. Dakar hatte recht, er war sehr gut. Freundliches Interesse hatte bei Harris nicht funktioniert, sie wollten beide zum Wochenende nach Hause, und Jimmy Harris war keiner, bei dem es einem schwerfiel, unfreundlich zu sein. Eher einer, den zu mögen schwerfiel.

»Jimmy«, sagte Williams, »wir müssen wissen, was mit Ann in der Zeit passiert ist, nachdem sie Sie verließ und bevor sie im Frauenhaus ankam.«

»Ich hab sie nicht geschlagen«, sagte Harris.

Williams seufzte. Er stand seit über einer Stunde, und die Füße taten ihm weh.

»Jimmy«, sagte er leise, »wir können nicht immer wieder dieselben Sachen besprechen. Können wir mal kurz beiseite lassen, ob Sie sie geschlagen haben – nur ganz kurz? Wir kommen noch darauf zurück ...«

Harris unterbrach ihn. »Aber ich hab sie doch nicht ...«

»Das kann ja sein«, sagte Williams, »aber jetzt müssen wir herausfinden, was Ann passiert ist, nachdem sie von Ihnen wegging. Es scheint, dass sie einige Male mit dem Bus nach

London gefahren ist. Also, ihre Schwester hat sie jedes Mal gesehen, aber sie hat nicht bei ihr übernachtet. Fällt Ihnen sonst jemand ein, den sie da unten kennt?« Harris' Gesicht war ausdruckslos. »Freunde oder Kollegen? Vielleicht Verwandte?«

»Sie hat 'ne Menge Geld geschuldet«, sagte Harris.

»Das haben Sie schon gesagt.«

»Ich hab sie nicht geschlagen.«

Williams seufzte wieder. »Das haben Sie schon gesagt.« Er tippte auf Bunyans Arm und gab ihr ein Zeichen, sie solle Harris eine Zigarette geben.

Sie machte ihre Packung auf, beugte sich hinüber und hielt sie ihm hin. »Wollen Sie eine, Jimmy?«, sagte sie.

Jimmy Harris blickte voller Verlangen auf die Packung Silk Cut. Seine Zunge glitt über seine scharfen Zähne und leckte die dünnen Lippen. »Ja, bitte«, sagte er, war aber nicht clever genug, die Hand auszustrecken und sich einfach eine zu nehmen.

Williams mochte ihn nicht. Er hatte etwas Verschlagenes, etwas Erbärmliches und Niedriges. Williams stellte sich die Befragten gern in einem Klassenzimmer vor und platzierte sie dort, wo sie der natürlichen Ordnung der Dinge nach hingehörten, und danach, wie sie mit den anderen umgehen und auf Autorität reagieren würden. Harris war eines der natürlichen Opfer. Die anderen Kinder würden ihn aufziehen, schlagen, nach ihm treten, und er würde lächelnd aufstehen und versuchen mit ihnen zu spielen.

»Na, nehmen Sie doch eine«, sagte Williams leise.

Harris streckte langsam die Hand aus und sah Williams und Bunyan an, als erwarte er, dass sie ihm auf die Hand schlügen. Umständlich fingerte er eine Zigarette aus der Packung heraus und zog seine Hand schnell zurück. Williams selbst rauchte nicht, aber es war interessant, wie die Zigaretten-

pause während eines Verhörs plötzlich ein trügerisches Gefühl von Gemeinsamkeit entstehen ließ.
Bunyan lehnte sich hinüber und gab ihm Feuer, dabei fiel ihr etwas auf, das auf dem Boden lag. »Entschuldigung«, sagte sie und bückte sich. »Darf ich?«
Harris nickte, und sie hob ein Bündel Fotos vom Boden auf.
»Jimmy«, sagte Williams, »was können Sie mir über Ann erzählen?«
Harris zuckte die Schultern und zog an der Zigarette. »Sie hat viel getrunken.«
»Sie ist schlimm geschlagen worden, sehr schlimm. Sie hat allen erzählt, Sie hätten es getan.«
»Nein. Ich würde sie nie schlagen.«
»Finden Sie es falsch, eine Ehefrau zu schlagen?«
Harris nickte. Sein schütteres Haar fiel ihm über die Ohren, und er strich es zurück.
»Aber manchmal«, sagte Williams leise, seine Partei ergreifend, bevor er zum Sprung ansetzte, »kann es sein, dass eine Frau etwas tut, das man nicht verzeihen kann, wie zum Beispiel den Kindern wehzutun oder sich mit einem anderen einzulassen.«
Harris schüttelte wieder den Kopf. Er lehnte ab, was Williams sagen wollte, bevor er es überhaupt gehört hatte.
»Wäre es falsch«, fragte Williams, »eine Frau zu schlagen, die zum Beispiel statt mit dem Geld Lebensmittel zu kaufen, es für Alkohol verplempert?«
Harris schaute auf und merkte, dass sie ihn ansahen und eine Antwort von ihm erwarteten. »Man sollte niemand schlagen«, sagte er.
»Man sollte nie jemanden schlagen?«, fragte Williams empört. »Sie meinen, wenn jemand Ihre Kinder verletzte, würden Sie ihn das einfach machen lassen?«
Jimmy Harris starrte auf den Fußboden. Er stellte sich vor,

dass jemand seinen Kindern wehtat, die Flecken unter seinen Augen verfärbten sich, seine Hand zitterte heftig. »Ach Gott, nein …«, sagte er.
»Sie würden es also zulassen, dass jemand Ihre Kinder verletzt, und würden dastehen und nichts tun?«
»Nein, nein.«
»Was würden Sie denn tun?«
Harris machte den Mund auf und wollte etwas sagen, aber da erkannte er die Falle. Er biss seine kleinen spitzen Zähne zusammen, um nicht doch etwas zu sagen, und senkte den Blick.
»Es ist doch nicht immer falsch, jemanden zu schlagen, oder?«, fragte Williams.
Harris schaute zu Boden und zog an seiner Zigarette. Seine Augen wurden feucht. Er würde weinen, das war gut, es war gut, er würde weinen, und ein Mann, der weint, wehrt sich nicht. Große schuldbewusste Tränen füllten seine Schweinsäuglein. Er spielte mit seiner Zigarette, tippte hektisch damit auf die Untertasse und war kurz davor, jeden Widerstand aufzugeben.
»Wo haben Sie die Bilder her?«, fragte Bunyan. Williams starrte sie an. Harris war kurz vorm Zusammenbrechen, und sie wechselte das Scheißthema. Bunyan gab Williams die Fotos, und er schaute sie an. Es waren Bilder von der toten Frau.
»Es sind Weihnachtsbilder, oder?«, fragte sie Harris. »Weihnachten im Frauenhaus.«
»Ja«, sagte Harris.
Sie sah ihn neugierig an. »Aber Jimmy, Sie haben doch gesagt, Sie hätten sie seit November nicht gesehen.«
Harris war verwirrt. »Es sind nur Bilder.«
Williams lächelte. »Jimmy«, sagte er, und sein Mund lächelte noch eine ganze Weile länger als seine Augen. »Sie haben

gesagt, sie sei nicht mehr nach Haus zurückgekommen, nachdem sie ins Frauenhaus ging?«

»Stimmt«, nickte Harris entschieden, »so war's.«

»Sie haben sie also seit der Zeit vor Weihnachten nicht mehr gesehen, oder?«

»Nein.«

»Seit November nicht.«

»Nein.«

»Es gab überhaupt keinen Kontakt?«

»Nein.«

»Jetzt hören Sie mir mal gut zu«, sagte Williams langsam. »Wenn eine Person mit einem Gegenstand X Punkt A verlässt ...«, er hielt mit der rechten Hand die Fotos hoch und blickte auf, damit er Harris' Gesicht sehen konnte; Jimmy schaute auf die Fotos, »... und die Person geht zu Punkt B ...«, er führte die Hand mit den Fotos nach links, und Harris' Augen folgten ihm vorsichtig, »... wie kann dann Gegenstand X ...«, Williams warf die Fotos auf Harris' Schoß, »... an Punkt C gefunden werden?«

Von der Schlussfolgerung verwirrt starrte Harris auf die Bilder.

»Wie kommen die Fotos zu Ihnen, in Ihre Wohnung«, sagte Williams mit beschwörender Stimme und tat jetzt so, als sei er auf Harris' Seite, »wenn Ann nicht zurückgekommen ist?«

Harris sah auf. »Aber sie sind doch durch den Briefschlitz geworfen worden«, flüsterte er. »Ich dachte – ein Mädchen, das ich kenne, hat sie eingeworfen.«

Williams schüttelte den Kopf. Als Harris hochblickte, sahen seine Augen glasig aus. Das Spiel war aus. Jetzt würde er gestehen.

»Sie wurden durch den Schlitz geworfen«, flüsterte er. »Ich hatte das Mädchen vorher noch nie gesehen.«

»Sie haben sie noch nie gesehen«, sagte Williams, »genauso wie Sie sie nie geschlagen haben?«
»Ich würde sie nicht schlagen«, sagte Harris und wand sich auf seinem Sessel, geriet in Panik und verlor das bisschen Fassung, das er noch hatte. »Ich würde sie niemals schlagen. Ich würde es nicht tun.«
»Würden Sie sie auch nicht schlagen, wenn sie den Kindern wehtäte?«
Aber Harris weinte jetzt, starrte auf den Aschenbecher, und beim Schluchzen sah man seine gelben Zähne. Die Kinder – das war das Problem. Er würde gestehen, wenn er überzeugt wäre, dass die Kinder in Sicherheit waren. Er wollte aussagen, sonst hätte er die Fotos nicht behalten.
Williams nickte Bunyan zu, und sie schlüpfte in den Flur hinaus und gab telefonisch Bescheid, dass sie kämen. Auf der Wache in Carlisle sagte man ihr, sie könnten heute Nachmittag jederzeit kommen. Es sei nicht nötig, ein Vernehmungszimmer zu reservieren, normalerweise sei Freitag abends nicht allzuviel los. Es war viel schwerer, die Sozialarbeiterin zu erreichen. Bunyan drang zu einem Anrufbeantworter vor, der ihr die Nummer eines anderen Anrufbeantworters gab, von dem sie die Nummer eines Handys erfuhr. Dort klingelte es dann etwa dreißigmal. Sie eilte ins Zimmer zurück und tuschelte Williams zu, sie könne niemanden erreichen.
»Jimmy«, sagte Williams, »wir bringen Sie jetzt zu einem ordnungsgemäßen Verhör auf die Wache in Carlisle. Bevor wir den Notdienst des Jugendamts anrufen und jemanden herschicken lassen, noch eine Frage: Gibt es wirklich niemanden, der bei den Kindern bleiben könnte?«
»Tante Isa?«
»Sie ist immer noch nicht da, Jimmy. Ihre Kinder werden bei der Sozialarbeiterin in guten Händen sein.«
»Ich mach mir Sorgen um sie.«

»Warum sind Sie so besorgt?«
Bunyan lehnte sich an die Wand. Williams hatte keine Kinder. Wenn er welche hätte, würde er eine solche Frage nicht stellen. Williams meinte wohl, Jimmys Angst vor Sozialarbeitern sei verdächtig, aber Bunyan konnte ihn verstehen. Sie selbst sorgte für eine saubere Wohnung und für Lebensmittel in den Schränken, und nach der Abrechnung zu schließen, war die Heizung immer an, aber trotzdem würde sie nicht wollen, dass ein staatlicher Beamter ihre elterliche Pflichterfüllung überprüfte.
»Rufen Sie nicht an«, sagte Harris weinend und versuchte mit aufgerissenem Mund zu sprechen. »Bitte – um Himmels willen.«
Williams trat näher. »Wen sollen wir nicht anrufen, Jimmy?«
Harris schluchzte jetzt, und sie schämten sich für ihn. Er schaffte es kaum, zu atmen und etwas zu sagen. »Bitte nicht.«
»Wen, Jimmy? Wen sollen wir nicht anrufen?«
»Die Sozialarbeiterin«, sagte er. »Bitte rufen Sie nicht das Jugendamt an.«
Williams blickte Bunyan an und ging neben dem Sessel in die Hocke. »Warum wollen Sie nicht, dass wir da anrufen, Jimmy? Kennt man Sie dort? Ist schon einmal jemand hier gewesen?«
»Jimmy«, unterbrach Bunyan, »gibt es sonst niemanden, den wir anrufen könnten? Jemand, der bei den Jungs bleiben könnte, damit Sie beruhigt sind?«
Harris richtete sich auf. »Leslie«, sagte er, »Isas Tochter, aber ich habe ihre Adresse nicht. Sie wohnt in Drum.«
Bunyan nickte ermutigend. »Ist Leslie verheiratet?«
Harris sah noch bestürzter drein.
»Ist sie verheiratet, und hat sich ihr Name geändert?«, fragte Bunyan.

»Ach so, nein. Ich glaube nicht.«

»Ihr Nachname ist also auch Findlay?«

Jimmy nickte eifrig. »Sie wohnt in Drumchapel. Alle Findlays wohnen dort.«

Bunyan schlüpfte wieder in den Flur hinaus. Sie versuchte es mit der Auskunft, als ihr einfiel, dass ihr der Name irgendwie vertraut vorkam. Sie hatte ihn in letzter Zeit in Verbindung mit der Schwester der Toten in Streatham gehört, konnte sich aber nicht an die Details erinnern. Die Telefonistin gab ihr die Nummer, und während sie wählte, sagte sie den Namen vor sich hin. »Hallo, Leslie Findlay?«

»Nein«, sagte Cammy, »Leslie ist im Moment nicht da.«

»Ich bin Detective Constable Bunyan von der Metropolitan Police. Ich versuche Leslie Findlay in einer Sache zu erreichen, die mit ihrem Cousin James Harris zu tun hat. Könnten Sie mir sagen, wie ich sie erreichen kann?«

»Sie könnten sie bei der Arbeit anrufen.«

»Wo ist das?«

»Im Frauenhaus. Wenn Sie sie nicht erreichen, wird man es ihr ausrichten.«

Sarah war sehr müde. Ihre frisch gebügelte Bluse war jetzt zerknittert, ihr Haar wirkte glanzlos, und sie hatte ihre schicken Schuhe gegen ein Paar aufgeplatzte Herrenslipper vertauscht. Sie freute sich nicht einmal über die frischen Rosinenbrötchen, die Maureen gekauft und die sie doch früher so gern gegessen hatte. Sie zeigte Maureen ihr Zimmer im oberen Stock. »Das dürfte es tun«, sagte sie.

Der Fries an der Decke bestand aus zarten Blättern und Weintrauben. Das Bett war groß und weich. Am Fußende stand auf einem Hocker ein weißer Fernseher mit Drehknopf. Eine kleine Tür an der Wand führte über eine Stufe in ein direkt anschließendes Badezimmer mit schwarzem Marmor, fleckigen Spiegeln an der Wand und Grünspanspuren von tropfenden Wasserhähnen. »Vielleicht möchtest du dich vor dem Abendessen waschen?«

»Ich glaube nicht, dass ich bis zum Abendessen wach bleiben kann«, sagte Maureen, und Sarah schien erleichtert.

»Also, wenn du willst, dann geh doch gleich zu Bett«, sagte sie. »Fühl dich wie zu Hause. Heißes Wasser ist da und genug Handtücher.«

»Wenn ich jemals in einem fremden Haus Wehen kriegen sollte, dann hoffe ich, dass es bei dir ist.«

Sarah verstand den Scherz nicht, sah aber Maureens Lächeln und erwiderte es. Sie musste einen schrecklichen Tag hinter sich haben.

»Danke, dass ich bei dir übernachten darf«, sagte Maureen.

»Aber bitte, gern geschehen«, sagte Sarah.

Maureen nahm ein Bad, aber das Wasser war so hart, dass sie mit der Seife kaum Schaum zustande brachte, und auf der Wasseroberfläche bildete sich eine ölige Schicht. Sie trocknete sich ab, und ihre Haut fühlte sich schuppig an wie ein Glas, das frisch aus der Spülmaschine kommt.

Als sie aus dem Bad kam, fand sie ein ovales Silbertablett auf einem kleinen Tisch an ihrem Bett vor. Sarah hatte ihr einen großen Becher Tee und einen Teller mit lauwarmem scharfem Eierreis gebracht. Beim Essen fiel Maureens Blick auf eine zerfledderte schwarze Lederbibel auf dem Nachttisch, die mit Gummibändern zusammengehalten wurde und schräg hingestellt war, so dass sie auf ihr Bett zeigte. Sarah musste wohl hundert Familienbibeln haben. Maureen rutschte über das Bett und schaltete den Schwarzweißfernseher an, bevor sie die kalten Leintücher hob und sich darunter legte. Sie schlief während eines Programms ein, das Verbraucher ermahnte, vor dem Kauf eines Landrovers bei der Wahl des Autohändlers sehr, sehr vorsichtig zu sein.

Leslie klopfte leise an die Tür und trat etwas zurück. Der beißende Wind wehte den Korridor entlang und führte Abfall und Staub mit, die er in der hintersten Ecke zu raschelnden Häufchen zusammenfegte. Sie hätte nicht versprochen, nach der Arbeit zu kommen, wenn es nicht darum gegangen wäre, für Isa einzuspringen. Sie klopfte noch einmal, und die Tür wurde von einer kleinen blonden Frau in einem schlichten Kostüm geöffnet.

»Hallo, Leslie?«

»Ja, sind Sie Mrs. Bunyan?«

»Kommen Sie rein.« Sie machte die Tür weiter auf, und Leslie sah Jimmy völlig erschöpft und angsterfüllt in seinem Sessel sitzen. Er hob die Hand zu einem schlaffen Gruß, und sie nickte ihm zu. Seine Augen waren sehr rot. Die kleinen Kinder saßen vor ihm auf dem Boden, und Alan, den sie am Abend zuvor kennengelernt hatte, stand hinter ihm und fasste Jimmy am Oberarm, als wolle er ihn festhalten. Ein dicker Mann mit Goldrandbrille stand in der Mitte des Wohnzimmers, hatte ein paar Fotos in der Hand und beobachtete Leslie. Der kleine Junge vom Polaroidbild sah hinter dem Türrahmen hervor. »Hi«, sagte er und schaute ihren Sturzhelm an. »Bist du von der Polizei?«

»Nein.« Leslie trat in den Flur. Es war eiskalt in der Wohnung, und sie wünschte, sie hätte einen Pullover mitgebracht. Sie sah die Frau an. »Warum müssen Sie die ganze Strecke nach Carlisle fahren?«

»Oh«, die Frau rollte die Augen, »wir wollen das Verhör auf Band aufnehmen, und weil wir von der englischen Polizei sind, muss das in England gemacht werden.«

»Das ist aber schon etwas verrückt, oder?«

»Ja.«

»Leslie«, sagte Jimmy, »danke, dass du gekommen bist.«

»Schon gut, Jimmy«, sagte Leslie. »Gehst du dann?«

Die Frau im Kostüm sah zu dem Dicken, und er schaute Leslie an. »Eigentlich, Mrs. Findlay, wollten wir auch mit Ihnen sprechen.« Er hatte einen gemäßigten Glasgower Akzent, und er zog beim Sprechen die Luft ein und verschluckte die Worte.
»Mit mir?«, sagte Leslie und spürte, dass es Probleme geben würde. »Worüber denn?«
»Ich habe gehört, dass Sie im Frauenhaus arbeiten?«
Leslie runzelte die Stirn.
»Dürfte ich Sie bitten, ganz kurz mit mir nach draußen zu kommen?«
Leslie schaute auf Jimmys ausdrucksloses Gesicht. Der Dicke führte sie durch den Flur zurück auf den windigen Korridor und zog die Tür hinter sich zu. »Es tut mir sehr leid«, sagte er und lächelte. »Ich habe mich nicht vorgestellt. Ich bin Detective Inspector Williams, Arthur Williams von der Met.« Er beugte sich über das Geländer und sah auf den Verkehr hinunter, wo große orangefarbene Busse anhielten, um Fahrgäste einsteigen zu lassen, und die Autos hinter ihnen warten mussten. »Wissen Sie etwas über die Umstände, unter denen Mrs. Harris das Frauenhaus verließ?«
»Ja, schon. Ich habe es doch am Telefon gesagt. Sie bekam einen Brief von irgendwoher und verschwand etwa zwei Stunden später.«
Der Dicke schnippte mit den Fingern und zeigte auf sie, als sei es ihm gerade wieder eingefallen. »Stimmt, er kam mit der Post, und Sie konnten sich nicht erklären, wie man zu der Adresse gekommen war.«
Leslie nahm ihre Zigaretten heraus und hielt die hohle Hand vor das Feuerzeug, als sie sich eine ansteckte. »Ich glaube, ich weiß auch, was in dem Brief war.«
»Was denn?«
»Ein Foto. Ein Polaroid, das sie mit ihren anderen Sachen zurückließ. Es ist ein Bild von ihrem Kind«, sie zeigte mit

dem Daumen zur Wohnung zurück, »der zweitälteste Junge. Er war auf dem Bild mit einem ziemlich rauen Burschen zusammen.«
»Haben Sie das Polaroid noch?«
Leslie zog an der Zigarette und stieß den Rauch in den Wind hinaus. »Ach nein, meine Freundin hat es.«
»Können Sie es mir beschaffen?«
»Also, im Moment kann ich sie nicht erreichen.«
Der Dicke nickte und sah die Straße hinunter. »Aha, ich verstehe.« Er griff in seine Tasche. »Ich habe übrigens eins von Ihnen.« Er zog ein Bündel Fotos heraus und sah sie durch, sein Gesicht hellte sich auf, als er fand, was er suchte, und er gab es ihr. »Sehen Sie?«
Leslie sah sich das Bild an. Es war am ersten Weihnachtsfeiertag im Frauenhaus. Ann und Senga und die anderen Bewohnerinnen standen steif vor einem Plastikbaum. Leslie war hinter ihnen und schaute verärgert und mit feuerroten Pupillen in die Kamera. Die Zeit für den Selbstauslöser war abgelaufen, und nichts war passiert. Sie fluchte und wollte gerade nach vorn kommen, um zu sehen, was los war, als das Bild endlich ausgelöst wurde. »Stimmt«, lächelte sie, »das bin ich. Woher haben Sie die?«
»Was meinen Sie, woher?«
»Vom Büro?«
»Nein.«
Er lächelte gutmütig und schien ganz sympathisch, Leslie empfand keinerlei Bedrohung. Sie gab ihm das Bild zurück. »Also, Sie müssen sie vom Büro haben. Wir haben nur acht Abzüge machen lassen, einen für das Büro und je einen für die Bewohnerinnen.«
»Sind Sie sicher?«
»Ja, klar. Ich habe die Abzüge machen lassen. Ich weiß, dass es acht waren.«

Der Dicke richtete sich auf und fuhr sich mit der Zunge über die Zähne. »Das hier«, sagte er spitz, »sind Anns Abzüge.«
Sie lachte schnaubend. »Nee«, sagte sie. »Ann hat ihre im Frauenhaus liegen lassen. Ich habe Anns Abzüge.«
»Wir haben die hier in Mr. Harris' Wohnung gefunden.«
Sie war sich plötzlich darüber im klaren, dass es kein Zufall war. Der Dicke hatte sich absichtlich zwischen sie und die Treppe postiert. »Wenn ich die Vermutung hätte, dass Mr. Harris seine Frau umgebracht hat«, sagte er, und seine leise Stimme war bei dem Verkehr kaum zu hören, »dann würde ich erklären müssen, wie er sie wiederfand, nachdem sie sich versteckt hatte, nicht wahr?«
Leslie lehnte sich schwer an das Geländer und zog lange und tief an ihrer Zigarette. »Hören Sie, ich arbeite dort seit vier Jahren, manchmal gegen Bezahlung, manchmal ehrenamtlich. Glauben Sie, ich hätte all das aufs Spiel gesetzt, um ihm zu sagen, wo sie ist? Ich hab den Typen gestern Abend zum ersten Mal gesehen.«
Der Dicke war sehr überrascht. »Gestern Abend?«
»Ja«, sagte Leslie aggressiv. »Gestern Abend.«
»Aber er ist doch Ihr Cousin.«
»Wir hatten uns aus den Augen verloren.«
»Also, eine hübsche junge Frau wie Sie lässt am Freitagabend alles liegen und stehen und kommt her, um für ihn den Babysitter zu machen? Und bietet an, die Nacht über zu bleiben, wenn nötig? Er muss ja großen Eindruck auf Sie gemacht haben.«
Sie schüttelte eigensinnig den Kopf. »Hören Sie mal, ich tue das nicht für ihn. Wenn ich nicht babysitte, springt meine Mutter ein, und sie hat Herzprobleme.«
Aber er hörte ihr nicht zu, sondern schaute auf den Stapel Fotos in seiner Hand. »Sie haben die Abzüge machen lassen, nicht wahr?«

32
Rauch und Zitronenduft

Als Maureen um sechs Uhr aufwachte, lief der Fernseher am Fußende des Betts immer noch. Sie hatte nichts geträumt, konnte aber trotzdem nicht wieder einschlafen. Sie wusste, dass es Sarah nicht recht wäre, wenn sie allein im Haus umherwanderte, und blieb deshalb in ihrem Zimmer und nahm noch einmal ein Bad. Nachdem sie im Frühstücksfernsehen eine halbe Stunde die Börsennachrichten verfolgt hatte, gewann ihr Verlangen nach Kaffee und einer Zigarette schließlich die Oberhand über ihr Taktgefühl. Sie stellte das schmutzige Geschirr vom Vorabend auf das Tablett und schlich leise nach unten in die Küche.

Der Herd war in der Nacht ausgegangen, gab aber immer noch etwas Wärme ab, und Maureen zog sich einen Stuhl heran, lehnte sich mit der Hüfte dagegen und beugte sich mit ihrer Tasse Kaffee über die Herdplatte. Sarah hatte einen Stapel Jesus-Broschüren auf dem Tisch liegen lassen. Auf jeder Titelseite waren eine knallige Überschrift und faszinierend schlechte Bilder eines arischen Jesus, der schwarzen Menschen erklärte, wie sie leben sollten, sich mit den Schafen tummelte oder als nuckelndes Baby in einer Krippe lag. Soweit Maureen wusste, war Sarah nie fromm gewesen. Sie erinnerte sich dunkel daran, dass sie einmal erwähnt hatte, ihre Familie gehöre der anglikanischen Hochkirche an, Letzteres sei aber eigentlich nur eine andere Bezeichnung für Katholizismus.

Das Küchenfenster ging auf einen langen makellosen Rasen mit breiten Rabatten hinaus, die jetzt von kaltem Nebel eingehüllt waren. Sarahs Leben musste voll ästhetischer Genüsse sein; jeden Tag konnte sie ihren Blick auf schönen Dingen ruhen lassen. Maureen war so damit beschäftigt gewesen, sich über Wasser zu halten, dass sie vergessen hatte, wie wichtig es war, schöne Dinge um sich zu haben, Dinge die man berühren und ansehen konnte. Sie dachte an Jimmy und den Mangel an Schönheit in seinem Leben, ständig von Armut und Bedürftigkeit bedrängt. Das Kindergeld war abgehoben worden, und sie war ziemlich sicher, dass Moe, die Abzockerin, einiges darüber wusste. Maureen war immer noch davon überzeugt, dass Jimmy es nicht getan hatte. Er sagte, er sei nur einen Tag in London gewesen, und außerdem sprach die Matratze immer noch dagegen.

Sie durchsuchte alle Schränke und deckte den Tisch für ein schönes Frühstück. Dann wärmte sie eine Teekanne vor und trug Marmelade und Müslischalen auf. Aus dem Garten holte sie zwei kleine Kamelienblüten und stellte sie in einem Glas Wasser auf den Tisch. Die roten Blüten kontrastierten mit dem blau gestreiften Service und machten den Tisch heiter und weihnachtlich.

Sie nahm ihre Zigaretten und Viks Feuerzeug und trat durch die Hintertür in den stillen Garten, zündete sich eine Zigarette an und sah sich um. Ganz in der Ferne hörte sie ein leises Dröhnen – man machte sich in der Stadt auf den Weg zur Arbeit. Der dichte weiße Nebel stieg langsam auf, über das Gras und immer höher, um den Morgen zu grüßen. Maureen inhalierte tief und spürte die Wirkung des Nikotins, ein leichtes Kitzeln in den Fingern, es öffnete ihre Haarfollikeln, wirkte entspannend auf ihre gereizten Augenlider und entließ sie in den Tag. Beim Blick in die Küche bemerkte sie einen fast meterhohen Stoß alter Zeitungen, der in einer Ecke an der Hintertür für die Papiersammlung gestapelt war. Sie rauchte schnell zu Ende, drückte die Ziga-

rette auf der Steinstufe aus und warf die Kippe in den Abfalleimer.
Drinnen legte sie die *Evening Standards* der vergangenen Woche, von Montag bis Montag, auf das freie Ende des großen Tischs und sah sie nach einem Bericht über einen Mord durch. Die Polizei dürfte einige Tage gebraucht haben, um Ann zu identifizieren und die Verbindung zum Frauenhaus herzustellen. Man hatte am Dienstag im Büro angerufen und nach Leslie verlangt, also überflog Maureen die Donnerstagsausgabe, fand aber nichts. Sie sah noch einmal die Freitagsausgabe durch – ohne Erfolg. Dann kam sie zum Montag und suchte auch in den kleinsten Meldungen nach einem Hinweis. Als sie einen Bericht über eine Kunstmesse las und kurz aufschaute, um sich die Augen zu reiben, fiel ihr Blick auf eine Meldung: »Motorradunfall führt zu schauerlichem Fund.« Ein Mann, der auf dem Weg zur Arbeit einen Motorradunfall gehabt hatte, war auf einer Matratze am Flussufer gelandet, in der eine Leiche lag. Der Mann äußerte sich nicht dazu, aber ein Polizist von der Wasserschutzpolizei sagte, die Merkmale der Leiche deckten sich mit der Beschreibung einer vermissten Frau, und die Polizei hätte bezüglich dieses Todesfalls einen gewissen Verdacht. Die Ausgabe des nächsten Tages gab den Namen der Frau als Ann Harris an, eine Frau, die nur Tage zuvor von ihrer Schwester als vermisst gemeldet worden war. Maureen legte die Zeitungen hin und ging wieder in den Garten, um noch eine zu rauchen.
Sie fand es merkwürdig, dass Moe Ann als vermisst gemeldet hatte. Ann wohnte nicht bei ihr, sie war auch vorher immer wieder für eine Weile verschwunden, und Maureen wusste einiges über das tägliche Zusammenleben mit Trinkern. Wenn Ann auf einer Sauftour war und die Polizei sie fand und zurückbrachte, dann brauchte sie zunächst einmal Geld und brachte Probleme mit. Extreme Stimmungs-

schwankungen und großartige Versprechungen waren in Familien von Alkoholikern an der Tagesordnung, und dass Ann sagte, sie sei weggelaufen, um ihr Leben zu retten, kam wahrscheinlich jeden Monat vor. Wenn Moe das Sozialamt betrog, dann hatte sie bestimmt nicht die Aufmerksamkeit offizieller Stellen auf sich lenken wollen. Moes Vermisstenanzeige machte einfach keinen Sinn.

Sarah erschien in einem alten karierten Herrenmorgenmantel und den aufgeplatzten Lederschuhen an der Küchentür. »Guten Morgen, guten Morgen«, sagte sie. »Oh, du hast schon den Tisch gedeckt?«

»Sarah, du bist so nett zu mir gewesen.« Maureen stand auf. »Ich mach dir heute das Frühstück.«

Im Überschwang der Begeisterung fehlte nur, dass Sarah in die Hände geklatscht hätte. »Ach, wie schön«, sagte sie und setzte sich auf ihren Platz, während Maureen den Toast machte. Sie waren fast fertig, als Sarah ihr mit den Fingerspitzen den Stoß Jesusbroschüren über den Tisch zuschob. »Du kannst ja ein bisschen lesen, während du isst«, sagte sie. Maureen lächelte. »Das soll wohl 'n Witz sein, oder?«, sagte sie, und von da an ging es mit der Stimmung bergab.

Maureen war in der falschen Bahn. Sie stieg an der London Bridge aus und trat den langen Weg nach Brixton zu Fuß an. Es war erst neun, und sie hatte vor ihrem Treffen mit Kilty Goldfarb nicht viel zu tun. Sie sah an den Bürohäusern hinauf, Tausende Fenster und hinter jedem arbeiteten an jedem Wochentag vierzig bis fünfzig Menschen, und jeder einzelne glaubte, er sei die Hauptfigur in einem großen Film. Sie sah zu, wie die Leute in die U-Bahn strömten, sah die Busse und Autos, die sich Stoßstange an Stoßstange vorwärtsschoben, sah, wie die Fußgänger einander vom überfüllten Gehweg auf die Straße drängten; sie hielten die Köpfe gesenkt und taten so, als gebe es niemanden außer ihnen, als sei das Bewusstsein dessen, wie viele sie waren, unerträglich. Und das war es auch. Maureen war zutiefst von ihrer Bedeutungslosigkeit überzeugt.

Sie ging durch die Unterführung bei Elephant and Castle und genoss das Gefühl, dass alles egal war, die Wahrheit über die Vergangenheit, ob man ihr glaubte oder nicht, Winnies Trunksucht und Viks Ultimatum. Hier war der perfekte Ort, um ihrer schmerzlichen Vergangenheit zu entfliehen. Zu Hause könnte sie Jahre damit vergeuden, einer Reihe zufälliger Ereignisse eine Bedeutung abzuringen. Es gab keinen tieferen Sinn, keine Lehre, die man daraus ziehen konnte, keine Moral, alles war sinnlos. Sie konnte ihr ganzes Leben damit zubringen, ihm eine Bedeutung zu unterlegen, wie zwanghafte Spieler es mit ihren geheimen Systemen machen. Eigentlich war nichts wichtig, weil eine anonyme Großstadt, was die Moral betrifft, einem verdunkelten Raum gleicht. Sie konnte verstehen, warum Ann hierher gekommen, hier geblieben und schließlich hier gestorben war. Es wäre nicht schwer. Sie musste sich nur von ihrem Zuhause lösen. Hin und wieder würde sie Leslie und Liam anrufen und sagen, es gehe ihr gut, doch, ja, in immer größeren Abständen, sie würde ein Leben erfinden – und schließlich würde man sie vergessen.

Sie hörte das Geräusch und ging weiter, aber es hörte nicht auf, und sie begriff, dass es der Piepser war. Liam wollte, dass sie ihn zu Hause anrief. Ihr Puls ging schneller, als sie seinen Namen sah, so als wäre sie verlorengegangen und abgeholt worden.

»Komm sofort nach Haus.«

»Was?«

»Maureen, Neil Hutton ist tot aufgefunden worden. Er ist ermordet worden.«

Maureen runzelte die Stirn. »Wie denn? Von einem Killer?«
»Er ist in den Hintern geschossen worden. Ich glaube, sogar der Mossad hätte so einen Schuss nur mit Mühe fertiggebracht.«
»Aber ich bin doch gerade erst hier angekommen.«
»Hör mal, die Art und Weise, wie er umgebracht wurde, ist eine Warnung, und da wir noch nicht wissen, wovor, musst du nach Haus kommen.«
»Jetzt reg dich doch nicht so auf, Liam. Ich will nur die ältere Schwester über Anns Schulden und solche Dinge befragen, damit nehme ich doch nicht gleich an einem Drogenkrieg teil.«
Liam seufzte, und sie merkte, dass er angestrengt nachdachte. »Bitte, Mauri«, sagte er leise, »bitte komm nach Hause.«
»Was ist denn in Wirklichkeit los? Hat es etwas mit Michael zu tun?«
»Nein«, rief er. »Es hat mit Hutton zu tun!«
»Schrei mich nicht an.«
»Du Dummkopf!«, rief Liam »Sie haben ihn in den Arsch geschossen, Maureen, verdammt noch mal.«
»Mein Gott, versuch doch einen klaren Kopf zu behalten, was ich hier unten tue, ist nicht gefährlich.«
»Maureen, wenn sie für ihn Kurier war und du nach ihr fragst, werden sie dich umbringen!« Liam klang ganz außer sich. »Sie haben ihn in den Hintern geschossen, Mauri. Stell dir mal vor, was sie mit dir machen würden.« Maureen brauchte vier Pfund in Münzen, bis sie Liam überzeugt hatte, nicht in Panik zu verfallen, Sarahs Haus sei sicher, und sie werde bestimmt bald wieder zu Hause sein, spätestens in zwei Tagen. Sie musste ihm versprechen, ihn anzurufen, wenn sie aus irgendeinem Grund Angst bekäme. Dann würde er mit seiner Kreditkarte einen Flug buchen, und sie könnte innerhalb von drei Stunden zu Hause sein.

»Ich hab doch genug Geld«, sagte sie. »Ich kann selbst buchen.«
»Und hör zu«, sagte er, »erwähne bei niemandem meinen Namen. Sag ihnen nicht einmal deinen Namen.«
»Warum?«
»Vielleicht bringen sie uns miteinander in Verbindung.«
»Genau«, sie lächelte, »weil wir die einzigen O'Donnells auf den Britischen Inseln sind.«
Liam war so lange still, dass sie schon dachte, die Leitung sei unterbrochen. »Hallo, Liam? Liam, bist du noch dran?«
»Du hast keine Ahnung«, murmelte er vor sich hin, »keine Ahnung, was sich da abspielt.«

Maureen ging an der Tür vorbei und versuchte hineinzuspähen, um zu sehen, was für Kundschaft dort verkehrte, aber die kleinen Fenster waren innen mit orangefarbener Folie beklebt, und was so aussah, als bewege es sich im Inneren, war in Wirklichkeit nur eine Spiegelung der Straße. Sie öffnete die Tür und trat ein, groß und aufrecht, in dem Versuch, Eindruck zu machen. Das Lokal war gleich hinter der Tür in zwei Räume geteilt, und der Tresen verlief durch beide. Links war ein Raum für die hartgesottenen Trinker, außer Tischen und Aschenbechern gab es hier kaum etwas. Im Raum auf der rechten Seite hingen Bilder und ein Dartsbrett an der Wand, zusammengeklappt wie ein Altarbild. Im Pub roch es intensiv nach altem Zigarettenrauch, vermischt mit einem künstlichen Zitronenaroma. Maureen erinnerte sich an diesen Geruch aus ihrer Zeit an der Kasse des Apollo. Es war ein Spray, den es in Vierliterbehältern gab und der garantiert jeden anderen Geruch überdeckte. Die Putzfrauen im Apollo benutzten ihn, wenn es jemandem im Publikum schlecht geworden oder Milch auf den weichen Polstern verschüttet worden war.

Maureen ging in den Raum für das allgemeine Publikum und setzte sich an die Bar, streifte ihren Mantel ab und wartete, dass der Barkeeper zu ihr kam. Die Sonnenstrahlen auf dem gefliesten Boden bildeten kleine helle Flecken, so dass man sah, wie schmutzig die Fugen waren. Der Holztresen hatte Wasserflecken und Brandlöcher von Zigaretten. Maureen konnte durch den Türbogen in den Teil für die harten Trinker sehen. Ein Mann saß zusammengesunken über seinem Bier und schlief, sein schmuddeliger brauner Anorak wurde vom Gewicht der Münzen in seiner Tasche auf eine Seite heruntergezogen. Sein Gesicht konnte sie nicht sehen. Ihr Raum war leer. Es war halb zwölf an einem Samstagvormittag, und das Trinken hatte eigentlich noch nicht angefangen.

Sie zündete sich eine Zigarette an, und als der Barkeeper um die Ecke kam, bestellte sie sich eine Limonade und einen Whisky. Der Mann war mittleren Alters, schwarz, in Jeans und einem blauen Seidenhemd, oben aufgeknöpft, so dass man schwarze Haarkringel auf seiner Brust verteilt sah wie die Punkte eines Rätselbilds. Er goss Limonade aus dem Behälter, maß eine winzige Menge Whisky ab und stellte beide Gläser auf die Theke. Maureen nahm die Limonade und trank. Der Sirup bildete Schlieren im Wasser, die im Licht glänzten. Er beobachtete sie, wollte etwas sagen und widmete sich der aussichtslosen Aufgabe, die Oberfläche der Theke zu polieren. Endlich wies er mit einem Kopfnicken auf den Whisky, den sie nicht angerührt hatte, und fragte, ob sie auf jemanden warte.

»Nein«, sagte Maureen zwischen zwei Schlucken der faden Limonade, »ich bin nur reingekommen, weil ich Durst hatte.«

Das war allerdings ziemlich unwahrscheinlich. Das Coach and Horses war eine Welt für sich, man kam dort nicht zufällig auf einen kleinen Abstecher von der Straße herein. Er wischte die Zapfhähne neben ihr ab, rieb mit einem zerrissenen Handtuch daran herum und sah drei- oder viermal zu ihr hinüber.

»Arbeiten Sie schon lange hier?«, fragte Maureen betont beiläufig.

Er sagte, er sei seit zwei oder drei Jahren da, putzte weiter und sah gelegentlich zu ihr hin. Sie trank ihren Whisky. Es war gerade mal der Boden im Glas bedeckt. Sie war sicher, dass sie übers Ohr gehauen wurde. Vielleicht beobachtete er sie deshalb. »Bei so einem kleinen Messbecher lohnt es sich ja kaum, das Glas schmutzig zu machen«, sagte sie.

»Kommen Sie gerade aus Glasgow?«, fragte der Barkeeper.

Maureen nickte.

»Ja«, sagte er. »Viele Pubs verkaufen Whisky dort im Viertel-Gill-Maß. Hier verkaufen wir Achtel.«

»Ist das erlaubt?«

»Oh ja«, grinste er, »und wir verlangen auch den gleichen Preis.«

»Ich wette, dass nicht viele Schotten hier reinkommen.«

»Eigentlich schon, weil wir Tennent's Bier haben.« Er zeigte dabei auf zwei Zapfhähne.

»Aha«, sagte Maureen und tat desinteressiert.

Sie hatten sich nichts mehr zu sagen. Obwohl der Barkeeper sich gern unterhalten hätte, schienen ihm nur Dinge einzufallen, die das Gespräch gleich wieder zum Stocken brachten. Maureen sah sich im Raum um.

»Sie kommen gerade vom Zug, oder?«, fragte er.

»Ja.« Sie versuchte erneut ein Lächeln. »Warum? Weil ich das Whiskymaß nicht kannte?«

»Nein«, sagte er und zeigte auf ihren Mantel. »Alle sind zu dick angezogen, wenn sie vom Zug kommen.«

Maureen streckte ihm die Hand hin und sagte: »Maureen O'Donnell.«

Er gab ihr einen laschen Händedruck. »Hallo«, sagte er, ohne seinen Namen zu nennen.
Sie hatte den Verdacht, dass es Absicht war, ließ seine Hand los und griff wieder nach ihrem Glas. »Viele Schotten kommen also hier rein, tatsächlich?«, sagte sie.
»Ja, doch.«
»Ich wette, ich kenne die Hälfte von ihnen. Ist Neil Hutton manchmal da?«
Der Barkeeper feixte, als hätte sie ihm einen schlüpfrigen Witz erzählt. »Nein.«
»Und Frank Toner?«
»Wer?«
»Frank Toner – großer Bursche mit 'ner Brille?« Sie zog das Polaroidbild heraus und zeigte es ihm »Haben Sie den Typ schon mal gesehen?«, fragte sie. »Kommt er manchmal hier rein?«
»Warum?«
Sie steckte das Foto in ihre Tasche. »Ich soll ihn treffen«, sagte sie.
Der Barkeeper verzog vieldeutig den Mund, während er mit dem schmutzigen Flanelltuch über die Theke fuhr. Maureen beobachtete ihn eine Weile. Er war ihr überhaupt nicht sympathisch. Dann drückte sie ihre Zigarette im Aschenbecher aus, ließ sich vom Barhocker gleiten und nahm ihren Mantel.
»Er kommt schon mal hier rein«, sagte der Barkeeper leise.
»Oft?«
»Manchmal.«
Maureen hielt das Foto von Anns Gesicht hoch. »Ist das seine Freundin?«
Der Barkeeper zuckte vor dem Bild zurück. »Nein«, sagte er, sah auf die Theke hinunter und wischte weiter.
»Wie können Sie so sicher sein?«

Er dachte nach. »Vielleicht«, grübelte er, »vielleicht war sie seine Freundin. Ich bin da nicht auf dem laufenden.«
»War?«
»Hä?«
»Na ja«, sagte Maureen, ich habe gefragt ›ist‹, und Sie haben geantwortet ›war‹.
Er sah ihr in die Augen. »Ich hab sie seit einer Weile nicht mehr gesehen.«
»Aha«, sagte Maureen. Er wusste, dass Ann tot war, und er hatte nicht vor, es ihr zu sagen. »Aber Sie haben sie zusammen gesehen?«
Er zuckte die Schultern und lächelte vor sich hin. »Das ist schon lange her, vor Weihnachten. Vielleicht war sie seine Freundin ...«, er sah zu ihr hoch, »... vielleicht.«
»War sie hier?«
»Sie ist oft hier reingekommen. Mit ihm zusammen. Dann gleich nach Weihnachten kam sie allein. Sie war total am Ende.« Er zuckte wieder die Schultern.
Maureen wartete einen Moment, aber es war offensichtlich, dass er nicht mehr wusste. Sie schrieb ihre Piepsernummer auf ein Blatt aus ihrem Notizbuch, legte es auf die Theke und einen Fünfpfundschein darauf. »Damit können Sie sich was kaufen«, sagte sie und wollte nett klingen, aber es hörte sich eher nach Berechnung an. »Wir sehen uns.« Dann trat sie aus dem Pub in den beschämend schönen Sonnenschein und ließ Rauch und Zitronenduft hinter sich.

33
Mr. Headies Urlaub

Kilty Goldfarb saß in ihrem Pelzjäckchen und einer Skimütze am Fenster, nippte an einem Milchshake und wirkte ängstlich und nervös. Sie sah Maureen die Straße überqueren und hereinkommen, blickte auf den Tisch und brachte ein dünnes Lächeln zustande, als sie aufschaute.

»Tut mir leid, dass ich ein bisschen spät dran bin«, sagte Maureen und setzte sich ihr gegenüber. »Ich bin kurz beim Coach and Horses vorbeigegangen. Kennst du es?«

Kilty schien etwas angewidert. »Ach du lieber Gott, da würde ich nie reingehen. Da sind lauter schwere Jungs von zu Hause drin.«

»Ach?« Maureen hängte ihren Mantel über die Stuhllehne und legte ihre Zigaretten auf den Tisch. »Als ich drin war, war es ganz ruhig.«

Ihre Verabredung zum Lunch kam ihnen plötzlich wie ein missglücktes Rendezvous vor. Maureen deutete auf den Milchshake, der vor Kilty stand. »Kann ich dir etwas dazu bestellen?«

»Nein, ich hab wenig Zeit«, sagte Kilty bestimmt und legte eine Plastiktüte von Woolworth auf den Tisch, um zu unterstreichen, dass sie vorhatte, bald zu gehen. »Setz dich doch einfach hin und frag mich, was du wissen willst, und dann kann ich gehen, ja?«

Maureen sah sie an. »Ich setze mich doch schon«, sagte sie.

»Oh«, sagte Kilty, »das ist gut. Ich muss zurück zur Arbeit, ich bin sowieso schon spät dran. Stell mir die Fragen, und dann gehe ich.«

»Hör mal«, sagte Maureen, »wenn du nicht mit mir reden willst, hättest du nicht zu kommen brauchen.«

»Es ist nur, dass ich nicht weiß, warum ich hier bin«, sagte Kilty steif. »In London will niemand einen fremden Menschen ohne Grund kennenlernen, weißt du.«

»Ich habe einen Grund«, sagte Maureen. »Ich will wissen, wo in Wandsworth Mr. Headies neues Büro ist.«

»Warum?«

»Ich will zu ihm gehen, ich möchte wissen, mit was für Fällen er zu tun hat und wer seine Klienten sind.«

»Und was bringt es dir, zu wissen, welche Klientel Headie hat?«

»Ich möchte wissen, was für Leute den alten Namen der Firma kennen. Das Schreiben mit dem Briefkopf wurde in Glasgow persönlich abgeliefert, und die Person, von der es kam, könnte ein alter Klient sein.«

»Und was bekomme ich dafür?«, fragte Kilty.

Es war eine merkwürdige Frage. Maureen hatte das Gefühl, dass sie um Geld angegangen wurde, aber sie wollte Kilty nicht bezahlen. Es gab viele Leute, die Mr. Headie und das Sozialsystem kannten.

»Ich kann dir das Rauchen beibringen«, sagte Maureen.

Kilty sah zum Fenster und lächelte.

»Pass auf«, sagte Maureen, »vergiss es einfach, es ist nicht so wichtig, ich kann im Telefonbuch nachsehen oder sonst jemanden fragen.«

Kilty fingerte an ihrer Tüte herum und zog die beiden Plastikschichten auseinander. »Okay«, sagte sie verdrießlich. »Aber ich will da nicht in etwas hineingeraten. Ich will nicht deine neue beste Freundin sein, oder so.«

Es war lächerlich. Maureen würde in zwei Tagen nach Hause fahren, sie war sicher, dass sie die kleine Froschfrau sowieso nie wieder sehen würde, aber trotzdem fühlte sie sich zurückgestoßen. »Okay, okay, wir sehen uns danach nie wieder.«

»Und du musst mir die Geschichte von der Frau erzählen«, sagte Kilty. »Von der Frau, die verschwunden ist.«

Maureen breitete resignierend die Hände aus. »Ich weiß nicht, was ich dir sagen soll. Ich bin hier, weil ich nicht weiß, was mit ihr passiert ist. Sie hat zwei Kinder und einen Mann, der als Schweißer auf einer Werft arbeitet, und sie spielt gern Klavier.« Kilty beobachtete sie und wollte mehr hören. »Sie wurde im Coach and Horses zum letzten Mal gesehen.«

Kilty saß mit den Händen unter dem Tisch da und starrte Maureens Taille an.

»Das ist alles, was ich weiß«, sagte Maureen.

Kilty nickte mit gesenktem Kopf, und Maureen sah, dass sie auf die Zigarettenpackung starrte. Sie hatte einen Witz gemacht, als sie sagte, sie würde Kilty das Rauchen beibringen, aber Kilty war es ernst damit. Maureen hielt ihr eine Zigarette hin und gab ihr Feuer. Kilty sog den Rauch ein und paffte wie ein überdrehter Automat. Dabei schielte sie auf die Zigarette hinunter. Maureen wollte ihr sagen, sie solle zuerst nur ein bisschen inhalieren und die Wangen nicht so heftig einziehen und nicht auf die Glut starren, aber sie war noch immer gekränkt von Kiltys Vorwurf, sie wolle sie in eine lebenslange Freundschaft verwickeln. »So ist es eigentlich gut«, sagte sie, »du machst es nicht schlecht.«

»Wirklich?«

»Ja.«

»Ich habe das Gefühl, ich mach was falsch.«

»Vielleicht denkst du einfach zuviel darüber nach.«

Kilty war bestürzt. »Hm, vielleicht. Du wirst Mr. Headie übrigens nicht im Telefonbuch finden. Er hat keine neue Kanzlei. Er sitzt in Wandsworth im Gefängnis.«

»Was?«

»Ja, vor ein paar Monaten war die ganze Coldharbour Lane noch ein offener Drogenmarkt. Aber sieh sie dir jetzt mal an.« Sie deutete über die Straße auf eine hohe graue Stange, von deren Spitze eine Stahlbox auf die Straße hinuntersah. »Sie haben erst mal tüchtig aufgeräumt und überall Überwachungskameras aufgestellt.«

»Jetzt müssen also die gehetzten Junkies mit ihren Zehnern und Zwanzigern in dunkle Seitenstraßen gehen?«

»Ja«, sagte Kilty. »Mr. Headie war eines der ersten Opfer einer großen Razzia. Er wurde mit einem halben Kilo reinem Kokain in der Aktentasche verhaftet.«

»Mr. Headie machte so was?«

»Er hat Geld gescheffelt, ja, legal und illegal. Er hat jeden vertreten, und für manche leistete er spezielle Dienste. Jedenfalls, er ist erledigt.« Sie sah auf ihre Uhr und schien besorgt. »Ist das alles?«, sagte sie schnell.

»Weißt du etwas über einen Handel mit Kindergeldberechtigungen?«

Kilty schwenkte die Zigarette, sie schien auf den Geschmack zu kommen. »Ich weiß, dass es das gibt. Sie bezahlen einen kleinen Teil des Werts an die Person, auf die sie ausgestellt sind. Sie kaufen sie von Alkoholikern und Junkies. Das ist so ungefähr die schäbigste Gaunerei, die es gibt.«

»Das Kindergeldheftchen der Frau ist weg. Könnte jemand das Geld abholen?«

»Nur wenn sie auf der Rückseite unterschrieben hat«, sagte Kilty. »Wenn sie das Buch kaufen, lassen sie sich von der Person auf jedem Scheck die Vollmacht unterschreiben. Wenn die Frau alle unterschrieben und vordatiert hat, könnte man sie einlösen.«

»Wieviel wäre das bei vier Kindern pro Woche?«

Kilty dachte nach. »Ungefähr fünfzig Pfund. Ich dachte, sie hat zwei Kinder?«

Maureen sah Kilty an, und Kilty starrte zurück.
»Ich habe nicht gesagt, dass es ihr Buch war, oder?« Es war keine rhetorische Frage.
»Nein«, lächelte Kilty, »das hast du noch nicht gesagt. Aber ich denke, das kommt gleich.«
Maureen wollte die Sache nicht noch schlimmer machen. »Wenn das Buch auf eine Adresse in Glasgow ausgestellt ist, könnte sie das Geld dann hier unten einlösen?«, fragte sie.
»Sie müsste mitteilen, dass sie vorhat umzuziehen«, sagte Kilty. »Sie müsste die Post im voraus benachrichtigen, wo sie hinziehen wird und wann der erste Scheck eingelöst werden soll. Wie ich schon sagte, wenn jemand anders das Ding nutzt, braucht er ihr Einverständnis.«
Wenn Ann es in London verkauft hatte, dann musste sie also vorher gewusst haben, dass sie hierher kommen würde.
Die Straße draußen vor dem Fenster war belebt, die Einkäufer kamen vom Markt und strömten auf die Straße.
»Also Kilty, das ist eigentlich alles, was ich wissen wollte«, sagte Maureen und stand auf. »Vielen Dank, dass du mich hier getroffen hast, trotz deiner Zweifel. Du hast mir wirklich sehr geholfen.« Sie schob ihr über den Tisch zwei Zigaretten zu. »Behalte sie, du kannst mit ihnen spielen.«
Kilty nahm sie. »Du hast aber deinen Teil der Abmachung nicht eingehalten«, sagte sie. »Du hast mir nichts außer Lügen erzählt ...« Aber ihr Vorwurf wurde von Maureens Piepser unterbrochen.

... es geht
um Ann. Bin
2/1 631 Argyle
Street. Brixton Hill,
komm jetzt.

Maureen setzte sich wieder und starrte auf die Nachricht, las sie immer wieder durch und versuchte zu verstehen, wie jemand innerhalb eines Tages von ihrer Ankunft gehört und ihre Piepsernummer herausbekommen haben konnte. Nur Jimmy, Leslie, Liam und Moe hatten sie. Und der Barkeeper vom Coach and Horses. Es musste der hinterhältige Barkeeper sein.

»Du hast mir nicht von der Frau erzählt.« Kilty sah, dass Maureen verblüfft war. »Verstehst du die Nachricht nicht?«

»Doch«, sagte Maureen. »Ich weiß nur nicht, wie man an meine Nummer gekommen ist.«

Kilty sah ihr über die Schulter und las die Adresse. »Mein Gott«, sagte sie. »Du gehst da doch nicht alleine hin, oder?«

»Warum?«

»Ich würde da nicht hingehen«, sagte Kilty. »Tu's nicht.«

Maureen schnalzte mit der Zunge. »Ach, ich war neulich im Dumbarton Court. Da hing eine Clique von Teenagern herum, aber es ist nicht so schlimm.«

»Dumbarton Court ist in Ordnung. Aber Argyle, das ist eine andere Welt. Als sie Coldharbour auseinandergenommen haben, ist das Geschäft weiter die Straße hinaufgezogen. Geh da nicht hin.«

Es klang wie ein Befehl, aber Maureen konnte sich nicht vorstellen, wieso Kilty glaubte, sie werde tun, was sie verlangte.

»Ist doch weiter keine große Sache, ich kenne den Typ, der die Nachricht geschickt hat.«

»Kennst du ihn gut?«

Maureen wünschte sich so sehr, recht zu haben, dass sie beinahe gelogen hätte. »Nein«, sagte sie, »ich kenne ihn überhaupt nicht, aber ich gehe trotzdem. Du kannst ja mitkommen, wenn du dich so sorgst.«

Kilty stellte ihre Woolworthtüte auf den Boden, nahm die Zigaretten heraus und legte sie auf den Tisch. »Gib mir die

Adresse«, sagte sie. »Ich warte hier auf dich, und wenn du in einer Stunde nicht zurück bist, rufe ich die Polizei an.«
Maureen zeigte ihr die Adresse. Kilty schloss die Augen und sagte sie mehrmals vor sich hin.
»Ich dachte, du musst zur Arbeit?«, sagte Maureen.
Kilty nahm eine der Zigaretten zwischen zwei Finger.
»Samstags arbeite ich nicht.« Sie sah stolz auf ihre Zigarette hinunter und lächelte Maureen an.
»Als du dauernd auf die Uhr geschaut hast«, sagte Maureen, »da hast du mich die ganze Zeit angelogen?«
»Sag du mir die Wahrheit, dann sag ich sie dir auch.« Kilty legte die Hand an ihr kleines grinsendes Gesicht und zog wie ein Filmstar an ihrer unangezündeten Zigarette. »Dann bis in 'ner Stunde«, sagte sie und stieß den imaginären Rauch aus.

34
Narben

Williams war auf die Toilette gegangen und hatte das Tonbandgerät einfach weiterlaufen lassen. Sie waren in einem kleinen Vernehmungszimmer mit hellgrauen, vom Rauch gelb gefärbten Wänden. Der Geruch von Hunderten angsterfüllten Befragten hing an der Wänden, und Bunyan meinte, den Schweiß, die verzweifelten Lügen, die Nervosität und schließlich die Aufgabe förmlich riechen zu können. Jimmy Harris rauchte und sah auf seine Hände hinunter. Er hatte die ganze Fahrt nach Carlisle ruhig dagesessen und sich dann lammfromm in die Zelle führen lassen. Als sie ihn am Morgen holten, fragte er nur, wie es den Kindern gehe. Harris hielt sich nicht an einen vorgefassten Plan, das war schon jetzt klar. Er improvisierte, wie es gerade kam, stolperte bei seinen Aussagen über Einzelheiten, machte Rückzieher, wenn sie ihn erwischten, und sagte die Wahrheit, wenn ihm die Tränen kamen. Die Lügen sollten ihn nicht entlasten, es war ihm völlig egal, was mit ihm geschah, aber er sorgte sich um seine Kinder.

Er schaute jetzt zu ihr hoch und verzog den Mund zu so etwas wie einem höflichen Lächeln.

»Ist alles in Ordnung?«, fragte Bunyan. Jetzt da sie allein waren, konnte sie nett zu ihm sein, ohne Williams offen zuwiderzuhandeln.

Harris nickte schniefend.

»Das mit den Kindern geht schon in Ordnung, wissen Sie.«

Harris nickte noch einmal und zog wieder nervös an der Zigarette.

»Sie haben Glück mit Ihrer Familie«, sagte sie. »Ich weiß nicht, ob ich jemanden finden könnte, der am Freitagabend bei meinem Kind bleiben würde.«
Harris stieß den Rauch aus. »Sie haben Kinder?«
»Ja. Ein Mädchen. Sie ist drei. Sie heißt Angie.«
Harris entspannte sich. »Schöner Name. Meine Frau«, er nahm einen Zug und machte eine Handbewegung, die lang vergangene Zeiten andeuten sollte, »wollte ein kleines Mädchen. Wir haben's immer wieder probiert, weil sie ein Mädchen wollte.«
»Ich hätte jetzt gern einen Jungen.«
»Jungs sind anstrengend. Sie sind nicht so folgsam wie Mädchen.«
Bunyan lachte leise und lehnte sich zurück. »Sie haben wirklich kein Mädchen, was? Sie sind schrecklich. Man kann ihnen sagen, was man will, sie tun immer das Gegenteil. Genauso wie später, wenn sie erwachsen sind.«
Harris lächelte mit seinen fürchterlichen kleinen Zähnen, aber Bunyan bemerkte es nicht. Sie sah ihm in die Augen. Allein mit vier Kindern und kein Geld. Mein Gott. Harris' Gesicht wurde plötzlich düster, und er blickte auf das Tonband. »Versprechen Sie mir, dass Sie das Jugendamt nicht an meine Jungs ranlassen?«
»Versprechen kann ich das nicht, Mr. Harris, aber ich werd's versuchen.«
Harris holte tief und zitternd Luft, stützte die Ellbogen auf den Tisch und legte den Kopf in die Hände. »Ich war in London«, murmelte er. »Jemand hat ein Ticket durch den Türschlitz geworfen, und ich bin einen Tag mit dem Flugzeug unten gewesen.«
Von dieser wichtigen Aussage aufgeschreckt, vergaß Bunyan, darauf zu achten, wie sie klang. »Wer würde denn so was machen?«, flüsterte sie.

»Ich weiß es nicht. Aber ich glaube, es ist besser, ich sage es Ihnen. Wenn ich's nicht tu, dann werden die mit dem Brief es machen.«

Kilty hatte recht, was die Gegend um Argyle anging. Es war eine kurze, schmale Straße, aber die Wohnblocks aus gelben Backsteinen waren schmutzig und ungepflegter als Dumbarton Court. Maureen sah durch die kleine Glasscheibe an der Tür von Block sechs und wusste, dass sie eigentlich nicht da hinaufgehen wollte. Das Treppenhaus war mit verrußten Saftdosen, Zigarettenkippen und leeren Chipspackungen übersät. Am Fuß der Treppe lag etwas, von dem sie nur hoffen konnte, dass es ein Hundehaufen war. Sie hörte jemanden mit unsicheren, unregelmäßigen Schritten langsam die Treppe herunterkommen, trat von der Tür zurück, ging über die Straße und beobachtete von der Bushaltestelle aus die Tür. Sie öffnete sich, und eine dünne Frau schwankte heraus, ihr Blick war glasig und verängstigt. Sie trug ein Sweatshirt mit dem Schriftzug »Viva Las Vegas«, eine dieser billigen Beschichtungen, die beim Waschen abgehen. Sie ging auf die Straße hinaus und stützte sich gegen die Wand der Haltestelle. Sie sah nicht aus, als käme sie besser klar als Maureen. Vorsichtig näherte sich Maureen dem Eingang, ging ins zweite Stockwerk hinauf und rief sich ins Gedächtnis, dass es nur um den langweiligen Barkeeper gehe und sie nichts weiter zu befürchten hätte als lange Gesprächspausen.
Vor der Wohnung 2/1 lag keine Fußmatte. Die Tür war mit angeschraubten Metallplatten verkleidet, und davor war noch eine Schutztür aus Gusseisen im Hazienda-Stil der siebziger Jahre eingesetzt, die über die Wand nach vorn herausragte. Ein großer Spion wölbte sich kugelförmig aus der Tür und bot dem Benutzer Einblick nach unten und in jede dunk-

le Ecke des Treppenabsatzes. Der Klingelknopf an der Seite war in die Wand eingelassen. Sie drückte darauf, trat zurück und wartete auf eine Reaktion.

»Wer ist da?«, antwortete eine nervöse Männerstimme mit schottischem Akzent.

Maureen hatte den Barkeeper erwartet.

»Ich hab eine Nachricht bekommen, dass ich hierher kommen soll.«

»Von wem?«

»Auf meinem Piepser.«

Vier oder fünf verschiedene Stahlschlösser schnappten, knirschten und öffneten sich. Die Tür wurde mit vorgelegter Kette aufgemacht. Ein Mann musterte sie mit einem Auge und sah über ihre Schulter hinter sie. Die Tür ging zu, die Kette wurde abgenommen, und er öffnete die Gittertür und winkte ihr hereinzukommen, während er die Treppe im Auge behielt. Er war weiß, etwa Mitte vierzig und hatte eine gezackte Narbe von einer Stichwunde auf der linken Wange. Die vernarbte Haut hatte sich zusammengezogen, und die Wange wölbte sich nach innen. Eine ältere, gerade Linie verlief von der weichen Haut neben seinem linken Auge über die Wange bis zu einem kunstvollen Kringel auf seiner Nase. Schnittwunden im Gesicht sind ein Markenzeichen schottischer krimineller Banden; sie erteilen damit Lektionen und kennzeichnen ihre Gegner. Kein Wunder, dass er nervös war. Kein Wunder, dass er aus Glasgow weggegangen war.

»Kommen Sie«, flüsterte er und winkte ihr heftig, sie solle eintreten.

Maureen wollte nicht hineingehen. Eisentüren, verdreckte Treppen, die vielen Schlösser – all das gefiel ihr nicht besonders. »Wer sind Sie?«, fragte sie, verschränkte die Arme, verlagerte ihr Gewicht auf einen Fuß und signalisierte damit, dass sie sich nicht von der Stelle rühren würde.

»Tam Parlain«, sagte er und zeigte auf sie. »Aus Glasgow, was?«
»Ja.«
»Da haben Sie bestimmt von meiner Familie gehört.«
»Nein«, sagte Maureen, »tut mir leid.«
Tam Parlain beobachtete immer noch die Treppe. »Ach, kommen Sie schon«, sagte er. »Sie haben doch bestimmt von den Parlains gehört. Aus Paisley.«
»Nein, hab ich nicht, tut mir leid. Warum sollte ich?«
Er sah sie an und schien enttäuscht. »Na ja«, sagte er und tat bescheiden, »wir sind oft in den Nachrichten.« Er lächelte, und die Narbe auf seiner Wange verzog sich zu einem hochstehenden Wulst. Er wusste wohl, wie er jetzt aussah, und sein Lächeln verschwand. Maureen vermutete, dass die Parlains nicht gerade für preisgekrönte Kürbisse bekannt waren.
»Kommen Sie rein«, sagte er, »ich kann die Tür nicht so lang auflassen.«
»Warum?«
»Man ist hinter mir her.«
»Wissen Sie etwas über Ann?«
»Ann? Die arme Frau, die gefunden worden ist? Ja, kommen Sie rein.«
Sie war argwöhnisch und unsicher, aber sie dachte an Kilty und hielt den Kamm mit dem spitzen Ende in ihrer Tasche umklammert. Sie drückte sich an ihm vorbei durch die zwanzig Zentimeter, die er ihr als Lücke ließ. Parlain machte die Tür zu, und Maureen sah, wie er wieder abschloss. Sie versuchte sich die Reihenfolge der Schlösser zu merken und wie er bei jedem vorging, aber als sie durch den Flur ins Wohnzimmer gegangen war, hatte sie das zweite und dritte schon vergessen.
Das Wohnzimmer war ein langes Rechteck mit einer einge-

bauten Küche an der hinteren Wand, eine Frühstücksbar diente als Raumteiler. Die billigen Küchenschränke waren schlecht zusammengebaut, und mehrere Türen fehlten; sie waren leer. Ein pompöses dunkelgrünes Ledersofa mit losen Kissenteilen stand an der Wand und daneben ein Couchtisch, der vor kurzem saubergewischt und noch nass war. Das Zimmer wirkte übertrieben sauber. Die Wände waren mit Emulsionsfarbe in einem harten Weißton gestrichen. Auf dem Boden gab es keinen Teppich, nur große Holzvierecke, die schwarz gestrichen und makellos sauber waren. Das breite Fenster war von innen vergittert. »Nehmen Sie Platz.« Er zeigte auf die abgenutzte Ledercouch.

Maureen setzte sich, ließ die Hände neben sich auf dem Leder ruhen und sah ihn an. Tam Parlain hatte ein leichtes Zucken wie einer, der viel raucht, und sein Blick war leer und unaufrichtig.

»Tam«, sagte Maureen, »haben Sie mich angepiepst?«

»Ja.«

Er setzte sich neben sie auf die Couch, drehte ihr das Gesicht zu und legte den Arm hinter ihr auf die Lehne wie ein linkischer Teenager, der sich zum Knutschen heranmachen will. Er lächelte schwach und deutete auf sie. »Tschuldigung«, sagte er. »Wie heißen Sie noch mal?«

Sie wollte nicht, dass der unheimliche Kerl ihren Namen wusste. Der Barkeeper hatte ihn wahrscheinlich sowieso schon informiert. »Marian«, sagte sie. Wenn sie später die Namen verglichen, würde jeder vom anderen denken, dass er sie nicht richtig verstanden hatte.

»Marian.« Er nahm sich Zeit, darüber nachzudenken, und sie wusste, dass der Mann aus der Bar ihm gesagt hatte, ihr Name sei Maureen.

»Wo in Glasgow kommen Sie denn her, Marian?«, sagte er, wohl weil er sie einem bestimmten Stadtteil zuordnen und herausfinden wollte, ob sie mit jemandem zu tun hatte, den er kannte.

»Einfach Glasgow«, sagte sie, setzte sich auf und nahm ihre Zigaretten aus der Tasche. Sie wollte Parlain keine anbieten, damit sie nicht mit ihm in Berührung kam. »Der Barkeeper im Coach and Horses hat Ihnen meine Nummer gegeben, oder?«

»Ach so, ja.«

»Wissen Sie etwas über Ann?«

»Ja, Ann. Die arme Ann.« Er ließ den Kopf hängen. »Das war schrecklich.«

Maureen führte die Zigarette zum Mund, und beim Anzünden merkte sie, dass ihre Hände feucht waren und merkwürdig rochen – wie nach einem Putzmittel. Sie meinte sogar, kleine Körnchen zu spüren. Er hatte das Ledersofa mit Wasser und Putzmittel saubergemacht. Auch den Fußboden und den Couchtisch hatte er gewischt, und die Küchenschränke waren leer. Alle Oberflächen in der Wohnung hatte er feucht abgewischt. Er war genauso paranoid, wie Liam es geworden wäre, wenn er nicht aufgehört hätte zu dealen. Sie wandte sich ihm zu und nickte, er tat ihr leid. »Ja«, sagte sie, »es war schrecklich. Und woher kannten Sie Ann?«

»Manchmal gingen wir zusammen in ein Pub hier in der Gegend.« Er hielt inne.

»Kennen Sie ihre Schwester?«, fragte Maureen.

Parlain schüttelte den Kopf, und dann starrten sie einander wieder ausdruckslos an.

»Sie wohnt ein paar Straßen weiter«, sagte sie.

»Nein, ich kenne sie nicht.« Er sah Maureen an, als warte er darauf, dass sie etwas tue.

»Was wollen Sie mir sagen, Tam?«

»Oh.« Er senkte den Blick, und sein Gesicht wurde ernst.

»Sie haben doch nach einem Kerl gefragt. Ich dachte, vielleicht kenne ich ihn.«

»Kennen Sie ihn tatsächlich?«

»Gibt es 'n Foto ...?«

Er wartete und beugte sich erwartungsvoll zu ihr hinüber. Der argwöhnischste Mann von ganz Brixton hatte eine Fremde in seine wie eine Festung gesicherte Wohnung bestellt, um zu sehen, ob er ihr helfen konnte. Maxine hatte sie gewarnt, sie hatte ihr gesagt, sie solle das Bild verschwinden lassen. »Ich fürchte, ich hab's verloren«, sagte sie unschuldig, »aber wie wär's, wenn ich ihn beschreibe?«

Parlain gefiel das gar nicht.

»Würden Sie ihn dann erkennen?«, fragte sie.

Parlain mochte das überhaupt nicht.

»Er ist ziemlich auffällig«, sagte sie.

»Wie haben Sie es verloren?«, schnauzte er sie an.

»Wie hab ich was verloren?«

»Das Foto.« Er schrie sie förmlich an.

»Ich war heute in einer Bar und hab es jemandem gezeigt, und er hat mich gefragt, ob er es behalten könnte.«

»Im Coach and Horses?« Sein Gesicht lief rot an, er sprang auf und schritt mit den Händen auf dem Rücken zum vergitterten Fenster.

»Nein.« Sie überlegte schnell, ob ihr nicht ein anderes Pub einfiel. »Es war das da unten bei ...« Sie fuchtelte herum und runzelte die Stirn, als könne sie sich nicht erinnern. »Bei der ... gegenüber vom Bahnhof, auf der anderen Straßenseite.«

Er stand jetzt neben ihr, beugte sich zu ihr hinunter und runzelte die Stirn. »Das Swan?«

»Kann sein, ich kenne diese Gegend nicht gut.«

Sie wollte nur weg von hier. Parlain tat ihr leid, aber sie wusste nicht, wozu ihn diese Paranoia bringen mochte.

Er beugte sich weiter hinunter, und sie fühlte seinen Atem auf ihrer Stirn. »Große Bar, lange Theke und 'n Glatzköpfiger schenkt aus? Redet wie 'n Schwuler?«
»Ja, ich glaub schon«, sagte sie, weil sie wegwollte. »Stimmt, dort war's.«
»Wie war der Typ?«
»Welcher Typ?«
»Der Typ, der das Bild genommen hat.«
»Klein, Engländer, hat 'n dunkles Jackett getragen ...«
»Dick?«
»Ja, er war ziemlich dick.«
»Also«, sagte er, ließ die Arme herunterhängen und wackelte unruhig mit den Fingern. Dann ging er wieder zum Fenster und sah hinaus. »Und er war noch da, als Sie weggegangen sind?«
»Ja, es war vor fünfzehn Minuten. Sie haben mich angepiepst, als wir zusammensaßen.« Parlain würde die Wohnung verlassen und zum Swan gehen. Er wollte sie hier lassen. »Ich bringe Sie hin. Es war ein netter Bursche, ich bin sicher, er gibt mir das Foto wieder, wenn ich ihn darum bitte.«
Er sah sie an. »Ja.« Er nickte mehrmals langsam. »Sie kommen mit.« Er stürmte ins andere Zimmer und kam mit einer abgetragenen Lederjacke zurück.
Maureen fragte sich, ob er sie vorsichtshalber auch mit Seifenwasser abgewaschen hatte. Sie stand auf und lächelte dümmlich. »Gehen wir also«, sagte sie heiter. »Ich geb 'n Bier aus, wenn Sie wollen.«
Aber Parlain war jetzt nicht mehr durch Höflichkeit zu beeindrucken. Er beachtete ihr Angebot nicht, schloss die Tür auf, und sie traten ins Treppenhaus hinaus. Maureen spürte die warme Luft nach oben steigen und wusste, dass sie von Glück reden konnte, da heil rausgekommen zu sein. Während er sorgfältig abschloss, sah Parlain die Treppe hinunter.

Er ging voran, drehte sich gelegentlich um und achtete darauf, ob sie ihm noch folgte, führte sie die Treppe hinunter und hinaus auf die Argyle Street.

»Ich bin nicht sicher, ob das Pub Swan heißt«, sagte Maureen und dachte im Gehen nach. »Es ist ein Stück hinter der U-Bahn auf der anderen Straßenseite.«

Parlain hielt an. »Das ist nicht das Swan.«

Sie zog ihn am Ellbogen und versuchte den Eindruck zu erwecken, sie wolle ihn auf keinen Fall verlieren. »Kommen Sie einfach weiter, dann zeig ich's Ihnen. Da vorne.«

Sie gingen auf die Hauptstraße zu. Parlain litt nicht nur in seiner Wohnung unter Verfolgungswahn, er hielt auch hier den Kopf gesenkt, sah stur nach vorn und bemühte sich offensichtlich, nicht gesehen zu werden.

»Geradeaus weiter und noch über der Straße drüben«, sagte sie.

Den ganzen Hügel hinunter ging sie neben ihm her und plapperte irgendetwas über zu Hause und wie kalt es sei und dass es ihr hier gefiele, die Leute seien wirklich freundlich. Parlain gab ihr nach den ersten zweihundert Metern keine Antwort mehr, und Maureens Geplauder verstummte nach und nach. Als sie an dem langen Komplex des Sozialamts vorbei waren, fing sie an etwas zurückzufallen, hielt sich neben Parlain, so dass er sie gerade noch aus dem Augenwinkel sah, und verlangsamte ihre Schritte, als sie sich einer kleinen Seitengasse näherten. Sie ließ ihn ein kleines Stück vorangehen, und dann machte sie einen Satz, ging zuerst so schnell sie konnte und rannte dann um die Ecke, rannte, nur weg von ihm. Sie lief Brighton Terrace entlang und durch mehrere kleine Straßen, bevor sie wieder auf die Einkaufsstraße zusteuerte und schließlich in den McDonald's hineinhastete. Sie setzte sich an den Tisch, der am weitesten von der Straße entfernt war, und wandte dem Fenster den Rücken zu. Kilty

Goldfarb sah sie hereinkommen. Sie schaute sich um, kicherte, stand auf und ging auf Zehenspitzen wie der Schurke in einem Pantomimenstück zu ihrem Tisch hinüber. »Hi«, sagte sie. »Willst du dich nicht zu mir setzen?«

»Kilty«, Maureen schwitzte und starrte auf den Tisch, »willst du was trinken?«

»Ja.«

»Gehst du bitte auf die Straße und hältst ein Taxi an, das uns in die Stadt fährt?«

»Du siehst total verschreckt aus.«

»Ich habe Angst«, flüsterte Maureen.

Kilty stand auf und verschwand. Zwei Minuten später tippte sie Maureen auf die Schulter. »Komm«, sagte sie und beobachtete wachsam wie ein Bodyguard die Straße. Maureen stand auf und ging eilig zu dem wartenden Taxi. »Wohin fahren wir?«, fragte Kilty, schloss die Tür und setzte sich neben sie.

»Dorthin, wo viel los ist und wo es Pubs gibt.«

»Covent Garden«, rief Kilty dem Fahrer zu.

Er löste die Handbremse, und das Taxi fuhr ächzend an.

35
Betrunken

Leslie hatte die ganze Nacht im Sessel geschlafen. Sie wollte unbedingt wenigstens für eine Stunde die kalte Wohnung verlassen, aber sie kam mit den Kindern nicht zurecht. Sie hatten Hunger, und es war nichts als weißes Brot im Haus. Sie beschloss, sie anzuziehen und mit ihnen in ein Lokal zu gehen, aber Alan hatte ihre Kleider versteckt, damit man sie nicht wegbringen konnte.

Der sechsjährige John spielte liebevoll mit den beiden Kleinsten, redete mit ihnen und wollte, dass sie Leslies Helm aufprobierten, aber der war groß und schwarz, und sie hatten Angst davor. Er setzte ihn selbst auf, um ihnen zu zeigen, dass sie sich nicht zu fürchten brauchten, saß vor ihnen und streichelte ihre kleinen Beine. Alan war noch im Schlafanzug und saß im Sessel seines Vaters, die kleinen Hände auf den speckigen Armlehnen, und sah wie ein böses Wunderkind zu ihr auf.

»Sag mir, wo die Kleider sind, Alan«, sagte Leslie zum vierten Mal in fünfzehn Minuten.

Alan grinste süffisant.

»Wo sind die Scheißklamotten?«, schrie Leslie und kam ganz nah mit dem Gesicht an ihn heran.

»Hey, die sind noch klein, so kannst du nicht mit ihnen reden«, sagte Cammy und zog sie am Arm zurück. »Sie haben sich furchtbar erschrocken.«

Leslie funkelte ihn böse an. »Rühr mich nicht an.«

»Ich rühre dich nicht an, Leslie. Ich sage nur, sie bekommen Angst, wenn du sie so anschreist.«

Wie auf ein Stichwort fing Alan an zu weinen. »Ich will meinen Daddy«, sagte er. »Wo ist mein Daddy?«
John wimmerte unter dem Helm. Die Kleinen ließen sich von der Panik anstecken und fingen an zu heulen.
»Siehst du?«, sagte Cammy. »Du hast ihnen Angst gemacht.«
Leslie stieß ihn fest gegen die Brust. »Nein, Cameron, du bist schuld, dass sie sich aufregen.«
Genau da ging die Wohnungstür auf, und Jimmy kam, von zwei Polizeibeamten begleitet, herein. Ganz still stolperten die Kinder auf ihren Vater zu und krochen an ihm hoch, hängten sich an seine Beine und Hände und hielten sich aneinander fest, als seine Gliedmaßen nicht ausreichten. John erreichte ihn zuletzt. Durch den großen Helm sah er nicht richtig, und er rannte gegen den Türrahmen und prallte zurück, fiel aber nicht hin. Er klammerte sich am Pullover seines Vaters fest, zog ihn herunter und entblößte Jimmys dürre gelbe Schulter. Jimmy besänftigte sie mit einem Streicheln und sagte, sie sollten sich beruhigen, aber die Kinder hingen beharrlich an ihm und hielten ihn fest wie einen Zeppelin, der sich losreißen will.
»Wo ist das Ticket, Jimmy?« Der Dicke sah jetzt sehr müde aus. Er hielt Jimmy mit einer Hand unter der Achsel und sah aus, als würde er ihn am liebsten an die Wand klatschen. »Ist es unter dem Stuhl?«
»Ja.« Jimmy wirkte völlig erschöpft.
Die blonde Frau hob das Kissen hoch und fing an in den Papieren zu wühlen.
»Jimmy«, sagte Leslie, »wieso bist du zurückgekommen? Lassen sie dich gehen?«
»Wir sind nur hier, um ein Beweisstück zu holen«, sagte Williams. »Mr. Harris ist in der Woche, als seine Frau umgebracht wurde, nach London geflogen.«

»Ach, hören Sie doch auf«, sagte Leslie. »Woher würde er das Geld für einen Flug nach London nehmen?«
Williams hob eine Augenbraue und betrachtete Leslies Lederhose. »Es findet sich immer jemand, der einem aus der Patsche hilft, oder?«
In seiner Tasche ertönte die Erkennungsmelodie der Simpsons. Er nahm sein Telefon mit der freien Hand heraus. »Hallo?«, sagte er höflich und war dann still. »Am Apparat«, sagte er und nickte nachdrücklich zum Fußboden hin, während der Anrufer sprach. »Danke. Wir wissen das jetzt. Ja. Heathrow.« Er sah zu Jimmy hoch, nickte wieder zum Fußboden hin und schaute auf Leslie, und plötzlich aufmerksam werdend, bedeutete er Bunyan, sie solle Jimmys Arm festhalten. Sie tat es, und Williams machte die Wohnungstür auf, ging auf den Gang hinaus und zog die Tür hinter sich zu.
Bunyan sah Leslie an. »Wie sind Sie gestern Abend mit den Jungs klargekommen? Ging es gut?«
Auf dem Gang beugte sich Williams über den Hörer. »Hören Sie«, sagte er zu DI Inness, »können Sie überprüfen, ob Sie etwas über Leslie Findlay wissen? Sie wohnt in Drumchapel …«
Inness klang aufgeregt. »Hat sie ein Motorrad?«
»Ja.«
»Warum fragen Sie nach ihr?«
»Es scheint, dass sie etwas mit diesem Fall zu tun hat. Kennen Sie sie?«
»Wir kennen sie alle. Wir hatten vor einer Weile bei den Ermittlungen zu einem anderen Fall mit ihr zu tun. Ein Überfall. Sie und eine andere Frau. Sie arbeitet für das Frauenhaus, nicht wahr?«
»Ja.« Williams warf einen Blick auf die Tür. »Sie sagten, es war ein Überfall? Ist sie gewalttätig?«

»Könnte sein«, sagte Inness. »Sie haben jemanden übel zugerichtet.«
»Ist sie angeklagt worden?«
»Wir können ihr nichts nachweisen, aber ich sage Ihnen eins, wenn sie's wieder war, dann haben Sie meinem Chef den Tag gerettet.«

In der Bar war nichts los. Ein paar Leute, die zum Einkaufen in der Stadt gewesen waren, vertrödelten hier den Nachmittag, verpassten ihre Zugverbindung und würden es nicht mehr nach Hause schaffen. Zwei Männer an einem Tisch saßen missmutig feixend vor einem braunen Gesöff.
Maureen dachte an Parlain und seine Frage nach dem Polaroidbild. Frank Toner war ihm also bekannt und wichtig. Vielleicht hatte Toner ihn hintergangen. Vielleicht wollte Parlain ein Foto, damit er es herumzeigen und nach ihm fragen könnte.
Aber keines dieser Szenarien klang überzeugend. Parlain hatte offensichtlich Angst, verfolgt zu werden, und würde wohl kaum einen Rachefeldzug durchführen, und wer hatte je von Gangstern gehört, die sich gegenseitig Fotos zeigten. Sie kannten einander.
»Bitte«, sagte Kilty und stellte ein Glas vor sie hin. »Whisky und Soda. Jetzt ruh dich aus.«
»Ich hab nur 'n Schreck gekriegt, das ist alles.« Maureen nahm einen großen Schluck.
»Es war verrückt von dir, da raufzugehen«, sagte Kilty. »Du kennst die Gegend doch gar nicht.«
»Wohnst du dort?«
»Ja, na ja, in Clapham. Ich habe ein Zimmer in einem viktorianischen Reihenhaus in der Nähe des Parks gemietet. Hohe Decke, wunderbarer offener Kamin aus den fünfziger Jahren, es ist schön.«

»Kannst du dir vom Gehalt einer Sozialarbeiterin keine Wohnung leisten?«

»Ich hab mich hier noch nicht so endgültig niedergelassen.«

»Warum gehst du nicht nach Hause zurück?«

»Warum hörst du nicht auf, mich mit Fragen zu löchern?«

»Tut mir leid«, sagte Maureen. »Ich bin einfach durcheinander.«

»Er hat dir einen gehörigen Schrecken eingejagt, was?«

»Mein Gott, ja. Ich weiß nicht mal, warum. Es war einfach ein total argwöhnischer Kerl. Er wollte ein Foto, das ich habe, und ich hätte es ihm geben können, aber ich hab's nicht getan.«

»Warum nicht?«

»Ich weiß auch nicht.«

»Komm, wir rauchen eine«, sagte Kilty, nahm ihre zweite Zigarette heraus und legte sie auf den Tisch.

»Oh Scheiße.« Maureen atmete tief durch und ließ den Kopf kreisen, um die Nackenmuskeln zu lockern. »Das war ein Schreck.«

Kilty zündete sich mit Viks Feuerzeug die Zigarette an und fing an, dicke Rauchschwaden zu produzieren. Maureen beobachtete sie und dachte, dass es Kilty nur schaden würde, richtig rauchen zu lernen, als ihr plötzlich einfiel, dass sie schon vier ganze Tage nicht hatte weinen müssen. Sie war heute Nachmittag vor Angst fast gestorben, aber ihr war weder weinerlich zumute gewesen, noch hatte sie die Fassung verloren. Es war Monate her, dass sie einen Tag verbracht hatte, ohne dass ihr die Tränen kamen. Vielleicht würde es doch nicht immer so weitergehen. Sie richtete sich mit einem merkwürdig hoffnungsvollen Gefühl auf und steckte sich eine Zigarette an. Kilty lächelte ihr zu. »Gut«, sagte sie. »Jetzt ist es Zeit für die Belohnung. Erzähl mir die Geschichte.«

Also erzählte Maureen ihr von Ann in der Matratze und Jimmy und den Kindern, von Moes unglaubwürdiger Vermisstenanzeige, dem Kindergeld und von Hutton, den man in den Hintern geschossen hatte. Vom Alkohol in Fahrt gekommen berichtete sie über die abgemagerten Kinder, Alan auf der Treppe und die Kleinen in ihren dünnen Ninja-Turtle-Schlafanzügen. Als sie aufsah, starrte Kilty bestürzt in ihr Glas. »Ach Gott«, sagte sie, »Ninja Turtles, das war doch vor zehn Jahren.«

Und sie tranken weiter. Auch Kilty hasste ihre Arbeit. Sie war von dem, was Maureen gesagt hatte, angespornt worden und spielte seit dem gestrigen Abend mit dem Gedanken aufzugeben. »Ich werd nicht mehr versuchen, die Welt zu retten. Von jetzt ab«, Kilty klopfte nachdrücklich mit dem Finger auf den Tisch, »kümmere ich mich um mein eigenes kleines Gärtchen. Und du kümmerst dich um deins.«

»Ich glaub, die Welt retten ist in meinem Fall die leichtere Aufgabe.«

»Warum?«

»Mein Gärtchen ist voller Schluckspechte.«

Kilty warf den Kopf nach hinten und lächelte sarkastisch über diese Bemerkung. »Ach ja?«, sagte sie, als hätte sie verstanden. »Also, was willst du dann?«

»Ich will schöne Dinge um mich haben«, sagte Maureen, »und ich will einen netten Mann, mit dem ich Spaß haben kann. Und ich will zufrieden sein.«

»Und du meinst, dass du das bekommen wirst, wenn du diese Welt gerechter zu machen versuchst?«

»Alle wollen doch, dass die Dinge am Ende gut ausgehen, oder? Es ist ein grundlegender Wunsch der Menschen.«

Maureen dachte an Sarah, die in ihrem großen Haus mit den Geistern syphilitischer Seefahrer umherirrte. »Deshalb fühlen sich Leute, denen Unrecht geschehen ist, von der Religion und der Politik angezogen, nicht wahr?«

Kilty grinste. »Ich dachte, sie lassen sich nur gern hin und wieder mit Limousinen herumkutschieren.«

»Nein, aber weißt du, die wirklich religiösen Leute sind nie Frohnaturen, oder? Ich wette, unter deinen Sozialarbeiterkollegen gibt es jede Menge Leute mit traurigen Biographien.«

»Wahrscheinlich hast du recht«, sagte Kilty und drückte ihre halbgerauchte Zigarette aus. »Mir würden sie es kaum erzählen. Ich hab so viel Glück gehabt im Leben. Meine Mutter ist eine wahre Freude, und mein Vater ist unheimlich nett. Ich bin nur in London, um einer guten Heirat mit einem großen dicken Rechtsanwalt zu entgehen.«

»Wirklich?«

»Ach Gott, ja. Sie wünschen sich so sehr, dass ich ihre soziale Stellung festige. Es ist eine Sache, die für sie als neureiche Immigranten wichtig ist.«

»Aber du willst das nicht?«

»Ach, bleib mir vom Leib damit«, grinste sie verächtlich. »Ich hab doch Besseres mit meinem Leben anzufangen als Chintzvorhänge auszusuchen.«

Kilty nippte an ihrem Glas, und Maureen war jetzt klar, wie sie Kilty einzuordnen hatte. Ihrem Akzent hörte man die Spuren einer teuren Privatschule an. Maureen fühlte sich zu dieser ruhigen Anerkennung der Welt um sich herum hingezogen; es war, als hätte es niemals jemanden gegeben, der eine wirkliche Bedrohung für Kilty bedeutete, und alle Menschen interessierten sie. Maureen wäre selbst gerne so. Alle, die sie kannte, hatten einen Knacks. Kilty richtete sich auf. »Hier unten wird es als Vorteil angesehen, aus einem feinen Elternhaus zu stammen.«

»Und zu Hause?«

»Da reden interessante Leute gar nicht mit einem, sie denken, und damit haben sie ja auch recht, dass man besser weggekommen ist.«

»Und deswegen tust du Buße als Sozialarbeiterin?«

»Der Katholizismus liegt über einem wie ein Leichentuch, Maureen O'Donnell.«

Sie tranken langsam, ein Glas nach dem anderen, und genossen es, zusammen zu sein, sahen zwischendurch auf den Fernseher und schwiegen gemeinsam. Als ein paar lächerlich junge Männer sie anzuquatschen versuchten, packten sie Kiltys Tüte in Maureens Fahrradtasche und gingen in eine andere Bar. In der dritten Bar trank Kilty jede zweite Runde Limonade, um nicht einzuschlafen, und sprach schon sehr undeutlich. Sie schmiedeten verrückte, beschwipste Pläne. Kilty würde nach Hause kommen und eine Weile bei Maureen wohnen. Sie konnte nicht zu ihren Eltern zurück, weil sie dann den ganzen Tag reiten und zu grässlichen Partys gehen müsste. Sie würde nach Glasgow zurückkehren und versuchen, Künstlerin zu werden. Sie sagte Maureen, sie solle die Schluckspechte aus ihrem Gärtchen fliegen lassen. Den ganzen Rückweg nach Brixton sang sie in bedenklich hoher Stimmlage »Don't Fence Me In«. Der Taxichauffeur war froh, als er sie los war. Er ließ sie vor dem Coach and Horses aussteigen, bevor sie andere Möglichkeiten recht überdacht hatten.

»Es wird schon gutgehen«, sagte Maureen und brauchte eine halbe Stunde, um das Geld für das Taxi zu finden. »Komm schon.«

»Es wird alles mögliche sein«, murmelte Kilty düster, »aber nicht gut.«

Im Coach and Horses war es geisterhaft still. Man machte hier gar nicht erst den Versuch, so zu tun, als wolle man mit anderen Menschen zusammen sein. Es gab keine plaudernden Grüppchen, man machte sich wenig Mühe, den eigentlichen Zweck, das Trinken, zu verbergen. Der Barkeeper, der Parlain auf ihre Spur gesetzt hatte, war nicht da. Maureen war leicht übel. Sie holte tief Luft und führte Kilty in die linke Hälfte für die Hartgesottenen. Sie traten an die Theke, und Maureen bestellte einen dreifachen Whisky mit Soda und Eis.

»Das nehm ich auch«, sagte Kilty.

Der Barkeeper goss die Getränke ein, ohne zu fragen, ob sie auch wirklich Dreifache wollten, und Maureen wusste gleich, dass sie hier in einem Pub war, das zu ihr passte. Fast alle Gäste waren Männer und, ungewöhnlich für die Gegend, vorwiegend weiß. Sie hörten schottische Akzente, von der Ost- und auch der Westküste, manche mit breitem Dialekt und manche schwächer. Die wenigen Frauen sahen traurig aus, wie Junkies, sie trugen Kleider, die sie irgendwo gefunden hatten, sahen sich mit leerem Blick um, als warteten sie darauf, abgeholt zu werden. Hierher zu diesen hoffnungslosen Gestalten gehörte Ann.

»Mein Gott«, murmelte Kilty, »das ist ja ein verdammtes Loch.«

Maureen sah einen Mann und eine Frau, die ihr bekannt vorkamen, an einem Tisch auf der anderen Seite des Raums sitzen. Der Mann beobachtete sie. Er saß über einem Bier. Der Tisch verschwand immer wieder hinter den Rauchschwaden der Gäste. Sie versuchte sich zu erinnern, woher sie die beiden kannte, als die Tür der Damentoilette aufging. Eine Frau blieb dort einen Moment stehen, schwankte leise und wischte sich die Hände an ihren stone-washed Jeans ab. Es war die Frau, die aus Tam Parlains Haus gekommen war. Sie trug noch das Las-Vegas-Sweatshirt. Mit langsamen Bewegungen kam sie auf Maureen und Kilty zu und setzte sich auf einen Barhocker. Sie musste sich sehr auf diese schwierige Aufgabe konzentrieren, bis sie endlich über dem Tresen hing und den Kopf auf dem dünnen Hals schlaff zur Seite neigte. Sie hatte die Augen geschlossen und hob ein Bein hoch, zerrte mit der Hand das Hosenbein über den Unterschenkel hinauf und kratzte sich an einer Stelle ihrer Kniekehle. Ihre abgebrochenen Fingernägel fuhren über eine tiefe, offene Wunde. Es war ein kleines Geschwür, das von einer Infektion herrührte.

»Ach du Scheiße«, murmelte Kilty in Maureens Ohr. »Tut mir leid. Ich halt's hier nicht aus. Komm mit.«

»Nein«, sagte Maureen, »ich will hier jemanden treffen.«

»Komm einfach mit. Du kannst bei mir übernachten.«

»Nein.«

Kilty übergab ihr feierlich die Packung Zigaretten, die sie sich gekauft hatte. »Gib sie mir morgen zurück.« Sie streifte Maureen aus Versehen an der Brust, lenkte ihren kleinen Froschkörper von der Theke weg nach draußen. Zwei Minuten später kam sie zurück, mit ihrer Telefonnummer auf einem Zettel und steckte ihn Maureen in die Manteltasche. »Morgen«, sagte sie und ging wieder.

Es war schon später, der Raum hatte sich gefüllt und war wärmer. Maureen schmeckte den Whisky mit Soda im Mund. Sie fühlte sich den anderen Leuten in der Bar überlegen und fragte sich, wie sie es hier aushielten. Sie kam aus einer beschissenen Familie und hatte ein elendes Leben gehabt, aber hier im Coach and Horses fühlte sie sich wie Lisa Marie Presley persönlich. Sie ging auf die Toilette, die Quelle des scharfen Zitronengeruchs. Ein zerbrochener Spiegel war an die fleckige Wand geschraubt, die zerborstene Mitte fehlte. Sie ging aus dem ersten Klo wieder heraus, weil der Buchstabe T mit Blut an die Wand geschmiert war. Im zweiten war der Sitz kaputt, und es gab kein Klopapier. Sie war jetzt sehr betrunken, lehnte sich an die Theke und

achtete nicht darauf, dass ihr guter Mantel auf der klebrigen Platte lag. Eine blecherne Melodie fing hinter ihr an zu spielen, immer weiter, bis zum bitteren Ende. Sie sah den Mann und die Frau am Tisch hinten sitzen und versuchte sich zu erinnern, wer sie waren, als sie Frank Toner von der Straße hereinkommen sah. Die Menge teilte sich, um ihn durchzulassen. Er war kleiner und stämmiger, als er auf dem Polaroidfoto ausgesehen hatte, und bewegte sich wie ein ehemaliger Boxer. Hinter ihm stand die schwankende Las-Vegas-Frau, die vorher zusammengesunken an der Bar gesessen hatte. Maureen hatte gar nicht bemerkt, dass sie weggegangen war. Sie schien jetzt viel munterer, fröhlicher und unbeschwerter, zum Lachen und zum Geben und Nehmen aufgelegt. Das Paar kam an die Bar, und Maureen näherte sich ihnen und nickte der Frau zu. Die Frau erkannte Maureen von irgendwoher und erwiderte ihr Nicken.
»Wie geht's?«, sagte Maureen. »Etwas besser jetzt?«
»Oh ja«, sagte sie und tat so, als könne sie sich erinnern. »Viel besser. Jetzt geht's mir gut.«
Sie hatte eine gepflegte Aussprache. Vielleicht war sie einmal eine Schönheit gewesen. Ihr Gesicht war schmal wie auf einem Bild von Modigliani. Ihr dickes Haar hatte einen natürlichen, kastanienbraunen Glanz. Ihre Bewegungen waren geschmeidig, sie schritt mit wiegenden Hüften. Vielleicht war sie noch jung, die tiefen Falten auf der Stirn und unter den Augen wirkten verfrüht. Sonst war ihre Haut weich und frisch. Frank Toner sah Maureen an, und Maureen nickte ihm zu. »Na«, sagte sie, »ich geb euch einen aus.«
»Wieso sollte ich mir denn von dir einen ausgeben lassen?«, sagte er mit schroffem Südlondoner Akzent.
Maureen wurde plötzlich klar, dass sie viel zu betrunken war, um mit einer solchen Situation fertig zu werden. Sie

machte einen Rückzieher. »Vergiss es, ist nicht so wichtig«, sie wandte sich ab, als beende sie damit die Unterhaltung von sich aus.

Toner verkündete vor der versammelten Menge, dass er an dem Tag einpacken werde, an dem er sich von einer schottischen Schlampe einen ausgeben lasse. Er bestellte eine Runde und sagte dem Barkeeper, er solle Maureen auch was reintun, und machte noch ein Witzchen darüber, dass er damit nicht seinen Schwanz meinte. Er lachte laut wie ein böses Kind, und die Schar seiner devoten Anhänger lachte mit.

»Ich will von dir nichts spendiert haben«, sagte Maureen leise und fühlte sich wie ein trotziger Bauernlümmel. Niemand beachtete sie. Der Barkeeper stellte das Glas neben ihre Hand. »Ich will's nicht«, sagte sie.

Er warf ihr einen durchdringenden Blick zu. »Nimm's einfach, verdammt«, sagte er, »und erspar uns allen den Krach.«

Maureen wollte den Drink nicht, leerte aber das Glas am Ende doch, da es nun schon mal vor ihr stand und sie nicht schnell genug das bekommen konnte, was sie bestellt hatte. Sie spielte mit Viks Feuerzeug und hatte plötzlich Lust, sich umzudrehen und Toners Jacke in Brand zu setzen.

Die dünne Frau machte sich unauffällig an sie heran. »Alles klar?«, sagte sie lächelnd. Sie war jetzt sanft, eine ganz andere Frau. Maureen war beleidigt worden, und Toners Begleiterin versuchte nun, mit dem Verständnis einer Frau, der Demütigungen nicht fremd waren, den Schaden wiedergutzumachen.

»Ich bin Maureen.«

»Ich bin Elizabeth.«

Schallendes Gelächter kam von einem Tisch in der Ecke. Maureen zeigte auf Frank. »Ist das dein Freund?«

Elizabeth sah sich um. »Oh ... nein ... ich hab dich noch nie hier drin gesehen.«

»Ich suche meine Freundin. Hast du Ann gekannt, sie war öfter hier?«

Elizabeth lächelte sie starr an. »Ann. Sie ist eigentlich nicht hierhergekommen.«

»Nein?«

»Nein.« Elizabeth verlagerte ihr Gewicht auf ein Bein und sah auf ihre geschwollenen Hände hinunter. Die dicke Haut war unwiederbringlich vernarbt, rot und glänzend an den Knöcheln, um die Gelenke und die glatte, verzweigte Vene auf dem Handrücken. »Ann ist meistens in andere Pubs gegangen.«

»Kommst du immer hierher?«

»Ja.« Elizabeth wurde ein bisschen lockerer, jetzt, da nicht mehr von Ann die Rede war. »Ja, es ist schön hier drin.«

»Findest du wirklich?«, fragte Maureen, um zu sehen, ob sie Humor hatte.

Elizabeth lächelte, sie begriff die Ironie dieser Bemerkung. »Ja, es sieht ganz furchtbar aus«, sagte sie, »aber die Leute hier drin sind in Ordnung.« Sie nickte in die Runde der Trinker und Rumtreiber. »Es sind gute Leute. Wir sorgen alle füreinander, weißt du.«

Elizabeth log nicht, sie glaubte ehrlich, es sei für sie eine Frage ihres selbstgewählten Lebensstils, dass sie im Coach and Horses herumwankte.

»Wie sorgt ihr füreinander?«, fragte Maureen, sie wollte mehr hören und war neugierig, welche Rechtfertigung sie sich zusammengebastelt hatte.

»Oh«, sagte Elizabeth und stockte, »da gibt es viele verschiedene Sachen ...« Aber ihr fielen keine ein. »Viele kleine Dinge.«

Maureen vermutete, dass Elizabeth viele kleine Dinge für andere tat und rein gar nichts dafür bekam.
»Ja«, sagte Elizabeth vage und verlor den Faden. »Du bist Schottin.« Sie lächelte plötzlich. »Ich mag Schottland.«
»Aha?«, sagte Maureen. »Bist du schon mal dort gewesen?«
»Ja, ich fahre manchmal hin«, sagte Elizabeth, schien sich aber nicht an gute oder schlechte Zeiten zu erinnern. »Jetzt nicht mehr, aber früher.«
»Im Zug?«
»Manchmal.« Sie wurde vage und zerstreut.
»Ann ist umgebracht worden«, sagte Maureen.
»Ich weiß.« Sie war wieder da. »Ich weiß.«
»Hast du sie gut gekannt?«
»Nein, nicht gut.« Elizabeth lächelte nervös. »Ich weiß nichts darüber ...«
Sie zog sich in die Menge zurück. Maureen hatte ihre Zigaretten verloren. Sie hob den Blick und sah den Mann und die Frau am Tisch. Maureen schaute ihn an. Ein großer Mann, kräftig im Vergleich zu den anderen hageren Gestalten. Sie war gegen ihn aufgebracht, wusste aber nicht, warum. Sie konnte beide nicht einordnen, kannte aber die Frau noch besser als ihn. Sie dachte darüber nach. Irgendwoher kannte sie sie auf jeden Fall, und dann fiel es ihr plötzlich ein: Die Frau war Tonsa.
Tonsa war eine elegante Frau mittleren Alters mit Strähnchen im blonden Haar. Sie trug immer schicke Designermodelle. Liam kannte sie, weil sie professionell als Kurier arbeitete und einmal im Monat Ware von und nach Glasgow transportierte. Er hatte sie Maureen einmal in Glasgow vorgestellt. Nur Tonsas Augen verrieten sie: Sie waren völlig ausdruckslos. Liam sagte, man könnte mit einem Speer in jeder Hand auf sie zulaufen und sie würde nicht einmal blinzeln, deshalb machte sie ihre Arbeit so gut. Tonsa hatte ein

paar Monate zuvor fast Liams Verhaftung verursacht. Ohne jeglichen Grund hatte sie der Polizei gesagt, er hätte sie geschlagen, und dann in letzter Minute die Aussage zurückgezogen. Maureen stürzte zu den beiden hin. »Hi«, sagte sie und setzte sich schwerfällig an den Tisch. »Kennst du mich noch?« Sie klopfte auf Tonsas Arm. »Tonsa, Tonsa, erinnerst du dich nicht an mich? Meinen Bruder, Liam? Er hat mich dir vorgestellt.«

Tonsa beachtete Maureen nicht und zog zerstreut an der Manschette ihres Burberry-Mantels.

Maureen sah den Mann an. Er lehnte sich zurück. »Was machst du hier?«, sagte er. Er war Schotte, und sie wusste, dass sie ihn von zu Hause kannte.

»Ach, ich treibe mich hier ’n bisschen rum.« Sie hätte ihm am liebsten eine runtergehauen, aber sie konnte sich nicht erinnern, warum. Frank Toner unterhielt an der Bar immer noch seine Fans. »Siehst du den Glatzkopf?«

Er starrte sie an. »Was ist mit ihm?«

Sie schüttelte den Kopf, weil sie dachte, sie hätte es einmal gewusst, aber vergessen. »Was ist mit dem Typ los?«

»Lass mal gut sein.«

Ohne Maureen eines Blickes zu würdigen, stand Tonsa auf und ging vom Tisch weg. Maureen sah den Mann an und erinnerte sich jetzt, warum sie ihn so hasste, warum sie wütend auf ihn war, warum er für sie Michael war. Es war Mark Doyle.

»Du«, sagte sie laut und neigte sich über den Tisch. »Wer hat Pauline umgebracht?«

Mark Doyle beugte sich vor, sein schorfbedecktes rotes Gesicht war auf einmal lebhaft und aufmerksam. »Man wird dir hier die Fresse einschlagen. Verschwinde, verdammt noch mal.«

Maureen war zu betrunken. Sie blinzelte. Mark Doyle

streckte das Kinn vor und sah aus, als könne er einen Schlag abbekommen, ohne auch nur mit der Wimper zu zucken.
»Ich will keinen Zoff machen«, sagte sie bestürzt, als sie langsam merkte, wie betrunken sie war. »Ich trinke hier nur was.«
»Bist du da, weil ich gesagt hab, dass Ann hier war?«
»Nein«, sagte sie. »Ich bin hier, weil ich ihre Schwester sehen und was trinken will.«
Doyle sah sich in der Bar um und atmete tief ein. »Kommt ihre Schwester auch hierher?«
»Nein.« Maureen griff in ihre Tasche, zog das Polaroid heraus und hielt es verdeckt in der hohlen Hand. »Deswegen bin ich hier.«
Doyle war aufgesprungen, legte seine Finger um Maureens Ellbogen und bohrte sie tief in die weiche Haut um die Knochen, und sie fühlte sich schwach und atemlos. Er zog sie hoch, bis sie stand. »Mach dich davon, verdammte Scheiße«, grollte er, hob sie hoch und schob sie auf die Tür zu. »*Los, raus hier.*«
Sie beobachteten alle, wie er sie mit einem scheinbar sanften Griff am Ellbogen packte und hochhob, und sahen sie vor Schmerz fast weinen. Mark Doyle öffnete die Tür des Pubs und warf sie auf die Straße. Maureen fiel nicht gleich zu Boden, sie stolperte vorwärts, schlug sich die Knöchel auf dem Gehweg auf und stieß mit einem schwarzen Paar zusammen, das sie beinahe auf die befahrene Straße geschubst hätte. »So«, sagte Doyle, »und bleib verdammt noch mal draußen.«

Sarah war nicht erfreut, sie zu sehen. Sie war im Schlafanzug und sagte Maureen mehrmals, es sei halb zwei und sie müsse doch morgen früh aufstehen. Maureen saß auf dem Bett, während Sarah ihr zurief, sie könne nicht länger bleiben, es ginge nicht, keinen Tag länger. Maureen legte sich angezogen aufs Bett und schwor sich, nie mehr so viel zu trinken, nie wieder. Sie presste ihre blutige Hand an die Brust, und Sarahs Stimme verlor sich im Hintergrund, während sich die griechischen Weinblätter über ihr zu drehen begannen und Michael in dem schwarzen Badezimmer lauerte.

36
Auf frischer Tat ertappt

Die Kälte im Flur umgab sie, und die syphilitischen Seeleute starrten von hoch oben auf sie herab. Sarah versuchte wütend, Maureen in ihren Mantel zu helfen. Maureen hatte noch geschlafen, als Sarah ins Zimmer gekommen war und all ihre Sachen in die Fahrradtasche gepackt hatte. Dann hatte sie Maureen geweckt und vor sich her die Treppe hinuntergeschoben. Zu dem furchtbaren Brummschädel kamen die aufgescheuerten Knöchel, und als Maureen versuchte, den Ellbogen auszustrecken, schmerzte auch er. Sarah warf die Tasche vor der Tür auf den Boden. »Ich kann das einfach nicht zulassen, Maureen, es tut mir leid. Das hier ist mein Zuhause.«

»Herrgott, Sarah …«

»Sag das nicht.«

»Es tut mir leid. Tut mir leid, dass ich in dem Zustand nach Hause gekommen bin, ich hab ’n bisschen zuviel getrunken …«

»Ein bisschen zuviel getrunken?«, kreischte Sarah, und es war wie der Stich einer Nadel in Maureens Auge. »Du bist Alkoholikerin!«

Maureen legte die gesunde Hand um die verletzte. »Verdammt noch mal, beruhige dich doch«, sagte sie. »Mein Gott, mir ist total übel, hast du kein Mitleid?«

»Ich habe Mitleid, ich habe jede Menge Mitleid mit Menschen, die nicht selbst ihr Unglück über sich bringen …«

»Du bist ja nur wütend, weil ich deine Jesusblättchen nicht gelesen habe.«

»Verschwinde aus meinem Haus.«
Die helle Sonne fiel über sie her und brachte ihre Augen fast zum Bersten. Sie schämte sich, als sie durch die ruhigen Straßen zum Bahnhof latschte. Sie war völlig besoffen gewesen und hatte ausgerechnet das Fluchwort gebraucht, das Sarah garantiert aufregte. Sie schaffte es bis zu einem Zeitungshändler und kaufte sich eine Schachtel Zigaretten. Der Typ hinter dem Ladentisch gab schon den Preis ein, als sie einen Ständer mit billigen Sonnenbrillen sah. Einem Impuls folgend kaufte sie die, die am billigsten aussah. Sie stammte noch aus einem Restposten aus den siebziger Jahren mit braunen Gläsern und einem biegsamen, orangefarbenen Plastikgestell. Der Mann verlangte einen Zehner dafür und vermutete zu Recht, dass sie sich zu elend fühlte, um mit ihm zu feilschen. Sie trat hinaus und setzte die Brille auf, zündete eine Zigarette an und dankte der Menschheit still für das Wundermittel Tabak.
Sie stöhnte über den rumpelnden Zug, fand auf ihrem Piepser eine alte Nachricht vom Abend zuvor. Leslie schrieb, dass Jimmy verhaftet worden sei und sie sofort nach Hause kommen müsse. Maureen versuchte, sie aus einer Zelle an der London Bridge anzurufen, aber niemand nahm ab. Sie schaute die Straße hinunter. Autos und Lkws fuhren schnell und peitschten die Luft auf. Sie sehnte sich nach Kälte und den vertrauten Gebäuden, nach ihrer Wohnung, nach ihrem Bett, in dem sie sich verstecken konnte, nach frischen Kleidern und, verdammt noch mal, nach den erhabenen Bergen statt dieser endlosen glatten Ebene. Aber sie konnte nicht nach Hause gehen, sie konnte nicht nach Ruchill zurückkehren.

Sie machten eine Pause. Leslie rauchte eine weitere Zigarette und sah sich in dem grässlichen Raum um, betrachtete die vergilbten Wände und den Gummiboden. Sie rauchte seit Stunden, ohne etwas getrunken zu haben. Eine schmerzhafte Schwellung saß auf ihrer Zungenspitze, auf der sie immer wieder herumbeißen musste. Isa sah nach den Kindern, und Jimmy war unten in einer Zelle.

Leslie hatte das Angebot, einen Rechtsanwalt hinzuzuziehen, anfangs abgelehnt, weil sie dachte, sie würde sich dadurch verdächtig machen, aber sie fing an sich zu fragen, ob das klug gewesen war. Sie glaubte, dass sie nichts zu verbergen hatte. Sie hatte nichts getan, außer Ann zu verschweigen, dass sie Jimmy kannte, aber sie hatte es getan, weil sie wusste, auf wessen Seite sie stand. Es war ihr klar, wie es aussehen müsste, wenn die Polizei mit dem Komitee sprach und herausfand, dass Leslie darum ersucht hatte, Ann als Bewohnerin aufzunehmen. Sie hätte ihr Interesse an Ann von Anfang an offenlegen müssen. Wenn das Komitee auch nur den leisesten Verdacht hätte, dass sie Jimmy gesagt haben könnte, Ann sei im Frauenhaus, würde sie gefeuert; im besten Fall würde sie in das große stinkige Büro versetzt werden. Sie würde diesem Weibsstück Jan gegenübersitzen und sich so elend fühlen wie Maureen. Sie hätte dem Komitee sagen sollen, dass sie Jimmys Cousine war. Sie hätte es ihnen sagen müssen.

Bei der Polizei glaubte man nicht an das Polaroidfoto, und sie konnte ihnen nicht sagen, wo es war. Sie konnte Maureen nicht erwähnen, sonst würde man wissen wollen, warum sie es mitgenommen hatte und warum sie in London war. Als Leslie ihnen sagte, es sei ein Foto von einem Typ, der Frank Toner hieß, lachte der Dicke, und die Frau lächelte. »Was hat der mit der Sache hier zu tun?«

»Ich glaube, er war ihr Freund«, sagte Leslie.

Der Polizeibeamte kicherte. »Na, ich weiß, wie Frank Toners Freundinnen aussehen, und Ann war nicht sein Typ.«

Leslie biss wieder auf die Schwellung und wurde blass von dem heftigen Schmerz an der Zungenwurzel. Wenn sie nur mit Maureen sprechen und herausfinden könnte, was los war, dann wären ihre Lügen vielleicht überzeugender. Die Engländerin kam wieder herein und setzte sich ihr gegenüber. »Möchten Sie etwas essen?«, fragte sie.
»Nein«, sagte Leslie. »Hören Sie, ich habe erst erfahren, dass Ann Jimmys Frau war, als sie schon weg war.«
»Aha. Wann ist es Ihnen klar geworden?«
»Nachdem sie weggegangen war.«
»Wie lange danach?«
Aber Leslie war nicht daran gewöhnt zu lügen, und ihr fehlten die grundlegenden Voraussetzungen dafür. Sie konnte sich nicht einmal selbst eine konkrete Situation vorstellen oder existierende Fakten zu einer Lüge umfunktionieren, die sich nicht entkräften ließ. Sie lehnte sich zurück, zog zum letzten Mal an ihrer Zigarette und drückte sie in der Pastetenform aus, die als Aschenbecher diente. »Was wird mit mir geschehen?«, fragte sie.
»Was meinen Sie damit?«
»Werden Sie mich anklagen?«
»Wir sind noch nicht sicher.«
»Wenn Sie es tun, wie wird die Anklage lauten?«
»Es kommt darauf an.«
»Worauf?«
»Wenn wir beweisen können, dass Sie vorhersehen konnten, dass er ihr Schaden zufügen würde, und das in irgendeiner Weise unterstützt haben. Dann ... na ja, dann ist es Beihilfe zum Mord.«

Leslie war immer noch nicht zu Hause. Maureen hätte fast noch einmal Vik angerufen, aber nach der halben Vorwahl verließ sie der Mut. Draußen vor den Scheiben der Telefon-

zelle bildete der Smog einen hellen Dunst über Brixton Hill, Abgase und Schmutzpartikel waren im Sonnenlicht wie Salz in einer Lösung verteilt.
Es war noch früh und versprach ein weiterer warmer Tag zu werden. Sie setzte ihre Sonnenbrille auf, trat aus der Zelle und ging den Hügel zu Moes Wohnung hinauf. Ihre Tasche war schwer, der Riemen schnitt ihr in die Schulter und plagte sie zusätzlich. Sie blieb stehen, stellte die Tasche auf einer niedrigen Mauer ab, riss die Klappe mit dem Klettverschluss auf und sah hinein. Sie schleppte immer noch Kiltys Einkäufe mit sich herum; sie nahm die schweren Sachen heraus und ließ zwei Dosen Bohnen und eine mit Corned Beef auf der Mauer stehen. Die Dinge, die man nicht in jedem Eckladen bekommen konnte, behielt sie: zwei riesige Tafeln Milka-Schokolade, ein Päckchen Reiswaffeln und eine Schachtel Feueranzünder. Sie würde es ihr später erklären. Als sie an den Abend zurückdachte, zuckte sie zusammen. Die Las-Vegas-Frau, Elizabeth, hatte gesagt, sie wisse nichts darüber. Sie hätte das nicht gesagt, wenn es nicht etwas zu wissen gab.
Jemand hatte hinter Dumbarton Court einen großen Mülleimer ausgekippt und den fauligen Geruch alter Fertiggerichte und schmutziger Windeln überall verteilt. Maureen stieg langsam die Treppe hinauf und hielt auf jedem Absatz an, um Atem zu schöpfen. Als sie zur Tür kam, hoffte sie fast, dass Moe nicht zu Hause war, aber sie war da.
»Was wollen Sie?«, fragte Moe und fügte noch schnell ein »hah« an.
»Ich bin nicht vom Sozialamt«, sagte Maureen leise, aber eher, um ihren Brummschädel zu schonen als um einen freundlichen Ton anzuschlagen. »Sie können jetzt aufhören mit dem Geschnaufe und Gekeuche.«
»Hah, ich weiß nicht, was Sie meinen, hah.«

»Wo ist Anns Kindergeldbuch, Moe?«

Moe stand aufrecht da, starrte sie wütend an, machte die Tür auf und zog Maureen an den Mantelaufschlägen hinein. Ihre Angina pectoris hatte sich schlagartig sehr gebessert. Sie schlug die Tür zu und wandte sich ihr zu. »Wer zum Henker sind Sie eigentlich?«

Die Dunkelheit war Maureen angenehm, und sie rieb sich die brennenden Augen. »Haben Sie das Kindergeldbuch, Moe?«, flüsterte Maureen.

»Sind Sie von der Polizei?«

»Nein«, sagte Maureen. »Ich bin nur mit Jimmys Familie befreundet. Passen Sie auf: Ann ist vor anderthalb Wochen umgekommen, und mit ihrem Buch wird immer noch Geld abgehoben. Haben Sie es?«

»Wenn Sie nur eine Freundin von Jimmy sind, dann brauche ich Ihre Fragen nicht zu beantworten, oder?«

»Nein, Moe, das brauchen Sie nicht, aber ich weiß über das Buch Bescheid, und ich weiß Bescheid über Anns Fahrten nach Glasgow mit der großen Tasche, und ich weiß, warum Sie das Polaroid haben wollen. Was soll ich mit diesen Informationen machen?«

Moes Kinn verzog sich, sie fing an zu weinen und zog nervös an ihrem Ehering. Ihr Gesicht wurde so rot wie das von Ann. Maureen war froh über die Dunkelheit im Flur und die kühlen Wände, aber ihre Knie zitterten. »Kommen Sie, setzen Sie sich«, sagte sie und führte die weinende Frau ins Wohnzimmer.

Moe weinte lange, verbarg das Gesicht in den Händen, und jedes Mal, wenn das Weinen abebbte, ließ Maureens Anblick sie erneut aufschluchzen.

»Moe«, sagte Maureen ruhig, »Sie haben eine Schwester, die Alkoholikerin ist und nicht hier wohnt. Sie kommt Sie besuchen, geht wieder, und zwei Tage später machen Sie eine

Vermisstenanzeige. Es wäre gut möglich gewesen, dass sie nach Hause gefahren war, ohne Sie anzurufen, sie hätte auf einer Sauftour irgendwo betrunken herumliegen können. Es ist doch lächerlich, sie als vermisst zu melden.« Moe schaute auf den Teppich hinunter und tupfte sich die Tränen ab. Maureen seufzte. »Macht es Ihnen sehr viel aus, wenn ich rauche?«

Moe schüttelte den Kopf. Maureen nahm ihre Zigaretten heraus und zündete sich eine an, beugte sich vor und tastete nach dem Aschenbecher unter dem Sessel. Sie fand ihn, zog ihn heraus und stellte ihn auf die Armlehne. Moe sah ihr leise schniefend zu. »Möchten Sie eine Zigarette?«, fragte Maureen nachsichtig.

Moe schüttelte wieder den Kopf und zeigte auf ihr Herz, schluchzte und wandte sich ab. Maureen fühlte sich zu elend, um sich mit ihr über ihr Herzleiden zu streiten, und wartete, bis Moe sich ausgeweint hatte. Sie gab ihr ein Taschentuch.

»Danke«, sagte Moe wie ein kleines Mädchen und schaute zu ihr hoch. »Kann ich mal telefonieren?«

»Nein, ich will, dass Sie hier sitzen bleiben und fünf Minuten mit mir reden, dann können Sie telefonieren.«

Moe tupfte sich die Nase ab. »Aber ich will meinen Mann anrufen.«

»Später.«

Moe hob den Blick, um zu sehen, ob sie es ernst meinte, und sah Maureens rote Augen und abgeschürfte Knöchel. »Okay.« Sie zuckte die Schultern. »Was wollen Sie?«

»Erzählen Sie mir von dem Buch.«

Moe zog an den Chenillefäden ihres Sessels. »Ich habe es«, sagte sie. »Ich dachte, es ist egal, jetzt wo sie tot ist.«

»Es ist nicht egal. Es bedeutet, dass die Kinder das Geld nicht kriegen. Verbrennen Sie es.«

»Okay.« Moe schnupfte. »Tut mir leid, ich habe gedacht, es würde nichts ausmachen.«
Maureen zog an ihrer Zigarette und sah sie an. »Haben Sie von einem Typ gehört, der Tam Parlain heißt?«
»Natürlich. Alle haben von ihm gehört. Wegen solcher Leute ist es die Hölle, in dieser Anlage zu wohnen. Sie kaufen Drogen von ihm und kommen her und nehmen sie hier.«
Maureen nahm einen Zug. »Ich weiß, dass Ann als Kurier unterwegs war«, sagte sie leise. »Was hat es damit auf sich, Moe? Warum hat sie Ihnen wirklich von Leslie Findlay erzählt?«
Moe fing wieder an zu weinen, verdeckte ihr Gesicht, keuchte und begann eine Neuauflage ihres leidenden Zustands. »Nein, kommen Sie schon, hören Sie auf«, sagte Maureen ungerührt. »Ich weiß, dass es diesmal nicht echt ist, hören Sie auf damit.«
Moe, auf frischer Tat ertappt, richtete sich schniefend auf, errötete und schaute auf Maureens Zigarette. »Kann ich eine haben?«, sagte sie.
»Natürlich.« Maureen zündete eine für sie an, gab sie ihr und stellte den Aschenbecher auf die andere Armlehne, damit Moe sich nicht hinüberbeugen musste. »Jetzt sagen Sie mir doch: Für wen hat Ann den Kurier gemacht?«
»Ich weiß es nicht«, sagte Moe. »Jemand hat ihre Schulden übernommen und sie dazu gezwungen. Sie wusste, dass sie in Gefahr war, sie hat mir von dem Foto erzählt und hat mir die Adresse vom Frauenhaus gegeben, damit ich sie der Polizei geben könnte, wenn etwas passieren sollte. Sie hat sich große Sorgen um die Kinder gemacht ...«, ein echter Schluchzer unterbrach sie, »... sie hat sich gesorgt, hatte Angst, dass ihnen etwas passiert.«
»Wusste sie nicht, dass man bei der Polizei denken würde, Jimmy hätte sie geschlagen?«

»Nein«, sagte Moe. »Sie dachte, die Wahrheit würde herauskommen.«
»Sie hätte den Leuten im Frauenhaus die Wahrheit sagen müssen.«
»Aber wenn sie ihnen die Wahrheit gesagt hätte, hätten sie ihr nicht erlaubt dazubleiben, oder? Sie hätten sie zur Polizei geschickt, und dorthin konnte sie doch nicht gehen.«
Moe hatte recht, Ann hätte ihnen das nicht sagen können. Sie hätten sie sofort wieder weggeschickt.
»Warum ist sie überhaupt geschlagen worden?«, fragte Maureen.
»Sie hat eine ganze Tasche mit Stoff verloren.«
»Verloren?«
»Sie ist überfallen und ausgeraubt worden.«
»Was war mit dem Polaroid?«
»Er war ihr Freund«, sagte Moe. »Er wollte sie beschützen. Sie sagte, ich solle ihm Bescheid geben, wenn etwas schiefginge.«
»Wie heißt er?«
»Ich weiß nicht. Sie sagte, sie hätte ein Foto dagelassen, und ich könnte ihn damit finden.«
»Und deshalb wollten Sie es behalten?«
»Ich will wissen, was sie gemacht hat«, sagte Moe verzweifelt, »warum sie für Drogendealer gearbeitet hat. Wir sind aus einer anständigen Familie. Kann ich das Bild haben?«
»Nein«, sagte Maureen. »Ich hab es nicht mehr, aber der Typ heißt Frank Toner und verkehrt in dieser Gegend.«
»In Streatham?«
»Nein, in Brixton. Im Coach and Horses.«
»Ich dachte, er wohnt in Schottland. Was ist mit dem Bild passiert?«
»Ich hab es jemand gegeben, den ich in einem Pub kennengelernt habe.«

Moe war beleidigt. »Warum haben Sie es ihm gegeben, wo ich darum gebeten hatte?«
»Ich hatte das Gefühl, dass Sie mich belügen, Moe, und ich wollte es Ihnen nicht geben.«
Maureen drückte ihre Zigarette im Aschenbecher aus, worauf Moe sich sofort auf sie stürzte, ihre Hand ergriff, sie fest drückte und ihre aufgescheuerten Finger aneinanderpresste. »Es tut mir leid, dass ich gelogen habe«, sagte sie und sah Maureen an. »Ich weiß einfach nicht, wem ich trauen kann. Vielen Dank, dass Sie so freundlich zu mir waren, ich werde es nie vergessen.«
Maureen entwand sich ihrem Griff und stand auf. »Hören Sie, passen Sie auf sich auf. Und verbrennen Sie das Buch.«
»Das tue ich«, seufzte Moe unsicher. »Das tue ich.«
»Sie können jetzt Ihren Anruf machen.«
Moe machte die Tür hinter ihr zu und schloss sie zweimal ab.

Durch die Sonne und das milde Wetter war der Geruch der Mülltonnen noch unangenehmer geworden, und Maureen hielt die Luft an, als sie aus dem geschlossenen Innenhof hinauseilte. Ihr Piepser meldete eine weitere Nachricht. Sie suchte ihn und sah, dass Leslie ihr eine Handynummer gegeben hatte und dringend darum bat, sie anzurufen. Sie nahm eine Seitenstraße zum Bahnhof und war bald in einer hübschen Straße mit niedrigen Reihenhäusern, Kletterpflanzen an den Türen und kleinen Vorgärten. Sie steckte eine Zigarette an und ging gemächlich weiter. Ein Auto kam langsam an ihr vorbei, fuhr vorsichtig über die Bodenschwellen und beschleunigte dazwischen. Wenn Moe das Buch hatte, musste Ann alle Schecks im voraus für sie unterschrieben haben. Sie musste es gewusst haben, dachte Maureen plötzlich. Sie musste gewusst haben, dass sie sterben würde.

Das Telefon in der Hauptstraße war kaputt, und sie musste weiter Richtung U-Bahn-Station suchen. Ein paar Sektenanhänger riefen einer verwirrten Menge mit einem Megaphon aus nur einem Meter Entfernung ihre Parolen zu. Sie hatten sich eine kleine Plattform gebaut und trugen alte Kostüme, nietenbesetzte Gürtel und in kniehohe Stiefel gesteckte Hosen, die aus einer Amateuraufführung eines Stücks über Hannibal zu stammen schienen. Auf beiden Seiten des Redners stand ein Mann, hatte die Arme verschränkt und sah über die Köpfe einer imaginären riesigen Menschenmenge. Der Redner hatte sich über die Plage der Homosexualität ausgelassen und reichte das Megaphon jetzt seinem Gefährten. »Und sie werden zu Tode gebracht werden!«, rief der. »Und sie werden zu Tode gebracht werden!«

Sie wählte die Handynummer, aber sie war besetzt.

»Liam?«

»Mauri?«, schrie er. »Wann kommst du nach Hause?«

»Es geht mir nicht so gut, Liam. Schrei nicht so, okay?«

Ein Bus fuhr an der Zelle vorbei, und ein Luftschwall kam unter der Tür herein.

»Hast du wieder 'nen Kater?«, fragte er etwas besorgt.

»Nein, ich hab die Grippe oder so was.« Sie kam sich wie Winnie vor, mit einer offensichtlichen Lüge zu kaschieren, dass sie getrunken hatte. »Ich glaube, jemand im Bus hat mich angesteckt«, sagte sie, geriet immer tiefer in ihre eigene Falle und fragte sich, warum sie überhaupt log.

»Hutton hat versucht, selbstständig zu agieren«, sagte Liam. »Deswegen hat's ihn erwischt.«

Sie brauchte eine Weile, bis sie sich erinnerte, warum das wichtig war. »Oh. Das ist gut, oder?«, sagte sie. »Das heißt, Ann hatte nichts damit zu tun.«

»Wahrscheinlich. Niemand weiß, woher er den Stoff hatte. Sie könnte das Zeug für ihn raufgebracht haben.«

Maureen versuchte sich etwas Intelligentes einfallen zu lassen, aber es klappte nicht. »Mein Kopf zerspringt gleich«, sagte sie.
Liam schwieg einen Moment. »Warum bist du dann draußen?«
»Sarah hat mich rausgeworfen, weil ich betrunken war und geflucht und Jesus beleidigt habe.«
»Du hast dich also besoffen und hattest dabei die Grippe, oder deine Grippe hat genau die gleichen Symptome wie ein Kater.«
Sie lachte leise und bemühte sich, den Kopf nicht zu schütteln oder zu heftig auszuatmen. »Oh Gott«, flüsterte sie, »ich fühle mich so schlecht. Ich habe mich an der Hand verletzt.«
»Na ja, du solltest eben nicht so viel trinken«, sagte Liam. »Ich hab gehört, sie haben diesen Jimmy verhaftet.«
»Ja. Hör mal, Liam, deine Drogenkumpel hier unten, sind die nett?«
»Ja, es geht.«
»Kann ich zu ihnen gehen? Ich will sie was fragen.«
»Ich kann dir ihre Adresse nicht geben, Mauri. Es ist eine vertrauliche Angelegenheit, weißt du.«
»Komm, Liam, du bist doch kein Priester.«
»Es wird sie kaum freuen, wenn ich dich vorbeischicke. Sie sind ziemlich vorsichtig.«
»Kannst du sie nicht vorher anrufen und fragen?«
»Es könnte sein, dass sie nicht da sind.«
»Aber du kannst mir doch sagen, ob sie da sind, wenn ich dich gleich zurückrufe, oder?«
»Sie werden nicht gerade begeistert sein.«
»Ich ruf dich in zwanzig Minuten zurück, Liam.«
Liam schnalzte missbilligend mit der Zunge und murmelte »verdammt noch mal«, bevor sie auflegte.

Maureen betrachtete die Softpornobilder in der Zelle und fragte sich, was die Kinder, die hier hereinkamen, sich dabei dachten. Draußen fuhr ein Lastwagen vorbei, und manche der Karten auf dünnerem Papier flatterten an der Scheibe und rollten sich wie gekrümmte Finger. Die Sektenanhänger leierten weiter ihre Drohungen durch das Megaphon. Sie hätte alles dafür gegeben, wenn sie nur schon wieder zu Hause gewesen wäre, bevor Mark Doyle sie am Ellbogen gepackt und Sarah sie eine Alkoholikerin genannt hatte.

37
Martha

Marthas langgezogene Worte und ihre weiche Stimme wirkten wie Balsam, und ihr sanfter Blick war ein Trost. Sie trug einen bunten Wickelrock, eine kurzes rotes T-Shirt und große Turnschuhe. »Alex ist für zwei Tage weg«, sagte sie und blinzelte träge, als hätte sie geraucht oder wollte es gerade tun. »Aber jedenfalls, Kleine, hat Liam gesagt, du hättest 'nen ganz schlimmen Kater und ich müsste mich um dich kümmern.«

Maureen legte sich auf die Couch und schaute zur Decke. Martha wohnte gegenüber der U-Bahn-Station Oval. Es war eine winzige Wohnung, die durch eine unschöne Abtrennung von einem prächtigen großen Haus entstanden war. Die seltsam geschnittenen Zimmer waren zu hoch, die Deckenfriese endeten plötzlich wie eine abgebrochene Strophe, und die kleine Küche hatte die Form einer begradigten Landkarte von Italien, weil sie an der hinteren Seite breiter wurde, um die Halbierung des großen Fensters zu vermeiden.

Martha und Alex hatten nicht viel Geld ausgegeben, um die Wohnung auszustatten, aber alles schien genau darauf ausgerichtet, die Nachwehen eines Besäufnisses zu mildern. Im vorderen Zimmer waren die schweren Vorhänge vorgezogen, obwohl es ein Uhr mittags war. Tücher mit Paisley-Mustern verdeckten die feuchten Stellen an der Decke, und aus einem hoch oben in einer Ecke aufgehängten Schirm kam mattes, indirektes Licht. Eine Sammlung von 3D-Postkarten – Hunde mit Hüten auf dem Kopf – stand auf dem

Kaminsims. Im Vergleich zu Sarahs Wohnung war es der gemütlichste Ort, an dem Maureen je gewesen war, und sie wollte nie mehr von hier weg. Martha setzte sich neben sie auf das durchgesessene Sofa.

»Gehört die Wohnung euch?«, fragte Maureen.

»Nein«, sagte Martha leise. »Wir haben sie von einem Typ gemietet, der in Irland lebt. Das Haus gehört ihm. Er ist in Ordnung, was Miete und Termine und so angeht.«

»Es ist schön hier. Sehr beruhigend.«

»Möchtest du etwas essen? Eine Tasse Tee und Schokoplätzchen?«, fragte Martha, die sich mit den Mitteln auskannte, die Trost brachten.

»Oh, das wär genau das Richtige.«

»Ich hab auch Valium da, Schätzchen«, sagte Martha und stemmte sich hoch. »Du könntest eine oder zwei haben.«

Maureen lehnte ab. Eigentlich wollte sie lieber auf der Couch bleiben, aber sie dachte, es wäre unhöflich, dazusitzen und sich von ihrer Gastgeberin bedienen zu lassen. So riss sie sich von ihrem Platz los, setzte wieder ihre Brille auf und folgte Martha in die helle Küche. Sie hätte gerne telefoniert, doch es wäre unverschämt, ein Handy in Schottland anzurufen. Die Küche war einfach und behaglich, die Regale in mattem Rosa und Gelb gestrichen, und auf den Kühlschrank war ein großes, lackiertes Bild von Lionel Ritchie ohne Bart aufgeklebt, das aussah, als wären Mund und Kinnpartie mit einem Computerprogramm bearbeitet worden. Aber das stimmte nicht. Martha füllte den Kessel am Wasserhahn.

»Es ist sehr lieb von dir, dich so um mich zu kümmern«, sagte Maureen, die sich plötzlich bewusst wurde, welchen erbärmlichen Anblick sie bieten musste.

»Schon gut«, sagte Martha, drehte den Hahn zu und steckte den Wasserkocher in die Steckdose. »Wie geht's Liam?«

»Gut«, sagte Maureen.
»Und, ist er noch mit Maggie zusammen?«
»Nein, sie haben sich an Neujahr getrennt.«
Martha hielt inne und sah auf die Arbeitsplatte hinunter. »Wann war das?«, fragte sie – jetzt ganz ohne ihre gepflegte, sorgfältige Aussprache.
Liam hatte das Talent, bei ausgeflippten Frauen eines bestimmten Typs eine zwanghafte Neigung auszulösen. Maureen erklärte es sich mit seinem immer gleich niedrigen Aggressionspotenzial. »Es ist noch nicht lange her.«
»Ja?« Martha versuchte zu lächeln. »Also mir hat er am Telefon gesagt, sie seien noch zusammen.«
Liam schien ihre Neigung nicht zu erwidern. »Oh«, murmelte Maureen, »dann sind sie vielleicht doch wieder zusammen.«
Martha wandte sich dem Tee zu. »Ja«, wiederholte sie. »Wieder zusammen.«
»Er sagt mir nicht alles«, erklärte Maureen, sie hatte Angst, Martha könnte den beiden O'Donnells böse sein und sie nicht mehr auf die Couch zurücklassen. »Ich wüsste es nicht, wenn es so wäre.«
»Wenn was wäre?«, forderte Martha sie heraus. »Wenn sie zusammen wären? Oder wenn sie auseinander wären?«
»Na ja, wenn sie wieder zusammen wären, wüsste ich es nicht. Er würde es mir nicht sagen. Ich komme mit Maggie nicht so gut aus. Ich sehe sie nicht oft zusammen.«
Martha nahm zwei saubere Tassen von dem vollen Abtropfbrett. »Magst du sie nicht?«, fragte sie mit abfälligem Unterton.
Maureen hatte Verständnis dafür, dass Martha Maggie nicht mochte. Maggies Vater war beim Gericht, und die Familie wohnte im Süden von Glasgow in einem großen neuen Haus mit Garten. Maggie würde sich in Marthas Wohnung

wahrscheinlich nicht einmal hinsetzen. Außerdem wollte Martha mit Maggies Freund schlafen.

»Ich mag sie schon«, log Maureen. »Wir haben nur nicht sehr viel gemeinsam. Kommt Liam oft hierher?«

»Jetzt nicht mehr. Seit er nicht mehr dealt, nicht mehr.«

Maureen war heilfroh, dass die Unterhaltung zu Ende war. Martha holte ein Päckchen Schokogebäck aus dem Schrank, öffnete die knisternde Zellophanhülle und enthüllte eine Reihe weicher Kekse. »Hier, iss 'n paar, Schätzchen«, sagte sie. »Bei so einem Kater musst du essen. Dein Körper braucht Zucker.«

Maureen wickelte die Folie ab und biss tief in den weichen Keks, der im Mund zerschmolz, ohne dass man ihn zu kauen brauchte.

»Liam sagte, eine Freundin von dir sei verschwunden, stimmt das?«

»Ja, ich wollte fragen, ob du die Dealer in Brixton kennst.«

»Manche.« Martha zuckte die Achseln.

»Tam Parlain?«, fragte Maureen. »Argyle Street?«

»Ja, das ist ein unangenehmer Kerl. Wie hast du von ihm gehört?«

»Ich habe mich nach einem Rechtsanwalt namens Headie erkundigt, und da wurde sein Name genannt.«

Martha lächelte. »Coldharbour Lane?«

»Ja.«

»Der arme alte Knacker.« Martha runzelte die Stirn und strich sich mit gespieltem Mitgefühl über die Lippen. »Mr. Headie war ein Trinker«, sagte sie, als erklärte das alles. Wahrscheinlich tat es das auch.

Maureen nahm das fotokopierte Bild von Ann aus ihrer Tasche. »Hast du diese Frau schon einmal gesehen?«

Martha faltete die Kopie auseinander und sah sie genau an. »Nein«, sagte sie. »Hat sie Drogen genommen?«

»Ich glaube nicht.«
Martha sah sie sich genauer an. Sie war der erste Betrachter, der bei Anns Anblick nicht zusammenzuckte. Sie hielt das Bild eine Armeslänge von sich. »Ach«, sagte sie geringschätzig, »sich in so einen Schlamassel verwickeln zu lassen.« Sie lächelte und gab es Maureen zurück.
»Ich glaube nicht, dass sie selbst schuld dran war«, sagte Maureen leise und nahm das Polaroid aus ihrer Tasche. »Was ist mit dem Typ hier?«
Das Wasser hatte angefangen zu kochen, und Martha schaltete den Kocher aus, bevor sie Maureen das Bild abnahm. Sie schaute es an, und ihr Gesicht verfinsterte sich. »Woher hast du das, verdammt?«
»Es war zwischen ihren Sachen.«
Martha warf das Bild auf die Arbeitsfläche. Sie wollte es nicht einmal berühren. Sie hob beide Hände und bewegte panisch die Finger. »Hast du das herumgezeigt?«
»Ein- oder zweimal«, sagte Maureen.
Martha vergaß den schönen Tee, den sie Maureen versprochen hatte, vergaß, dass Maureen gerade auf einen leeren, gereizten Magen Kekse gegessen hatte. »Du musst es loswerden«, sagte Martha und schubste das Foto mit dem Finger von sich weg wie eine tote Ratte. »Schmeiß es in den Mülleimer, schaff es weg. Hast du eigentlich eine Ahnung, was dieses Bild bedeutet?«
»Nein.«
»Es ist eine Drohung. Wem gehört das Kind?«
»Der Frau, die verschwunden ist.«
Martha schaute wieder auf das Bild. »Scheiße, noch dazu auf einem Spielplatz, das ist unmenschlich.«
Maureen wusste nicht, was daran unmenschlich war, aber sie hatte eine leise Ahnung. »Warum ist es eine Drohung?«

Martha beugte sich vor und zeigte auf das Polaroid. »Er weiß, wo das Kind ist. Er ist einmal bei dem Kind gewesen, und er kann wiederkommen. Er wird ihrem Jungen etwas antun.«

Sie setzten sich im Wohnzimmer auf die verführerisch weiche Couch, und Maureen trank ihren Tee und aß mehr Schokoladenkekse. Martha sagte, das Foto sei eine Taktik, um Ann in ihrem Versteck aufzuschrecken und sie zu zwingen, zu ihm zu kommen. Sie war nicht überrascht, als Maureen ihr sagte, dass Parlain das Bild haben wollte. Parlain arbeitete für Toner, und jeder, der mit Toner zu tun hatte, würde es haben wollen. Gäbe man Toner das Foto zurück, würde man sich bei ihm beliebt machen, behielte man es, könnte man ihn unter Druck zu setzen. Sie sagte, falls Toner wüsste, dass Maureen das Polaroid hatte, hätte er sie schon zum Abschuss freigegeben. Maureen sah das Bild an, Toners boshaftes Lächeln und den Arm des Jungen, der sich loszureißen versuchte. Ann musste zu Tode erschrocken sein.

»Was hat sie getan, um so etwas zu verdienen?«, fragte Martha.

»Ich bin nicht sicher. Ich glaube, sie hat für ihn den Kurier gemacht und eine Ladung verloren oder verkauft, und dann hat er sie zusammengeschlagen, und sie konnte fliehen. Wenn sie für ihn Stoff transportiert hat, wem hätte sie ihn gebracht?«

Martha rutschte verlegen auf ihrem Stuhl hin und her und nippte an ihrem Tee.

»Du weißt es, oder?«, sagte Maureen.

»Es ist eigentlich kein großes Geheimnis.«

»Was ist kein Geheimnis?«

»Toner hat Beziehungen zu ein paar Leuten in Paisley.«

»Die Parlains«, sagte Maureen.

Martha lächelte schwach in ihre Tasse. »Liam würde sich

große Sorgen machen, wenn ich ihm von alldem erzählen würde.«

»Ach Gott, Martha, bitte sag's ihm nicht. Er würde sich zu Tode sorgen.«

Martha zuckte die Schultern.

»Nein, bitte nicht, Martha. Ich fahre sowieso morgen früh nach Hause.«

38
Anagramm

Michael war als grauer Dunst durch das Fenster hereingeschlüpft und hing in der Luft neben ihrem Bett, nahe genug, dass er sie berühren konnte, wenn er wollte. Jemand klopfte auf ihre Füße und rief ihren Namen.
Sie öffnete die brennenden Augen und nahm langsam die Gestalt Marthas auf der anderen Seite des Zimmers wahr. Sie saß im großen Korbstuhl und war stark geschminkt. Sie warf Maureen ein einladendes Lächeln zu. »Hallo, Schlafmütze«, sagte Martha langsam und führte einen großen Joint an ihren verschmierten roten Mund. »Daddy ist da.«
Maureen sprang auf und schwankte auf den wackeligen Beinen, versuchte sich den Schlaf aus den Augen zu reiben und die Gestalt zu erkennen, die am Ende der Couch stand.
»Oh verdammt«, sagte Liam.
»Liam?«
»Alles klar?«
»Wie bist du denn hierhergekommen, verflixt noch mal?«
»Ich bin geflogen.« Er sah sehr besorgt aus. »Ist alles in Ordnung?«
»Ich hab mich erschrocken.« Sie deutete auf Martha.
»Aber jetzt geht's ihr gut, oder, Schätzchen? Vorhin war ihr so schlecht«, sagte Martha, die sich bemühte, Liam den Eindruck zu vermitteln, sie und Maureen seien Freundinnen geworden.
»Mauri, hör mal, heute Abend gibt es einen Flug«, sagte Liam, »und ich habe zwei Plätze gebucht.«

»Ich fliege nicht zurück«, sagte Maureen. »Ich bin noch nicht fertig.«

»Maureen«, er warf Martha einen Seitenblick zu, »ich bin den ganzen Weg hier runtergekommen, um dir aus der Klemme zu helfen.«

»Ich fahre noch nicht nach Hause.«

Liam setzte sich auf die Couch, sank fast bis zum Boden ein und sah zu ihr hoch. »Komm, setz dich doch«, sagte er und schlug auf den Platz neben sich.

»Ich will mich nicht setzen.« Sie klang wie ein trotziger Teenager.

Martha stand auf und tat verlegen, als hätte sie niemals Geschwister streiten sehen. »Ich geh in die Küche und mache Tee«, sagte sie und ging mit affektiertem schwingendem Gang in die Küche. Maureen wartete, bis sie draußen war, bevor sie zur Couch ging und sich darauf fallen ließ. Liam bot ihr eine Zigarette an, aber sie lehnte ab.

»Die Sache ist schiefgelaufen, Mauri«, sagte Liam. »Die Polizei hat Sachen in Harris' Wohnung gefunden, seine Frau ist zurückgekommen ...«

»Was für Sachen?«, unterbrach ihn Maureen.

»Einen Stoß Fotos, die Ann gehört haben. Aufgenommen an Weihnachten im Frauenhaus.«

»Aber die hat doch Leslie! Ann hätte die Abzüge doch nicht doppelt.«

»He«, rief Liam ungehalten, »schrei mich nicht an, verdammt noch mal, ich hab sie nicht hingebracht ...«

»Ich hab nicht geschrien!«, schrie Maureen.

»Mauri, hör zu. Harris war auch in London. Sie haben Hinweise darauf, dass er hier war, als sie starb. Ist das nicht Beweis genug?«

»Ich fahr noch nicht nach Hause«, sagte sie klipp und klar.

»Jetzt sieh doch mal, Mauri«, sagte er leise, »es hat keinen

Sinn eingeschnappt zu sein. Glaub mir, Frank Toner ist ein gefährlicher Mann. Wenn du das Bild hier herumgezeigt hast, dann musst du nach Hause kommen. Hat irgendjemand das Bild gesehen?«

Sie zuckte die Schultern.

»Hast du es jemandem gezeigt, der deine Spur nach Hause verfolgen könnte?«

Sie erinnerte sich vage daran, dass sie sie Mark Doyle oder Tonsa gezeigt hatte, sie konnte sich nicht mehr genau erinnern.

»Tonsa?«, sagte sie. »Ich glaube, ich hab sie Tonsa gezeigt.«

Liam war entsetzt. »Tonsa?«, sagte er, schlug sich aufs Bein und beugte sich zu ihr hinüber. »Maureen, sie werden denken, dass du für mich arbeitest.«

»Aber du hast doch aufgehört.«

»Niemand hört endgültig auf, du dumme Ziege. Wenn Tonsa klar wird, wer du bist, und es Toner erzählt, bin ich geliefert. Mein Gott«, er ließ sich zurückfallen und sah sie an, »Mädchen, du musst nach Hause kommen, bevor du echten Schaden anrichtest.«

Ganz vage dämmerte ihr in ihrem ausgelaugten Hirn, dass sie Tonsa gesagt hatte, sie sei Liams Schwester. Sie hatte Tonsa seinen Namen genannt, Scheiße, ausgerechnet Tonsa. Sie sah zu dem unter der Decke hängenden Schirm hinauf. Er hatte ihr gesagt, dass sie ihn nicht erwähnen sollte. Er hatte sie ausdrücklich gebeten.

Liam stieß sie sanft in die Seite. »Los, lass uns nach Hause fahren.«

»Ich brauche noch einen Tag, um es zu Ende zu bringen«, sagte sie in Panik. »Ich muss ihre Schwester noch einmal sehen. Sie ist 'ne ältere Frau, der es nicht gutgeht. Noch einen Tag? Können wir nicht die Nacht über bleiben und morgen fliegen?«

Liam schien gekränkt. »Versprich mir, dass das alles ist, was du machen willst.«
»Ich versprech's dir.«
Martha lehnte am Türrahmen und hatte die Arme vor der Taille verschränkt, weil sie wohl dachte, das mache schlank. Sie lächelte Liam zu. »Sieht ja aus, als würdest du über Nacht bleiben«, sagte sie und lachte vergnügt. »Wir bleiben nicht hier«, sagte Liam geradeheraus. »Hier ist doch kein Platz.«
»Alex ist für ein paar Tage weg«, sagte Martha beiläufig. »Es ist jede Menge Platz. Maureen hat's doch gemütlich auf der Couch, oder?«
»Ja«, sagte Maureen. »Es ist ja nur für eine Nacht.«
Widerwillig ging Liam in den Flur hinaus, rief die Fluglinie an und verschob den Flug auf den nächsten Abend. Maureen und Martha saßen zusammen auf der Couch, lauschten ihm und waren beruhigt, als sie hörten, wie er alles noch einmal bestätigte. Martha lächelte. »Es ist doch bequem, oder?«
»Was?«
»Hier auf der Couch. Ganz gemütlich.«
Verwirrt erwiderte Maureen ihr Lächeln, als Liam wieder hereinkam. »Morgen Abend um acht«, sagte er. »Aber wir können es nicht noch mal verschieben, ja?«
Maureen nickte. »Ich sollte bei Sarah vorbeischauen«, sagte sie und warf Liam einen bedeutungsvollen Blick zu, »und ihr Bescheid geben, dass ich hier bleibe.«
»Gut. Dann komm«, sagte Liam und forderte Martha absichtlich nicht auf mitzukommen.

Maureen sagte, sie wolle Kilty aufsuchen und ihr die restlichen Einkäufe zurückgeben. Tatsächlich war sie am Abend zuvor so betrunken gewesen, dass sie nicht mehr genau wusste, wie sie verblieben waren. Eine quälende Unruhe ließ sie nicht los, und sie wollte Kilty besuchen, um zu sehen, ob alles in Ordnung war. Der junge Vermieter ließ sie in den engen Flur und sagte, Kilty sei oben, letzte Tür, und sie sollten laut klopfen.

»Sie weiß, dass wir kommen«, sagte Maureen.

»Trotzdem müsst ihr laut klopfen.«

Kiltys Zimmertür zitterte förmlich von der lauten Erkennungsmelodie der Sendung *Money Programme*. Im Hintergrund trällerte ein schlechter Sopran, der bei jedem Ton hinterherhinkte und mitten im Takt Luft holte. Maureen klopfte so fest sie konnte an die Tür, merkte aber, dass es drinnen nicht ankam. Sie klopfte wieder, und das Singen hörte auf. Ein paar Augenblicke später brach die Melodie ab, und Kilty fragte höflich: »Hat jemand geklopft?«

»Ich bin's.«

Kilty öffnete lächelnd die Tür. Ihr Zimmer war geräumig und hatte ein großes Erkerfenster am hinteren Ende mit Holzläden wie die an Liams Haus. Sie hatte nicht viele Möbel: ein Einzelbett, einen Ledersessel und eine Couch. An der hinteren Wand war ein halbkreisförmiger Kamin mit orangefarbenen Kacheln, der aussah wie die Vorstellung eines Innenausstatters von einem Sonnenuntergang. Als Brennstoff waren darin kleine schwarze, brennende Kugeln aufgeschichtet, die wie harte Bonbons aussahen und keinen Rauch abgaben. Davor stand ein Kamingitter aus goldglänzendem Maschengeflecht.

»Das ist mein Bruder Liam.«

Kilty lächelte und hielt ihm die Hand hin. »Kilty Goldfarb«, sagte sie und schüttelte Liam die Hand.

Liam schaute bestürzt drein. »Was ist denn das?«, sagte er. »Ein Anagramm?«

Kilty blickte zu Maureen und zog zuerst die linke, dann die rechte Augenbraue hoch. Liam sah ihr zu und hoffte, sie würde es noch einmal machen. Kilty schaltete den Fernseher ab und vergewisserte sich, dass das Kamingitter so nah wie möglich am Feuer stand, bevor sie in ihre Pelzjacke schlüpfte und das Licht ausmachte. Sie sagte, der beste Ort für ein ruhiges Gespräch sei das Restaurant Alhambra, und der Kaffee dort sei wunderbar. Auf dem Weg plauderte Maureen aufgeregt, und es gelang ihr herauszubekommen, dass Kilty einen netten Abend gehabt und sie selbst nichts Spektakuläres gesagt oder getan hatte, außer Kilty zu überreden, im Coach and Horses einen trinken zu gehen.

Das Alhambra war ein nordafrikanisches Restaurant, dessen eine Wand mit Wüstenmotiven bemalt war. Der Maler schien Menschen nur im Profil abbilden zu können, hatte dieses eingeschränkte Talent aber voll ausgeschöpft. Männer trugen schwere Säcke und führten Kamele hin und her über die weiße Wand, während die Frauen ihnen entgegensahen oder hinterherstarrten. Kilty wählte einen Tisch in der Nähe des Fensters und fing an sich mit Liam zu unterhalten. Sie kannten dieselben Leute von der Glasgow Tech Disco und fanden heraus, dass sie wahrscheinlich als Teenager auf mehreren gemeinsamen Partys gewesen waren, wo sie sich aber nie begegnet waren. Kilty bestand darauf, dass sie sich Kaffee bestellten. Maureen nippte an ihrem. Er war köstlich, der bittere Kaffeegeschmack wurde vom leisen Kardamomaroma und einem Hauch anderer Gewürze gemildert, die für den Gaumen einer starken Raucherin zu raffiniert waren. Maureen sagte zu Kilty, sie solle doch eine Zigarette rauchen. Liam und Maureen saßen da und sahen zu, wie Kilty über ihrem Kaffee paffte, kicherten und stießen sich gegenseitig an. Maureen hatte nicht erwartet, dass Kilty diese spöttische Aufmerksamkeit so sehr genießen würde, aber Kilty machte es nichts aus, wenn man über sie lachte, weil sie sich selbst toll fand. Und das war sie auch. Sie drückte ihre

Zigarette aus, trank ihren Kaffee aus, zog ihre Jacke an und sagte, sie müsse sich für die Arbeit am nächsten Tag fertig machen. Sie lud beide zum Essen für den nächsten Abend ein.

»Wir fliegen morgen zurück«, sagte Liam.

»Oh«, Kilty war geknickt, »wie schade. Ihr kommt doch aber wieder mal, oder?«

»Ich komme auf jeden Fall wieder und besuche dich«, sagte Maureen. »Ich versprech's«.

Kilty beugte sich über den Tisch, packte Maureen an den Ohren und gab ihr einen dicken Kuss auf die Wange. Sie stand auf. »Gestern Abend war richtig gut.« Sie zog ihre Skimütze über die Augenbrauen wie einen Glockenhut. »Es war wunderbar, euch kennenzulernen. Beide.«

»Die ist ja 'ne tolle Nummer«, sagte Liam, als sie gegangen war.

»Allerdings«, grinste Maureen.

Liam hatte zweimal Lamm mit Couscous bestellt. Eigentlich hatte Maureen nichts essen wollen, aber der Kaffee mit Kardamom hatte ihr Appetit gemacht. Als das Essen kam, war der Fleischduft schwer und betörend und das Couscous leicht wie Luft. Zögernd probierte sie zuerst nur etwas Couscous, dann einen Löffel Soße dazu und kam schließlich auf den Geschmack. Liam aß seinen Teller leer, warf immer wieder begehrliche Blicke auf ihren und versuchte, ihn ihr mies zu machen, indem er ihr sagte, so ein Essen sei ganz schlecht bei einem Kater und Lamm könne die Nachwirkungen bis zu einer Woche verlängern.

»Wie geht's Winnie?«, sagte Maureen. »Noch nüchtern?«

»So nüchtern und griesgrämig wie ein gereizter Richter. Sie wird auch Michael nicht mehr ins Haus lassen, und sie und George haben Frieden geschlossen.«

»Das ist prima.« Maureen lächelte. »Una ist bestimmt auch

froh. Sie wird nicht dauernd eine betrunkene Oma von dem Baby fernhalten müssen.«

Liam senkte plötzlich den Blick. »Ja«, sagte er. »Das stimmt, ja.«

»Was?«, fragte Maureen, sie kannte diesen Blick von früher. »Una will Winnie nicht sehen, oder was? Hat Alistair endlich mal ein Machtwort gesprochen?«

»Alistair geht es gut. Alistair ist weg.«

»Weg?«

»Er ist abgehauen.«

»Was soll das heißen, abgehauen?«

»Una hat ihn rausgeschmissen. Sie lassen sich scheiden. Er hatte 'ne Affäre mit der Nachbarin über ihnen.«

Maureen sank zurück und starrte ihn an. »Alistair?«

»Ja, Alistair, Mr. Bleibtreu in Person.«

»Aber der war unter uns doch der einzige Anständige.«

»Ich weiß«, sagte Liam, »da sieht es schon etwas anders aus, oder, wenn Una das Kind alleine großzieht?«

»Treibt sich Michael immer noch bei Una rum?«

»Wie Gestank, der nicht mehr wegzukriegen ist. Sie hat als Einzige den Glauben an ihn nicht verloren. Ich vermute, deswegen bleibt Winnie nüchtern. Ich glaube, sie macht sich Sorgen um das Baby.«

»Die zittrige Winnie will das Kleine beschützen?«, sagte Maureen, und ihre Stimme versagte mitten im Satz.

Die beiden Männer hinter dem Tresen schrien sich gegenseitig gereizt an, bis einer von ihnen eine Bratpfanne auf die Theke herunterdonnern ließ. Tiefe Stille senkte sich über das Café. Das Kind war noch nicht mal geboren, sagte sich Maureen, noch nicht. Sie wollte sich nicht darum kümmern, sie hatte nicht genug Kraft dazu. Sie wollte sich in das Problem von Jimmy und Ann vergraben, das sie nicht persönlich betraf, und nie wieder an Michael denken.

»Wenn jemand Drogen nach Glasgow bringt – bezahlen die Käufer im voraus oder wenn sie die Lieferung bekommen?«
Liam kicherte über ihre Frage. »Bei Empfang.«
Maureen runzelte die Stirn. »Warum lachst du über mich?«
»Du bist naiv, Mauri. Der Transport ist der gefährliche Part. Wir wären alle pleite, wenn wir im voraus bezahlen würden.«
Maureen schnalzte missbilligend mit der Zunge. Er war manchmal recht herablassend. »Wie diese Frau getötet wurde«, sagte sie, »das war wirklich merkwürdig.«
»Wie denn?«
Sie sah zu, wie Liam sich Couscous in den Mund schob. »Willst du es wirklich beim Essen hören?«
»Macht mir nichts aus«, sagte er.
»Also«, sagte sie, »ihre Füße und Hände waren verbrannt, sie hatte Schnittwunden an Beinen und Armen und einen Schädelbruch. Findest du, das hört sich wie ein Gangstermord an?«
Liam schob mit einem Stück Lammfleisch die letzten Reste auf seinem Teller zusammen.
»Eigentlich nicht«, sagte er, »außer wenn sie sie gequält hätten, um etwas zu erfahren.« Er sah auf Maureens Teller. »Sie wollten wahrscheinlich vertuschen, wer sie war.«
»Das ist das Einzige, was sie ganz sicher nicht bezweckten. Sie nahmen ihr das Armband mit ihrem Namen nicht ab.«
»Dann müssen sie sie gefoltert haben. Wo an den Beinen haben sie die Einschnitte gemacht?«
»An den Kniekehlen.«
Liam richtete sich auf und sah sie aufmerksam an. »Wirklich?«
»Ja.«
Er schaute in die Ferne und stellte sich die Verletzungen an

Anns Körper vor, bewegte die Lippen und zeigte auf Beine, Füße, Hände. »Das sind alles Stellen, an denen man sich spritzt«, sagte er.
»Ja?«
»Die Venen, in die Junkies sich spritzen, an den Armen, Händen und Füßen, ein bisschen später dann auch in den Kniekehlen.«
»Vielleicht wurde sie dann tatsächlich zum Junkie?«
»Vielleicht.« Liam zündete sich eine Zigarette an und lehnte sich zurück, rieb sich den Bauch und sagte: »Das war verdammt gut.«
»Weißt du, wer mir leid tut?«, sagte Maureen. »Huttons Freundin, sie ist schwanger.«
Liam paffte und schaute auf seinen Teller. »Ich würde meine Energie nicht auf Mitleid mit Maxine Parlain verschwenden.«
Maureen ließ die Gabel auf den Tisch fallen. »Sie gehört zu den Parlains? Aus Paisley?« Liam nickte. Maureen richtete sich auf und gestikulierte mit dem Finger vor Liams Gesicht herum. »Ihr Bruder ist hier unten, Tam Parlain, er hat mich auf dem Piepser zu sich gerufen.«
»Du bist doch nicht hingegangen, oder?«
»Ich wusste nicht, dass er es war, bis ich bei ihm war. Er dealt …«
»Nicht so laut, verdammt noch mal«, murmelte Liam.
»Tut mir leid«, sie bemühte sich zu flüstern, »aber er ist hier unten und hat irgendwie mit der Sache zu tun. Martha sagt, er arbeitet für Toner.«
»Na ja«, sagte Liam skeptisch, »er wird wohl nicht für ihn arbeiten, vielleicht aber die Ware verteilen.«
»Warum würde er nicht für ihn arbeiten?«
»Also, er ist ein Parlain, und die gehören alle zusammen, Tam wird immer einer von ihnen sein. Toner lässt ihn viel-

leicht für sich arbeiten, aber er weiß, dass Tam sich der Familie gegenüber verpflichtet fühlt. Toner hat ihm wahrscheinlich nur Arbeit gegeben, um Kontakte zu ihnen aufzubauen. So wie ein schwachköpfiger Sohn früher oft von einer anderen Firma als Geste des guten Willens an Bord genommen wurde.«

»Toner hat also wahrscheinlich eine Menge Kontakte bei uns in Glasgow?«

»Ja.«

»Sie muss für Toner Kurier gewesen sein, nicht für Hutton.«

»Na also, da haben wir's. Dann hat sie den Stoff zu den Parlains raufgebracht. Dieser Tam hat das Gesicht voller Narben von Schnittwunden.«

»Ich weiß«, sagte Maureen. »Ist er gefährlich?«

»Nein, alle sagen, er ist ein Arschloch. Die Wunden kommen davon, dass er die Leute immer wieder verärgert hat. Er ist wahrscheinlich hier unten, weil er da weniger Schaden anrichtet.«

Maureen gab Liam als Belohnung den Rest auf ihrem Teller, lehnte sich zurück und sah ihm beim Essen zu. Die Parlains hatten vielleicht das Ticket bei Jimmy eingeworfen. Senga hatte Maxine vielleicht die Fotos gegeben, und Toner hätte eine Armee von willigen Helfern in Glasgow, die gern einen Brief für ihn fälschten. Sie dachte an Elizabeth mit dem Las-Vegas-Sweatshirt. Sie war mit dem Zug in Schottland gewesen, vielleicht war sie auch Kurier gewesen. Liam aß das Fleisch auf, ließ sich zurücksinken und stocherte mit einem Zahnstocher in den Zähnen. Maureen ging nach hinten, um vom Münzapparat aus zu telefonieren. Das Handy wurde abgenommen, bevor es richtig geklingelt hatte. »Hallo«, rief Maureen vergnügt.

»Maureen, um Himmels willen, komm nach Haus«, sagte Leslie.

»Wieso denn?«

Leslie klemmte das Telefon zwischen Schulter und Kinn, aber Maureen hörte trotzdem, dass sie um Erlaubnis bat, nach draußen zu gehen. Sie hörte das Quietschen eines Stuhls, der zurückgeschoben wurde, und Leslie murmelte: »Warte, bleib dran«, bevor sie woanders hinging und die Tür schloss.

»Ist alles klar?«

»Nein. Die Polizei wird mich verhaften. Sie glauben mir die Sache mit dem Polaroid nicht.« Sie flüsterte hastig und voller Angst. »Sie denken, ich habe Jimmy gesagt, wo Ann ist, und hätte ihm Geld gegeben, um nach London zu fliegen. Die Bilder von Weihnachten sind bei Jimmy gefunden worden, und jetzt meint man bei der Polizei, dass Ann später noch einmal in der Wohnung war.«

»Aber du hast doch Anns Bilder.«

»Ich hab ihnen das gesagt, aber sie glauben mir nicht. Selbst wenn sie mir nichts zur Last legen können, werde ich meine Arbeit verlieren, wenn das Komitee davon erfährt, Scheiße.« Ihre Stimme wurde laut und weinerlich. Sie klemmte das Telefon wieder zwischen Schulter und Kinn, um sich zu sammeln, und es krachte an Maureens Ohr, als Leslies Jacke am Hörer rieb. Leslie räusperte sich und sprach weiter. »Er war in London, Mauri, er war in London, als sie ermordet wurde.«

»Du hast ihnen die Beweisfotos nicht gegeben, oder?«

»Das soll wohl ’n Witz sein? Sie wollen mich anklagen, und da werd ich das tun?«

»Pass auf«, sagte Maureen, »sag ihnen, dass Maxine Parlains Bruder hier unten wohnt und dass er Ann kannte.«

»Was hat ’n das damit zu tun?«

»Sag’s ihnen einfach. Ich komme morgen nach Hause.«

»Verlier bloß nicht das Scheißpolaroid.«

»Ich verlier's nicht, das versprech ich dir. Warte so lange ab, es wird alles in Ordnung kommen, versprochen.«

»Selbst wenn sie mich nicht feuern, werden sie mir nie mehr vertrauen. Ich werde bei dir in dem Drecksbüro landen.«

Maureen hustete und zögerte. »Ich geh nicht dorthin zurück, Leslie. Ich mache etwas anderes.«

»Ja«, sagte Leslie und sah sich um. »Na ja, da kannst du mir vielleicht auch 'n Platz reservieren.«

»Hör mal«, sagte Maureen erleichtert, »was sagt denn Jimmy zu den Weihnachtsbildern?«

»Er sagt, sie seien durch die Tür geworfen worden, genau wie das Ticket. Er dachte, du hättest sie durchgeschoben.«

»Diese Scheiß-Senga.«

»Das hab ich auch gedacht«, stimmte Leslie zu.

Sie gingen langsam zu Marthas expressionistischer Wohnung zurück und verbrachten einen entsetzlichen Abend damit, durch alle Kanäle zu zappen und nach einem erträglichen Programm zu suchen, und dabei hörten sie Martha zu, die pausenlos erzählte, wie toll sie war und dass alle sie für ein Model hielten. Sie sahen eine boshafte Sendung mit allerhand Klatsch über JFK, wobei Martha an den spannendsten Stellen dazwischenquatschte. Alex sei ein paar Tage weg – ja, und überhaupt kämen sie und Alex nicht mehr gut miteinander aus, und sie frage sich, ob sie sich trennen sollten. Maureen rauchte, bis ihre Zunge ganz taub war. Sie wäre gern gegangen, nach Brixton, um sich wieder in Anns Geschichte zu verlieren. Martha war seit mehr als sechs Jahren mit Alex zusammen, das war eine lange Zeit, oder? Una und Alistairs Trennung musste für Liam schlimmer sein als für Maureen. Una würde öfter mit Liam reden und sich auf ihn verlassen, und er müsste sich mit Michael abgeben. Martha wünschte, sie hätte Haare wie Maureen und Liam, schönes, lockiges Haar. Sie stand auf und ging zu Liam hinüber, um es zu berühren und sich darüber auszulassen. Sie hätte so gern solches Haar. Maureen hatte ein kleines Kind in der Familie nie als konkrete Möglichkeit betrachtet, obwohl Una seit Jahren versuchte, schwanger zu werden. Jetzt erst begann sie zu begreifen, wie ungeheuerlich das war. Una würde ein Baby bekommen ohne Alistairs gesunden Menschenverstand und seine schützende Gegenwart. In all den Jahren, die sie versucht hatten, ein Kind zu bekommen, hatte sich keiner vorgestellt, dass Martha sich die Haare kurz schneiden lassen würde, wirklich kurz ...

»Martha!«, fuhr Maureen auf. Sie hätte durchaus einen Streit angefangen, aber Liam funkelte sie an.

»Was?«, sagte Martha und lächelte Liam an.

»Lass es nicht schneiden!«, rief Maureen und behielt ihren wütenden Gesichtsausdruck bei. »Lass es lang!«

»Wirklich?«, freute sich Martha. Sie bemerkte nicht, dass Liam sich abwandte und grinsend auf den Aschenbecher blickte.

»Ja! Es ist schön!«

Liam ließ kichernd einen Schwall Rauch entweichen und fing an zu husten.

Es war zwölf, und das mittelmäßige Programm wurde noch schlechter. Martha bestand darauf, dass Maureen auf der Couch schlief, weil es ihr dort doch gefiel, oder? Sie brachte einen Schlafsack und ein Kissen und gab Maureen ein T-Shirt und eine Schlafanzughose. Sie verlangte, dass Liam in ihrem Schlafzimmer auf dem Fußboden schlief. Er versuchte sich zu wehren, aber Martha bestand hartnäckig und ungeniert darauf. »Hast du etwa Angst vor mir?«, sagte sie und lächelte Maureen zu, damit sie sie unterstützte.

»Nein, Martha, ich habe keine Angst vor dir, aber ich möchte lieber hier drin schlafen.«

Martha lachte. »Aber hier ist doch kein Platz. Sei doch nicht albern, ich stelle das Feldbett für dich auf«, sagte sie und sprang leichtfüßig aus dem Zimmer.
Liam seufzte und hob seine Jacke vom Boden auf. »Bis morgen früh dann, Mauri.«
Maureen legte sich angezogen auf die Couch und war wütend auf Martha und ihre kitschige Wohnung mit ihrem überholten Drecks-Hippie-Dekor. Sie wusste, dass sie sich entscheiden musste. Sie konnte Unas Kind seinem Schicksal überlassen, die Augen davor verschließen, sich von ihnen allen fernhalten und ihr eigenes Leben unter netten Menschen wie Vik leben. Oder sie konnte aufstehen und sich den Tatsachen stellen. Sie wollte Vik und Abende im Kino und Tage am Meer und hier und da eine Flasche Wein. Sie wollte normale, nette Leute um sich. Sie wollte Vik.
Sie hatte mehr als eine Stunde über Michael und Unas Kind nachgedacht, als sie aus dem Zimmer nebenan Knarren und Liams lautes Stöhnen hörte. Sie klopfte auf den Boden, um daran zu erinnern, dass sie da war, aber es nützte nichts. Sie versuchte, die Tür zum vorderen Zimmer zu schließen, aber wegen der schiefen Dielen und des Türrahmens, der sich gesenkt hatte, ging es nicht.
Sie saß am Fenster, so weit wie möglich von der offenen Tür entfernt, und beobachtete die Lkws und schwarzen Taxis, die draußen an der Ampel anhielten, während Liam mit Martha schlief, um sie loszuwerden.

Sie wachte in dem durchgesessenen Sessel auf, überzeugt, dass sie zu Hause war, und Una hauchte das Blut des Babys durchs Fenster herein. Sie hatte ihre Zigarette fallen lassen, die einen langen, klebrig schwarzen Streifen in den Teppich gebrannt hatte. Sie konnte Martha oder Liam nicht gegenübertreten, denn sie glaubte ihren Abscheu nicht verbergen zu können. Sie nahm ihre Tasche und hinterließ eine Nachricht für Liam, dass sie ihn am Flughafen treffen werde. Dann ging sie auf Zehenspitzen aus der Wohnung, die Treppe hinunter und hinaus auf die windige Straße. Sie wollte Elizabeth suchen.

Mit Hilfe ihres Stadtplans machte sie sich von Marthas Wohnung nach Brixton auf. Die Wolken waren dünn, und kleine Sonnenstreifen lagen auf der Straße. Es war warm. In Glasgow wartete Lynn auf Liams Rückkehr. Sie dachte an Liam und versuchte sich zu erinnern, was sie zu Tonsa gesagt hatte. Sie musste einfach mal wieder richtig schlafen. Auf dem Weg kaufte sie Zigaretten und einen halben Liter Milch, den sie im Gehen trank. Plötzlich überkam sie ein Bild von Michael, der Unas Baby hielt und ihm mit seinen Rasiermesserfingern die kleinen Beine zerschnitt.

Sie stand an der Gehwegkante der Einkaufsstraße und wartete darauf, die Straße überqueren zu können. Als sie aufsah, schlenderte Frank Toner mit einer Frau am Arm auf der gegenüberliegenden Straßenseite den Gehweg entlang. Die Frau war groß, aber erschreckend jung, wie ein zu groß geratenes Kind mit großen Brüsten. Toner hielt sie um die Taille gefasst und zog sie zu sich heran, so dass sich ihr Fußgelenk verdrehte, als er das Gesicht in ihrem üppigen Haar vergrub. Das Mädchen zwang sich zu einem breiten Lächeln, aber ihre Augen waren voller Angst. Als Toner das Gesicht aus ihrem Haar hob und sich umdrehte, sah er Maureen. Der Atem stockte ihr, als er innehielt.

Er kam mit vorgestrecktem Kinn über die Straße und zerrte das Mädchen an der Hand hinter sich her. Autos bremsten, und auf Zehenspitzen rannte ihm die Kindfrau auf ihren Pfennigabsätzen schwankend nach. Toner lief schneller und schwang die freie Hand. Sie behinderte ihn, so dass er mitten auf der Straße ihre Hand freigab. Das Mädchen stolperte und blieb zurück, ihr dichtes Haar fiel ihr über die Augen, und ein Volvo kam quietschend vor ihr zum Stehen. Frank Toner kam.

Maureen stand reglos auf dem Gehweg und sah ihm entgegen. Sie hätte weglaufen sollen, aber sie schwitzte und war zu erschöpft. Sie wusste, dass sie nicht weit laufen konnte. Wenn sie jetzt starb, würde sie nie mehr nach Hause zurückmüssen, nie mehr Ruchill sehen oder Unas Kind retten müssen, Liam wäre in Sicherheit, und Vik bliebe für immer eine Möglichkeit. Sie hielt den Atem an, und Toner packte sie, steckte eine feste Hand unter ihre Achselhöhle, hob sie hoch und zog sie über den Gehweg voller Menschen, so dass ihre Fußspitzen nachschleiften. Das zurückgelassene Mädchen stakste auf seinen hohen Absätzen hinter ihm her und rief: »Frank, Frank!« Die Luft roch wie Wasser, wie der Wind vor ihrem Fenster in Garnethill, und Maureen ergab sich.

Toner zog sie zur Coldharbour Lane. Er tat ihr weh, presste ihre Sehnen zusammen, drückte die Knochen auseinander und fasste sie härter als nötig an. Fußgänger sahen sie vorbeikommen, einen Mann mit vorgestrecktem Kinn, der die Straße entlangging und eine kleine, ungepflegte Frau fest im Griff hielt. Sie schien sich nicht zu ängstigen, es schien ihr nichts auszumachen, sie hing an seiner Seite wie eine kleine Puppe mit einem Schopf lockiger Haare.

Sie gingen um die Ecke die Coldharbour Lane hinauf, an den schönen Boutiquen und Bars der Geschäftsleute vorbei auf das Coach and Horses zu. Aber Maureen musste das Polaroidbild behalten. Leslie brauchte es. Maureen fing an sich zu wehren, seine Hand zu zerkratzen und seine Aufmerksamkeit auf sich zu ziehen, als sie an der Electric Avenue vorbeikamen. Ein Schatten näherte sich ihnen, Toner stolperte, ließ Maureen los und landete auf dem Gesicht. Ein Arm schlang sich fest um Maureens Taille, hob sie hoch und

drehte sie um, dann rannte jemand mit ihr die Straße hinunter und schleppte sie zum Markt, wo sie zwischen den Ständen verschwanden.
Mark Doyle stellte sie auf die Füße, packte sie am Arm und zerkratzte sie dabei mit seinen schwieligen Händen. Er zog sie in die schmale Einfahrt, durch einen engen Hausgang, der nach oben offen war, durch eine weitere Tür und ein paar abgenutzte Holzstufen hinauf. Er schob sie vor sich her, und sie rannte so schnell sie konnte, plötzlich war sie wach und verängstigt, plötzlich war es ihr nicht mehr egal. Sie rannten vier Treppen hinauf und erreichten eine Tür. Doyle schloss drei schwere Schlösser auf, öffnete die Tür und stieß sie hinein. Es war ein hoher schmaler Raum, vollkommen leer, mit grellem Sonnenlicht von einem hohen Bogenfenster an einem Ende.
Maureen ging vorsichtig zum Fenster, stellte sich auf die Zehenspitzen, um hinauszusehen. Sie hatte Angst, dass Toner draußen stehen könnte. Sie waren drei Stockwerke über der Einkaufsstraße. Sie wandte sich um und betrachtete das Zimmer. Am anderen Ende lag ein roter zerknautschter Schlafsack auf einer schmutzigen Matratze, auf dem Boden daneben ein übervoller Aschenbecher. Sie schnauften vor Anstrengung, Angstschweiß lag auf ihren Gesichtern. Sie wollte ihn gerade fragen, warum er sie gerettet hatte, aber als sie sich umdrehte, sah sie, dass er sich die Hände rieb.
»Du bist schwerer, als du aussiehst«, sagte er.
Sie war allein mit Mark Doyle, in einem Zimmer, von dem niemand etwas wusste und dessen Ausgang mit drei Schlössern gesichert war.
»Viel schwerer.« Er lächelte und ging auf Maureen zu, die allein am Fenster stand und keuchte.

39
Tod

Doyle saß etwa einen Meter von ihr entfernt auf dem nackten Betonboden und rauchte. »Warum hast du dich nicht gewehrt?«

Maureen griff mit zitternder Hand in die Tasche und nahm ihre Zigaretten heraus. Sie steckte sich eine in den Mund, und als sie Viks Feuerzeug sah, wurde ihr fast übel. »Ich wusste nicht, dass du es warst«, flüsterte sie schließlich.

Er sah sie neugierig an. »Ich meine gegen Toner. Warum hast du dich nicht gewehrt, als er dich gepackt hat? Ich hab dich an der Straße stehen sehen, wie du ihn beobachtet hast, als er herüberkam. Ich dachte, du würdest eine Knarre rausziehen, so, wie du ihn angesehen hast.«

Sie gab keine Antwort. Sie war bereit gewesen, in Toners Händen zu sterben, aber das hier wollte sie nicht, nicht Mark Doyle. Sie wollte nicht die tote Pauline unter einem Baum sein, sie wollte nicht sterben mit Sperma auf dem Rücken. Es war hell in dem Raum, und seine Haut sah schlimmer aus, als sie gedacht hatte. Offene gelbe Pusteln bedeckten sein Gesicht, dazwischen Stellen mit roter, sich schälender Haut. Sie saßen auf dem kalten Boden unter dem Fenster mit dem Rücken am abgedrehten Heizkörper. Doyles Füße standen flach auf dem Boden, seine Ellbogen lagen auf den Knien, und die großen roten Hände hingen schlaff herab. Der Rauch seiner Zigarette schlängelte sich im Schatten hoch und wurde im hellen Sonnenlicht zu bewegten weißen Wolken.

»Du hast mir neulich abends wehgetan«, sagte sie leise. »Den ganzen Tag hatte ich am Ellbogen Schmerzen.«

Er nickte heftig, ließ das Kinn auf die Brust sinken, entschuldigte sich aber nicht. »Das Foto«, sagte er. »Toner hätte nur zwei Minuten gebraucht, um herauszufinden, dass du es hast. Du musst es loswerden.«

Sie zog den Mantel fest um sich. »Hat er es darauf abgesehen?«

»Wahrscheinlich«, sagte Doyle. »Er muss dich für 'ne ganz schön harte Nuss gehalten haben, es im Pub herumzuzeigen und dann auf dem Gehweg auf ihn zu warten.« Er kicherte wie ein nervöses Mädchen.

Liam hatte ein Ticket für ihren Rückflug, aber sie würde nie mehr nach Hause kommen. Sie wartete darauf, dass Doyle sich an sie heranmachte, näher zu ihr rutschte, auf die erste brennende Berührung. Er setzte sich auf und sah aus dem Fenster hinter sich. »Wie gut hast du Pauline gekannt?«, fragte er.

Maureen hielt Viks Feuerzeug in der Hand und dachte an Hutton, der das Haus seines Rivalen abgebrannt hatte, um ihn zu ruinieren. Sie könnte ihn verbrennen, sich einfach hinüberlehnen und Viks Feuerzeug an seine Jacke halten. Sie sah seinen Ärmel an. Er war aus Wolle. Er würde höchstens versengen und einen üblen Gestank hinterlassen. Sie fing an zu weinen, hielt die Stirn in der einen Hand und kratzte mit der anderen heftig ihre Kopfhaut. »Wir waren zusammen im Krankenhaus«, sagte sie und hielt die Luft an, damit sie nicht wieder schluchzen musste, und ihr Blutdruck stieg an. Doyle gab sich keine Mühe, sie zu trösten. Er schaute weg und zog an seiner Zigarette. Wenn sie sterben musste, dann sollte es schnell gehen, keine langsame Vergewaltigung und Misshandlung, bei der Doyle sie hier zurückließ, kam und ging und sie besuchte, wann es ihm passte. Von allen Arten zu sterben nur das nicht. Wenn sie sterben musste wie Pauline, sollte es schnell gehen. Heiß stieg ihr Blut in der Brust

hoch. »Pauline hat mir alles gesagt«, platzte sie heraus. »Über ihren Dad und ihren Bruder. Bei der Beerdigung ...«
Doyle war fasziniert und beobachtete sie mit offenem Mund und halbgeschlossenen Augen.
»Wir wussten alle, was du ihr angetan hattest. Ich habe LSD in das Bier deines Vaters getan, damit er durchdreht.«
Doyle hob erstaunt die Augenbrauen und kicherte wieder, diesmal gereizt, und widmete sich dann seiner Zigarette. Maureen war empört, ihr wurde heiß, und sie war wütend auf alle, die den Mund gehalten hatten, so dass es schließlich in Ordnung schien, dass Doyle lebte und Pauline tot war. Sie warf ihre Zigarette in die Ecke. »Sie war wunderbar.« Ihre schnellen Worte hallten in dem hohen Raum wider. »Sie war gütig und nett und rücksichtsvoll, und sie hat nie etwas erzählt, weil sie deine Mutter schonen wollte, weißt du das? Weißt du, dass sie deshalb nie etwas gesagt hat? So gern hat sie sie gehabt. Lieber kehrte sie zu alldem zurück, lieber nach Hause gehen und sterben, als ihrer Mum wehtun.«
Doyles Mundwinkel zogen sich nach unten, er sah angewidert aus und berührte mit dem Daumen seine Brust. »Und mich«, sagte er. »Sie hat mich beschützt.« Er starrte betrübt zu Boden.
»Nein, das hat sie nicht, verdammt.« Maureen stand auf und beugte sich über ihn, schrie ihn an und stemmte die Fäuste in die Hüften, ihre Stimme laut und hysterisch. »Sie hat dich nicht beschützt, gehasst hat sie dich. Wäre sie nicht so krank und schwach gewesen, dann wäre sie zur Polizei gegangen und hätte dich angezeigt, du kranker Scheißkerl. Dann wärst du im Gefängnis, verdammt noch mal, da wo du hingehörst, und kämst an keine anderen Paulines mehr ran.«
Doyle reagierte nicht. Er saß still da, hörte sich an, wie sie ihn anschrie, sah ihre Tränen und ließ sich von ihr beschimpfen.

»Du hast ihr Leben kaputtgemacht«, sagte sie. »Sie hat mir einmal gesagt, dass sie eine Schmutzspur hinterließe. Kannst du dir überhaupt vorstellen, wie sie sich gefühlt hat? Du hast ihr Leben beschmutzt. Alles, was sie tat, erschien ihr schmutzig, weil du ihr das angetan hast.«

Doyle ließ sie, ohne viel Interesse und Anteilnahme zu zeigen, weiterschimpfen, blinzelte langsam, wurde aber nicht wütend, wie zu erwarten war. Er schloss die Augen und drückte sie fest zu. Maureens Zorn verlor sich plötzlich, und sie fand sich in dem schalldichten Raum mit dem furchterregendsten Mann wieder, den sie je getroffen hatte. Sie atmete stoßweise, ihre Unterlippe klebte an den Zähnen. Doyle war nicht empört oder aufgebracht, wie er es eigentlich hätte sein sollen.

Er ließ seine Zigarette zu Boden fallen und drückte den brennenden Stummel mit seiner schwieligen Fingerspitze aus. »Sie hat's dir nie gesagt«, flüsterte er und sah den Funken zu, die sich auf dem Beton verteilten. Sein Kopf sank nach vorn, und als er wieder aufsah, schaute er sie nicht an. »Ich kann's nicht glauben, sie hat's nie gesagt.«

»Was?«

Er schüttelte langsam den Kopf. »Ich war's nicht«, sagte er schließlich.

»Was meinst du damit?«

»Ich war's nicht«, sagte er.

Sie trat zurück und sah ihn an. Doyle war kein Gesellschaftsmensch, der für sein Ansehen lügen würde. Das Sonnenlicht lag auf den Schuppen, die in seinen Haaren hingen. Wenn Mark Pauline nicht missbraucht hatte, dann war es der andere Bruder gewesen.

Maureen stand in einem Streifen des heißen Sonnenlichts, schaute in den Schatten und versuchte Marks Gesichtsausdruck auszumachen.

»Mark«, sagte sie leise, »was ist eigentlich mit deinem Bruder passiert?«
»Mein Bruder ist tot«, sagte er prompt, starrte auf den Boden und kratzte an dem Schorf an seinem Hals.
»Wie ist er gestorben?«
Doyle sah ihr direkt in die Augen und kratzte an der Halsschlagader. Seine Fingerspitzen waren schmutzig gelb verfärbt.
»Wann ist das passiert?«, fragte sie.
»Ungefähr einen Monat nach Pauline«, sagte er leise.
»Was ist mit deinem Dad passiert?«
»Ist aus der Klinik gekommen, nach dem, was du gemacht hast.« Er zeigte auf sie, und die Sonne fiel auf seinen Finger. »Dann ... ist er auch gestorben.« Er sah auf seine Hand und runzelte die Stirn, sein Gesicht war grau und gequält.
»Mark?«, sagte sie. Sie beugte sich zu ihm hinunter, damit er sie ansah, aber er konnte es nicht. »Mark, ich finde, das ist großartig«, sagte sie sanft.
Aber Doyle schüttelte den Kopf. »Es war ein Fehler.«
»Aber du hast es doch für Pauline getan.«
»Ich hab's für mich selber getan«, sagte er laut, als hätten sie dieses Gespräch schon öfter geführt. »Ich war wütend. Hätte ich an Pauline gedacht, dann hätte ich besser aufgepasst, als sie noch am Leben war. Was Pauline angeht, hab ich danach nichts anderes gefühlt als davor. Es hat für sie keinen Unterschied gemacht. Ich hab es für mich selbst getan.«
»Aber Mark, du hast etwas getan.«
»Sag nicht immer meinen Namen.«
»Ich meine ja nur, die meisten Leute tun nichts.«
»Die meisten Leute haben recht«, sagte er leise und berührte den Schorf in seinem Gesicht. »Ich hab nur mein Leben vertan. Suchst du deshalb nach den Leuten, die Ann umgebracht haben? Weil du etwas tun willst?«

Sie zuckte die Achseln. »Ihr Mann ist verhaftet worden«, sagte sie.
»Warum interessiert dich das? Ist er dein Freund?«
»Nein.«
»Also, warum interessiert es dich?«
»Er hat ’ne Chance verdient.«
Doyle schaute zu ihr hinab. »Niemand hat irgendwas verdient«, sagte er.
»Aber dein Vater und dein Bruder, haben die nicht verdient, was ihnen passiert ist?«
»Und sie haben gedacht, dass Pauline verdient hätte, was sie mit ihr gemacht haben. Ich bin oft mit Männern zusammen, ich höre, was sie sagen. Weißt du, was sie über Frauen wie Pauline sagen? Sie hat’s verdient, sie wollte es so, muss wohl irgendwas gemacht haben.«
Vom direkten Sonnenlicht wurde ihr heiß, und ihre Zigaretten lagen auf dem Boden, aber sie konnte sich nicht dazu durchringen, sich in den tröstlichen Schatten neben Doyle zu setzen. »Der Typ«, sagte sie, »seine Kinder werden in Pflege gegeben, wenn ich nichts herausfinde. Ich glaube, Frank Toner hat Ann umgebracht.«
Doyle kicherte wieder, und sie beobachtete ihn. Er bewegte den Mund nicht, und auch die Lippen waren reglos und kontrolliert, aber seine braunen Augen wurden zu gleichmäßigen Halbmonden, die von dunklen Wimpern gesäumt waren. Das Kichern war keine unheimliche Angewohnheit – Doyle konnte nicht laut lachen. Wenn er das Gesicht bewegte, würde die trockene Haut seiner Wangen platzen. Er nahm eine zerknüllte Packung Zigaretten heraus und zündete eine an. »Frank Toner hat sie nicht umgebracht«, sagte er und steckte die Packung wieder weg, ohne ihr eine anzubieten. »Er würde sich mit so was nicht abgeben. Und er wäre auch hinterher nicht so nachlässig.«

»Aber er hat mich doch gerade eben umlegen wollen.«
»Nein. Er hätte dir vielleicht ein bisschen wehgetan, um dir 'nen Schreck einzujagen, aber er will nur das Foto.«
»Aber wenn er mir wehtut und mich dann gehen lässt, könnte ich doch gegen ihn aussagen.«
Doyle sah skeptisch auf ihre Füße hinunter. »Da würde er sich dann schon mit dir befassen, wenn du das machen würdest.«
Maureen kniete sich in den Schatten und zog ihre Zigaretten heraus. Sie sah ihn an, als sie sich eine ansteckte, war wieder wütend auf ihn und wollte ihn kränken. »Dir ist egal, wer Ann umgebracht hat, was?«
»Ja.«
»Warum?«
Doyle zuckte gleichgültig die Schultern. »Ich hab ihr gesagt, sie soll vorsichtig sein. Wer in der Meute mitläuft, der hört 'ne Menge.«
»Warum läufst du in der Meute mit?«
»Ich bin zu nix anderem gut.«
»Seit wann?«
Doyle blinzelte ein paarmal und holte dann tief Luft. Maureen dachte, näher würde sie ihn den Tränen nie sehen.
»Seit Pauline«, sagt er leise.
Er war wie Pauline – traurig und beschmutzt von dem, was er gesehen hatte, ein mutloses Wrack wie Douglas.
»Gib Toner das Foto. Dann bist du in Sicherheit«, sagte Doyle. »Lass es im Pub oder gib es jemand. Du könntest es bei mir lassen.« Seine Augen wurden schmal.
»Ich hab's nicht dabei«, log sie, denn sie traute ihm immer noch nicht. »Aber ich werd's tun. Mark, wenn du zu nichts gut bist, als mit der Meute zu laufen, warum hast du mich dann vorhin von Toner weggezogen?«
Mark Doyle errötete unter seiner schorfigen Haut. »Hab

dich gesehen, da auf der Straße.« Er rollte die Spitze seiner Zigarette auf dem Boden ab und sah aufmerksam hin, er wollte das Thema wechseln. »Du willst unbedingt wissen, was mit Ann passiert ist?«

»Ja. Ich gehe Elizabeth suchen.«

Er sah überrascht und zustimmend zu ihr auf. »Gut, ja. Wenn du was rausfinden willst, dann erzähl ihr von den Kindern.«

»Wo kann ich sie finden?«

»Im Coach? Geh nicht ohne das Foto rein. Frank poliert dir sonst die Fresse. Er wird Probleme kriegen, wenn er es nicht zurückbekommt.«

»Mit der Polizei?«

Marks Augen lächelten müde. »Die Polizei ist ihm egal. Er bekommt Probleme mit seinem Boss. Frank ist 'n Schläger, das ist alles. Dreck wie unsereiner bekommt die richtigen Bosse nie zu Gesicht.«

Maureen sah ihn an, wie er da im Schatten saß. Sie wollte ihm sagen, dass sie kein Dreck sei, dass sie nicht wie er sei, dass sie nicht nach Brixton zu den Elizabeths und den Toners und den jungen Mädchen mit langen Haaren und Stöckelschuhen gehörte. Sie war nicht am Boden, sie würde nicht den Rest ihres Lebens mit der Meute laufen, sie war nur zu Besuch, nur zu Besuch, und Vik war noch immer eine Möglichkeit. Von Doyles düsterer Hoffnungslosigkeit wurde ihr ganz elend. Sie wollte fort. Sie näherte sich allmählich der Tür, und Doyle tat so, als merke er es nicht. »Wie hast du das Zimmer hier gefunden?«, sagte sie.

»Ein Bekannter überlässt es mir, wenn ich hier unten bin.«

»Und wie ist der rangekommen?«

Doyle schaute zu Boden. »Er hat's gewonnen.«

40
Toilette

Die Gebrauchsanweisung taugte überhaupt nichts, und Maureen musste raten, wie die Kamera funktionierte. Sie war in einer feuchten Toilette in der U-Bahn-Station Brixton, saß in einem abgeschlossenen Klo und versuchte den Film einzulegen, während sie die Gebrauchsanweisung auf dem Knie balancierte. Sie hatte die geniale Idee gehabt, ein Polaroidbild vom Polaroid zu machen und Toner das neue zu geben, so dass sie der Polizei das alte geben konnte, um zu beweisen, dass Leslie nicht gelogen hatte. Sie schob den Film in die Kamera und schloss die kleine Klappe. Innen drehte sich etwas, machte einen geräuschvollen Ruck, und die Kamera spuckte ein leeres schwarzes Blatt aus.

Sie steckte die Gebrauchsanweisung in die Tasche, stand auf und platzierte das Foto von Toner und dem Jungen auf dem Wasserkasten. Dann stellte sie sich direkt davor, sah durch den Sucher und suchte den richtigen Ausschnitt. Der Blitz erfüllte das Klo mit weißem Licht, die Kamera surrte und klickte laut und ließ das Bild herausfallen.

Das erste Foto war nicht brauchbar. Die Details des Wasserkastens waren klar, aber Toners Gesicht war unscharf, und der Arm des Jungen und sein Gesicht waren hinter einem leeren weißen Rechteck, einer Spiegelung des Blitzes, verborgen. Sie versuchte es noch einmal und drückte diesmal auf den Knopf für Nahaufnahmen. Blitz, Surren und Klicken, und die Kamera spuckte ein neues graues Foto aus. Nach acht weiteren Bildern sah sie ein, dass es unmöglich war, die Details kamen nicht heraus. Sie hatte zehn Pfund für einen

Film und vierzig für eine nutzlose Kamera verschwendet. Sie nahm die unscharfen Bilder, steckte sie neben Kiltys vergessene Einkäufe in ihre Tasche und schloss die Tür auf; sie musste sich einen anderen Plan ausdenken.

Eine schwarze Frau in einem weißen Mantel stand an der Tür einer kleinen Kammer und sah Maureen entsetzt an, als sie mit der Kamera in der Hand aus der Toilette kam. »Das können Sie hier nicht machen«, sagte die Frau herablassend und schrak vor dem Fotoapparat zurück.

»Was?«

»Sie können das hier drin nicht machen«, wiederholte die Frau und starrte auf die Kamera. Sie zog sich in ihre Kammer, so klein wie ein Schrank, zurück und schlug die Tür zu. Hinter der streifenweise verspiegelten Fensterscheibe war sie nur schemenhaft zu erkennen; sie schien sie zu beobachten.

Verwirrt wusch sich Maureen Hände und Gesicht. Erst als sie schon beim Abtrocknen war, wurde ihr klar, dass die Frau dachte, sie hätte pornographische Bilder von sich selbst gemacht. Mit noch feuchtem Gesicht rannte sie die Treppe hinauf, um einen Papierwarenladen zu suchen.

Es war viel los auf dem Markt. Sie verließ das geschäftige Treiben der Electric Avenue und bog in die Seitenstraße zum Coach and Horses ein. Sie sah die Tür, die kleinen orangefarbenen Fenster und den Lichtschimmer, der auf die Straße fiel. In einem Hauseingang blieb sie stehen, atmete tief durch, tastete in der Tasche nach ihrem spitzen Kamm und hoffte, dass Doyle nicht gelogen hatte und Toner wirklich nur das Foto wollte. Sie richtete den Kamm in ihrer Tasche auf, dass die Zähne nach oben standen, und übte, wie sie ihn herausziehen würde. Die schwere Tasche behinderte sie, deshalb hob sie den Riemen über den Kopf, so dass er diagonal lief und die Tasche links hing, schlug auf ihre Manteltasche, nahm sich vor, ruhig zu bleiben, und machte sich auf. Von ihrem Kamm und der Aussicht ermutigt, Elizabeth zu treffen, beeilte sie sich.

Auf der anderen Straßenseite kam ein Betrunkener aus dem Pub und hielt sich an einer der Eingangssäulen fest, bevor er seinen Gang auf die Straße antrat. Maureen wusste, dass sie von drinnen gesehen werden konnte. Sie hoffte, dass Toner da war, damit sie nicht herumsitzen und den Barkeeper bitten musste, ihn anzurufen. Denn beim Warten würde sie nervös werden, und sie müsste sich zusammenreißen, um nicht zu trinken. Sie richtete sich auf und überquerte schnell die Straße, stieß die Tür auf und ging hinein. Toner war in dem linken Raum, er stand an der Bar und war das Tagesereignis für eine Schar von Kriechern. Der hochnäsige Barkeeper stand hinter ihm, hielt die Hand hoch, kratzte sich im Nacken und lächelte. Elizabeth war nicht im Lokal, aber jetzt konnte Maureen nicht wieder weggehen. Schweiß lief ihr den Rücken hinunter. Sie ging direkt auf Toner zu und blieb drei Meter vor ihm stehen. Toner schaute auf und sah sie. »Ich hab was, das Ihnen gehört«, murmelte sie.

Er trat auf sie zu, hob die Hand über den Kopf und schlug ihr brutal ins Gesicht. Maureens Zähne gruben sich in die Innenseite ihrer Wange, in ihrem linken Auge waren Streifen weißen Lichts, und ihr Mund füllte sich plötzlich mit salzig schmeckendem Blut. Bleierne Stille legte sich über das Lokal, und jeder Einzelne versuchte das schwierige Rätsel zu lösen, wieso eine kleine Frau, von deren Kinn Blut tropfte, ihn nicht das geringste anging. Toner steckte seine dicke Hand wieder unter Maureens Arm, hob sie hoch und trug sie zur Damentoilette. Die Gespräche gingen weiter, die Stimmen klangen ein bisschen höher, ein bisschen nervöser, während

Toner mit dem Fuß die Tür aufstieß und Maureen mit dem Gesicht nach unten in das Geruchsgemisch von scharfer Zitrone und Urin schleuderte. Der Riemen riss, und ihre Tasche schlitterte über den Boden, drehte sich dabei elegant wie eine Scheibe beim Eisschießen und blieb ein paar Zentimeter vor der hinteren Wand liegen. Maureen lag unbeweglich da, Blut floss aus ihrem Mund auf den Boden. Doyle hatte gelogen. Hier war sie nicht sicher. Sie versuchte sich zu erinnern, warum sie es für ungefährlich gehalten hatte, hierherzukommen. Da kickte Toner die erste Klotür auf und dann die nächste. Elizabeth saß auf der Toilette im zweiten Klo, ihre Hose hing ihr um die Knie. Als die Tür krachend aufflog, erwachte sie erschrocken und sprang zitternd auf.

»Hau ab!«, schnauzte Toner.

Ihre Jeans rutschten auf den Boden und entblößten ihre knochigen Beine und ihre nassen, struppigen Schamhaare.

»Hau ab!«

Mechanisch beugte sich Elizabeth runter, um ihre Hose hochzuziehen, und stieß dabei mit dem Kopf heftig gegen die Klowand. Sie zog die Hose über ihren nackten Hintern und rannte schnell weg, stieß in der Eile gegen Wände und Tür und lief mit offenem Hosenschlitz, aus dem noch das Schamhaar herausschaute, in die Bar hinaus. Maureen lag stöhnend auf dem stinkenden Fußboden und sah Elizabeth gehen.

Er legte seine dicken Hände um ihren Hals, presste ihr die Luft ab und zog sie hoch, bis sie wieder stand. Sie erinnerte sich und wollte nach dem Kamm greifen, aber ihre Hand war wie erstarrt. Sie hatte zu große Angst, sich zu bewegen, und konnte sich nicht rühren. Er drückte sie seitlich gegen die Waschbecken, ihren Kopf gegen die Wand, presste die Hand fest um ihre Kehle und entblößte die Zähne, fast so, als wolle er sie ins Gesicht beißen. Sie konnte sich nicht

rühren. Der Druck in ihren Augen stieg, und ihre Zunge schwoll an.
»Gib's her!«, brüllte er und spuckte kleine Speicheltröpfchen.
Maureen griff in die Manteltasche, ihre Hand glitt an dem spitzen Kamm vorbei, und sie gab ihm das Polaroid. Er sah es an, lächelte, als erinnere er sich an einen schönen Urlaub, und ließ es in seinem Mantel verschwinden. Maureens Hand kehrte in die Tasche zurück, blieb auf dem Kamm liegen, und ihre Fingerspitzen fuhren die grimmig scharfen Spitzen seiner Zähne entlang. Wenn sie auf ihn einstach, würde sie ihn umbringen müssen. Aber wenn er noch einmal fester zudrückte, würde er sie töten.
»Du hättest es mir gleich geben sollen«, er schlug ihren Hinterkopf gegen die Wand, »oder?«
»Ich wollte ...«
»Halt's Maul!«
Toner nahm seine Hand weg, der Druck ließ nach, und Maureen versuchte, auf den glatten rutschigen Fliesen Halt zu finden. Er schien sehr mit sich zufrieden.
»Versuch noch mal mich reinzulegen, dann geb ich dir Bescheid«, sagte er und lächelte vor sich hin. Er zog seinen Mantel gerade, strich sich das Haar zurück und sah in den zerbrochenen Spiegel, um sich zu vergewissern, dass er gepflegt aussah, bevor er aus der Damentoilette hinausging.
Maureen erbrach sich. Blut und Milch ergossen sich über ihre Mantelschöße. Sie war über die rosarote, geronnene Pfütze gebeugt, atmete schwer und versuchte, gegen das scharfe Stechen in Kehlkopf und Augen und den Schmerz im Hinterkopf anzukommen.
Sie drehte den Wasserhahn auf, um sich den Mund auszuspülen, und sah sich in einer zerbrochenen Spiegelscherbe an der Wand. Ihr Kinn war mit dunkelrotem Blut beschmiert,

ihre hellblauen Augen waren gerötet und einige Äderchen geplatzt. Ein tiefroter Fleck um ihre Kehle lief seitlich in einzelnen Fingerabdrücken aus. Sie hatte es versaut, hatte eine Scheißwaffe in der Tasche gehabt und doch versagt.

Sie wollte in der Toilette bleiben, wollte warten, bis Toner wegginge, aber sie wusste, dass das dauern konnte, und je länger sie drinblieb, desto größer würde ihre Angst werden. Sie wusch sich den Mund aus und untersuchte mit der Zunge den Schnitt in ihrer Wange. Der lange, tiefe Riss blutete stark. Sie wischte das Erbrochene von ihrem Mantel und stellte den Kragen auf, um die Flecken am Hals zu verdecken, nahm ihre Tasche und verknotete langsam den Riemen. Nachdem sie einen letzten Mund voll Blut ins Waschbecken gespuckt hatte, trat sie mit hoch erhobenem Kopf ins Pub.

Toner war wieder an der Bar. Er sah auf, als sie herauskam, und grinste anzüglich, als hätte sie es ihm besorgt. Er sagte etwas zu seinen Komplizen, und sie schauten zu ihr herüber und lachten. Ihre Schritte waren unsicher, aller Augen verfolgten sie. Sie ging zu dem kleinen Durchgang in den leeren Raum für Gelegenheitstrinker und blieb an der Bar stehen. Sie redete sich ein, sie würde einen Whisky trinken, nur um zu zeigen, dass sie keine Angst hatte. Aber das war genauso eine Lüge wie Winnies Ausreden. Sie brauchte einen Whisky, um wieder ins Gleichgewicht zu kommen, und konnte nicht warten, bis sie in ein anderes Lokal kam. Sie tastete den Riss mit der Zunge ab, spürte seine Ränder und versuchte zu erraten, wie lang er war. Der Barkeeper kam zu ihr. »Was kann ich bringen?« Er grinste nervös.

»'n großen Whisky«, sagte sie mit gesenktem Blick, und ihre scharfen Zähne schnitten beim Sprechen in ihre wunde Wange. Der Barkeeper beugte sich vor, leerte den Messbecher zweimal und stellte das Glas vor sie hin. Maureen hatte nur einen Zwanziger und etwas Kleingeld. Sie suchte mit zitternden Fingern nach dem genauen Betrag, weil er ihr sicher nicht herausgeben würde, wenn sie mit dem großen Schein bezahlte, denn er wusste ja, dass sie sich nicht wieder in diese Bar trauen konnte.

»Sie bleiben aber nicht hier«, murmelte er, als sie ihm das Geld in die Hand zählte, »ich will nämlich hier drin keinen Ärger.«

Sie hob ihr Glas, schluckte einen ganzen Mund voll Whisky mit Blut und spürte, wie die scharfe Flüssigkeit die Wunde betäubte, so sanft und tröstlich wie ein Tritt in die Titten. Sie stellte ihr leeres Glas ab.

»Sie sind ’n Arschloch«, sagte sie mit erstickter, rauer Stimme.

Der Barkeeper hob das Glas hoch und wischte den Tresen ab. »Raus«, sagte er und sah ihr nach, bis sie draußen war.

Sie wollte Ann vergessen, Liam holen und hier weg. Ein heftiger Wind wirbelte Staub und Dreck den Gehweg entlang und erschwerte die Sicht. Sie konnte die Einkaufsstraße jetzt nicht ertragen, die Menschen, die sie anschauen, ihr Erbrochenes riechen und ihren Hals mit den Quetschungen sehen würden. Er hatte sie vor aller Augen geschlagen, fünfzehn Männer waren dabei, und kein einziger hatte mit der Wimper gezuckt. Sie dachten, sie hätte es verdient. Sie fragte sich, ob Toner Ann vor ihren Augen umgebracht hatte, ob das Publikum stummer Männer das auch gesehen und nichts getan hatte. Sosehr sie auch nach Hause wollte, wusste sie, dass sie ihn nicht einfach damit durchkommen lassen konnte. Sie musste Elizabeth finden. Sie blieb stehen, sah die Straße hinauf und hinunter und versuchte sich vorzustellen, wohin eine Frau, deren Muschi aus der Hose heraussah, laufen würde. Elizabeth war erschrocken, sehr erschrocken, und sie war ohnehin fahrig. Sie würde auf Trost und Ruhe aus sein. Maureen sah Brixton Hill hinauf. Elizabeth würde in der Argyle Street sein, bei Parlain.

Maureen ging den Hügel hinauf, blieb zunächst auf der anderen Seite der breiten Straße und musste sich selbst zureden weiterzugehen. Parlain hatte keinen Grund mehr, sie zu verfolgen. Sie hatte Toner das Foto gegeben, daran konnte er nichts ändern, aber trotzdem hatte sie Angst. Sie vermutete, dass sie noch lange Zeit Angst haben würde.

Die Treppe hinaufgehen oder auch nur draußen warten wollte sie nicht. Ihr Hals tat weh, und sie setzte sich auf die niedrige Mauer hinter der Plexiglasscheibe der Bushaltestelle, beobachtete die gegenüberliegende Straßenseite, zündete sich eine Zigarette an, schluckte Blut hinunter und wartete auf ein Anzeichen von Elizabeth. In dem Augenblick, als sie in der Toilette bewegungslos verharrt hatte, war ihr bewusst geworden, dass sie sich nicht in der Hand hatte. Wie Leslie konnte sie nicht gegen alle auf einmal ankämpfen, und dieses Wissen ängstigte sie zutiefst. Sie erinnerte sich an das Gefühl, als ihre Hand am Kamm vorbei nach dem Foto griff, das kalte Metall hatte ihre Handfläche berührt, aber sie hatte zu große Angst gehabt, um ihn herauszunehmen und zu benutzen. Sie sah einen Schatten aus Tam Parlains Wohnblock kommen.

Elizabeth taumelte aus der Tür und schlurfte mit wackeligen Knien über das lehmige Gras zur Straße, ihr Pullover war zur Seite gezerrt, und sie sah aus, als sei sie überfallen worden. Maureen stand auf, und Elizabeth sah sie. Sie schoss über die Straße, ohne sich um den Verkehr zu kümmern, und rannte auf Maureen zu. »Hilfst du mir?« Elizabeth schien verzweifelt und warf einen Blick zurück zur Tür. »Mein Freund hilft mir nicht, kannst du mir helfen?«

»Was ist passiert?«, fragte Maureen.

»Er hat mich rausgeworfen, mein Freund, er hat mich fortgejagt. Hilfst du mir?«
»Was ist denn los?« Aber Maureen wusste, was los war. Es ließ sich leicht an Elizabeths zitternder Angst und ihrer feuchten Haut ablesen.
»Kannst du mir Geld leihen?«, fragte Elizabeth.
Maureen schüttelte den Kopf. Elizabeth zeigte hügelabwärts. »Spendierst du mir 'n Drink?«
»Okay.« Maureen konnte nur krächzen. »Unterhältst du dich mit mir?«
Elizabeth sah Maureens Hals an. Sie nickte. Maureen wollte nur von hier weg, irgendwohin, wo sie sicher waren. Sie sah ein schwarzes Taxi den Hügel herunterkommen und bat den Fahrer, sie beim Angel abzusetzen. Sie bemerkte, dass der Fahrer sie besorgt im Spiegel beobachtete, er wusste, dass etwas nicht in Ordnung war.
Sie stießen die Tür auf und fanden das kräftige Mannweib hinter der Bar vor, die aus ihrer blauen Tasse trank und eine Zeitung las. Elizabeth schlenderte zu einem Tisch, der so weit vom Tresen entfernt war wie möglich, aber die Frau an der Bar erkannte sie gleich. Sie sah von Elizabeth zu Maureen und schien enttäuscht. »Was ist denn mit deinem Hals passiert?«, sagte sie und stellte ihre Tasse ab.
Maureen wurde rot und senkte den Kopf, um ihre Scham zu verbergen. »Bin in 'nen Streit geraten«, sagte sie.
Die Wirtin kam herüber, behielt aber Elizabeth im Auge, die sich in der hintersten Ecke verkroch. »Ein Glas«, sagte sie. »Ich geb dir einen Drink, und dann gehst du.« Maureen sah Elizabeth fragend an. Sie antwortete »Wodka«, sagte nicht wieviel oder womit, nur Wodka, und das »a« am Ende dehnte sie, als solle es für immer weitergehen.
»Ein großer«, sagte Maureen. »Und ein großer Whisky.«
Die Frau gab ihr die Drinks nur widerwillig. Die eine ein zit-

ternder Junkie und dazu eine abgerissene Schottin, sie waren nicht gerade ein Aushängeschild für die Mittagsgäste. Als Maureen den leeren Raum durchquerte und die Gläser mit den Trostspenden auf den Tisch stellte, sah sie, wie die Wirtin sie beobachtete, und sie wusste, was sie dachte, nämlich, dass Maureen und Elizabeth vom gleichen Kaliber seien. Und vielleicht hatte sie ja recht.

Sie steckten über dem Tisch die Köpfe zusammen, zwei verängstigte Frauen, die sich vor den Männern versteckten und den Tag damit zubrachten, sich volllaufen zu lassen.

41
Schwache Schläge

Maureens Kehle tat beim Sprechen immer noch weh, und sie konnte nicht richtig schlucken. Sie musste ihren Whisky schlürfen, ihn dann langsam hinunterrinnen lassen und damit ihre Wange betäuben. Sie hätte ihn gern in großen Schlucken trinken und sich darin verlieren mögen. Wehrlos hatte sie dagestanden, sich schlagen und fast erwürgen lassen. Sie hatte Angst, sie hasste jeden und wollte nach Hause.

»Woher kommst du, Elizabeth?«, krächzte Maureen.

»Aus London«, sagte Elizabeth und sah in ihr Glas.

»Wo ist deine Familie?«

Elizabeth lächelte missgelaunt. »Dort, wo sie immer waren, nehme ich an.«

»Hast du Brüder? Schwestern?«

Sie richtete sich ein bisschen auf. »Eine Schwester. Sie ist Designerin. Möbel. Sie macht alles selbst. In einer Werkstatt. In Chelsea.«

»Das Geschäft muss gut gehen, wenn sie sich eine Werkstatt in Chelsea leisten kann.«

»Nein, wir hatten Treuhandvermögen …« Sie versuchte wieder zu lächeln. »Ist jetzt alles weg.« Sie runzelte die Stirn und schaute in ihr Glas, das Licht fiel weich durch die Fenster mit den aufgeklebten Motiven.

Maureen konnte nicht erraten, wie alt sie war. Ihr langes Haar und das hoffnungsvolle Lächeln erinnerten an eine übermütige Debütantin, die ihren eigenen Weg mit normalen Menschen ging und falsche Entscheidungen traf. Elizabeth wollte nicht reden. Was immer sie sich in die Kniekehlen spritzte, heute half es ihr nicht. Sie zitterte in ihrem schmutzigen Las-Vegas-Sweatshirt, und ihr Haaransatz war feucht. Maureen sah sie an und dachte an Liam, der brav bei Martha saß und darauf wartete, sie nach Hause und in Sicherheit zu bringen. Sie hatte nie eine Verbindung zwischen Liam und diesen Leuten hergestellt, hatte nie einen ursächlichen Zusammenhang zwischen seinem schönen großen Haus und den ausgemergelten Körpern von Leuten wie Elizabeth gesehen.

»Erinnerst du dich an Ann, die gestorben ist?«, flüsterte Maureen.

Elizabeth riss sich von dem Chaos in ihrem Kopf los und hob den Blick. »Ja.«

»Sie hatte Kinder. Ihr Mann versorgt alle vier, aber er ist verhaftet worden, weil er sie ermordet haben soll. Sie werden in Pflege gegeben.«

Elizabeth nickte langsam. »Ich hatte auch ein Kind.« Sie richtete sich auf, dachte zurück, dann wurde ihr Rücken rund, und sie sank in sich zusammen. »'n nettes Kind.«

»Junge oder Mädchen?«

»Junge. Joshua. Er hat nie geweint. War ein guter Junge.«

»Wann war das?«

Elizabeth wies mit der Hand weit in die Vergangenheit zurück, wohin auch ihre Gedanken abschweiften, und sie starrte mit leeren Augen auf den Tisch.

»Ist er in Pflege?«, fragte Maureen.

Elizabeth schüttelte den Kopf. »Ist gestorben. Das Haus hat gebrannt.« Sie nahm einen langen Schluck, mit dem sie alles ausradierte.

»Tut mir leid«, krächzte Maureen, und Elizabeth zuckte die Achseln, als hätte sie das schon tausendmal gehört und hätte es satt. Sie hob wieder das Glas.

»Wenn ich wüsste, was mit Ann geschehen ist«, sagte Maureen, »dann müsste er vielleicht nicht ins Gefängnis. Die Kinder könnten ein normales Leben führen.«
Elizabeth trank wieder und schaute auf ihr Glas.
Doyle hatte Elizabeth falsch eingeschätzt: Die Erwähnung der Kinder hatte nicht gewirkt. Für Elizabeth galt nur, was sie wo herbekommen konnte.
»Ich hab fünfhundert Pfund. Wenn du mir sagst, was passiert ist, geb ich sie dir.«
Elizabeth setzte sich aufrecht hin.
»Fünfhundert.« Maureen nippte an ihrem Whisky, und Elizabeth starrte sie an.
»Wofür?«
»Ann. Sag mir, was mit ihr passiert ist.«
Elizabeth versuchte, den Haken an der Sache zu finden.
»Woher weiß ich, dass du fünfhundert hast?«, sagte sie.
»Auf der Bank«, sagte Maureen.
Elizabeth zögerte, und Maureen griff in ihre Tasche und fand einen alten Kontoauszug. Die Summe am unteren Rand war nur schwach zu erkennen, aber Maureen zeigte ihr den Zettel, und Elizabeth entspannte sich lächelnd, als sie die Zahlen sah. Sie gab ihn Maureen zurück und sah nachdenklich auf den Boden.
»Können wir es jetzt holen?«
»Nein. Wenn du es mir erzählt hast.«
»Aber dann ist die Bank vielleicht zu.«
»Dann erzähl's mir gleich.«
»Du bist nicht von der Polizei, oder?«
»Meinst du, ich hätte so was hier am Hals, wenn ich von der Polizei wäre?«
Elizabeth zögerte, starrte ihr Glas an und sah dann plötzlich hoch. »Es war ein Unfall«, sagte sie. »Sie ist gefallen.«
Maureen konnte ein schnaubendes Lachen nicht unter-

drücken, bereute es aber sofort. »Sie ist in den Fluss gefallen?«, fragte sie, hielt die Hand an den Hals und versuchte zu schlucken.

»Nein. Sie ist hingefallen und hat sich den Kopf angestoßen. Wir haben versucht, uns um sie zu kümmern.«

»Wo ist sie gefallen?«

»Ich weiß nicht. Kennst du Tam Parlain?«

»Ja.«

»Tam hat gesagt, sie sei hingefallen und hätte sich den Kopf angestoßen. Sie lag auf der Couch, als ich dazugekommen bin. Sie hat grässlich ausgesehen, ihr Gesicht war ganz blutig. Keiner konnte sie ansehen.«

»Wer war da?«

»Ann, Tam, Heidi und Susan. Heidi ist mit mir raufgekommen – wir waren früher zusammen beim Methadon-Programm oben in Herne Hill. Es war gerade Ladenschluss.« Sie nahm einen Schluck Wodka. »Tam ist gekommen und hat uns gesagt, wir müssten zu ihm nach Haus kommen. Sie lag auf der Couch. Und dann ist sie gestorben.«

»Warum wollte er euch alle da oben bei sich haben?«

»Wegen Toner. Er hat uns alle im Auftrag von Toner eine Lehre erteilt.« Elizabeth nahm noch einen Schluck.

»Was für eine Lehre?«

»Er hat uns sagen wollen, dass wir nicht stehlen dürfen. Sie hatte Toner bestohlen, und Tam hat ihm einen Gefallen getan.«

»Was hat sie gestohlen?«

»Eine Ladung. Eine ganze Lieferung. Danach ist sie verschwunden, aber Toner hat sie gefunden. Tam hat uns beigebracht, dass man nicht stiehlt.«

»Bist du Kurier für ihn?«

»Jetzt nicht mehr.«

»Wie war das mit der Matratze und dem Fluss?«

»Na, wir haben Angst bekommen, da hat Tam ein paar seiner Freunde geholt, und die haben sie in eine Matratze und in den Fluss gelegt.« Ihre Haut war so weiß und feucht, dass sie fast silbern glänzte. »War's das? Können wir jetzt zur Bank gehen?«

»Nein. Wieso waren ihre Füße verbrannt? Wer hat ihr in die Beine geschnitten?«

Elizabeth richtete sich auf und war so unangenehm berührt, als hätte man sie beschuldigt, beim Essen gepupst zu haben. »Ach«, sagte sie, »das waren die anderen. Tam hat sie gezwungen, es zu tun, um ihnen eine Lehre zu erteilen. Ich musste weg, zum Arzt.«

»Mitten in der Nacht?«

»Nein«, sagte Elizabeth und versuchte die zeitlichen Abläufe zu ordnen. »Das war später, am nächsten Tag, oder noch einen Tag danach, glaube ich.« Elizabeth glaubte wirklich, dass sie nicht log. Sie war so losgelöst von der Realität, dass sie tatsächlich der Überzeugung war, eine Trinkgefährtin zu verstümmeln und zu töten stelle einen Unfall dar.

»Sie haben es gemacht, als du beim Arzt warst?«

»Ja«, sagte sie. »Weißt du, sie war auf der Couch, und Tam hatte das wirklich satt mit ihr, und er ließ Heidi, ich glaube, es war Heidi, ihre Füße verbrennen, damit sie aufwachte, aber sie wachte nicht auf.«

»Und was war mit ihren Beinen?«

»Oh, Tam sagte ihnen, sie sollten die Schnitte machen, ich weiß auch nicht, warum. Ich war nicht da.«

»Sie trug ein Goldarmband. Warum habt ihr es nicht abgenommen?« Elizabeth sah schuldbewusst aus. »Tam sagte, wir sollten es in Ruhe lassen.«

Maureen neigte sich ganz nah zu ihr hinüber, und obwohl sie ganz leise sprach, tat ihr Hals weh. »Elizabeth«, sagte sie, »hat Toner Tam gesagt, er soll sie umlegen?«

»Nein«, stöhnte sie und duckte sich angsterfüllt. »Deshalb war es doch so eine große Sache. Tam hat es getan, um uns zu zeigen, wo's langgeht. Er dachte, Frank würde sich freuen. Aber Frank wollte das nicht. Und jetzt hat Tam den Flop gelandet, und wir waren dabei.« Elizabeth schaute zur Tür. Dann hob sie ihr Glas, aber sie zitterte so, dass sie es wieder hinstellen musste. »Und Tam wird vielleicht sagen, dass wir dabei waren. Tam stammt aus einer großen Familie, er hat Leute hinter sich. Ihm wird Frank nichts tun, aber uns schon.«

»Ihr seid die kleinen Fische?«

»Ja«, nickte Elizabeth, senkte das Kinn und sah wie ein Opferlamm zu ihr auf. »Die kleinen Fische.«

»Toner hatte nicht vor, sie umzubringen?«

»Nein, nein, er wollte sie wegen der Tasche fragen, und außerdem gibt es ein Foto von ihm, das ist jetzt weg. Das ist sehr schlecht für Frank.«

Maureen sah auf ihr Glas und die Tausende von winzigen Kratzern daran. »Warum wollte er sie nach der Tasche fragen? Sie hatte doch gesagt, sie sei gestohlen worden, aber er glaubte ihr wohl nicht?«

»Zuerst nicht, aber dann hat er herumerzählt, dass er mit ihr darüber reden wollte.« Sie versuchte zu lächeln. »Frank redet normalerweise nicht mit Leuten über solche Dinge.«

»Weswegen wollte er dann in diesem Fall mit ihr reden?«

Elizabeth schnaufte ungeduldig. »Ich weiß es nicht, die Tasche ist in die falschen Hände geraten, und ich nehme an, er dachte, dass sie vielleicht doch gestohlen wurde.«

»Aber Ann ist gestorben, bevor er Gelegenheit hatte, sie zu fragen?«

»Ja«, sagte Elizabeth und hampelte unter dem Tisch mit den Beinen wie ein kleines Mädchen, das dringend aufs Klo muss. »Können wir bitte gehen?«

»Wir gehen, wenn ich fertig bin, oder überhaupt nicht. Wer hat sie in die Beine geschnitten?«

»Tam hat ihnen gesagt, sie sollten es machen«, antwortete sie.

»Aber Elizabeth, warum haben die Frauen denn getan, was Tam von ihnen verlangte?«

»Entweder sie oder wir.«

Aber Maureen wusste, dass noch etwas anderes dahinter stecken musste. »Hat er euch mit Stoff versorgt, als ihr da wart?«

Elizabeth streckte ihre zerstochene Hand aus und drehte Maureens Handgelenk, um auf die Uhr zu sehen. Sie zeigte auf die Tür. »Wir sollten gehen.«

»Es war niederträchtig, so etwas zu tun, Elizabeth. Sie hatte vier Kinder.«

»Also, ich war weg. Beim Arzt.« Selbst Elizabeth konnte nicht an einen Arztbesuch glauben, der mehrere Stunden gedauert hatte. Sie blinzelte, blickte zu Boden, blinzelte wieder und schaute dann hoch.

»Du kannst nicht die ganze Zeit weg gewesen sein«, sagte Maureen. »Es muss doch stundenlang gedauert haben.«

Elizabeth dachte darüber nach, aber die entsetzliche Kälte stach in ihre Muskeln wie eiskalte Nadeln und ließ ihre Knochen zerspringen. »Ich musste warten«, sagte sie schwach.

»Warten?«, wiederholte Maureen mit hoher Stimme, der misshandelte Ringknorpel drückte gegen die gequetschten Muskeln, und ein brennender Schmerz durchzuckte ihren Kehlkopf.

Elizabeth wusste, wie dumm das klang, aber sie war nicht daran gewöhnt, dass man mit ihr sprach, ihr zuhörte oder Verantwortung zu übernehmen. Sie spielte mit ihrem Glas, fuhr mit dem Finger an der Seite hinunter und umkreiste den Rand. Sie hob es auf und nahm einen großen Schluck, um

nichts mehr wahrnehmen zu müssen und ihre Ruhe zu haben. Maureen wusste, wenn sie Elizabeth dazu zu bringen versuchte, ihre Beteiligung zuzugeben, würde sie nie erfahren, was geschehen war. Trotzdem setzte sie noch einmal an.
»Also, als du vom Arzt zurückgekommen bist, hast du da gesehen, was mit Ann am Schluss passiert ist?«
»Ja, da war ich dabei.« Sie rückte nach vorn. »Das war Tam. Tam hat das am Schluss gemacht. Er hat sie getreten.«
»Wo hat er sie getreten?«
Sie zeigte auf ihr Gesicht. »Am Kinn. Sie lag auf dem Boden, und er hat sie getreten. Sie hat sein Bein festgehalten, hat sich festgeklammert, und er hat sie mit dem anderen Fuß getreten.« Elizabeth wandte nachdenklich den Blick ab. »Sie hat auf sein Bein geschlagen, kleine schwache Schläge, weißt du, so als würde sie ihn immer wieder ohrfeigen, während er sie trat. Ich fand es tapfer von ihr zurückzuschlagen. Können wir jetzt gehen?«
Maureen dachte an den fehlenden Bodenbelag und schauderte, als sie sich an die raue Oberfläche der feuchten Ledercouch erinnerte. »Wem hat er den Auftrag gegeben, Ann in die Matratze zu legen?«
»Einem dicken Typ und einem anderen, der Andy hieß.«
Maureen trank aus. »Komm, wir gehen zur Bank.«
Die burschikose Bardame sah ihnen nach, ihr Blick war traurig. Sie war sicher, dass sie in den kommenden Monaten und Jahren die Etappen des Niedergangs dieses dreisten Schottenmädchens miterleben würde.

Elizabeth zitterte so sehr, dass sie sich in der Bank auf einen Stuhl setzen musste, während Maureen zum Schalter ging. Eine lange Schlange wartete, Ladeninhaber zahlten die Kasseneinnahmen nach Ladenschluss ein, und Büroangestellte beglichen ihre Rechnungen. Maureen sah zu Elizabeth hinüber. Das grelle Licht in der Bank schien auf ihr feucht glänzendes Gesicht. Elizabeth raffte mit zitternden Händen ihre Haare zusammen, drehte sie zu einem Zopf und warf ihn über die Schulter. Sie hielt den Blick gesenkt, so wie Maureen, wenn sie dachte, sie müsse sterben, und sich nur darauf konzentrierte, langsam ein- und auszuatmen. Maureen wandte sich ab und folgte den anderen in der Warteschlange, die sich mit kleinen Schritten vorwärts bewegte. Sie musste zum Flughafen und brauchte selbst Geld für ein Taxi.

Sie dachte an Ann, mit der aufgeplatzten Lippe und ihrem geschundenen Leib, die nach London kam, um sich bereitwillig für ihre Kinder aufzugeben. Aber am Schluss hatte Ann zurückgeschlagen, sie hatte sich geweigert, sanft zu gehen, eine sterbende Frau mit verbrannten Füßen, zerschnittenen Beinen und einem Schädelbruch hatte zurückgeschlagen, als ihr ins Gesicht getreten wurde. Maureen wollte zurückschlagen, bevor es zu spät und ihr Schädel zertrümmert war. Sie dachte an Winnie beim Kartenspielen, die weinte, weil sie nüchtern war, an Elizabeth, die mit ihrem für alle sichtbaren, verzottelten Schamhaar ins Pub rannte, Opfer ihrer Genusssucht.

Der Bankangestellte machte keinen Hehl aus seiner Skepsis. Er glaubte nicht, dass eine zerlumpte Frau wie Maureen sechshundert Pfund abheben konnte. Er las sorgfältig alle Einzelheiten, als die Daten zu Maureens Konto auf dem Bildschirm erschienen, und beobachtete sie beim Eingeben der Geheimzahl. Er fragte sie, wie sie das Geld haben wolle.

»Spielt keine Rolle.«

Aufgeregt war Elizabeth aufgestanden. Sie sah mit trübem, abwesendem Blick auf das Notenbündel, und Maureen erkannte die beruhigende Wirkung ihrer Vorfreude. Elizabeth nahm das Geld, steckte es tief in ihre Tasche, verstopfte damit auch das Loch in ihrer Seele, und ihre Panik verlor sich. Sie stand jetzt groß und aufrecht da, zuckte nur leicht wegen der Muskelschmerzen und warf ihr Haar wieder über die Schultern. Sie wusste, dass sie etwas Schlimmes getan hatte. »Du sagst es doch niemandem, oder?«, fragte sie recht beiläufig.

Aber Maureen konnte sie nicht anlügen. »Bring dich nicht um mit dem Geld.«

»Bitte, erzähl es nicht«, flüsterte sie ihr leise zu. »Frank weiß nicht, dass ich da war. Er wäre wirklich wütend. Ich bin nur ein kleiner Fisch.« Sie senkte wieder das Kinn und sah Maureen von unten an. Im besten Fall hatte sie dabeigestanden, während die anderen, böse wie verschüchterte Kinder, Ann geschlagen und verbrannt hatten, bis sie tot war.

»Mach dir keine Sorgen«, sagte Maureen. »Ich sage es Frank nicht.«

Als sie ins Freie kamen, verabschiedete sich Elizabeth, lief schnell weg und verlor sich in der Menge. Maureen sah den dünnen, schwankenden Schultern nach und dem Haar, das sie zusammengedreht in ihr Sweatshirt gesteckt hatte. Maureen war völlig erschöpft. Es war so banal. Sie hatte nicht das Gefühl, auf etwas wirklich Böses getroffen zu haben. Es war so normal, so sehr innerhalb der Möglichkeiten, die sie kannte. Sie war nicht so anders als Elizabeth oder der Haufen gieriger Drogensüchtiger, die sich bedienten, während eine Mutter von vier Kindern auf der Couch verblutete.

Maureen zündete sich eine Zigarette an, inhalierte tief und fuhr mit der Zunge über den Schnitt in ihrer Wange. Sie wollte jemandem davon erzählen, der dies nicht hätte tun können, es nicht mit angesehen und angehört hätte, ohne sich ganz und gar fremd zu fühlen. Der Polizei. Sie wollte es der Polizei erzählen.

»Entschuldigung.« Sie hielt einen Mann an und bemerkte, wie er die Flecken an ihrem Hals und den Whiskygeruch wahrnahm. »Könnten Sie mir sagen, ob es hier in der Gegend eine Polizeiwache gibt?«

»Ja, natürlich«, sagte er, »da unten, unter der Brücke, dritte Straße rechts. Canterbury Crescent.« Er hatte einen afrikanischen Akzent, und seine braunen Augen waren traurig und voller Mitgefühl. Maureen schaute die Straße hinunter zur Brücke. »Soll ich Sie hinbringen?«, fragte er.

»Nein«, sagte Maureen und lachte, als sei es überhaupt nichts Besonderes, als hätte sie nur ihren Pudel verloren. »Ich bin – ich finde es schon.«

Sie war schon fast an der Brücke, als sie zur Vernunft kam. Sie konnte nicht auf eine Polizeiwache gehen und ihren Namen angeben. Wenn sie hinginge und sagte, sie hätte eine Mörderbande ausgemacht, würde man sie nicht mit Liam nach Hause zurückkehren lassen, man würde sie stundenlang festhalten. Wenn sie London nicht jetzt verließ, würde sie nie nach Hause kommen, und Douglas' Geld würde nicht ewig reichen. Sie kannte ihren Platz hier, neben Elizabeth und den Männern auf dem Gehsteig, voller Angst genau wie sie, jahrelang umherirrend, eine mehr, die dem Vergnügen nachjagte und an ihren wunden Kniekehlen kratzte. Sie ging die Electric Avenue hinauf, folgte der Eisenbahnüberführung zur Coldharbour Lane und den Telefonzellen vor dem Angel. Sie ging zu einem Zeitungshändler und holte sich eine Telefonkarte für zehn Pfund.

»Maureen«, jammerte Martha vorwurfsvoll, »er hat sich so um dich gesorgt. Er ist zum Flughafen gefahren. Er hat deine Piepsernummer nicht dabei und hatte damit gerechnet, dass du dort bist.«

»Wann ist der Flug?«

»Um halb acht. Du musst los, wenn du noch rechtzeitig hinkommen willst.«

»Tschüs, Martha«, sagte Maureen und legte auf, denn sie brachte es nicht über sich, sich richtig bei ihr zu bedanken.

Hugh McAskill war nicht an seinem Platz. Der Mann, der abnahm, ging weg und suchte ihn. Maureen horchte in die Leitung und hörte ein paar Männer lachen, während sie auf dem Zähler zusah, wie zweieinhalb Pfund dahinschwanden. Der Mann kam wieder an Hughs Schreibtisch zurück; sie hörte ihn schniefen und mit jemandem in der Nähe des Telefons plaudern. Es dauerte noch zwanzig Pence, bis er wieder zum Hörer griff. »Tut mir leid, dass es so lange gedauert hat«, sagte er. »Er ist heute schon gegangen. Kann ich etwas für Sie tun?«

»Also«, sagte Maureen schnell, »ich war mit jemandem etwas trinken, und da hat sie gestanden, dass sie ein Verbrechen beobachtet hat, und ich weiß nicht, was ich unternehmen soll.«

»Wo sind Sie denn?«

»In London.«

»Ist das Verbrechen in London begangen worden?«

»Ja.«

»Dann«, der Mann klang völlig desinteressiert, »sind Sie hier sowieso bei der falschen Dienststelle. Haben Sie die Hotline für Verbrechensbekämpfung probiert? Oder die City Police? Oder wie wär's mit der Metropolitan Police?«

»Okay«, sagte sie, obwohl sein unbekümmertes Desinteresse sie überraschte. »Trotzdem vielen Dank.«

»Ja, Wiederhören«, sagte er und hängte auf.

Sie ließ sich von der Auskunft die Nummer geben, rief New Scotland Yard an und sagte der Frau in der Zentrale, dass sie Informationen zum Mord an Ann Harris hätte, und ihr Gespräch wurde in eine Warteschleife weitergeleitet. Eine durchdringende Stimme sagte ihr, sie solle nicht auflegen, sobald jemand zur Verfügung stehe, werde ihr Anruf entgegengenommen. Das Telefon klingelte ohne Erfolg am anderen Ende. Die Stimme meldete sich mehrmals zurück, bis anderthalb Pfund aufgebraucht waren, und stellte sie jedes Mal zu dem klingelnden Telefon durch. Maureen hatte fast kein Guthaben mehr auf ihrer Karte. Als endlich abgenommen wurde, fragte sie ein freundlicher Mann nach ihrem Namen und ihrer Adresse. Maureen wollte nicht in die Sache verwickelt werden, sie wollte nur weitergeben, was sie wusste, und dann Liam suchen. »Marian Thatcher«, sagte sie. »Ich wohne in der Argyle Street in der Nähe von Brixton Hill.«

»Welche Nummer?«

»631«, sagte sie und kam sich schlau vor.

»Also, Marian, dann kommen Sie doch zu uns und erzählen, was passiert ist.«

»Hören Sie, ich habe kleine Kinder, ich kann nicht kommen. Kann ich es Ihnen nicht einfach erzählen, und Sie kommen später und reden mit mir?«

Der Polizist zögerte. »Hm, na gut, machen wir das zuerst. Was ist passiert?«

»Ich hab fast kein Geld mehr. Können Sie mich zurückrufen?«

»Können Sie nicht kommen …«

Der Hörer klickte, und sie hörte das Freizeichen.

Maureen sah auf ihre Uhr. Es war fast zwanzig vor sechs, und ihr Hals tat furchtbar weh. Es konnte doch nicht so verdammt schwer sein, jemanden ins Gefängnis zu bringen. Sie wählte 999.

»Feuerwehr, Polizei oder Krankenwagen?«

»Polizei«, sagte sie und versuchte ihrer gepressten Stimme Dringlichkeit zu verleihen.

Die Telefonistin informierte die Polizei, dass Maureen aus

einer Zelle anrufe, und gab die Nummer durch. »Hallo, was für einen Notfall gibt es bei Ihnen?«

»Da ist eine Frau, sie heißt Ann Harris, sie wird in einer Wohnung in der Argyle Street 632 in Brixton Hill festgehalten. Ich glaube, sie werden sie umbringen.«

»Wer will sie umbringen?«

»Tam Parlain, Elizabeth, Heidi und Susan. Sie liegt auf der Couch, sie wollen sie in den Fluss werfen.«

»Wie heißen Sie?«

»Bitte, helfen Sie ihr.«

»Ich brauche Ihren Namen.«

»Marian Thatcher.«

»Und Ihre Adresse?«

»Argyle Street 631, Brixton Hill. Tam Parlain wird zwei seiner Bekannten holen, einen Dicken und einen, der Andy heißt, sie sollen kommen und sie in eine Matratze legen und in den Fluss schmeißen.«

»Hören Sie, ich hab Ihren Namen hier nicht unter der Adresse, die Sie mir gegeben haben.«

Maureen legte auf und verließ die Telefonzelle. Liam würde außer sich sein. Sie trat auf die Straße und winkte ein schwarzes Taxi herbei. Sie hatte die Überwachungskamera hoch oben über der Straße vergessen, die die Gegend im Auge behielt und für Ordnung sorgte.

42
Knutsford

Auf der Autobahn beobachtete Maureen die Autos, die vor ihnen herkrochen, und wie die Summe auf dem Zähler immer höher wurde. Der Blick des Taxifahrers glitt im Rückspiegel zu ihr nach hinten. Er hatte versucht, sich mit ihr zu unterhalten, erfuhr aber nur, dass sie nach Glasgow wollte, weil sie dort wohnte. Dann begann Maureens Hals so wehzutun, dass sie das Gespräch abbrach.

»Der Verkehr ist so schlimm«, rief er über das Motorengeräusch, in seinen Augen lag ein Lächeln. »Es wird immer schlimmer in London.«

»Schaffen Sie es bis halb acht?«

»Ich weiß nicht. Aber ich werd's versuchen. Um diese Zeit kann man es nicht genau sagen, um ehrlich zu sein.«

Sie fuhr nach Hause, und sie würde zurückschlagen bis zum letzten Atemzug. Sie klopfte leicht auf die Tasche, die neben ihr auf dem Sitz lag. Sie wusste jetzt, was sie tun würde. Sie hatte keine Angst mehr vor Ruchill.

Das Taxi fuhr um zwanzig nach sieben vor dem Terminal Eins vor. Maureen gab dem Fahrer sechzig Pfund und rannte die Rolltreppe hinauf, drängte sich mit ihrem Gepäck durch verwirrte Touristengruppen, und bei jedem schweren Schritt stach es in ihrer Kehle. Sie sah kein Schild, stolperte aber durch einen Bogengang und stand vor dem Abfertigungsschalter von British Airways. Eine lange Schlange müder wartender Passagiere wand sich um ein ausgefeiltes System von Absperrungen. Sie rannte daran entlang, schaute die Gänge hinunter und hielt nach Liam Ausschau. Er war nicht da. Sie fand ihren Flugsteig und musste sich anstellen, um mit der Frau am Schalter zu sprechen. »Hören Sie«, keuchte sie mit krächzender Stimme, »mein Bruder hat mein Ticket für den Flug nach Glasgow, und ich glaube, er ist da drin. Kann ich kurz reingehen?«

Aber die makellos geschminkte Frau konnte sie ohne Ticket nicht durchlassen. »Tut mir leid«, lächelte sie. »Aus Sicherheitsgründen.«

»Können Sie ihn nicht ausrufen lassen?«

»Welchen Flug hat er?«

»Um sieben Uhr dreißig.«

»Tja«, sagte sie und lächelte apathisch, »der Sieben-Uhr-dreißig-Flug ist gerade weg. Die Maschine hebt gerade ab, Sie haben ihn leider verpasst.«

»Lassen Sie ihn ausrufen«, sagte Maureen, den Tränen nahe. »Rufen Sie ihn aus. Er ist bestimmt nicht ohne mich geflogen.«

»Leider werden Sie zum Informationsschalter gehen müssen, um ihn ausrufen zu lassen«, sagte sie und deutete auf einen anderen Schalter mit einer eigenen Schlange.

Maureen wartete. Ein Mann in einem teuren Anzug kaufte mit einer Kreditkarte, deren Gültigkeit infrage stand, ein Ticket nach Edinburgh. Er gab der Tussi am Schalter eine andere Karte, die sie mit langen rosa Fingernägeln durch das Lesegerät zog. »Ja«, sagte sie und verzog die mit Peach Party geschminkten Lippen über ihren strahlend weißen Zähnen. »Die hier ist in Ordnung, Sir.«

Sie hielten inne und lächelten sich an. Maureen zündete sich eine Zigarette an. »Verzeihen Sie«, sagte die Frau, stand auf und streckte den Arm nach ihr aus. »Leider können Sie hier nicht rauchen.«

»Warum nicht?«

»Weil es ein Nichtraucherbereich ist. Es gibt extra ausgewiesene Raucherzonen.« Sie zeigte auf die Schilder, die von der Decke hingen.

Maureen ließ ihre Zigarette fallen, trat sie aus und wünschte sich, sie könnte ihre Lunge nur noch einmal kurz mit Rauch füllen. Der Geschäftsmann starrte sie an. »Sie werden das also hier liegen lassen, wie?«

»Was liegen lassen?«

»Die Zigarette. Sie wollen die einfach auf dem Boden liegen lassen?«

»Ja«, sagte Maureen so bissig sie konnte. »Genau.«

Der Geschäftsmann sah die Frau hinter dem Schalter an und rollte mit den Augen. »Raucher«, sagte er, und sie starrte auf seine Kreditkarte.

Sie hielt ihre Hand eine Ewigkeit wartend über dem Drucker bereit, bis sein Ticket ausgespuckt wurde. »Hier, Sir«, lächelte sie, »vielen Dank.«

»Aber nein«, sagte der Mann und sah auf ihre Brüste, »ich danke Ihnen.«

Er nahm seine Aktentasche und warf Maureen einen fiesen Blick zu, bevor er ging.

»Kann ich etwas für Sie tun?«, sagte die Frau und lächelte Maureen durchdringend an, wobei sie ihre eiserne Reserve an angelernter Kundenfreundlichkeit einsetzen musste.

»Ich möchte ein Ticket für den nächsten Flug nach Glasgow.«

»Leider steigen die Passagiere schon ein.«

»Also, dann der danach.«

»Das ist der letzte Flug nach Glasgow heute Abend.« Sie lächelte, und Maureen wusste, dass sie es genoss.

»Und nach Edinburgh?«

»Nein, ich habe gerade das letzte Ticket für den letzten Flug verkauft.«

Eine heiße, ohnmächtige Wut stieg in Maureen hoch, und sie

lehnte sich mit ihrem schmutzigen Gesicht über den Tisch. »Ach, Sie können mich am Arsch lecken«, sagte sie und heimste einen weiteren Triumph für die Glasgower Diplomatie ein.

Beim Hinuntergehen zitterte sie vor Verlangen nach Nikotin. Sie nahm den falschen Aufzug und landete an der Haltestelle für den Expresszug zur Paddington Station. Sie kaufte trotzdem eine Fahrkarte, denn sie hatte Angst, sie werde sich im Flughafen verlaufen, wenn sie wieder hinaufging. Die Fahrt kostete einen Zehner. Sie war die einzige Arme auf dem Bahnsteig. Der Tunnel war mit glänzendem Aluminium verkleidet, und die Wartebänke waren aus massivem Kiefernholz. Sie versuchte wie eine exzentrische Millionärin auszusehen und verdeckte ihren schmerzenden roten Hals mit der Hand. Ein makelloser Hochgeschwindigkeitszug fuhr in den Bahnhof, Maureen stieg ein und setzte sich gleich neben der Tür hin. Als der Zug aus der Station hinausglitt, starrten alle Passagiere im Umkreis von drei Metern sie an. Erst als sie in Paddington ankamen und sie aufstand, sah sie den flimmernden Bildschirm über ihrem Kopf. Sie rannte durch die Halle, folgte der Beschilderung zum Taxistand, öffnete eine Tür und warf ihre Tasche hinein. »Victoria Busbahnhof«, sagte sie.

Obwohl der Bus schon in zwei Stunden abfuhr, gelang es Maureen doch, in dem muffigen Schalterraum ihre Rückfahrt für den Abend zu buchen. Der Busbahnhof war viel schlimmer als der in Glasgow. Trostlose Reisende aus allen Teilen des Landes versammelten sich mit ihrem armseligen Gepäck und warteten darauf, dass die Busse sie wegbrachten. Überall im Bahnhof waren Glaswände errichtet worden. Entweder gehörte das zu einer neuen Masche unter Bahnhofsdesignern, oder es war Teil einer landesweiten An-

strengung, die Zahl der Passagiere zu reduzieren, die durch Unfälle in den Wartehallen umkamen.
Maureen rief Vik vom Münztelefon aus an. Sie konnte seinen Anrufbeantworter kaum hören, weil ein sehr dicker Mann mit Walkman neben dem Kiosk saß und in voller Lautstärke einen Song von Mariah Carey mitschmetterte. Sie schrie gegen den Lärm an, sie würde sich melden. Sie käme nach Hause. Sie würde ihn anrufen, wenn sich die Lage beruhigt hätte. Auf jeden Fall würde sie ihn anrufen. Sie würde sein Feuerzeug für ihn aufheben und es ihm zurückgeben, wenn sich alles wieder beruhigt hätte. Sie flüsterte, dass sie an ihn denke, dass sie alles wieder in Ordnung bringen werde, aber der Lärm im Hintergrund war so laut, dass sie nicht wusste, ob er sie hören konnte.
Zehn Minuten vor Abfahrt des Busses gelang es ihr endlich, Liam zu Hause zu erreichen. »Mauri, ich hab zweihundert Pfund für das Scheißticket rausgeschmissen.«
»Ich zahl es dir zurück, Liam, es tut mir leid.«
»Schließlich schwimme ich nicht in Geld.«
»Ich weiß, Liam, ich geb es dir zurück.«
»Ich bin ein armer Student.«
Sie wusste, dass Liam diese Auseinandersetzung den ganzen Flug über durchgespielt hatte. »Ich geb's dir sofort morgen zurück«, sagte sie. »Es tut mir wirklich furchtbar leid.«
Liam zögerte einen Moment. »Wann kommst du an?«, fragte er.
»Ich weiß nicht«, sagte Maureen und sah sich im Bahnhof um. »Ungefähr um halb sieben in der Frühe.«
»Na ja, ich wollte dich abholen, aber du kannst es vergessen«, sagte er, als hätte sie die Ankunftszeit absichtlich so festgelegt. »Hör mal, tut mir leid wegen Martha. Ich hab dich auf den Boden klopfen hören.«
»Ja, und ich hab dich im Bett bumsen hören.«

»Sorry«, sagte er schnell.
»Mir brauchst du das nicht zu sagen«, meinte Maureen.

In dem Augenblick, als sie sich auf den rauen Sitz setzte, wusste sie, dass sich alles klären würde. Der Bus war weniger als halb voll, und Maureen gelang es, die halbe hinterste Reihe für sich zu ergattern. Eine ältere Frau besetzte die andere Hälfte, drückte sich gegen das Fenster und breitete ihren Proviant ordentlich auf dem Platz neben sich aus.
Der Bus fuhr rumpelnd aus dem Londoner Stadtkern hinaus, durch das tiefe Tal von Swiss Cottage und auf die breite M1 hinauf. Maureen setzte sich zurecht, lehnte den Kopf an die rüttelnde Fensterscheibe und beobachtete die in ihren einzelnen Autos am Fenster vorbeifahrenden Einzelpersonen und die einzelnen Häuser mit ihren einzelnen Gartenstreifen, und wie all das langsam von den kollektiven Abgasen vergiftet wurde. Sie sah die schmutzige graue Großstadt in die Vergangenheit gleiten, die niedrigen Häuser auf den flachen Hügeln aus dem Fensterausschnitt verschwinden, und plötzlich war ihr bewusst, wie nah sie dem Tod gewesen war. Sie hatte sich anders besonnen und in der letzten Minute zurückgeschlagen genau wie die arme Ann. Die arme Ann, die auf der Couch lag, Ann mit der geschwollenen Lippe und den hässlichen Kindern.
Maureen war dem Weinen nah, aber der gequetschte Knorpel an ihrem Kehlkopf machte nicht mit. Sie fuhr nach Hause, um sich ihnen allen zu stellen, im Bewusstsein, dass ihre hilflose Courage nicht ausgereicht hatte. Sie kehrte nach Glasgow zurück, und zum ersten Mal fiel ihr ein, dass sie neben ihren akuten Problemen noch ein Leben hatte. Sie liebte die Farben der Stadt, sie hatte eine Wohnung und eine Vergangenheit dort, sie verstand die spröde Freundlichkeit der Menschen dort und die Eskapaden des erbarmungslosen

Klimas. Die saubere Luft hatte ihr gefehlt, die altmodischen Redensarten und die raue, kehlige Aussprache. Sie konnte bald ein Bad in ihrem eigenen Badezimmer nehmen, ohne dass Ruchill sie bedrängte, und sie konnte ruhig in ihrem eigenen Bett schlafen. Leslie wäre in Sicherheit, und Liam war gerettet worden. Sie machte sich nichts mehr aus Ann, und es war ihr egal, dass Moe sich widersprach.

Sie ließen die Stadt hinter sich und kamen in eine langweilige, flache Landschaft, die bis zum Horizont mit kleinen grauen Dörfern übersät und von nur vage erkennbaren, schmalen Reitwegen durchzogen war. Maureen legte die Beine auf den Sitz und wickelte sich fest in ihren schmutzigen Mantel, der jetzt nicht mehr zu gut war für den Bus oder für sie, und sah die fade, flache, spießige Küste Mittelenglands am Fenster vorbeigleiten.

Joe McEwan war seit elf Stunden im Dienst und fühlte sich nicht allzu gut. Er trank viel Kaffee und rauchte fünfundzwanzig Zigaretten pro Tag, das dachte jedenfalls sein Arzt. Die Büros waren fast leer, nur die Besessenen und Geschiedenen waren noch da. Die Ermittlungen in der Sache Hutton schleppten sich auf ein unbefriedigendes Ende zu. Die gesammelten Beweise brachten keine Ergebnisse. Verängstigte Zeugen änderten ihre Aussagen, eine dumme Lüge nach der anderen, und der Fall hatte ihr Kontingent an Überstunden für die nächsten drei Wochen aufgebraucht. Gerüchte und später zurückgezogene Zeugenaussagen hatten ihnen dazu verholfen herauszufinden, wo er aufgegriffen und in welchem Pub er ermordet worden war, wie der Fahrer hieß, und dadurch hatten sie schließen können, wer der Boss war, der den Auftrag gegeben hatte. Sie kannten sogar den Namen des Typs, der das Taxi gestohlen hatte. Aber sie hatten keinen einzigen brauchbaren Beweis, keinen einzigen Zeugen.

Inness stieß mit dem Fuß die Tür auf und stürzte herein. Er lächelte, seine kurzen Zähne waren unter dem Schnurrbart kaum zu sehen, und seine Aufregung stand im Gegensatz zu der müden Apathie aller anderen. Er rannte fast auf McEwan zu. »Sehen Sie sich mal die E-Mails an«, sagte er, bat ihn an einen Schreibtisch und rief das Programm und die Seite auf. »Sehen Sie sich das mal an.«

Es war eine Nachricht von der Met in London. Im Text wurde erklärt, dass sie versuchten, eine Frau aus Schottland namens Marian Thatcher zu finden. Sie hatte 999 gewählt und wichtige Insider-Hinweise zu dem Mord an Ann Harris gegeben. Unmittelbar vor dem 999-Notruf war ein Anruf aus derselben Zelle an die Wache in der Stuart Street gemacht worden, der aber vielleicht damit in keinem Zusammenhang stand. Ein Taxi war gefunden worden, die Frau hatte den letzten Flug nach Glasgow nehmen wollen, es aber nicht geschafft. Inness klickte auf einen Anhang, und von oben nach unten baute sich in Streifen ein Farbbild auf. Nach drei Streifen fing McEwan an zu lächeln. Es war ein undeutliches Farbfoto von Maureen O'Donnell, die aus einer Telefonzelle herauskam und ein Taxi anhielt. »Hm?«, lächelte Inness. »Hab's Ihnen ja gesagt.«

»Nicht schlecht«, lächelte McEwan und steckte sich triumphierend eine Zigarette an.

Viel später wachte Maureen erschrocken von den Schmerzen in ihrem Hals auf. Sie sah sich um und erblickte die graue Straße, die roten Rücklichter und die alte Frau, die aufrecht am anderen Ende der Sitzbank saß und aus dem Fenster schaute. Es war drei Uhr, und sie würden bald einen Zwischenstopp machen. Sie könnte eine Zigarette rauchen. Sie sah aus dem Fenster in die kalte Nacht hinaus und dachte an all jene, die nach London fuhren und nie mehr zurückkamen. Die armen Männer und Frauen, die sich Arbeit und eine bessere Zukunft erhofften, und die Verrückten wie sie selbst, die die Welt verbessern wollten und sich dabei verloren. Sie spürte, wie jemand sie am Ellbogen anstieß; es war die Frau auf dem Rücksitz, die ihr einen Plastikbecher Orangensaft aus einer Thermoskanne reichte. Sie dankte ihr, aber die Frau war schon wieder zur Seite gerutscht und schaute entschlossen aus dem Fenster. Maureen trank, und der frische Saft wusch den Geschmack von Rauch, Blut und saurer Milch weg.

Der Bus fuhr, ohne an Geschwindigkeit zu verlieren, in eine Ausfahrt und erreichte mit 80 Stundenkilometern den Parkplatz. Die erschrockenen Fahrgäste richteten sich auf, sahen aus den Fenstern und hielten sich an den Lehnen der Vordersitze fest. Der Bus bremste und kam langsam zum Stehen. Maureen lief zur Tür. Kaum hatten ihre Füße den Beton berührt, hatte sie schon eine Zigarette im Mund und zündete sie an. Sie ließ den Rauch in ihre leere Lunge strömen.

Es war kalt und windig auf dem Parkplatz, richtig kalt und windig, ihre Nase fing an zu laufen, und ihre Haut kribbelte. Sie trödelte hinter den anderen Fahrgästen her zur Tankstelle, nahm sich Zeit, um das Wetter zu genießen und zu rauchen, und ließ den Wind die Asche von ihrer Zigarettenspitze wegblasen. Die automatischen Türen schlossen sich, und Maureen stand vor einem Schild, das sie in der Tankstelle Knutsford willkommen hieß. Der Name erinnerte sie an Ann, aber sie wusste nicht mehr, warum.

Sie ging zur Toilette und wusch sich Gesicht und Hände und dachte noch einmal über Moe, Tam und Elizabeth nach. Sie wusste immer noch nicht recht, was sie von Moes Aussagen halten sollte. Sie sah sich ihre Kehle im Spiegel an. Die roten Druckstellen färbten sich dunkelblau. Frank Toners Daumen hatte einen perfekten Abdruck auf der rechten Seite ihres schmalen Halses hinterlassen. Jetzt fiel es ihr ein. Hier war Ann aus dem Bus gestiegen und nicht zurückgekommen. Sie hatte wahrscheinlich jemanden getroffen und war im Auto mitgenommen worden; aber wenn sie Drogen nach Glasgow hinaufbrachte, wäre sie wohl nicht so leichtsinnig gewesen. Aus reiner Neugier suchte Maureen in ihrer Tasche, fand die abgewetzte und geknickte Fotokopie von Ann und ging in den Laden. Zwei Leute hatten Dienst, aber beide hatten vor Weihnachten noch nicht hier gearbeitet. Sie hatten erst kürzlich angefangen. Maureen dachte, wie leichtsinnig es von der Geschäftsleitung war, zwei Neue zusammen den Laden führen zu lassen, und ging zum Restaurant. Sie blieb stehen und merkte, dass überall Überwachungskameras angebracht waren. Man hätte die neuen Angestellten ohne Risiko mit einer Summe in Höhe der Staatsschulden Brasiliens allein lassen können. In der Eingangshalle sah sie ein Schild, das auf einen Pizzaimbiss hinwies. Sie ging um die Ecke und war in einem von der Treppe abgetrennten Bereich mit roten Plastikstühlen und Tischen. Eine Bedienung über fünfzig wischte die zerkratzten Plastikflächen mit mehr Sorgfalt sauber, als sie verdient hatten.

»Entschuldigen Sie bitte«, sagte Maureen und merkte, dass ihre Stimme noch rauer war als zuvor. »Arbeiten Sie schon lange hier?«

»Ja, schon seit fünf Monaten.«

»Ich versuche herauszukriegen, was mit einer Freundin von mir passiert ist, die im Nachtbus nach Glasgow war. Ungefähr vor einem Monat ist sie beim Pausenstop hier ausgestiegen und nicht zum Bus zurückgekommen.«

»Ach ja«, sagte die Frau und faltete ihr Wischtuch zusammen. »Ich weiß.«

Maureen holte das Bild heraus und zeigte es ihr.

»Ich weiß«, nickte die Frau. »War das nicht entsetzlich? Wir waren alle richtig schockiert.«
Maureen war überrascht, dass die Nachricht von Anns Tod Knutsford erreicht hatte. »Wie haben Sie davon gehört?«
»Ich hab sie gesehen, wissen Sie, ich sah sie aus der Toilette kommen und zum Krankenwagen gehen. Es war schrecklich. Wir waren furchtbar schockiert.«
»In einen Krankenwagen?«
»Ja, sie ist überfallen worden, in der Damentoilette. Sie wurde schlimm zusammengeschlagen. Ihre Tasche wurde gestohlen.«
»Ihre Tasche?«
»Ja, ihre Reisetasche. Erst eine halbe Stunde später wurde sie gefunden. Die Männer, die es getan hatten, waren wahrscheinlich schon weg.«
Anns Tasche. Sie hatte die Tasche überallhin mitgenommen, sie hatte Angst, sie würde gestohlen werden, und dadurch hatte sie überall die Aufmerksamkeit auf sich gezogen. Wenn Tam Parlain Maxine gesagt hatte, wann der Bus ankam, hätte Hutton an der Tankstelle nach ihr Ausschau halten und dann tun können, was er am besten konnte: die Schwachen zugrunde richten. Sie mussten gewusst haben, dass sie aussteigen und mit der Tasche hereinkommen würde, die Zehntausende von Pfund wert war. Parlain und Maxine wollten sich selbstständig machen und taten sich mit Hutton gegen ihre eigene Familie und Toner zusammen. Toner wusste bestimmt, dass Maxine mit Hutton lebte, und ihm war sicher klar gewesen, was sie getan hatten, bevor Hutton wegen eines nebulösen Lagerbestands umgebracht wurde. Elizabeth sagte, Toner hatte mit Ann reden wollen, und Senga hatte Leslie erzählt, Ann hätte Huttons Bild in der Zeitung gesehen. Parlain hatte Ann umgebracht, um sie am Auspacken zu hindern. Die arme, ahnungslose Ann.

Toner konnte sie hier nicht schützen – in Glasgow vielleicht und in London, aber nicht hier in der Provinz. Die Bilder von den Überwachungskameras waren vielleicht noch greifbar, und wenn nicht, müsste der Krankenwagen Unterlagen haben.
Sie ging frühzeitig zum Bus zurück, stand auf dem Grasstreifen, rauchte eine letzte Zigarette und dachte über Ann nach. Wie schlimm musste eine Frau dran sein? Wie hoch mussten ihre Schulden sein, dass sie ein solches Risiko einging? Aber genau damit hatte Frank Toner gerechnet, mit jemandem, der verzweifelt genug war, dieses Risiko einzugehen.

Williams war schon aus dem Bett gesprungen und zog sich die Hose an, bevor Hellian den Satz zu Ende gesprochen hatte. »... unter der Couch, und daraus ergibt sich eine vorläufige Übereinstimmung mit Blut- und Haarproben der Toten. Natürlich wissen wir es nicht mit letzter Sicherheit, bis man es sich im Labor angesehen hat.«
Williams klemmte den Hörer zwischen Schulter und Kinn, kniete sich hin und suchte unter dem Bett nach seinen Schuhen. Der Teppich der Pension war ein grässliches Überbleibsel aus den siebziger Jahren. Die Farben des Spiralmusters flossen ineinander wie in einer zu heiß gewordenen Schachtel Wachsfarben, und er roch nach Hundefell. »Parlain, sagten Sie?«
»Ja, Tam, t, a, m, Parlain, p, a, r, l, a, i, n. Er arbeitet für die Adams.«
»Die Scheißkerle wieder. Wem untersteht Parlain, hat der Nachrichtendienst es Ihnen gesagt?«
»Einem gewissen Frank Toner, f, r, a, n, ...«
»Und sie hat eine Fahrkarte für den Nachtbus gelöst?«
»Ja, aber wir haben keine Bestätigung, dass sie tatsächlich im Bus ist. Detective Chief Inspector Joe McEwan kennt sie,

und er hat einen seiner Leute zur Verfügung gestellt, der eine Sichtkontrolle machen soll.«

»Das will ich aber hoffen, dass sie im Bus ist. Ist Ihnen klar, dass sie so gut wie tot ist, falls das bekannt wird, bevor wir mit ihr reden?«

»Hier bei uns wird ganz bestimmt nichts bekannt, Sir.«

Maureen konnte nicht schlafen. Die Zigaretten und die Sache mit Ann hatten sie aufgeweckt, und sie konnte nicht abwarten, nach Hause zu kommen, in die Kälte und zu den roten und gelben Mietshäusern, dem weiten Himmel und den vorlauten Kindern. In Glasgow wusste sie, wer sie war, und sie würde bis zum letzten Augenblick zurückschlagen und würde Sicherheit finden. Es war halb fünf, als sie die wilde Berglandschaft erreichten. Auf steilen Hängen aus Erde und gezackten Felsbrocken tauchten langsam Schneebänke auf, und im Bus wurde es plötzlich viel kälter. Sie blickte auf die nackten Berge hinaus und sah die Familien vor sich, die aus ihren Häusern vertrieben wurden, um den Schafen Platz zu machen, tausend Coach and Horses überall in der Welt, die jenen Seelen Trost boten, die nicht nach Hause zurückkehren konnten, die nicht einmal wussten, wo ihr Zuhause war. Maureen lehnte den Kopf ans Fenster und weinte um das schöne Land, schluchzte, bedeckte ihr Gesicht mit den Händen und versuchte nicht zu schniefen. Die Frau von der Rückbank saß plötzlich dicht neben ihr. »Warum weinen Sie denn?«, fragte sie.

Maureen schnupfte. »Schottland«, sie zeigte aus dem Fenster. »Es ist so schön. Ich bin so lange nicht mehr zu Hause gewesen.«

»Na, was Sie alles sehen«, sagte die Frau ruhig. »Das hier ist der Lake District.«

Der Bus fuhr polternd in die langsam aufkommende Morgendämmerung hinein, durch die Lowlands und in das flache Tal von Clyde. Ein klarer stahlblauer Himmel war in der Ferne von einer kleinen Gruppe dicker schwarzer Wolken verdeckt, und im düsteren grauen Schatten lag Glasgow, ihr Glasgow, und sie begann wieder zu weinen.

43
Ruchill

In der stillen Luft des Busbahnhofs stand eine neblige Atemwolke vor Maureens Gesicht und wirbelte zur Seite, als sie sich an den anderen Fahrgästen vorbeidrängte, um ihre Tasche von dem stetig anwachsenden Gepäckhaufen zu nehmen, und durch die automatischen Türen hinausging. Der Gehweg schimmerte feucht, und die Gebäude schienen sich gegen die Kälte zu wehren. Die große Straße war von weißem Dunst erfüllt, durch den Maureen sich einen Weg bahnte und dabei schwarze Fußspuren auf dem Raureif zurückließ. Ein schwarzes Taxi glitt an ihr vorbei und bog zur Stadtmitte und den Bahnhöfen ab. Sie zündete eine Zigarette an. Ihre wunde Kehle schmerzte, und sie sah grässlich aus, aber sie war zu Hause. Als sie am Fuß von Garnethill vorbei weiter nach Norden ging, ließ ein plötzlicher Schneeschauer die Farben der Stadt verblassen. Sie war in Versuchung, zuerst ihre schwere Tasche zu Hause abzuladen, aber sie war sicher, dass sie dann nie mehr hier herauskommen würde; sie zog ihren Schal fester um den Kopf und stapfte weiter.

Williams parkte gegenüber dem Bahnhof.
»Hier, genau hier«, sagte Inness. »Das geht in Ordnung so.«
»Sind Sie sicher?«, fragte Williams und zog knirschend die Handbremse, dass Bunyan stöhnte. »Wir stehen auf dem gelben Parkverbotsstreifen.«
»Ja.«
Sie gingen über die Straße und die grauen Betonstufen zum Busbahnhof hinunter. Er war fast leer. Die Doppeldecker

des Nahverkehrs waren in ordentlichen Reihen in der Mitte des Platzes geparkt. Nur bei einem einzelnen Bus, der vor dem Fahrkartenschalter hielt, gab es Anzeichen von Leben. Ein Fahrer in einer blauen Nylonuniform ging gerade um die Motorhaube herum und verschwand dahinter. Williams sagte aufgeregt: »Er ist schon da«, und lief schnell hinüber; seine Jacke flatterte im Wind. Er sprach einen kleinen verhutzelten Typ mit Afrofrisur an. »Ist das der Bus aus London?«

»Ja.«

»Hören Sie, ich bin von der Polizei.« Er zog den unscharfen Ausdruck von Maureen O'Donnells Foto aus der Tasche. »War diese Frau dabei?«

Der Kleine besah sich das Foto und bat seinen Kollegen, zu kommen und es auch anzuschauen. »Ich glaube, ja«, sagte sein Kollege.

»Ja«, rief der erste Fahrer mit näselnder Stimme. »Ich erkenne ihre Haare. Sie war im Bus, das stimmt.«

»Wo ist sie jetzt?«

»Woher soll ich das wissen?«

»Haben Sie jemanden gesehen, der sie abgeholt hat?«

Der hässliche Mann zuckte die Schultern. »Ich sehe nicht zu, wenn die Leute weggehen, wir müssen ja das Gepäck ausladen.«

»Haben Sie vielleicht gesehen, dass jemand sie packte?«

Die Männer standen apathisch herum, und Inness zog Williams am Arm. »Vielleicht ist sie einfach nach Hause gegangen.«

»Wissen Sie, wo das ist?«

»Ja, es ist gleich hier vorn, die Straße lang, zwei Minuten. Auf dem Hügel da oben.«

Es war ein weiter Weg. Der Schnee wurde dicker, als die Sonne aufging und die Stadt in schweres graues Licht hüllte. Er blieb auf ihren Ärmeln und Schultern liegen, haftete an ihrem Schal und den Augenbrauen und dämpfte den Verkehrslärm. Als sie sich der Abzweigung nach Ruchill näherte, wurde sie zorniger und fing beim Gehen an zu schwitzen. Der träge Wind hörte unter der verlassenen alten Eisenbahnbrücke plötzlich auf. Maureen ging weiter, aus der Stille, die sie umgab, stieg sie gegen die weiße Schneewand den steilen Hügel hinauf.

Ruchill war eine verlassene Gegend. Eine einzelne Reihe von Gebäuden stand an der steilen Straße. Dahinter lagen mehrere Hektar unbebauter Fläche, über die kreuz und quer überwucherte Straßen verliefen. Ein Straßenzug mit feuchten und zerfallenen Mietshäusern nach dem anderen war abgerissen worden. Auf der anderen Straßenseite versperrte ein hoher Zaun den Zutritt zum Park, der aus einem mit kümmerlichen Bäumen bedeckten Grashügel und dem hoch aufragenden Krankenhausturm bestand. Maureen beachtete ihn nicht, zwang sich, nicht hinzusehen, und ging weiter, vorbei an dem schwarzen Pub, das wie ein Schießstand aussah. Das erste der Krankenhausgebäude tauchte am Rand der Straße auf, ein bescheidener roter Bungalow mit einer übergroßen holländischen Giebelfassade.

Maureen blieb am Fuß der steilen Einfahrt stehen, ihr war heiß, und sie zitterte. Sie schüttelte den Schnee vom Schal und schaute hinauf. Die Einfahrt machte eine scharfe Kurve und wurde dann von einer Gruppe hoher Büsche verdeckt. Glasscherben knirschten auf der Teerdecke unter ihren Füßen, und sie ging weiter, an den Büschen vorbei, und folgte der Straße bis zum Turm. Abend für Abend trieben sich hier Rowdys herum. Einstöckige Gebäude waren über die ganze Anlage verstreut. Ihre runden, zwiebelförmigen Holzkuppeln lagen am Boden, verbrannt und zertrümmert. Jalousien hingen sinnlos und verloren vor den zerbrochenen Fensterscheiben, und Stores flogen träge im schwachen Wind. Sie ging bis zur Spitze des Hügels und schaute auf die morgendliche Stadt hinunter. Sie konnte ihr Haus sehen.

Maureen kniff die Augen etwas zusammen und blinzelte, und die Schneeflocken blieben auf ihren Wimpern liegen, als sie zur zackigen Silhouette des Turms vor dem weißen Himmel hinaufsah. Sie bückte sich, hob einen Stein auf, rannte auf das Gebäude zu, zielte und schleuderte ihn fort, so dass sie auf dem matschigen Schnee ausrutschte. Der schwere graue Stein flog durch die Luft, drehte sich und ließ die Schneeflocken, die federleicht in seiner Bahn herunterschwebten, auseinanderstieben. Der Atem stockte ihr, als sie sah, wohin er flog. Das hohe Fenster zerbarst und fiel wie ein Vorhang herunter. Sie hob einen weiteren Stein vom grasüberwucherten Straßenrand auf, nahm wieder Anlauf und warf ihn mit aller Kraft. Ihr Schal rutschte vom Kopf und hing herab, so dass sie dem Schnee ausgesetzt war. Der Stein zerbrach ein weiteres Fenster. Maureen lächelte. Sie ließ ihre Tasche auf den nassen Boden fallen und suchte Kiltys Einkäufe heraus. Ihre kalten, steifen Finger wurden ruhig, als sie die raue Pappschachtel mit den Feueranzündern fand.

Sobald sie im Treppenhaus war, ließ ihre fiebrige Nervosität nach. Sie lächelte erleichtert, kaute Milka-Schokolade und fühlte sich sicher und geborgen. Sie durfte nie, niemals irgendjemandem erzählen, was sie getan hatte. Sie ließ die Spannung von sich abfallen. Jetzt musste sie nur noch Leslie anrufen und warten, bis die Polizei kam. Sie freute sich darauf, sich zu waschen, zu schlafen und einen Tag im Schlafanzug auf der Couch vor dem Fernseher zu verbringen und Tee zu trinken. Sie lächelte und lief aufgeregt die Treppe

hinauf, zwei Stufen auf einmal nehmend, aber kurz vor der Tür hielt sie abrupt an.
Ihre Wohnungstür stand ein paar Zentimeter offen. Das Licht im Flur war an. Geräuschlos ließ sie ihre Tasche zu Boden gleiten und griff in ihrer Manteltasche nach dem spitzen Kamm. Mit den Fingerspitzen drückte sie die Tür auf. Sie konnte nicht ins Wohnzimmer hineinsehen, hörte aber, dass jemand da war und wie eine Stimme etwas murmelte, eine kurze Frage, gefolgt von einer knappen Antwort. Schritte kamen auf den Holzdielen auf sie zu und hielten wieder inne. Sie kamen näher, und die Tür wurde von innen zugedrückt. Maureen trat mit der Fußsohle dagegen, so dass sie aufflog und gegen die Wand krachte. Sie stand plötzlich vor dem erschrockenen, verschlafenen Inness und starrte ihn an. »Was zum Geier machen Sie in meiner Wohnung?«
Inness stand in ihrem Flur und lächelte sie an, als sei es ein besonders schöner sonniger Morgen. »Mrs. Thatcher, nehme ich an? Ich habe hier zwei Kollegen, die Sie sehr gern kennenlernen würden.«
Ein Mann und eine Frau in gepflegter dunkler Kleidung standen in ihrem Wohnzimmer. Angus' Briefe waren auf dem Tisch ausgebreitet. Jeder einzelne war aus dem Kuvert genommen und gelesen worden. »Ihr Dreckskerle.« Sie stürzte hinein und wollte die Briefe nehmen, aber Inness packte sie am Arm und drehte sie grob herum, so dass sie ihm gegenüberstand. Er schrie sie an. »Beruhigen Sie sich!«
Über seine Schulter konnte man aus dem Küchenfenster hinaus zum Horizont im Norden sehen, wo der Turm des Fieberkrankenhauses in Ruchill wie ein Feuerwerkskörper brannte, wie bengalisches Feuer; die Fenster an den Türmchen spuckten schwarze, mit Funken vermischte Wolken aus, die Asche toter Männer. Unten in der stillen Stadt rasten heulende Sirenen auf ein Feuer zu, das so gut gelegt worden

war, dass es nicht so schnell nachlassen würde. Eine Tür im Treppenhaus ging auf, und Jim Maliano erschien an Maureens Tür und zog seinen dunkelroten Morgenmantel zusammen. »Was ist denn hier los?«, wollte er wissen, und seine Haartolle zitterte wütend.
Inness hielt Maureen fest, legte die andere Hand auf Malianos Schulter und schob ihn aus der Tür. »Wir sind von der Polizei«, sagte er, »und wir sind hier, um mit Miss O'Donnell zu sprechen. Gehen Sie bitte wieder rein, Sir.«
»Sie können nicht einfach meine Sachen durchsuchen«, sagte Maureen steif. »Das hier sind meine Briefe.«
»Also«, rief Jim, »wenn Sie von der Polizei sind, sollten Sie doch wissen, dass man um halb neun morgens nicht in ein Privathaus kommt und solchen Krach macht.«
Inness schob ihn mit der flachen Hand zurück. »Gehen Sie bitte wieder hinein, Sir«, sagte er, stieß etwas zu heftig, und Maliano stolperte über die Schwelle.
Maliano schlug seine Hand weg und wandte sich Maureen zu. »Maureen, bist du in Ordnung?«
Maureen mochte Jim Maliano nicht, und er hatte es überdeutlich gemacht, dass sie oder ihre Lebensweise ihm auch nicht gefiel, aber wenn es Probleme gab, kam Jim immer sofort über den Hausgang gerannt und kümmerte sich um sie.
»Ist schon gut, Jim. Alles klar, wirklich. Geh ruhig wieder schlafen, ich verspreche, wir werden leise sein.« Maliano starrte Inness unverschämt an. »Ruf mich, wenn es Probleme gibt, ja?«
»Mach ich, Jim, danke.«
Er drehte sich um und sah sie an. »Ruchill brennt«, sagte er ganz munter, als führe er ein gewöhnliches Gespräch mit seiner Nachbarin.
Maureen und Inness sahen den Flur entlang. Durch das

Küchenfenster erblickten sie die Feuersäule am Horizont, und Inness fluchte ehrfürchtig.

»Ihr Tagediebe«, sagte Maliano und sah Inness vorwurfsvoll an. »Sie sollten draußen solche Sachen verhindern, statt die Frau zu belästigen. Ich habe eine lückenlose Aufstellung von allen Besuchen hier«, er zeigte auf seinen Spion und dann auf Inness, »nehmen Sie sich also in Acht.« Dann verließ Jim der Mut, er wurde rot und huschte nach einem letzten warnenden Blick über den Treppenabsatz zu seiner eigenen Tür zurück und machte sie zu. Maureen wusste, er würde drinnen stehen und herausspähen. Sie schloss ihre Wohnungstür und rannte ins Wohnzimmer, sammelte alle Briefe von Angus ein und hielt sie an die Brust gedrückt.

»Das sind meine Sachen«, sagte sie.

»Wir haben Sie danach gefragt«, sagte Inness streng, »und wir beschlagnahmen sie, Sie können sie ruhig hinlegen. Sie gehören Ihnen nicht einmal mehr.«

»Was gibt Ihnen das Recht, in meine Wohnung einzubrechen?«

Der Dicke im dunklen Anzug trat an sie heran. »Miss O'Donnell«, sagte er, »wo sind Sie gewesen, seitdem der Bus angekommen ist? Wir dachten, Sie lägen tot hinter dieser Tür hier.«

»Ich bin nicht verpflichtet, verdammt noch mal, Ihnen irgendetwas zu sagen«, antwortete sie.

»Was ist mit Ihrem Hals passiert?«, fragte die kleine blonde Frau und starrte sie an.

Inness trat näher, und Maureen sah an der Röte um seine Augen, wie wütend er war. »Wir geben diese Briefe an den Staatsanwalt weiter.« Er versuchte ihr zu drohen, aber in den vergangenen Tagen war sie von Parlain in die Falle gelockt, von Toner fast erwürgt worden und hatte trotz aller widrigen Umstände sicher nach Hause gefunden. Wenn

Inness mit seinem Schnurrbart sie scharf ansah, konnte er sie damit kaum schrecken.

»Verschwinden Sie«, sagte sie, sehr gern hätte sie geschrien, aber ihre Stimme klang gepresst und schwach.

Der Dicke schaute auf den Bluterguss an ihrer Kehle. »Was ist denn mit Ihrem Hals passiert?«, fragte er.

»Gehen Sie«, sagte Maureen.

Er berührte sie leicht am Arm. »Miss O'Donnell? Ich bin Arthur Williams von der Met.« Sein Gesicht war gütig und besorgt. »Ich habe gehört, dass Sie Informationen zum Mord an Ann Harris haben.«

Maureen faltete die Briefe zusammen und steckte sie in ihre Kuverts, sie war ganz benommen, so sehr wünschte sie sich allein und daheim und in Sicherheit zu sein. Sie zerriss aus Versehen ein Kuvert, als sie einen Brief hineinschieben wollte, und das machte das Maß voll. »Scheiße«, schrie sie, und von dieser Anstrengung schmerzte und stach ihr Hals noch mehr. Sie ließ alle Briefe fallen und stieß sie mit dem Fuß weg. »Scheiße.«

Inness starrte sie an. »Was ist mit Ihrem Hals passiert?«, sagte er.

Der stämmige Mann trat vor. »Wir müssen wirklich mit Ihnen sprechen, Miss O'Donnell.«

44
Rosenhan

Williams bestand darauf, dass Maureen einen Tee trank, um sich aufzuwärmen, und Bunyan bereitete eine Tasse und brachte ihn von der Küche herein. Sie hatte kein kaltes Wasser dazugegeben, und Maureen verbrannte sich die Zunge, aber die Wärme milderte den Schmerz in ihrer Kehle etwas, und so trank sie trotzdem weiter.

Bunyan zündete sich eine Zigarette an und schob ihr die Packung über den Couchtisch. Maureen konnte dieser Geste unaufrichtiger Kameradschaftlichkeit nicht widerstehen. Sie nahm die Packung und zog eine Zigarette heraus. Jetzt, da sie zu Hause war, hätte sie endlos weinen können. Arthur Williams saß ruhig da und lächelte pflichtschuldig, wann immer sie ihn ansah.

»Haben Sie Leslie und Jimmy angeklagt?«

»Noch nicht«, sagte Williams leise. »Wir werden es vielleicht noch tun, wir müssen jetzt sehen, wie sich das hier entwickelt.«

»Waren Sie in Tom Parlains Wohnung?«, fragte Maureen.

»Ja«, sagte er. »Wir verhören Parlain und Elizabeth Woolly.«

»Sie haben Elizabeth gefunden?«

»Sie war bei Parlain, als wir hinkamen. Sie sind beide wegen einer anderen Sache verhaftet worden, wir haben also genug Zeit für das Verhör.«

»Was für eine andere Sache?«

»Drogenbesitz.«

Williams beobachtete Maureen, die deprimiert auf den Tisch starrte und an ihrer Zigarette zog. Ihr Hals war rot und schwarz, er wäre nicht überrascht, wenn etwas gebrochen wäre. Sie war dünn und verdreckt, und nach den Briefen in ihrer Wohnung zu schließen war ihr Leben kein Zuckerschlecken. Er beugte sich über den Tisch, sah sie an und klopfte mit den Fingern auf die Tischplatte. »Warum erzählen Sie uns nicht einfach, was passiert ist?«

Also saß Maureen da, rauchte Bunyans Zigaretten und erzählte ihnen die Geschichte von Anns großer Tasche, von den Schulden bei den Kredithaien und dem Überfall in der Raststätte, von dem Brief aus der nicht existierenden Anwaltskanzlei und von Tam Parlains feuchter Couch. Sie ließ die Widersprüche in Moes Bericht und das Kindergeld aus, ließ auch Mark Doyle aus, weil sie noch nicht wusste, was sie von ihm halten sollte. Sie kam zum Ende, zu Maxine und Hutton und der Tankstelle. Sie hatte gerade von ihrem Anruf bei Hugh, New Scotland Yard und 999 berichtet, als Williams sie unterbrach. »Was war mit dem Polaroid?«

»Es war ein Bild von Toner und Anns Sohn. Er hatte es ihr geschickt, um sie aus dem Frauenhaus zu locken.«

»Aber Sie haben es nicht?«

Maureen schüttelte den Kopf und griff in ihre Tasche. »Aber ich hab hier doch etwas.« Sie zog die Fotokopie des Polaroids heraus, die sie in Brixton im Copyshop gemacht hatte. Als Williams sie auseinanderfaltete, lehnte sich Bunyan hinüber, und beide sahen sich Toner an, an der Hand den kleinen Jungen.

»Reizender Bursche, was?«, sagte Bunyan und sprach ganz leise. »Haben Sie Angst gehabt?«

Maureen ließ den Kopf sinken und zog an ihrer Zigarette.

»Diese Leute«, sagte Bunyan und nickte leicht, »jagen einem schon große Angst ein.«

Maureen merkte, dass sie wie zu einem Kind mit ihr sprach, als könne sie ihr mit einem Glas Orangensaft und einem

Schokoladenkeks helfen. Aber gerade diese Gewissheit brauchte Maureen jetzt, sie reagierte darauf und nickte.
»Ja, ich hatte Angst.«
»Das wundert mich nicht«, sagte Bunyan und lehnte sich zurück. »Ich hab auch Angst, wenn ich mit diesen Leuten rede.«
Maureen sah sie an. »Sind Sie die ganze Strecke hier raufgekommen, um mich zu sehen?« Ihre Stimme war hoch und nervös.
»Ja.«
»Woher wussten Sie, dass ich hier sein würde?«
»Wir wussten es nicht.«
»Woher wussten Sie, dass ich die Anruferin war?«
Bunyan tippte sich scherzhaft an die Nase. »Der Spürsinn der Polizei«, sagte sie und lächelte tröstlich.
Maureen erwiderte das Lächeln. »Danke«, sagte sie.
Williams lehnte sich zurück. »Es ist trotzdem möglich, dass Jimmy Harris es getan hat, wissen Sie.«
»Ich weiß.«
»Er war in London.«
»Ich weiß«, sie sah Bunyan an, »aber Sie haben ja mit Jimmy gesprochen, Sie wissen, wie passiv er ist. Ich bin sicher, dass es Tam war. Warum würde er sonst eine Ledercouch abwaschen?«
Williams nickte und schaute zu Boden. »Aber das sind keine Beweise. Wir können keine Verurteilung erreichen auf der Grundlage, dass er seine Ledercouch misshandelt hat, oder?« Williams lächelte wieder traurig, und Maureen dachte, dass seine Masche der nette, behäbige, harmlose Mann war; bestimmt schickten sie ihn immer, wenn verrückte Vögel verhört werden mussten.
»Wir werden Sie nach Carlisle mitnehmen müssen, um eine ordnungsgemäße Befragung durchzuführen«, sagte er.

»Warum nach Carlisle?«

Williams seufzte und sah sehr müde aus. »Das ist eine lange Geschichte«, sagte er.

Ein leises Klopfen an der Tür kündigte Inness' demütige Rückkehr an. Hinter ihm stand Hugh McAskill. Mit seinem golden glänzenden Haar machte er einen Einschnitt in den grauen Morgen, als er ins Wohnzimmer blickte und Maureen in die Augen sah. Ganz kurz sah er sehr traurig aus, dann senkte er den Blick. Mit ausdruckslosem Gesicht schaute er dann wieder auf.

»Ist das der Polizist, den Sie anzurufen versuchten?«, fragte Williams.

»Ja«, sagte Maureen.

Hugh stand unter der Wohnzimmertür, nickte ernst und schaute zu Boden. Williams und Bunyan begriffen, standen auf und gingen in die Küche, um mit Inness zu warten. Hugh sah ihnen nach, bis sie weg waren, und wandte sich ihr dann zu. Seine leuchtend blauen Augen wurden plötzlich lebendig. »Wie geht's dir?«

»Gut«, sagte Maureen und hatte das Gefühl, ein schwieriger Fall zu sein. »Es ist schön, wieder daheim zu sein.«

»Sie haben den Anruf von London aufgenommen«, sagte Hugh. »Sie waren in Tam Parlains Wohnung und haben Blutspuren und Haare unter seiner Couch gefunden. Zumindest oberflächlich stimmen sie mit den Haaren des Opfers überein.«

»Werden sie Jimmy gehen lassen?«

»Er ist schon draußen«, sagte Hugh. »Sie hatten ihn noch nicht angeklagt.«

»Echt? Was ist mit Leslie?«

»Sie ist auch frei. Diese Elizabeth ist ganz außer sich. Sie sagt ihnen alles, wenn sie ihr eine Methadon-Therapie versprechen.«

»Ja«, sagte Maureen. »Sie hat mir alles für fünfhundert Pfund gesagt.«
»Schrecklich.« Hugh nickte, sah auf seine Füße und hob dann den Blick. »Farrell hat dir die ganze Zeit geschrieben?«
»Ja.«
Er seufzte. »Maureen«, sagte er, »ich kann nicht glauben, dass du mir nichts davon gesagt hast.«
»Es ist doch dein Job, Hugh, du wärst verpflichtet gewesen, es Joe zu sagen.« Sie sahen einander an, und Hugh nickte still. »Angus tut nur so, als sei er gestört«, sagte Maureen. »Er will euch reinlegen. Ich habe zuerst nicht verstanden, warum er mir schreibt, aber dann ist es mir klar geworden. Es war zu einfach, die Briefe hierher zu verfolgen. Er versorgt Joe tröpfchenweise mit immer neuen Hinweisen zu seinem Zustand. Er weiß, dass Joe es desto eher glauben wird, je mehr er sich anstrengen muss, um es zu verstehen.«
»Ich weiß nicht …«
»Was werdet ihr mit den Briefen machen?«
»Wir werden sie jetzt dem Staatsanwalt geben müssen. Wir haben keine andere Wahl – sie sind Beweismaterial zu seinem Geisteszustand.«
»Er wird rauskommen, Hugh«, sagte sie. »Er ist ein Scheißpsychologe, er weiß genau, was man tun muss, um rauszukommen.«
»Ich weiß. Es ist ’ne knifflige Sache.« Er wandte sich ihr zu und sah ihren Hals an. »Lass mal sehen.« Sie streckte das Kinn so hoch sie konnte. »Du solltest dich röntgen lassen«, sagte Hugh. »Ich bring dich ins Albert-Krankenhaus, wenn du willst.«
»Nee«, sagte sie. »Ich geh später. Willst du einen Tee?«
Hugh blinzelte und lächelte. »Ich hätte sehr gern einen Tee.« Er folgte ihr in die enge Küche. Bunyan saß am Tisch, und Williams stand in der Ecke und lächelte über eine Geschichte,

die Inness ihm leise erzählte. Als die Tür aufging und sie sahen, dass es Maureen war, hörten sie auf zu reden und wurden verlegen.

»Na hallo«, sagte Williams freundlich.

»Entschuldigung«, sagte Maureen, »ich wollte einen Tee machen.«

Williams trat von einem Fuß auf den anderen und sah Inness von der Seite an. »Ich höre«, sagte er, »dass Sie eine Weile in einer psychiatrischen Anstalt waren.« Er schaute sie unschuldig an, aber diese Frage war nie unschuldig.

»Na und?«

Williams zuckte die Schultern. »Es ist nur, wissen Sie, interessant.«

Maureen zündete sich noch eine Zigarette an, und ihr Herz hob sich unter einer weiteren Ladung Giftstoffe. Hugh war jetzt hier, und sie brauchte die Kameradschaft dieses drängenden Mannes nicht mehr. »Nein«, sagte sie und schaltete den Wasserkocher an, »Sie irren sich. Es war nicht interessant.«

»Als Sie dort waren ...«

»Ich beantworte keine Fragen über mich selbst. Ich beantworte Fragen zu Ann Harris und London, nicht über mich.«

Williams zeigte auf Inness. »Mein Kollege hier hat mir gesagt, dass Ihr Bruder früher Dealer war? Hatte er irgendetwas mit Frank Toner zu tun?«

»Nein, absolut nicht.«

»Es ist aber doch interessant, oder? Dass Tam Parlain mit einer Wohnung voller Drogen erwischt wird und Ihr Bruder Drogendealer war. Sind Sie deshalb nach London gefahren?«

Wenn sie nicht in Ruchill gewesen wäre, hätte sie es selbst für merkwürdig gehalten. Sie hätte darüber nachgegrübelt,

aber jetzt war sie sich ganz sicher. Das Wasser kochte und lief über, bevor sich der Kocher ausschaltete.
»Das ist eine wunderbare Aussicht«, seufzte Bunyan. Die Männer sahen sie an. Sie saß da, ihre Hände ruhten auf dem Tisch, zwischen den Fingern hielt sie senkrecht eine brennende Zigarette. Sie lächelte sanft vor sich hin und sah über die schroffe Nordseite der Stadt hinaus auf den brennenden Fieberturm. »Wunderbar«, flüsterte sie.
»Wir werden die Briefe behalten«, sagte Inness und machte einen Schritt nach vorn, um seine Autorität zu unterstreichen.
Maureen wandte sich ihm zu. »Wissen Sie was«, sagte sie, »sehen Sie diese Briefe? Er wollte, dass ich sie Ihnen gebe. Er will, dass Sie denken, er sei gestört, damit er eine kürzere Strafe unter gelockerten Bedingungen bekommt.«
»Wirklich?« Inness warf Williams einen stillen, höhnischen Seitenblick zu. »Sind Sie jetzt plötzlich Ärztin, oder was?«
Sie hasste ihn, verdammt noch mal. »Haben Sie jemals von der Rosenhan-Studie von 1971 gehört?« Sie wartete, damit er es zugeben musste.
»Nein«, sagte er endlich.
»Leute gingen in psychiatrische Anstalten und sagten, sie hätten Stimmen gehört. Sie benahmen sich sonst völlig normal, sie behaupteten nur diese Dinge. Sie logen, mit ihnen war alles in Ordnung.«
»Warum haben sie es dann getan?«
»Für die Studie«, sagte Maureen und zwang sich zur Geduld. »Sie wurden alle als schizophren diagnostiziert, und alles, was sie danach taten, wurde mit ihrer Krankheit erklärt, egal, ob sie Notizen für die Studie machten, Leute beobachteten oder nach ihrem Fall fragten. Manche wurden tagelang, manche wochenlang festgehalten. Nur die

anderen Patienten wussten, das ihnen nichts fehlte. Meine Störung ist zum Beispiel auch offiziell festgestellt worden.« Sie sah Williams an. Er biss sich auf die Lippe und hörte ihr zu. »Und Angus Farrell fehlt gar nichts, verdammt noch mal.«
Williams hob die Augenbrauen und lächelte Inness zu. »Clevere junge Dame«, sagte er.
Inness erwiderte sein Lächeln nicht.

Sie gingen. Inness machte großes Aufhebens darum, ihr für die Hilfe zu danken, aber er mochte sie nicht und sie ihn auch nicht, und es wurde für beide immer schwerer, es zu verbergen.
»Auf Wiedersehen«, sagte Inness. »Ich bin sicher, wir werden uns bald wiedersehen.« Er warf ihr einen angewiderten Blick zu, drehte sich zur Treppe um und ging, bevor er etwas sagte, das er bereut hätte.
Williams war leicht belustigt. »Sie sind ja nicht gerade gut angeschrieben bei ihm, wie?«
»Wir passen einfach nicht zusammen«, sagte sie.
»Bei mir sind Sie gut angeschrieben«, sagte er. »Sie haben doch nicht vor, die Stadt in nächster Zeit zu verlassen?«
»Nein«, lächelte sie, »für lange Zeit nicht.«
»Wir kommen morgen wieder, um Sie nach Carlisle zu bringen. Gegen zwölf, geht das in Ordnung?«
»Ja.«
»Lassen Sie sich röntgen«, sagte Williams beim Weggehen und zeigte auf seinen Hals. »'ne Menge kleine Knochen da drin.«
»Ja«, sagte sie und berührte leicht ihre Kehle, »es wird schon wieder.«
»Okay«, sagte Hugh. Sein Atem roch nach bitterem Tee. »Wir sehen uns.«

»Mach's gut, Hugh«, sagte sie und versuchte zu ihm hochzusehen, ohne ihren Hals zurückzulegen.
»Lass es röntgen.«
»Mach ich, Hugh.«
Sie sah zu, wie sie alle zusammen die Treppe hinuntergingen. Die kleine blonde Frau aus England blieb ein Stück hinter den anderen zurück und sah zu ihr hinauf, bevor sie unterhalb des Treppenabsatzes verschwand. Sie lächelte, hob die Hand und klappte die Finger herunter, als winke sie einem Kind.

Maureen wählte die Handynummer.
»Oh, Mauri, Scheiße, Scheiße, ich hab noch nie im Leben solche Angst gehabt.« Leslie hielt inne, und Maureen hörte sie einen tiefen Zug an ihrer Zigarette nehmen.
»Haben sie dich gehen lassen?«
»Sie haben mich rausgelassen und Jimmy auch, dem Teufel sei Dank. Aber sie haben es bei der Arbeit erzählt. Ich werde gefeuert, ist mir aber egal. Da mach ich mir einen Scheiß draus.« Cammy rief ungeduldig aus dem Hintergrund nach Leslie. Leslie seufzte in den Hörer, drehte sich um und sagte: »Ich bin am Scheißtelefon. Lass das, okay?«
»Also«, sagte Maureen, »sie haben Blut und Haare bei jemand in der Wohnung gefunden, und ich glaube, sie werden die Beschuldigungen gegen dich fallen lassen.«
»Sie hätten es nie geschafft, mit der Anklage durchzukommen. Es war sowieso lächerlich«, sagte Leslie, merkte aber, wie großspurig sie klang. »Von wilden Rothäuten umzingelt, aber ich fürchtete mich nicht, oh nein. Lass uns zusammen eine Firma gründen, jetzt wo wir beide freie Ermittler sind.«
Maureen kicherte, sie war froh, dass die wahre Leslie sich zurückmeldete.

»Eine Firma? Und was sollen wir da machen?«

»Schlawiner jagen«, sagte Leslie. »Ich bin dann dein Chauffeur.«

»Das ist ja verrückt. Und dabei war ich noch nie in Wien.«

»Maureen«, sagte Leslie ernst, »solche Kalauer sind krebserregend.«

45
Equal

Im Café Equal war Mittagsbetrieb. Hungrige Büroangestellte und Studenten der Kunstakademie saßen eng aneinandergedrängt an den schwarz-gold gesprenkelten Resopaltischen, aßen ihre Brötchen und tranken ihren Tee aus milchig trüben Gläsern. Maureen und Liam fanden einen kleinen freien Tisch im hinteren Teil. Er stand unter einer mit billigem Kiefernholz verkleideten Dachschräge, die so niedrig war, dass Maureens Platz eigentlich nur für einen Liliputaner mit Buckel getaugt hätte. Frühere Gäste des Cafés hatten ihre Namen in die weiche Holzdecke geritzt. Die Bedienung im mittleren Alter kam deutlich hinkend an ihren Tisch, ein Leiden, das sich dramatisch verschlimmerte, wenn etwas zurückgeschickt oder etwas Kompliziertes bestellt wurde. Sie schien auch unter einer Art Fußpilz zu leiden, denn an einem ihrer Schuhe war die Kappe abgeschnitten.

»Hallo«, nickte Liam.

»Was wollt ihr?«

»Zweimal großes Frühstück«, sagte er. »Ich nehme Tee dazu. Und du, Mauri?«

Maureen war müde und hätte gern Kaffee getrunken, vermutete aber, wieder aufgebrühten Kaffeesatz zu bekommen.

»Auch Tee.«

Die Bedienung schlurfte zum Nachbartisch, um die Bestellung eines einsamen Geschäftsmanns entgegenzunehmen.

»Tut mir leid, die Sache mit Martha«, sagte Liam, beobachtete beiläufig die Kellnerin und nickte, als könne eine Entschuldigung die ganze Episode befriedigend zu Ende bringen.

Maureen setzte sich empört auf ihrem Stuhl zurück, stieß mit ihrer Beule von Toner am Hinterkopf gegen die Decke und rutschte wieder nach vorn. »Liam, was machst du denn jetzt mit Lynn?«

»Sie braucht es nicht zu wissen«, sagte er schnell. »Was ist dir in London passiert?«

»Hör zu, du kannst sie doch nicht drängen, zu dir zurückzukommen, und dann solche Hämmer bringen. So kannst du nicht mit ihr umgehen. Lynn ist zu gut für dich, sie war es schon immer.«

Liam wandte sich ihr aufgebracht zu. »Was erwartest du eigentlich von mir?«, sagte er und war dafür, dass er der Missetäter war, unverhältnismäßig gereizt.

»Hm, na ja«, sagte sie sarkastisch, »wie wär's zum Beispiel damit, nicht mit anderen Frauen zu schlafen?«

»Also – ich hätte es ja gar nicht getan, wenn du nicht gewesen wärst. Ich bin nur nach London gekommen, um dich zu holen. Und *du* wolltest ja die Nacht dort bleiben.«

Der Geschäftsmann rutschte verlegen hin und her, tat so, als höre er nicht zu, kostete aber jedes Wort aus.

»He«, sagte sie, »du kannst es nicht auf mich schieben, schließlich hast du deinen verdammten Pimmel selbst ausgepackt.«

»Ach, rutsch mir doch den Buckel runter.«

Der Geschäftsmann schaute auf und lächelte milde die Wand an.

»Es ist so unvernünftig«, sagte Maureen. »Jedenfalls, ich hab mich die ganze Woche mit allen möglichen Leuten rumgeschlagen, ich sage nichts mehr dazu. Aber es war nicht meine Schuld.«

»Reden wir nicht mehr drüber«, sagte Liam, fügte jedoch

schnell hinzu: »Aber meine Schuld war es auch nicht. Was ist mit deinem Hals passiert?«

Die Bedienung kam mit zwei Tassen und zwei ovalen Tellern zu ihnen herüber. Sie setzte die Tassen ab, stellte jedem einen Teller hin und war weg, noch bevor die halbflüssigen Eidotter zu zittern aufgehört hatten. Speck, Eier, Würstchen und Blutwurst waren perfekt zubereitet und von dicken, im heißen Öl glänzenden Kartoffelpuffern an beiden Seiten des Tellers wie von Anführungsstrichen eingerahmt. Liam schnappte sich den Tee. Aus unerfindlichen Gründen hatte Maureen ein Glas heiße Zitrone bekommen, aber sie schmeckte ihr.

»Erzähl mir das mit deinem Hals«, sagte Liam und aß eine Scheibe Wurst, von der Eigelb heruntertropfte.

»London war ganz schön heftig, weißt du.« Sie nickte. »Richtig schlimm. Es gibt furchtbare Menschen auf der Welt.«

»Ich weiß, Liebes.«

Maureen dachte an Elizabeth. »Und auch Menschen, die schlimm dran sind«, sagte sie.

»Ja«, sagte Liam. »Ach Gott, ich habe auf jeden Fall lieber mit den üblen Typen zu tun, die nur versuchen, dich reinzulegen. Bei denen, die selbst schlimm dran sind, wird dir zuerst ganz elend, und dann versuchen auch sie, dich reinzulegen. Hast du herausgefunden, wer sie umgebracht hat?«

»Tam Parlain. Sie wurde überfallen, und eine große Tasche mit Drogen wurde ihr geklaut, mit der sie für Toner unterwegs war. Tam hat Maxine erzählt, dass sie Kurier war, und die muss es an Hutton weitergegeben haben. Ich glaube, er ist runtergefahren und hat sie ausgeraubt. Dabei hat er sie höllisch zusammengeschlagen.«

»Ja«, sagte Liam. »Das passt zu ihm. Er war ein richtig kranker Typ.«

»Jedenfalls«, sagte Maureen ein bisschen gereizt wegen der Unterbrechung, »hat Toner es sich an fünf Fingern abzählen können, und er hat ausgestreut, dass er mit Ann reden wolle. Tam hat sie umgelegt, damit Toner nichts herausfindet.«

»Er hat sie also umgebracht?«

»Ja, vor mehreren Leuten.« Sie zerdrückte Blutwurstkrümel auf einer viereckigen Wurstscheibe und strich Eigelb dünn darüber.

Liam sah sie an und versuchte ernst zu bleiben. »Er hat sie vor mehreren Personen umgebracht?«, fragte er.

»Ja. Er hat sie alle dazu gebracht, ihm dabei zu helfen.«

»Aha«, grinste er, »Tam Parlain hat eine Frau vor einer ganzen Menge Leute umgebracht, weil ... was? Er wollte eine andere Straftat kaschieren?«

Maureen hörte auf zu essen und sah auf ihren Teller.

»Na ja«, sagte Liam skeptisch, »vielleicht ist es ja so abenteuerlich, dass es stimmt.«

»Alle waren Junkies«, sagte Maureen, von seinem herablassenden Ton irritiert. »Ich habe nie wirklich gewusst, wie es in ihrer Welt zugeht. Wie konntest du, Liam, wo du doch gewusst hast, wie es zugeht?«

Liam hielt inne und starrte sie an, reagierte instinktiv gereizt und beleidigt. Früher hatte er immer so ausgesehen. »Ich weiß nicht«, sagte er und biss die Zähne zusammen. »Für die meisten Kunden ist es nicht so. Viele nehmen die Sachen nur zum Spaß, wenn sie mit anderen zusammen sind. Es fängt damit an, dass man einem Freund einen Gefallen tut, und dann tut man mehreren Freunden einen Gefallen und dann Freunden von Freunden. Bevor man weiß, was eigentlich läuft, ist man der große Dämon und muss sich vor der Polizei ausziehen, und man wird für jeden verantwortlich gemacht, der Drogen nimmt oder an einer Überdosis stirbt. Du

gibst doch auch nicht den Weinhändlern die Schuld daran, dass Winnie trinkt, oder?«
Er richtete sich auf und sah sie an. Liam war ihr gegenüber immer nett gewesen, und Maureen hatte kein Recht, ihm seine Vergangenheit vorzuwerfen. »Es tut mir leid« sagte sie. »Ich habe mich geärgert. Und ich bin total erschöpft.«
Aber Liam fuhr fort: »Jetzt bin ich froh, dass ich nicht mehr so lebe. Es gefällt mir, den Müll rauszustellen wie alle anderen Leute auch und mir keine Sorgen machen zu müssen, wenn jemand an der Tür klingelt. Ich war gut, und schließlich haben sie selbst die Entscheidung getroffen, das Zeug zu nehmen, und wenn sie es nicht von mir gekauft hätten, hätten sie es bei einem anderen geholt. Aber ich habe ein Haus rausgeschlagen, ich studiere und kann spontan nach London fliegen und dich suchen; es wäre eine Lüge, wenn ich behaupten wollte, ich bereute es. Ich hab was Falsches getan, aber es tut mir nicht leid.«
Der Geschäftsmann rief die Bedienung und fragte, wo seine heiße Zitrone sei. Maureen legte die Hände um ihr Glas, weil sie fürchtete, dass sie es ihr wegnehmen würde. »Ich hätte dich nicht danach fragen sollen«, flüsterte sie. »Es ist vorbei, und ich hätte nicht fragen sollen.«
Die Kellnerin behauptete, sie hätte die heiße Zitrone schon gebracht, und warf dem Geschäftsmann vor, sie sei ihm irgendwie abhanden gekommen. Er fragte, wie er ein Glas verloren haben sollte, wo er doch die ganze Zeit an dem kleinen Tisch gesessen hätte? Die Bedienung schnalzte missbilligend mit der Zunge, murmelte ein mildes Schimpfwort und humpelte davon.
»Weißt du, was du gesagt hast über Alkoholismus, dass es erblich ist?«, flüsterte Liam und lehnte sich über den Tisch. Maureen nickte. Er zeigte auf ihre heiße Zitrone. »Es gibt auch ein Gen für kriminelle Neigungen.«

Maureen lachte, verschluckte sich und trank das Glas aus, um den Schmerz in ihrer Kehle zu lindern. Sie versteckte das Glas hinter einer Plastikspeisekarte, die auf dem Tisch stand.

»Weißt du, was ich erstaunlich finde?«, sagte Liam und tunkte ein Stück Kartoffelpuffer in das Eigelb.

»Was findest du erstaunlich?«, fragte Maureen.

»Die Tatsache«, er zeigte mit der Gabel auf sie, »dass du zwei Menschen kennst, die in den letzten sechs Monaten ermordet worden sind.«

»Verrückt, oder?«, sagte sie.

»Also wirklich, das ist unglaublich«, sagte Liam »Es ist sogar mehr als unglaublich. Es ist statistisch nicht plausibel.«

Maureen sah ihn an, sie dachte an Elizabeth, die gesagt hatte, Toner habe mit Ann sprechen wollen, an Anns Kniekehlen mit den Schnittwunden und an Moe, die sich so perfekt an Leslies Namen und Büroadresse erinnert und ihre Schwester, die Trinkerin, nach einem Tag Abwesenheit als vermisst gemeldet hatte. »Miststück«, sagte sie.

»Wer?«

»Die verdammte Lügnerin, das Miststück.«

Liam sah sich um. »Von wem redest du?«

»Iss fertig, los«, sagte sie plötzlich und griff nach seinem Teller.

»Warum?«, sagte er und zog ihn ihr weg.

»Du musst mich zum Flughafen fahren.«

46
Doppelt angeschmiert

Das Flugzeug hob von der Rollbahn ab, und Maureen wurde auf ihrem Sitz nach hinten gedrückt. Ein aufgeregter kleiner Junge vor ihr geriet ganz außer sich, löste seinen Sicherheitsgurt und stellte sich mit einem spitzen, fröhlichen Schrei auf seinen Sitz. Seine nervöse Mutter packte ihn am Bein und setzte ihn wieder hin. Sie nickte der Stewardess bedauernd zu, die durch den Mittelgang auf ihn zuschwankte, um seine Freude am Fliegen zu ersticken.

Innerhalb von Minuten blinzelten sie in die Sonne und sahen auf eine weiße Schneelandschaft hinunter. Der Flug dauerte eine Stunde und zehn Minuten, erschien aber kürzer. Die Flugbegleiter kamen und teilten Getränke und Brezeln aus, danach ein kleines unspektakuläres Essen und schließlich Tee oder Kaffee. Bis die Fluggäste aufgehört hatten, sich zu beklagen, ihre Nachbarn hätten etwas bekommen, was sie nicht hatten, ging es schon wieder abwärts. Nach einer schnellen, holprigen Landung kam die Maschine zum Stillstand. Die Passagiere standen auf, drängten sich im Mittelgang oder drückten die schmerzenden Knie an die Vordersitze und warteten darauf, hinausgelassen zu werden. Draußen vor dem Fenster regnete es leicht.

Als sie auf den robusten Teppich im Flughafen Heathrow trat, fiel Maureen ein, dass die Frau vom Informationsschalter vielleicht irgendwo darauf wartete, ihr zu sagen: »Und Sie mich auch.« Sie hielt den Kopf gesenkt und ging schnell zur Expressbahn. Auf dem futuristischen, silbern glänzenden Bahnsteig war es diesmal ruhiger, und die Bahn wartete schon. Sie stieg ein, setzte sich und schloss die brennenden Augen. Sie sah den Turm des Fieberhospitals in Ruchill vor sich, der Funken über Inness' Schulter spie, lächelte die ganze Fahrt über, und ihr war genauso zumute wie Kilty im Anwaltsbüro.

Die Bahn fuhr im Bahnhof von Paddington ein, und die Geräusche und Gerüche der Großstadt holten sie in die Wirklichkeit zurück. Als sie zur U-Bahn-Station ging, befiel sie plötzlich die unheimliche Vorstellung, die Stadt habe sie zurückgelockt, und diesmal werde sie nicht mit heiler Haut davonkommen. Aber sie war nicht reingelegt worden. Sie wusste, dass sie recht hatte. Sie war ganz sicher.

Von Victoria Station aus nahm sie ein Taxi. Sie wollte in Brixton nicht gesehen werden, nicht jetzt, und außerdem gab ihr die Fahrt Gelegenheit zu überlegen, was sie sagen würde. Sie strich die Haare zurück und steckte sie fest, damit sie nicht so leicht zu erkennen war.

Dumbarton Court hallte wider von den Rufen der Kinder, die vor dem Abendessen noch draußen spielten. Eine Schar Teenager stand am Eingangstor, sie kickten lässig mit der Fußspitze auf dem Boden herum und posierten für die anderen. Zwei Jungen spielten Fußball gegen eine Wand. Maureen ging schnurstracks an ihnen vorbei und stieg die Treppe zu Moes Wohnung hinauf, immer zwei Stufen auf einmal nehmend, so dass ihr müdes Herz laut klopfte, als sie vor der Tür ankam. Sie wartete, bis sie wieder bei Atem war, und klopfte leicht, damit es sich nach einem beiläufigen Besuch anhörte. Sie wandte sich ab und schaute die Treppe hinunter, damit Moe durch den Spion nur ihren Hinterkopf sehen konnte. Die Tür knarrte und öffnete sich einen Spalt, und Moe rief heraus: »Hallo?«

Maureen drehte sich blitzschnell um und stieß ihren Fuß in

den kleinen Spalt. »Lass mich rein, Moe. Ich muss mit dir reden. Toner weiß Bescheid.«

Sie sah Moes Blick an, dass sie gern die Tür zugeschlagen und Maureens Fuß eingequetscht hätte, bis die den Schmerz nicht mehr ertrug, aber die Angst hielt sie davon ab. »Von was redest du?«, fragte Moe.

»Sie ist in Gefahr.«

Moe sah auf den Treppenabsatz hinaus. Sie ließ Maureen eintreten, schloss die Tür und sah durch den Spion noch einmal hinaus, um sicherzugehen, dass Maureen allein gekommen war. Sie drehte sich um, schürzte die Lippen und stemmte die Hände in die Hüften. »Was ist los? Ich dachte, du wärst auf Jimmys Seite?«

»Du gemeine Lügnerin«, sagte Maureen. »Er wäre für den verdammten Rest seines Lebens ins Gefängnis gekommen und die Kinder in Pflege. Ist dir das etwa scheißegal?«

Moes Augen waren feucht und glasig.

»Ach, komm mir bloß nicht wieder mit Tränen. Du hast die Wahl gehabt!«, schrie Maureen so laut ihre beschädigte Stimme es zuließ und sah Moe zur Decke blicken. Ein netter Nachbar würde es vielleicht hören und der armen Mrs. Akitza zu Hilfe eilen. »Du hast verdammt noch mal die Wahl gehabt«, wiederholte sie leiser.

Moe wich zurück und musterte Maureen. »Was zum Henker hat das mit dir zu tun?«, sagte sie.

»Wo ist sie?«

Moe verschränkte die Arme. »Ich weiß nicht, wovon du redest.«

»Im Südwesten?«

Moe zuckte zusammen.

»Verdammt noch mal«, sagte Maureen, »das liegt doch nahe, dass sie dorthin geht – weg aus London und Glasgow – da unten tut sich was. Im Südwesten ist alles voller Dealer.«

»Wo sonst noch?«
»Woanders, überall.«
Es war dunkel im Flur, das Licht aus dem Wohnzimmer machte kaum einen Unterschied.
»Sie werden die Kinder umbringen, wenn du es erzählst«, sagte Moe und musterte Maureen.
»Wessen Idee ist es gewesen?«
Moe schob den Fuß hin und her und sah auf den großen Farbkringel im Teppich hinunter. Sie durchdachte die ganze Sache und versuchte abzuschätzen, wieviel sie verraten würde, wenn sie es ihr sagte. Maureen sah sie an, fuhr mit der Zunge über den Schnitt in ihrer Wange und spürte den schartigen Rand. »Es war deine Idee, oder?«, sagte sie. »Und Tam war bereit mitzumachen. Hast du ihn bezahlt, oder schläfst du mit ihm?«
Moe schaute verschämt. »Ich bin doch verheiratet«, sagte sie.
»Du bist mit dem Unsichtbaren verheiratet«, sagte Maureen. »Mr. Akitza ist doch schon lange fort, oder?«
Moe machte eine verlegene Bewegung.
»Du hast Tam meine Piepsernummer gegeben, stimmst's? Und du hast ihm erzählt, dass ich das Polaroid hatte. Wollte er mich auch umlegen?«
»Sie ist meine kleine Schwester«, murmelte sie. »Ich konnte sie nicht wegschicken. Sie ist meine Schwester.«
»Wer war sie?«
»Das Mädchen, das gestorben ist?«
»Ja, das Junkiemädchen.«
Moe zuckte die Achseln. »Irgendjemand.«
»Und ihr habt ihre Beine, ihre Hände und Füße verbrannt, damit man die Narben nicht sah, weil alle wussten, dass Ann nur trank.«
»Ich nicht«, sagte Moe und schüttelte empört den Kopf. »Ich hab sie nicht angerührt.«

»Wer hat ihr Gesicht zerschnitten, bevor die anderen dazukamen?«
»Ich nicht«, sagte Moe.
»Du hast mit nix was zu tun, Moe, was? Sie war jemandes Tochter, verdammt noch mal. Sie muss auch Mutter gewesen sein, oder sie hätten nach der Obduktion gewusst, dass es nicht Ann war.«
Moe zischte gehässig und ging über den Flur ins Wohnzimmer. Sie hatte im Dunkeln gesessen. Die blaugraue Dämmerung hing vor den hohen Fenstern, und eine Zigarette brannte im Aschenbecher. Moe bückte sich und nahm einen Zug.
»Sie hätten die Kinder umgebracht«, sagte Moe und blinzelte ins Dunkel. »Sie hätten eins nach dem anderen umgebracht. Was hätten wir machen sollen?«
»Und die Frau, die gestorben ist? Weißt du wenigstens, wie sie hieß?«
»Was hätten wir machen sollen?«
»Eine arme Frau habt ihr umgebracht. Ihr seid verdammte Bestien.«
»Sie war sowieso dabei, sich selbst umzubringen.«
»Bestien. Hast du mal einen Augenblick nachgedacht, was das für Anns Kinder bedeutet? Sie denken, ihre Mum sei tot. Sie meinen, sie sei umgebracht und in den Fluss geworfen worden. Man hat ihnen gesagt, ihr Dad hätte es vielleicht getan, und sie werden immer darüber nachgrübeln, die Frage wird sie immer verfolgen. Hat keiner von euch daran gedacht?«
Moe biss sich auf die Lippe. »Was hätten wir tun sollen?«, flüsterte sie.
Maureen wusste es nicht. Sie wusste nicht, was sie hätten tun können. »Du hast mich angelogen«, sagte Maureen. »Du hast mich beide Male angelogen.«
Plötzlich wurde Moe wütend und schlug auf Maureens Arm.

»Und wofür hältst du dich eigentlich?«, fauchte sie. »Eine interessierte Zuschauerin? Meine Schwester sollte umgebracht werden, sie wollten ihre verdammten Kinder töten, und wie kann ich es da wagen, dich anzulügen? Du blöde Schnepfe.«
Maureen wich vor ihr zurück und lehnte sich an die Wand. Moe zitterte, als sie an ihrer Zigarette zog. »Wie geht's jetzt weiter?«, fragte sie.
»Jimmy wird wahrscheinlich freikommen«, sagte Maureen. »Du weißt ja, sie haben Tam und die anderen im Verhör. Sie werden vielleicht Ann erwähnen, vielleicht wird er reden.«
»Tam wird nichts sagen. Frank Toner würde ihn umbringen, wenn er es erfahren würde«, sagte sie und fügte hinzu: »Ich bin froh, dass Jimmy in Ordnung ist.«
»Ach, hör doch auf, er ist dir doch egal«, sagte Maureen gehässig.
»Jetzt hör mir mal zu.« Moes Augen wurden ganz schmal. »Ich mag Jimmy. Ich mag ihn mehr als meine Schwester. Vor der Hochzeit hab ich ihn beiseite genommen und zu ihm gesagt: ›Jimmy‹, hab ich gesagt, ›sie trinkt. Du musst aufpassen.‹ Das hab ich getan. So gern hab ich ihn. Ich habe ihn vor ihr gewarnt.«
»Na, das muss ja auf der Hochzeit für 'ne tolle Stimmung gesorgt haben. Wusste Ann, dass Leslie Findlay Jimmys Cousine ist?«
»Nein, sie wusste es nicht«, sagte Moe. »Sie hätte sie nicht in die Sache verwickelt, wenn sie es gewusst hätte. Sie wollte nur, dass Findlay der Polizei sagt, Ann sei dort gewesen und er hätte sie geschlagen, und sie sollte ihnen die Beweisbilder geben. Sie sagte, Leslie sei eine ausgemachte Feministin. Die würde dafür sorgen, dass sie ihn jagen würden …«
Sie standen im dunklen Wohnzimmer und konnten zu keiner Entscheidung kommen.

»Aber sie hat es nicht getan, weil er ihr Cousin war«, nickte Maureen. »Die Frau, die ihr umgebracht habt …«
»Ich nicht«, wehrte sich Moe. »Ich nicht.«
»Sie gehörte auch zu einer Familie.«
»Ja«, nickte Moe trotzig, »aber nicht zu meiner.«
Maureen steckte die Hände in die Taschen. Moe wusste es nicht. Sie wusste nicht, was er mit ihr gemacht hatte. »Du meinst, Tam hat das Mädchen für dich umgebracht, oder? Um deine Schwester zu schützen.«
Moe verschränkte die Arme und sah zu Boden.
»Moe«, sagte Maureen leise, »wusstest du, dass der Typ, der Ann zusammengeschlagen und ihre Tasche genommen hat, Neil Hutton hieß?«
Moe wurde nervös. Sie wusste, etwas kam auf sie zu, aber sie verstand nicht, was. »Nein«, sagte sie schließlich und trat von einem Fuß auf den anderen. »Ich wusste das nicht.«
»Hutton ist in den Hintern geschossen worden, weil er auf eigene Faust gedealt hat, hast du das gewusst?«
Moe blickte finster. »Nein«, sagte sie noch leiser. »Das wusste ich auch nicht.«
»Tam hat dir das nicht gesagt?«
Moe schien erschrocken.
»Also«, sagte Maureen und ging in den Flur hinaus und zur Wohnungstür, »da hat Tam etwas Wichtiges versäumt, er wusste es nämlich. Er hätte es dir wirklich sagen sollen, oder?«
Moe folgte ihr in den Flur, sie war verwirrt und wollte mehr erfahren.
»Woher, glaubst du, wusste Hutton, dass Ann an dem Abend in Knutsford an der Raststätte sein würde? Soll ich's dir sagen? Huttons Mädchen ist eine patzige Kuh, die Maxine Parlain heißt.«

Moes Gesichtsausdruck veränderte sich kaum, aber sie sah plötzlich alt und verletzlich aus.
»Maxine ist Tams jüngere Schwester.« Maureen schwieg einen Moment. »Was, meinst du, hätte Toner wohl davon gehalten? Wenn es ihm gelungen wäre, mit Ann zu sprechen, hätte er es herausgefunden, oder? Sie hätte ihm Hutton beschreiben können. Sie wusste, wie er aussah, und Toner wäre schon draufgekommen. Er hätte gewusst, dass Tam Hutton informiert hatte, wann Ann im Bus sein würde. Und er hätte gewusst, dass Tam alles geplant hatte.«
Moe war erschrocken, und die Haut um ihre Augen hatte sich gerötet; Maureen meinte fast, auf ihren Lippen Blut zu sehen. »Wenn Ann jemals in die Nähe von Jimmy oder den Kindern kommt, dann bring ich sie persönlich um. Sag ihr das. Und sag ihr, dass sie aufhören soll, die verdammten Kindergeldschecks einzulösen.« Maureen schloss das Sicherheitsschloss auf und öffnete die Tür. »Er hat dich doppelt angeschmiert, hm?«

Maureen ging Brixton Hill hinauf. Dann drehte sie sich um, ging ein paar Schritte rückwärts und sah auf die Lichter der Einkaufsstraße hinunter. Es war dunkel, und das orangefarbene Licht der Straßenlaternen ging an. Sie würde jetzt gehen, nach Hause zurückkehren, und weder die hässlichen Straßen und schmutzigen Häuser noch die Männer in den Pubs oder die hungrigen Bettler konnten sie zurückhalten.
Sie hielt ein Taxi an. »Heathrow«, sagte sie. »Können Sie bis sieben dort sein?«
»Ich kann Sie um halb sieben absetzen.«

47
Jimmy, Jimmy

Sie wusste es nicht. Sie hatte seit Tagen darüber nachgedacht. Sie hatte geglaubt, sie hätte die Entscheidung schon zu Hause getroffen. Sie hatte Jimmy sagen wollen, dass Ann lebte, weil es nicht richtig war, es ihm zu verschweigen. Aber jetzt, in dem fleckigen, verpissten Aufzug hatte sie ihre Meinung wieder geändert. Sie erinnerte sich daran, was Angus über das Blut gesagt hatte und wie dieser Bruchteil an Wissen sie monatelang verfolgt hatte. Jimmy und die Kinder waren gerade dabei, eine Art Gleichgewicht zu finden. Wenn sie es Jimmy jetzt sagte, würde er Ann vielleicht suchen, und Ann würde womöglich mit den anderen wegen Beihilfe zum Mord angeklagt. Aber wenigstens hätten die Kinder eine Mutter, immerhin ist eine Mutter im Gefängnis trotzdem eine Mutter. Sie wusste es nicht.

Alan machte auf, aber jetzt spielte er nicht mehr das hilflose Kind. Er drückte das Gesicht in den Spalt und sah zu ihr heraus. »Was willste denn?«, sagte er schließlich.

Sie wollte etwas Unfreundliches zu ihm sagen, ihn wegen seines Benehmens zurechtweisen, brachte es aber nicht übers Herz.

»Was hast du da am Hals?«, fragte er und sah ihre Halskrause an.

»Ich bin gefallen. Ist dein Vater da?«, sagte sie.

»Ja.« Aber er rührte sich nicht von der Stelle.

»Alan«, sagte sie, »Kleiner, es ist nichts Tolles, wenn man sich dumm stellt. Geh und hol deinen Daddy.«

Alans Blick glitt zur Seite, er horchte auf die Geräusche aus dem Wohnzimmer und zog die Tür fester an sein Gesicht. »Daddy hat zu tun«, sagte er leise.

»He«, rief Jimmy von innen, »ist da jemand an der Tür?«

Alan seufzte und sah einen Moment trotzig auf Maureens Füße, bevor er die Tür aufmachte und in der Wohnung verschwand. Maureen hörte ihn etwas flüstern, als die Wohnzimmertür aufging.

Jimmy saß im Sessel und zog den beiden Kleinsten ihre Schlafanzüge an. »Oh«, er lächelte, »du bist es. Hallo.«

»Hallo«, sagte sie, und sie lächelten sich an, als sei Weihnachten und es gäbe den Weihnachtsmann wirklich.

Er ließ die Sweatshirts fallen, stieg über die Zwerge, die um den Sessel herumstanden, und kam mit einem breiten Lächeln auf sie zu. Als er näher kam, merkte sie, dass er unsicher war, ob er sie umarmen, ihr einen Kuss geben sollte, oder was. Er fasste sie an den Schultern, stellte sich auf die Zehenspitzen, um über den Plastikrand der Halskrause zu reichen, und gab ihr einen unschuldigen kleinen Kuss auf die Wange. Sie trat in die Wohnung, und das Erste, was ihr auffiel, war die feuchte Wärme. »Mein Gott«, sagte sie und nahm ihre Mütze ab, »hier drin ist es aber warm.«

Jimmy zeigte auf einen Butangasofen, der mitten im Raum stand. Er war voll aufgedreht, und die Kleinen beobachteten fasziniert die Reihe niedriger orangeroter Flammen, als sei es Fernsehen. »Nicht schlecht, hm?«, sagte Jimmy lächelnd.

»Oh ja«, sagte sie. »Woher hast du den?«

Jimmy deutete zum Flur. »Mit dem Geld aus dem Türschlitz«, sagte er etwas verlegen.

»Verlangst du jetzt Eintritt hier?«, fragte sie Alan, der breit in der Küchentür stand und ein Margarinebrot aß. Sie nickte ihm zu. »Alles klar, kleiner Mann?«

Alan schien sich zu ärgern. Er stürmte an ihr vorbei in den Flur und die Treppe hinauf, und Jimmy schüttelte resigniert den Kopf. »Das kleine Arschloch« murmelte er. Dann sah er sie an. »Ich hab's ihm hundertmal gesagt, wir haben alles euch zu verdanken, dir und Isa und Leslie, und er benimmt sich trotzdem nicht.«

»Aber du hast uns nichts zu verdanken, Jimmy. Du bist doch derjenige, der die viele Arbeit macht.«

Unbemerkt hatten die Kleinen sich dem Ofen genähert. Es war offensichtlich, dass ihnen schon oft gesagt worden war, Abstand zu halten. Aus dem Augenwinkel beobachteten sie Jimmys Beine, ihre kleinen Rücken waren steif und still, so gespannt waren sie auf ihr verbotenes Abenteuer. Maureen deutete auf sie, und Jimmy fuhr herum. »Geht weg«, sagte er langsam und drohend und hob die Hand über den Kopf.

Die Kleinen rutschten schnell rückwärts, grinsten und sahen weiter den prächtigen Flammen zu, während sie sich am Sessel festhielten. Maureen sagte, Jimmy solle sie ruhig fertig anziehen, und fragte, ob er etwas dagegen hätte, wenn sie zu Alan raufging. Jimmy war etwas verlegen. »Es ist nicht aufgeräumt.«

Sie ging die schmale Treppe in den kalten Flur hinauf. Die Badezimmertür stand weit offen. Das stetige Tropfen eines Wasserhahns und der matt-süßliche Geruch von Schimmel erfüllten die Luft. An der Zimmertür klebte ein Aufkleber von Radio One, und unten war ein schmaler Streifen Licht zu sehen. Sie klopfte. Alan rief, sie könne nicht reinkommen, aber sie machte trotzdem die Tür auf und sprach durch den Schlitz, dass sie extra den weiten Weg die Treppe heraufgekommen sei, um sein Zimmer zu sehen. Er gab keine Antwort. Der Geruch nach Kinderurin und Schimmel vermischten sich auf der Schwelle. Sie machte die Tür ein bisschen weiter auf und sah hinein. Auf beiden Seiten des Zimmers standen ungemachte Etagenbetten, zwischen denen nur ein meterbreiter Streifen frei war. Dieser Gang lag voller kleiner Schuhe und Kleider, kaputter gebrauchter Spielsachen und Zipfel rauer Decken. Alan saß im Schneidersitz auf einem der unteren Betten und beobachtete die Tür wie ein zorniger Gefängnisinsasse. Sie hätte sich entscheiden sollen, bevor sie herkam. »Ist alles in Ordnung, mein Kleiner?«

»Sag nicht ›mein Kleiner‹ zu mir«, sagte er wütend, aber leise genug, dass Jimmy ihn nicht hören konnte. »Ich bin nicht dein Kleiner. Und meine Mum ist tot.«

Sie blickte ihn gelangweilt an. »Es hat sowieso nichts zu bedeuten«, sagte sie, blieb an der Tür stehen und sah auf seine Comics auf dem Bett. »Man sagt das nur so. Wie nennen dich deine Freunde?«

»Harris der Spinner«, sagte er, und seine Augen blitzten in der dunklen Ecke. Er log. Maureen hatte Kinder wie ihn in der Schule gekannt. Wahrscheinlich nannten sie ihn Stinker.

»Also«, sagte sie, »dann nenn ich dich eben ... Alan.«

Das brachte ihn fast zum Lächeln.

»Magst du Comics?«, fragte sie.

Er berührte die Hefte mit den Fingerspitzen und sagte ja, und sie blieb noch ein bisschen länger da stehen. Sie wollte sagen, dass sie früher ein trauriges, zorniges kleines Mädchen gewesen war und dass sie wusste, wie er sich fühlte, aber eigentlich wusste sie es nicht. Selbst wenn Michael Winnie verprügelte, hatten sie immer gewusst, dass sie irgendwie klarkam und für sie sorgte. »Weißt du, Isa und Leslie meinen es gut mit euch.«

»Ich will nichts von ihnen«, zischte er.

Sie sah sich im Raum um. »Wo ist denn John?«

»Er ist bei Granny Isa«, sagte er leise.

John war lieb und hübsch, er war der nette, der kleine Junge, um den sie sich gern kümmerten. John würde das nicht verstehen, bis er groß war, er würde nicht wissen, was geschehen war, aber Alan wusste Bescheid. Der zornige, unwissende Alan wusste Bescheid. Sie nickte ihm zu. »Du könntest mich mal besuchen kommen, irgendwann«, sagte sie und bemühte sich, beiläufig zu klingen. »Ich hab Kekse, und wir könnten fernsehen und Tee trinken, und dann bring ich dich wieder zurück.«

Er schlug mit der flachen Hand auf ein offenes Comicheftchen, das vor ihm lag, dabei wurde die Seite herausgerissen, und er zerknüllte sie in der Faust und warf sie auf den Boden. »Mit Mädchen spiel ich nicht.«

Er drehte sich zur Wand und steckte den Finger in ein bröseliges Loch im Gips. Es war schon ziemlich groß, als bohrte er schon eine ganze Weile darin.

»Ich hab einen großen Bruder«, sagte Maureen. »Er könnte auch kommen.«

Alan steckte den Finger in das Loch, und um es besser sehen zu können, drehte er ihr den Rücken zu. Sie wartete. Er grub tief, spreizte den Ellbogen ab, damit er besser ansetzen konnte, und stöhnte vor Anstrengung. Er war so wenig liebenswert, dass sie um ihn hätte weinen mögen: wegen all der Mannschaften beim Schulsport, die ihn nicht mitmachen lassen würden, all der Prüfungen, die er nicht bestehen würde, all der Mädchen, die ihn abweisen würden, wegen Billy Harris, der die Mädchen vom Tanzboden vertrieb, und wegen Monica Beattys Auge.

»Arbeitet dein Bruder nicht?«, fragte Alan.

»Er ist Student«, sagte sie. »Er macht Filme.«

Alan hörte auf zu bohren und fuhr auf dem Bett herum. »Macht er Cartoons?«, sagte er schnell, schon die Möglichkeit nahm ihm den Atem.

»Nein«, sagte sie und wünschte, es wäre so. »Nur Filme.«

Alan war enttäuscht und wandte sich wieder der Wand zu. Er bohrte und stöhnte weiter. »Wann?«

Es war die kürzeste Frage, die sie je gehört hatte. »Morgen?«, sagte sie.
»Okay.«
Sie schloss die Tür hinter sich, ging langsam die Treppe hinunter und fragte sich, wieviel mehr Schaden es bei Alan anrichten würde, wenn er herausfände, dass Ann noch lebte. Aber Ann würde vielleicht in ein paar Jahren zurückkommen, einfach eines Tages auftauchen, und die Rückkehr einer toten Mutter würde jedem Schaden zufügen.
Unten fand sie überall Isas Spuren. In der Küche gab es jetzt Licht, das Spülbecken war leer und glänzte, auf der sauberen Arbeitsfläche stand eine riesige Packung mit Teebeuteln. Sogar die abgeschnittenen Teppichstücke waren zu einem Viereck zusammengefügt, das so etwas wie einen Teppich darstellte, und der Holzboden war bis in die Ecken saubergeschrubbt.
Jimmy hatte die Kleinen fertig umgezogen, sie hatten gleiche, billige, aber neue Schlafanzüge an. Er hielt die Schnuller über ihren Köpfen hoch und brachte sie damit so weit, dass sie still standen, während er sie mit einem nassen Waschlappen überfiel und ihre Gesichter wusch. Maureen stand an der Tür und zündete sich eine Zigarette an, als Jimmy je eins der Babys unter den Arm nahm und sich an ihr vorbeischob.
»Kann ich eine haben, wenn ich zurückkomme?«, sagte er und zeigte auf ihre Zigarette.
»Ja.«
Jimmy holte tief Luft und ging die Treppe hinauf. Alan würde wahrscheinlich wieder herunterkommen, sobald die Kleinen im Bett waren, und Maureen würde heute Abend keine Gelegenheit haben, mit Jimmy unter vier Augen zu reden. Sie konnte es hinausschieben, es musste nicht heute Abend sein. Es konnte an jedem beliebigen Abend sein. Sie hatte eigentlich vorher mit Leslie darüber sprechen wollen, aber

Leslie war immer noch in Cammyland gefangen; außerdem war sie manchmal so ein Großmaul, dass die Entscheidung so gut wie gefallen war, wenn Maureen es ihr sagte.

»Also, dann gib mir eine.«

Jimmy stand hinter ihr, rieb sich die Hände und starrte auf ihre Zigarette.

Sie reichte ihm die Packung. »Das ging aber schnell«, sagte sie.

Er nickte, ging zum Sessel hinüber, hob das Kissen und nahm eine Schachtel Streichhölzer heraus, um die Zigarette anzuzünden. Er schaltete den Ofen ab, und Maureen blickte in den Flur hinaus. »Kommt Alan nicht?«

»Nee, er sitzt gern bei ihnen, bis sie eingeschlafen sind.« Er stieß eine Rauchwolke aus, neigte den Kopf in den Nacken und stand aufrecht da. »Manchmal ist eine Zigarette genau das, was man braucht, stimmt's?«

»Ja.« Sie schaute auf ihre Zigarette, als könne sie ihr sagen, was zu tun sei.

Jimmy setzte sich in seinen Sessel. »Was du für mich und die Zwerge getan hast«, sagte er rauchend und sah sie mit einem zugekniffenen Auge an, »dafür werd ich dir nie genug danken können. Das war mutig von dir, da runterzufahren.«

»Das war nicht mutig, Jim. Vier Kinder mit der Sozialhilfe aufziehen, das ist tapfer und mutig.«

Jimmy sah in die erlöschenden Flammen. Er nahm einen Zug und inhalierte tief. »Ich hab dich angelogen«, sagte er flüsternd, damit die Kinder es nicht hörten. »Sie fehlt mir doch. Sogar dass ihr dauernd schlecht war und sie ständig verschwand, fehlt mir. Dass sie immer Ärger hatte und mir die Schuld gab, dass sie die Kleinen geschlagen, Leute zum Trinken mit nach Hause gebracht und Blut gespuckt hat. Sie fehlt mir. Sie fehlt mir die ganze Zeit.«

»Sie ist nicht tot, Jimmy.«

Er schüttelte den Kopf und schaute zu Boden, und Maureen fragte sich, ob er sie gehört hatte.
»Sie fehlt mir«, sagte er.
»Jimmy«, sagte Maureen, »es war nicht Ann. Sie ist nicht tot.«
Jimmy schauderte und schloss die vergrämten Augen fest. »Ich vermisse alles an ihr«, flüsterte er.

48
Die weiße Märtyrerin

Siobhains Gesicht war sechs Meter hoch und starrte zornig auf sie herab. Sie stand zu nah an der Kamera, ihr Gesicht war größer als der Bildausschnitt. »Ich bin Siobhain McCloud vom Clan der McClouds.« Ein verlegenes leises Lachen lief durch die Reihen der Zuschauer, womit die Unsicheren ihre Nachbarn wissen ließen, sie hätten die Anspielung auf den *Highlander* verstanden.

Siobhain trat von der Kamera zurück. Sie stand in ihrem beigefarbenen Wohnzimmer, und überall um sie herum auf dem Boden, auf dem großen Fernseher, auf der Couch und dem Fensterbrett lagen ihre ausgeschnittenen Bilder. Fotos von Babys beim Baden, Hunden, Lebensmitteln, Models, von Leuten, die beim Lesen oder beim Backen waren, heiße Tipps und Urlaubsorte. Sie sagte dem Publikum, sie hätte die Bilder, die ihr gefielen, aufgehoben und in Alben gesammelt. Sie hielt ihr offenes Album in die Kamera, und Liams Beleuchtungseffekte ließen das Bild zum Leben erwachen. Es war ein Foto von einer Hochzeitskutsche mit Pferden und einem absolut unansehnlichen Paar in Hochzeitskleidung. Die Kamera holte es heran. »Das«, sagte Siobhain, »sind Sandra und John aus Newcastle an ihrem Glückstag«, sie blätterte zur nächsten Seite, »und das hier ist mein Lieblingsbild von einer Krabbe.«

Ihre Aussprache und ihre Wortwahl waren merkwürdig und gestelzt, sie sprach zu laut und klang einfältig. Sie zeigte dem Publikum ein Bild mit einem Teller, auf dem ein Fisch lag, und sprach über ihre Familie. Sie waren Highland Travellers gewesen, fahrendes Volk. Sie beschrieb, wie sie in den Sommermonaten die Flüsse mit Schleppnetzen absuchten, hineinwateten und mit Hilfe von Kisten tief hinuntersahen, unter die bewegte Oberfläche bis zum stillen Wasser, wo sie Perlen fanden, die sie dann in den Städten verkauften. Die Kamera zeigte das Porträt über dem Kamin, und sie erzählte die Geschichte ihres kleinen Bruders Murdo, wie er im Herbst in einem seichten Bach ertrank und wie ihre Mutter vor Kummer das Land verließ. Sie blätterte zu dem Bild eines italienischen Urlaubsorts, zeigte auf eine über einem zinnenbewehrten Turm flatternde Fahne und erklärte, es habe in der alten Kirche drei Arten von Märtyrern gegeben. Rot war der Tod, Grün stand für das Leben eines Einsiedlers im Wald, und das weiße Märtyrertum war das Exil, man verließ das Land und seine Leute, um seinen Glauben behalten zu können. Siobhains Tonfall war träge, und sie sah keineswegs hübsch aus. Ihr Gesicht war dicklich, ihr kleines Hitchcock-Kinn schloss übergangslos an die Brust an. »Ich sehe da aber sehr dick aus«, flüsterte sie Maureen empört zu.

Bei den anderen Kurzfilmen war leise und kurz Beifall geklatscht worden, aber als das Licht nach Liams Film wieder anging, applaudierten alle, manche aus Höflichkeit, manche aufrichtig. Zwei ganz hinten, die sich wichtig machen wollten, stießen laute Beifallsrufe aus. Das Publikum stand auf und begann hinauszugehen. Maureen wollte sich nach Lynn umsehen, aber ihre Halskrause behinderte sie.

»Ich hab sehr dick ausgesehen«, sagte Siobhain und starrte auf die verdunkelte Leinwand.

»Wie hat's dir gefallen?«, fragte Maureen Leslie.

»Hat sich 'n bisschen gezogen, oder?«, sagte Cammy, als säße er nicht in einem Studiokino.

»Herrgott«, sagte Kilty Goldfarb und wedelte mit ihrem halb gegessenen Waffeleis aufgebracht vor seiner Nase herum. »Es war neun Minuten lang, verdammt noch mal. Was ist los mit dir? Bist du gehirnamputiert?«

»Aber trotzdem«, sagte Cammy betreten, »ich fand das schon …« Er sah sich im Kino um und wusste, dass er danebengegriffen hatte.

»Es ist beim Publikum gut angekommen«, sagte Leslie, um ihn zu decken.

Liam hatte recht gehabt mit seiner Vermutung über Leslies dreimonatiges Liebesglück. Maureen sah, dass Leslie sich ärgerte, wenn Cammy dummes Zeug redete. Auch was das Kinderkriegen anging, schien sie es sich anders überlegt zu haben, hatte Maureen aber nicht gesagt, warum. Von hinten kam Liam herein, drängte sich durch die Menge und stellte sich, stolz und mit rotem Kopf, neben Maureen. »Was meint ihr?«

»Genial«, sagte Leslie.

»Absolut super«, sagte Kilty.

»Ich habe dick ausgesehen«, sagte Siobhain verärgert, als hätte Liam sie reingelegt und ein besonderes Objektiv genommen.

»Ich fand, es hat sich 'n bisschen gezogen«, sagte Cammy selbstbewusster, jetzt, da noch ein Mann da war.

Liam beachtete ihn nicht. »Ich glaube, es ist ganz gut gelaufen«, sagte er und sah sich um. »Lynn macht heute Überstunden, aber eigentlich müsste sie inzwischen hier sein.«

Leslie fasste Maureen am Ellbogen und sagte, Cammy wäre mit dem Auto da, sie würden Siobhain nach Hause bringen und dann bei Jimmy vorbeischauen, um Isa abzuholen; ob Maureen Lust hätte, mitzukommen und die Jungs zu sehen.

»Ich kann nicht«, sagte Maureen. »Ich bin verabredet.«

Cammy konnte seine Freude kaum verbergen. »Prima, okay.« Er grinste. »Also, bis bald.«

Leslie und ihr Gefolge wurden im Gewühl weggedrängt.

Mehrere Leute aus dem Publikum erkannten Siobhain und starrten sie beim Hinausgehen an, sie hielten sie wohl für eine sehr gute Schauspielerin. Kilty sah ihnen nach. »Du hast recht gehabt, Mauri«, sagte sie, »der Typ ist ein richtiger Arsch.«

Maureen seufzte deprimiert. »Weshalb bleibt sie bloß bei ihm?«

Liam zuckte die Achseln. »Scheint bei ihr in der Familie zu liegen, dass man sich mit dummen Männern zusammentut, oder?«

Maureen nickte. »Ja, da hast du recht.«

Lynn hatte hinten gesessen und den Film von dort aus angesehen und arbeitete sich jetzt langsam zu ihnen nach vorne. Maureen hatte das Gefühl, Liams Betrug mitverschuldet zu haben. Seit Martha war sie Lynn gegenüber befangen. Sie ließ sie im Stich, wenn sie es ihr nicht sagte, aber sie konnte es ihr nicht sagen, weil es sie nichts anging. Sie hatte versucht, Liam zum Handeln zu zwingen, indem sie die Befürchtung äußerte, Martha könne HIV-positiv sein, aber er sagte, er hätte aufgepasst. Lynn kletterte über die letzte Sitzreihe und rief Liam zu: »Dein Film stellt Siobhain als Idiotin hin.«

»Nein, das stimmt nicht«, sagte er.

»Also«, sagte Kilty, »ein bisschen weggetreten hat sie schon ausgesehen.«

»Es ist der beste Film, den du bislang gemacht hast«, sagte Maureen.

»Findest du?«, fragte er.

»Ja. Hast du deinen Schlüssel, Kilty?«

»Ja«, antwortete Kilty. »Aber kommst du nicht mit etwas trinken?«

»Ich kann nicht«, sagte Maureen. »ich bin verabredet.«

Als Vik sein Auto parkte, dachte er an Maureen da oben auf ihrem Hügel, wie sie in ihrer gemütlichen, gut beheizten kleinen Wohnung saß und wie ihre großen Locken um ihren Kopf tanzten, wenn sie über etwas im Fernsehen lachte. Er ging die Sauchiehall Street hinunter, vergrub die Hände tief in den Taschen seiner Jacke und zog den Kopf ein, um nicht am Hals zu frieren. Für einen Montag waren die Pubs voll. Zeitungsverkäufer boten die Obdachlosenzeitung an, Bettler versuchten ihr Glück bei den Warteschlangen vor den Kinos, und die Trinker zogen langsam die Straße hinauf und hinunter und suchten sich eine Bar für den Abend. Eine aufgeregte Gruppe von Frauen in billigen, in Kinderarbeit geschneiderten Nylonklamotten hatte sich vor Porter's zum Karaoke versammelt, und Studenten standen draußen vor Baird Hall herum.

Mark Doyle wartete im Café Equal. Er hatte seine Jacke angelassen, ein großer, schmutziger Mann, der allein an einem kleinen Tisch am Fenster saß und rauchte. Er nickte, als sie hereinkam. »Alles klar?«

»Bist du zu früh da gewesen?«, sagte sie.

»'n bisschen, ja.«

»Willst du was essen?«

Er zuckte die Achseln. Er sah nicht aus, als fühle er sich wohl. Maureen wusste nicht, ob er je in einem Café gewesen war. »Was gibt's denn?«, sagte er und wirkte wie ein nervöser Spion.

»Ein Kartoffelauflauf?« Er schüttelte den Kopf. »Was aus der Pfanne?«

Er schüttelte wieder den Kopf. »Ich hab kein' guten Magen.«

»Suppe?«

»Was für eine?«

»Minestrone.«

»Ja. Das mag ich. Ich nehm das.«

Die Kellnerin hatte an einem anderen Tisch zu tun. Maureen sah Doyle an. Er war nicht der Typ, mit dem man Smalltalk machen konnte, also ließ sie es lieber. »Meinst du, Pauline würde sich freuen, dass wir uns jetzt kennen?«

Er berührte die wunde Haut in seinem Gesicht. »Ich glaube schon«, sagte er. »Aber andererseits, sie hat nie etwas über dich erzählt. Vielleicht konnte sie dich nicht ausstehen.«

Er hob eine Augenbraue, und Maureen lächelte über seinen Scherz. Die mürrische Bedienung kam an ihren Tisch gehumpelt, und Maureen bestellte für jeden einen Teller Suppe mit Brot.

Vik drehte sich um, weil er die Straße überqueren wollte, und blickte ins Café Equal. Maureen O'Donnell saß im grellen weißen Licht hinter dem Fenster, trug eine hautfarbene Halskrause und sah entspannt und glücklich aus. Am Tisch saß ihr ein großer, dunkelhaariger Mann mit breiten Schultern gegenüber. Aber es war nicht ihr Bruder. Er sah ihr kein bisschen ähnlich. Vik ging weiter und überquerte die Straße weiter vorn. Als er zum Variety kam, bestellte er sich ein Bier und merkte, dass er vor Enttäuschung zitterte. Sie würde an den Türen vorbeikommen müssen, wenn sie nach Hause ging. Sie würde wissen, dass er hier war. Montags war er immer da. Er und Shan waren immer da.

»Elizabeth«, sagte Doyle. »Sie ist tot.«

»Was ist passiert?«

»Sie war auf Kaution draußen. Hat sich 'nen Schuss besorgt. Überdosis.« Er erzählte es beiläufig, als wäre es eine ganz gewöhnliche Nachricht aus dem gesellschaftlichen Leben.

»Oh Gott«, sagte Maureen, »das ist ja furchtbar.«

»Nein, ist es nicht«, sagte Doyle.
Die Kellnerin brachte zwei Teller Suppe, auf die fettige Croutons gestreut waren, dazu einen Teller mit weichen Weißbrotscheiben.
»Warum hast du mich sehen wollen?«, fragte Doyle und legte seine großen Hände auf den Tisch, ohne das Besteck aufzunehmen.
Maureen hielt ihren Löffel ein paar Zentimeter vor dem Mund an. Sie legte ihn wieder auf den Teller zurück. »Mein Vater ist wieder in Glasgow.«
Doyle nickte, als wisse er das bereits.
»Er ist ein schlechter Vater«, sagte sie. »Wie dein Vater.«
Er sah ihr in die Augen. »Tu's nicht«, sagte er.
»Aber ...«
»Du kannst hinterher nichts mehr dran ändern. Du meinst vorher, dass sie dir keine Ruhe mehr lassen, aber wenn du diese Grenze überschreitest, dann haben sie dich wirklich erwischt. Dann bist du nicht besser als sie selbst.«
Aber sie war durch Millport nicht schwach geworden, sie hatte sich danach besser gefühlt, stärker, mächtiger. Wenn sie diesmal die Nerven behielt und nicht erstarrte wie bei Toner, dann konnte sie es tun.
»Was immer er mit mir gemacht hat«, sagte sie, »das ist vergangen.«
Doyle nickte. »Es ist vorbei.«, sagte er.
»Der Teil ist vorbei.«
Sie sahen sich an. Doyle hob den Löffel und schlürfte seine Suppe.
»Und was ist jetzt?«, sagte er.
»Meine Schwester ist schwanger. Ich will wissen, was ich tun soll.«
»Warne sie.«
»Ich habe sie gewarnt. Sie glaubt mir nicht.«

Doyle schüttelte den Kopf und sah auf den Tisch. »Tu's nicht, Kleine.«
»Was soll ich sonst tun?«
»Lauf weg. Lass es. Es geht dich nichts an.«
»Ich kann nicht weggehen.«
»Du kannst es nicht verhindern.«
»Doch. Du weißt das. Wir beide wissen das. Ich kann es verhindern.«
Doyle schüttelte wieder den Kopf. »Du wirst dich kaputtmachen.« Er legte seine große Hand um den Griff des Löffels und spannte nervös die Muskeln an, die papierdünne Haut auf seinen Knöcheln sprang auf, und rote Risse erschienen. Er begann die Suppe zu essen. Enttäuscht sah Maureen ihm zu. Sie hatte gehofft, dass er ja sagen würde, dass er Vorschläge machen oder ihr sogar Hilfe anbieten würde.
»Nichts ist je vorbei, oder?«, sagte sie.
»Nein«, sagte Doyle und zerkaute einen Crouton.

Vik wartete den ganzen Abend. Er saß auf einem Barhocker, beobachtete vier Stunden lang die Tür, tat so, als unterhalte er sich mit Shan über die Aufstellung des FC Motherwell. Jedes Mal, wenn die Tür aufging, wurde ihm fast übel, so nervös war er. Er wartete und wartete, bis der Barkeeper ausrief, dass sie schließen müssten, aber Maureen kam nicht.

Danksagung

Hier bietet sich mir die Gelegenheit, allen Beteiligten beim Strathclyde Police Media and Information Service Department und besonders Superintendent Iain Gordon für die Hilfe bei den Recherchen zu diesem Buch zu danken. Philip Considine danke ich für Rat und Unterstützung bei technischen Problemen und auch Gerry Considine, der über uns beide herfiele, würde er nicht erwähnt. Mein herzlicher Dank geht außerdem an Rachel Calder, Katrina Whone und natürlich an meine Mum, die mir während des ganzen Unternehmens die Suppe warm gehalten hat. Ursula, bis dann, du bist ein Schatz. Und schließlich bedanke ich mich besonders bei Stephen Evans für Dinge, die niemanden etwas angehen.

Denise Mina
Schrei lauter, Maureen

Roman

Die Nacht, in der sie endlich den Entschluss fasst, sich von ihrem verheirateten Liebhaber Douglas zu trennen, endet mit einem Schock. Maureen entdeckt Douglas in ihrem Wohnzimmer, an einen Stuhl gefesselt, mit durchschnittener Kehle. Sofort spricht die Öffentlichkeit die junge Frau schuldig. Als es einen weiteren Toten gibt, wird Maureen klar, dass ihre Schwierigkeiten jetzt erst richtig anfangen.

In Großbritannien als bester Spannungsroman des Jahres 1998 ausgezeichnet.

Knaur